爱在旅途

——致吉尔的信

夏仲阳 著

中国财富出版社有限公司

图书在版编目（CIP）数据

爱在旅途：致吉尔的信 / 夏仲阳著. — 北京：中国财富出版社有限公司, 2025.8
ISBN 978-7-5047-8139-0

Ⅰ. ①爱…　Ⅱ. ①夏…　Ⅲ. ①书信体小说—中国—当代　Ⅳ. ①I247.5

中国国家版本馆CIP数据核字（2024）第047425号

策划编辑 李彩琴　郝婧婕　**责任编辑** 郝婧婕　**版权编辑** 武　玥
责任印制 尚立业　**责任校对** 庞冰心　**责任发行** 杨恩磊

出版发行 中国财富出版社有限公司
社　　址 北京市丰台区南四环西路188号5区20楼　**邮政编码** 100070
电　　话 010-52227588 转 2098（发行部）　010-52227588 转 321（总编室）
010-52227566（24小时读者服务）　010-52227588 转 305（质检部）
网　　址 http: //www.cfpress.com.cn　**排　　版** 宝蕾元
经　　销 新华书店　**印　　刷** 宝蕾元仁浩（天津）印刷有限公司
书　　号 ISBN 978-7-5047-8139-0 / I · 0391
开　　本 710mm × 1000mm　1 /16　**版　　次** 2025年9月第 1 版
印　　张 26　**印　　次** 2025年9月第 1 次印刷
字　　数 451千字　**定　　价** 78.00 元

感谢语

本书在构思、撰写和出版过程中，得到了包括吉尔在内的众多亲友、企业家、同学和学生的鼓励、支持与帮助。在此，特别感谢我的老朋友、平和老乡、优秀企业家叶添根先生、游旭新先生和杨振波先生的大力支持和慷慨资助。同时感谢刘黎明、杨镇源、林杰智、郝婧婕、李彩琴和黄傲寒等亲朋好友的鼓励与帮助。

江城子 · 独上西楼

罗叔

2025年5月5日

独上西楼风微凉，
月苍苍，泪成行。
孤舟一叶，故人已远乡。
忆得当年荷塘畔，柳丝长，絮飞扬。

空余旧景对轩窗，
风过堂，满庭霜。
欲寻归处，画舫映残阳。
独倚阑干观星汉，夜未央，与谁望？

鹧鸪天 · 醉他乡

罗叔

2021年5月20日夜

醉卧花丛百体香，亭边蝴蝶[①]赛鸳鸯。
依稀再见当年景，梦里重温旧华章。

情尚在，爱悠长。
最美光阴暖心房。
悄悄摘取林中叶，化作云帆挂远乡。

---

① 自古以来，蝴蝶象征美妙而浪漫的生死恋情或纯真的爱恋与自由。

代　序

那年秋月夜，再遇楚山南。湖光潋滟。枝头百鸟正酣眠。
灞上寒风疾，柳丝斜扬，点点轻狂。
韶华今已逝，清梦了无痕。残荷凄美。粉黛临风曾旖旎。
关山千里雪，逸景迷离，淡淡悲戚。

听罗叔说过，他写的《夜静思》[①]这首词的上阕，讲的就是他年轻时与吉尔（化名）第二次见面时的情景。三十多年前的一个深秋之夜，他们吃过晚饭后，在楚山南面的秋波池至凤鸣亭一带散步并闲聊了几十分钟。当晚，月色皎洁，秋风飒飒，寒气逼人。他说，他当时有一种奇妙的感觉，就是在月光如银、湖光潋滟的清冷时空中，整个世界似乎正在被一股温柔可人的气息包裹着，身边似乎还不时传来如桂如兰的淡淡清香，这让他倍感轻松和愉悦。四周除了他们两人的轻声细语和有节奏的啪嗒啪嗒的脚步声之外，万物仿佛都归于宁静与平和。

显然，这次见面给双方都留下了非常深刻的印象。他们互有好感，从而滋生出进一步交往的念头和愿望，这对以后密切联系和情感发展起到了重要作用。可以说，后来三年他们之间发生的林林总总的事情，恩爱的也好，怨恨的也罢，都肇始于此。而且，他说，在他们两人断绝往来之前的一些快乐时光里，他们多次幸福满满地一起追忆过那个月明星稀、寒意袭人、柳丝飞扬、暗香阵阵的深秋之夜，每每谈及必是深情款款，满是柔情蜜意。而词的下阕，描述的是罗叔晚年壮志未酬、心有不甘而又内心迷茫、略感失落凄凉的境况。

至于他们的第一次见面，罗叔说，也富有情趣。许多年前的一个晚秋时节，他去参加在瑜州NN大学举办的一次学术会议。到了会议报到处，接待他的是一位穿着红色呢子短大衣、扎着马尾辫、身材中等、脸红通通的活力四射的漂亮女生，她就是后来被罗叔称为“吉尔”的本书故事的女主人公。

在这本书撰写完成之前的一个月左右吧，有一天下午3点钟左右，罗叔如约来到我的办公室和我讨论“引子·罗叔其人”的写作问题时，应我的提问，他才

① 这首词的词格是罗叔自创词格。

向我透露：其实，真正的“吉尔”是他二十年前在海外留学时所修一门课程的同班同学。她是一位活泼可爱、热情洋溢、脸型微方、身材中等、皮肤黝黑而且有着一头棕褐色天然卷发的印第安女孩，年龄比罗叔小，二十来岁的样子。他们之间倒没有什么特殊的关系，只是一直比较谈得来。而罗叔借书信的方式讲述的这半真半假故事的女主人公，只是借用了“吉尔”之名而已。罗叔说，他和吉尔在上课时经常是同桌。课间休息时，他们时常在走廊里闲聊，或吃些零食，或喝些饮料。课后，他们偶尔会在教育学院楼前的草地上随意走走，有时他也会借她的课程笔记本转抄几句。

罗叔在回国前的一个傍晚，请吉尔到某市鲍迪尔大街著名的帕蒂・尼斯饭店吃了一顿西餐，算是告别晚宴吧。在点餐之前，他送给吉尔一枚从国内带来的紫玉吊坠，紫色的玉片中隐约可见山川河流般的漂亮图案。这是他在出国前购买的准备送人的最后一件礼品，还算比较珍贵。

罗叔说，吉尔也送给他一枚赤铜戒指作为礼物。送给他时，她郑重其事地说了一大通话，大意是：这枚戒指是纯手工制作的，是她的叔叔伦卡・皮尼花了一天多的时间精心雕刻而成的。完工后，伦卡・皮尼叔叔还给它念过咒语，据说可以给戴着它的主人带来好运。罗叔听了很是高兴，连声道谢，并当场把它戴在自己左手的无名指上。后来，罗叔说，这枚戒指确实曾给他带来四年多的好运。在那几年中，他办什么事都很顺心，一办就成，而且成就了不少“大事”。例如，他很顺利地写完博士论文并如期拿到博士学位；拿到博士学位后的第三个月，他就有点出乎意料地获得正高职称；他出版了四本书，并且拿到三个大的科研项目等。但是，在某年9月份时，因戒面上翘起一根像针一样的东西，会刺伤人或划破衣服，压也压不下去。不得已，他就把戒指从手指上摘下并随手放进家中一张桌子中间的抽屉里。奇怪的是，罗叔说，此后的三年多时间里，他几乎做不出任何成果，没有中过一个课题，而且做什么事都觉得格外不顺畅，还生过几场不大不小的病。后来，经家人提醒，他猛然想起这枚戒指，原本想着要找出来请人修理后再戴上，可是找遍家里却踪迹全无，或许是搬家时把它弄丢了。真的很可惜！

回到前面的话题。那天傍晚帮他办理会议注册和宾馆入住手续并引领他就餐的那个女生，罗叔说，的确有着优雅的气质、不凡的谈吐和麻利的办事风格，这给他留下了相当深刻的印象。而且，可能更为重要的是，从其背影和穿戴来看，他对她有种似曾相识的感觉。但是，当时他也没有多想，只是出于礼貌，与她互加了飞信。此后的两天，他们在会场和饭桌上又偶遇过几次，不过均未深聊，仅是客气地相互打个招呼。

在离开瑜州的前一天晚上约8点钟，罗叔首次给她发了信息，说他带来了几本自己写的书，想麻烦她来取走并转交给NN大学的两位学者，同时把余下的一本赠送给她。她几乎是小跑着来到他的房间。拿到书后，她相当高兴，还索要了罗叔的签名。之后，他们客客气气地闲聊了十来分钟。当时，她正在读研。她向罗叔简要介绍了自己读书的一些情况，也询问了一些自己感兴趣的有关前程之类的问题。罗叔都尽可能详细地给予解答，并且给她提出了几点建议。后来，罗叔说，她曾在一封写给他的信里动情地说，正是他送给她的这本书，成为开启她心扉的一把金钥匙。从此，罗叔开始一点点地、慢慢地挤进她的心房，最后竟然占据了她内心的全部空间。

后来三年罗叔与吉尔之间发生的故事，在我看来，都是相当精彩的，甚至可以用“柔情似水，年华如金”这八个字来形容。罗叔曾说，“我用世间最美的语言描写自己曾经最爱的女人”。若不信，且看罗叔致吉尔的99封信。

事实上，罗叔说，本书所讲述的一系列故事，是由他年轻时三段较为浓烈而纯真的感情经历加工、整合、浓缩再添加部分虚构内容而成的，因而女主人公“吉尔”的背后其实有着三个原型人物。

本书分为境外版和境内版，其中境外版是完整版，没有任何删减，原汁原味，保留了全书所有的情节和细节，包括一些情感上比较敏感的话题，而对这些话题的描述依然保持了本书的风格——文笔细腻、情感丰沛、语言平实、可读性强。境内版对部分内容作了简化处理或删减，其他内容与境外版基本无异。另外，根据罗叔的意见，境外版将在中国台湾、中国香港、日本或大洋洲某地选择一家出版社授权出版发行；境内版将选择在北京出版发行。

夏仲阳
S年4月20日晚于南江虚竹轩

引子·罗叔其人

罗叔是一个奇特的人，至少在我看来是这样的。我们相识差不多已有三年，又住在同一座城市，电话或微信联系不断，见面的机会也不少。随着了解的深入，我觉得他对许多事情的看法往往与众不同，有的甚至超出了我的想象和理解。有时他也异常固执，只要是他认准的理儿，几乎没有人能够说服他改变。

罗叔是南方某省人，特爱喝茶，而且喝茶时还喜欢跟别人胡侃。他曾说，真正喜爱喝茶的人有四个共性：一是爱凑热闹，二是爱多管闲事，三是爱天南海北地胡扯，四是属于性情中人。平时，他爱茶如命，基本上每天上午、下午和晚上都要各泡一次茶。如果遇到比较谈得来的朋友，他可以和对方通宵达旦地喝茶闲聊，精神十足，不知疲倦。

前年仲夏时节，他从甘肃旅游回来后的次日下午，就带着两大包龙神茶来到我家。如同往常，我们边品茶边闲聊，当时我的妻子灵儿也在。我们三个人从下午2点聊到傍晚时分，晚上一道去外面吃饭时还接着聊。那一次，罗叔给我们夫妇留下了非常深刻的印象。我们真的聊了很多内容。我记得他在声情并茂地谈了一些甘肃各地的风土民情和所见所闻之后（*看得出来，他对甘肃似乎有着特别的喜爱，语气中一直充满深情*），还谈了动物界的性选择、对人尤其是女性的看法、小说的实质、哲学以及宗教问题等。

也正是在那一次见面中谈到他喜欢阅读的小说类型时（*他说，他喜爱的小说：一要情感丰富，二要文笔细腻，三要文采飞扬，四要故事性强*），他说他脑子里突然冒出一个想法，并立马向我提议，希望我们能合作撰写一部有意思的书，可以是教育类小说，也可以是旅游类小说，但最好是书信体小说。他说，书信体小说这种形式相对较少，且容易抒发情感，如果构思得好，加上认真撰写，可能更易赢得读者的认可和喜爱。他举例说，奥地利著名作家茨威格的小说《一个陌生女人的来信》将书信体小说推向了一个新高度，融意识流和精神分析为一体，情感真挚、文笔细腻、手法高明，几十年来迷倒过很多国家的无数男女。另外，他也提到卢梭的《山中来信》这本政治哲学杰作。但他不大喜欢这本书，认为读来有些枯燥乏味，只喜欢卢梭的《忏悔录》和《爱弥儿》。

对于他的这一提议，我欣然同意。因此，我们决定用两年左右的时间来共同完成这件“大事”。罗叔的想法是，前期的故事编撰工作由他来做，因为他在这方面有丰富经历和成熟想法；而后期的文字加工润色及编排工作由我来完成，他的理由是，我是国内一所名校毕业的文学博士，还曾到过国外的一所世界著名大学做过博士后研究，是个“才子”，文字工作比他“更胜一筹”（他真是过奖了，哈哈）。出于多方面考虑，他在本书中不想署名，而只署我的笔名。起初，我强烈反对这么做，因为这是剽窃和霸占他人成果的行为，很不地道。但他语气坚定，不容辩解。无可奈何，我只得接受，但内心有些虚虚的。聪明的读者肯定已经猜到，这本书就是您正在阅读的书信体小说:《爱在旅途——致吉尔的信》。

不过，那天下午的聊天给我印象最为深刻的，还是他所说的有关动物进化的自然法则问题。对于我来说，其中的部分说法真是闻所未闻，因而颇感新奇。他说，现在世人都知道了达尔文的进化论比较符合科学，除了一些真正的宗教卫道士和进化论的怀疑论者之外，绝大多数人都已认可“人类和猿类有共同的祖先”，也基本知道了今天的动植物都是由简单的单细胞逐步进化而来的。其中的关键因素有两个：一是时间，二是环境。就是说，所有的动物和植物，都是在一定时间里的特定环境下的产物，也都是在某一时刻下客观世界里的一种客观存在。暂且撇开时间这一因素不谈，动物和植物进化的第一个自然法则，也是二者共同遵守的法则，就是达尔文进化论的“物竞天择，适者生存”。在一定时期内，如果动物或植物可以适应它们所处的现实环境，那么它们就可能生存下去并繁衍，否则就会面临死亡甚至灭绝的危险。如果它们对环境不适应，而又必须求得生存并且能够繁衍，那么，这类动物或植物将不是去改变环境（其实它们也无力改变环境），而是去设法改变自己，即改变自己的身体机能或组织结构，从而慢慢适应现实环境。譬如，由于温度、土壤、水质和空气等的不同，热带、亚热带和寒带的人类、猴类和犬类等就有显著差异，这都是在时间的长河里适应环境的结果。从这一角度讲，动物界或植物界的种群、物种和生态类型等，好像完全是由时间和环境决定的。但是，罗叔说，其实不然。

除了上述这一自然法则，至少对于动物而言，还有第二个同样重要的自然法则，就是“性选择法则”。所谓“性选择法则”，就是雌性动物的性取向和性偏好决定着物种的取舍、遗传和发展方向，从而也决定着动物世界的多样性、层次性和丰富性的自然法则。就是说，雌性动物才是丰富多彩而又纷繁复杂的动物世界的真正主导者，有时甚至是遗传规则的制定者。罗叔说，达尔文曾写道：我一看到雄性孔雀长长的尾巴和漂亮的羽毛就反胃。为什么呢？因为从他自己提出的“物竞天择，适者生存”这一自然法则来看，雄性孔雀不需要长长的尾巴和漂亮的羽毛也能生存，不然，就无法解释雌性孔雀的尾巴为什么会那么短且羽毛为什么会那么难看。按理说，雌性孔雀也应该有同样长的尾巴和同样漂亮的羽毛才对。但事实并非如此。

可能是喝茶的缘故，罗叔停顿了片刻。“罗叔说得好有道理啊！但是，到底是什么原因呢？罗叔快说！”灵儿忍不住好奇地催促起来。罗叔放下滚烫的茶杯，眼睛转向灵儿，不紧不慢地说：“最根本的原因就在于雄性动物与雌性动物的性因子不同，且性态和性品存在差异。”

接着，罗叔有声有色、表情丰富又充满激情地做了详细解释。他带着几分诙谐的语气说：“（你们）要知道，几乎所有雄性动物的性因子和性态都是大手大脚型的，其精子毫无计划地成天大批量生产，但量多个小，品质各异，良莠不齐，也不注重样貌特征，这大概就是几乎所有动物的精子都“相貌平平”的根本原因吧。雌性动物则恰恰相反，几乎所有雌性动物的性因子和性态都是精打细算型的，由于天性追求优生优育，因此其每个作品（卵子）都是精雕细琢、精益求精、力求完美，而且量少个大，体态丰美。由于上述特性的差异，雄性动物和雌性动物之间的性取向及性偏好就大为不同：前者是泛爱者，喜欢广施爱露，对异性的要求是多多益善，而对其体态或样貌则要求不高；后者是精爱者，喜欢精挑细选，对异性的选择必须以帅气、强壮和健康为第一准则，这一准则使得所有雌性动物都会本能地倾向于选择那些有利于后代健康、帅气、强壮和体型健美的异性，而别的相对羸弱的异性则不受青睐，甚至可能完全受到冷遇。”

“不过，”罗叔接着说，“不同种类或族群的动物，雌性的性选择偏好可能存在差异。如母狮的性选择偏好是高大威猛、体型壮硕和富有战斗力的雄狮，这样不仅有利于把健康强壮的基因遗传给后代，也更有助于保护母狮及其后代的生命和生存安全，以及更能确保母狮的生活领地不受其他不怀好意的狮子或动物的侵犯。因此，在所有母狮都本能地选择最强壮和最威猛的雄狮作为性爱对象和传宗接代工具的情况下，相对比较弱小（更别说有病在身或残疾）的雄狮就可能一辈子都得不到与母狮发生性行为的机会，其基因就得不到保留和遗传，这样的雄狮最终也必然走向消亡和灭绝。如此，优良的基因被一代一代地选择性遗传下去，母狮所生的雄狮后代就会越来越健康、强壮和漂亮。另外，在母狮眼里，谁是最强壮、最威猛和最值得信赖的雄狮呢？显然是最会打架者或战斗力超强者，也就是能够在激烈的追逐斗争中获得最后的胜利者。”

我和灵儿正聚精会神地听得有些入迷之时，罗叔暂停片刻，喝了几杯茶，然后以无可辩驳又有点戏谑的语气接着说："同样的道理，雌性孔雀的性选择偏好是体型健美、羽毛漂亮和尾巴很长的雄性孔雀，因而在它的性选择中，不具备这些特征的雄性孔雀就完全入不了它的法眼，从而根本不能得到任何性爱机会，最后这些相对弱势孔雀的基因就会因为得不到遗传而从种群中清除。久而久之，雌性孔雀生下的雄性孔雀就会自然而然地遗传其父的优良基因，长大之后羽毛漂亮、尾巴修长而且体态健美则是大概率事件。至于雌性孔雀，由于自己无论长相如何都会有许许多多的雄性追求者，基因不用经历严格的筛选，长此以往，她们的尾巴和羽毛自然得不到好的进化，因而代代丑陋。但追根溯源，还是跟雄性孔雀本身有关。这些有点不大争气的雄性孔雀，为了获得性爱机会，总是有求于雌性孔雀，甚至时常在她们面前摇头摆尾，一副媚相。就是说，一直以来，它们对雌性孔雀的样貌特征要求太低，甚至毫无要求，无论美丑，从不嫌弃。"

听到这儿，我大笑着说："真是天下奇闻，天下奇闻啊，但听起来又蛮有道理的。"的确，第一次听到如此高论，我和灵儿都忍俊不禁。

罗叔又连喝了两杯茶之后，用眼睛很严肃地扫视了我们一遍，好像在问："难道你们就没有什么问题要问吗？"我正像小学生一样听得如痴如醉之时，一看到他有点凶凶的眼光，就不自觉地愣了一下，同时打了个寒战。慌张之余，我赶紧恭维他说："这也太有趣了，真的好有意思呀，罗叔讲得很棒，真的很棒，只是我以前怎么从来没听说过？"灵儿涨红着脸低下了头，一声不吭。

过了一会儿，罗叔轻声笑了一下，然后接着说："其实，我们人类的雌性，也有性偏好和性选择。"我说："对哦，真没错。但女性的性偏好是什么呢？她们的性选择也决定了我们人类的质量吗？"罗叔说："那是自然！女性的性选择当然会影响人类后代的质量。但是，女性的性偏好到底是什么？女性的性偏好主要受到哪些因素的影响？不同人种的性偏好是否存在差异？如果存在差异，原因何在？所有这些问题，真的很有必要让社会学家好好研究一番。"我应声说："是啊，真得有人去研究研究。但这也太复杂了吧，因为人是社会性动物，受到制度和文化因素的影响很大，因此不同国家、不同地域的女性，她们的性偏好和性选择也不会相同吧？"

罗叔沉思片刻，接着以南方人特有的僵硬普通话解释说，"是的，肯定不一样的啦，但人与一般动物不同。一般动物的性活动纯粹是为了传宗接代，或者说是为了遗传，而人的性活动不仅受到制度的制约和文化的影响，而且除了传宗接代，还有其他更广泛的意义，如追求愉悦和满足等。"我附和着说："这倒是真的，没错，哈哈。”灵儿嗔笑着突然用右手掌重重地拍了一下我的后脑勺，然后又白了我一眼说：“去你的！”

我嘿嘿嘿地乱笑成一团说：“本来就是嘛！难道不是吗？一夫一妻制和伦理道德规范对男女的性偏好和性选择形成了强大的约束。或许女性的本能性偏好是帅哥美男或高大雄壮的男人，但这种男性的数量毕竟太少，因此在一夫一妻制度下，大多数女性在选择性伴侣时，只好去选择男性的其他特征，如性格好、有钱、有才、老实、健康、厚道等，是不是？哈哈。”我也顺势高谈阔论了一番，感觉很契合主题，心里扬扬得意。片刻之后，罗叔开玩笑似的说：“是的啊，你说得没错！还好，还好，现在实行的是一夫一妻制，不然像我这种特征的男人，说不定就找不到老婆了，呵呵。”我们三个人都大笑不已。

最后，我颇为自信地说：“看来，对于动物的繁衍和生存，‘性选择法则’真的很重要。但是谈到性，我们中国人好像都讳莫如深，甚至谈性色变呢。”罗叔说：“这是我们长期受礼教文化的影响造成的。中国人的性文化历来讲求‘知而不宣，隐而不灭’。古人说：食色，性也！其实，性是人类最基本的需求之一，没有必要刻意隐而不言。而我们现在对于性，甚至羞于说，更不敢写，其实真的没有必要这样。你看，我们国内的那些小说一谈到性，就一带而过，好像遇到瘟疫一样，闪烁其词。我觉得超不现实，也非常虚伪，看了特不过瘾，哈哈。我们为什么就不能大大方方、客观真实地描述性呢？至少可以进行巧妙的艺术加工吧？”我微微点头，表示基本认同。

沉默了一会儿，罗叔蓦然问我：“小夏，你读过清代乾隆年间的李百川写的《绿野仙踪》吗？”我说：“好像读过，怎么啦？”罗叔说：“如果没有删减，这本可能是那方面（指性生活）写得最翔实、细腻和精彩的中国小说了，比《金瓶梅》还要《金瓶梅》。”我掩着嘴巴说：“好像是的，哈哈。不过，我已经没有多大印象了，得找个时间再拿来读一读，呵呵。”

听了罗叔的话，我若有所思，心中暗想，我们即将合作撰写的这部书信体游记小说，说不定真有名堂，值得期待呢。

罗叔在发表完以上鸿篇大论后，还谈起了其他不少话题。让我比较佩服的是，无论什么话题，他似乎都有自己的独特看法。有些看法，我听了也觉得蛮有道理的。下面是罗叔走后，灵儿根据手机录音整理的一些话语，权当他的名言吧。

有关女人。女人对于爱往往是感性的，她们总是注重外表。中文的“婚”字，既贴切又深刻。女人的心，一旦钟情于某人，便会失去理智，昏昏然跟着感觉走。所以，遇人不淑是女人在婚姻中的最大担忧和最大不幸。“你若不离不弃，我必生死相依。”表面上看，这句话是对美好爱情的注解，其实却使无数女人困于婚姻。明明知道所爱非人，却仍傻傻地一厢情愿，终生相随，痴爱沉迷，无法自拔。

有关人际关系。人与人之间，往往因陌生而相互敬重，因熟知而彼此鄙夷！

有关小说和作家。最好的小说就是把荒诞不经的事，精心编写成看似真实的经历。因而，伟大的作家，往往不是扎扎实实和老老实实的实践家，而是有着非凡想象力和出色文笔能力的幻想家，以及骗术高超的“骗子”。

有关哲学。哲学就是思考人心解困的办法；哲学是先从无知探索有知，再从有知探索无知。

有关宗教。宗教是人类心甘情愿地戴在自己身上的精神枷锁。宗教可以是万能的精神导师，几乎可以拯救一切；但宗教也可以是无恶不作的精神怪兽，可以瞬间毁掉一切。

有关恋人与夫妻。恋人之间，无所谓合适不合适、般配不般配，只要互有爱意就合适、般配。夫妻之间则相反。

有关孤独。谁都有孤独的时候，但不在于身边有没有人，而是要看内心有没有爱。有爱之人，内心是充实的，不会孤独，哪怕所爱之人远在天涯海角；无爱之人，内心一定是空虚的、孤独的，哪怕身边挤满了人。

亲爱的读者，通过上述内容，您是否可以大体描摹出罗叔的样子呢？

对于我而言，认识罗叔，纯属偶然。三年前的春夏之交，也就是大约4月底吧，我带着新婚妻子灵儿到江西婺源蜜月旅行。按照原先的计划，我们将在整个婺源地区游玩一周左右，然后前往三清山。从南江出发前的一个多礼拜，灵儿就做好了旅游攻略，对行车路线、入住旅馆以及在各地的驻留时间等都做了详细计划。第一站是江湾古镇。我们计划在这里停留一天半，除了欣赏古镇风貌外，主要是想观赏一下附近的田园风光，特别是闻名遐迩的油菜花梯田景观（后来才知道，我们去的时间偏晚了两三周，因而根本没有看到预想中令人赞叹的油菜花美景，有些可惜）。那天下午约4点钟，我们入住了镇上的J宾馆。这家宾馆还是不错的，服务员热情有礼，房间干净整洁，价格实惠，网上的客户评价也蛮好。宾馆不大，共三层，像是由当地的旧民房改建而来。一楼进门左边为大堂和接待台，约二十平方米，右边穿过走廊往里走不远就是厨房和餐厅；二楼和三楼是客房，每层都有20多间单房式房间。

灵儿在办理入住手续时，宾馆老板娘问：“你们是从南江来的？”灵儿说：“是的。”

老板娘用手一指，说："坐在那边的罗叔也是从南江来的。最近几年，他每年的这个时候都要来我们这里住上十天半个月。"我们转身一看，会客厅右边的红皮沙发上坐着一个脸色苍白、微微谢顶、目光深邃、面带忧愁的中老年男子，他正在翻看着什么报纸。从外表看，他文质彬彬的，有点像知识分子。于是我走了过去，礼貌地自我介绍，他也简单地说了几句。我们交流了五六分钟，然后客气地互加了微信。就这样，我们算是认识了。巧合的是，入住后我才发现我们的房间只隔一间，他住312，我们住314。

如果没有当天午夜发生的事情，我和罗叔的关系可能也就一般般，甚至仅仅是一日之缘。由于旅途劳累，我和灵儿很早就上床睡觉了。但是到了当晚11点多，灵儿突然生起病来，发烧、咳嗽、畏寒，再加上剧烈的胃疼，致使她在床上滚来滚去，痛不欲生。看到此情此景，我有点不知所措。经灵儿以虚弱之声提醒，我连忙打开行李箱寻找药品，但也只是找到了她预备的几种胃药，而没有其他药。情急之下，我想到了罗叔。我先试着用微信给他发了信息，问他睡了没有。我暗想，如果实在不行，我就直接去敲他的房门。没料到，他很快就回复信息说他是夜猫子，不到凌晨一两点是不会上床的。我就急忙把灵儿生病的情况简单说了下，问他带了退烧药或感冒药没有。他说当然带了，叫我赶紧过去拿。那天晚上真是折腾了一宿，到天快亮时，我才眯了一会儿。

由于灵儿感冒，全身无力，胃疼又时而发作，我们只好把原先的旅行计划做了调整，最后在J宾馆多住了三天。在这段时间里，我们和罗叔的接触很多。我们不但每天同进同出同吃饭，还每天一起逛街购物拍照，彼此关系也逐渐密切了起来，最后甚至成了无话不说的莫逆之交。在那几天，如果灵儿胃疼发作，他就叫我不要出门，在房间里陪着灵儿，自己去镇上给她买些流食和水果，而且每次都不肯收取我的钱，还总说这是小意思，叫我别客气。另外，也是在那几天的晚上或下午，如果灵儿醒着但身体无恙或在睡觉，我和罗叔就会在他的房间里泡茶闲聊，或者边听音乐边下围棋，因而我对他的了解也越来越多。

原来，罗叔的真名叫罗丙林，已参加工作三十多年，50岁出头（*说实话，他看起来比实际年龄要苍老一些，哈哈*）。他曾是南江市某著名大学的教授，带过硕士生和博士生，但前几年由于身体欠佳，加上遇到一些不大开心的事，就提前办理了内退手续。据他说，他爱好比较广泛，但最爱的还是旅游和写作。后来，我真的从网上查找过他的博客和期刊文章，写得确实还不错。在近十几年中，他每年都要在国内外旅游三四次。每年的差不多这个时候，他必定要来到婺源江湾镇住上一阵子，而且每次来都要住在J宾馆的312房间。

我注意到，罗叔在讲述这些事情时，眼神中会流露出深深的忧伤，神情严肃，语气凝重，仿佛内心有一股沉重无比的愁绪压得他喘不过气来。我隐约感觉到其中必有故事，但他对此就是不肯透露半点信息。一直到后来，当他交给我《爱在旅途——致吉尔的信》这本书的初稿时，我才从其中的“三清山之行”这篇游记里看出了些许端倪，游记中所描述的景色、情节和经历，真实、细腻、美好、动人，读后让人在艳羡之余，也会生出无限的伤感。我心想，他要么就是在苦苦寻觅那抹早已失去的爱的踪影，要么就是在默默等候那个永远也不会再出现的曾经给过他美好诺言的人。可怜的罗叔！

夏仲阳

S年4月28日下午于南江虚竹轩

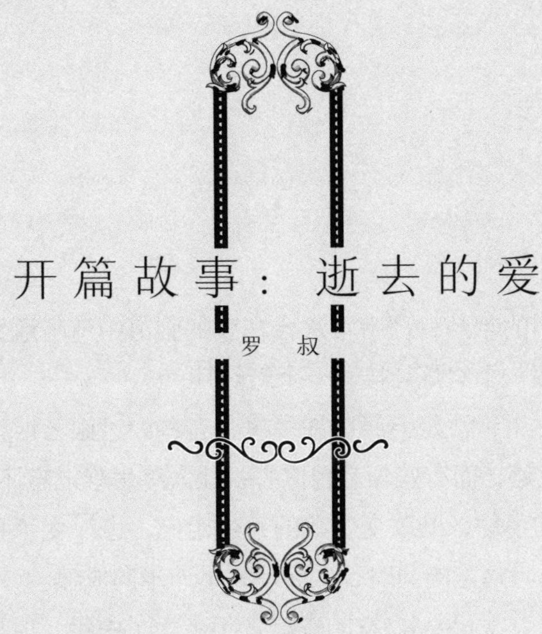

开篇故事：逝去的爱

罗叔

上　篇[①]

可能是到了怀旧的年龄，往事常常会在我的脑海中清晰地显现出来，如同播放PPT（幻灯片）般一个幻灯片接着一个幻灯片。

我想，人在一生中，注定会经历许多事，有些如过眼云烟，很快就消逝得无影无踪，不留一丝痕迹，而有些却刻骨铭心，让人终生难以忘怀。

我在长沙遇到的事件，既改变了我的人生走向，也改变了我对爱的真义的理解。它在给我带来巨大痛楚的同时，也促使我迅速走向成熟。

二十五年过去了，我已从22岁的青涩青年步入了中年。但是，每每回想起那次长沙事件，内心就会泛起阵阵涟漪，并伴随着些许难以言明的酸痛、苦闷和懊悔。岁月的流逝，或许可以抚平人躯体上的所有创伤，却无法磨灭人灵魂深处对痛的记忆。

有时，平平淡淡的爱能够结出伟大的果实，而轰轰烈烈的爱却可能颗粒无收。或许，每个人都经历过或即将经历初恋盛事，它有时就像一坛醇香扑鼻的美酒，让你的心在似醉非醉中慢慢消融，有时又像无果的花朵，灿烂过后，仅存孤枝残叶。

失恋无疑是痛苦的，而热烈的初恋的失败更是令人痛入骨髓。我和玲的初恋，却是在两天内由天堂坠入地狱，似乎由赤道瞬间飞到了北极。其痛自知。

---

① “开篇故事”分为上篇、中篇、下篇，讲述了罗叔爱情旅途中的初恋故事。

1985年12月中旬的某个周日下午，在飘零的雪花中，我从广东阳春经湛江、桂林坐火车回到了长沙。此刻，玲已在车站等候了数个小时。这次我去阳春野外实习了近两个月，我们却感觉似乎分隔了几个世纪。从长沙去往广东之前，我们相约，书信必须往来不绝，且必须当日回复。记得上次她在锡矿山实习时，我们也是如此，哪怕是只言片语，也要在最短的时间内回复。“就让邮局帮我们传递对彼此浓浓的思念吧。”她曾这样说。这次到阳春的实习，是我作为硕士生的最后一次实习。当时，我已是三年级上半学期的研究生，实习回来后就要在学校里做实验和撰写毕业论文了。这将是一段既紧张辛苦，又令人充满期待的时期。

在见到玲的几天前，我就已兴奋难眠，满脑子都是一个清纯可人的身影。漂亮的脸儿，窈窕的身材，甜美的笑声，轻盈的脚步。“你曾经失却的爱，我都会弥补。”我脑海中常常回响着她的声音，这是最初她得知我是遗腹子时对我所说的一句话。当时，这句话让我感天动地，泪眼蒙眬，几近失声。

终于，我在车站口见到了日夜思念的玲。那天，她穿着一件红色呢子长大衣，这更衬托出她美妙的身姿和非凡的风采。她左肩搭着一个淡绿色的粗布书包，右手拿着一把粉红色的碎花小伞，束在脑后的浅红色长发垂到腰际，在冷风中微微飘扬。淡淡的香味随风而至，这种香是那么熟悉而亲切！的确是玲。一阵激动过后，耳边传来她轻轻的埋怨声：“怎么这样瘦，好不珍惜！”“阳春这么冷？看你的手和耳朵都肿啦！”她说。“这是冻疮，没事。”我答。

离开车站，我们边走边聊。我抬眼望着斜对岸的山峦，那是岳麓山。记得多少次，我们在周末偷偷上山，在爱晚亭边的小溪旁、大树下，伴着潺潺的溪水声，吃着小点心或自选的西瓜，说着各自的笑话，轻松而愉悦。

但此时的岳麓山，却是黑魆魆的，只留着乌蒙蒙的身影，全无往日的清秀俊逸，令人心情不免有些下沉。天依然飘着小雪，路上的行人，微微佝偻着身躯，匆匆前行。“长沙的街景有点凄凉，破败。”我想。

我们坐在公交车上，手握着手，她讲着学校里同学间的趣闻，我描绘着阳春美丽的溶洞和山沟野地里的苦闷经历，时而轻笑，时而轻叹。

吃过晚饭后，她来到我的寝室。见此情景，两个室友都识趣地躲得没了踪影。我们面对面坐着，中间放着煤饼炉，边烤边聊。她不时握握我红肿的手，“疼吗？”她问。“有点痒，不疼。”我轻声说。“明天必须去医务室拿点药。”她说。“没事，这点小病……”“必须去，听话！要不，我陪你去。”她打断我的话这样说，语气刚硬，不容我多言。后来，她还谈起她的母亲过几天会到长沙来。“跟她见还是不见？”她盯着我问。“不见吧，还不是时候。”我细声细气地说。“那好吧。她会带些吃的东西来，到时我拿给你。”她说。

我们聊到大约晚上11点。临走前，她说：“衣服和床单我拿去洗，太脏了。”我说：“不用。”“别犟了，你的手有伤。”她快人快语。我默默地送她到女生楼大门口，看着她走上楼梯，拐进暗角，没了身影后，才慢慢走回宿舍。临睡前，寝室两个家伙酸溜溜地说笑了一通，但我的内心却感觉异常踏实而甜蜜。一夜好梦。

第二天是周一，上午约9点，她陪我去了学校医务室，拿了不少药。瓶装的，用于涂抹；纸包的，用于内服。她仔细看过说明书后，告诉我哪些药饭后服、哪些药一天抹几次。末了，她说：“按时用药，过几天就会好的。”我催促她快去复习功课，就要考试了，别误事。“这点小病，没事。”我又说。“那好吧。晚上7点半我去你的实验室。”她说完，如风似的走了。

我有一间9平方米的实验室，兼作工作室。有时候，做实验或看书太累了，懒得回寝室，我就会在那里过夜。大约一年半前，我当过她所在班级的实验课指导老师。当时的硕士生都有3个学分的教学任务，主要是带实验课，有时也代替其他老师上课。有一次，就在这个斗大的房间里，我把自己藏了两个多月的心里话告诉了她，也问了她的意思。她接纳了我之后，我们约好，每周六晚上7点半，就在这个房间里相会，聊天，说笑。平时，我俩都要装着像陌生人一样。“可不能让别人知道了，影响不好。”她时常这么说。

的确，在那个年代，学生之间是不允许公开谈情说爱的。更何况，我们是师生恋，其后果可想而知。这是常常让我们提心吊胆的事。如果被系里的老师或同学知道了，整个系必然会炸开锅，我们都会受到批评，甚至我们的信息都可能会被贴进学校食堂门口的布告栏，这是有先例的。其实，我后来才知道，纸确实是包不住火的。许多人，包括一些与我们非常亲近的老师，早就知道了我们的秘密，只是没有人当面揭穿而已。当然，也没有人去系办公室或校长室告过我们的状。对于这件事，我至今都没能完全弄明白。

那天下午大约5点半，我早早吃过晚饭，就来到实验室激动地等着玲，心中充满着幸福感。晚上7点一刻左右，她轻灵地推开虚掩着的门，快速闪入房间，再熟练地关门落锁。我立刻站起身来，随手关掉台灯，整个房间顿时黑暗了下来。我们紧紧地拥抱在一起，并极其热烈地相互亲吻起来。很快，我的双手就很不安分地在她的身上摸来捏去，她也首次显得非常顺从配合。或许双方都相当激动吧，我们隔着衣裤磨蹭缠绵了好长一阵子，有点难分难舍。后来，我重新打开台灯，我们移到台桌前相拥而坐，并开始闲聊。我先说了些在阳春的见闻、论文的构想和准备考博的事，她接着谈了些考研的计划和一些杂事，包括她在长沙工作的哥哥的事。后来，我们还聊起在这间实验室里曾多次发生过的趣事，笑得我们前仰后合、肚子发痛。

有一天下午，在反锁的房间里，她面对面地骑坐在我的大腿上，我双手搂抱着她的腰肢，我们就这样聊着天。不知过了多久，有人在外面敲门，我们决定不理，以制造里面没人的假象。于是，我们的交流改成手语，比比画画，挤眉弄眼，不弄出一点声响。那人走了之后，过了一阵子，又折了回来，连敲带喊。我听得出那是系里管仪器设备的高光明老师的声音。我们还是不理，连大气都不敢喘，但心里已在咯咯发笑，似乎快要撑不住了，我就用手掌紧紧地封住她的嘴，没想到她也同样用双掌重叠着压住我的嘴唇。两人大眼盯着小眼，满脸憋得通红，脖子上青筋暴突，难受极了。后来，每次看见高老师从远处走来，我都会不自觉地绕道走，如果实在避不开，也不敢朝着他看，装模作样地偏着头快速地走过，好像没有见到似的，心脏却会狂跳不已。

还有两三次，晚上我们关着灯坐在房间里谈天说地，讲着一些没影的笑话，竟然忘记了时间。系里的大门每晚都是11点钟落锁的。有一次，我们错过了关门时间，待到发觉时已是凌晨近1点。她坚决要回寝室，怕室友看到她未归会弄出什么大事来。但大门已无法开启，我们急得心里慌乱。后来，我仔细观察了大门上面的小窗，觉得不怎么牢固，用点力应该能够把它弄掉，至少能把它弄歪点，这样以我们的身躯钻过去还是有可能的。我找到一根长长的木棍，略加使劲，上面的小窗就慢慢地偏转了，终于留下了一个好大的空间。我抱起她，教她如何偏头侧身，手应该怎么抓，脚要怎么收拢。她很聪明，没用多少时间就翻了出去。我也如法炮制。第二天，再经过那道大门时，我偷偷瞧了一眼，那窗还是歪斜的，而且歪得有点厉害。我心里嘀咕：不知别人看出来没有？会不会有人来查？如果被人知道了该怎么办呢？这样翻窗的事，后来又发生过一两次，但我们已是轻车熟路。

那天晚上，我们就这样说说笑笑，不知不觉间已近关门时间。她先走了出去，我随后也出了实验室的门。因怕遇着别人，我就在她身后十来米的地方不紧不慢地跟着，似送非送，一直目送她走进了女生大楼。

周二一整天，我们只是在地质系底楼的楼道里偶尔遇见一次。她和几个同专业的女生边走边聊些什么，我们的目光仅仅匆匆对视了一会儿，就迅速移开，都装作不认识对方似的。在别的女生跟我打招呼的当儿，她已走出老远，我眼睛的余光仅能捕捉到红色呢子大衣的背影。

周三上午，我进实验室的门时，看到地上有一张她写的小纸条，内容大概是：她晚上要来我的寝室，带几个松花皮蛋给我，顺便送还给我洗净的床单和衣服，尽管还没大干透。“显然，她的母亲昨天来过了。”我自忖道。那天晚上7点多，玲带来了7个松花皮蛋和一些浏阳小吃。之后，如同周日晚上那样，我们在煤饼炉边又度过了几个小时，至于聊了些什么，我已记不大清楚了，但还是一个相当愉快的夜晚。

周四一整天，都未见玲的人影。我知道，她在忙着备考。我不便打扰她，也找不出任何借口去见她，尽管内心多有这种冲动。她是一个好胜心很强的姑娘，门门功课都是全年级最棒的。当然，她也非常努力，不甘人后是她的强大动力。我老早就想过，她可能是湖南最好的姑娘，拥有湖南姑娘所有的良好品质：聪明、好学、漂亮、好胜心强、冲劲十足、快人快语……

中　篇

可怕的事情发生在周五。这一天，我的世界完全颠倒了过来，至今回想起来仍痛悔不已。

按照学校的规定，每周五下午都是教师和研究生的政治学习时间。从下午1点半开始，系里的全体老师和研究生都在地质系大楼201室开会学习文件。会议大约到下午4点结束，我急匆匆地返回我在一楼的小实验室，想喝点水。书桌上摆放着几个药瓶、几本杂乱的书和一支钢笔，当时脑中还想着明天就是周六了，又是和玲约会的日子，心里感觉很是惬意充实。大约下午4点半，我想离开实验室回宿舍。这时，我准备戴上黑皮手套——它是两天前玲刚送给我的礼物，我很是喜欢。但翻遍了书包，看过了桌上桌下，就是没有见着它的影子。我心想，可能是自己把它遗忘在201室的课桌隔层里了。想到这里，我就快速走出房间，朝着二楼小跑而去。

真是命运弄人。到201室后，我看见偌大的教室里仅有3个学生，一个女生坐在老远处，另外的一男一女并排坐在同一张课椅上，似乎在说笑闲聊。这个女生的背影让我立马认出是玲，男生是一个跟她同年级不同班的东北人。据说，他是学校里有名的花花公子，没两年时间就已谈过多个女朋友，都是谈了甩，甩了又谈。说实话，他人长得相当高大帅气，家中还很有钱，只是很不用功，成绩太差。据说，他在几个月前的一个晚上与管理系的一个女生带着草席在岳麓山上过夜，碰巧被一位喜欢夜间爬山的老师看到。这事被捅到学校里，两人都被批评了一通，通报自然被贴到了学校食堂门口的布告栏里。我虽未给他上过课，但他很讨女人喜欢这事，早就声名在外。说心里话，我着实不喜欢这个人，但也说不出所以然来。

看到此情此景，我心里立刻五味杂陈。我想，玲怎么会跟这种人在一起？难道她被他看中了？还是说她已有了别的想法？我就这样胡思乱想着走到下午自己坐过的课桌旁，但没见着那副黑皮手套。玲也看到我了，“找啥呢？”她隔着两张课桌发问。我没理会她，憋着一腔怒气回到自己的实验室。我越想越气，越想越心烦意乱，但又不知该怎么办才好，只得在房间里走来走去，还自言自语：怎么会这样？为什么会这样？过了一会儿，我竟然带着怒气决定：去找她。我气冲冲地又飞跑到201室，对着玲的侧影很没好气地说：“你来一下。”

回到实验室，我坐在椅子上，手里拿着一支钢笔在书桌上涂来画去。很快，我就听到有人推开门的声音。她把书包甩在右肩上，一阵风似的走到我的书桌旁，嘴里还呢喃着：“我知道了，知道了，有人又生气了。”听她说这话，我脑中突然一阵狂乱，满腔怒火如火山般迸发出来。也不知从哪里来的蛮劲，我一下子就把桌子上所有的东西都扫到地上，玻璃药瓶撞地时的爆裂声和各种药片哗啦啦的杂乱声交织着，嘴里还非常浑蛋地大喊出声：“我们算了，我们算了，我们算了！”接着，我又把钢笔恶狠狠地扎向桌面，“砰”的一声巨响，钢笔断成两截。

她显然被吓坏了，表情错愕不已，脸色“唰”地变成铁青。她可能从来没有见过如此吓人的场面。其实，我也从来没有发过这样大的脾气。从小到大，人人都说我是好脾气的人，从不轻易发火。今天却很不合时宜地大发作一通，真是鬼使神差！只片刻工夫，她也扯开嗓门大声哭喊出来：“算了就算了，算了就算了！我还没嫁给你呢，还没嫁给你呢，对我就这么凶，以后还了得，还了得，我家里人都从来没有对我这样凶过！”她连珠炮似的一口气吼完，还没等我回过神来，她已转身冲出房间，我连个背影都没见着，只听到阵阵的抽泣声和啪嗒啪嗒的脚步声，由近及远，由大变小，渐渐消失。

她刚离开房间，我就像斗败的公鸡，垂头丧气。脑子却迅速清醒过来，很快就懊悔不迭，真该大打自己嘴巴。真是吃错药了，怎么会这样对她！怎么能这样对她！我不断地这样问自己。“追还是不追？追还是不追？”心里又这样连问自己。我一边抓耳挠腮，一边在房间和走廊之间穿进穿出，活像疯子一般。又过了一会儿，我重重地关上房门，呆若木鸡地坐在桌前，两眼空茫茫地望着窗外的小路，发憨发痴。那是玲跑回宿舍的必经之路，可现在哪有她的丝毫踪影！然后脑中又想着她该是怎样的愤懑，怎样的痛恨，怎样的揪心呀！我真是世上第一大浑蛋，忘恩负义的小人，心胸狭隘的家伙！很快，我的脑海中又不断浮现出她对我的种种好和我们在一起时的件件开心事。想到这里，我不由自主地悲从中来，泪流满面，失声痛哭。

又不知过了多久，天已完全暗黑了下来，我的情绪也已逐渐平复。于是我开始慢慢地收拾杂乱不堪的房间，扫除地上的所有药片和玻璃碴子，并准备把一些书本放进抽屉。在打开抽屉的一刹那，我赫然看见那副该死的黑皮手套正静静地躺在里面，几个指套还恶作剧似的高高翘起，仿佛在嘲笑我的冲动、暴躁与无知。我忽又怒火中烧，一把抓出手套，狠狠地摔在地上。犹感不足，我又拿出一把剪刀，对着它又戳又剪，想把一身怨气发泄出来。之后，我又呆坐了几个小时，脑子里胡思乱想：她会恨我吗？会原谅我吗？怎样叫她原谅我？内心时而后怕，时而茫然。

约晚上10点，我失魂落魄地返回寝室，直扑床上。室友永生和冠龙可能已察觉出我的异样，问了我多次："怎么啦？出啥事啦？"我始终闷不作声，把头深埋在枕头底下，把整个身子包在被子里，暗暗流泪。此刻的我真正是，肝肠寸断，悲痛欲绝。一夜无眠。

第二天是周六。上午，我还一直躲在被子里，但已感觉到有几个同学掀开过我的蚊帐，心情焦急地问东问西。我还是始终不语。心想，自己做下这等蠢事，犯下如此低级的错误，怎好意思说出口？但早已听到有人在旁边嘀咕："肯定是他和凌×玲出事了，可能闹翻了。"听罢，我更是心如刀绞，痛不欲生，全身发抖，最后竟然控制不住地大哭出声。

到了中午，有同学给我打来饭菜，强拉硬扯地把我从床上弄起，要我吃点东西。我哪有胃口？班长硬是要我说几句。"到底怎么啦？前几天，我看到你们在这里烤火还好好的，出什么事了？"他问。我只得低声说了几句："我真浑！对她发火了，发大火了，真浑！"他们还不断追问，我只从嘴里挤出几句。他们开始七嘴八舌，或说，这事没什么，好好向她道歉，保证没事，你们那么要好，真没事；或说，凌×玲也不咋的，没什么了不起的，比她强的女人多着呢，天涯何处无芳草；等等。

听到这些，我的大脑一片混乱，一时也不知该怎么办，但心情好了不少，似乎轻松了许多。我胡乱吃了几口饭后，就呆呆地背靠墙壁坐在床上，开始前前后后、认认真真地思考起这件事来，一会儿觉得可能还有戏，一会儿又觉得肯定完蛋了。不知所终。

到了大约下午4点钟，我心里莫名其妙地冒出一个念头：或许她晚上7点半还会去我的实验室，这是我们雷打不动的约定啊。是的，也许她真的会去。万一她真的去了，我该怎么办？得好好向她道歉，对，好好道歉。这也是有先例的。记得几个月前，我也是在得知她跟别的男生去吃饭跳舞之后，对她发了一次火。当然，那次没这次严重，而且她当时也说了，以后不会再跟别的男生单独出去了。那个周六晚上，她照样来到我的实验室，我们还聊起了许多做人的道理并规划了我们今后的人生道路等。如同每次约会一样，那次我们也相当愉快。

我就怀着这样的侥幸心理，毅然决然地从床上爬起。洗了脸，换上了玲几天前帮我洗净的衣服，急匆匆地走出门。在路过食堂时，我随便买了两个白馒头，边走边吃边想。到实验室大约是下午5点半，我又认真打扫了一下房间，整理了一下还有点凌乱的书桌。然后，我就坐在桌前，面向着窗前的小路，仔细观察着每一个走过的行人，急切地盼望着能看到那个熟悉的身影。随着时间一点点过去，我的心越来越紧张不安，思绪也越来越乱。心里不停地问着自己："她会来吗？还会来吗？会吗？"

快到晚上7点半时，我已紧张到了极点，内心也极度焦躁起来。可是，昏黄灯光下的小路绝无人影。此时，一种无名的惆怅感油然而生，还伴随着些许难以名状的落寞、丧气和灰心。我坐立不安。这样又度秒如年地过了十几分钟，到晚上7点三刻，我彻底绝望了。她一定不会来了，她要离我而去了，她永远不理我了。想到这里，我的心隐隐作痛。"去找她，豁出去了！"一冒出这个念头，不知从哪里滋生出来的勇气，我便不顾一切地冲出大门，在蒙蒙细雨中朝着女生楼狂奔而去，全然忘记了她屡次对我说的"不许再到宿舍找她"的警告。

到了她的宿舍，我径直而入，屋内的七八个女生都显得惊愕而慌乱。我快速走到玲的床下，隐隐约约看到上铺的蚊帐里有一个裹着被子的人形，只露着半头乱发。我刚想掀开蚊帐并说些什么，她下铺的女生阎飞同学忙不迭地向我摆手挤眼，示意我到门外说话。

阎飞也是我的学生，来自河北石家庄，是一个很不错的姑娘，跟玲非常要好。她把我拉到走廊的拐角，低声问我："罗老师，你们到底怎么啦？您没对她做过什么坏事吧？她从昨晚到现在都没起过床，也没吃过东西。昨晚，她一直在床上发抖，还不时发出轻轻的呜咽声。早上，我看到她的枕头已湿了大半。问她，她什么都不肯说。你们到底出什么事啦？"听完这段话，我有种巨大的钻心痛的感觉，双脚变得软而无力，眼泪也夺眶而出。"罗老师不急，不急，您慢慢讲。"阎飞在我的耳边轻声说。说什么呢？还好意思说？真不知从何说起。

一阵沉默过后，我硬装出些许轻松的样子，低声说："昨天下午，我对她发火了，莫名其妙发火了，真该死，真浑蛋，真不应该！""怎么会这样？为什么会这样？你们不是一直处得蛮好的嘛！"她又急急地问。我又无话可说了，呆呆地站在她的面前，愁眉苦脸，唉声叹气。可能看到我一直不吭声，而且一副狼狈不堪、失魂落魄的样子，她就用略带安慰的语气对我说："这样吧，我再劝劝她，罗老师您也不用着急，这事得慢慢来，您就先回去吧。"末了，她又加了一句："天气不好，路滑，罗老师走路当心。""看来，阎飞也是一位善良的姑娘。"我心里这样想着，垂头丧气地走下楼梯。

从女生楼出来后，我又摇摇晃晃、一脚深一脚浅地冒雨走回实验室。关好门，熄了灯，我再次趴在书桌上痛哭。"完了，真的完了，彻底完了。"心中凄然地冒出这几句。这时，我突然觉得自己异常孤独，有种世人都无情地离我远去的感觉。漆黑的房间空荡荡的，寂静得出奇，只偶尔从窗外传来野猫的凄凉叫声，掺杂着寒风的呜呜声。我心想，这是不好的征兆，于是情绪更加低落了。

深夜回到寝室，永生和冠龙两个室友都未上床，似乎在等待我的消息，一脸颇为焦虑的表情。看到我非常憔悴萎靡的样子，他们便心知肚明，也不多问，只劝我想开点，没什么大不了的事。我含泪点头，心中生出一丝感激，摆摆手，也没洗漱，直奔被窝。这一夜特别漫长，似乎比先前更加难熬，真是流泪到天明。

接下来是周日，天气转好。上午约9点，久违的阳光已照到我的床前，我的心情也略有释然。班上好几个同学已来看过我多次，而且劝慰有加。近中午，谷昌、博益、冠龙、阿毛、湘平等同学一再催促我起床。他们说，午饭后陪我上岳麓山玩玩，散散心。还骗我说，山上的枫叶早已红透，别有一番景致，不看可惜了。我终于被说动了。下午，我跟着湘平在岳麓山南坡的大树下、乱竹间恣意穿行，甚至专挑无人小路，走走停停，胡吹乱侃。他还说了不少凌×玲如何如何的话，以及别人对她的评价，劝我说男子汉应该拿得起放得下等。我知道他是好意，目的是想叫我尽早解脱出来，不要在一棵树上吊死。其实，我越听越不是滋味，越听对玲越心生眷恋，越听心也越发疼痛。

对这帮老同学，我至今都是心存感激的。因为，此后两个多礼拜的每一天，都有一两个同学陪我散步聊天，或山间，或水旁，或林下，直到元旦后学校放了寒假。也正是这帮同学陪伴我度过了人生中最艰难的岁月，我才有了之后继续待在长沙的勇气和决心，直至半年后真正离开这个是非之地。

不过，2003年10月初，我们本科同班同学在山东威海举行大学毕业20周年纪念集会时，谷昌坏笑似的问我："罗家铺子，当年你跟凌×玲吹掉时，你可知道我们为何每天陪你玩？"我故作轻松地说："愿闻其详。"紧接着，他和博益等一众同学都哈哈大笑起来。片刻之后，谷昌说："其实，我们只是怕你上吊！哈哈哈。""你们这帮家伙，都该杀头！"我大声地嚷嚷着。说实话，尽管我当时的苦痛是真真切切的，可以说是痛到极致，但上吊的念头从未有过。

话再说回来。那天下午，湘平陪我在山中瞎转了几个小时，我们大约下午4点才返回寝室。我洗了脸，上床略眯了片刻。无论如何，下午的山中闲逛，虽未见着一片红叶，但我的情绪已大有改观，内心也不是那么沉甸甸的了。

下午5点一刻左右，有同学悄悄对我说，刚刚看到凌×玲，好像很憔悴，脸色有些苍白，不过跟别的女生还是有说有笑的。我的心又是一紧，有一种难以言明的酸涩滋味在心头。看来我真的伤害到她的心了，把她伤得过重了，自己真该死。但稍稍冷静过后，我心想："她已起床，也有说有笑，是不是没事了？最好是没事了，最好是消气了。""去找她！不管三七二十一，最后的机会了！"我心里又生出这种冲动的念头。接着，我迅速起床，披起衣服，又径直朝着女生楼狂奔而去。

下 篇

快到女生楼大门前时，我又有些踌躇，不由得放慢了脚步，心里局促不安。“事已至此，大不了跳一次火坑！”我暗暗给自己壮胆。然后，我缓步走进女生楼，再蹑手蹑脚地走上楼梯。到了她的宿舍门口，我略微偏着头偷偷往里瞧。只见玲正坐在床前的椅子上，面朝窗外，似乎懒洋洋地晒着阳光若有所思。

我悄无声息地走到她的桌子对面，眼睛死盯着她，细声地叫出：×玲。她似乎吓了一跳，身子猛然一颤，抬头看了我一眼，就腾地站起，右手快速抓起书包，嘴里迸出很大的声响：“朱恩静，我们走，我们走，看电影去！”我脑子“嗡”的一声，仿佛被震了一下，身体僵在那里，大脑一片空白。等我回过神来，她已疾走到了门外，瞬间就没了身影（朱恩静是大连人，也是我的学生，和玲是同专业不同班的同学，两人最为要好。20世纪90年代中期，她来南江某某大学测试什么石头样品，我招待了她。饭桌上，我听她轻描淡写地谈了一些玲后来的故事，只知道玲硕士毕业后先去葛洲坝工作了几年，后跟随丈夫去了比利时，再未回来）。

我不知道自己当时是怎样离开她的宿舍的。在别的女生眼里，我的样子是否狼狈不堪？表情是否十分尴尬？对于这些，我已无心顾及。我仅记得自己悻悻地往回走，想着尽快躺在床上，躲到被窝里痛痛快快地让眼泪流干。

然而，等到我真的躺在床上蒙上被子，心里却忽然没有了伤痛的感觉，反而冉冉升起一股莫名的怒气。“她既然这样，既然如此无情，那还有什么好说的，没的说了，恩断义绝算了，拉倒吧！”想到这里，我心里似乎又滋生出一股怨气。紧接着，脑中响起这几天班上同学屡屡对我说的：“没啥了不起的，没啥大不了的。她只不过是漂亮点而已，别的也没啥！”这股带着强烈委屈感的怒气，断断续续地在我的胸中时隐时现。或许，这股隐然的怒气已冲昏了我的头脑，以至于几天后天大的机会再次降临时，我却做出了完全不是自己本意的荒唐决定，说出了违心的决绝话语，但也再次把自己推进了暗无天日的十八层冰窟，可谓万劫不复。

到了大约晚上7点，我索性起床，穿好衣服，冒着刺骨的寒风，在暗淡的路灯下，沿着学生第七宿舍后面的小山旁荒凉的小路，默默地散起步来。不知不觉间，我却走到了学校的电影院门前，里面传来悠扬的音乐声，婉转绵长。我心里“咯噔”一下，玲此时就坐在里面看电影呢。等反应过来，我自觉没趣，掉头走回自己的实验室。在房间里，我两手抱胸，踱来踱去，嘴里还反复自言自语：“这次了断了，真的了断了，彻底了断了。”

晚上12点多，在校园里又瞎逛一通后，我回到了寝室，此时两个室友已经睡着了。天地寂静无声。我刚想上床，肚子骤然咕咕乱叫起来，这才想起自己又忘记吃晚饭了。我开始东找西寻。哪有充饥之物！连点馒头渣子也没见着。但我的目光早已多次扫过那几个浏阳特产的松花皮蛋，只是倔强地抑制着自己的欲念，不去触碰它们。这些松花皮蛋是玲周三晚上送过来的，我曾把它们当成宝贝，有点舍不得吃，因此只吃了两个，还余五个。但后来，肚子的叫声终于摧垮了自己的意志，我很没骨气地拿起一个轻轻地敲起壳来。把它送入嘴巴的那一刻，我的眼泪奔涌而出，沿着瘦弱的脸颊滚滚而下，直入嘴角，感觉有一股淡淡的咸味糅合着松花皮蛋浓重的碱味，我哽咽着吞进肚子里。“别吃光了，留一个吧，作个纪念也好。”似乎有个声音在我的耳边响起，于是一共吃掉了四个。

吃完皮蛋上了床，刚裹上被子，悲痛的感觉又阵阵袭来。傍晚时的怒火已无影无踪，内心又连连念想起她的好。草绿色的军装，淡灰色的围巾，带着树叶纹理的松花皮蛋，还有那副该死的黑皮手套！这些都是玲送的，有的就在身边，有的正穿在身上。真是造孽呀！

周一上午，我仍浑浑噩噩、迷迷糊糊地躺在床上。中午吃过同学帮我打的饭菜后，刚想再上床睡觉，就被博益拉着出去逛山，或是在野林里东窜西钻，或是在溪水旁胡聊瞎侃，硬是消磨掉了一个下午的时光。晚上，我去了一趟实验室，本想整理一下从广东阳春带回来的一大堆野外考察资料，为接下来的实验和撰写论文做些准备，但心绪全无，百无聊赖，只好作罢。在实验室里又呆坐了几个小时，满脑子胡思乱想，直到系里的大门快要落锁时，我才恹恹怏怏地跨出地质系的大门走回宿舍。这一夜睡了个囫囵觉。

周二上午，我感觉自己心情已经轻松了许多，吃过早饭便直奔实验室。约上午10点，跟我在同一个教研室的段嘉瑞老师推门进来，神色严肃地问起我和玲的事儿（段老师给我们上过一门叫“构造地质学”的专业课，他是我和玲都非常尊敬的一位老师）。我颇为紧张，不知如何回答才好。呆立了一会儿，我结结巴巴地小声问：“您是怎么知道的？这么快？”“早传开了！”他大声说，“看你这几天失魂落魄的样子，我就猜你俩出事了。一问别人，果然！”他是极爽快之人，嗓门洪亮。

我只得把上周五发生的那件事前前后后详细地告诉了他。“糟透了，都是我的错，自己太浑了，真不该！”我怯怯地说。“我听来这事没那么严重，应该还有回旋的余地。”他如是说。我一听，立马来了精神。“这姑娘我比较了解，还是很重感情的，”他说，“你们应该也是有感情的。记得去年她在锡矿山实习时，你还叫我帮忙带点钱给她（15元现金）。后来我还听说，她在那边不仅给你买毛线织围巾，还给你买书，是不是？”我有点惊讶地轻声问：“这些事您也知道？”他说：“终归是有人跟我说过的。”我不得不赶紧承认：“是的，她在那边给我织过一条围巾，也给我买过一套《上下五千年》的历史书。”听后，他接着说：“是的嘛。其实，我觉得吧，她对你还是挺不错的。当然，换个角度想，发生这种事，也说明你很在乎她。你得好好向她道歉！”我连忙说：“是的，是的。”最后，他告诉我，他准备约一下凌×玲，先探探她的口气。如果她同意跟我再见次面，到时该怎么谈就怎么谈。

当天下午大约2点，段老师再次来到我的实验室。他进门就说：“我已跟凌×玲约好，她4点会来我的办公室，你到时等我的消息，别走开。”段老师的办公室，正好与我的实验室门对着门。我看了下表，还有两个钟头。自此之后，我就开始紧张不安地等待着，不停地看表，思绪万千。到了下午3点半，我轻轻地打开房门，让它虚掩着，只留着一条细细的缝。此后，我就一直静静地站立在门后，一只眼睛不时地朝着门外瞄上一会儿。大约下午4点，眼前突然闪过一抹红色，我终于看到她穿着红色呢子大衣的身影快速闪入对面的房间。随着那边房门的关闭，我的心脏又开始狂跳起来。“他们会谈些什么呢？她会说我什么呢？段老师会说服她吗？她还会原谅我吗？”一连串的问题浮现在我的脑中。

下午4点40分左右，我听到对面开门的声音。不久后，段老师就推开我虚掩着的门，我赶紧站起来，眼睛盯着他的嘴唇。他说话的语气轻松自然，让我有如释重负的感觉。“她主要是怪你不信任她。她说，既然你老不信任她，两人在一起还有什么意思？”他进门说道，“我跟凌×玲说，这确实是你的不对，两人好就要相互信任，不该怀疑这怀疑那。但我也跟她说，这恰恰说明你很爱她、很在乎她呀。这一点她也同意，只是说你不该对她发那么大的火，她真受不了。”我插话说：“是我不对，是我不好，真的不好。”“不过，她已同意跟你再谈一谈，明天晚上7点在水塘边上。”他说，“这是好兆头！”我连忙说：“是好消息，真是好消息。谢天谢地，也谢谢您。”之后，段老师教给我一些向她道歉的技巧，以及她问什么我应该怎么答。“关键的一点是，要想方设法让她哭出来，她心里肯定很委屈了。她哭出来了，这道坎就迈过去了。”他最后这样说。我在边上频频点头，表示很有道理。但是，我该说些什么能让她感动的话呢？怎么才能让她哭出来呢？这些问题总是萦绕在我的脑际，但我一时又找不出答案，心里又忐忑不安起来。

傍晚，我带着略微轻松的心情回到寝室，马上叫来了几个最要好的同学，把下午发生的事情一一说了出来。他们都认为，可能真有戏。于是你一言我一语地给我支起着来，甚至还教了我第一句该说什么、第二句又该怎么说等。待深夜我睡到床上后，又反复演练起来，把那些可能会让玲感动的话语背得滚瓜烂熟。

周三白天，我基本上都在想着晚上跟玲会面的事，不断默想着那些可能会让她哭出来的句子和办法。上午，我在宿舍里又跟几个同学讨论了一次，终于觉得自己已经很有把握了。下午，我到实验室瞎折腾了几个小时，心不在焉，总是想着晚上怎么表现、怎么说话、怎么让她感动。但是傍晚时分，我的脑子却又莫名其妙地开始混沌起来。之前默想过无数遍的话语，有些已记不完整，有些更是模糊不清，心里不免烦躁起来。有一种不祥的预感闪过我的脑际，看来天要绝我？！

我仰面躺在床上，双手枕在脑后，努力回想着段老师和那帮同学说过的话。“第一句应该是诚恳地向她道歉，最好带着哭腔。”他们这样说。“然后，把你这几天对她的苦苦思念表达出来，也要用无比悲伤的语气。”想到这些，我忽然觉得很是无趣。“是不是太做作了？”我自问。脑中又快速闪过周日下午的景象，那股受到愚弄后的委屈感迅速袭来。“她会看不起我的，她根本就没有把我放在眼里。”我心里又起波澜，不知所措。

正当我心烦意乱之时，老同学湘平呼呼地走到我的床前，大声地叫着：“还不快去，已经7点了。”我这才想起，刚才的一阵胡思乱想已让我忘记了时间。我匆匆忙忙地披起一件老乡送的白色旧棉袄，慌慌张张地跑出门，直奔水塘。从女生楼旁的小路拐出来，我远远就望见水塘边有一个人影在微微晃动。很快，红色呢子大衣的背影已清晰可辨。看来，是她先到了，不知她已等了多久？我内心自责起来。

此时天正下着小雪，寒风凛冽。她略低着头，站立在飞扬的柳枝下，双手插在口袋里，脸朝着水塘中央，右脚不时地把什么踢入水中，发出细微的声音。我悄悄地走到她的左边，身子轻轻颤抖着。不知咋的，脑中瞬间变得一片空白，早已想好的要向她尽情倾诉的话语突然无踪无迹，心里不免暗暗发急。说什么呢？怎么开口？还好意思开口？心中一片茫然。不知呆立了多久，突然从身边传来微弱的声音：“哑巴了？哑巴了？”

真是人逢天厌百不济！此时，周日傍晚的那股莫名的怨气忽地掠过脑际，我竟然脱口而出：“×玲，我们还是好聚好散吧！”话音刚落，耳边就传来冰冷的声音：“好呀！怎么个好聚好散法？”我猛然惊觉，妈呀，全说反了，真该死。“我……我……”我刚结结巴巴地想纠正自己的错误，想说自己的心里本不是这个意思。“我什么我，说说看，怎么个好聚好散法？”她真是伶牙俐齿，“说呀！”没有留给我半点辩解的机会，她一连串的话语劈头盖脸地向我袭来，声音低沉生硬，明显带着天大的怒气。我冰冻在那里，全身发颤，舌头僵麻，全然不知自己接下来该怎么办。

我又呆立了不知多久，心绪才慢慢平稳下来，思维也渐渐清晰。“男人要说到做到，既然这样说了，那就勇敢地面对，有什么了不起的！”内心有个声音这样说。此后，真是活见鬼了，我的语气变得异常平静，竟然能够轻易地说出我俩确实有点不大合适的话来，甚至已完全忘记了自己至少应该向她说句道歉的话，也忘记了应该感谢她一年半以来对我的种种呵护、照顾和关爱。

接下来发生的事情，让我至今依然百思不得其解。我们都变得心平气和，相互间的对话也变得礼貌而客气。她像变魔术一般拿出几张白纸来，叫我在身后不远处的一块石头上坐下来。“她的心真的很细。”我想。然后，我们背靠着背坐在那块石头上。我甚至能真切地感受到她的体温在一点一点地传递过来，而我早已熟悉无比的她特有的体香正弥漫在我们周围的空气里。我们开始漫无目的地闲聊，也对曾经发生在我们两人之间的事情侃侃而谈，感觉相当轻松自然，像是多年的老朋友在轻声细语地说着身边的件件平凡之事。

当我谈起准备改考北京大学地质系钱祥麟教授的博士生之事时，她插话问：“你不是要考何老师的博士生吗？为什么要改变主意？”（她说的何老师就是我当时的硕士生导师何绍勋教授。很可惜，他老人家在2005年过世了。那年我正好在加拿大多伦多大学访学，没能见他最后一面。在开追悼会的前一天晚上，我从健清同学那里要到了何老师家的电话号码，便给师母打去了越洋电话，流着泪问候了许久，也深表哀悼，心里嗟叹不已。）我轻声说：“不想考了，我现在讨厌长沙了，恨不得马上离开这个鬼地方！”她说：“那好吧。我明白了，一切都明白了。随你吧，你自己决定。”接下来，我们有好一阵子都默不作声，周围的空气似乎也凝固了起来。过了不知多久，她突然细声细气地说：“那我也不考何老师的了，我考别人的。”其实，她原本打算报考何老师的硕士生，现在要改变主意，我也能理解。（半年后，她直升为地质系主任陈国珧教授的硕士生，这是后话。）“这是你自己的事，你自己决定。”我也轻声回应着。她当时还问我：“在准备考研方面，如果有必要，你能帮助我吗？”“完全没问题！”我肯定地说。

我们就这样坐在那块冰冷的石头上，背靠着背相当轻松地闲聊了大约三个钟头。后来我仔细想了想，当时我们好像什么都聊到了，唯独没有再聊起我们之间的恋人关系。其间，由于天气太冷，我的身子会不时地发起抖来。原来，出门时过于匆忙，我竟然忘记了穿上皮鞋，脚上只套着一双拖鞋，怪不得身体一直会感觉那么冷。我不知道她是否看到我穿的是拖鞋。“你冷吗？”她问过我几次。我都说不冷。我哪敢说真话？不然，她肯定会叫我赶紧回寝室。我心里暗想，这可能是我们最后一次在一起聊天了，今后她就不是我的女朋友了，能待得久点就久点吧。“唉！看来，我们的分手必是天意。命中注定，我们成不了夫妻。”后来，我曾这样安慰自己。

该是分别的时候了。大约晚上10点，我们一起站起身来，并排着边走边聊，直至到了女生楼门口。“我们最后握一次手吧！”我表现得很男子汉似的说，“还是那句话，好聚好散。”我右手伸向她，想着她也会伸出手来。但出乎意料，她一动不动。我的手举了半天，看她一直不伸手，略感无趣，只好作罢。我轻声向她告别后，转身离去。快要拐进另一条小路时，我朝她的方向又看了一眼，只见她正趴在门前的一棵大树干上。我想她可能哭了，就返身狂奔到她的近旁，问：“你怎么啦？怎么啦？啊？”“你走，快走，走！”她背对着我大喊道。这是我此生最后一次听到她对我说的话，至今难忘。

我一身轻松地回到寝室，好像打了一场大胜仗似的。此刻，房间里早有几个同学在等候着我的消息。他们见到我的样子，都猜测说我俩和好了，问题都解决了，天下又太平了。湘平还说：“看他们在水塘边上背靠背坐着聊天的样子，我就知道万事大吉了。”原来，在我和玲见面闲聊的时候，就有同学去偷偷侦察过，并且早已把好消息带回了宿舍。

直到这时，我才如梦初醒。全错了！他们和我一样全弄错了，一切都颠倒了。我哇的一声大哭出来，巨大的钻心的痛几乎把我击倒。我摇摇晃晃地冲向床边，猛地扑到被子上痛哭起来。这突如其来的变化，吓坏了房间里的所有人，他们顿时不知所措、手忙脚乱起来。只听见有人在我的背后慌乱地问着：“怎么回事？到底出什么事了？怎么啦？说呀？”我一直没有搭理他们，真是不想回答，也无法回答，只想自己一个人能够痛痛快快地流干眼泪，流干一切悔恨和懊恼。

在以后的日子里，我过得比先前更加灰暗、更加悲凉，也更加凄惨。短短两个多礼拜的时间，我的体重减轻了二十多斤，真正变成了一个仅有八十余斤的弱不禁风的人。但还好，每天都有同学陪伴我左右，我们一起爬山、聊天、喝酒（我还从此学会了抽烟）。也还好，元旦过后不久，学校就放了寒假。我迫不及待地乘坐火车回到了福建乡下老家。刚进家门，我就看到客厅墙壁上的玻璃镜框里放着两张玲的照片，一张是六寸的着色照，一张是两寸的黑白照。我突然觉得心中传来阵阵刺痛，宛如心脏被针刺一般。我就用闽南话对着母亲大叫：“把她的照片拿下来，烧掉，烧掉！”吓得母亲慌忙叫人把这两张照片取下来并扔到了灶子里。“就让烈火把它们化为灰烬吧。”我心中这样想着。看到这些，母亲肯定已心知肚明，但要求我立刻坚强起来，忘掉过去，向前看。“没有人能击垮我的‘大头日’！”她像以前一样又对我这样说。

再开学后，我曾多次在校园里遇见过 × 玲，但我早已下定决心，不再跟她有任何瓜葛，也不再跟她说任何一句话。因此，当我远远望见她走来时，就立马拐进旁边的小路，急急而去。

1986年5月初，赴北大考博失败后，我返回学校专心做毕业答辩的准备，最后顺利地拿到了工学硕士学位文凭。6月底，我从学校提供给我的四个工作机会所在地（上海、北京、桂林、长沙）中选择了上海，并成为全系第一个离开长沙这个令我痛心之地的人。

十年后，我再返长沙，已物是人非。但在校园里，睹物生情，思潮喷涌，我还是一口气写下了14首小诗。其中两首为：

（一）

当年长别橘子洲，湘水依依惹人愁。
意气风发寻紫雁，南山无伊声讴讴。

（二）

平起沙洲春未歇，忽见湘岭云雾叠。
十年阔别思犹在，不到前川泪已竭。

目录
CONTENTS

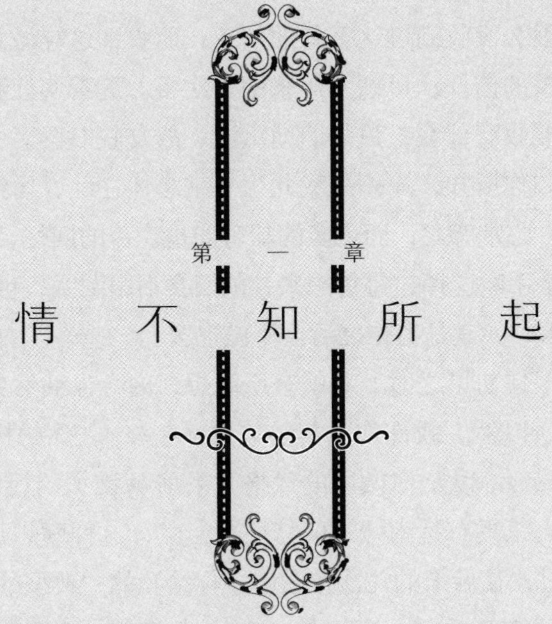

第 一 章

情不知所起

第一封信

TO 吉尔:

说实话，我已很久没收到过这么长的信了，而收到这样诚意满满、声音发自内心的一位美丽女孩的信件，可谓多年来的首次了。这着实让我很感动。瑜州之行，我原本没想过要收获什么，只是旧地重游、故友叙旧罢了。可是，你的出现却成为一个惊喜。如你所知，瑜州是我此生永难忘怀之地，留给我许多美好的记忆，犹如楚山之美，心常恋之；而更多的却可能是痛苦的回忆，那段情，那次爱，以如此决绝的方式亲手断送掉，每每想来，依旧会泪眼蒙眬，也依旧会痛悔叹惜。但这些都已成为往事，尤其是有你之后。不说也罢。

知道吗？那天跟你初见之时，我就有所联想，内心也油然生出些许伤感。但细细想来，又不知所以然。或许你的年龄（同样年轻），你的样貌（一样美貌），你的谈吐（快人快语），以及你做事的风格（果断敏捷），让我有种似曾相识之感，或说是你身上真正具有楚南妹子的特质。当然，这种联想是短暂的，只在脑子里一闪而过。不过，在后来的几次接触中，你给我的“典型的楚南妹子”印象，一次比一次深刻。回南江的前一天下午，在从楚西某地赶回瑜州的高速公路上，我竟然十分意外地收到你的短信，说是当晚想请我吃饭，不知我能否赏光。这，着实让我有些吃惊。这件事，成了我真正认真考虑你，确切地说是想要进一步弄明白你是什么样的女孩的开端。也可以说，就是从这件事你才开始渐渐地走进我的内心，我们的缘分就此结下。当然，这份缘此时还只是浅浅的、淡淡的。

回到南江后，我们用飞信交谈，由少到多，由陌生到熟悉，互相都觉得颇为投缘，甚至有点相见恨晚之感。有一次，你在飞信里开玩笑说：“我们是前世缘未了，今世续之，哈哈哈。”我开始体味到你的另一面：幽默，爱开玩笑，还有点机智。后来，我们的交往，逐渐唤起了我封存已久的昔日情感，让我仿佛又回到了几年前初恋时的样子。真是奇了。自此之后，每天清晨醒来，我首先想到的就是你。每次查看手机，最想收到的也是你的信息，唯一的念头，就是想知道你现在怎么样了、正在做什么、想要做什么，又有什么新鲜事发生，身体可好，开心与否等。这又是奇了。

你在给我的这封信中说了三件事。第一件是你的母亲与你哥嫂关系紧张之事。其实，我在孩提时就有相似的经历。我的母亲与哥嫂的关系也曾极度紧张。哥嫂跟我们（母亲、三姐、四姐和我共四人）分家时，我才8岁。印象中，在分家前，嫂子与母亲几乎是每天一小吵、三天一大吵。在她们吵架时，我哥要么不吭声，要么站在嫂子那边帮腔助势，给人相当忘恩负义的感觉。随着慢慢长大，我越来越意识到哥嫂的问题很多，他们满脑子都是小算盘，把每天口袋里的进与出算得很精到，然而品性却相当霸道、自私和小气，这或许是浓厚的小农意识在作祟，但也不尽然。当然，我的母亲脾气也不大好，性格刚烈，遇事急躁，为了维护几个姐姐和我的利益，可以说什么话都敢骂出来，有时一些不大好的事情也做得出来。不过，在我参加工作之后，他们的关系逐渐开始有所改善。

因此，我的想法是，作为小辈，你的哥嫂如果能对你的母亲多照顾些、慷慨些、孝顺些，就不要过于计较什么得失，凡事多忍让一点，久而久之，你母亲的心也应该会软下来。小辈有过错，如果不是太大，母亲其实是会谅解的。另外，你最好也多劝劝你的母亲，让她明白这个道理：儿媳好不好，最关键的还是要看她对其丈夫（他是你母亲自己的儿子）怎么样。如果他们夫妻之间能相互体谅，相互照顾，那么作为母亲，何必去管他们的生活呢？说句不好听的话，他们夫妻的生活好坏，最终又跟你的母亲何干？

第二件是你与生意上合作伙伴的关系之事。这让我很担心，也让我很害怕，昨天还一度让我有点生气。你说："身体和心理都无法接受他，但是碍于合作关系又总是没法直接拒绝。"就是说，你们的关系已非同一般，无法接受却又没法拒绝，我实在想不透其中的真意，尤其是出现"身体"二字，无法不让人胡思乱想。是的，你的这句话，让我想象出很多情形。如果是这样，我建议你赶紧退出这一合作关系，果断地退出，不要再如此枉自徒劳。或者，以后不要再让我知道你们之间的事和你们之间的关系！

第三件是有关我们的事。我上次在飞信中已经讲过了，我们之间的关系，既然是缘定，那就是天意，如此，我们就顺其自然吧。你说，你也是这么想的。说实在的，你已深埋于我的心中，你的心里似乎也已经有了我的位置。那就好好珍惜吧。你说过，我们都是有善心和责任心的人，一旦做出决定，就会负责到底。但我也说过，不伤害你是我的底线，我今后会尽力不去跨越这条底线。还有，你在飞信里已经说过两次，你好像已经爱上小罗头了。你的这句话，我虽不敢深信，但仔细想想，应该是出于真心，因你是诚实之人，应该不会随便拿些假话来哄骗我。这，着实让我很感动，谢谢你。此后，我想我也应该对你负起某些责任，尤其是应该真心待你。但愿小罗头将来真能成为你的另一个依靠，真能成为保护你的港湾。

今天太晚了，就不多说了。这封信是今晚来看我的朋友走后我才开始写的，用了一个小时。下次再好好谈些心里话，如何?

匆匆，词不达意，见谅!

祝好!

罗丙林

A年12月31日

第二封信

TO 吉尔：

半个小时前修改书稿时，我突然意识到还有一件重要的事未做，就是再读一遍你写的四篇小文（这时被你的飞信打断了，但你无过哈），然后给你写信。看得出来，你是一个非常细心，也很有爱心的女孩。实未想到，年纪还不算大的你，走过的城市真不少，经历也很丰富。你提到的地方，我大多是去过的，但记忆已模糊，如香港、娄底、蓝田、大连、沈阳；也有印象很深者，如成都、广州、重庆；但也有一些地名我似乎闻所未闻，如崀山。你说的没错，旅游是很能陶冶人之性情的，人们可以从中体味到不一样的自己、不一般的人生以及不一样的风土民情或文化，而不仅仅是美景、美食、美物。各色生活体验或经历，本来就是人活着的意义的一部分，而不只是情感的如何升华和爱的如何洗礼。比如“经历即人生，丰富的经历即丰富的人生”这句西谚就颇有道理。

你的四篇小文章中，我觉得写得最好的，还是那两段“旅程”，写得比较细腻，也含有深深的情感和对旅行意义的感悟。不过，可能是经过一段时间之后，你只凭着记忆而补写的缘故吧，有些细节还未描述清楚，有些逻辑还未理顺，尤其是段与段之间的承前启后还做得不大好，这是你今后写文章时特别要注意的小细节，也是你今后要提高的地方。能把一件事、一段经历、一份情感，按照先后顺序完整详细地描写出来，并让读者有身临其境之感，为之动情，为之伤感，甚至为之哭笑，这是写文章的终极目标和最高境界。我很高兴，你已经基本能做到这些了，这很不容易。只不过有些写作技能和技巧还要再练习，还有待进一步提高而已。

上次，我不知在哪里说过，你已经基本掌握了写作的一个窍门，就是在写任何文章或编撰故事时，心中都应有一个读者，要先设定他或她的身份或角色，并赋予血和肉，再把想说的话，以他或她能够理解的语言娓娓道来。我们应该明白，所写的故事只有先打动自己，方能打动他人。掌握了这一窍门，假以三年五载，再经过一些练习，你的文章就会越来越成熟，内容表达也会越来越自如、准确、大气、精彩和细腻。但在这一过程中，你还是要看大量的好书，特别是好的散文和杂文，因为散文和杂文往往是作者真情实感和真正才华的表露。正如鲁迅先生所说，写文章其实没有什么窍门，无非就是读、作、读、作，即不断地读，不断地练，不断地写。另外，相比于我，你的优势有二：一是你还很年轻，记忆力好，好奇心强；二是你的心思细腻缜密，情感也丰沛充盈。依此两点，加上你的文字功底，五年后，你的文笔应该会赶上我甚至超越我。这，我是相信的，你也应该相信。

你的另外两篇文章，让我心里有点不是滋味。从《如果还有明天》这篇小文，可以看出你当时的焦躁、不安、爱怜和无助。虽然你的思路断断续续、跳来跳去，但我多少也能看出你当时内心的惶恐。至于*End*这篇文章，怎么说呢？我是怀着相当复杂的心情读完的，还读了两遍。但是，在这篇小文里，你没有把你与他之间的挚爱和分手时的细节写出来，以致我看完后，还居于云山雾海里，不大明白你的那段感情的始终或来龙去脉。你们的爱因何而起？因何持续？又因何终结？这些问题，你在文章中全然没有交代。如此，作为读者的我，就无法判断你这次“逝去的爱”，到底给你带来过怎样的伤害，或者给你留下了什么收获或念想？不过，对于我来说，你最好不要交代，更不要交代得过于清楚、过于细腻，要不然我又会有几个夜晚难眠，呵呵。

在此我要说的一点是，我感觉得到，你在写*End*这篇小文时，还深深地爱着这个男孩L，甚至有可能至今亦是如此。把这种真实有过的爱，深留心底吧！如果对方有过错，伤害过你，或者你曾付出很多甚至一切，那就原谅他；如果你有过错，伤害过他，那就汲取教训，也给自己寻来自我原谅的理由。要知道，这就是生活，痛苦其实是人生无法回避的经历之一。两三年后，回过头来再想想，我们可能会觉得，曾经的这种痛苦经历，是多么宝贵，甚至是多么值得珍惜。如果没有这种痛苦经历，或许你今后不会懂得什么是爱的真谛，或者你不会知道如何成功地获得真爱（世上似乎人人都自以为懂得真爱，其实不然，知之者，实为凤毛麟角也）。

吉尔，相信我，有时失败的爱，真的是一种宝贵的经历，它可能会帮助你在未来的爱的旅途中获取成功。据说，世界上有90%以上的人一生中会有或已有这种失败的爱的经历，因为初恋成功者连10%都不到。我们应该庆幸，在熬过无数因错爱或失败的爱的痛苦夜晚之后，我们还活着，而且是更加自信、更加有力、目标更加明确地活着，我们已变得更加成熟、更加强大，这就是我们因失恋而收获的巨大果实！从此，我们将更加坚强！所谓“阳光总在风雨后”，一点没错！

时间比较晚了，我先去吃晚饭。可聊的东西实在太多了，慢慢跟你聊。不急，就像你说的。最后加一句，遇到你之后的这段时间，不知何故，我真实地感觉到自己的内心又有了久违的踏实感和朦胧的幸福感，浑身再次充满活力。真心感谢你的出现，吉尔。愿你也是如此！今天这封信，还是匆匆乱语，见谅。

祝好！

罗丙林

B年1月7日

第三封信

TO 吉尔：

昨晚有点失态了，情绪起伏不定，好像跟你吵过一架似的。这次失态，让你很是恼火吧？你甚至有过一时半会儿的恼怒，对吧？是的，真是莫名其妙！你说，有男生在追你，你也感觉好像不错，而且他叫你去当店长，帮忙做生意，想让你赚点钱。原本，这些都是很平常的话语，却让我生出许多念想来，心中五味杂陈，口里无语凝噎。这很不应该。按照那帮瑜州人的说法，这样狭隘的心胸，这样强烈的嫉妒心，实在要不得！多少年过去了，我这种妒鸟忌鸡的禀性还是没有完全改掉，而这种禀性曾给自己带来无尽的苦痛，真是教训如山！

当然，前几天晚上我过生日吃饭时，我就应该预料到了。那时的你，跟我的联系是断断续续的，长久沉默之后，才发来几句无关痛痒的话，或者只言片语，一副爱搭不理的样子，这或许可以说明你身边有喜爱之人在跟你聊天？在跟你说事？在逗你开心？但当时我竟然一点都没想到这些，只认为你是遇着老朋友了，必定有聊不完的高兴事。我常说，只要能让你高兴的，都是好事。记得那天吃晚饭前，你提到过咖啡店的主人，他是从南江回去的，我还装模作样地提出让你代我问好，这种没头没脑的话发出后，我心里都感到好笑，因为我都不知道他是谁！但可以肯定的是，我没有往坏的方面去想，其心尚纯，是不是？哈哈。

不过，后来我冷静地想了想，这种事跟我又有多大关系呢？我有这个权利过问吗？我感觉我已无法和无力去规划你将来要走的路，而且开始意识到，你的路终有一天需要自己去寻找、去定位、去完成，你完全可以不受任何人的摆布和约束。就是说，我根本没有任何权利干涉你的私事，也不应该为你的追求设置任何障碍，不然就违背我们不久前在飞信中的约定了。你说过，我们的关系，无论如何，将来都不能伤害对方，也不能伤害身边无辜的人。而这种约定，我认为可能是我们维持关系的基础吧，对吗？

因而，在此我可以明确地说，你今后有完全的自由，可以自由地去追求你的爱情、生活与事业。无论你选择什么，我都会无条件地接受，如有必要，我也会尽力给予支持。当然，如果我的建议还有用，或我的计划让你觉得还有点道理，那你可以有选择性地加以采纳，或作为参考。

真是莫名其妙，昨天傍晚，我脑中突然闪现出想喝酒的念头，觉得只有酒才有足够的能量让自己烦躁的心得以平复。昨晚9点多，我竟然打电话约了一个几年前毕业的学生去零凌路酒吧喝酒。前不久，他才请我到单位旁的一条著名老街上吃过饭。他知道我是一个不大喝酒的人，一瓶啤酒都很少能喝完。接到我的电话，他可能意识到我或许发生什么不悦之事了，立马赶了过来，见面时只问了我一句话："你是不是有什么不开心的事？""没有，"我说，"就想喝点酒，别乱猜。"不过，这是瞒不住他的，从他焦虑的表情和关心的口吻便可知一二。我们喝了两瓶半葡萄酒后，我看人视物已有些模糊，但心里却清楚异常。一个多小时后，他扶我出了店门，招手叫了出租车。回家后，我躲在大厅里，一边看电视，一边跟你发牢骚、跟你诉苦。

其实，这几个月来，喝这么多酒，已有过三次。一次是在岳州，一次是在湛江，这次是第三次。前两次是因高兴而喝，朋友热情，又是喝的好白酒，我这人被人家一起哄就会把持不住地一杯又一杯。但这次，完全是喝闷酒。

还好，昨天你没骂我，也没怪我，算是原谅了吧？内心平静后，我还是以前的我，你也还是以前的你，绝无两样！我对你的爱恋依旧，对你的牵挂依然，对你的想念甚至更深了。而从你的短信中，我感觉你也没变，依然对我好，话语中还是带着柔情蜜意。我的这种感觉对否？足够了，没有什么比这更让人痛快的事了。感谢上帝！

另外，我们已计划开启旅行，但我现在还无法想象，下个月的我们又会发生怎样的变故或故事，但应该会是一段十分愉悦而难忘的经历吧，这一点我是相信的，也请你相信。

最后一句，无论你将来怎样待我，你走了什么样的路，或者什么时候离我远去，在这之前，你所做的、我所做的以及我们一同做的，所有经历，我都将长留在内心深处，慢慢品尝，慢慢咀嚼，慢慢消化，直至我归于永恒，化为乌有！

祝好！

罗丙林

B年1月11日

第四封信

TO 吉尔：

这几天，除了每时每刻惦念着你或用飞信与你联络外，我似乎没做过什么，即便做什么也时常是心不在焉的样子，效率可想而知。还好，已至期末，也没有什么要事，除了修改书稿外，其他大多是杂事，不动脑筋就可以如期完成。

刚才，我突然想起许多年前拍的一些旧爱的照片，脑子里都是初恋的身影。应该说，这些照片都是漏网之鱼，五六年前，我在处理旧书时，偶然发现了一个旧箱子。把里面的东西倒出来之后，我才发现不知为何照片会在箱子的底层，一直没被我发现，否则早就被我随手丢弃或刻意烧毁了。看着这些曾经视为珍宝的东西，我索性把它们全部粘贴到一本相册里，也算是给自己留个纪念吧，别无他意。过往的故事，早已终结；曾经的光彩，早已褪色；有过的热烈的激情，早已烟消云散。但亲身经历的往事，依旧会停留在淡淡的记忆里。既然无法完全抹除，那就让它慢慢远去，总有一天，它会消逝得无影无踪。

在此要说的是，现在面对这些物件，我已极为坦然，也没有半点惆怅感、失落感或伤痛感。特别是有你之后，旧爱已难伤我情。这些照片都是在湖南衡山拍的，那时的她，阳光灿烂，漂亮可爱，清纯可人，娇柔万端。当时她还留着一头精干明快的短发，显得异常精神干练。有一次和她闲聊时，我无意中说到长发披肩的姑娘比较迷人、好看。可能是，说者无心，听者有意。自此之后，她居然开始刻意蓄发。好像没过多久，她婀娜多姿的背影已是长发飘飘，似乎能在微风中如柳丝轻扬。

好吧，不谈这些旧事了，眼前的事、眼前的人，最重要。眼下这最重要的事就是完成这封信，而最重要的人当然是你。在以前的信中，我好像说过，自己有了重回那段美好时光的感觉，内心踏实而满足，还有着一丝朦胧的幸福感。这，都是你给我带来的，而不是他人。说实话，这种感觉久违了。你多次说过，近段时间，你每晚都是想着小罗头而慢慢入睡的，有时也叨念着希望小罗头能够进入你的梦乡。我何尝不是如此呢？尽管我每晚都做着各种各样莫名其妙、逻辑混乱、醒后只存留模糊印象的梦，但不知咋的，梦里却很少有你，而有你的梦，能记住的也只有两次，其中还包括今日中午的一次。或许是梦的深处是你，浅处是他人吧，如此，醒来就把梦中的你完全忘怀？不得而知。

我最近算是比较清闲的，课程已结束，课题也已暂停，该完成的事都已完成，而未完成的事等节后再说。你却不同，除了家里事多且要你操办，还有一件重要的事要做，那就是应对期末考试。我们都是过来人，都知道考试是学生绕不开的拦路石。况且，你每天还要花大量的时间陪小罗头聊天说事（真是罪过，哈哈）。要如此说来，你最近应该极为辛苦。你的身心承受得起吗？或许也正是因为这些烦心事和小罗头的不时叨扰，你时常觉得精神焦灼、心情烦躁，甚至原来正常来去的例假都变得有些错乱。想起这些，我很是心疼。之后几天，或许可以这样吧，我们少聊些天，你暂时把我逐出心房，以集中精力复习备考，等这一切都结束后，再加以补偿，如何？

前天，你在飞信中说要去学游泳，我觉得挺好。游泳很锻炼人，很能让人放松身心。学会了游泳，你才能真正享受水中之乐，而感受水的温柔，人会觉得很舒坦，心情也会变得轻松许多。那种轻浮于水面的仰泳，给人以随波逐流的感觉；那种舒缓自如、节奏轻盈的蛙泳，有着有条不紊、云卷云舒的意味；而那种动作流畅、优雅明快的自由泳，却给人以鹰击长空、奋进有力的洒脱感。当然，有许多种泳姿，包括难度最大的踩泳（可以两只手高举，身体直立于水中，如平地走路一般，单靠两只脚在水下强烈摆动，可以做到或前行，或倒退，或原地不动），各有各的妙处。学游泳，必须先学蛙泳，这是最容易学会的一种泳姿，也是学习其他泳姿的基础。因从小生长在水边，可以毫不客气地说，我什么泳姿都会，踩泳也特别熟练，呵呵。只是，我有点担心的是，你要住在游泳馆那边吗？离家远不远？人身是否安全？甚至会不会把我忘了？哈哈。

想起下个月即将发生的事，我就心情激动，因为我们终于可以做到真正意义上的接触，可以面对面地聊天，一起喝茶、吃饭、逛街、购物、观景……这将是一次怎样的旅途经历呢？我还无法想象，但可以肯定的是，我们会彼此相互帮扶着一路走去，一同玩赏，一起担当，一道享乐。我最想做的是，静静地看你吃饭、喝茶、睡觉、打扮、说笑……这次旅途经历，虽是首次，但愿能成为我们难忘的极为美好的记忆。我相信这一点。

另外，昨天下午你在飞信中问我“善缘”和“好运”的含义。我说，无害人之心的缘应该是善缘；能给人带来希望的运应该是好运。你很认同我的说法。但愿，我们的缘是善的，运也是好的。今后，我们来共同印证这句话的真实性，好吗？

祝好！

罗丙林

B年1月16日

第五封信

TO 吉尔：

刚才，我重读了你昨日的来信。虽已无昨日的激动，却仍有昨日的感慨。这么说原因有二：一是你的文笔风格和文字表达方式与我的有些相像了，呵呵！这说明什么呢？既说明你真是一位聪慧的姑娘，也说明你对我们的这段情是真诚的，有真爱的成分在其中，因为你显然是在模仿我的文笔风格和文字表达方式。不是有人说过嘛，真正恩爱的夫妻，相处越是久长，样貌就越是相似。道理很简单。如果我们真爱一个人，就会想方设法去了解这个人的所爱、所喜、所厌和所恶。对方所爱、所喜，我们也会想方设法去刻意模仿、学习；所厌、所恶，则会尽力避之、祛之。久而久之，两个相爱之人的某些习性或好恶就会慢慢相近起来。我在看你的来信时，内心真有这种感触，就是你的写作风格和表达方式，跟你之前给我的两信和四文相比已有不小的变化，语意表达已更加精准，遣词用句已更加简练，符号应用也已更加准确。当然，这可不是我的功劳，也不能只说你拥有超强的模仿力，而应该说你已把某种爱浸染其中，只不过自己可能不知罢了。无论如何，至少有一点是可以肯定的，那就是你喜欢我的文笔风格和表达方式，因而你的思维方式和某些写作习性已多多少少潜移默化了。这样说来，我对你还是有点正向作用的，对吧？今天，我是不是有点王婆卖瓜自卖自夸的意味了？哈哈。

二是你的记性不错，至少比现在的我要强些，你能把我们相识之初的许多细节描述得那么细致，可谓记忆犹新，而我记得最深刻的只是在会客大厅首次遇见你、去房间送书给你以及晚餐时与你同桌的这些情节。去房间送书及后来的晚餐就不必多说了，你已讲得很详细。我们在宾馆大厅首次相遇时，给我留下很深印象的是你的美貌和朝气，你的长发、眼睛、鼻子和脸部轮廓都是那么优美精致，你说话清晰干脆，语言丰满，声音富有磁性，性格活泼热情，精力充沛。这些让我意识到，自己可能又遇到一个真正的楚南妹子，或有似曾相识的佳人影子。到傍晚一起吃饭，我们虽聊得不多，但只言片语中，你给我的那种泼辣明快的“楚南妹子”的印象更加清晰，也更加深刻。当然，我也曾在脑海里闪现过多年前那个初恋的身影，你们确有几分相似。其实，我们第一天接触之后，你已给我留下了一些不错的印象，也因此才有了第二天送书的情节。这，或许就是我们之间缘分的开端吧？

除了这些，你对其他几件事的描述也很到位，包括你对我前信中的某些说法的意见。你说得很对，我对那几件事的反应是有点过度了，的确不应该干预你的处事方式、你的选择和你的自由，或说不应该用那样的口气和说辞来评价你做过的或正在做的事情。如果不是你昨天提起，我都没有意识到自己当时的错，还以为自己前面跟你谈的内容都是出于真心，而真心是不应该受到责备的。现在看来，这样的想法也是不完全对了，真心也会做糗事、傻事，甚至错事。

还好，在昨天的信里，你对这些原本可能扰乱情绪或情感的事只是轻描淡写了一番，似乎并没有刻意指责我的意思，这让我宽心不少。那么，我怎么会一而再、再而三地出现这种出于嫉妒的事？这说明我还没有汲取教训吗？或者我的心胸还是那样的狭隘？可能部分原因是如此，但不完全对。这样的说法，我不求你完全同意，但你能不生气吗？因为我认为，真爱是一种非常复杂的同频交互的心理感应，它有自私性、排他性和竞争性等特点，因而自古以来有许许多多因爱而嫉妒、因爱而生恨甚至因爱而挑起战争的事例。如果一个人对外界的情感骚扰或情敌的出现都无动于衷，这对另一个人能算是真爱吗？我这样说，并不是要狡辩，而是我的脑中偶尔会冒出这种念头。你可能会说：爱，不是干预，不是束缚，不是控制，更不是完全占有，就像五月天所唱《知足》的歌词，“会不会放手，其实才是拥有”。但是，这样的爱，可能已达到极高的境界了，一般人能做得到吗？而我只是一般人。

当然，在经历过无数次令人不快的这种事之后，或说在因此而付出过超常代价之后，我或许应该做个开明豁达、处事淡然、与世无争的智者。但，如此才是真正的我吗？或我就应该变成这个样子吗？实在难说。不过，我可以在此声明：如果我将来又有如此犯浑的时候，你完全可以把我的脑壳敲破，绝不怪你。

至于你在信中说，你现在最大的苦恼之一，就是还不能完整地、完完全全地拥有我，因而还不敢奢望把我终日系在你的身边。是的，今后我们的感情应该如何安放？这也是我一想起来就非常揪心的问题之一。同样地，我现在不可能，也不敢完整地、完完全全地拥有你。其实，我也想过，你我将来可以相互拥有，就是你完整地拥有我或者我完整地拥有你，包括灵魂和肉体。但眼前，这种时机还未成熟，我们的条件也还未完全具备，这有异地的因素、亲朋的因素、你我的因素以及其他复杂的因素，这些你没有考虑过吗?

所以，我认为，无论将来我们的关系怎样、结果如何，以及我们今后的路应该怎么走、向哪里走、能走多远等，如果在你的心里，还能留下一点点空间给那个你曾经深爱却终究渐行渐远的我，或者到那时，你的心灵深处还能不大嫌弃那个你曾经深爱的罗丙林，那么，我将肯定会像现在这样深爱着你，把你珍藏在心底，一样疼爱，一样佑护，一样关照。如果你到那时心甘情愿，而且也有可能，那么我们总会有时间和机会再碰面、再相聚甚至再重温逝去的时光，不管这种碰面或相聚的时间是长还是短，只要我们心底的那点爱尚存，我相信，我们之间就依然会温情以待、暖意如初。不过，归结为一句话，以后的事，以后的路，以后再说。一切都让上帝去安排吧!

祝好!

罗丙林

B年1月21日

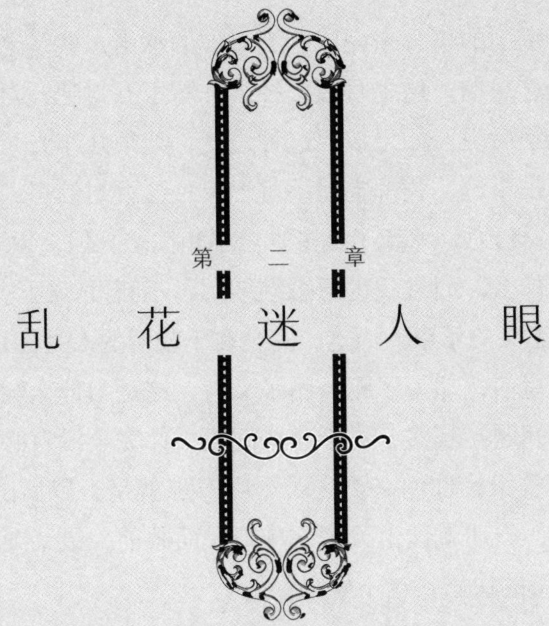

第二章

乱花迷人眼

第六封信

亲爱的吉尔：

现在，我又放下手头的事，来完成昨天对你的承诺，就是老老实实地坐在电脑前给你写信。加上这封信，这个月我已经给你写了五封吧？对于我而言，这是空前的，不知是否会绝后呢？如果按照这种进度，无须几年光景，就可能会给你留下百封信件了。真是奇迹，我都觉得不可思议！这百封信里，不知浸透了我多少心血，付出了我多少精力，承载了我多少念想和忧愁。但，只要你还说愿意读、喜欢看，这些都不算什么，而且我也愿意继续写、不断发，因为我也觉得，这是一件很有价值、很有意义的乐事。而这，完全在于收信的人是你！

昨天，你说给我写信，却写了删，删了又写，这是为什么呢？是不是难以回答我之前提出的三个问题？其实，对于这些问题，你完全没有必要作答，而且我在那封信里已给出了答案，你何必再去苦寻呢？那就是，以后的事，以后再说，以后的路，以后再走，一切就让上天来安排吧！而眼前，最紧要的是过好当下的生活，舒服地享受当下的快乐，这不好吗？

昨晚，我们好像还谈了许多事情。男女艺人隐私照泄露事件让你愤愤不平，我完全可以理解。你为那些出格的女演员打抱不平，还要为她们维护或争取基本的性活动权利（因为你说，“她们都是大人了，身体是自己的，怎么处置完全是自己的权利，别人管那么多干吗”）。我基本同意你的看法。是的，从绝对意义上讲，她们都是无辜的，在事前或事中也决不会预想到如此糟糕的结局。由于年轻、貌美和富有，她们爱玩、骄傲、任性和疯狂，因而在所爱（暂且认为她们曾经都深爱过那个男人）之人面前，有求必应，温顺服从，竭尽所能让他开心，并且心甘情愿地让人将当时的性爱场面和激烈情节拍下来，以为它们可作为真爱的标记和真情的纪念，或成为今后快乐与幸福的回忆本源，因而完全被爱迷昏了头脑而未顾及其他。但，正如你所说的，现在的网络世界，并无绝对的安全可言，也不存在绝对的可信之人。出名后，只要你过于出格了，过于放肆了，或者与世俗的眼光不相符合了，你可能就会被小人诽谤造谣，可能就会被黑客关注，也可能会被精明的商家盯上，这是利益使然，也是商界永恒的定律。自古以来，满眼利益、唯利是图、无利不起早就是商人的标签。他们明白，有些人的内心深处，或多或少有着几处沾染丑恶堕落的污点，甚至猎奇嗅臭的怪诞心思，而利用奇事丑事糗事来满足丑陋的人性，却可以赢取巨额利益或带来巨大名声。因此，我猜想，这些蜚声中外的美丽女演员的性爱照片的流出，如果不是陈的用心险恶而故意为之，就是被那些无耻小人、无良商家或网络黑客所利用了。这件事告诉人们，在现代社会，做任何事情都不能过于任性，而应有所预判、筹谋、顾虑甚至恐惧。不过，对于这些，我们在昨天的飞信聊天中已基本达成共识，此处不再多言。

这段时间，不知什么原因，我总是觉得时光过得又快又慢，或说时快时慢。快，是由于岁月的流逝过急，很快又要增加年轮，离老去又接近一步，将来的你，又会怎样看待小罗头？如何对待他？会不会离他而去？怎样离去？慢，是因为厦门之约，每天都在算，却还有许多时日，恨不能明日就成行。

另外，你的饮食和睡眠，也让我时时焦虑。有许多时候，早上起床，我看到的是你凌晨时分给我发来的飞信，甚至2点之后发来的也不少，你说是因想我而失眠，这让我心痛不已。我早已说过，熬夜，对任何人来说，都可能是灾难性的。它在摧残人肉体的同时，也在摧残人的灵魂，除非他或她能够把生活习惯完全颠倒过来，并在白天能够把睡眠补足。而饮食方面，我得到的信息往往是，你太饱、太饿或不吃，说明你的饮食跟我一样，也很没规律，而这些都是我最近正在努力克服或改正的坏习惯。是不是我想要克服或放弃的东西，正是你要承继的呢？不得而知。如此，你也去抽烟试试，呵呵！这显然不是好事，对吧？

我们都知道，在人的所有器官中，除心脏和肺之外，胃的负担可能是最为沉重的了。它既要消化软的，也要消化硬的，而且冷热难拒。因此，我们应该真心去呵护它，去爱惜它，让它该工作时好好工作，该休息时也能好好休息。简单地说，我们不能零食不断、暴饮暴食。如果它过度疲劳，结果必然是损伤其功能。所以，我想，你经常出现胃病或胃疼，其实是它对你的控诉和警告，也是对你的反抗和惩戒！信不信由你。

已快7点，还未吃饭，不想再写了。其他事，有空再说。

祝好！

罗丙林

B年1月28日

第七封信

亲爱的吉尔：

刚才我又看了一遍你给我手写的两封信，可能是心理在作祟，似乎感觉依然有你特有的香气和体味，而且脑海中还依稀呈现出你趴在桌边书写这些信件的背影，非常亲切而感人。你说得对，手写的信非同一般，那里面含有你更加温馨的祝福和更加浓烈的爱。尤其是思念你而电脑又不在身旁时，抽出这些信件来，会感觉你仿佛就在眼前，正在用微笑的眼神注视着我，同我一道激动，一道分享，一道满足。

我查看了一下，我最后给你写的一封信日期是1月28日。看来，已整整一个多月未动笔给你写信了，很久未与你在书信中闲聊，内心觉得欠缺你许多似的。不过，我想，你应该没有责怪我的懈怠吧？

如果说，厦门之行前，我们能从偶遇到相识，再到相知、相赏、相爱，完全有赖于时空的恩赐和现代科技的施舍，那么书信来往、飞信联络、电话连接，则逐渐改变了你在我心中的印象和地位。你原先比较表象和模糊的倩影，渐渐变得越发清晰可辨，也日益让我着迷起来。我原来对你比较朦胧和不确定的爱，也渐渐变得比较真实和明确。就是说，在我们共同的培育下，我们的爱在不断滋长着，似乎已达至日日牵挂和夜夜思念的浓浓境界。这才有了我们的厦门之行。

老实说，在厦门机场遇见你之前，我是有些紧张的，可以说心怀忐忑。你那么漂亮，那么年轻，又那么充满活力，那在你的内心深处，到底会把我放在什么位置呢？你到底会怎样看待如此平凡的小罗头？或许，前段时间，由于时空的间隔，我们的言语中，可以说要多爱就有多爱、要多真诚就有多真诚，但当面对面见着，尤其是两人要同处一室，共度几个日夜时，在真真实实的你我之下，又会出现怎样的情形？你会不会对小罗头很快生出些许厌嫌之感？或者，会不会很快就把以前在信件中和飞信里的浓情蜜意一扫而光？曾有一时，我甚至生出了“厦门之行，会不会成为我们爱的终点”这样的念头。想到这里，我确实曾有后悔的感觉。

这些都是我在飞机上半睡半醒中思来想去的问题，越想越不是滋味，越想内心越烦躁。飞机着陆后，其实，我是可以更快一点见到你的，但因内心的不安和难以抑制的紧张，我曾故意拖慢脚步，也曾在洗手间里磨蹭了好大一会儿。在洗手间里巨大的长方形玻璃镜子前，我时而仔细看看自己的容貌，时而小心翼翼地整整衣冠或头发什么的，目的就是想让时间过得稍慢一点，再慢一点，哪怕仅仅是慢了那么一点点，内心感觉也会安然一些。

后来，我暗想，事已至此，我们终归是要相见的，既然命运已做好安排，哪怕前方是万丈深渊，自己也应该朝前走，就算是去感受一番机场外某人的真情抑或假意。此意已决，我深深地吸了一口气，又重重地呼之而出，然后便大胆地朝着机场出口处走去。

终于见到了翘首观望的你，我的心脏开始狂跳不已。你身上所穿的深蓝色短大衣和红通通的脸，首先映入我的眼帘。此刻，我的心中忽然闪出“真是一块蓝宝石”的念头。你的微笑，你温情脉脉的目光，你精致素雅的脸庞，你挺拔迷人的鼻子，以及你落落大方的身姿，这些使我的心情瞬间轻松了许多，呼吸似乎也顺畅了不少。

面对面时，我们没有握手，只是低声问候了几句。之后，我似乎觉得，与你相处，并无大碍，更不困难，而且相当轻松自然，大可不必瞻前顾后、前思后想。先前在飞机上的种种焦虑感顿失，拘束感似乎也灰飞烟灭了。上了前往轮渡码头的机场巴士后，我们一路边闲聊边观看路边各色花草树木、高楼大厦。此时的我已完全恢复了正常，内心已平复如初，可以坦然面对自己日夜思念的人儿，甚至还觉得，我们似乎是一对久别重逢的老友，完全可以轻松愉悦地相处，可以无话不说，而且毫不忸怩作态。

接下来的几个日夜，我们能那么愉快又令人难忘地度过，应归功于你，也归功于我。正是因为你的笑容和轻松表情，去除了我内心的点点自卑感，并让我滋生出些许难得的勇气。或许，也正是因为我恢复了常态，没有了局促不安和忐忑急躁的心理，才没有了我们之间可能出现的尴尬情境。一切都变得那么自然得体，那么顺理成章，那么轻松惬意。至此，我真得感谢命运的安排和上天的厚赐！

以上这些，是我当时的真实感受。本来不想告诉你，打算让这些秘密深埋心底，永不见天日。但今天不知怎么啦，书信刚开个头，我脑中多姿多彩的情景就控制不住地涌现出来。不过，写到这里，我想，把这些原本可能成为永久秘密的内心活动告知你，恰恰是我对你的信任和爱。我相信，你对我的爱也是真诚而热烈的，没有掺进半点杂质。既然如此，把我的一些丑陋心态和怯懦心理展现在你的面前，又何妨呢？这又不是什么十分丢脸的事，对吗？因为我要让我真爱的丫头明白，我也只是一个一般的男人，内心并不十分强大，也会有十分柔软的时刻。我想，让你更好地了解真实的我，对今后保护我们的爱情和未来，或许会有许多助益，我说得对吗？

在厦门相处的日日夜夜，我已熟记于心，其温馨场景，我内心也已回味过无数遍，每次都那么香甜醇厚，温情可人。如果以后有空，而且也得到你的许可，我会细细回忆这次旅行经历，并慢慢流出笔端，再好好与你共赏之。

因晚上有事，我得早点离开办公室。在写此信的过程中，经常被领导、同事和学生打断，这也是这封信没有我原来设想的那么长的原因。还好，我们将来有大把的时间，慢慢来，不急。

顺颂，我亲爱的丫头节日快乐！日日快乐！日日平安！

小罗头

B年3月5日

第八封信

亲爱的吉尔：

是该再次给你写信的时候了。上一封信是3月5日发出的，到今天刚好过了差不多一个月。一个月才写一封信，似乎不应是衡量我们之间感情的尺度。在上封信中，我主要描述了到厦门见你之前忐忑不安的心理状态。原本计划，接下来我起码要用四五封信去讲述我们在厦门的详细经历。真的，其情其景，犹在眼前，难以忘怀。但今天，我却觉得应该先谈谈别的可能更为重要的事情，而厦门的种种境遇和经历，毕竟已深埋心底，我们都十分稔熟，你可能也不大感兴趣了。当然，如果你需要或有兴趣，我将在以后的几封信里，再把那段无比幸福的三天旅行经历详详细细地描写出来。这是后话了。

几天之前，你在飞信中说，我们之间总会不时出点“幺蛾子”，不过还好彼此相爱！看到后面一句话，我好放心；而看到前面那句话，我其实很自责。“幺蛾子”的出现，似乎每次都是我引起的，基本与你无关。仔细想来，你所做的每件事，基本合情合理，而我老是在想东想西，疑神疑鬼，实在不该。有时，你一句无关痛痒的话，可能就会让我联想到许许多多，而最为关键的症结在于过多的“担心”，担心你喝酒出事，担心你过度劳累，担心你在深夜走路不安全，担心你受朋友欺骗，如此等等。

因为，在我的商场经历中，或听过的故事里，对于美女而言，害她或骗她的，大多是所谓的好朋友或老熟人，尤其是被她误认为“好朋友”的熟人。在我翻译出版的某部著作里，有“约会日强奸”一节，讲述的就是在美国校园里，绝大多数强奸事件都发生在约会日，就是所谓朋友或熟人之间约会时发生的恶性事件，特别是喝酒或喝饮料之后发生的令人意想不到的强奸事件（因为有些饮料被放了迷药）。一般而言，女人都会自认为对方是朋友，甚至是好朋友，而放心和信任地跟对方吃饭喝酒或聊天到深夜。其实这完全是错误的。因为有些事情的发生，连男人自己都不是很清楚，他原先请你吃饭喝酒或喝茶聊天，可能目的很简单，完全出于友好的关系，并无半点恶意。但是，在那样的场景，尤其是在只有两人对酌的情况下，特别是在酒精的强烈刺激下，这个男人可能就会情感失控，或无端生出某种恶念，最后难以控制地导致恶事发生。

另外，我好像还未跟你说过吧，若干年前，我也经过商。我曾在南江市一家日资石材公司当过半年的采购课课长一职。辞职后，我还跟几个朋友合作开过一家石材公司。再后来，我甚至开过一家小饭店。我在从商的五六年时间里，亲身经历过或听说过几次恶性事件。例如，有些境外老板对女下属或女朋友下了黑手，最后都不了了之。一些女性，要么被用钞票打发了事，要么为了保住职位或工作而忍气吞声。如果是后者，只要被侵犯过一次，就可能会被侵犯第二次、第三次甚至无数次。当时，我听一个商界的朋友说，南江某某石材有限公司的一个境外老板就强奸了一名十分貌美的中层女干部，还差点闹出人命，但最后公司内部花钱摆平了此事。这些恶性事件，加上我认识的国内个别所谓老板总是粗话连篇、恶习种种，酒足饭饱之后往往会去寻欢作乐，曾让我对商人圈十分厌恶，也十分鄙夷。这也是我后来不愿意再从商并决绝地远离商业圈的最重要原因之一。

说到这些，你可能会以为我对你的为人不放心，对你不信任或没有足够信任，事实并非如此。我没有不信任你。对于你的人品，我更不会有任何怀疑，哪怕是一点点也没有。我深知你的品性高洁。在我看来，你对待一般男人甚至会用傲视的眼光，这种女人是最知自爱的。原因之一，就是我亲身经历过的事和我翻译的书里的描述，让我对所爱之人过于担心和忧虑了。原因之二，也是我的最大问题，在于爱而且是深爱。如果我深爱着某人，我就会时时念想着她，时时为她的安全担忧，尤其是时时生怕她受到他人的随意欺负。不过，我们为此经历过好几次“幺蛾子”或“不快”之后，我已在慢慢改变自己待你的方式。那就是，除了必要的提醒之外，对你的生活方式和社交活动，不要过多干预，也不过于忧虑，更不要担惊受怕。我已清楚，你有你的做事分寸，你有你的为人之道。

同样地，对于你的创业计划，昨晚和今天我都在飞信里说了，只要你认为比较成熟的、可做的以及所花精力不大的项目，你完全可以自己决定，我不想过多干扰你的决策，因为我可能不大了解这个项目，更不了解这个项目的老板。你可以自己去尝试一下，只有亲身经历过了，再经过慎重考虑和深刻反思，你才会明白自己未来到底喜欢走什么样的道路、自己将来想过或应该过怎样的生活，甚至自己今后应该在哪里生存和如何生存。

当然，如果你跟老板签约了，就很可能没有太多精力去履行你原先对我的承诺，以及你曾告诉我将来你想出国读书的计划了。那就暂时搁置出国读书计划，我没有多大意见，你自己拿定主意就行。如果到今年年底，你还是觉得自己比较喜欢走那条所谓的创业之路，那你就可以完全放弃这个出国读书计划，而把精力集中在你真正喜爱的事业上。而我，当然了，也会一如既往地支持你、帮助你、爱护你。但你必须明白，此后，你要走的人生之路将完全不同！因为我已十分清楚，我不能太自私，不能因为爱就去剥夺所爱之人真正喜爱的事业，这对你是不公平的，也是残忍的。不管今后结局怎样，正如我以前所发之誓，我都会公开地或默默地支持你的事业，并且公开地或默默地爱着你。是的，我的心中永远会深藏着你，爱你之心将不会远离、变质！

总之，我以后将不会过多干涉你的生活和事业。你决定的事，我会尽力支持，但爱你之心不变！

这封信写得不大轻松，但愿下封信能够轻松些，我也希望你能够轻松些。

祝好！

小罗头

B年4月7日

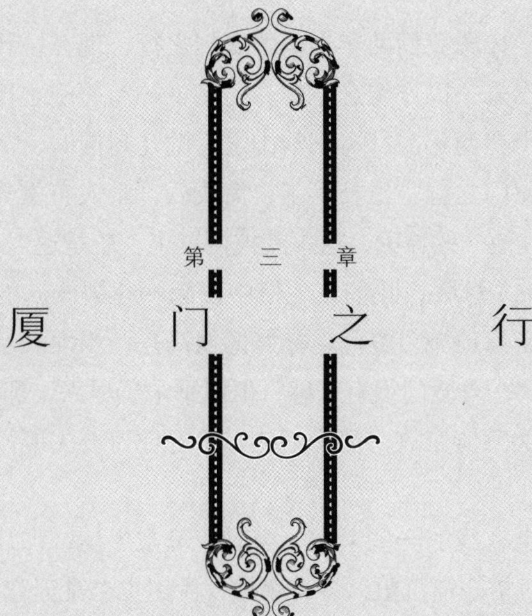

第三章

厦门之行

第九封信

亲爱的吉尔：

最近几天，我很是怀念我们两年半前的厦门之行。现在，我觉得还是应该把那次难忘的经历补写出来，以作纪念也好。当然，补写厦门之行，主要还是出于你的鼓励。因为我记得在两年前补写三清山之行的几封信时，写到第四封，你发来飞信说，最好把“厦门之行”也补写了，完成后，某人有重奖什么的。但后来由于杂事太多，加上其他一些原因，这事就被搁置了，总是迟迟未能动笔。

前年（即B年）的1月底，我们在飞信中谈起一起去旅游的事。这应该是我提议的吧，我们选择了海边城市厦门，你好像很高兴，当即表示赞同。你说，多年前曾跟你哥去过一次，对厦门很有好感，但似乎未玩尽兴。那次你是去散心的，因为你刚刚经历过一次感情变故，情绪不佳，恰好你哥要去厦门出差，就鼓动你陪同前往。

决定厦门之行，也有我的一些考虑。当时我母亲生病，那几个月老家不时传来不好的消息，让我时常心情沉重，多有牵挂，生活也杂乱无章，终日心神不宁。如果我们选择去厦门，离老家就会近许多，而我也随时都可以回去面见母亲。更重要的是，在两个多月的飞信交谈中，你不止一次对我说，你已真正爱上了那个有点神奇的小罗头，以后想要陪伴着我、爱护着我，和我一起感受世界的精彩。但说实话，那时的我，内心终日被两头牵扯着，一头是老家的母亲，一头是瑜州的你，因而不时会显露出焦虑不安、忧心忡忡的样子，不时又表现出精神饱满、充实愉悦的神情。

记得从A年的12月起，你就时常在飞信里说，要陪伴小罗头走完余生，要让我此后的人生多一些安宁和快乐，少一些忧愁和苦闷，并且要把这当成你爱我的目的之一。这些话，曾让我无比感动，也曾在内心深处升腾起无限的温情和感激。你说“让小罗头的日子过得快乐一些、充实一些”是你爱我的一个信念，你将努力为之，并将努力实现之。而且你在飞信里也多次说过，我们能从偶遇相识到相知再到相爱，应该是命运的安排和缘分使然，可能上天注定要我们完成某些大事吧，而改变我们命运的钥匙就掌握在上帝手中。你还多次说过，从爱上小罗头之日起，你就一个人过着两个人的日子，每天疲惫着，但幸福着。每当清晨醒来，你说，心念起处总是千里之外的南江的我。我说，这真应了那句“一花一世界，一人一城池”。其实，我何尝不是如此呢？！在我心里，你就是瑜州，瑜州就是你。这都是有爱的缘故吧。

因前年的2月8日是你哥嫂的结婚日，你充当婚礼策划和组织者，前后几日的忙碌辛劳是必然的，因此我们决定把行程定在2月12日。后来，你说过两次，B年的2月12日应该是我们爱的旅途的真正起点，有着标志性的纪念意义。这跟后来我们三清山之行的“426”一样，对你对我都有着十分特殊而又重要的意义。对于这些有独特意义的日子，我都会终生铭记在心，想必你也会如此。

记得确定日期之后，我当天就预订了我们两人的机票。12日早晨，我们分别从瑜州和南江奔赴厦门，你乘坐的飞机比我的早到一个多小时。在预订机票的当天，你就开始搜索宾馆信息，但经过无数次的飞信沟通，直到第二天你才选定了住处。订房前，我提议把宾馆选在鼓浪屿上，因为这可能更有意思，也更加浪漫，你很认同。而且我还建议你订大床房，以你的悟性，你很快就明白了我的“不怀好意”。你说：“才不呢，要一人订一个房间。”但经不住我的“哄骗”，你最终还是订了一个有着颇为浪漫名称的房间，当然也如我所愿，是一个不错的大床房。

我曾在给你的第七封信里提到，在机场见到你之前，我在飞机上和机场洗手间里的种种紧张躁急心态，但充满期待。后来，你说你也是如此，在机场见到我之前，一样焦虑不安。但在机场出口处，倏然见到身穿蓝色短大衣、亭亭玉立、长发飘飘、面色绯红而一脸微笑的你的侧影时，我的心有瞬间被融化的感觉。你的这种美、这种形象，如同后来在鼓浪屿钢琴码头旁拍的那张我一直无比喜爱的照片一样，我早已铭记于心，并时时浮现在我的脑海中，而那颗原先略有顾虑或稍加不安以致怦怦直跳的心脏，很快就舒缓平静了下来。见到你的那一刻，我竟然脱口而出：“千里相会，必有奇缘！”这句话后来曾多次出现在你的飞信和信笺里。是的，此后，我一直深信着这句话，它好似谶语，规约着我们前行的方向和道路。难道这就是命运的轨道吗？但这“奇缘”到底会奇到怎样的地步或什么样子？而这一轨道又会把我们引向何方呢？不得而知。

很奇怪的是，我们当时没有直接叫出租车去市区，而是选择了你提前找好的机场快线。我提着你我的行李箱，上了大型巴士客车，你选择了客车中前部左排双座位的靠窗位置，我很自然地坐在你的右边。落座后，我只觉得空气中有一股淡淡的清香弥漫，这是我第一次闻到来自你身上或衣服上的清新怡人的香味，直到后来多次相拥而眠时，我才知道那种无以言表、让人迷醉甚至能使人通体舒坦的香味竟然发自你的身体，那是你固有的天然体香吧。后来我们去庐山旅行时，我还多次提到过这种发自你身体的淡淡香气。每次提及，你都半信半疑，还半嗔半喜地问我："是真的吗？我的身体真有香味？"我总是装作很严肃认真的样子说："当然是真的，或许是上天对我的厚爱吧。从此，你只能让我一个人嗅到这种独特的香味噢，而别人不可以有这等福气，哈哈哈。"或者我会半开玩笑地说："只有真正爱你的人，才能闻到这种独特的来自你肉体的清香呢。"每次听到这些，你都会万般柔情地偎依在我的身上，小鸟依人、温情万端，或趴伏在我的胸口，脸色柔和、笑靥如花，宛如沐浴后刚刚入眠的青春美少女。

厦门真是一座宜居城市。尽管已是晚冬时节，但那时的厦门，依然春意盎然，气候宜人，到处清新亮丽。阳光也恰到好处，天气不冷不热，似是风和日丽的江南早春景象，处处绿意盎然。除了不时可见的粗壮高大的棕榈树、凤凰木和小叶榕树，还时有两三种颜色各异的不知名野花点缀路旁，或淡蓝，或深紫，或鲜红，煞是好看。你一边望着窗外一幅幅如画的景色，一边用轻快的语调告诉我你上次来厦门的一些经历，声音清脆悦耳，语气恬静柔和，神态温婉如兰。那时，我的心情也格外清朗明快，一直以怜爱而温柔的余光注视着你满是红晕的脸颊，时而附和，时而浅评，愉悦的心情表露无遗，幸福之色溢于言表。

大约一个小时后，我们乘坐的巴士客车到达厦门中山路附近的轮渡码头。在我的记忆中，从码头坐船应该是去鼓浪屿的唯一交通方式。我们刚下车，你就轻声对我说："我大姨妈来了。"我一时没有听懂，一脸蒙，还着实吓了一跳。可能看到我有点疑惑不解的神情，你才解释说："大姨妈就是女人的例假，是飞机落地后，我在机场洗手间里感觉到的，只不过才刚刚开始，量很少。""原来如此，真是第一次知道世间竟有这种譬喻。"我低声说。

在巴士站台旁，我向一位老农买了6个从未见过的水果，颜色黝黑，表皮光滑，状如鸡蛋，很是可爱（后来我才知道这种水果有个好听的名字，叫百香果）。然后，我们各拉着一个行李箱，找到跨过马路的地下通道，慢慢走到对面临海的码头售票处。在售票处窗口，我们一问才得知，从某年的11月开始，除鼓浪屿居民外，其他所有人要登上小岛，都必须到新建的综合码头乘坐班轮。我心想，看来，我已经有多年没去过鼓浪屿了，不然怎么会不知道这种已变更多时的信息？看到这样有点尴尬的局面，你可能在内心里暗自发笑吧？因为当时你曾半开玩笑半挖苦地说："本来，小女子还以为你是个老厦门，对这里的一草一木应该都是了然于胸、再熟悉不过的，结果你看，你自己都有点陌生了，哈哈。小罗头，看来你的信息落伍啦，呵呵。"听到这些，我自知理亏，无话可说，脸上似乎还掠过一阵红晕，只好附和着轻责自己，没有半点可辩驳的余地。然后，我们重新拉着各自的行李箱，返回到刚才下车的巴士站台，叫了一辆出租车直奔那个新建码头——东渡邮轮码头。（待续）

祝好！

小罗头

D年7月26日

第十封信

亲爱的吉尔：

前天写到哪儿了？对了，那天中午12点左右，我们到了东渡邮轮码头，我看护保管着行李，你去售票处购买了两张到鼓浪屿三丘田码头的船票。购完票，你给小旅馆打了一次电话，就是告知我们快到了。由于离开船的时间还早，你就去售货处买了一些小吃和两瓶矿泉水。吃完小吃，我们才走进候船大厅。下午1点一刻，我们登上了快船。二十来分钟后，我们就到了鼓浪屿。可是，寻找那家小旅馆颇费了一番周折。你从手机上查知，我们从三丘田码头走到钢琴码头约10分钟，而从钢琴码头到小旅馆差不多要走8分钟。然后，我们拖着行李慢腾腾地走了十来分钟。到了钢琴码头时，你说："我们先去吃午饭吧，肚子饿了。"我说行。

我们就沿着海底世界门前的那条石子小路，走到一家很普通的海鲜小店吃饭。落座后，你从各种自助菜品中，挑选了两样海鲜、一盘蔬菜、一小碟花生、一大碗紫菜淡水汤和两碗米饭。饭后，我们又拖着各自的行李，东拐西绕，打了几次电话，走过三四条蜿蜒曲折、坎坷不平的石子或石板小巷，几经周折，才好不容易找到那家由古时有钱人家的庄园改建而成的小旅馆。

这家旅馆由一幢三层的奶黄色旧式别墅和一栋两层的红色长方形新式小楼组成，大门是带有荷花图案的黑色铁栅门，铁门两旁的红砖墙壁上攀附着几株稀稀拉拉的正盛开着十几朵粉红色花儿的紫藤。旧式别墅和红色小楼之间有一个长条形的天井，其中央放着一张方形茶桌和四把靠背式藤椅，茶桌上摆放着一副中国象棋和一套暗红色紫砂工夫茶具，六只小小的茶杯围绕着一只拳头大小的茶壶，形成典型的闽南工夫茶式。

办完入住手续，我们提着行李箱到了别墅二楼楼梯口旁一间被起名"晚晴"的大床房。放下行李，取出日常穿的内外衣服，先后进卫生间略为洗漱后，我们便规规矩矩地并排仰卧在床上，闲聊着接下来的旅程安排或其他什么无关紧要的事情。起初，我们竟然没有拥抱或做出什么亲热的举动来。后来你去了两次洗手间，好像更换了一次内衣，然后说你的肚子有点疼痛，我才第一次有点紧张地用右手隔着你的内衣帮你轻揉了一会儿腹部。在轻揉你的小腹时，可能由于激动，我的手在微微颤抖，你应该能够感觉到吧？你还轻声问我，手怎么老在发抖呢。我闭口不言，心里却是美滋滋的。有时，我会边揉边问你："好些没？"你也闭口无言或轻声含混地"嗯"一声。

记得吗？在后来的几次旅行中，我都会帮你轻揉小腹，你的表情也大多显示出很享受的样子。在杭州的那次十分浪漫的旅行中，我每夜都用手轻揉你的腹部好大一会儿。有一次，你嗔笑着说："你这哪是在给我按摩啊？不一会儿，你的手就不知滑到哪儿去了，哼！"我一听就明白，你说的是我的手时常会不自觉地滑入你的某些神秘部位吧，哈哈。听了这话，我有时会开玩笑地说："那是我的手自己不听话吧，要怪就怪它，不能怪我，呵呵。"这时，你会嗲声嗲气地说："狡辩！你这是狡辩！"说这话时，你的脸上总是散发着无比迷人的光泽，让人怜爱，也总是令我想入非非。

由于外面太阳火辣，加上一路劳累，你提议，我们先上床眯一会儿，到傍晚时分再出门吃饭，之后到小岛上随便走走。于是我们就睡了约一个钟头。记得我们是在傍晚6点多出门的，先在一家小餐馆随便吃了点小吃，然后沿着曲曲折折的小路，穿过几处民宅，走到了建在海边的"皓月园"，在离此不远的海岸边，耸立着一尊巨大的由花岗岩制成的郑成功白色雕像。当时，离闭园时间只有半个钟头。我们没有进园，只在园门口随意观赏了一番，或走到郑成功雕像旁的沙滩上随心所欲地捡拾些小贝壳或白石子，或在表面滚圆光滑的巨大花岗岩上跳来跳去。

湛蓝的海平面之上，翱翔着三两只白色的海鸥，偶尔传来有些缥缈而苍凉的嘎嘎声。身旁，暗绿色的海水轻轻拍打着滚圆的大小不一的花岗岩砾石，不时激起小小的白色浪花，然后悄无声息地消失在眼前，宛如温情白皙的小手轻抚一下佳人的脸庞，又快意地悄悄缩回，无影无踪。耳边，你开心的笑声不时传来，我的内心也感受到从未有过的轻快、惬意和满足。但我们似乎都忘记了拍照，后来才发现竟然没有留下这里的半张照片。

不一会儿，天色渐渐暗黑了下来，岛上的路灯和沙滩上的彩灯已逐次开启。在海的深处，还有两三束不断变换角度、方向和颜色的探照灯光，正向着苍茫的夜空有规律地扫射着、探寻着、凝视着，让人遐想万端。凉风习习，浪声轻哗，时而有夜鸣鸟的啾啾声传来。此时，我的心似乎在不断滋生出丝丝柔意，胸中似有无限暖流汩汩而来，难以自抑，似醉非醉，仿佛自己的身心正荡漾在雾霭迷蒙的琼山玉水之间，或者正飞腾在广袤无边、星光点点的苍穹之中。我曾偷看你的表情，发现它似乎也是无比柔和舒缓。那时的你，真是温婉恬静，目光清澈，温情脉脉，娇气袭人，令人无法不生出阵阵怜爱之情。

之后，我们在微弱的彩灯下，缓缓走上皓月园后面的盘山水泥公路。到了一个山角拐弯处，左边分出一条向下的石板台阶小道，弯弯曲曲，通向一个不知名的小海湾。只见弧形的淡黄色沙滩上，在薄薄的雾气之中，隐隐约约可见二三游人在悠闲地漫步或躬身捡拾些什么，而不远处一座黑乎乎的海中小岛礁，似乎就是那几束不时游移旋转着的探空彩灯的藏匿之地。在略为暗淡的灯光下，整个海湾显得虚幻缥缈，神神秘秘，犹如传说中位于巍巍昆仑山上的玉女瑶池圣地。

就在这个分道口，你在我身后左侧对我说了些什么，我一时没有听懂。你重复了不止一次还是两次，我才听明白你是用英语轻声说：“Kiss me.”待我反应过来，一阵激动，我好像没有半点犹豫就反身紧紧搂抱着你，热切地亲吻了你红艳的嘴唇。这是我此生第一次拥抱你，更是第一次亲吻你饱满柔美的香唇，感觉温湿柔软，富有弹性。你也贴身轻轻地搂抱着我，并第一次把你轻巧的薄舌搅进我的嘴里，我顿觉清新甘甜的气息丝丝而来，直入鼻腔，顿时心神荡漾，难以自持。有片刻工夫，我如入梦幻之境，心里不由得升起无比的幸福感。虽然后来我们拥吻过无数次，但唯有这一次，最让人难以忘怀，也最使我迷恋！可能这是跟吉尔的初吻之缘故吧？

后来不知是谁提议的，我们手牵着手，在银灰色淡淡的月光下，一脚高一脚低地摸索着走下石板台阶，来到那个如梦如幻、如诗如画的淡黄色小港湾。那晚，你穿着那件深蓝色的短大衣，黑色休闲裤，长发飘然于脑后，显得极为飘逸而优雅，这是我印象中你最为秀美的形象之一。怪不得上午在机场出口处初见你时，我的心中会油然生出“真是一块蓝宝石”的万般感慨。

是的，那晚的你，在无边的墨绿色海水旁，在无限深邃高邈的苍穹下，就如同镶嵌在金伯利岩中的一颗蓝色宝石，在虚幻般的五色彩灯的衬托下，发出耀眼的熠熠光辉。看着你光彩夺目的身影，我的心灵深处曾多次无缘无故地滋生出“岁月如此静好”的念头，仿佛幸福之气溢满了我的整个胸腔，全身的血液似乎也在快速地奔腾着、燃烧着。这股清醇飘逸之气，似乎刹那间涤清了自己的满身污秽，我的精神为之振奋，似是沐后重生一般。你还记得吗？在当晚的沙滩上和岸边小平台上，我给你拍了多张照片，其中一张你面朝大海，远处那几束在不断变换色彩和快速转动的神秘探照灯光照出你的侧影，耀眼的光芒似乎正从你的前胸的隐秘部位喷涌而出，霓光四射，如梦似幻，令人万般神迷。（待续）

祝好！

小罗头

D年7月28日

第十一封信

亲爱的吉尔：

你还记得吗？当晚，在跨过小沙滩，走了一小段山路后，我们来到了建于海平面之上的栈道般的九曲石板桥。在石板桥的几个拐角处，你倚着石栏杆，背对着远处的海中彩灯，我帮你拍了好几张照片。在曲曲折折的石板桥尽头，我们刚踏上岸边平坦的水泥小路，你就撒娇似的嬉笑着说："某人脚酸了，累死了，要你背，你背我！"我说："嗯，没问题啊，来吧。"于是，你站上一张条形白色石椅，跨身爬上我的后背，双手搂抱着我的脖颈。在你咯咯咯的大笑声中，我双手托扶着你的双侧大腿，背起你有点沉重的身体，步伐缓慢、身子摇摇晃晃地向前走去。可能是感觉到我走路有点吃力，刚走了十来步，你就挣扎着身子笑着说快放你下来。你说自己太胖了，太重了，嘴里一直嚷嚷着："我要减肥啦，要减肥啦。"

之后，我们在昏黄的灯光下又摸索着走过一座满是矮树丛的小山包。在一个路边的黄土平台上，我们又盘桓了一会儿，我还给你拍了好几张以彩灯为背景的侧身照片。在平台的四周，林木茂密，黑黑黝黝，除了能听到时有时无十分轻微的海浪拍岸声，只偶尔能见到几个夜色中闲逛的幽灵般的游人身影。

拍完照，我们沿着蜿蜒而上的昏暗的小山路，终于走上了一条两侧有零星民居的比较平坦的水泥路。在一处石壁之下，我们见到路旁有一架木质秋千椅，拱形的架子顶端，攀附着几枝不知名的细小蔓藤，枝条上则点缀着无数的白色小花。我们一同坐上秋千椅，面朝大海，在淡淡的月光下，你一手挽着我的右手臂，一手扶着椅子，双脚向前并拢伸直。随着前后轻轻摇晃的座椅，你无限深情地说："真的好喜欢过这样清闲静谧的日子，啥也不想，啥也不做，好好享受自由的空气。"我表示非常认同。

我们在秋千椅上闲聊了十来分钟，然后起身朝着远处灯火辉煌的街道走去。经过一家外表富丽堂皇的高档宾馆门前时，你指着店名说："我在网上看到过这家宾馆，很不错，只是价格比较贵，当时差点就订了这家，后来想想还是订一家比较有风情的小旅馆为好。”我说：“住宾馆，价格无所谓，干净、安全、舒适就好。当然，每个人的看法可能不一样，自己喜欢就行。”你“嗯”了一声。

我们手拉手顺着一条灯光暗淡的羊肠小道向前又走了一会儿，来到一条看起来比较热闹的古街道。街道两旁散摆着一些形状有点古怪的不知名水果，我们买了两种，之后手捧着剥了皮的水果，边吃边笑，边聊边走。在一处交叉道口，我们看到一家有着两层楼的别致小酒吧。我用余光感觉到你的眼光突然放亮，脸上也荡漾起迷人的红光。原来，吸引你注意的并不是它独特的外表装潢，而是它颇为奇特的名称——“私奔吧”。看到它，你娇声娇气地大喊出声：“私奔吧，私奔吧，我们私奔吧，哈哈哈。”

我们决定进去坐坐。穿过店门前的芭蕉林和滴水盆景，我们来到了酒吧底楼。店内灯光幽暗，装修古色古香，除了四五组粗大厚重的黑色桌椅，最里面是一排黑木大书架，上面陈列着一些名称古怪的杂志和书籍。我们选择了靠近门旁的一套长条形桌椅。落座后，在你点单的当儿，我说去下洗手间，其实是想着顺便去吸一根香烟。

在类似阁楼的二楼洗手间门口，我边吸烟边朝下注视着你的背影。此时，你已脱去那件深蓝色的短大衣，上身穿着白色毛衣，在淡黄色的灯光下，你洁白的上半身和散发着淡黄色光泽的长发给人一种宁静而雅致的感觉，手里则悠闲地翻着菜单。我下楼后坐在你的对面。你给我们各点了一杯鸡尾酒和几样西点。“鸡尾酒”这个名字，我是再熟悉不过了。但印象中，只记得在多伦多时跟一个印第安女同学品尝过一次，没有特别的感受，也说不上特别的喜爱。这次是第二次品尝。

这两杯鸡尾酒，一杯是玫瑰色的，一杯是深绿色的，高脚杯上各插着一根弯弯绕绕的彩色塑料吸管，杯口各嵌着一片金黄色的柠檬。我先喝的是深绿色的那杯，入口时感觉有些咸味，仔细一看，才知整个杯口的边缘被涂抹上一层细细的白盐。我说：“奇怪，杯口上怎么抹盐了？”你说：“这是这种鸡尾酒的特色，就是要这种淡淡的咸味。”后来我也品尝了一下你喝的那杯玫瑰色的鸡尾酒，感觉除了有某种水果的清香外，还有点辛辣味。心想，这也应该是这种鸡尾酒的特色吧。

我们边喝酒或吃些点心边低声胡聊，还相互对拍了几张照片。你对着镜头，摆了几个姿势，面带微笑，轻松而自然。你也给我拍了几张安静端坐在桌边的照片，都是美颜过的，皮肤平滑光亮得有些夸张，看起来年轻了许多。

但不管怎么说，这次与佳人夜泡酒吧的经历，于我却是平生第一次，也是我们绝无仅有的一次，因此印象极为深刻。此后的日子，每每想起，我都会不由自主地感到温馨和满足。

几个月后，回想起那段醉人的酒吧时光，我还有感而发地草写了拙诗一首，虽然不是什么好诗，但也深刻反映了我当时的幸福之情。

MY DREAM（我的梦想）

我，也有梦想。
哪天的黄昏，
左牵右伴，
海风轻拂。
岸边的粉迪花正艳，
香熏路人醉。

兴起时，
随手撷来一片彩霞
作衣裳，
寒气变暖流。

无意中，
闲听涛声低鸣，
静观白鸟徘徊，
心舒胸展。

沙滩上，
有酒，有诗，有童谣，
更有，
伊人在微笑。

吧间里，
对影成双，

浅斟细酌，
赏月到天明！

我在这首拙诗里提到的粉迪花，是第二天我们在一处海岸边候车时，看到的攀附在路边石堤、长在不知名藤蔓上的一簇簇小喇叭花。这种花远看很像牵牛花，似粉红色，近看却大为不同。它只有单色，从含苞花蕾到成熟开放的花朵，却呈淡黄色。在它张开的喇叭内壁，缀满了金黄色的花粉。在它周边的空气中，弥漫着相当淡雅的有如蔗糖味的清香。

你采了两三朵，抵近鼻子嗅了嗅，问我这是什么花。我心里一急，竟然脱口而出“粉迪花”。你娇嗔似的微笑着说：“不会吧，你瞎编的吧？”至此，我干脆坚持到底，也心虚地浅笑着说：“这真是粉迪花，一点没错，我可没骗你，哈哈哈。”我心里暗笑，这真是瞎编的，其实自己好像从没见过这种花，更不知道它的名字，甚至以前都没有注意过它的存在（十多年后，我才听二姐夫说，这种花叫“炮仗花”，他家附近到处都是）。看到你表露出孩童般天真无邪的神情和半信半疑的傻笑，我的内心也快意不已，舒坦自如。（待续）

祝好！

小罗头

D年7月29日

第十二封信

亲爱的吉尔：

那晚，从“私奔吧”出来约10点半，我们回到了房间。先后洗漱完毕后，我们上了床，关闭了大灯，留着床头那盏散发着微弱黄光的小灯。你仰面躺在我的左侧，面容柔和安详，没有半点紧张的神情，只是带有几分疲态。这让我放心不少，也逐渐大胆起来。我先侧身搂抱着你，这是我第一次如此亲近你只穿着肉红色薄薄内衣的身体。你始终面露笑意，眼睛微闭，面部的肌肉舒缓，肌肤光滑柔嫩，肤色白里透红，鼻息均匀，淡香怡人。我像着了魔似的，目光贪婪而不善，内心也充满着强烈的满足感和占有欲。你曾睁开眼睛看了我一会儿，微笑着轻声说：“你干吗呢，要吃了我呀？”我笑而不答。

我俯首细看了你轮廓清明、眉目秀丽的面庞好大一会儿，身体就不由自主地颤抖了起来，起先是轻微的，然后逐渐激烈，有点把持不住。你显然是第一次遇到这种情况吧。你双手紧紧搂抱着我的后背说：“你怎么会发抖呢？是紧张吗？”我低声说：“应该不是吧，可能是那丑恶的欲望被调动起来了，呵呵。”你轻哼了一声，说：“坏蛋，你真坏！”随即，我后背的皮肤顿觉一阵刺痛，应该是被你的指甲故意掐了一记。我先轻柔地吻你的前额、眼睛、鼻子、脸颊，然后是脖子、乳房和小腹。你不停地躲闪着，头扭来扭去，脸色通红而富有光泽，眼睛紧闭，嘴唇微张，气息急促，还轻声细语地连说“痒、痒”。

这时，我索性扶起你的上身，笨拙地脱去你光滑而紧绷的胸衣和乳罩。顿时，你发着乳白色青光的胸部第一次一览无余地展现在我的面前。见此情景，我更加把持不住自己，就有些粗暴地伸出右手不停地抚摸着你。因你刚来了大姨妈，内裤里垫着厚厚的纸巾。隔着内裤，我越来越激烈地抚摸，激动不已。有点控制不住自己的我，很快就脱掉了自己的内衣，瑟瑟发抖地慢慢爬上你的身体。再次吻过你的眼睑后，我一只手搂抱着你的脖子，另一只手让第三者（第三者的称呼，是后来你在江湾古镇某宾馆时给它起的外号）在外面虚张声势地胡作非为。后来得到你的默许，我就有条不紊地行起事来。

几分钟后，由于你的内裤有些碍手碍脚，感觉不大好，我在没有征求你的意见的情况下，就干净利落地快速褪除了它，并把它胡乱地扔在旁边。尽管第三者从始至终都激情难抑，但其表现还是中规中矩。在橘黄色的灯光下，只见你始终涨红着脸，紧闭着双眼，偶尔轻轻发出声音。由于一直没有真正进入主题，那个坏家伙在无名之地外面研磨的时间很久，最后才灭火消气。

事后，你红着脸轻声说，其实你的身体当时也很有感觉。后来，提起那次相当长时间形式上的缠绵，你曾娇里娇气地说："要不是刚好来了大姨妈，看你那晚急吼吼像要把我吃掉的架势，肯定是控制不住自己的，某人早就得逞了，小女子的清白之身也早就被某人玷污了，哼！"这是我们第一次名不副实的亲热，但也算是一次非常难忘而销魂的爱的动作了。

以上这些爱的动作，我们在凌晨两三点又重复过一次，折腾得两人都疲惫不堪。因此，在第二天早上，我们差不多9点半才醒来。起床后，在洗手间里，我的身体感觉相当疲惫无力，有种刚刚经历过万米长跑全身肌肉酸胀的感觉，骨骼散落一地似的。我偷看你的样子，也跟我差不多，披头散发，眼神有些迷离，睡眠严重不足，浑身慵懒乏力，显然是过于劳累困倦的神形。看来是因为我们昨晚缠绵太久，动作过分了，实在不该，却又无可奈何。（待续）

祝好！

小罗头

D年7月30日

第十三封信

亲爱的吉尔：

根据前一天晚上的计划，我们将在第二天游玩鼓浪屿。早餐后，我们先来到海边，从昨晚拍照和背过你的那个小平台往下而行，跨过一座一米多高的石坝，沿着少有人走的蜿蜒曲折的石子小路，悠闲地东张西望、窃窃私语、走走停停。小路右边是怪石嶙峋或林木葱茏的小山包，山包上零星点缀着如粉红色牡丹的野生木槿花，并且时有叽叽喳喳的不知名的小鸟穿梭于花树之间；小路左边是散发着蓝色光泽、微波轻漾的大海，伴随着阵阵有节奏的细微浪涛声。走了百来米，我们在一个小山坳处停留了一段时间。我们身体紧挨着坐在半人多高的石板桥上，轻轻晃荡着四只瘦脚，目光在湛蓝的海平面上游移不定，同时天南地北地胡乱闲聊。看着你面露霞光、明眸皓齿、神态安宁的样子，以及悠闲摇荡的空悬在海面之上的双脚，听着你娓娓动听地讲述着学校里的同学或公司里的同事间有趣的小故事，我不由得感觉自己的身心仿佛在无限轻松惬意中慢慢消融，整个胸腔也似乎被灌满了幸福、愉悦和轻快的浪漫气息。

这条石子小路的尽头，就是鼓浪屿的一个著名景点——菽庄花园。我们出了菽庄花园暗红色的大门，左边就是鼓浪屿最大的一个海滨浴场。每逢夏日，这个金黄色的沙滩上，往往插满了各色遮阳大伞，挤满了穿着各式各样泳衣泳裤的游客，或坐或卧，或玩沙或戏水，热闹非凡。沙滩右侧的道路旁、椰树下，开着几家露天茶室和餐馆，供游客休憩或用餐。但现在是深冬季节，无论这里的气候如何温暖，都还不是游泳时节。湛蓝空阔的海水里空无一人，沙滩上的游客也相当稀少，只有三三两两漫步其上，或有意无意地踢踩着脚下的细沙，动作悠闲而自在，给人一种生活无比轻松、愉悦和自由的感觉。

我们也在这处沙滩上乱踩了半个多小时的细沙，你还很专心地扒挖出一个半米来宽的四方形沙坑，然后把我们陆陆续续捡拾而来的数十个各色贝壳浅埋于内，而我则用灰白色的小石片对着大海的深处打了多次水仗。看着那些灰白色的小石片，在蔚蓝色的海平面上，由近及远、蹦蹦跳跳、啪嗒啪嗒地雀跃向前飞去，我就有种心花怒放、快意人生的成就感。之后，我们在路旁高大椰子树下的一家小茶室坐了约一个钟头，听着有节奏的哗哗的海浪声，喝着香气馥郁的铁观音茶水，瞎聊着远近无踪无影的事，感觉又是另一番清闲光景，极为轻松惬意。

到了差不多中午时分，我们沿着那家茶室右侧掩藏在高大的荔枝树和芭蕉林中的小路上山。在半山腰，我们参观了一处名人古宅院，并在院内养着几尾金鱼的喷水池旁的石凳上闲坐了十几分钟，然后买了两瓶矿泉水和一些点心，以及两张通往日光岩的门票。走进日光岩拱圆形的大门后，我们又在大门旁一棵大树下的一张长条形石椅上坐了一会儿，聊些闲话，或开些无端的玩笑。距此不远处，就是著名的日光岩寺。这座寺庙坐落在一块巨大的表面十分光滑的暗褐色岩石下，其上方石壁上镌刻着“鼓浪洞天　鹭江第一”等笔力遒劲雄浑的红色题字。以寺庙或巨大石壁为背景，我给你拍了多张照片。之后，我们沿着寺庙后面狭窄而陡峭的石板台阶小道，穿过郑成功纪念馆左侧的古代兵寨，走过几道雕凿在巨石脊背上蜿蜒而上的石阶窄道，攀上了日光岩岩顶。我们在岩顶上的观景平台（当年的郑成功海军演练指挥台）眺望四周，欣赏了好大一会儿海景风光和厦门市景，也拍了几张照片。

从日光岩下来，我们坐了一回索道，跨过一处峡谷，来到鼓浪屿极为有名的百鸟园。百鸟园建在一个长满青松翠竹、绿意盎然的小山坳里，整个山坳被一张巨大的钢丝网笼罩着，网中豢养着数十种知名或不知名的鸟儿。这些鸟儿，颜色各异，或大或小，或肥或瘦，飞上飞下，叽叽喳喳，鸣声不绝。

我手捧着一大包爆米花，跟你并排坐在表演台前面的条椅上，观看了一会儿小鹦鹉飞夺钞票或食品的表演后，我们又漫不经心地闲行于小溪旁，接着观看了一会儿几对鸳鸯戏水的百态，然后从鹦鹉门走出百鸟园，再次坐上索道，凌空越过深涧峡谷，返回老鹰嘴观景平台，再沿着盘旋而下的鹅卵石山路，来到日光岩背后一个游客稀少的小型海滨浴场。我们在细软的沙滩上闲逛了几分钟，然后疲惫而慵懒地坐在路边的白色石头条椅上，轮流用塑料吸管吮吸着新鲜的椰子汁，无聊地聆听着低沉的风浪声，闲谈些各自的趣闻逸事。大约下午3点，我们再次走上海边的九曲石板桥，经过菽庄花园门口，穿过一条长长的幽暗隧道，又沿着岸边公路，在烈日暴晒下回到了宾馆。此时大约是下午4点。

洗过脸，上过卫生间后，我泡了两大杯铁观音茶，整个房间顿时弥漫着浓郁的茶香。我们边喝边聊。其间，我让你帮我调整手机里的飞信等功能，主要是关闭所有的来信声响。不仅如此，你还教会了我如何截屏。然后，你很认真地翻看我的手机，上下不断地翻着屏幕，好像在寻找什么。我一问才知，原来你在我的手机飞信里一时找不到你的昵称或代号。我说，刚开始用的是你的真名，上个月中旬才开始更换成“小丫头”。你又不断地往下翻动了一会儿，终于在一长串五花八门的昵称之后找到了“小丫头”几个字。由于我没有把你的飞信号“置顶”，而我们聊得又比较频繁，因此你的飞信头像就被自动放在“未置顶名单”的第一位。或许是出于好奇或有意吧，你开始认真地数起你在我飞信中的总排位，一边数还一边轻声念出。突然，你粲然一笑说：“哈哈，十八，我排在第十八。”我也笑出声来，并以戏谑的口吻说：“现在，你就是散客第一，常客十八！”听到这些，你微微一笑，眼中流光四溢，面色舒缓，一副很开心的样子。

在傍晚开往厦门东渡码头的快艇上，不知是什么原因，我们竟然谈起了将来合作写书的事。好像是我先提议的。“未来，我们能不能合写一本书啊？就是有关我们之间浪漫的爱情故事的小说？哈哈。”我有点开玩笑地问。你的反应极快，马上笑嘻嘻地说：“OK（可以）啊，小说的名称就叫《散客第一・常客十八》，作者名叫某某某某，够浪漫吧？哈哈。”后来，在三清山之行和无数次飞信聊天里，我们曾多次提到合写小说《散客第一・常客十八》的事。当然，你的语气一直都是半真半假的，似乎并没有真正把这个提议当回事。或许，在你的心里，这些话语只不过是我们茶余饭后的笑谈或调侃。但你可能不知道吧，就是这次在厦门的快艇上，我在内心里暗暗起誓，将来一定要以前人从未有过的笔法写出《散客第一・常客十八》这部游记小说，其内容可以真假参半，就是半真实半虚构，以此来铭记我们之间曾经有过的一场绝对算是轰轰烈烈、刻骨铭心、没世不忘的爱的故事，并传留后世。（待续）

祝好！

小罗头

D年7月31日

第十四封信

亲爱的吉尔：

那天傍晚5点多，我们决定去厦门大学旁边的南普陀寺游玩。你换上了那件我一直最为喜爱的灰色长大衣。经过鼓浪屿钢琴码头附近的堤坝时，以厦门里海和轮渡码头为背景，我给你拍了几张照片，其中有一张最能展现你典型的美——你微微侧着身子，面带微笑，亭亭玉立，端庄大方，气度非凡，显得极为洒脱飘逸。我经常说，以后应该把这张照片放大装框，悬挂在厅堂之上，永远留存。你也曾把这张照片连同其他一些精美的照片放在飞信朋友圈里，供人赞美和评说，还发文说这些照片是路人甲乙丙丁所拍。我曾不止一次对你说过，在我给你拍摄的无数张照片中，这一张最能体现你典雅的气质、温柔的外表和优美的形体。

到了三丘田码头，我们购买了两张跨海快艇船票。到了厦门东渡码头，我们叫了一辆出租车直达南普陀寺。此时，已近傍晚6点，寺庙门前已无多少游客，我们可能是最后一批想进寺庙参观的人，差一点就进不了大门。购票进了寺庙后，我们在藏经阁和大雄宝殿门前观看了一会儿，拍了几张照片，就顺着右侧黑色石板小路缓步上山。走到一座石桥上，停留了几分钟。在这座石桥的上下，各有一个清澈见底的水池，池底可见清泉汩汩而出。下面的水池较大，池里养着一些金色和黑色的小鱼，它们漫无目的地东游西逛，好像颇为自由自在。上面的水池中央，竖立着一个两米多高的白色搪瓷观音站像，她前方的脚边水底，有一个圆形的水泥凹盘，盘里盘外堆集着大量游客许愿时投下的硬币。见此情景，我也从挎包里找出几枚1元硬币，让你对着水中圆盘许愿后投币。你虔诚地闭上眼睛，双手合十，嘴里呢喃着什么，然后把硬币一个一个投出。你一连投了五次，居然没有一次成功，所有硬币都散落在圆盘四周不远处。但看到你一直兴致勃勃的样子，我也感觉相当愉悦舒心。

投完硬币后，我们从右侧小路走上几级黑色石板台阶，到了一个近乎心形的小山坳，只见里面建有两三个大小不一、形状各异的池塘，每个池塘上方都各架着一座小石桥。仔细一看，所有池塘边缘及其周围的山上，都是表面光滑、形体滚圆的深褐色巨型花岗岩。在最上方那个池塘的顶部，依山耸立着一块巨大的黑褐色岩石，上面篆刻着一个遒劲有力的巨大“佛”字。在这块佛石上方左侧的石崖下，摆放着许多体型各异、颜色不同、大小不一、神态万千的泥塑佛像。这些佛像应该都是历朝历代善男信女们的许愿造像，因为有些佛像的外表斑驳沧桑、漆色暗淡，其制作年代似乎已经十分久远了。

在这个小山坳里，伴着落红般晕染的晚霞，我也给你拍了多张照片，有的以巨大“佛”字石为背景，有的则以厦门市区为背景。你的每张照片都表情端庄，笑容得体。不久后，随着太阳完全西沉，天也慢慢暗了下来。借着微弱的灯光，我们注意到，在那块巨型“佛”字石的右侧，有一座八角凉亭，边上置放着几张长条形的白色石椅。

我们手牵着手跨过几座狭窄的石拱桥，再小心翼翼地走到凉亭边上，随意选择了一张石椅，相互搂抱着坐了几十分钟。其间，为了解答你的疑问，我跟你闲谈了有关花岗岩如何生成和演变的一些知识，包括如何根据花岗岩中方解石、石英等的颗粒大小，来大体判断当时地核熔浆抵达地表下的深度等。

我说，这些花岗岩熔浆的初始温度可达上千摄氏度。简单来说，熔浆所处的深度越深，压力就越大，其降温速度也就越缓慢。熔浆降温速度越缓慢，其内部各种矿物的结晶时间就会越漫长，有时这些熔浆需要持续数百万年才能完全冷却。而熔浆冷却的时间越长，各种矿物的结晶颗粒也就越粗大；反之，则越细小。

以主要成分是二氧化硅的熔浆为例。如果这些富含二氧化硅成分的熔浆直接喷发到地表或海水中，则会因快速降温而形成玻璃质岩石（其二氧化硅分子的排列为完全杂乱无序）。再从地表往下一千米到三十千米，这些富含二氧化硅成分的熔浆就可能因适中的冷却速度而形成我们所说的玉石（其二氧化硅分子的排列为适度有序）。如此说来，在某种程度上，玉石只不过是来不及充分结晶的石头而已，但因中国古代一些文人墨客的刻意吹捧和意象化，或为了附庸风雅，玉石被赋予各种人文意蕴或文化含义（如古人云：君子如玉，温厚宽仁等），价值虚增无数。而超过地下三十千米直至上百千米，这些富含二氧化硅成分熔浆的降温时间可能极其漫长（甚至可达数百万年），因此其内部各种矿物成分就有足够的成型时间，最终结晶成各种粗大的颗粒，甚至形成巨大的多面体石英（其二氧化硅分子的排列完全有序）。我还说，一般来讲，石英中的二氧化硅成分越纯，石英晶体的透明度越高，色泽越均匀，其价值也就越高。当二氧化硅的纯度达到99.9999%以上时，石英就可以成为制作硅芯片的原材料。

我接着说，从这里的花岗岩来看，其内部的方解石和石英颗粒算是比较粗大的，较大者可达1厘米～3厘米。因此，根据经验，我大致可以推定，熔浆最初应该在地表下三十千米以上，然后经过上百万年的冷却、凝固和结晶，形成了此处的花岗岩。之后，由于地壳运动，这些花岗岩被逐渐抬高到近地表，再遭到上百万年的风吹雨蚀（风化），就变成了我们现在肉眼所见的表面比较光滑、颜色比较暗黑的岩石模样等。

在我讲述这些专业知识时，你就像小学生一样津津有味地倾听着，不时会提出一些问题。你的几次提问都恰当得体，理解快速准确，这是我第一次感觉到你有着相当不错的感悟力和理解力。但此时也还只是比较朦胧而模糊的感受而已，并不确切。

差不多晚上7点半，天已完全黑了下来，我们才顺着来时的石板台阶小路慢悠悠地携手徒步下山。出了寺庙大门，我刚要叫出租车，你突然说："不坐车了吧，我们边走边看看厦门的夜景不好吗？"我说："怕你走不动啦，脚不疼？"你说："还好，没事。"因此，我们就沿着思明路往西朝中山路方向踱步而去。

按照计划，参观完南普陀寺后，我们要去中山路步行街吃小吃。走到半路，经过一家海鲜店门口时，你说："某人走不动了，肚子也饿了，我们干脆就在这里吃晚饭得了，怎么样？"我说："行，听你的。"我们随即走进这家海鲜店，在其底楼点了些小菜和一瓶啤酒，并到店门口的玻璃水族缸里选了八两活的皮皮虾和一尾一斤二两重的活的海扁鱼。上了二楼，我们在楼梯口找到一张长方形饭桌落座。等饭菜上桌后，我们吃着水煮皮皮虾和椒盐海扁鱼，喝着常温啤酒，天南海北地瞎聊了一个多小时。应该说，这顿饭吃得相当开心。

饭后，我们继续朝着中山路步行街走去。顺着凹凸不平、起伏不定且灯光暗淡的狭窄街面，我们逛逛停停，在一些特色店铺间穿进穿出，还顺便买了一些可爱的小礼物。二十来分钟后，我们终于走到了中山路步行街，准备品尝一些厦门的特色小吃。我早就跟你说过，在中山路的北端，好像是靠近中山公园吧，有几处颇为有名的小吃店，其中令我印象最为深刻的小吃共有三种：一是闽南五香条，二是八婆婆烧仙草，三是厦门花生汤。

我们沿着步行街向北走了十来分钟，只见右边一个小巷里，灯火辉煌，人影幢幢，声音嘈杂，热闹非凡。我们朝着这个小巷拐了进去，里面有各种店铺，如干果店、肉脯店、烤肉铺、烧仙草小店等。我先跟着你到烤肉铺前看了看，只见这里人头攒动，有些乱哄哄的，看来很难挤进人群，只好作罢。不得已，我们转身走到“八婆婆烧仙草”店，店门前的游客也很多，但比较有序，大家都自觉地排起三米多长的队。我们排队买了两种口味的烧仙草，各持一杯，边吃边走进中山路的另一条小吃街。在此，我们又买了几种烤鱼烤肉串之类的小吃，叫了一听啤酒，边吃边喝边聊，相当自在舒心。大约晚上10点，我们才沿着步行街往回走到轮渡码头，叫了出租车直达东渡码头，然后坐上夜间快艇返回鼓浪屿三丘田码头。回到宾馆差不多已是晚上11点半了。

洗漱完毕，上床关灯后，我们又如昨晚那般做了一次程序完满的云梦之事。我感觉到，你在这次亲热过程中已没有了昨晚的拘谨和紧张，你全身的肌肉已完全放松了下来，你的配合相当温顺合拍，你的身体也变得积极大胆。而且值得一提的是，我此生还是第一次在你身上品味到了KK之美，尽管你曾羞怯地轻声提醒我，但我好像没有体味到你所谓的“血的腥味”，倒是经历了另一番别样销魂的享受呢！我们估计是凌晨1点半才入睡的。（待续）

小罗头

D年8月1日

第十五封信

亲爱的吉尔：

那天是前年2月14日。早上7点多，我先醒来。看你还在熟睡中，实在不忍心叫醒你，我就轻轻地支起左臂，侧身看着你平静而安详的脸庞。经过两个夜晚的同床共眠，我发觉你的睡姿比较特别，似乎整个晚上都是仰面平躺着，未曾动过。整晚都是这种睡姿，我是根本做不到的。我会翻来覆去，但大多是侧睡，而且以偏左侧睡居多。

还记得吗？我曾在几封信里，说起过我早晨会静静地侧身偷看你的睡姿和睡颜。我一般可以在一个多小时里几乎纹丝不动地欣赏你孩童般粉红色细腻的脸庞，聆听你均匀的呼吸声，嗅闻你清新的鼻息，或入迷似的盯着你富有节奏的微微起伏的胸部，或轻轻偷吻你的手背、嘴唇、鼻尖或耳垂，或有些胆怯地偷摸轻揉你的某些神秘部位，而你却一无所知、一动不动、毫无察觉。这种始终让我着迷的偷看你睡姿的情形，在后来的旅行中一直持续着，无论是在三清山、庐山、杭州、青岛和乌镇，还是内蒙古、丹东、葫芦岛、盘锦、沈阳及南江等地，都是如此。每每忆念起，我都心醉神迷，胸中似乎充满难以名状的幸福感。我曾在几封信里或在飞信视频聊天中或见面时，跟你提及这种让我很是享受的情景，你都流露出非常娇媚的神情，或者以嗔怪的语气说："以后不允许啦，没有我的批准，你再偷看、偷吻、偷摸我，我要重罚你！"你还说过几次，你也要找个机会早点醒来如法炮制，尤其要看清楚某人睡觉的丑态等。但你始终没有找到这个机会，因我们在一起时的每天清晨，都是我比你早起，没有例外。

那天早上8点左右，你才彻底醒来。由于偷看了你许久，我早已把持不住，很快就双手并用地"粗鲁"起来，并在你羔羊般的顺从和配合下，急匆匆地让某个坏家伙尽情发挥到完事为止。事后，你还用右手食指戳了一下我的鼻子，微笑着问我："你这大坏蛋，现在舒服了吧？"我昏头昏脑地胡乱点了几次头，同时嘴里"嗯嗯"几声，算是作答。这时，你说身体感觉疲惫无力，还想再眯一会儿。我说："行啊，你睡吧，不急。"然后，我就拿起一包香烟，轻轻关上房门，走到二楼茶几旁，坐了十来分钟，喝了早茶，抽了支烟，脑中盘算着当天的旅程。按照计划，我们当天要参观漳州南靖的土楼。但南靖的土楼景点很多，最著名的是田螺坑土楼群和云水谣土楼群，由于只有一天的参观时间，我们只能二选一。后来根据你离开瑜州前做的攻略，我们选定了云水谣。

约8点半，你叫我进房。你坐在床头，身上盖着薄被，披头散发，神形慵懒，但面色绯红，温情可人，静如处子。我问你："没睡好？要不再睡会儿？"你说："不睡喽，今天还要去玩呢，得起来啦。"然后半眯着泪眼娇声娇气地对我说："我要喝水，要喝水啦，你还得喂我。"我赶紧倒了一杯昨晚就准备好的冷开水，紧挨着你坐在床沿上，喂了你小半杯。喝过水后，你把头倚靠在我的左肩上，双手搂抱着我的腰腹部，还用有些冰凉的香唇亲吻了几下我的左脸颊，这让我心中升腾起一缕缕云霞似的无限柔情与蜜意。我温柔地用右手揉捏了一下你粉红而光滑的左脸，催促你早点起来洗漱和吃早饭，今天还要去南靖看土楼景观呢。你说："遵命，Sir（先生）！"

你赶紧下床，从行李箱里随手拿了一些衣服，匆忙进了洗手间。不久后，你就穿上那件灰色长大衣，肩上挎着淡蓝色方形小皮包，紧跟着我出了门。在蜿蜒曲折的石子古街道口的一家海边小餐馆里，我们吃了简单的早餐，之后快步赶到三田湾码头，又坐了快艇过海，在厦门东渡码头叫了一辆出租车直奔湖滨长途汽车南站。你早已在网上查找详细，每日从厦门直达云水谣的班车只有两班，一班太早，一班又太晚。但到南靖县城的长途客车比较多，有大巴和中巴，好像每隔半个小时就有一趟，约两个小时可到县城，再从县城坐巴士或出租车到云水谣景区仅需三刻钟。乘着你去买票的当口，我借口去洗手间，其实是去抽了支烟。再回到你的身边时，可能是闻到了我身上的烟味，你第一次责怪我说："又去抽烟了？抽烟真的不好！你要设法戒了。听不听由你！"我随口应和着说："听，听的。答应你啦，回去就戒，一定戒。"在后来几个月的飞信中，你曾屡次劝我戒烟，还说了许多抽烟的坏处，甚至多次引用了你不知从哪里看到的理由，如你说："有人研究发现，一支烟会杀死许多优质的精子，会影响后代的智商。"看到这里，我每次都会含含糊糊地应付你几句。其实我心里是信服你的，也暗下决心戒烟，但一直未能成功，这是后话。

我们乘坐的大巴是几点出发的，我已记不得了。客车沿着厦门海边大道，过了海沧大桥，驶上了厦漳高速公路。闽南是水果优势产区，盛产多种名果。在公路两旁，除了不时映入眼帘的一片片绿色田野，荔枝、龙眼、桃子、芒果、香蕉、柿子之类的果树随处可见。但此时已是晚冬时节，所有果树应该都在冬眠，树上并无任何果实。尽管从远处看，那些荔枝、龙眼等果树均郁郁葱葱、生意盎然，犹如墨绿色的大伞，枝叶在微风中轻摇颤动，生机勃勃，但树上只见叶不见果，似乎没有半点名果的做派，尤其是那些成片的香蕉树，在寒霜逼迫打击之下，叶片都呈黄褐色并耷拉低垂着，宛若刚被大火烧过一般，焦黄，倦怠，一副无精打采、有气无力的样子。

我们在车上吃着零食，胡乱瞎聊些无踪无影的趣闻逸事。约一小时后，车驶过漳州，恰好从我三姐居住的楼房边经过，我甚至都看到了她家特有的巨大晒台以及种在晒台上的火龙果藤蔓。我说，我三姐家的这个二楼晒台，正好连着她家房子的后门，当时购价只要10万元，面积约200平方米，上面种着几种水果和蔬菜，还搭起了凉棚，布置了几张石桌石椅，是品茶会友的好地方。你听后曾开玩笑地说："要不，我们不去云水谣了，去你姐家做客得了，混一顿饭吃吃，哈哈。"

大约中午12点，车驶到了南靖县城外的一家店铺门口，这是我们这趟客车的终点站。我们下车后走进店铺，休息了约半个小时，买了点零食，喝了几杯茶，与漂亮的老板娘闲聊了一会儿，然后坐上早已预约好的开往云水谣的出租车。不一会儿，我们的小车穿过南靖旧县城，沿着一条弯弯绕绕、时宽时窄的小溪旁的黄土公路，时而上坡，时而下岭，蜿蜒而行。公路两旁林木茂盛，绿意盎然，景色迷人。往远处瞭望，收入眼底的，多是层层叠叠、弧形展开、绵延而去的梯田，远看似是山脚下相互缠绕又互不交错的绿色彩带，而半山腰上多是墨绿色的一簇簇半人多高的蜜柚树，山顶或山坳处时而可见薄纱状的团团白雾，时大时小，变幻莫测，犹如被飒飒作响的山地野风这只无形的手推来攘去，随时被揉捏粉碎，又随时被拼凑起来。

差不多下午1点，我们的小车到了云水谣景区。"云水谣"古镇的旧名叫"长教"。2005年，一部由电影文学剧本《寻找》改编而成的电影（取名《云水谣》）在此拍摄，使这里声名大振。为了扩大影响、发展旅游，颇有经济意识的南靖县政府刻意把古镇名"长教"改为"云水谣"。这里是福建省著名的侨乡，海外侨胞遍布东南亚诸国。据说，这一古镇是简氏家族的祖先为避兵祸而在深山密林中寻觅到的一处较为平坦的洼地，破土而建，传衍后裔。它位于南靖县城西北约60千米处的大山之中，西接永定县城，北连龙岩市。

云水谣景区以其众多的土楼群而著称，区内共有53座大大小小、或圆或方、风格迥异的土楼。闽南乡村中土楼极多，对于土生土长的闽南乡下人来说，早已司空见惯，没有半点奇特可言。在我生长的楮树坪村，原来就有一圆一方的两大土楼，“文革”时较为高大厚实的四方形土楼被推倒夷平，用以建造一所小学，而另一座较小的圆形土楼，共有三层，是土木结构，至今仍居住着五六户农家数十口人。建筑土楼的目的，据说是防御外敌，包括土匪和敌对的外姓族人。因此，住在土楼里的男人一般都是同一姓氏，甚至更多的是直系亲属，如一母同胞的兄弟。从各层的布局来看，土楼完全是一座比较坚固的军事堡垒，二楼以上往往设计了各种危险的机关、枪眼、箭洞或滚木礌石窗口等，一旦受到外敌侵扰，可以自内而外发射利器、毒箭、枪炮或灼热滚烫的油水之类。所有的土楼内均挖掘了一口甚至多口水井，各家也储藏着可使用达数月之久的粮食、柴薪、干菜之类的生活用品，若遇到强敌围困，楼内居民可以长时间闭门不出。有些较大的土楼内，还建立了学校、祖祠或佛堂，还豢养着各种家禽牲畜。（待续）

祝好！

小罗头

D年8月2日

第十六封信

亲爱的吉尔：

那天下午1点左右，我们到达云水谣古镇后，由小车司机介绍，认识了导游郑玲女士。郑女士三十来岁，面色黝黑光亮，身高一米六几，上穿绯红色翠花格子长袖衬衣，下穿深蓝色紧身牛仔裤，脚着黑色扁头皮鞋，淡黄色的长发飘飘，散披于前胸后背，看起来就是一位见过世面、身强体壮、充满活力而且颇有几分姿色的时髦乡村女郎。她十分精明强干，目光犀利，操着一口典型的闽南式普通话，语言生硬艰涩，但嗓音清脆，逻辑清晰，热情灼人，说起话来滔滔不绝，听来似是满盘珍珠散落一地，叮咚作响，颇为诱人。

因过了中午还未进食，我们都已饥肠辘辘，于是跟随郑女士找到一家不知名的小土楼（十几年后再去时，我才知此楼名叫“德风楼”。）旁的小饭店。我们点了这里特产的土咸鸡、小河虾、河鱼和荷兰豆。摘荷兰豆时，我们嬉闹着慢腾腾地跟在老板娘身后，来到小饭店后面的一洼菜地，只见那里的一垄垄条形土坯上都架着由竹片编成的竹排，竹排上缠绕着碧绿的管状荷兰豆藤蔓。青色的荷兰豆就掩映在浓密的淡绿色的藤条与豆叶之间，仔细一看，它们都如刀似弓，或像头朝下而立的秋刀鱼，每尾鱼的嘴里还吐着一朵小小的黄花。这些荷兰豆，有的是孤零零的，有的却是一簇簇的，都在微风中轻轻摇荡着，让人感觉清闲而自在，很是可爱。我们一起动手，帮助老板娘采摘了一小菜篮。

至于那条淡青色的河鱼，更是有趣。在进店门前，我就注意到门口小水池里养着两条长长的鱼，头部浑圆，鱼鳞粗大，很像两根肉棒棒。你问郑女士这叫什么鱼，可能由于有口音，她说是“初恋”。我们连问了几次，回答都是“初恋”。我们都十分诧异，觉得这名称怎么如此古怪，而她的语气依然非常肯定，不容置疑。我们相视而笑，心中自是不明其意，满是狐疑。刚开始吃饭时，你还用调侃的语气问我：“有没有联想起你的初恋故事啊？想到你的小玲没？哈哈。”我有点尴尬地微微低下头，咧嘴傻笑着。后来，经人提醒，我才明白郑导游口中的“初恋”，其实就是闽南语中的“粗鳞”。这种鱼很像我们常吃的草鱼或青鱼，但其肉质、肉感和肉味均有所不同。几乎所有福建人都认为，“粗鳞”比草鱼或青鱼好吃一些。（后来，一位友人推送给我一首网上流传的闽南民谣，其词曰：“有一种爱叫初恋，有一种鱼叫粗鳞。没有过初恋，哪懂爱情浪漫？未尝过粗鳞，怎知人间至味？！”）

吃过午饭，我们跟随郑玲女士，一边嬉笑着回味红烧“初恋”的味道，一边沿着小溪边表面光滑透亮的鹅卵石小路，一脚高一脚低地来到怀远楼大门前。云水谣景区共53座土楼中，最著名的就是已被列入世界遗产名录的怀远楼及和贵楼。在怀远楼门口的广场上，以土楼或楼前小溪为背景，我给你拍了多张照片。郑女士也为我们拍了两三张合照。我印象最深的就是我们相拥着拍的那张照片，我穿着淡蓝色格子西服立在你的左侧方，而你还是穿着那件优雅洒脱的灰色长大衣，背景是远处建在溪边的高大的圆形水车和露出水面的一块块排成长线形的跨河石墩，左边是长着一大片绿油油不知名农作物的农田，右边有一棵树干极其粗壮、枝繁叶茂、像巨大伞盖一样的千年小叶古榕树。从不远处看，古榕树下弯弯绕绕的粗大树根上，坐着五六个至少六七十岁的老头在比比画画，吹拉弹唱，神情怡然，给人生活相当悠闲美好的感觉。

那时，你笑声不断，面如玫瑰，表情憨厚，语音轻柔，动作曼妙，一副十分愉悦幸福的样子。我也是心情舒畅无比，胸中柔情满怀，感觉全身的血液在快速激荡奔流着，似乎幸福之火正在肌肤之下熊熊燃烧，难以自抑。

进了大门，我们才知道怀远楼是双环土楼，外环有三层，内环有一层，都是土木结构。外环的土墙厚实高大，钉着厚厚铁皮的木板大门乌黑笨重，二楼以上的墙上果然设计了各种朝外的枪口和箭眼，大门顶上还设计了一个较大的圆形倾斜式外溢洞口。由于大门是整栋土楼最为薄弱的地方，外敌攻楼时往往首选大门进行冲撞。但从这个外溢洞口，可以朝下倾倒烧开的滚烫猪油，从而让外敌不敢抵近大门。内环是豢养牲畜或堆放杂物的地方，侧方有一口深井，井水清澈见底，游鱼历历在目。

记得在土楼底层右侧的环形走廊上，我给你抢拍了两张精美的照片，其中一张是你双手插在灰色大衣口袋里，左肩挎着淡蓝色小方包，突然侧身回眸一笑，神情迷人，真令人骨疏身软，皮颤目眩。在底楼兜转了一圈后，在通往二楼的楼梯口，我买了两张票价5元的参观票，然后我们慢慢登上了二楼，观看了一些木质雕花屏风或木墙板上的雕刻山水画。我们还参观了一些房间里涂着暗红色油漆的古式花床和婚配箱柜，有些房间里凌乱地摆放着一些旧时农具或舂米工具。

从怀远楼出来后，我们随着郑女士来到她妹妹开的小茶铺里坐了约半个小时，品尝了当地的土茶，聊了一些当地的风土民情，也顺便购买了一些她妹妹出售的土特产，包括一些紫色干花和干果，但没有购买她们极力推荐的当地土茶叶。之后，我们原路返回，跳过溪面上的石墩桥，路过据说是福建省最高最大的古榕树和巨型水车，来到了号称“天下第一奇楼”的和贵楼。郑女士介绍说，和贵楼之奇，不在于它的楼形，而在于它拥有三点非常奇特之处：一是楼高，它是整个福建省所有土楼中最高者；二是整座土楼建在沼泽地上，在楼内任何地方用力踩动，整栋楼都会有明显的震动感，而且曾有人用极长的铁条在楼内或楼侧垂直插入，结果深不见底；三是楼内有两口水井，相距约18米，但左井的水清澈甘甜，游鱼可见，人畜可以直接饮用，而右井的水却蜡黄苦涩，水面漂浮着一些云朵状的油污，在阳光下闪泛着蓝绿黄各种光泽，人畜均不能饮用。（2020年1月16日，我再访云水谣时，有感而发，写下拙诗一首《再访云水谣》：当年相遇云满堂，今日重逢花盈廊。怀恩惗宠春光远，和贵楼兰秋意长！）

根据郑导游的说法，两百多年前的一位地理先生说，这个楼址是一处极佳的风水宝地，把楼建于此地，将泽及万代子孙，高才辈出，福禄绵绵。但是，简氏族人在建造此楼时却惊讶地发现，他们刚建了一层楼，隔夜一看，整栋楼如漏水之船一般慢慢下沉。不得已，经高人点拨，建楼之人就设法沉入大量粗大的松木桩，也铺下许多巨大石块。这栋土楼就是如此艰难地建在这些不断缓慢下沉的木石之上，但它历经两百余年，至今依然屹立于泥潭之中，巍然不倒，实在堪称奇迹。

进了和贵楼大门，迎面可见一块黑色匾额，上有草书“进士第”三字，说明住在此楼内的简氏先人，果真出过才子。楼中央天井建有三间一堂式学堂，堂前门上挂着两块匾牌：一块是由时任国民政府主席的林森颁发、由简羡强立的“兴学敬教”匾牌；一块是由时任国民政府侨务委员会委员长的陈树仁赠送，也由简羡强立的“兴学利侨”匾牌。我们在底楼观看了一会儿，拍了几张照片后，就沿着木板楼梯攀爬到二楼。二楼均是一个个由雕花实木面板分隔而成的各式房间，一些门板、窗棂、立柱和横梁等雕刻有花鸟虫鱼，显得古色古香，典雅高贵。连接每一个房间的整个楼道是由厚大的实木地板铺就而成，走在上面，哐哐咚咚作响，声音可以传得很远。

正当我们低声闲聊着经过一间木质结构房时，突然从虚掩着的门缝里探出一颗满是银发、约莫80岁的老奶奶的头来，吓了我们一大跳。只见她伸出干枯瘦弱、青筋暴突的右手对着我们说了几句话，你一时没有听懂，盯着我看，然后低声笑着问我："她说的是什么意思呢？"刚开始，我也没有反应过来，再仔细一听，才知道她说的是闽南话。随后，我解释给你听。她的原话翻译过来就是："阿婆真老啦，给点钱吧，做一件好事。"你原本就是一个非常善良的女人，听明白她的意思后，就抽出一张10元的纸币递了过去。老奶奶感谢了一番。

之后，我们拐到另一侧楼面，对着楼内四角和楼道旁不时可见的各色兰花盆景拍了多张照片，然后顺着木梯下楼并走出了土楼大门。在大门口外的场地上，以和贵楼大门两侧石柱上的对联为背景，我又给你拍了一张照片。然后，我们跟着郑女士返回和贵楼背面的公路上。此时，她帮我们叫的出租车已在路边等候。上车后我们才发现，车内已坐着一男一女两个年轻恋人。我们十分客气地跟郑女士挥手道别后，小车随即出发。

约三刻钟后，我们乘坐的出租车到了南靖县城的长途汽车站。我看着行李，你去购买了两张返回厦门的长途客车票。见发车的时间还早，我们就闲逛到一家超市，买了两瓶矿泉水和一大袋水果。我们乘坐的长途客车是傍晚7点出发的。开车后不久，天就完全黑了。车窗外，只见天上繁星点点，公路两旁零散分布的乡村，不时闪烁着或密或疏的昏黄灯光，整个村庄被无边的黑幕笼罩着，显得周围十分空寂。可能实在是太累了，你一路上都瞌睡慵懒，那样子实在惹人怜爱。我一直都轻轻地搂抱着你的身子，或让你的头斜靠在我的肩上休息，或让你趴伏在我的双腿膝盖上假寐片刻。车驶过漳州后，你说你的腿脚酸麻无力，我就不时地帮你揉捏按摩一会儿。约晚上9点，车驶过厦门东渡码头后，我们下了车，又急急地买票坐快船返回鼓浪屿。我们进宾馆房间已近晚上10点半。（待续）

祝好！

小罗头

D年8月3日

第十七封信

亲爱的吉尔：

从云水谣回来的那天晚上，我们都没有吃饭，可能已忘记了饥饿。稍微休息后，我们就分别洗了澡，先后上了床。你穿着淡蓝色内衣和紫红色内裤，仰面平静地躺在床上，双掌重叠着置于小腹，面带倦容，双眼微闭，前胸微微起伏。看到你乳白色的脖颈和丰满的身体，我很快就激动起来。也没有征求你的同意，我就快速脱去自己的内外衣物，颤悠悠地爬上你的身体，先吻了你的前额、鼻子和嘴唇，然后动作粗鲁又急匆匆地做起事来，正儿八经地扯旗升帐，秋后点兵，一切似乎都做得行云流水。

记得在暴风骤雨到来之前，我曾翻身下来，撑起上半身，倚靠在床框上，轻声请求你做一次全新的爱的动作。你没有作声，也没怎么犹豫，便立即起身半跪在我的左侧，好像很自然且很熟练地行动起来。我曾微微张开双眼，看见你的一头乱发随着上下抖动的头颅在轻微地飘洒着，同时伴随着某种轻轻的声响，这让我的全身感觉酥麻无力，深深体验到那种无与伦比的舒服和惬意，甚至有片刻时光，感觉自己的灵魂仿佛已飘然于体外，如痴如醉，如癫如狂，不是神仙胜似神仙。

其实，你可能根本不知道吧，这次是我此生第一次享受到身体之乐。在享受这种难得的愉悦之时，我脑中曾默默浮现出这样的誓言：无论将来我们的关系怎样或你是否愿意嫁给我，也无论你身处何方、待我如何，哪怕刻意要害我，我都会深深感念你此次对我的恩爱，这种浓烈而深层的爱的感觉将永远留存在我的心底，若违此誓言，愿遭天惩！我一边痛享着你的这种爱的动作，一边在心里默誓了一两遍。尽管后来你也曾多次为我做过这种的爱的动作，甚至更加熟练和多样，但因这是我此生第一次享受这种动作之美，所以在我心里，是印象最深也最舒服的一次呢。几分钟后，见第三者始终神气活现，我索性让它随意腾挪，为所欲为。大约凌晨1点，由于太累，我们都沉沉地睡了过去。一觉醒来，已是第二天早晨8点多。

起床后，根据昨晚的计划，我们当天（前年2月15日）要包车去大嶝岛游玩。你通过手机联系了一辆出租车，约好具体时间，在厦门东渡码头碰头，一天的包车价是500元，中午还给司机管饭。时间紧迫，我们匆匆洗漱后出门，直奔三田湾码头，然后坐快艇到达对岸。你通过多次电话联络，好不容易才找到了司机。坐上出租车，沿着海滨快车道，路过湖里山炮台景点，穿过翔安海底隧道，约一个小时的车程，我们抵达了“英雄三岛”之一的大嶝岛观光园。

大嶝岛观光园也算是厦门附近的一处著名景点，离金门最近的地方只有1800米。站在岛上，对面金门的大担岛、二担岛清晰可辨，甚至那边的房屋、公路、小车和电线杆都历历在目。这里曾是20世纪50年代著名的炮战阵地，据说，炮战时这里每平方米土地平均落下炮弹1.5发，可以想象当年的战斗场面是何等的惨烈！岛上有防空地道、作战指挥部、战壕、飞机、坦克和全国最大的广播喇叭。后来听说岛上还有旧时金门县政府所在地——红砖楼，可惜我们知道得太晚了，也就错过了参观这一景点的机会。但是，我们还是拍了不少照片，尤其你在超大喇叭前、战机侧，背对金门的海景等更是留下了许多倩影。我们还在海边长廊、瞭望塔里和礼品摊旁逗留了很久，心情愉悦，轻松自在，犹如昨天在云水谣游玩一般，也是相当快活的一天。

临近中午，司机带我们去寻找饭店。小车从观光园出发，拐过几条田间小土路，到了居民点内的一家小海鲜店。我们点了两只大海蟹、八两海虾、一盘海蛎煎和一盘空心菜，还点了一大盘米饭，和司机一起用餐。后来让我们颇为郁闷的是那两只大海蟹，其标价是每斤110元，为了防止蟹钳钳人，每只蟹上都用一条极为粗大的草绳捆绑着。原以为在称重时，店主会把草绳去除，用净重计量价钱，因为这两条水淋淋的如大拇指粗、一米多长的草绳重量肯定超过了一斤。但在老板称重时，我们发现并非如此，而是蟹绳不分，共四斤多重。看到这种情景，你笑着对老板说：“老板，我们只吃螃蟹不吃草绳哦。”老板却说：“所有海鲜店都是这样的，没有人会把捆绑海蟹的绳子去掉，这是行业规矩。”听后，我们都有点生气，更是郁闷，就大声提出抗议，但终归无济于事，吵吵嚷嚷了一会儿，也只好自认倒霉，明知被狠宰了一刀也毫无办法。这件事，后来竟然成为笑谈。我们曾多次在飞信里或碰面时提起，说是被可恶的厦门奸商宰了一回，居然花了一百多元冤枉钱买了两捆不能吃的臭草绳。虽然有些小冤小气，但我们的心情并没有受到太大影响。吃饭时，我们还跟司机一起聊得很起劲，有说有笑，轻松自若。

饭后，经我提议，由司机开车带我们去岛上著名的台湾商品免税区。在此之前，我来过大嶝岛两次，每次都会来这个免税区购买些礼物。这里的商品主要是产自台湾的水果、白酒、刀具、糖果、皮具及各类小工艺品。印象中，这里的商品特色并不明显，但价格便宜，只要知道一些门道和技巧，是可以大幅度砍价的。我第一次来到这里时，并不知道有砍价门道和技巧，以为标价本身就不高，购买时都按标价付了款。

第二次去的时候，情况就大为不同了。因为这次是一位多年好友集美大学的陈老师开车送我们去的，恰好他是翔安本地人，非常精通这些砍价门道和技巧。那次，我看中了一个棕黄色方形皮质行李箱，标价680元。我心里的价位是500元左右。或许是陈老师看出我比较喜欢这个皮箱，就把我拉到店门外悄悄对我说："等一下你不要说话，我来帮你砍价，准备200元拿下它。"我目瞪口呆，颇为惊讶，心里暗想：这怎么可能呢？这种大出血的价格，商家怎肯出手？只见他慢腾腾地走到商家近前，提出要200元购买此箱。起初，女店主态度坚决，说这是亏本价格，嚷嚷着："不卖！绝对不卖！不可能！"几轮之后，价格一路从600元、500元、450元、400元、300元到250元止，她不想再降价了。陈老师偷偷给我使了个眼色，我们佯装不买了，就缓步向店门口走去。刚到门旁，背后传来她颇为清脆的女高音："你们回来，200元就200元，唉！"此后，十多年来，这只行李箱已陪伴我走遍了天南海北、国内国外无数个城市。

那天，我们在这个商品免税区随便买了一些台湾小食品，如姜糖、黑糖及薄饼之类的，再由司机开车，沿着来时的海滨大道，横穿翔安海底隧道，返回厦门内岛，约下午4点半到达轮渡码头。我们到中山路口的一家特色小店吃了厦门有名的花生汤和虾仁包，然后到食品店购买了五百多元的各色厦门馅饼和其他食品，装满了一大纸箱。这是我要送给你的厦门特产，让你回去分发给亲朋好友。我们一人提着这个纸箱的一边，步履有些沉重地走到中山路口，叫了出租车直达东渡码头，又坐快艇回到了鼓浪屿宾馆。约傍晚7点钟，我们出门到石子巷口一家叫"姜母鸭"的海边小吃店吃了一顿较为丰盛的晚餐。饭后，我们在沿海小公路上散步半个多钟头，再返回宾馆房间休息。

你乘坐的是第二天下午1点多的飞机，我也要在次日傍晚赶回漳州。就要离开厦门了，当晚是我们首次结伴旅行的最后一晚。因此，我们早早洗漱完毕，草草地整理了行李，就面对面地坐在房间椅子上闲聊了很久。上床后，我们又如同前几夜那样用极长的缠绵时间做了一次相当激烈而动作多样的云梦之事，不过第三者依然没有真正得逞，因而它也算不上获得真正的满足。约凌晨2点，我们先后去沐浴房把身体冲洗干净后，才再次上床面对面搂抱着睡了过去。

第二天是B年2月16日。约早上7点，还是我先清醒过来。如同以前一样，我依然支起左手臂，侧脸凝视你安详而柔和的面容好长时间，心里无限踏实、惬意和满足，感觉这次旅行收获满满，好像真实地拥有了你的一切似的。约8点，你才彻底醒来。我搂抱着你又喂了你大半杯温水，开了些玩笑。然后你去了卫生间，我一时冲动也跟了进去，只见你把一条内裤和一双黑色裤式长袜扔进垃圾桶。可能是看到我有些迷惑不解的神情吧，你扮着鬼脸轻笑一声说：“内裤和袜子都沾满了血迹，不想洗了，扔掉算啦，呵呵。”我也开玩笑地说：“那多可惜啊，留作纪念也好吧，这算是宝贝，你应该珍藏起来！哈哈。”你马上嬉笑着说：“是啊，我真应该保留下来，作为你欺负我的证据。将来，如果你对我不好，我要控告你，哈哈哈！”我也狡猾地说：“你去告啊，去啊，再说谁能证明这些血是我造成的，呵呵。”

我们胡闹了一会儿，就开始认认真真地收拾起了回程的行李。我们约10点半退了房，又渡海到厦门东渡码头，叫上出租车直奔厦门高崎机场。办完登机手续，托运了行李，我送你进了安检口后，就一直站在检票口边上的矮玻璃墙边，死盯着对面通往候机室的通道。几分钟后，看见你慢悠悠的身影出现在对面，我就连连向你挥手，你也向我轻轻挥了几下手。这时，我的眼泪竟然不大争气地，也是不由自主地溢满了眼眶，内心酸楚无比，恋恋不舍，好像觉得整个世界在渐渐离我远去似的，宛如四周布满了令人无可奈何的压抑之气，孤独与寂寞之感油然而生，慢慢散开，仿佛随着冰冷的血液流遍全身，身体也似乎在逐渐冷却，并在钻心的寒气中微微颤抖。心想，我可能真是爱上你了。

以上是我们厦门之行的游记，是我凭借记忆，尽量如实地书写出两年半之前那段刻骨铭心的旅游经历。当然，由于篇幅所限，我只记下了一些比较精彩的片段，其余的就留给以后慢慢回忆吧。

祝好！

小罗头

D年8月4日

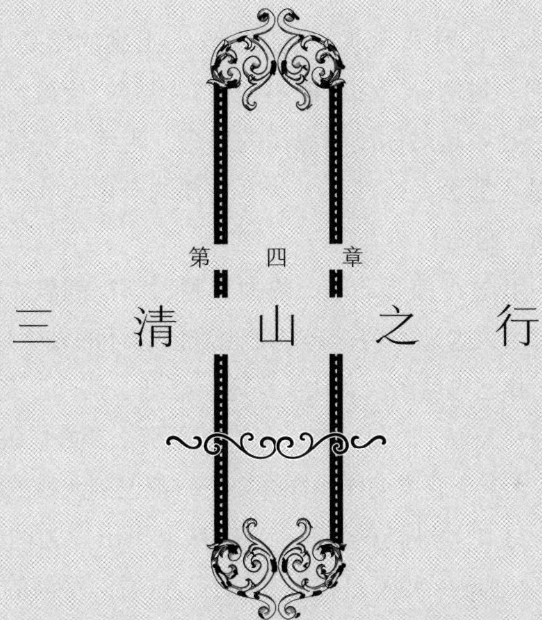

第四章

三清山之行

第十八封信

亲爱的吉尔：

又是一个月过去了，时光飞逝，令我惊讶。上次的信是（B年）4月7日写的，曾答应你的每周一封信，怎么就做不到呢？得好好检讨一下。是不是对你没有深爱？绝对不是。是不是对你没有深切的思念？也绝对不是。那是不是自己过于懒惰？似乎也不是。那么，或许是一些不重要的杂事让我分心了？应该说，也不是。真是原因不明，哈哈！

其实，这一个月我过得惊心动魄、热血沸腾、幸福满满、美梦连连。许多经历，都是如此纯美而令人恋恋不舍，必是终生难以忘怀的人生片段。

从江西回来后，我已先后多次、从头到尾，仔细、认真、充满甜蜜和敬畏地回忆我们共同经历的每一天每一时每一刻，每样都是那么美好！每样都是那么让人激动！你的句句淘气话、个个调皮动作和样样姿态，都已刻入我的脑际，深入骨髓。

那天（B年4月23日）早晨6点多，我在从家里出发去往机场的路上收到你的飞信："你真的要来了吗？我不是在做梦吧？"这看似平淡的话语，却让我着实感动了一番。其中应该隐含着你对我的真爱、思念和热盼吧！将来，无论面对怎样的处境，冲着这两句话，我也会义无反顾地奔向你所在的地方，飞到你的身边。同时，它们也让我再一次信心满满。这与厦门之行的内心惶惶不安全然不同，因此，我对此行必将圆满而快乐充满信心。怀着这样的信心、激动和感激，我一路的思绪早已飞到瑜州，一门心思也都在机场等候自己的某人身影上。我多次想象，连日来梦中的你，会以怎样的衣着、怎样的神情和怎样的姿态迎接我的到来？我们会怎样度过瑜州的首个夜晚？我们共进晚餐时，是否笑声连连？所有这些，今日想来，同样如痴如醉！

到了机场出口处，我一眼就望见你穿着那件我特别喜爱的灰色长大衣，亭亭玉立，含情脉脉，微笑中满脸红晕。真是我日夜思念的人儿！我心里早已是激动不已。这样的心潮起伏，到了饭店才渐渐平复。我们品尝着瑜州特有的苦瓜烧昂刺鱼（也叫黄辣丁），喝着啤酒，说些日常见闻，时而浅笑，时而低语，相当惬意舒心，但也不时惹得邻桌的几个食客，用奇异的眼光扫视我们。

到了你家，房间布局虽然与我想象中的大为不同，但明亮、宽敞而整洁却是意料之中。因你曾在飞信中两次提及：“货仓已收拾完毕，准备接收来自南江的货物。”如此看来，你的房间，肯定不差。那天下午，我第一次在你家橘黄色的沙发上睡觉时，那种满足而惬意的感觉无与伦比。虽然你以前提到这张沙发时，我有些许怒气（因为你说这是给我晚上睡觉的地方），哈哈。但真在沙发上躺下后，因你就在身旁，如此亲近，我无比踏实而心安。

其实，在沙发上刚躺下时，我是打定主意不睡着的。事实上，我也基本没有睡着。我的坏主意是，想偷偷感受一番你的温情与厚爱。哈哈，这你可能不知道吧？后来，盖着柔软毛毯的我，假寐中还是多次感觉到你为我掖被、抚摸我的手掌和梳理我的乱发（后来你说，你好像只这么做过一次）。起来后，我第一次为你泡工夫茶，我们一道看着美国电影，一起品尝着大红袍的味道，满屋温馨。我还耐心地教你泡工夫茶的要点和品茶要诀。后来想想，有点可笑，因为我知道你曾在茶叶店帮忙，应该早已品尝过无数次工夫茶，对茶道也应该早已了然于心。而我的“教导”，显然是多此一举。但你却未有丝毫表露，而是悠然接受。我想，只因爱，才会如此吧？

你做晚饭的情景，也令我感触良多。说实话，我当时是很想参与进来的，哪怕是做些择菜、洗菜等杂事也好。可你不要我，非得让我做起尽享清闲的寓公来。你说：“你今天的任务就是没任务，做个闲人，喝喝茶，看看电视，等着吃晚饭。”不过，在看电视的当儿，我眼睛的余光可未曾离你左右，一直关注着你的一举一动。欣赏也好，怜爱也罢，终归把心都放在你的身上。这，你可能也是没想到的吧？

你择菜、挑菜、洗菜和炒菜的动作，一丝不苟，谨慎认真。对此，我记忆犹新。晚饭时，又是一番温馨。你不时把最好的精肉夹进我的碗里，这令我颇为感动。我未曾享受这般关爱似乎已很久了，好像只有在年少时，母亲才对我有过这样的举动，后来已少有记忆。那顿晚饭间，我话语不多，但思绪万千。当时，我意识到，自己还是一个很容易被感动的人，或许，一点点爱，一点点恩，都可能让我心起涟漪，甚至心波荡漾。不过，我当时也暗下决心，这次出门旅行，我得好好善待你，照顾好你的生活起居，不能让你有丝毫委屈，更不能让你受到丝毫伤害，一定要让你开心地玩、尽心地乐。后来想想，我却未能做到这些，甚至让你受到了“426”撕心裂肺的痛。这让我不时有负罪感袭来。对此，虽然你无半点责怪，但有段时间，我日日惊心、时时自责。我说过无数遍的承诺，激动时却难以自控。我们都说过，永远的“426”，神圣而纯洁。我必将以一生来呵护你送给我的这份无比珍贵和厚重的爱！

晚饭后，在霏霏细雨中，我们在你家楼下的小区花园里牵手漫步，卿卿我我，温情满满。你轻声对我说：“这种场景，我已设想过无数次，今天终于实现了。”你可能不知道吧，这也是出乎意料让我感动的话语。回到房间，稍事休息后，我们都决定早点洗漱并上床睡觉，因为第二天要早起。那其实又是一个我想象过和向往过无数次的美妙时刻，脑中常常有古人的话语冒出来：春宵一刻值千金。我早就知道，那晚必是一个不眠之夜。抱着你身体的存在感，让人内心充实而幸福。虽然我们整夜都没有做过实质性的爱的动作，我们的第三者也没有获得过实质性的满足和成功，如同厦门之行的那几个夜晚，它只是无可奈何地做着重复性的动作，但我确实深深地感受到了你的柔情和爱意，你的体香和柔软的肉体早已让我魂飞魄散。我曾激动难抑，舒服之感难以言表。到天快亮时，我们还是未能睡着，似乎整晚都紧紧地相互搂抱着聊个没完，不停地互相亲吻、抚摸、揉搓。我的身体又不时颤抖不已，这种情况已极为少见，但此次经历将永生难忘。

到天蒙蒙亮时，我起了私心，为了体验你睡过的床铺，特别是想亲闻你枕上的清香，我悄悄地起身，独自去了你的闺房。后来，我竟然不知不觉地睡着了，却把你晾在另一个房间，实是不该，也害得你听着我的鼾声更难入眠。直到天已彻底放亮，你才走了过来，重新钻进我的也是你的被窝，我们又相互拥抱、抚摸了好大一会儿，我也再次感受到你美妙的体香和温软的肉体，真是幸福无比！

在闹钟催促多次之后，我们才很不情愿地起床，你做早饭，我收拾东西。饭后，约8点半，我们离开你家。刚出家门时，我的内心掠过一丝冰冷的伤感，心想：不知自己以后还能不能再踏进这个家门？将来还有没有机会重来呢？因不得而知，内心有些凄然。不得已，我们还得出发前行，目标已定，前程也未知有多少坎坷，但心意已决，不回头，直奔远方。

以后的五日，更是精彩，更是难忘。待有空时，我再细细与你共同回忆，可好？

爱你，深情地！

小罗头

B年5月3日

第十九封信

亲爱的吉尔：

上封信中，我显然漏写了（B年4月）24日早上发生的一件趣事，也是我从未体验过的经历。那天早上约7点20分，你叫我躺在沙发上，说要给我按摩眼睛。原以为是你要亲手给我按摩的，心里生出些许激动。后来你拿出一对黑黑的东西，像是大墨镜，轻柔地帮我戴上，说是眼睛按摩器，只要15分钟，就会使眼睛感觉舒服些。这种按摩工具，我是第一次听说，也是第一次看到。现代科技就是不一样，什么稀奇古怪的东西都能制造出来（一个月后的“520”，你说给我买了一个礼物。收到后，我才知道原来就是这种眼睛按摩器）。那个东西起动后，一会儿发热，一会儿震动，一会儿又似乎伸出两只小手，在我的眼眶周围揉来捏去。被揉部位略有麻感，但不痛不痒，甚是有趣，也的确有点舒服的感觉，真算是一次享受了。

8点半，我们到了楼下，你昨晚睡前预订的出租车已在等候。在去往火车站的路上，我们话语不多，只是偶尔跟司机聊上几句，无非就是堵车和路线之类的话题，而我们的双手一直紧握在一起，不时相视而笑，满心欢喜。显然，我们的心思已在旅途。9点10分左右，我们到达瑜州火车站，我看管行李，你去底楼取票。你还是穿着那件灰色长大衣，样子飘飘洒洒，风姿别具，我很是喜欢。等候你的时间似乎有些漫长，我心想：可能是取票排队的人太多，耽误了。但时间足够，我也不担心。从你消失在人潮后，我的眼睛就一直紧盯着楼下行人，生怕错过那个熟悉的身影。我不停地在心中猜测，下一分钟你的身影就会出现在上行电梯里，可总是猜错。每次猜错，我心里都会滋生出一缕淡淡的焦虑感，好像你就要丢失了一样。不知过了多少个下一分钟，你却噔噔噔地快速走上楼梯，倏然出现在我的面前。这时，我又有种宝贝失而复得的释然感。

坐上火车后，我们不时吃些你昨天买的葡萄和糕点，喝点水，胡乱开些无影的玩笑，闲聊些杂事，倒是轻松惬意。由于我的不时骚扰，昨夜的你，可能少有入眠，因而上车后不久，你已疲态尽显，眼睛通红，哈欠连连。于是，我只得让你偶尔靠着窗框或我的肩膀小睡片刻。在你睡觉的时候，我则不由自主地爱抚你柔顺的发丝，轻握你的小手，甚是怜爱。

过了江西萍乡之后，我们望着窗外绝美的乡下风景，赞叹有加。尤其是那些山间小湖，湖中土丘，到处绿意盎然，景色迷人，美不胜收。而且在闲聊中，你居然幻想着，有朝一日能够与我一道来此住上十天半个月，远离熙熙攘攘、嘈嘈杂杂的大都市，啥也不想，啥也不做，好好享受一段神仙般悠闲自在的时光。似乎，有过这样的日子和这样的生活，才不枉此生。甚至，你还疯笑着建议我辞去教职，来此求购一间小屋，落户为民，并且积极参与村长选举，争取在村中管理一方山水。我竟然附和着说这是好主意，但也要求你必须同来同住，共同生活，并且鼓动你力争当选村里的书记，意图把此一小村开成夫妻店，称霸一方。真是野心勃勃！这或许是我们在火车上做出的最富想象力、最为大胆、最激动人心的宏大计划了，如今想来，还会让我心潮澎湃、捧腹大笑！这些有趣的生活片段，想必你也是记忆犹新吧？

4月24日下午2点多，我们到达上饶火车站。不承想，这里的车站十分破败，脏乱不堪，垃圾遍地，而且连找个干净点的洗手间都十分困难，找到的都是不堪入目、恶臭弥天的简陋破屋，想来让人极其恶心反胃。在急寻好点的卫生间不得时，我们准备直接坐巴士直达县城或三清山，却意外遇到一个黑车司机，他提议我们包车前往，途中经停县城，然后直达三清山景区，总共只需150元车价。我立刻同意。我想，这可省去我们大量的时间和精力。出发后，我们很快就发现，上饶城区的路况也是糟糕透顶，不仅崎岖不平，而且灰尘满天，这让我们的心情有些不爽，也失去了欣赏路边景色的意愿。这段经历，让我从此对上饶这座城市很是反感，留下的都是极为不好的印象。我们还不时揶揄上饶的时任市长、书记，他们可能真是笨蛋二枚，既不懂经济民生，也不谙生态环境，似乎我们两人随便哪个来担任，都能胜过他们十倍百倍，哈哈！

我们就这样，发发牢骚，开开玩笑，倒也不困不乏。直到离开县城，我们的心境才慢慢好转起来。其间，你还不时跟着车上的音乐唱起来，我虽听不懂歌词，但感觉其旋律和节奏倒还是有些动听。我们的小车进入山区后，沿着蜿蜒而上的小公路前行，两旁景致迷人，苍山滴翠，溪水碧绿，心里感叹山色之美，也臆想着此次游玩三清山必将不虚此行。记得在入山后不久，你可能已被这里的山水景色所迷倒，神情激昂，兴奋有加，还用手机对着窗外拍下不少照片。我的心情也随之变好，精神大振，尤其是美人在侧，内心舒畅至极。因而，我不时抱抱你的身体，拍拍你的后背，捏捏你的小手，快哉！

不过，说实话，在我们进入山区小路不久，有段时间，我内心颇为紧张不安，可能你未曾察觉吧？由于道路狭窄，曲曲折折，路的一旁是悬崖峭壁，深不见底，而司机又把小车开得飞快，因此我十分担心会出事故。有时，我的脑海中也会出现一些不好的念头，担忧司机会不会心怀鬼胎、居心叵测，故意把我们载到人迹罕至的地方，谋财害命或敲诈勒索。想到这里，我不禁胆战心惊，因而开始警惕起来。为了讨好司机，我不时赞美他的车技，说些不着调的恭维话，意在打消他可能有的坏主意。同时，我也在心里暗暗祈祷平安，只要无事就是大吉。那时，我只有一个念头，就是我们能平平安安地到达目的地，并暗自决定，只要他能够把我们平安地送到宾馆，我就会多付些车费，甚至多加一二百元都无关紧要。这正是我后来自行给司机追加50元车费的根本原因。你当时或许不解，可能以为我是出于慷慨，其实不然。傍晚近5点，我们终于顺利到达预订的宾馆——景琛宾馆。这时，我真的有种如释重负的感觉。

在宾馆登记后，我们找到处于二楼的房间。意外的是，房间竟是复式双层，上层卧室，下层客厅。卧室虽有些狭小，但精美别致，大床宽敞，被单洁净，卫生间也是一尘不染。特别让我们感到意外的是，在大床的正上方，开着一个半米见方的差不多正方形微微倾斜的玻璃天窗。躺在床上，我们可以看到窗外的月牙儿和点点星辰，微弱的星光也会轻柔地倾泻而下，照耀着我们以及我们周围的银白色床单。客厅也相当不错，卫生间、沙发、电视、电话样样齐全。阳台外，山色静美，凉风拂面，令人神清气爽。我们脱下运动鞋，扔掉袜子，光着脚一起走到二楼一个向外伸展的阳台上，也不顾楼下周围是否有人，情不自禁地紧紧相拥在一起，兴奋地亲吻起来，好似久未动情一般。或者，你把头斜靠在我的肩上，让我拍照，尽显你的温情蜜意。感慨之余，我再次肯定此行不虚，甚至感觉我们正在过着世俗神仙般的生活。

之后，稍事休息，略作洗漱后，你提议上床小憩，起来后再去吃晚餐，我欣然同意。其实，我早就想着床事，并无睡意。如此，我又能再次好好地抱着你入眠，快意幸福，自不待言。你我都动作麻利地脱衣入被，我很快就情难自抑。事实上，在未入被窝之前，我们的那个第三者就有些火起，我的身体也莫名其妙地开始发起抖来。我们还像昨晚那样，面对面紧紧地相拥在一起，不停地亲吻，不停地相互抚摸，不停地说着对彼此的爱意。我不知道你当时的感觉是怎样的，反正我是非常享受那样的时刻和那样的场景，也非常享受抚摸你极为润滑的肌肤时给自己带来的无与伦比的身体快感。尤其是非常享受你用柔软的小手轻轻抚摸或揉捏那个经常不大争气的坏家伙时的感觉，确实极为美好而舒坦。

说真的，我当时就有强烈的生理欲望，很想再让那个神气活现的家伙如昨夜那般肆无忌惮到心满意足为止。但我当时没有这样做，只是用我粗陋之手隔着你的内外衣物不停地用力按摩或揉捏，也像昨夜一样，不止一次地享受着你的柔情蜜意和沁人心扉的自然体香。我当时的心思可能是，想把这个美好时刻留待夜晚，或者当时的时间紧迫，不足以满足我们的私心和私欲。真记不得所有细节了，只知道我们竟然在床上似睡非睡地互动了一个半小时。

可能快到7点半时，我们都不大情愿地爬出被窝，简单梳洗后，迈出宾馆的大门，乘着夜色，在散漫而泛黄的灯光下，沿着向下微斜的山间公路，手挽着手，说些已无记忆的悄悄话，时而缓慢、时而轻快地走到两三里外的地方，找到了一家饭店。后来，我们在这个农家小店里，点了野味，喝了啤酒，尽兴而归。

今天就暂且回忆到这里吧，可能是过于激动兴奋了，上面的记述有些比较露骨，而有些却不够详尽。接下来，更令我们激动和刻骨铭心的件件事情，容许我抽空一一道来，可好？

深深地爱着你，我的吉尔！

小罗头

B年5月12日

第二十封信

亲爱的吉尔：

4月24日晚，我们走到一个交叉路口时，被一个小伙子引着去了一个农家小饭店。一路上，他给我们讲了一些入住附近宾馆和游玩三清山的情况。看得出来，他是一个比较精明的小伙，但给人一种滑头的感觉。果然，我们后来才知道，那个农家小饭店是他自己开的。在去饭店的路上，他给了我们一张名片。点菜前，我们问他包车去婺源的费用，他说约300元。由于不了解行情，我们当时也不敢确定，只是含含糊糊地答应着他。我们点了两荤两素一汤，外加一小瓶啤酒。其中，一盘是山中野味，一盘是野菜，菜名我都不记得了。那盘野味样子十分难看，肉色乌黑，但味道不错，肉质细腻，入口嫩滑，倒是好菜。或许是我们都很饿了，吃得比较多，也比较快。尤其是我，大口吃菜，大杯喝酒，感觉绝大部分菜都是被我吃掉的。我看你后来都不动筷子了，只是陪着我喝了一小杯酒，或不停地给我夹菜。我们边吃边聊，也算轻松愉快吧。

快到9点时，我们走出小饭店，从公路的另一侧，绕道向宾馆而去。你再次挽着我的手臂，我也不时用右手轻揽着你的腰，显得亲密无间，内心很有满足感。我们沿着路边约一米宽的木板栈道，踏着夜色，随性漫步，心无旁骛。回到宾馆房间，我们先在楼上卧室搂抱了一会儿，说了些笑话，便更衣换装。你穿上宾馆内自备的长长的白色浴袍，我脱掉西装，然后我们到楼下客厅，坐在沙发上，边聊天边看电视，很是轻松惬意。

晚上11点过后，我们决定洗漱睡觉，因为明天还得早起登山，需要充足的精力。我们回到楼上卧室，你先进入卫生间，关上门，更衣洗澡。我待了好大一会儿，才听到你淋浴的声音，内心躁动不安。当时脑子忽然发热，那个向来不大听话的第三者已被唤醒。因此，我好想开门进去看看你沐浴中的身姿，心里充满各种十分美妙的幻想，但终究还是克制住了自己的欲望，没有推开卫生间的门。说实话，不是我不敢，主要是觉得，如果这样做，说不定你会很生气，并会呵斥我赶紧离开，或者会骂我太不正经什么的，到头来可能会弄得彼此尴尬或伤了感情，把本来温馨可人的气氛给毁了。如此，真是得不偿失！

竭力克制住自己的不良冲动后，我索性脱去所有外衣，只着内裤，在洁白的床单上做了60个俯卧撑。做完后，很奇怪，刚才的那些不良想法和冲动已烟消云散，甚至觉得刚才脑中冒出的那种想看看你浴中美丽胴体的念头，有些卑鄙下流，龌龊至极，实是不该！

没有了这些杂七杂八的念头或欲望之后，那接下来做什么呢？还是洗澡去吧，楼下不是还有一间浴室吗？我这时才突然想起这事。于是，我急忙下楼，进了沐浴室，匆匆洗了个热水澡。待我上楼，看到你也刚刚洗好。你仍然穿着刚才那件硕大的白绒布浴袍，用白毛巾包着一头湿发，坐在床上，正要给手机充电。

我拉绳关了天窗，急不可待地掀开你的被子，又急吼吼地钻了进去。我们再次紧紧地拥抱在一起，亲吻、抚摸、揉捏。关灯后，我们又如昨晚那般，身体相互缠绵磨蹭了许久，那个第三者也同样展现出兴趣盎然、激情难抑的神态，只好再次长时间地让它任性而为，而且它也似乎故意显现出不达目的誓不罢休的丑恶嘴脸。

那天夜里，虽然我们还是没有做实质性的爱的动作，但也着实胡乱地腾挪了一番，并有意让第三者在那个圣洁之地停留较长时间。有些事情因是我们第一次体验，每每想来，都会让我流连不已，同时也是值得我珍惜和纪念。因此，我又比较详细地把它描写了出来，不是我故意所为。这，还得请你体谅一点哈。

我们大概在床上折腾了两个多小时吧，直到凌晨2点多，可能实在太累了，才分别睡去。这一夜，至少我是心满意足地睡着了，但不知你是否睡得好呢，我竟未曾问过。

早上约7点，我先醒来，很快又通过搂抱和抚摸的方式把你弄醒。看着你红润的脸庞和美丽的身姿，我的身体又很快发起抖来。我们又一次激情四射地做起了昨夜做过的那些事儿，直到那个家伙再次灭火为止，我们才平静地躺在床上闲聊些杂事，包括与早餐和登山有关的事情。

在我的记忆中，你好像每次清晨都是不大想起床的样子，老想在床上多赖一会儿，次次都是在我的不断催促下，你才不大情愿地爬出被窝。其实，我也是于心不忍，但时间紧迫，实无他法。我向你解释说："如果我们在床上多待一分钟，那么在山上游玩的时间就会少一分钟。"你说："明白啦，大老爷！"

大约8点20分，我们去了另一座楼吃自助早餐。我们早就决定，这次的早餐要尽量多吃，如此才有体力完成今天爬山这样的体力活。这次早餐，我们点了许多东西，都吃得老饱。约9点半，我们才走到三清山东区索道购票处，排队购买了两套乘坐索道的往返票，总共花了550元。接下来的事情，我明后天有空再写吧。

祝好！

小罗头

B年5月15日

第二十一封信

亲爱的吉尔：

有关三清山之行，我已给你写了好几封信，但你都没有给我回过一封，是不是有点不大公平呢？昨晚，对于我的质疑，你在飞信里回应道："小女子要等你把江西之行全部写完之后，才会给你回复哦。最好把厦门之行也补写了，辛苦辛苦啦，完成之后，某人有重奖，哈哈。"我何尝不想呢？我也怕时间拖得太久了，会对一些细节和经历淡忘，今后恐怕只能记得一些大概或那么几次真正激动人心、刻骨铭心的事件，这将会是非常遗憾的事。但每次动笔不久，总会有些人来打扰，或有一些杂事来干扰我的写信计划（信写到此，刚想着你怎么不给我发飞信了，在干吗呢，就接到你的电话，我们聊了约28分钟，也很开心）。

那天早上9点多，吃过早饭后，我们沿着昨晚吃饭走过的路，走向金沙索道购票处。途中，我们一直说说笑笑。你又多次提醒我，走路别学哲学家，老是装出低头沉思的样子，得抬头向前看。我连忙答应。我心想，虽然我也不知道自己这样走路的习惯是何时养成的，也不大清楚你不让我这样走路有什么讲究，或有什么不好，但你说的话，我总得听吧，管它有没有道理呢！不过，其实我在内心里并没有把它太当一回事，因而屡犯屡改，屡改又屡犯。

此外，在瑜州时，你还给我定了两条规矩：一是要把"讨厌"的口头禅改成"搞笑"，"太讨厌了"要说成"太搞笑了"；二是要把"去小便""去上厕所"的习惯语改成"去洗手间""上卫生间"之类的文明话语。在前往购票处的路上，你可能至少有三次在帮我纠正这几样坏习惯，但你每次说这些话时都是嘻嘻哈哈的样子，给我不够严肃认真的感觉，以至于我一直都没怎么把它们当真，尽管次次都笑着满口应承、保证不再犯。这件事提醒我和你，如果你今后要我改正什么错误，必须声色俱厉，该发脾气也得发，但最好别拿扫把，哈哈！

在购票大厅外的马路上，我们买了两根拐杖，一根2元，一根5元。爬山得用拐杖，对此你露出不屑一顾的神情，说："小女子这么年轻健康，爬山怎么还要用拐杖？”我说：“等会你就知道它的用处了，不信等着瞧！”你在瑜州爬楚山时，或许从来没有用过拐杖之类的辅助工具，而且你跟我说过多次，你能够在20多分钟内，一口气爬到山顶。你显然信心十足，因而可能以为，这里的山也不过如此，随便爬爬，不在话下。其实不然。在三清山这样险峻而陡峭的山路上，拐杖的作用巨大，它能帮助我们节省不少体力，也能让我们走路时更加安全。因为它给我们的身体增加了一个支点，可以多发挥一只空闲着的手的作用，也可以减轻双膝的负荷。而且，在必要时，它还可以当作武器，以防人或防蛇。这是我爬黄山、泰山、衡山等时得出的宝贵经验。

我记得，索道入口处的广场上，人山人海，异常嘈杂。购票前，我实在很担忧，这么多人要坐索道上山，肯定会很混乱，也会非常拥挤，我们怎么能挤得过人家呢？得想些办法才行。购票后，你说：“票里印有排队号码，看来都是按顺序叫号进场的。”这才让我稍稍宽心。只是，我们拿到的是104号，而当时喇叭里才叫到23号。我有点不耐烦地说：“这得等到猴年马月啊？”你轻声说：“那也没办法，只好耐心等待了。少安毋躁！”不得已，我们只好走到入口处的左边，找到一处围树的水泥矮墙坐了下来。我们看着形形色色、穿戴各异的游客，听着不时提高音量的叫号声，嚼着口香糖，说着各自的笑话，倒也不觉得十分枯燥乏味或心情紧张，尽管我们在此整整等候了两个小时。在等候期间，你花5元钱购买了一张三清山导游图。后来的事实证明，这张图的作用不小。我们根据它的指引，找到了一些不错的景点，纠正了一些误导性线路，这是后话。

到11点半时，终于听到“104号”的叫号声，我心里竟然涌出些许莫名的激动。但是，待我们排队走进索道大楼，我才发现里面还排着长长的人龙，内心又不免生出深深的失望感。不得已，我们又排队等候了20来分钟，才真正坐进索道轿厢，只见每厢8人，我们这厢3男5女。应该说，我坐索道的经历有多次（我们后来在青岛崂山也一道坐过一次，不过，那次索道没有轿厢，只是简单的二人并列式椅子），但这次是最为独特的。轿厢刚启动时，我意识到，身边有心爱的女人相伴，尤其是看着你充满期待而兴奋的神情，我心里特别踏实和满足。

不过，随着索道轿厢缓缓驶上陡峭的山坡，越过险峻的悬崖峭壁，或凌空悬挂于深不见底的幽谷之上，我的心却会莫名其妙地一阵紧似一阵，有段时间甚至有点头晕目眩的感觉，心中还不时害怕和担忧起来，脑子里也偶尔会冒出这样可怕的影像：索道突然断裂，我们大声喊叫着一同坠入万丈深渊，粉身碎骨，其状惨不忍睹。这是多么令人绝望的破事啊！想到这里，我的身子还会不由自主地打个冷战。当然，这样的念头，也只是一闪而过，自己也没有表露半点，而是装出轻松无事的样子同你闲聊几句，或看着你用手机兴高采烈地对着窗外翠绿的怪山野岭拍个不停。

的确，撇开这些偶尔出现的可怕的念头不说，从我们乘坐的轿厢往外或朝下观看，景致天成，美不胜收。近处，树木葱茏，杂草繁茂，碧绿苍翠，而且时有零散的野花点缀其间，好一幅春景图。稍远处，怪石嶙峋，奇峰峻峭，苍山翠柏，坚韧挺拔。极远处，山色灰暗，雾气朦胧，峰峦叠嶂，绵延不绝，直入云端。

不知过了多久，我们的索道车终于到站。从建在半山腰的索道小楼走出，著名的三清山栈道立刻呈现在我们的眼前。这时，我们出现短暂的犹豫，向左？还是向右？我看到有个女导游带着一队旅客往右边走去，随即提议，我们就跟着那个导游也向右而行，你表示无异议。

刚走出几步，我们买了一盒杂糖，边走边吃边聊。登上几级水泥台阶后，我们就走在了半山腰的木板栈道上。在栈道左边，一般都是长着各种大树或杂草的陡峭山坡。在山坳处，不时有清泉直流而下。在泉边石壁上，不时可见一些不知名的蓝色小花。看到这些花，你还轻声说过小花的生命力真的很顽强很奇特之类的话。在栈道右边，往往是悬崖峭壁，视野开阔，目力可及遥远的山川峻岭，景色秀美，风光旖旎，令人赞叹。在栈道上，尤其是在景色奇佳处，我们一般都会停留片刻，或观山赏景，或摆姿拍照。记忆中，刚走上栈道不久，我就给你拍了不少美照。当然，绝大部分时间，都是你自己对着奇峰怪石、老树异草拍个不停。有时，你还指着某些远山奇石，兴奋地大声告诉我那山那石像啥类啥，笑容可掬，憨态可爱！

走上栈道不足半小时，我们就远远望见一个神奇的石柱，似有百米之高，顶端如龟头，嘴朝东方，有跃跃欲飞之感。这就是三清山著名的景观之一“巨蟒出山”。对着这条“蛇”，你由远及近、由下至上拍了不少照片。但这一景观，从不同角度或不同侧面看，形态各异。有时它的确像一条蟒蛇，有时它却像一匹骆驼，而有时它又像一根定海神针，因为从下方往上看，它只不过是拔地而起的一根石柱而已。

我们围绕着这一景点，观赏了不少时间，其下的石板台阶小道，盘旋而上，陡峭异常。我们一手拄着拐杖，一手紧抓着台阶两侧的铁管扶手，十分艰难地缓慢攀爬，拾级而上。我不知道你感觉怎样，至少我感觉是疲累的，特别是到达几乎直上直下的一段石板台阶时，我的腿脚开始有点颤抖无力之感。加上太阳热辣，感觉自己通体热汗直流，气喘如牛，直至走到上面平缓的栈道处，我才真正舒缓了一口气。但这里人群拥挤，声音嘈杂。在一小块人工平整过的土地上，建有一家小店，售卖些饮料或杂食，但冷冷清清，好像无人光顾。许多人都席地而坐，或吃些东西，或喝些饮料。无意中，我看到在栈道上方几米处的一间小屋下有一张小凳子，就率先走上去坐下休息，你也紧随我而来。我要把小凳子让给你坐，你笑着说："还是某人更加需要。""那我就不客气了，呵呵。"我说。我们在此闲聊了一会儿，几分钟后，就起身沿着栈道继续前行。动身前，以那条蛇为背景，我又帮你拍了几张照片。

我们只转过几个弯道，三清山的另一个著名景点就呈现在我们眼前了，那就是"东方女神"。在我看来，这位"女神"的石像并不优雅，或说不上优美。从远处看，她的确像个女人头像。但从发型发式来看，她很不时尚，像一位传统的村姑，头发厚实，梳妆旧式，一副低头深思的样子，似是正处于忧愁困苦中，很难让人把她想象成美女。我把这些观点轻描淡写地低声说了出来，你却不同意。你有点霸气地说她就是一个美丽的女人，姿态优美，目光慈祥，似乎在凝视着远方来客，并给人世间无尽的关怀和爱。

可能，你说的也有道理。女人的美，各有各的说辞，世上也难有统一标准。从男人的角度看女人，跟从女人的角度看女人，显然无法类同，也无法说出谁对谁错。譬如，关于女人是胖好还是瘦好的话题，真是难有定论。作为男人，我的看法是，结婚之前，大多男人追求瘦弱的女人，但结婚之后才发觉大错特错，男人真正所爱者，都是那些胸部丰满、身体略胖、风姿绰约的女人，这才是有姿色的美人，也是最为迷人的女人。当然，身材苗条而瘦弱的女人，婀娜多姿，娇柔万端，也是另一种美，可能让人更生怜爱。这是题外话了。

见过"东方女神"后，我们又观赏了另一个著名景点——企鹅献桃，也拍了些照片，之后到达三清宫宾馆（*也有饭店*）所在地。在这里，游人如织，熙熙攘攘。在饭店内、道路上，处处人头攒动，声音嘈杂，连找个立足歇息的地方都相当困难，更别说找个座位吃喝或休息片刻了。不过，我们的心情依然很好，并没有受到这些闲杂事的不良影响。

今天就暂写到这里，明后天再续写吧。今天忙着写此信，居然忘记了时间，忘记了吃饭，同时也忘记了今晚还有上课的事，直到学生来了，才猛然惊觉。最为意外的是，你还从遥远的瑜州给我叫了外卖小吃。惊喜之余，倍觉温暖，幸福盈胸。谢谢你满满的爱！我也深深地爱着你，我的小丫头！

祝好！

小罗头

B 年 5 月 16 日

第二十二封信

亲爱的吉尔：

那天（B年4月25日）下午1点半左右，我们到达位于山顶的女神宾馆时，里面已坐满各路游客，都在吃饭聊天，异常嘈杂。你想找个洗手间，里面的女服务员随手一指说“外面”。但我们出去找了半天也没见着，只看到一个卖煎饼、鸡蛋和饮料的小店。店外小草坪上有些人围坐着一张灰白色的肮脏塑料桌子在聊天喝水吃点心，而有些人则对着左边的奇峰怪石在拍照，那是我们刚才来的方向。

我也凝视了这些陡立的奇特山峰好大一会儿。这些石头山，跟张家界的山样子有些相似，千奇百怪，形态各异。它们往往都是直上直下，陡峭异常，高耸入云，虽给人以历尽劫波的沧桑感，却巍然屹立、傲视群山，让我想起了“壁立千仞，无欲则刚”这句名言。

但三清山上石头中的成分，与张家界的却大为不同。我曾在上山的栈道上，跟你谈过两种地貌，不知你是否还有印象？这里的石头，都是花岗岩，属于火成岩，里面的成分都是小到中等颗粒的石英、云母之类的，属于花岗岩地貌。

花岗岩地貌的地下往往难有洞穴或地下暗河，这是因为花岗岩比较坚硬，相对不大容易被风化或被水侵蚀。但是，如果地壳运动较为猛烈而频繁，如在数万年到数十万年的短暂时间内（我曾跟你说过，在地质纪年中，“一百万年”相当于我们人世间的“一天”），岩体就会被快速抬高。在被快速抬高的过程中，这些原先完整而坚硬的岩石就会大量破裂甚至破碎，而破裂或破碎处更容易被风化，特别是更容易受到雨水的浸蚀，从而导致一些破裂带日益扩大，最终一些失去支撑点的山体就会不断滑落，东倒西歪，而那些仍然有着强大支撑点的山体则会屹立原处，这就是我们所看到的三清山地形地貌的形成过程。

除了花岗岩地貌，还有一种典型的地貌，叫喀斯特地貌，其岩石主要成分是碳酸钙。一般说来，喀斯特地貌的所在区域，常有大量的地下暗河，而山中多有溶洞，如湘西就有大片地区属于喀斯特地貌。那么，在这些地区的山中，洞、穴、地下河等通常极多。这是因为碳酸钙容易遇水而“化”（其实是化学作用），如果岩石因地壳运动而破裂，或因树木根茎的作用而出现细小裂缝，雨水或地下水就会集中顺着裂缝而流，并更快更多地带走碳酸钙。随着时间流逝，如数万年到数百万年，日积月累，山中溶洞或地下暗河便自然天成。而且随着地壳的不断抬高和地下水的不断侵蚀，山中溶洞会不断扩大。如果山上有一个溶洞，其下的山中往往也会有一个或几个溶洞，或者有一条地下暗河。

另外，从火成岩表面的石英等的颗粒大小，可以大致推算出这些岩石生成时的环境。如三清山上花岗岩的石英有两种：一种是中颗粒，另一种是细颗粒。前者的大小在0.5厘米到3厘米之间，由此可以大致推测，这些岩石当时生成于地表下30千米~50千米处，是经过漫长的时间而形成的。上千摄氏度的熔浆因地震而顺着地壳裂缝上升到30千米~50千米处被上面的岩层阻挡住了，在此经过漫长的冷却，各种成分逐渐结合成各种矿物晶体，这些矿物晶体就构成了花岗岩。而后者都是半厘米以下的小颗粒，大致是在地表下10千米~30千米处生成的。

对不起，我显然又扯远了！因为谈到我学过的专业知识便有些兴奋，就越说越多、越说越偏了。

言归正传。我们在女神宾馆附近没有停留多久。你问了小店女售货员有关厕所的方位，我们就沿着她说的宾馆左侧的石板台阶踱步而下，没走多远，就在宾馆的正下方找到了洗手间。出来后，我们没有返回原路，而是顺着洗手间右侧的灰色石板台阶小路逐级向下走去。可是，后来事实证明，我们这次走错了道路，因此不得不重新返回女神宾馆所在的小山包。

记得我们朝山下走过了几个弯道，站在稍微平缓处向山下观望时，看见茂密的山林中，有一棵开满粉红色鲜花的不知名大树，就说笑了一通。你还问我这花的名字，我又顺口瞎编，说是喇叭花。你说："切！你又胡说！"你好像也胡乱说出了什么花名来，但我忘记了。当时，我还取笑道，"某人的老师"也不过如此！不过，你是从什么时候开始成为"某人的老师"的，现已无从考证，我曾努力回想这句话的出处，但始终不得，似乎是在瑜州时？不得而知（后来我才想起，在我们去三清山的盘山公路上，你曾俏皮地问我："如果儒道释三家同处一座山，应该如何分布呢？"我从没听过这样的问题，只好说不知道。后来你以楚山的实情加以解释，我才知道，原来道家在山顶，半山腰是佛家，山下为儒家。所以，我当时戏称你真是"某人的老师"）。

我们顺着石板台阶小路继续往下走的时候，我谈起了几年前的一件趣事。我在读博时，有一次，博导带着我们一大帮博士生、博士后人员去南京参观旅游。到了中山陵景区，当我们登上一座七层砖塔的顶层时，博导要求我们向着长满花斑翠竹的远山，尽可能大声地喊叫出来。他说："你们可以把在学校里受到的'鸟气'都喊出来。"于是，我们每个人都用尽全力拼命地叫喊了两三声。后来，等我们下到砖塔的底楼时，我发觉几乎每个人说话的嗓音都有些沙哑。听完这些，你忍俊不禁，稍后，你还嘻嘻哈哈地说："只有你们男人才有鸟，有鸟才有鸟气，我们女人可没有！哈哈。"我故意高声唱道："佩服佩服，高见高见，见解新颖，颇有道理！"我就顺着你的意思，随意附和并傻笑着，倒也十分开心。

接着，我们继续下山。一路上，行人稀少，偶尔能遇到一两个似乎走散的游客，四周显得冷冷清清。我们越走越觉得不大对头。你翻出三清山旅游图，我们蹲在路边研究了老半天，还是弄不清楚目前所处方位。后来，你问了一个正在驻足拍照的中年男人，他很认真地看了这里的地形地貌，然后很有礼貌地给我们在旅游图上指指点点，说好像是这里，好像是那里，又好像都不是。我心想，原来他自己也不大清楚。不久后，我们遇到两个山中轿夫，他们才给我们指明位置，并说我们走错道了，得退回去。但是，毕竟我们好不容易走到这里，心里也不大信服，就想再看看附近到底有什么名堂。

我们很快就发现不远处的栈道上聚集了许多人，好像在围观什么。因此，我们索性继续朝下走去。向下走过一处极其陡峭的石板台阶后，我们到了一条绵延数里的平坦栈道上。一问才知，这里就是著名的三清山阳光海岸栈道。在石板台阶小路入口处的一个指路牌边，我们看到一大群人围着一位中年先生，都在听他说着什么。我们也挤了进去。只听见他说，顺着栈道往左走不远，就是我们来时的索道口，而往右走却看不到什么景点，只是一段长长的半山栈道而已。听了他的话，我的心里感觉拔凉拔凉的。我们始终不大相信的事，竟然成了事实。我们的确走错了路！很快，我们就决定原路返回。尽管上山的路比较难走，但我们还是跟刚才一样，一路说说笑笑，不停地相互打趣取笑着，倒也不觉得十分累人。

我们在石板台阶小路上攀爬了没多久，刚来到一处弯道的平台上站立片刻，你就不断纵容我把心中的"鸟气"也喊出来。我很顺从地向着对面的山中空谷或山峦，从丹田深处运气，拼尽全力，大声叫喊了两三次："嗨——，我们来啦——！”喊完顿觉酣畅淋漓，心清气爽，舒坦至极！我回头一看，你却在旁边笑弯了腰，好像眼泪都落了一地似的。

大约半个小时后，我们又返回女神宾馆。在刚才卖煎饼的小店，你叫我买了两条萝卜丝卷和一碗杂菜汤。然后，我们来到一棵巨大松树下的一张脏兮兮的塑料桌旁吃了起来。山上的东西实在是太贵了，一条并不太大的萝卜丝卷就要20元，而我不久后买的一瓶矿泉水也要10元。但考虑到山路崎岖难行，运货艰难，而且伴有较大风险，因此这样的售价应该也是十分合理的。吃完后，我们顺着饭店右侧的石子台阶小道向山上攀爬而去。（待续）

祝好!

小罗头

B年5月17日

第二十三封信

亲爱的吉尔：

接续上信。此时已是下午2点半。我们上山时就说好，下午4点半必须返回索道口，因下午5点半索道关闭。在往上走的路上，我把脱下的西装搭在肩上，倚着拐杖，有些吃力地跟在你的身后。你则帮我背了一会儿皮包，或不时牵着我的手而行。十来分钟后，我们爬上一座小山包的顶部。从路标上看，此处叫“玉台”，是专门设计的供游客观赏日出日落景观的地方。可惜，此时是午后不久，太阳老高，而我们又没打算在山上过夜，显然无法欣赏到这日出日落的奇观了。

我记得，“玉台”上画着八卦图，东南西北视野开阔，可以越过崇山峻岭，直达天际。因天气太热，加上正是午睡时段，我感觉很是疲倦困乏，就走到“玉台”南面一棵山茶树下的树荫处，坐在石板台阶上准备眯一会儿。你也很快跟过来坐在我的右边，揉了揉膝盖，或把头靠在我的肩膀上小憩片刻，显得亲密温情。在此休息了约10分钟，我们又起身朝下走去。路上行人实在太多，道路也曲曲折折、时窄时宽，而两边一般都是悬崖峭壁，深不见底。我非常担心你发生意外，不时提醒你注意脚下，要你“走路不看山，看山不走路！”同时要求你必须走在山路的中央，以免发生意外。

从“玉台”向下走了约5分钟，我们就到达一处观景平台，那里有许多游客对着一块巨大的石头拍照。起初，我们都没有觉得这块秃头一般的巨石有什么特别之处，也不清楚他们为什么会对它如此感兴趣，感觉有点莫名其妙。这时，你已攀着扶手独自往下走了十几个台阶。我刚要转身跟着你向下走时，回头看了一眼那块巨石，忽然发现它光秃秃的顶部，长着两个大小差不多的小圆包，很像扣在石头上的两个大馒头，而在“馒头”的正上端，各有一个拇指大小的凸起。此时，我才恍然大悟。这不就是旅游图上说的著名景点“玉女开怀”吗？这一发现让我异常兴奋，并加快脚步走下台阶。赶上你之后，我立刻就把这一令人激动的重大发现告诉了你。原来如此！“玉女开怀”说的就是少女袒胸露乳，哈哈！你回头仔细一看，也说有点像。我说：“整体来看，这个景点的命名还是有点形象的。”

你说："嗯，是的。"

离开"玉女开怀"景点后，向下走的石板台阶小道越来越陡峭，也越来越险峻。我们都十分小心地抓着或扶着石板台阶小道两边的扶手一步一步地缓缓而下，不时停下来休息片刻，或驻足向远处的山峦眺望一会儿。对面的石头山极为奇特，貌似一条白色巨龙在水中盘旋、翻滚、腾挪，并不断翻腾出朵朵浪花，气势恢宏，令人叹为观止！

从"玉女开怀"景点向北眺望，是高低不一、奇形怪状、起起伏伏的雪白岩体。从三清山旅游图上看，那边就是南清园景区。这一景区的景点极多，而且这些景点的名称大多很有诗意，会让人浮想联翩。比如，万笏（hù）朝天、狐狸叼鸡、三龙出海、仙翁唱歌、仙人指路、神猫待鼠、一线天等。但因时间紧迫，我们没法一一游览，或因无人指点，也不知道我们经过的到底是什么景点。

从近乎垂直的石砌台阶艰难地往下走了约百米，我们来到一块比较平缓的巨石上。或许是为了游客的安全，这块石头的边缘早已被围起了乌黑粗大的铁栏杆。我们在这块好似巨型乌龟的石头上停留了几分钟，我用手机拍了七八张照片，其中有四五张是为你而拍，张张都是人景俱美，清新雅致。你还夸奖了一番我的拍照技术。令我印象比较深刻的是，在这块乌龟巨石东北方约50米处，有一个凸起的小山包。与其背后的怪山巨石相比，这个小山包其实很不起眼，但其顶上却长着一棵生机勃勃的矮小而粗壮的铁松树，树顶繁茂，其状如盖，仔细一看，很像黄山著名的迎客松。我对着这棵松树拍了三张照片。

之后，再往下行走了约30米，我们来到三清山十分著名的"一线天"景点，并在一线天顶部一大块平地的几棵大树下休息了好久。你当时说膝盖酸疼，就坐在另一棵古老的粗大松树下自己揉搓了起来。而我却坐在较远的石凳上，竟然一点都没想到应该过去帮你揉一揉、搓一搓。后来，想起此事，我感觉很是歉疚，实在不应该。不过，我也没听到你抱怨过，或许你也不大在意吧。早上在我们上山的路上，你曾说，你的膝盖骨有些磨损，可能是跑步过多或过猛所致。听到你这么说，我当时就建议你以后跑步要适量，否则到了四五十岁时膝盖会吃不消。其实，我也不大懂什么是适量，或每天应该跑多少米才算适量，但总归是怕你出事，平安最好！

"一线天"是两座山的夹缝，左边的山体高大雄壮，右边只是一个小山包，其形状很像是被人用刀剑自上而下劈成。其最窄处不过半米，最宽处也仅一米半左右，从下到上约150米，坡度在70度以上。这条夹缝的右边是黑乎乎、光秃秃的石壁；左边安装了一条半人多高的锈迹斑斑的铁链，铁链上被游客锁上了许许多多同心锁。两个相爱的人各买一把铁锁，相扣着锁在铁链上，并把钥匙扔掉，这锁便是同心锁，代表两人永恒的爱，或永不分离、永结同心之意。我在韩国首尔电视塔下也见过一次，只不过那里的铁链有好几条。听韩国朋友说，其上的铁锁有数十万对，一层一层、密密麻麻地相互缠绕在一起，极为壮观，令人赞叹。

从“一线天”的顶端往下看去，颇为吓人，如此狭窄陡峭的缝隙，如何通过？如何下到底部？我心里实在没底。当时，我的心直发麻，没有半点信心，真希望有别的山路可以通到下方。但你显然比我勇敢一些。我看你已走在前头，扶着右边的石壁，慢慢挪动着脚步往下走去。看到这里，我只得硬着头皮，心惊胆战又颤悠悠地一手抓着左边铁链，另一手扶着右边石壁，一步一停地跟着你。但我的眼睛只盯着脚下，始终不敢朝下观望，不然就有眩晕的感觉，生怕一不小心，就会失足滚落而下，一命呜呼，其状惨矣。走了一半后，就到了“一线天”最狭窄又最陡峭处。我手里紧抓着铁链，腿脚有些发抖地慢慢挪步，真是惊心动魄，心惊肉跳。直至到达“一线天”下方开口处的一小块平地上，我才大大松了一口气，似有劫后余生之感。

“一线天”开口处的右边，有一个人造的水泥圆盘，大小可容下七八个成人立足，边上有一张可坐四人的白色花岗岩条凳。水泥圆盘上画着两个半边重叠着的红心，你拉着我的手各站在一个红心之上，对着我们两人的四脚拍了两张照片。你说：“这是爱心相连、永不分开的意思。”我们在这张条形石凳上坐了五六分钟，其间，你再次按揉了一会儿膝盖，我也按摩了一会儿有点酸痛的大腿和小腿。然后，我们继续攀爬下一段也是十分陡峭的石板台阶，最终才到达一块真正的平地。此时已是下午3点半左右。（待续）

祝好！

小罗头

B年5月18日

第二十四封信

亲爱的吉尔：

接着上封信写吧。离开“一线天”景点不久，我们到了一个三岔路口，从旁边的路牌得知，右边的一条石板台阶小道通往三清宫景点，但我们已经没有时间参观它了，而且它也是我们早上就决定放弃的景点。中间的一条石板台阶小道向下延伸而去，也相当陡峭，是通往万寿园景区的山路。左边的一条石板台阶小道较为平缓，它与阳光海岸栈道相连，直达索道口。我问你：“走哪条路呢？”你说：“今天我的脚不大舒服，膝盖酸麻，早上忘记戴护膝了，而且时间也不够，我们就回去吧。”说实话，我也是双脚无力，大小腿酸麻异常，已不大想再参观什么景点了，因而很想早点回宾馆休息。很快，我们就走在阳光海岸栈道上了。

阳光海岸栈道建在悬崖峭壁的半山腰上，比较宽阔平缓，十分好走。栈道左边山高林密，郁郁葱葱；右边悬崖绝壁，异常险峻。我们走了不久，就看到了以祥寿文化为主题的万寿园区。从栈道上西望，整个园区颇像一头半坐着的某种圣兽，有的游客说是癞蛤蟆，有的游客说是大田螺，我觉得什么都不像，就是有着奇峰巧石、浑然天成的一座小山包而已。但更远处，就是巨石层叠的大山，在落日余晖中，山上向右倾斜排列的巨石，反射着耀眼的白光，让人目眩。我们对着这一景区拍了不少照片。以它为背景，我也给你拍了五六张照片，其中有几张是你抱着我的西装、戴着墨镜、手拄拐杖的照片。这些照片已成经典作品，后来你曾多次转发给我让我欣赏过。照片上的你，神采奕奕，干练洒脱，美丽非凡，我也很是喜爱。

在栈道上，我们时快时慢，说说笑笑，似乎已全然忘记了一天的疲惫和劳累。在栈道两旁，常常能看到一些奇花怪树，如“福建漳州松”等树名闻所未闻的树木以及树干上或树根部生着巨大“肿瘤”的瘦弱怪松等。有时我也对着一些死去多年的奇异老树根拍个不停，觉得它们的美更加独特，也更加苍劲有力，这是中国文人自古以来就有的“病态审美”吗？因为历朝历代的文人笔下大多赞叹“病梅弱柳”之美，而自宋朝以来则少有人歌咏牡丹之艳，这或许就是古人以病态为美的一种奇特文化吧？

最有趣的恐怕就是“地球是个蛋”的比喻。大约走到栈道的半途，我谈起了宇宙形成论之一——大爆炸理论。根据这一理论，整个宇宙最初只是一个极小的圆点。这个圆点被称为奇点，其内聚集着让人难以想象的无限庞大的能量。大爆炸之前，不存在时间和空间。在大约138亿年前，不知何故，它突然发生大爆炸，瞬间释放出巨大的能量和物质，时间和空间由此诞生了。最初，这些物质和能量急速向外膨胀，然后膨胀速度逐渐减慢，有些物质和能量到达现在银河系所在地，形成一个巨大的“旋涡圈”，如此，银河系诞生了。

我还介绍了地球的形成和生命的出现，并说由于压力等作用，从地表往下，随着深度的增加，温度也随之升高。地心温度可达六千多摄氏度。在如此高温下，绝大部分物质都会被熔化，形成熔浆。在地球不断旋转和热对流等的作用下，熔浆不停涌动着。从地心往上到地表，随着温度逐渐降低，形成地幔、软地层、次软地层、次硬地层、硬地层及海水层等。因此，从地球的截面图来看，它的确像是一个略呈椭圆形、半熟的鸡蛋。外壳是地表，蛋黄是地心，其他各层就是蛋白之类了。

以上这些，就是我在栈道后半段给你讲解的知识。不知何故，你一听“地球是个蛋”就笑得不停，而且你说：“关键是这个蛋的能量巨大，哈哈。”

大约下午4点半，我们到达索道口，只见这里已排起了长龙。去过洗手间后，我们在索道口排队等候了约半个小时。在排队期间，我们也不停地讲些笑话来消磨时光，但具体讲了些什么，我已记忆模糊。只大概记得，我讲过世上每个人都是独一无二、异常珍贵、无可替代的个体。上天安排每个人出生，都会赋予其独特的、无人能取代的角色、作用和使命。如果缺少了某个人，世界上必有一些人和事不可能出现，即使有些事出现了我们也不可能完成，即使完成了也不可能完美。所以我说，每个人的生命都是异常宝贵的，人人都有其巨大无比的价值，我们都应当十分珍惜自己！

大约下午5点，我们又坐上了返回山下的索道车。在索道车厢里，我还跟你说起空心电线杆的抗折强度远远大于实心电线杆，你对此表示怀疑，说这怎么可能呢？我解释了原因。因为我在读本科和硕士时，学过固体力学、弹性力学、脆性力学和韧性力学等，这些都是专业知识。你可能至今都不相信这一点吧，那就等待以后见面时，我再好好跟你解释。

已是晚上9点40分了，我还是没能写到我们注定要铭记一辈子的某些关键事件，只能再次推后了。

深深地爱着你，我的小丫头！

小罗头

B年5月19日

第二十五封信

亲爱的吉尔：

今天是B年5月20日。早上刚进办公室，就收到你的飞信：“今天是‘520’哦，我爱你，亲爱的小罗头！”看到这里，我内心难以抑制地涌动起一股无名的温暖和激动。自从得到你的爱以来，你发出的任何爱的信息，都会让我有受宠若惊之感，也会让我感觉相当踏实和心安。在此之前，我并不清楚“520”是一个什么独特的日子。当然，跟我们伟大的“426”相比，“520”只不过是一个小小的特例。

在昨晚的信里，我只回忆了一些我们在阳光海岸栈道上的见闻。今天一早，你在飞信上说，那天的精彩之处是我讲述的“蛋学”，哈哈。可能吧！我记得，我还谈了一些其他的事。比如，宇宙是有界无边的客观存在，且在以相当高的速度向外膨胀。宇宙一方面在不停扩展，另一方面也在部分区域不断收缩。这种收缩，最终将吞噬掉整个宇宙，使宇宙又返回到它的原生态，就是那个大爆炸前存在的极小的圆点——奇点。这就是霍金黑洞理论的部分内容。

黑洞理论认为，一些恒星死亡后，会变成一个非常奇特而神秘的天体，其体积极小，而质量巨大。这样的天体具有超级强大的吸引力，可以把其周围的时空完全扭曲，并且把附近的所有物质和能量全部吸引过去，甚至把宇宙中已知奔跑速度最快、以直线行走的光粒子也吞纳其中。通过不断地吸引和吞噬周围的物质与能量，这一小天体的体积变化不大，但其质量却迅速增加，引力也在快速增强，并且能够吸引和吞噬越来越多、越来越远的其他物质。最终可能完全摧毁整个宇宙，使之又恢复到没有时间和空间的原点，并等待着下一次超级大爆炸的来临！

在最近这两封信里，我花了不少笔墨，费了许多精力去描述所谓的“蛋学”和“宇宙生灭论”。你可能没有想到吧，我的本意并不是要传授你多少知识和观点，而是要告诉你，跟庞大无比的宇宙和神奇异常的地球相比，我们每个人的生命都是极其短暂的，诞生也是如此偶然（丹麦数学家曾计算过，我们每个人的出生概率只有四万亿分之一），以至于哪怕是父母早了或迟了一个小时过性生活，甚至父母就算是那时那刻过了性生活，但是，如果有幸与当时等候中的卵子相结合的是另一颗精子（而成熟又健康的男人每次泄精，精子数量可达有2亿到4亿颗），那么，出生者也不可能是你或我！同样地，人世间能够获得持久的真爱也是极其偶然而珍贵的，哪能不好好爱惜和爱护呢？因此，我们每个人都完全没有理由，也极不应该去抱怨命运的不公、出生条件的不理想或生存环境的恶劣，更完全没有理由，也极不应该去轻易放弃自己的生命、自己的爱以及自己的人生理想，一切均源于：生命何其珍贵，又何其短暂！

今天，我之所以会发出这样强烈的感慨，是因为昨天收到母校中南大学一位老同学的飞信，说母校前晚有两个大学生先后跳楼自杀身亡。在为他们感到十分惋惜，也为他们的父母感到激愤不平之余，我只能说，这些大学生根本不懂得生命的可贵、人生的价值以及爱的意义。他们真应该去学学宇宙诞生论、地球生成论和生命起源论。他们真应该在情绪的低落点或命运的转折点，去仰望天穹，凝视繁星点点的无边天际；去俯瞰大地，饱览色彩斑斓的巍峨山川；去逐浪大海，领略碧波荡漾的浩瀚海洋。想想，天如此之高，地如此之厚，海如此之阔，而自己的些许委屈和挫折，实在是米粒之珠，微不足道，不足挂齿！

话归正题吧！25日傍晚5点20分左右，我们乘坐索道车回到三清山脚下。如同上午出发时一样，索道大楼里还是人山人海，许多游客都在选购当地特产。我们也挤进去看了一会儿，都是一些糖果瓜果和山中菌菇之类的，你我都没有什么兴趣。走出大楼后，你才在一条小小的商品街上买了一小袋薄片状的白芝麻糖。因时间还早，我们决定先不吃晚饭，而是直接返回宾馆休息片刻。我们拖着疲惫的身躯，相互搀扶着，缓缓而行。走到那座早已熟悉的石桥处，望着溪水已基本干涸的山谷两侧，长着茂密的各种野花野草，特别是随处可见的簇簇杜鹃花，让我感觉神清气爽。显然，心情好，处处皆美景。你还说："再过两个礼拜，这里漫山遍野就会开满各色杜鹃花。"想象一下，那时，这里的山山水水，应该都会成为花的海洋吧，蔚为壮观，令人艳羡！

离开石桥不远，我们看到一辆黑色轿车停靠在微斜的公路旁，其后窗玻璃上贴着租车广告，上面写着游客可以包车到上饶、玉山和婺源等地，并留有手机号码。我们都背下了这一号码。因为我们已感受到昨天包车来三清山的好处，尽管包车费用较贵，但快速、安全、舒适。我们决定明天继续包车前往婺源。

回到宾馆后，我们脱掉了外衣和鞋袜，轻轻松松地在二楼客厅沙发上坐了一会儿，你不时按揉一下酸痛的膝盖，或者我们不时搂抱着说说话、亲昵着商量明天的行程。约半个小时后，我们回到楼上卧室，简单冲洗过身子后，一起上了床，准备睡会儿觉再去吃晚饭。在被窝里，如同以前，也不知是第几次了，我紧紧地搂抱着你饱满而柔软的身体，相互亲吻、爱抚、摩擦，也做了几次激动而舒心的爱的动作，虽然都不是实质性的，但同样让人激动而满足。后来，可能确实太累了，我们都各自轻轻地睡去。我还莫名其妙地做了在一个陌生地方荆棘丛生的小山包上摘花逐蝶的美梦。

可能是晚8点左右吧，天已擦黑，我先醒来，如同以往，用拥抱和抚摸的方式催醒了你。简单梳洗后，我们再次沿着宾馆大门前的山间公路，徒步去数里外的小镇寻找饭店，一路上卿卿我我，说说笑笑。

这一次，我们没有去昨晚去的那家农家小店，而是在它的附近随便找了一家看起来比较干净整洁的小饭店。落座后，我们好像只点了一盘当地产的小鱼、两样蔬菜、一小盘花生和一碗野菜汤，外加一瓶啤酒和一碗米饭（前面端上来的一大碗饭有点酸了，你叫老板娘更换了一碗）。因是旅游名胜之地，这里的酒菜还是比较贵的。点菜前，我还为此跟老板娘啰唆抱怨了几句。饭菜上桌后，我们边吃边聊，但具体聊些什么，我已记不大清楚了（昨晚，经你在飞信中提醒，我才想起，我们当时聊起了你的一位当学生会主席的女同学。你说，她各方面都太出色了，就是太要强了。她跟校长的儿子谈起了恋爱，意外怀孕后，那个坏小子不承认，这令她颜面扫地、非常痛苦，最终得了精神分裂症，并回家休学了一年。她报直升研究生时，曾报了复旦大学和北京大学，但都没被录取。今年她将直升吉林大学读硕。她特别喜欢上海，每年都要去那边住一阵子，将来准备出国，等等）。

有时，我也感觉奇怪，我们从南江聊到瑜州，从瑜州聊到上饶，从上饶聊到三清山上，又从三清山上聊到宾馆，如此这般，不停地说笑，不停地闲聊，却有着永远聊不完的话题，永远笑不够的故事。仔细想想，可能是我们的背景、学识和兴趣相似，更可能是我们彼此相爱吧，这种独特的爱让我们已经可以达到敞开心扉、无话不说的境地了。这或许就是人世间传闻已久的“灵魂伴侣”

或万里挑一的两个“融洽的灵魂”吧？正所谓“意趣相投话缘多，酒逢知己千杯少”。

此信还没写完，现在有点事，明天接着写哦，等我。

深深地爱着你，我的小丫头！

小罗头

B年5月20日

第二十六封信

亲爱的吉尔：

下面接着昨天的话题写吧。那天，吃过晚饭已是9点多，我们准备原路返回宾馆。半路上，我们走进一家可能是这里最大的食品商店。店里售卖着许多特产和野货，包括葛式饼、葛式豆之类的，显然是打着三清山道祖葛洪的名号在赚钱。我们在店里兜逛了一周，但最后什么也没买。

近10点，我们回到宾馆，在接待大厅的沙发上坐了好大一会儿，主要是整个宾馆只有这里才有Wi-Fi。我们都用手机上网浏览信息，或跟别人通过飞信聊天，彼此也闲扯了几句，然后回到我们的复式套房里。坐在房间客厅的沙发上，你打了几个电话，询问了包车去婺源的价钱。最先打的就是傍晚在公路旁小车后窗玻璃白纸上背下来的那个陌生号码，说是260元。你也给昨晚吃饭时认识的那个饭店老板打了电话，价钱是300元。你跟我商量到底选择哪个？我觉得，虽然那个小老板的价钱贵了一些，但我们已见过面，相对还算熟悉。为了安全起见，我们还是用他的车吧。就这么定了。之后，我们又在沙发上随意瞎聊了一会儿，看了一会儿电视。大概11点半，我们决定洗澡睡觉。

这次跟昨晚不同，我们上楼到卧室，你给手机充好电后，很快就进了浴室。我也迅速脱去所有衣服，跑去楼下洗手间沐浴。没过多久，我就洗漱完毕回到楼上卧室。你洗得比较慢，我感觉在床上等了不少时间，还做了数十下俯卧撑。然后，我死盯着浴室的门，好奇地联想着门里面可能发生的真情实景，脑子里浮想联翩，身体也自我激动了一番。好像过了很久，你才慢腾腾地打开那扇浴室的门。当时，你穿着那件宽大洁白的长睡袍，缓缓走到我的床前。我双眼贪婪地紧盯着你极其美妙的身躯，实在是惊艳无比！你的脸色如桃花般红润，你的身材婀娜多姿，亭亭玉立，真是浴后绝色大美人！这种美景，我至今仍历历在目，永难忘怀！

待你脱去睡袍，只穿着浅棕色内裤，戴着粉红色胸罩，快速钻进我帮你掀开的被窝。在被窝里，我们又紧紧地搂抱在一起，相互热烈而亲密地爱抚着，亲吻了无数次。我的手很快就不安分起来，不自觉地或难以抑制地伸进你那些神神秘秘的春光荡漾之地。但在双方温情期间，有时我会感觉不大舒适合拍，因而有好几次都相当粗鲁地搬动你的身子，让它变换出各种姿势，或仰或卧，或坐或站，直到满意为止。有时，我会感觉浑身发烫发热，有如欲火中烧，难受至极，全身也猛烈地发起抖来；有时，我也会激动地不断亲吻你的全身，真是从头到脚都吻了个遍，并长时间地尽情享受着你无限的柔情和蜜意；而有时，我又会不停地用右手轻柔地抚摸着你的各处极为光滑细嫩的肌肤，脑中不时出现如梦似幻的痴情影像，真是如痴如醉，全身舒坦难言！至此，可能实在是控制不住自己了，我只得再次紧抱你的身体，然后迅速登台布道，行云播雨。

我们整整持续了一个多小时。但是，尽管我们做了许多爱的动作，那个颇为神气的坏家伙也经常在门外虚张声势，但它的火气始终没有半点退去的迹象。我有时也会着急恼火，因为如果它的火气不消不灭，我就会越来越难受，越来越难以自控，并会严重影响整个晚上的睡眠。你可能也看出了我的焦急心情，因而在不断配合我的动作的同时，也用你柔软的小手轻轻地给它抚慰，直到它如愿以偿、心满意足为止。

到凌晨2点多钟，我已疲惫不堪，很快就沉沉地睡去。早上6点半左右，仍是我先醒来，看着你还在熟睡，满脸红光，呼吸舒缓，胸部微微起伏，我实在不忍心唤醒你。就这样，我再次用左手撑着头，在旁边一直盯着你美丽的脸庞，这才发觉，静悄悄、偷偷地欣赏心爱之人熟睡的身姿，也是莫大的享受和福气！

一直到7点过后，实在是不得已，我才用老办法让你醒来。我们又重复做着那些早已轻车熟路的爱的动作，这好像已是我们雷打不动的事。每天早晚都必须让第三者各灭火至少一次，不然它就极难安分，一整天要调皮捣蛋了。

我们与那个饭店小伙子约好包他的车，并计划上午10点出发去婺源。8点半过后，我们只得出门去吃早饭。近10点半吧，我们从宾馆出发，向婺源的江湾古镇急驶而去。而当天是4月26日，后来才知道，它是值得我们终身铭记的伟大日子！这是后话了。

深深地爱着你，我的吉尔！

小罗头

B年5月21日

第二十七封信

亲爱的吉尔：

时间过得太快了，一周就这样过去了，每天都不知道在忙些什么，除了每时每刻对你的思念。不知你是否也有同感？我们在一起时，时间也过得飞快，几天时间简直就是转瞬即逝。看来，时间这东西真是很奇怪！

4月26日早上不到10点，我们包车的那个司机给你打电话，说他已在宾馆门口等候。我们基本已收拾好了东西，我又仔细检查了卧室的每个地方，生怕遗落下什么。10点10分左右，我们才很不情愿地离开这个让我们度过两个温馨夜晚的复式套房。出门前，我实在有些不舍，心想：如果能在此多住几天几夜该有多好！我最后看了一眼这个已相当熟悉的房间，想努力把它的样子刻留在脑际，以便将来不顺心时可以重温它给我带来的万般愉悦和幸福。最后不得已，我才轻轻地关上了房门。一直是这样的，我对亲身体验过的一切美好，总是那么留恋，甚至一辈子都无法忘怀，但也时常会因此而让自己的心灵受伤和迷茫。我的灵魂似乎永远无法逃离“情”字所构筑起来的樊篱！

到达宾馆接待大厅，我让你一个人去办理退房手续，自己则去门口拍了几张照片，并跟那个司机聊了一会儿，问他去婺源大约需要多少时间等。我看他还跟婺源的什么宾馆联系过，估计是想带我们住进这家他可能比较熟悉的宾馆吧。办理退房手续似乎有些麻烦，我感觉已经等了半天，也没见你出来，但心里没有一丝着急。你时而转身看向大门外的我，时而与服务员聊着什么。我也一直瞄着你穿红色大衣的背影，你柔软的淡黄色发丝像瀑布般垂落，你身姿绰约，体态娇柔万端，让我难以自抑地从心底生出浓浓爱恋，心中也颇有幸福感和满足感丝丝而来。十来分钟后，看你还没出来，我就悄然走到你的身旁，这时你恰好办完手续。约10点半，我们的车离开景琛宾馆，直往婺源而去。

小车在山间公路上疾驶，两边的山景和田园风光虽美，但与昨日的山中景致相比，已勾不起我们多大的兴趣，因而我们主要是聊天说笑，有时也跟司机聊些婺源的风土民情。我记得，当时我们还聊到了朱熹的出生地。其实，我以前真不知道朱熹就出生在我们即将前往的婺源，而且那个司机也证实了朱公是婺源人。有一年夏天，我去了福建武夷山游玩，记得那边建有朱熹庙和朱熹文化纪念馆，讲的都是朱熹在福建的活动轨迹，但未去关注他的出生地。当时我还说，朱熹对福建文化发展和人文思想的影响很大。自宋以来的历朝历代，福州、莆田和漳州等地之所以会出现那么多著名文人，有过不少状元、榜眼等，均与朱公有很大关系。如在厦门市郊的翔安区，就有一座朱熹庙，我曾和友人专程前往拜谒。

在路上时，我隐约觉得，我们此去婺源，应有机会参观朱熹故居之类的历史古迹。后来，果然应验了。另外，我们也聊了些其他的事情，比如我在美国和加拿大的见闻。刚开始，那个司机还不时跟我们说些话，但在后半段路上，不知咋的，他就基本一声不吭了。之后，你曾说，可能他听到我们谈起国外的生活和经历，心里有些自卑，就不想接话了吧。

一个多小时后，我们的车进入婺源境内。那个司机给那家宾馆打过电话。那时，我们才知道他帮我们联系好的是一家温泉度假酒店，条件比较好，价格是每天460元，但比较偏远。我常常跟你说，房间价格不是问题，关键要安全、卫生和舒适，而且不能太偏僻。我还问他，温泉是不是真温泉？他没有直接肯定，而是有些含含糊糊，因此我估计是人造温泉了，心里已不大乐意。而你也不时跟他商量着，希望能住在离景点或城镇比较近的地方。后来，他建议我们去江湾古镇。事实上，他说到江湾古镇时，我们的车已快到了。没过几分钟，我们就进入婺源十分著名的景点之一：千年江湾古镇。

刚开始，镇上的街景，给我的感觉是比较破败的，道路虽然比较宽敞，但路上行驶的各色车辆都很不起眼；行人的穿戴也不大时尚，甚至有些落伍；大路两旁的建筑，更没有任何特色，都是二三层的街面房，开着饭店、水果店、杂货店之类的店铺；道路也不是很干净整洁。我当时觉得，跟江南其他一些小镇相比，江湾镇还是相当落后的，似乎还未开发起步。但后来，我们在夜间散步时的见闻，却让我大大修正了这种不太好的印象。

入了镇口，我们就开始寻找宾馆。不知是你还是那个司机，提到了J宾馆。过了几个街道口，我们在车里就远远看到这家宾馆的牌子。到了宾馆后，我才发现这是一家很一般的小旅馆，好像是私人开的。可能是有些不放心，特别是不放心它的卫生和安全条件，我们俩就先到二楼和三楼跑了一圈，看了几个房间。我感觉条件不大好，房间的摆设和床上用品都是比较低档的。我想你是不会满意的，于是打算提议再找一家。不过，还没等我说出口，你就说：“还可以吧，只要比较安全、安静、干净就好，其他倒没什么。”后来，我们走到一间靠近小溪的大床房间，感觉还不错，窗外有溪水、田园和小山，空气也很好。因此，我们就决定今晚住在这里了。

办好入住手续，付给司机300元后，我提着两个行李箱，紧跟着你，直到三楼的房间。进门后，你发现阳台的门有些问题，无法落锁，而且这个房间的设备跟隔壁那间相比有些简陋。于是，你就下楼跟服务员交涉，希望能调到隔壁房间。几分钟后，你上来跟我说，房间调换好了，只是要多加60元，也就是260元一晚。这是小事，我说。把行李搬到新的房间后，你关上房门，脱去外套，拍拍床铺，就进入洗手间洗漱。我打开空调，看了一会儿窗外的景色，就关好门窗，拉上窗帘。等你出来，我也进入洗手间简单洗过手脸后，我们决定先去吃饭。出门前，照例吧，我们都要先拥抱一会儿，拍拍后背什么的，有时也会亲吻一下，但这次只是轻轻拥抱了一下。记忆中，我们每次要离开房间或即将分别时，做这些动作已成常态。(待续)

深深地爱着你，我的吉尔！

小罗头

B年5月27日

第二十八封信

亲爱的吉尔：

那天，我们出了宾馆大门，沿着马路左侧慢慢行走，边聊边寻找饭店。走出宾馆七八分钟，我们进了一家看似还不错的饭店，里面也只有两桌游客在吃饭，大厅还算整洁。你跑进人家的厨房点了好几个菜，好像是两荤两素一汤、一大碗米饭和一小瓶啤酒。这家饭店的菜量很大，味道也还可以。吃饭喝酒间，我们又开了许多玩笑，虽然已记不得，但轻松愉快的印象还是很深刻的。几天的相处，让我深深地体会到，你是一个非常爱说爱笑的女人。我讲的大多数故事，都能惹起你的阵阵笑声，有如此心态的女子，我还是第一次遇着，怎能不让我心里暗暗爱恋呢？或许，别的女子也有如此者，但她们在我面前都过于矜持了，这可能是因为我的表情往往过于严肃或相互间还没有达到爱的层次吧？不得而知。

那顿饭是你请的。不过，你用的是我刚刚缴纳的罚款，但这次我因何被罚记不清了。唉！如此这般因犯些小毛病而被你罚款的事，到现在还时有发生，真是屡改屡犯，不长记性。我心想：可能这辈子都会经常为此缴纳罚款了，但我心甘情愿，甚至有点高兴，小钱而已，只要你开心快活就好。因为你时常这么说："做人就得说话算数，既然决定做了或答应了，那就要做好，要有头有尾，并且要自己承担后果。错了就是错了，改了就好。"好吧，今后我会尽力改掉那些小毛病，争取少被罚。

饭后，出了小饭店的门，你挽着我的右手向马路对面走去。我们边走边聊，惹得路上的行人不时投来异样的目光，这让我感觉不大好意思。一个大美人挽手依偎着一个其貌不扬的男人悠闲自得地在街头漫步，我心里直冒出"让你受委屈了"的念头。我有时会注视你的表情，但你始终轻松自然，毫无介意尴尬的样子，这让我放心不少。闲聊间，我们来到江湾古镇的入口处，那里有个中年女士在把门。这时，我才知道，非当地人要进这样的镇子，还得购买门票，想来心里有些奇怪和不快，感觉他们是在乱收费。但第二天到晓起村和李坑村游玩，发现也是要先买票才能入镇。不过，因已近下午2点，我们一路奔波而来，还没有好好休息过，都比较疲累了，所以就决定先不进入这个古镇，回宾馆睡会儿觉再说。

返回宾馆房间后，你我先后去卫生间简单洗了个澡就上床了。床上，我们照例少不了搂抱，相互抚摸，聊聊天。但印象中，我们好像也就止于此，没有进一步的动作，后来一起在床上眯了一个半小时，3点半左右起床，出门寻找去某个景点参观的车辆。

离开宾馆大门没多远，我们看到一辆停在路边的面的，司机是个四十来岁的精干男人。你上前问了他去篁岭村的车价，好像他说的是送过去50元，我不记得了。上车后，我才发现这辆车比较破旧，车内的坐垫什么的都相当破败和肮脏，但既然已经上了人家的车，也就不去顾及这些了。

路边的景色，实在没有什么特别之处，就是我经常见到的很一般的农村田园风景。农田里，种着一些不知名的绿色蔬菜，还有零星散布着的一些已到了收割期的油菜；公路两边的山坡上，不时可见种着茶树的梯田，层层叠叠，并无特色。油菜花大多已凋谢，野花也不多见！不过，在路上，你给我讲起某某大学郑教授的历史文化研究成果，其中还提到婺源民居的特色和风格。你说，此处的民居都是徽派建筑，其砖瓦楼阁，风雅别致，白墙墨瓦，无处不透露出亦儒亦商的文化气息。听到这些，我才开始关注山脚下不时出现的东一簇西一片的民居。仔细一看，果真如此。这里的民居建筑，尤其是屋顶，大多风格一致，楼高墙白，飞檐翘角，气势不凡，这算是我们见过的一大特色吧。

半路上，我从司机给我们看的导游简图以及与他的闲聊中得知，我们即将去参观的篁岭村，古时是一个非常有名的儒商文化重镇。这里山高水美，风水极佳，清代还出过曹氏父子二宰相。这些历史知识，我竟然一无所知，真是孤陋寡闻。但这已引起我的浓厚兴趣，我很想详细了解这对父子宰相的真实情况。由于有了这些历史文化故事作插曲，我在刚出发时心里偶尔冒出的那种淡淡的轻蔑感，已荡然无存。

车快到一个山口时，我才知道篁岭村是在山上，我们还要走相当长的一段盘山公路才能进村。到了山脚下，司机跟我们商量，说他带我们到篁岭村并陪同我们游玩，来回150元，加上门票每人120元，共390元。因天近傍晚，我们对这里的交通情况和其他行情都不大熟悉，也就爽快地答应了他。

我们来时的公路还是比较平坦的，但进入盘山公路后，道路却突然变得坡陡而弯多。这条崎岖不平的山中公路，就这样带着我们越爬越高。到达半山腰时，我往山下望，一些零星分布的屋顶为墨绿色的徽派古建筑和金黄色梯田相映成趣，蔚为壮观。至此，我才感觉今日可能不虚此行了。

差不多下午4点半，我们租的车停在村口。你从路人处买了两瓶矿泉水，然后我们都去了售票楼左边的卫生间。你进去的时间比较久，我出来后，在门口的一座坟墓边观看了一会儿，觉得这里的建坟风格比较独特而简单，但看不出风水特点。等你出来后，我们一道走进售票大厅，我交了240元，但售票员没给门票，只是开了一张内部印制的收款单。我心中暗忖，他们显然是想节约成本了。特别是，当我们要通过检票口时，那张收款单居然也被一个女检票员收走了，这让我感觉很不是滋味。我心想：怎么连最基本的存根或纪念性的东西都不给游客呢?这是很不合情理的。我向检票员提出这个疑问，旁边的一个女人才递给我们两张检票凭证。

过了检票口，我们朝着售票楼后的小山走了一段不算太高的台阶后，就上了进村公路。这时我们才知道，原来是他们在这条公路入口处设了一个路卡，不让外来游客和车辆随便进村，行人也必须通过售票楼左侧台阶才能到达这条半山腰的公路。我们翻过一座小山包，往右边可以看到篁岭村的一小部分，往左边可以望见对面陡峭的大山，山下都是梯田，正生长着金黄色的植物。后来，等我们走近后才知道，这些金黄色的“植物”都是成熟后已被收割并被放在田埂上的油菜花茎。它们都非常有序而整齐地排排摆放，以至于远远看去，仿佛田地里还生长着金黄色的油菜花。你说：“这种假象很显然是本地村民的刻意安排，非常聪明。”我很赞同。

我们顺着向下倾斜的公路，边走边开着玩笑。我也拍了几张自然风景的照片。没走多远，我们就沿着公路左边的石板台阶小路逐级而下。这条小路通往不远处的一座横跨两山、悬空而建的悬索桥，看起来颇为奇巧壮观。在小路的右边，有一家小饭店或杂货店，旁边不远处有一个半圆形的水泥观光平台，分成两层，最外层有铁栏杆围着。站立在铁栏杆旁，望着对面的翠绿色山峦和金黄色梯田，我心中不由自主地冒出某种说不出的美的感觉。

这个水泥观光平台的下方大约50米处，有一个由田埂围起来的心形水塘。你在这里拍了几张照片，也叫司机帮忙，以“爱心”水塘为背景，为我们拍了两三张合照，照片中都是我左手搂着你的肩膀、你依偎在我胸前，一副小鸟依人的样子。你把手机拿在左手平伸出去，从左侧也给我们自拍了两张合照。所有这些合照，我都看过多次，每张照片里的你都美貌非凡，身姿优美飘逸，但在你旁边的我却不敢恭维，真让我自惭形秽。对此，你曾安慰我说："还可以啦，其实吧，我们小罗头有点傻帅，哈哈哈。"

已是晚上9点45分了，今晚先写到这儿吧，明天接着写。略看后，先发给你。

深深地爱着你，我的小丫头！

小罗头

B年5月28日

第二十九封信

亲爱的吉尔：

那天傍晚，离开那个发着白光的心形水塘和水泥观光平台后，我们跟着司机走到那座由钢铁建造的悬索桥上。这座桥属于悬挂式吊桥，整座桥由两条横跨两山山腰的巨大铁索悬吊而起，桥身的部件大多是粗大的钢条，并被漆成浅红色。桥面上铺着厚实的木板，但是在桥正中央的地板上，却被人为地铺设了多块钢化玻璃。人们站在玻璃上，可以直视下方百多米的溪水、山坳和梯田。

我们走到桥头时，你先拍了两张照片，然后很自然地拉起我的右手，十指相扣，似乎要牵着我走向未知的惊险世界，或者有些担心我对前方有所紧张和恐惧而给我壮胆。这样十指紧扣、相伴而行的经历不知发生过多少次，但记忆中，首次应该是在厦门的那个夜晚。我们在鼓浪屿海边“九曲石板桥”上手拉着手、嬉笑着款款而行，耳中除了不时传来的有节奏的海浪声之外，四周绝无人声人影，似乎偌大的世界只有你我二人，因而我们都心无旁骛、轻松自然、欢快无比。但这次不同，前面有那个司机，后面不远处还有一些零星的游客。因此，当你拉起我的手时，我的第一反应就是紧张不安，也有点不好意思或尴尬，心想：这么个大美人拉着个平凡无奇的小罗头，人家会不会又投来怪异的目光或者对我们产生种种猜想和疑虑呢？但是，当我偷偷看看四周，又看看你，似乎没有任何异样，你还是那样兴奋洒脱、神采奕奕、红光满面，脸上流光溢彩。于是我也就开始静下心来，默默地享受着你难得的宠爱，心中还渐渐泛起得意满足之感。

当我们到达悬索桥中央的几块玻璃地板时，看着其下遥远而渺小的山田和小溪，如临深渊，我又心生胆怯。心想：如果玻璃碎裂，我和你都将粉身碎骨，一命呜呼！因而我总想绕开它或扶着旁边的铁杆而过，但你和司机都在笑话我胆小如鼠，并且反复说着它安全坚固。然而，我心仍惴惴然。后来，你硬拉着我，与我并排站立在其中的一块玻璃上，还对着我们的双脚及玻璃下方深远的溪景，拍了几张照片。之后，我们走到悬索桥的另一头。从这里可以看到整个篁岭村的全景，包括半山上层层叠叠、错落有致的民居和空阔优美的野山。在此，你从各个角度为我们拍摄了好几张合影，还有一些是司机帮我们拍摄的。不过后来，我好像没有再见过这些照片，应该也是精美绝伦的吧?

我记得，当我们再返回悬索桥中央时，出现过一个小插曲。一个农民模样、肩上搭着一个灰色粗布小包的中年男人从背后叫住我们，问我们是怎么进来的，是否有门票。你随即拿出了那两张检票凭证给他看了下，他没有再说什么，就自个往前走开了。对此，我当时感觉有些奇怪，心里暗骂：他算什么东西?！又不是旅游区管理人员，哪来的权力能随便询问路人?

离开悬索桥后，我们跟着司机向篁岭村走去。半路上，你拉着我，以对面长满松竹的山野为背景，又给我们拍了几张合照，都相当不错吧，至少你是优美的。进了篁岭村，到处可见各类徽式民宅，各具特色。大多数民宅都墙高院深，宽大宏伟，雕梁画栋，气派非凡，显示出其当年主人的无限风光和富足生活。

从旅游简图上的介绍可知，篁岭景区地处婺源石耳山脉，面积5平方千米，由索道空中揽胜、村落天街访古、梯田花海寻芳以及乡风民俗拾趣等四个游览区域组合而成，属于典型的山居村落景观。“地无三尺平”的地貌造就了村落布局，各色民居围绕水口呈扇形阶梯状错落排布。我注意到，有许多民宅的门面两侧都张贴着颇有意思的对联，大多是笔力遒劲的毛笔字。对联的语意多深远贴切，如“窗衔篁岭千叶匾，门聚幽篁万亩田”。

另据载，篁岭以“晒秋”闻名遐迩，因“其地多篁竹”而得名，海拔约500米，建村500多年。而且，这里是清代父子宰相曹文埴、曹振镛的故里。篁岭古村周边，清溪环绕，梯田密布，古木参天，双龙合抱，真是一块十分难得的风水宝地。尤其在不少民居二楼或三楼瞭望窗口处，可见许许多多村民们晾晒农作物的巨大圆盘，盘中多是玉米、油菜籽、黄豆、红辣椒和野花野菜之类，远远望去，像是环环相扣的多彩圆饼，很容易让人生出许多联想来。这，就是此处相当有名的“晒秋”景观。

我们在这个古村落信步游览了约一个半小时。所有的街道都是弯弯曲曲、宽窄不一的。至宽处，可通行一辆小轿车；而最窄处，只能容一人而过。街面都由滚圆光亮的大小不一的各色鹅卵石铺设而成，而街道两旁的古屋，从门楣、门屏、大门到屋内屏风、立柱、横梁等，大多雕刻着各色花鸟山石或人形浮雕。这些浮雕多数是木雕作品，也有不少石雕和竹雕作品，工艺极其精湛，精美绝伦，件件都堪称杰作。我对着这些美不胜收的浮雕作品拍了许多照片。后来，那个司机跟我们说，这里的雕刻艺术自古闻名遐迩，石雕、木雕和竹雕，样样精绝，令人赞叹！

除了参观一些古色古香的高大庭院，我们还走过曹氏祠堂和竹山书院分院门口，但没有入内参观。来婺源之前，我根本没有想到这里还有一座古代书院，而且是史上非常有名的“竹山书院”分院。书中记载，“竹山书院”是曹氏家族在清乾隆年间约1756年建成，位于今安徽歙县城南5千米处。我询问了司机，他说曹氏父子宰相为图报恩，仿照歙县竹山书院样式，在此建起了分院。据说，这一分院后来为当地及附近乡民培养了大批富贾和文人政客。怪不得篁岭村内的名人名居很多，有培德堂、慎德堂等，应该都是古时富极一方、声名远播的曹氏家族所建。

更有趣的是，我们还在村内见到一栋颇为奇特的怪宅——倒屋（也称“怪屋”）。它是以空间倒置的方式建造而成的，屋内的家具、字画、餐食用品等都颠倒而放，完全给人时空错置之感。更奇特的是，楼梯和底层地板都是极为倾斜和歪歪扭扭的。置身其中，我们都有晕眩之感，迈步艰难，身子总是摇摇晃晃，立足难稳。在倒屋内，我们俩走路都是张牙舞爪，左偏右斜，大呼小叫，惊喜异常。底楼前后墙壁上，各挂着一个木梯。一梯旁边写着，“看似容易实难爬”；另一梯旁边则写着，“看似难登实简单”。我们都分别尝试着爬上这两个木梯，果然，这些文字所言不假！攀爬后，我们都大笑不止，快哉乐哉！

另外要说的是，从入村开始，我就有种相当奇怪的感觉，我们居然很少遇到本地村民，几乎所有古宅都是空无一人，只在个别高大院墙内，偶尔遇见一二孤寡老人在悠闲地喂着几只鸡鸭或做着晚餐，他们对我们嬉笑着、闲谈着入宅参观好像视而不见，个个都显得十分木讷而笨拙，一副宛如世事与己无关的样子。如果游客不询问些什么，他们根本不会搭理，好像木头人，相当呆板的样子。这一疑问，还是那个司机帮我们解开的。他说，某年，根据地方政府计划，篁岭古村要进行改建和修缮，为此成立了专门的乡村文化公司，旨在拯救和保护正在没落消亡的这一著名古村落，因而动员村民搬迁到别的地方居住，并在山下交通更为便捷的公路两旁修建了许多联排别墅。绝大多数村民都已搬迁过去了，只有极少数老人还不大情愿离开这块土生土长、曾经生死相依的故土。（待续）

深深地爱着你，我的小丫头！

小罗头

B年5月29日

第三十封信

亲爱的吉尔：

那天，从倒屋出来后，天已渐黑，约有下午5点半了，我们跟着司机急急地顺着另一条古街道出村。到达真正的古村口时，我们看到一座巨大的古牌坊，约有二十米高，由巨石垒砌而成，上面有各种精美浮雕。古牌坊一面上方雕刻着“圣旨”二字，下方刻着“上善若水”；另一面上方则刻着“御赐”二字，下方的刻字我已忘记了。古牌坊右边也铺设了一个观景平台，在平台上可以看见整个篁岭村的山山水水。我在这里也给你拍了好几张照片，背景都是对面的金色田园和绿色山峦。

我们顺着出村公路返回售票楼前的停车处时，天已完全暗黑了下来，估计已是6点来钟。四周寂静无声，近处雾色迷离，远处黑影憧憧。我脑中又忽然想起山前屋后有许多乱坟，因此有些胆战心惊，感觉阴气弥漫，后背发凉，寒冷瘆人，这是怕黑的老毛病在作祟。因此，车门一开，我就紧拉着你的手急忙坐进车内，再快速关上门窗。这些都只是一瞬间发生的事，你可能并未察觉出异常。

我们的车开着大灯沿着盘山公路返回江湾古镇，路上我们只偶尔闲聊几句，其他时间我都在回忆刚才的所见所闻。快到江湾镇时，司机说，刚才有许多毒蛇在横穿马路，说得我又心生寒意，起了满身鸡皮疙瘩。心想：还好，我们是坐车而归，若是步行，岂不危险？这，也只是我脑中显现的一瞬间的事。

大约晚上7点半，我们的车在一家私人开的小饭店门口停下。这次还是你到厨房点的菜。很快，一个挺着大肚子的女士，就端出一大盘本地特色鱼、一大盘乌黑光亮的什么肉、一小盘猪头肉、一盘蔬菜和一大盆米饭。菜的分量都很足，味道也非常不错。可能是真饿了，我吃了一大碗饭和好多菜，感觉很久没吃过这么饱了。你跟以前一样，吃得不多，始终未碰那盘猪头肉，只吃了些蔬菜和鱼肉。而司机的胃口却好得出奇，令我暗暗吃惊。我注意到，他跟我的个头差不多，肚子也没有我的大，却连吃了五大碗米饭，还吃了大量的肉和菜。我心里暗想：吃这么多东西，他的小肚子怎么装得下？而我肯定从来没吃过这么多。后来出门时，我说起这事，你说："他是干重活的，胃口当然好了，不吃饱怎么能有力气？"我想想也是。你很快吃完后，就静静地坐着跟司机聊天，而我们两人好像没聊什么，多是听那个司机在讲些他外出打工的经历。他在北京、东北和新疆等许多地方打过工，并说北方城市他基本上都去过了，而南方城市从未去过。吃饭闲聊间，你跟他商量明天再包他的车去一两个景点，然后到婺源县城。他说没问题，车价350元，并与你约好明早9点联系。

晚上9点钟左右，我们出了饭店的门，但没有直接回宾馆，而是沿着原已熟悉的街道散步。走到那条街的路口，我们拐进一个中午来过的停车场，里面有一个通往江湾古镇的半圆形拱门，此时已不见把门的女人。我们手挽着手，低声闲聊着，漫无目的地瞎逛。镇里的街面大多是由表面十分光滑的鹅卵石铺成的，走在上面会发出一连串咯噔咯噔的清脆声，能传出去老远。远远望去，街上行人稀少，灯光暗淡，只有一些仍开着门营业的小店发出微光。离入口处不远，有一家还开门营业的雕刻品店，我们悠闲地踱步而入。店里布置着许许多多竹雕、木雕和石雕工艺品，有些人像雕品憨厚可爱、栩栩如生，而有些雕品奇形怪状、抽象难懂。我对几个黑乎乎的大肚子弥勒佛像颇感兴趣。拿在手中，感觉这些佛像异常沉重。我以为是石质雕品，问过店主，才知是由一种黑木所雕，而且价格昂贵，都在数百元以上。尽管店主很热情，也表示价格好商量，但最终我们还是什么都没买。

出了这家雕刻品店，我们没再参观什么，只是沿着石子小路，向着宾馆的方向缓缓而行。街上空空如也，一路上只回荡着我们两人清脆的脚步声。我注意到，一些小店里发出的亮光，在地板上照出几对时短时长的两个人形黑影，晃晃悠悠地紧随在我们身后。我们还边走边开些玩笑。我曾幽幽地说："透着亮光的窗户内，必有一些人的目光正专注地盯着街上的我们两人的身影，正欣赏着、赞美着、羡慕着、嫉妒着，哈哈哈。"你说："切！你怎么又异想天开了？"到了古街道口，我们又看到一座高大的石砌牌坊，周围的行人较多，似乎都在悠闲地散步聊天。之后，我们又穿行了几条街道，发现都没有什么特色，而且天色已晚，我们就决定回宾馆睡觉。

到达宾馆时，可能已快晚上10点半了。你脱下灰色长外衣和外裤，仰面横躺在床上，我也上床趴伏在你的身边，右手抚摸着你的胸腹部。我们又闲聊了一会儿。过了约半小时，你先去洗澡。我在床上做完俯卧撑，闭着眼睛聆听着卫生间里传来的淋浴声，心中愉悦而满足。等你洗完出来，我也很快进去洗漱，动作麻利，速战速决，不久就只穿着内裤来到你的床前。只见你又仰面躺在被子上，眼睛微闭，双掌重叠着放在肚腹部，下身穿着粉红色花色内裤，两条大腿雪白透亮，上身穿着薄薄的肉色胸衣，虽然盖住了你极其丰满的胸部和平坦的小腹，但还是隐约可见内中诱人的白色肌肤。在洁白的床单衬托下，你无比曼妙的身姿，柔美迷人，光艳绝世，无法不令人心神荡漾，丢魂失魄。我情难自抑地俯下身躯趴在你的身子上，热烈地亲吻了你的嘴和脸，也抚摸了你的胸腹部和后背好大一阵子。

可能快到半夜12点时，你有点动情地在我的耳边轻声说："我们睡觉吧。"我起身拿出一盒小精灵，又把一大沓白纸巾放在枕边床头柜上，并关上了室灯。我们重新躺在床上，盖上被子。说实话，从你进入卫生间洗漱，那个原本韬光养晦的第三者就开始躁动不安，我也感觉到某种迫切的欲望阵阵袭来。记得那晚在被子里，我们从一开始就异常激动地搂抱在一起，相互激烈地亲吻着，我的右手更是急不可耐地意欲在天山瑶池里呼风唤雨，而且那个坏家伙也开始肆无忌惮地胡搅蛮缠起来。你还不断地猛烈亲吻着我的嘴、脸和胸，你的双手也时常紧紧地搂抱着我的后背，或不停地轻轻抚摸着我的身体，这给了我很大的信心和满足。这次，我们似乎比以往任何一次都更加热烈和激动。

在我们相互激动地亲吻和抚摸身体时，那个坏家伙早已装出一副盛气凌人的样子，并且时不时地做出一些意料之外的野蛮动作。但它始终不温不火，我难受至极，身体一直在猛烈地颤抖着，内心其实早就非常渴望让它心满意足、如愿以偿。我把这个不良想法轻声告诉了你，第一次你没有应答，也没有摇头和做出别的表示。不得已，我又无比温情地抚摸、揉捏、摩擦你的身体。这时，我已越来越难受，也越来越难以自控。然后，我又再次毫无底气且细声细气地跟你说了我的想法，终于，你松口说话："好吧！"听到这里，我心花怒放。

之后，就是我们两人此生第一次真正体验MM的时刻。对于你，更是此生第一次真正的云梦经历。有了这次经历，你后来才多次对我说，我是你第一个真正意义上的男人。至此，我在心里拿定主意，告诫自己一定要温柔以待和小心翼翼地行事，万万不可鲁莽而为。

完事之后，我内心又暗暗发誓，既然我们出于真爱，也已过了此关，就是真正把灵魂与肉体融合在一起了。从此以后，你中有我，我中有你，这是永远也无法改变的事实！那么，无论你将来如何、成就怎样，只要你不嫌弃，我都将始终对你负责，好好地疼爱你、爱护你、陪伴你，直到我终老而死。

我刚刚想到这里，你就紧紧地搂抱着我的脖子并吻着我的耳垂轻声说："小罗头，我今晚可是什么都给你啦，你以后可不能嫌弃我！以后可不能不爱我！也不能不要我哦！"听完你带着点怨气和哭腔的话语，在无比震惊和感动之余，慌慌忙忙中，我只得语无伦次甚至有点结结巴巴地说："傻，傻丫头，我，我怎么会嫌弃你、不爱你和不要你呢？这，这怎么可能？我疼爱你都还来不及呢！不会！不会的！我发誓：绝对不会！"

这就是我们第一次真正意义上的云梦历程。后来你说，你根本没有体验到任何愉悦感，只有痛。其实，说实话，我们这第一次和后来在婺源宾馆做的几次亲热之事，我都没有十分满足，或说，还没有真正体验到云梦之事令人震撼的愉悦感、舒服感和满足感。原因在于，这是你此生第一次经历，你必然很紧张，不可能专心体会某些爱的动作，而我不能也不忍心在你极为痛苦时让你雪上加霜。但这些都是没有关系的，不能让你过于痛苦才是最主要的。后来，我也想到，有过第一次后，之后你应该就不会再那么痛苦了。但后来证实，并非如此。我只得说，那可能是伤口还未愈合之故，以后就好了。你说可能是吧。

那天是B年4月26日。以上经历，就是永远只属于我们两人的伟大日子（你称之为伟大的"426"事件），我将永生铭记！

深深地爱着你，我的小丫头！

小罗头

B年5月30日

第三十一封信

亲爱的吉尔：

那天晚上，我们第一次经历灵与肉的融合之后，内心都很难平静。我虽然已相当疲惫，但一直没有睡意，脑中还非常亢奋，不时回忆着刚才的整个云梦历程，而内心也颇为复杂，既有歉疚感，也有满足感和自豪感。在我们都去过卫生间并重新上床盖上被子后，我们依然相互搂抱着，但话语不多，仿若都在无声地感受着对方身体的温暖和爱意。有时，我也会用右手再轻轻抚摸你的小腹和某些神秘部位，但你都急急地把我的手推开。我问过你几次："还痛吗？还难受吗？"你都"嗯嗯"几声，再不理我。这时，我的心中也是五味杂陈、忐忑不安，但始终想不出该用什么言语来安慰你。好长一段时间，我都能感觉到，你也是难以入眠，双手一直紧紧地搂抱着我，生怕我忽然离开似的，我也时时用手抚摸或轻拍你的后背，或偶尔亲吻一下你的嘴和脸。我已记不大清楚，我们到底是什么时候真正入睡的，估计是凌晨2点半以后了。

4月27日早上不到7点，还是我先醒了。看着你还安然睡着，我实在不忍心叫醒你。我还是像无数次做过的那样，撑起左臂，侧身静静地欣赏着你的睡姿和红通通的脸颊，心中美滋滋地回味着昨晚发生的伟大事件。大约7点半后，看看时间不早了，如同以前，我把你的身体侧翻过来，再次把你搂入怀中，并轻轻点吻着你的额头，抚摸着你的后背。此时，你才完全醒了过来，还问我几点了。没过多久，如同以前一样，我又很快激动起来，身体发抖，右手又开始不安分地动来动去。当时，我还再次问过你："还疼吗？"你说："还好。"听后，我也没再考虑什么，好像很自然似的，就想再做那些爱的动作。我先给你宽衣解带，你也一如既往地顺从和配合，一切似乎都很自然的样子。我很激动，也很感激，心里暗想：真是万事开头难，过了第一关，以后可能一切都会自然而然，不会再有什么顾虑、扭捏和尴尬了。

云梦之事结束后，我们又拥抱着睡了一会儿，也讨论了一下不再包租昨晚那个司机的车的事。我的理由是，既然要包车，就应该包一辆像样点的，至少要干净点或新一点，而昨天那辆车实在是太脏和破旧了。你表示同意。8点半过后，我们才起来洗漱和整理东西。

快到9点时，你给昨天那个司机打了电话，具体讲了什么，我没听清，只知道不再包他的车了。约9点一刻，我们出门吃早餐。路过几家小饭店，我们对他们提供的小吃种类感觉都不大合胃口，最后才在一家小吃店简单吃了当地的煎饼和汤。这家小吃店门前，正好停放着好几辆出租面的，也有跑短途的定线小巴士。吃过早餐后，在返回宾馆的路上，我们在一个道口边上见到一辆红色面的，看起来是新车，而且相当干净。你叫来该车女司机，跟她商量包车去婺源县城的事。后来我们谈妥，到婺源县城的全价是300元，途中参观晓起村、李坑村和月亮湾三处景点。随即，我们坐上她的车直达J宾馆门口。司机在门口等候，我们则回到房间收拾东西，很快就下楼结了账。估计此时已快10点。

我们的车离开宾馆不远，在一家水果店门口临时停了片刻，我下车买了一袋芦柑和一盒去皮菠萝片。在离开江湾古镇赴晓起村的路上，我们吃着水果，跟女司机聊着一些婺源当地的著名景点和门票之类的话题。她是本地人，对当地景点相当熟悉也不足为奇，主要是相当健谈，说起一些景点，滔滔不绝，如数家珍，倒是相当令人佩服。表面上看，这位女司机应该有30多岁了，但其实际年龄可能只有20岁出头。她身材矮壮，脸色黝黑，皮肤粗糙，嗓音较高，略带沙哑，但看起来相当健康。她还很会做生意。在路上，她说到了晓起村，门票可以由她来代买，要比我们自己买便宜得多。另外，中午就到李坑村她熟悉的饭店吃饭，也会有优惠。我们也不知道各个景点的实际门票是多少。但她说，各个景点的门票都是每人60元，而由她去买，我们两个人的全部票价只要60元，可以节省一半（我突然想起昨天去篁岭村，门票要每人120元，感觉被那个司机和售票处的女人合谋诈骗了）。听她这么一说，我们也觉得相当划算，就同意让她帮我们买票了。但后来我们嘀咕，这里面可能也有猫腻，只是不知内情罢了。

从江湾古镇到晓起村，行车时间约40分钟。据说，晓起村是江泽民同志的祖居地，但未得到证实。到了晓起村村口，只见公路左侧小广场上竖立着一块高大的木质牌坊，上有草书“晓起”二字，龙飞凤舞，气势磅礴，颇有灵气。牌坊旁边有几家小门面房，多是雕刻品店和杂货店。公路右侧，建有一家古色古香的度假酒店和两家餐馆。下车后，司机叫我们在车旁等候，她去找人把我们带进村里。十来分钟后，一位50多岁的男人骑来一辆电动摩托车停在我们面前，但因太小坐不下我们两人。他就先载我进村，仅一分钟时间，就把我放在一家很大的雕刻品店门口，再返回村口去载你。在等你的短暂时间里，我在这家雕刻品店里逛了一会儿，里面有大量木雕、根雕和石雕艺术品，形状各异，大小不一，价格不同。有些作品异常庞大，价格昂贵，最贵的售价高达十几万元。只过了两三分钟吧，穿着灰色长外衣的你就来到我的面前。

如同篁岭村，晓起村的多条主街道也大多由鹅卵石铺设而成，弯弯曲曲，蜿蜒而行，时窄时宽，但最宽的地方也只能供两三人并排而行。我们顺着那家雕刻品店门前的石子小路往前仅走了五十来米，就看到一条小河，河水清澈见底，游鱼可见。河边有人在垂钓，也有两三个妇人在石板上浣衣，耳中不时传来她们拍打衣服时发出的有节奏的梆梆声。小河上横跨着一座长二十来米、宽仅三米左右的水泥桥，两边有铁杆护栏。我们在桥上对着正在垂钓和洗衣的人拍了几张照片。

过了小桥，右边有一个很大的马蹄形长廊，零星可见一些小商人设摊叫卖各种小工艺品、茶叶、野货等。我们只在入口处第三个摊位前停留了一会儿，看了几样小雕刻品，价格都不贵。你好像对樟木工艺小扇子有兴趣，看看又闻闻，我就鼓励你买了两把。你说，要自己留一把，另一把送给你的好友巫婆。之后，我们又从原路过了那座小桥，想从另一条小路走走看看，但没走多远，就看到村口的牌坊和我们来时乘坐的小轿车。

我以为，晓起村就这么一点点地方，实在没什么看头。你说："应该不止这些吧，不然不会成为有名的景点。我们再到别的地方逛逛。"我说："好。"然后，我们原路返回，又经过刚才下车的那家大型雕刻品店门口，然后往北走去。又过了两个小街口，我们看到有个老妇人在自家门口摆摊售卖木质按摩器，这些按摩器很像一张圆形小桌子，由一块樟木雕刻而成，中央镂空，表面抛光极好，下面贴有三只小圆脚。我的办公室里正好缺一块压书石或压书板，就想购买一个。你可能看到我感兴趣吧，稍微讨价后，就花了18元给我买了一个。这是我们在三清山旅游时你给我买的唯一一件礼物，很可爱，我很喜欢。它现在就摆放在我的书桌上，有时我就用它来按摩头和腹，每次按摩时都会想起三清山，想起晓起村，想起你，着实怀念。

之后，我们沿着另一条东西走向的鹅卵石古街道往西漫步而去。这条古街道比较繁华，游客较多，街面两旁有许多字画店、雕刻品店、工艺品店、中草药店和饭店等，也不时可见一些小商人在街边摆摊叫卖珍贵草药、皮货之类的当地特产。没走多远，我们就看到一大群游客在听一个女导游讲解着什么。走近一听才知道，她是在讲述眼前这两口古井的故事。这两口古井相距不到两米，水质清澈，内中有几尾肥大的鲤鱼或金鱼在悠闲地游来荡去。你说，这让你想起福建云水谣和贵楼里的那两口阴阳井，只不过这两口井的水质都是非常清洁干净的，而和贵楼里的两口井水却是一清一浊。

我们继续往前走了约百米，看到右边有一个笔直的外表陈旧的长廊，名字叫金坞古长廊，据说是清代遗留下来的古迹，里面也有一些小商人在摆摊售卖些土特产、饮料和小工艺品之类的东西。我们没有在任何摊位前停留，只是款款而行，边走边聊，笔直走到古长廊尽头。上了几个青石板台阶，我们看见一些游客对着一株高大的香樟树拍照，也有一些人正围绕着它转圈圈。这棵香樟树右边矮墙上挂着一个长方形的告示牌，上面写着："樟树王，树龄近千年。绕它三圈，一生好运。"我们觉得有趣，也想沾点好运气，就手挽手围绕着它逆时针缓步走了三圈，边走边聊些我们的私事。

走完三圈后，我们看到一位岁数很大的老太太在古樟树下叫卖着一些小工艺品，还不时拉着游客比比画画。可能是出于怜悯吧，你说："尽管都不想要，但我们还是买一点吧。"待我们刚凑近，人还没完全蹲下，她就拿起一把三叉形樟木按摩物品在你的脸上滑来滚去，然后又在我的脸上滑了几次，感觉其表面极为光滑，并散发着淡淡的樟木香。她嘴里还说着我们都听不懂的当地土话，估计是说这东西很好用之类的吧。价格也不贵，每把只要5元。我说，你就买两把吧，一把给你妈妈，一把你自己用。

付完钱，我们转身沿着樟树王左边的石板台阶小路走去。我原先估计这条台阶小路可能通往山顶，可是我们走上去没多远就没路了，上面除了一个已经破败倒塌的小砖塔外，周围都是参天大树。我们说着笑话，牵着手爬上了一段小山坡，来到两棵树干笔直粗壮的大树下。从树干上的告示牌可知，其中一棵是红豆杉树，树龄已达数百年，另一棵是樟树，也有数百年的树龄了。在这两棵大树下的地板上，我们惊讶地看到一长串黑色蚂蚁在急匆匆地搬家，它们好像都朝着一个方向忙碌着、奔跑着。你说："蚂蚁搬家，预示着要变天了，今天可能会下雨。"我也附和着说："是的。"后来，不知何故，你突然低声说："我们就对着这两棵大树许个愿吧，愿我们未来能有个好的结局！"我说："嗯嗯，好的。"然后，我们都闭上眼睛，双手合十，很虔诚地在内心许下几个良愿。你我都说，非常希望这些愿望将来都能实现。然后，我们又仔细观察了一下四周，感觉已没有什么看头，就决定下山。

再返回到那个近60米长的金坞古长廊时，我偶然瞥见一件“红木”如意，觉得这东西应该很古老了，肯定价钱不菲。拿在手上，我感觉它非常沉重，雕刻也相当细致精美，心里就有些喜爱。问了价格，一个中年女商人说：“880元。”居然没有我想象中那么贵，心里就有点谱了。我开口说：“350元卖不卖？”那个女商人说：“不卖，最少500元。”你抵近我的耳朵轻声说：“别买了，这么贵，也没什么好看的。”我们就直接往前走了。没走多远，她急急地从后面追了上来，直接把这个“红木”如意塞在我的手里说：“那就350元吧，给你。”我只好付钱成交了。

我拿着包了好几层旧报纸的这个“红木”如意，心里还有些兴奋，感觉自己捡到了一个宝贝。在返回村口的小街道上，我还有些扬扬得意地跟你说：“这件东西在南江起码值4000元，呵呵。”你没吭声，但从你的表情来看，你肯定不信。后来，我把这个“红木”如意带回南江，摆在家中大厅的显著位置。两周前，一位厦门老朋友来访，我就从大厅墙壁的工艺品架子上把它取下来给他观赏。我还有点得意地说：“这是‘红木’如意，我蛮喜欢的。”语气给人感觉这是一件很珍贵的古董，价值连城。他拿起这个如意仔细看了看，随后连连摇头说：“这是假的，绝对不是什么红木做的，只是一种树脂制作的，并被刻意做成很古老的样子，其实不值几个钱。”我一听，心立马凉了半截，感觉自己又上当受骗了。可能看出我有点沮丧和灰心的样子吧，他才勉强地说：“不过，350元也不算太贵，就当买到一件工艺品玩玩。”想想也是，只好如此了。

我们返回停车场时，已是中午12点半。坐上车，我们直奔李坑村。

祝好！

小罗头

B年6月3日

第三十二封信

亲爱的吉尔：

下面接着写我们的旅程。晓起村离李坑村显然很近，不到20分钟，我们的车就已到达李坑村售票处。司机叫我们去买票，她开车从另一个公路入口进去，并在售票楼后等候我们。每张门票价格是60元。村口有一棵巨大的不知名古树，有点像厦门常见的小叶榕树，枝叶十分茂盛，从远处看，像一个巨型锅盖，黑压压的，似有稳坐泰山之雄浑气势。树下聚集了很多人，多数是当地村民，他们在闲聊或摆摊卖些小礼品、饮料和冰品等商品。附近也有一些游客在对着村口拍照。我们没有停留，直接朝着村里走去。

李坑村以一条较大的小溪为界，分为左右两边村落。村中各条小路均弯弯曲曲，宽窄不一；青石板铺就的街面，凹凸不平。村前，地势开阔平坦，眺望可及遥远的天边；而村后及左右，都是矮壮的青山环抱，绵延不绝。我心中暗想：倘若其村前也有宽阔湖泊或壮大河流，从堪舆学上讲，此地就是一个非常典型的风水宝地，代代必有名人才子问世。出于好奇，我想验证一下。打开手机上网一查，果真如此。此村自宋到晚清，远近闻名的达官富贾达百余人，出过18名进士，七品以上文武官员达32人。村内著名文人众多，曾留下传世名著29部。南宋年间，此村还出过一位名叫李知诚的武状元。

村口处建有一座小型水坝，拦溪储水。坝上溪流缓慢，水深及胸，上有数排竹筏、两三只小船静静地停靠在岸边，时随波流左右摇摆，晃晃悠悠，仿若十分清闲自得。溪上建有各种木桥、石桥或砖桥，有的是较大的拱形桥，桥面较宽，可容小车通过，而有的只由一块木板铺成，单容一人而行。到达村中心，还可见多条较小的小溪支流，并与较大溪水汇合，构成一幅纵横交错、盘根错节的水上民居图。各条溪水均清澈见底，小小游鱼，历历在目，还偶尔可见村民在溪水中设网养鱼或圈养鸭鹅。村里宋明清各代古建筑众多，大多墙高院深，风格各异，诡秘神奇。各色民居庭院，多沿溪而建，白墙黛瓦，错落有致，真像一幅“小桥流水人家”的精美画卷。

我们跟着司机，跨过一座窄小的木板桥，走到小溪对面的一家小饭店，在其门口的一张巨大圆桌旁坐下喝茶吃饭。此时已近午后1点半，天气炎热，我们口干舌燥。我们和司机一起，喝着茶，聊着天，开着玩笑。你点了菜后不久，因太阳毒辣，我们不得不搬到店内的另一张超大圆桌旁吃饭。这里的菜量都很足，味道不错，价格也不贵。我们三人边吃边聊些股票、旅游、本地特色小吃及当地风俗习惯之类的杂事。这位女司机跟昨晚那个男司机不同，她的饭量不大，菜也吃得不多，在我们面前讲话也比较小心，声音轻柔，甚至有些拘束腼腆，给人不大自信的感觉。到她吃完走开，还剩有好多饭菜，我觉得有些可惜，就尽量多吃，也劝你多吃菜。饭后，我付了120元现金给小店老板，只见他立马走到门口，给了正在帮老板娘剥蚕豆的女司机20元。我们两人立刻出门去参观古村落。

离开饭店后，我们又走过那座木板小桥，返回小溪左边的石板小路。向前没走多远，又见一座稍微宽点的木桥，桥上游客来来往往，显然那边应该是一个不错的参观景点。我们也跨过这座木桥，到了小溪右边一座富丽堂皇的宋代庭院。进了院子，只见里面游客众多，他们都对着大厅里的各样摆设和院内的各种雕刻品拍照。我也对院内许多古色古香的物品和雕刻品感兴趣，看看摸摸，拍些照片。有些物品，如玉器、乐器、铜器、屏风、古钟等，看起来都相当古老而精美。我也看到一件铜如意，大小和样子跟我刚才在晓起村买的挺像，只是材质不同。在厅堂的八仙桌上，我们还对一些玉手镯感兴趣，拿起几个看了又看，但价格不菲，都在千元到数千元之间。不过，我们见到大厅一角，有个小青年正用工具在加工工艺品，包括玉器、铜器等，这让我怀疑院内那些贵重的玉手镯之类的物品可能也是现场加工以新修旧的，而不是年代久远的古董物件。最后，我们什么都没买，就快意地退出这座庭院。

跟篁岭村一样，李坑村自古以来就以精湛的石雕、木雕和竹雕闻名遐迩，而村中商人多为儒商，经营木材、茶叶、山货及雕刻品到全国各地。网上介绍，村中除了有“大夫第”“状元第”“中书桥”，还有大小宗祠12座、庙宇观阁17座、桥亭路亭17座，并建有书院、私塾、文峰塔、公共园林等，明清时曾号称“婺东第一村”。但那天，因时间紧张，我们许多景点都没去参观。印象较深的是，我们进了一座高大庭院，里面装饰富丽典雅，雕梁画栋，古色古香，正厅四方形八仙桌上摆放着各种古老物品，桌子两边各放置一张古老而厚重、雕刻精细的红木龙椅。八仙桌左边立着一块方形木牌，红底黑字写着“候选－儒学正堂”几个宋体字。在那里我给你拍了三张照片，一张是你站在正堂八仙桌旁，另两张是你坐在桌旁右边一张龙椅上，一张正面，一张侧身。对这几张照片，我至今依然印象深刻。你身着红色披肩，穿着黑色丝裤，姿态优雅，端庄大方，面带微笑，慈眉善目，雍容华丽。我心中暗想：若在古代，你应该是富贵人家的正牌夫人，哈哈！

出了这座庭院，我们又返回小溪左岸，继续往村中深处走了一会儿，从一座黑乎乎的拱桥边的一家小店里，买了两杯当地饮料。你要了一杯酸梅汁，我则要了一杯甜酒酿，各5元。我只喝了一小口，感觉这酒酿是苦的，有点难喝。我刚小声说出“这酒酿有点苦”，你就不让我再喝了，快速把我的杯子抢走并直接扔进垃圾桶里，嘴里还嘟囔着：“这不能喝，对身体不好！”然后，你把那杯酸梅汁塞给了我。

出了这家小店，我们看了一会儿当地人现场制作雕刻品，旁边围着许多观看的游客。往前走十来米，是一座古代戏台，但我们只在台前瞎逛了一会儿，就转身朝着一座砖式拱桥走去。过了拱桥，我们沿着另一条小溪边的窄道走了一阵子，两边都是各色小饭店、小商店或小雕刻品店。我们都没有入店，只是偶尔停下脚步对着溪水中网养的鲤鱼拍照或欣赏。然后，我们原路往回走。返回到那座拱桥头时，我们看到那个女司机已坐在一家雕刻品店门前等候。我向她摆了摆手，算是打了招呼。之后，我们参观了一座别样的古代庭院，我还在院里的四方形天井旁花30元向一位老太太购买了号称专治某种常见病的当地土药。但回家后，一直都没有拿出来使用过。昨天下午，我突然想到这种土药，打算找出来用用看是否有效，却发觉这包药已不知所终，感觉有点遗憾。

我们出村时，已是3点来钟。上了车，女司机说还有另一位游客要搭车。没过多久，我就看见一个年轻人拖着行李箱匆匆赶来，坐进了副驾。我们两人依然坐在后排，手握着手，聊些杂事，你偶尔对着我的右脸颊轻吻一下，还轻声问我：“累不？”我说：“还行，没事。”

车大约开了十分钟就停在河边公路旁，司机说，河对岸就是有名的月亮湾景区。下车后，我看到路边坐着一大群人，男的都在打扑克，女的则在旁边嬉笑闲聊。再看公路下方二十几米的河面上，停留着好多副竹筏，我才明白，这些男人应该都是撑筏之人。但令人奇怪的是，我们和那个陌生的年轻人走近时，他们却视而不见，照样在打牌聊天，连头都没有抬起过，一副无动于衷的样子。我一边跟你斗着嘴，一边朝着对岸民居和右边河中的月牙形沙洲拍了好几张照片。显然，

“月亮湾”一名应该源自此沙洲“形若弯月”。我们在路边只停留了五六分钟，就重新回到了车内，随即出发前往婺源。

在我的印象中，离开月亮湾之后，我们的车没开多久，就抵达婺源县城，这是我们这次旅行的最后一站。

祝好！

小罗头

B年6月4日

第三十三封信

亲爱的吉尔：

那天下午大约3点半，我们的车驶入婺源县城。跟江湾镇、晓起村和李坑村相比，县城多少有点现代气息，街道两旁已不大见徽式建筑，更多的是方方正正、高矮不一的现代楼宇，但皆无特色。县城的街面宽敞，车水马龙，行人较多。进入县城前，你问过女司机："县城附近还有没有什么好玩的地方？"她说："我们是从东线来的，其实还有北线和西线许多好玩的旅游景点，但你们的时间不够。不过，县城里倒有一个景点值得去，就是熹园，这是一个很不错的园林。"看天色还早，我们决定傍晚前去游览熹园。在快到婺源宾馆的路上，她说："等会我开车返回江湾镇时，可以顺路带你们到熹园门口。我在县城有一个姐姐，要去见个面，然后再来宾馆接你们。"你表示感谢。因此，她先把我们载到宾馆，让我们办理入住手续并休息片刻，并约好下午4点半左右跟我们联系。她离开前，我付给她300元现金。

婺源宾馆是位于婺源县城中心的一家按五星级标准建造的宾馆，婺源县政府就在附近。离宾馆不远，有仿古步行街、古式广场和星江大桥，宾馆的左侧就是著名的婺源星江河。这家宾馆可能是整个县城最好的宾馆，因我们在办理入住时，听服务员说，国家领导人曾住过这里。

这家宾馆是我们昨晚在江湾镇散步回来后你在J宾馆的床上预订的，房价是460元。从宾馆外观和大厅设施来看，环境古朴典雅，舒适宜人，华丽高档，这样的价钱应该算是合理的。进入大厅，只见接待台背后墙壁上镶刻着一幅巨型国画，以徽式建筑、山水为主题，左上角用草书题着朱熹的著名诗句："半亩方塘一鉴开，天光云影共徘徊。问渠那得清如许，为有源头活水来。"

进入房间后，我感觉条件的确不错，但与三清山的景琛宾馆相比，还是有不小的差距。最主要的是，这里是标准房，而景琛是复式房。不过，这里的房间用品倒是相当高档，白色花式茶具精致美观，蓝皮沙发新潮大方，木板床既宽大又厚实，床单、枕头干净洁白，室内的整个装饰和布置看起来也是比较温馨的。这里的卫生间有些特别，厕所和沐浴室看起来是透明的，对着床铺的整面右墙用一大块无色玻璃代替，如果没有一层橘黄色的可半自动升降的薄纱半遮着，坐在房内沙发或床上，对卫生间里的人的一举一动可以说一目了然。这样的卫生间设计，使得男人坐在床上或沙发上，就可以边端着酒杯边全程目睹和欣赏他心爱的女人洗澡时的种种举动和美妙身姿。这会大大激起男人的性欲望和占有欲，以助推夜间的温馨和浪漫气息。我住过的宾馆无数，但设计有如此卫生间的宾馆房间却很少，这里算是第二家，另一家是在某年暑假住过的武夷山庄。说实话，如此设计奇特的浴室，不免让人浮想联翩，感觉未饮先醉了，哈哈。

但是，进入房间后，我倒一直没有动过要观看你如何洗澡的念头，这是实情，似乎不大应该，但确实如此。我们先后进浴室洗漱后，都脱去外衣，站在床沿拥抱亲吻了一会儿。我当时感觉好像很久没有抱过你一样，因而一开始就把你抱得紧紧的。可能是一时心急，我抱得过分用力了，只听耳边突然冒出："干吗这么用力，都把人家弄痛了。"我连忙松手。不过，我感觉，你搂抱我腰际的手也是先松后紧。末了，你还极为猛烈地亲吻了一下我的左脸颊，响声清脆。然后，你把两个巨大的长方形白布枕头搬到床中央，纵向摆齐并列放好，接着横着床沿脸朝下扑了上去，我也赶紧俯身下去并排侧趴在你的左边，再伸出右手轻轻地抚摸着你的头发、后背和臀部。很快，我们又各自侧身紧紧地搂抱在一起，继而热烈地亲吻了一会儿，但我们好像没有再进一步，可能主要是时间紧迫，根本来不及吧。不久后，我拉来一个大被子，完全遮盖住我俩的大半身体。

我们就这样横躺在床上并排相互搂抱着睡了一会儿。我应该是睡着了，因为做起了白日梦，迷迷糊糊中好像被几个男人追得满街乱跑，边跑还边叫，醒来感觉腿脚都有些酸麻，身上微微出汗。后来是你叫我起的床，说女司机打来电话了，她已在宾馆门口等候。我看了下表，还不到4点半。没过多久，我们拿好东西就下楼找到那辆熟悉的红色面的。坐进车，司机便朝熹园开去。路上，我记得你一直在教她如何保养皮肤，主要是讲面膜对皮肤的作用和用法。因后来听你讲，你在李坑村时曾故意骗她说，你已35岁了。不管她信或不信，她都认为你保养得非常好，皮肤白皙细腻，像是20岁出头的样子。

大约只过了十分钟，我们的车就已到达熹园售票处。女司机在大门口等候了一会儿，才跟我们道别离去。可能是为了节省钱，在售票处，你用手机上网订购了两张门票。进了熹园，我们跟在一队游客后面，听导游讲解这个园林里的各处景观。从导游的介绍得知，熹园是一个以朱子文化、徽派文化和歙（shè）砚文化为载体而打造的一个综合性园林，是江西省著名的特色园林之一。它位于婺源县紫阳镇汤村街，地处星江河畔，面水依山，古树掩映，湖泊如镜，芳草依依。此地原名“朱家庄”，是朱熹二世祖、三世祖居住的地方。

熹园内建有“引桂桥”“尊经阁”“紫阳书院”“老砚馆”“朱家庄”“歙砚制作车间”“洗砚湖”等，还有静静地停在湖面上的“花雕船”。在“尊经阁”左侧的湖边，还有一棵引人注目的近千年楮树，枝繁叶茂，树干粗壮，向东南西北各伸出一枝干，寓意朱子思想和文化通达四方、荫庇天下。这棵楮树，据说是当年朱熹第二次返乡祭祖时亲手所栽。

整个园林中，我认为“朱家庄”和“老砚馆”最有特色，也最有观赏价值。“朱家庄”是典型的徽派建筑群，也是白墙黛瓦，院深墙高，雕梁画栋，古韵悠然。其内的木雕和石雕精品极多，古色古香，精美绝伦，反映了古人精湛的雕刻艺术。因它是朱熹的祖居地，也比较完整地保存着朱熹当年返乡时的一些古迹（如题字、孝碑等），因而不仅是游客流连忘返、细细品味的景点，更是文人陶冶情性的好地方。

朱熹是其父朱松在福建任县尉时所生，其平生所学多在福建境内，因此朱熹把福建当成他的第二故乡，而其一生对福建建瓯、福州、泉州和漳州等地的文化繁荣和人文发展影响深远。朱松是南宋著名理学家，被儒林学者称为“韦斋先生”，专攻河洛之学。朱熹早年受父亲思想的影响巨大，笃信理学。据说，朱熹幼时，其父朱松曾请人用周易算命，卜者说：“富也只如此，贵也只如此，生个小孩子，便是孔夫子。”但我觉得，这些说辞恐怕是后人编撰出来的。

参观完“朱家庄”，我们在湖边漫步了一会儿后就进了“老砚馆”。“老砚馆”汇集了大量歙砚精品，大大小小的歙砚有数百种之多，颜色各异，但以黑色、浅青色、淡棕色居多。小者仅拳头般大小，大者长宽达数米。这些歙砚，大多数是近代作品，只有部分是清代或更早时期的古砚。据现场了解，这些歙砚价格昂贵，最贵的达上千万元，便宜的也要数万元到数十万元。歙砚是中国古代四大名砚之一，与广东端砚、甘肃洮河砚和山西澄泥砚齐名。我们曾先后两次出入“老砚馆”，除了观赏，还对着大小歙砚作品拍了许多照片。我们尤其对那些雕刻精妙的大型歙砚精品有着浓厚的兴趣，对每个精品必上下左右细细观赏，赞叹不已。在“老砚馆”的一侧墙壁上，悬挂着写在黄纸上的“朱子家训”，我们都轻声吟念了一遍，可谓句句经典，道出了朱熹理学的思想精髓。

另外，我们还在“尊经阁”旁见到两块超大的做砚石的原石，其中一块估计有七八吨重，另一块有十几吨重。其实，仔细一看，这些原石都是纯度不高的石灰岩。我跟你解释说，石灰岩的主要成分就是碳酸钙。如果这些石灰岩中的碳酸钙成分很纯，就可以作为生产水泥的原材料；如果不纯，则可煅烧成石灰。石灰岩的形成过程一般要经历三千万年到一亿年之久。相比于人生，这是极为漫长的；但相比于地球和宇宙的生命，又是何其短暂，只瞬间而已！（待续）

深深地爱着你，我的小丫头！

小罗头

B年6月5日

第三十四封信

亲爱的吉尔：

那天傍晚，在整个游园过程中，我一般都紧跟在你的身后，但有时也会偶尔掉队，主要是我对某些雕刻品、艺术品、文字等较为感兴趣，会刻意多停留多欣赏片刻，或驻足，或拍照。但过后不久，我却看不到你的身影，内心也会泛起淡淡的焦虑感，并急急地往前追寻。不过，有一两次，正焦虑间，你又会悄无声息地突然出现在我的面前，给我一点点惊喜的感觉。

熹园有朱绯塘和引水渠。前者宽阔澄明，后者狭窄瘦长。从“尊经阁”往下望去，在傍晚的霞光中，朱绯塘颇像一颗淡绿色的心脏，引水渠又似一条绛紫色的彩带。在黄昏的微风里，水面均波光粼粼，闪闪烁烁，如梦似幻。朱绯塘中停着一艘“花雕船”，颇有特色。从远处看，它似乎是建在水面上的一幢长方形小屋，飞檐翘角，红墙青瓦；而从近处看，它却好像是一间雕刻精细、富丽堂皇的女子闺房。我们从“老砚馆”外围的回廊欣赏完一些诗句名言后，沿着曲曲折折的山中小道而下，跨过一块木板，来到“花雕船”上。只见船舱里设有茶室，隔着一席竹帘，隐约可见两个年轻女子站在桌前闲聊。“花雕船”入口处，摆放着一架长长的黑色桐木古筝。此情此景，让我蓦然想起秦淮名妓、明末才女柳如是（她23岁时嫁给59岁的大才子、东林党首钱谦益）。她才貌绝世，傲骨风流，琴棋书画，样样精绝。据说，她在人生风光之时就是时常在这样的“花雕船”上接客待客，吟诗作画，只是在与钱谦益喜结秦晋之好后，才开始隐居于绛云楼，终日谈古叙今，把酒言欢，琴瑟和鸣。

当时，你穿着那件我特别喜爱的灰色长大衣，显得风度翩翩，高雅不俗。你悄然走到古筝旁的长椅上庄重地坐下，微俯身躯，双手抚琴，摆出正在弹奏的样子，嘴角微笑着催促我赶紧给你拍照。我装着严肃认真的样子给你拍了好几张姿势优雅、神态安详、貌若仙子、气度不凡的美照。拍完照后，我还鼓动你把这些照片发给你的好友茜茜，因为曾经听你说她会弹奏古筝，而且弹得不错。我说：“你问她看后有何感想，模样像还是不像，姿态美还是不美，哈哈。”没想到，被你一口回绝。你说："那可不行，那样就解释不清，难以自圆其说，不打自招了。"

除了以上记述之外，给我们留下深刻印象的，可能还有在引水渠边朱熹栽种的槠树下一张巨大石桌旁的长谈吧。我们居然在此天南海北地闲聊了一个多小时，直到暮色渐浓、凉风时起、游客稀少之时，才意犹未尽地起身离园。当时，你好像先谈起某大学老校长的讲座，说他上的课很精彩、很有内容。事实上，我们具体谈了些什么，我已记忆模糊，只记得若干片段。前几天早上，经你在视频中提醒，我才想起，当时我们是从他的教育哲学谈起，引入中国古代哲学，后又谈起加拿大人和美国人做事的异同，以及加拿大首都渥太华的城市设计方案等杂闻杂事。

我还想起，当时我先粗略地谈论了冯友兰先生所谓的人生四境界，即自然境界、功利境界、道德境界和天地境界。之后，我又详细地说明了中国知识分子的五层境界及其内涵。这是我个人的独特观点，不是吹牛，呵呵。这五层境界分别为：一是"为稻粱谋"；二是"孤芳自赏"；三是"出仕为官"；四是"以社稷为己任、欲穷天下宇宙之理"；五是"为帝王师"。

我解释说，第一层境界"为稻粱谋"，是知识分子的最低境界，就是学得一技之长，养家糊口。现在的大学生多是如此，其为学目的就是找份工作，然后结婚生子，以养家为主要责任，力求安稳、平淡、无过。第二层境界"孤芳自赏"，在现代社会相当普遍，尤其是在大学教师中极其常见。这些人常常自以为才高八斗，见识过人，学识渊博，还老是觉得自己时运不济，怀才不遇，难得重用，因此转而孤芳自赏、自娱自乐、落落寡合、怨天尤人、傲世轻物。第三层境界"出仕为官"，是绝大多数知识分子的原梦，并且大多终生怀有此梦，这与中国官本位文化息息相关。但为学与为官、梦想与现实均相去甚远、大相径庭，况且由知识分子进而得高官者机会寥寥，可遇而不可求。我还说，在我看来，能成为真正好官者，必兼六能，即道德、规划、预算、决策、用人、协调等均出类拔萃，卓尔不凡，至少应六者有其四，并大大超乎常人之上，我对此还详细解释了一番。第四层境界"以社稷为己任、欲穷天下宇宙之理"，就是一些真正的大学问家、大科学家和学术或艺术大师，但为数极少，万里挑一。中国知识分子的最高境界是"为帝王师"，就是做皇帝的老师，这种人历朝历代都有，但能百世流芳者极为罕见，千年难出一二，历史上可能只有诸葛亮、张良、刘伯温等人可入此列。后来我还跟你说，诸葛亮的学问来自纵横学派兼法家，张良师从黄石老，其主要学问来自黄石老道家学说（黄老学说），而刘伯温则笃信儒家思想。这三人都是中国历史上知识分子的楷模，为帝王师，不仅学高八斗，还将平生所学为国为民效力，功高齐天。

接下来，为了回答你的提问，我也大略谈论了中国历史上除了极少数朝代以法家思想治国外，其他大多数朝代都以儒家思想治国的主要原因。我说，当然也有几个朝代是以道家思想治国的，如西汉初年，汉文帝和汉景帝时期（史称“文景之治”）。你当时就问我：“既然依法治国那么重要，法家思想在历史上为什么不能得到重用？”我解释说，这有两大原因：一是法家代表人物（如商鞅、申不害、慎到、韩非子等。但商鞅重法、申不害重术、慎到重势，只有韩非子是集大成者，法、势、术皆重），虽然提出了一整套依法治国的思想，阐明了法家治国思想的极端重要性（如慎到就指出：“一兔走，百人逐之……积兔满市，行者不顾。非不欲兔也，分已定矣。”就是说，如果没有依法把名分确定下来，谁都有权利随意争夺眼前利益，如此，世界必将大乱），也详细阐述了法家思想的理论和观点，但是他们对可能同样重要的“法度”（即执法和用法的标准）如何把握缺乏足够的研究和阐释，而各个封建王朝也缺乏“法度”的实践基础。就是说，他们对如何用法、执法以及怎样把握用法和执法的程度等没有进行具体的研究，而各种定罪和判罪标准的“法度”都应该是在大量实践的基础上总结出来的。只有提出比较适当的“法度”，才能得到预期的社会治理效果。例如，偷一只鸡和偷一头牛都有罪，但孰轻孰重、如何量刑呢？对此却没有一个恰当的尺度来衡量。因此，如何用法、如何确定用法程度以及如何有效执法等就成为各朝各代要依法治国的难题。总之，法太轻，无效；法太重，民怨。

二是历史上仅有秦朝和五代时期的几个短命小朝代真正采用法家思想治过国，但秦仅历二世15年而亡，而五代时期不仅朝代更替频繁，而且极其混乱。中国历史上的每一个朝代的每一位帝王，大多担心或害怕自己治下的朝代过于短命，甚至恨不得万代江山都归自己的子孙所有，以保江山万世不绝。但以法家思想治国的秦代等朝代既短命又乱世，这就让历朝历代的帝王胆战心惊，哪还敢效仿用法家思想治国？不过，也有人说，事实上，中国历史上各个朝代的基本治国方略是“外儒内法、王霸并用”，或者“乱世重法、治世重儒”，但这些说来话长，以后有空再慢慢跟你说。

当然，我还跟你说过，除了以上两大原因，真正的原因恐怕还在于儒家思想比较能够符合各个朝代最高统治者的胃口，更能得到历朝历代帝王的青睐。

大约傍晚6点，已到闭园时间，而且夜幕已降临，我们不得不离开熹园。出了正门，我们顺着凹凸不平、灰尘满天、人车嘈杂的公路走了数百米，因不清楚这里离我们所住的宾馆还有多远，便决定坐出租车回去。没过多久，我们就等来了一辆破旧的出租车。上车后，你请司机为我们介绍一家专供本地特色菜的饭店。几分钟后，我们的车就停靠在一家饭店门口。从饭店的外表来看，这只不过是一家小吃店，设施简单，装修一般，但里面的食客却非常多，感觉应该是一家比较让人喜爱的小饭店。我们落座后，你点了两荤两素，外加一瓶冰镇啤酒。每道菜的分量都很足，味道也不错，而且价格还相当便宜，只是每样菜都相当辛辣，这正合你的口味。那顿饭，我认为，应该是我们自进入江西以来吃得最为开心的一次吧。我们都比较兴奋，开了许多玩笑，偶尔还相互取笑一番，同时也讲了一些我们自己的私事，谈了一些比较严肃的话题，包括未来教育小小丫头或小小愣头青之类的大事等，哈哈。（待续）

深深地爱着你，我的小丫头!

小罗头

B年6月6日

第三十五封信

亲爱的吉尔：

大约晚上7点半，我们离开饭店，顺着门前右边的小路，手挽着手，一路相互取笑着朝步行街走去。刚出门，你就提醒我不要再在马路上“找钱了”（低头走路之意）。没走几步，我老毛病就犯了，正如你常说我：“总是积极认错，但坚决不改！”

我们一路相挽相扶着走上星江河大桥，差不多走到大桥的四分之一处就并肩站立在桥上观赏四周夜景。河的左右两岸都灯火辉煌，沿着河边公路的下方可见两条长长的彩色光带，由近及远，闪闪烁烁，忽明忽暗，五光十色，恍如小时候在农村晴朗的夏夜时常见到的璀璨耀眼的银河景观。向北看，桥的右边是被装扮得五彩缤纷的长条形阶梯状河滨公园。绿色灯光映照下的许多高大树木，其树冠看起来都是油绿绿的，而红光照射下的河边阶梯和小屋则荡漾着柔和的红色光波。在一些树荫下，还隐约可见一二恋人在卿卿我我、搂搂抱抱。

可能，此情此景，让我们羡慕吧。我们也决定去河滨公园走走。于是，我们原路返回右桥头，再从左侧拐进公园，走下几级台阶，来到几棵大树下的矮墙边，也站立着紧紧搂抱在一起，并相当激动地接了好几次吻，都很兴奋幸福的样子。同时，像在晓起村的山中一样，我们再次一同面对着大树发出誓言，彼此永不相负，并愿上天赐予我们未来美好的结局。你还握着我的手极为深情地对着大树说：“小丫头很爱很爱小罗头，愿小罗头未来开开心心、健健康康地生活，愿我们的爱地久天长！”我听了很是感动，也急忙柔声细气且动情地对着你说：“我也很爱很爱小丫头，愿你永远美貌如初，幸福快乐，心想事成！”

离开河滨公园，走过星江河大桥，我们一直手拉着手、边聊边走向婺源仿古步行街。在步行街入口处的右侧，有一家很大的商场，里面灯火辉煌。商场门口有一个较大的广场，都是灰白色的大石板铺就而成的，显得厚实而庄重。在商场透射出的柔和的白炽光下，有一群穿着各色服装的男女随着歌声跳起了广场舞。与南江一些广场舞不同的是，这里跳舞的人多为青年女子，而老头老太却较少。

我们没有停留，而是继续牵着手、聊着天，在步行街上瞎逛。街的两旁大多是服装店、小百货店或小吃店，偶尔可见一二药店或雕刻品店，但我们都没有进店，一直走到步行街的另一头。与刚才入口处的繁华街面不同，这一头的灯光比较暗淡，行人也较为稀少，街面上用一排圆柱形的矮石墩分隔出两个区域，也可见一些行人坐在石墩上休息。我也感觉有点脚酸，就想在一个石墩上歇息片刻，但走近一看，各个石墩都很肮脏，一时又找不到铺垫的纸张，只好作罢。

我们又从步行街的另一侧折返，一路上还是不停地开着玩笑或相互取笑着。快到步行街入口处的那个广场边上，我们看到一张长条形的石凳比较干净，就走过去准备休息一会儿。我紧挨着你的左边落座，没闲聊几句，你就翻出手机里截屏的一些飞信对话，都是我们之间最早接触时沟通的内容，我的手机里早已删除了这些东西，而且有些对话，我已有点记忆模糊甚至忘记了。因此，当时重读这些飞信对话，就显得特别亲切而珍贵。你说，翻看这些对话的截屏，就是要弄清楚我们之间的爱的起源。因为我曾在飞信中问过你，我们的爱是如何萌芽的？到底是怎样从陌生、初识演变到今天如此深爱的？你也曾给我说送书、鼓浪屿海边的十指紧扣、月色中花架下的拥抱等是我们之间爱的起源，这些可能都没有错，但具体在细节上或语言上是如何演变过来的，我已记不大清楚了。

你从头开始翻看，我们一起轻声地诵读了出来。当读到一些比较露骨或有些暧昧的话，或者看到一些俏皮幽默的句子时，我们就捧腹大笑，不时惹得旁边小店里的女服务员莫名其妙地盯着我们，甚至一些过路的行人也会驻足看着我们连连怪笑而露出十分不解或疑惑的神情。把这些飞信截屏全部翻看完，估计花了半个多小时，我们也笑了半个多小时。最后，你重重地拍了一下我的后脑勺，还有些得意地嬉笑着说："证据确凿，证据确凿了吧，哈哈。从这些证据可以得出结论，最初，我们的爱都是你主动的，我是被动的。都是你先惹我的，你真坏！你不时地抛出一些绣球，而我居然稀里糊涂地全部接了，而且越接越多，最后我们都越陷越深，也就达到今天这样的程度。"我不置可否，只好装出若有所思的神情，并微微点头。当然，说句真心话，你也有很大的责任，呵呵。我记得有一次，你在飞信里开玩笑说："小罗头，从今天开始，你要努力赚钱包养我哦，哈哈！"其实，当时这句话对我触动很大，它让我错以为，你可能对我真正动情了，已经爱上我了。不过后来，你却说，这句话只是现在你们女孩子中的流行话语之一，并没有什么实质意义。但是后来我们均已深深地坠入爱河，而且彼此到了难分难舍、难以自拔的境地。

不管怎么说，爱已萌芽并已行在路上，尽管期间遇到过一些大的波折，也有过一些相互赌气和小吵小闹事件，但是这些非但没有使我们的爱停止或中途夭折，相反，随着时间的推移却日益见深，甚至有越来越离不开彼此的感觉，最后还有了厦门之行、三清山之行及江湾之乐，真正达到了灵与肉融合的境地。这看似出乎意料，却也实属必然。因为我们都是真实而真诚地相爱着，并真实而真诚地呵护着这份爱。由于出自真心，也出自真感情的表达，所以这次的爱，应该是真爱，至少对我而言，是无比珍贵的真爱，我岂能怠慢或随意放手呢？而且两次如影随形、相互关照的旅行经历，给我们带来了莫大的欢愉和乐趣，也带来了同样无比珍贵的经历，这些极为美好的记忆已让我永生难忘，刻骨铭心。正如我们昨晚相同的飞信留言一样："我是如此爱你，和你一起走过的日子，就是天堂……"

在疯笑过后，我们离开步行街，又走到桥头，然后左拐，沿着河边大道折回宾馆。踏进宾馆房间，可能已是晚上10点半了。虽满身疲惫，但我们均无睡意。我们在房间里又聊了会儿天，吃了点东西，整理了一下床铺，就先后去浴室洗漱了。

我已记不得我们是何时上床的，估计已快半夜12点了。只记得，我从卫生间出来，你已仰面躺在被面上，似睡非睡，身上只穿着白色花式内裤和粉红色针织胸衣。我还是很自然地拿来小精灵和纸张，放在床头柜上，给你盖上被子，然后快速地钻进被窝，面对面相互搂抱着亲昵起来。跟以前的几次亲热有点不同，我这次没有关灯，心里暗含的坏主意是，要在柔和的灯光下好好欣赏你的绝美胴体，而不仅仅是暗中感受你无比润滑而细腻的肌肤。

是的，一如从前，一切都从亲吻开始。我无数遍地亲吻了你的额头、脸颊和胸部，也偶尔亲吻到你的腹部，但还是没有真正好好地亲吻过你最迷人而神奇的某些部位，也没有真正让你体验过那种爱的动作的绝美感觉。我也不清楚，当时自己为什么就没有想到这事，或许是下意识里就没有这种想法，也或许是以前你说过不喜欢这样。好像这次我们相互亲吻和抚摸的时间均比较长，两人都相当激动，特别是我的身体发抖的次数更多、程度更大，你搂抱我的身体似乎也更紧。

之后，我没有征求你的意见，就直接鲁莽地行云布雨起来。最后，我们就一动不动地相互搂抱着，两人的脸颊也紧贴着、摩挲着。有很长一段时间，我的胸中都涌动着无与伦比的幸福感，仿佛难以抑制。但是后来，你却悄悄对我说："这次亲热，有些感觉难以言表，实在让人有些吃不消。”听后，我在惊讶之余，也开始自责起来。

这一晚，这些动作，我们不知做了多久，也不知做了多少次，等到那个坏家伙彻底灭火熄灯之后，又是近凌晨2点了。从瑜州开始，我们好像每天都要在晚上行事两到三次，而在早晨或白天又会再胡来一至两次，每次你都非常顺从和配合，从没有半点推脱或拒绝之意，这着实让我感动。你是如此善良，在这些方面，只要我想要，你每次都会很乐意地满足我的要求并很好地配合我完成各种各样的姿势和动作。每晚我们都要在这种事上经历好长时间，一般是持续到凌晨两三点才会停止，此后才能真正放松歇息。

对于这种糗事，你曾对我说：“你好像总是没有满足的时候，这可能跟你的年龄、经验和精力有关吧。”这事真是有点奇怪的，我自己也一直没有想明白。不过后来，你也曾对我说过，由于年轻，男人这方面的欲望比较旺盛也属正常吧，没欲望反倒不是什么好事，说明身体不够健康，精力体力也不行，或者，也有可能是他不够爱对方，呵呵。

那晚事后，我们还是搂抱着睡了一会儿，再各自转身睡去，没有再多言语，直到天明。（待续）

深深地爱着你，我的小丫头！

小罗头

B年6月7日

第三十六封信

亲爱的吉尔：

B年4月28日，是我们又一次要离别的日子。那天早上7点半左右，还是我先醒来。看着你熟睡的样子，如同以往，我刚开始还是不敢也不忍心去叫醒你，但约一刻钟后，我实在有点忍不住了，就动手抚摸了你的胸腹部，使你很快醒来。因为这天我们就要再次分别了，不知道再见又是何日何时。为此，早上醒来，我就有点伤感。想到这里，我就很想再好好地抱抱你，再好好地跟你亲热亲热。

这时，天已不早，房间已是亮堂堂的。我掀开被子，又好好地欣赏了一番你穿着薄薄内衣的曼妙身姿，然后很快爬上了你的身体。应该说，起初那个第三者还是神气活现的，给人有点高视阔步的感觉，我也非常激动。但是，正当它披衣戴帽、跃跃欲试时，不知咋的，好像受到人为控制似的突然失去了活力。我一着急，连忙拉了你的手去安抚了它好大一会儿，但始终没有效果。它就像斗败的公鸡耷拉着脑袋，一副垂头丧气的呆傻模样。而且我越是着急，它好像就越不争气，仿佛刻意跟我对着干似的。这次很奇怪，不像以前那样，只要你一出手，那个家伙就会快速地做出反应，我的全身甚至会不由自主地发起抖来。我重重地叹了一口气，很懊恼地从你的身上滑溜了下来，然后有点灰心丧气地侧躺在你的右边，心里暗暗发急，不知道自己怎么会突然变得如此无能，它居然会毫无作为、寸功未立，简直窝囊极了！

可能从我的表情、举动和叹气中，你感觉到了我的异常。你侧过身来一手搂抱着我的脖子，一手摩挲着我的胸腹部，嘴唇轻触我的耳郭，喃喃地说："我觉得吧，这种事偶尔不成功，也很正常啊。没关系的，谁都会有疲劳的时候。你想想啊，我们天天这样高强度地折腾它，难道它不会累吗？这次就让它休息休息。再说了，我又没责怪你什么，对不对？"我表情呆滞，无语凝噎。你的这些安慰话语，让我感动了好久。我明白，你是为了不让我难受和自责，才会这样不厌其烦地抚慰我。

后来，经过你我的共同努力，尤其是得到你的耐心帮助，第三者终于完成了一次极其猛烈又让人满足的云梦之事，但让你痛苦至极，身体深受其害。这是后话。

一个礼拜之后，我回忆了一下，在我们几次名副其实的敦伦之事中，只有这次我最没有考虑你的感受，各种动作也是最为粗鲁而凶猛的，实在不该。后来，我曾为此向你道歉，你却大大咧咧地说："没事的啦，只要你感觉舒服就好。我不是说过的嘛，只要我愿意或心情好，你想怎么做就怎么做。我就希望每次都能让你得到最大的满足。"这些话语真是感天动地，怎能不让我心疼和迷恋呢？！

这时已是早上9点。我们先后上了厕所，洗漱完毕，就去宾馆二楼自助餐厅吃早饭。或许是由于刚才折腾的时间太久，我们都说肚子饿死了，简直没力气走路了，哈哈。那天的早餐，我们都拿了好多东西，吃到肚子发撑。

再回到房间后，我们就开始收拾行李。因考虑到从婺源到上饶要坐两三个小时的车，我就想早点退房去长途汽车站。你早就在手机上查询了多次，得知长途客车很多，慢的两个多小时能到上饶，快的只要一个多小时，因此叫我不用着急。10点过后不久，我们下楼退了房。出了宾馆大门，我们在一个交叉路口等出租车。这时我才发现，宾馆右侧不远处就是昨晚我们见到的那个步行街入口处的跳舞广场。

可能是心急，十分钟内没有等到出租车，我就感觉时间过得太慢了。这时，我们看到下一个路口停着三辆载客摩托车，你就说我们干脆坐摩托车去车站吧，我说行。我们刚走近，就有两个司机围了上来。你跟他们说好价钱后，我们就各自坐上一辆摩托车，几乎同时出发，直奔长途客车站。一路上，我不时回头看向后面你坐的摩托车，感觉司机开得太快了，非常担心他会把你震下车来，因为你是侧身坐在后座，那样比较危险。我就对着你们的方向大声喊叫了几次："司机，你开得慢点，别太快，不急哦。你小心点，别出事！"

到了长途客车站，你给了两位司机各10元。刚进售票大厅，就有一个体态肥硕、下身穿着宽大黑色长裤、上身披着绛红色翠花圆领休闲衫的中年女人笑眯眯地跟了过来，一看就知道是拉客的，我们都没理她。但有点奇怪的是，等你购好票后，却是这个胖女人很有礼貌地带着我们去公路候车点乘车。这时，我才感觉错怪她了，真不好意思。在走去候车点的路上，你还指责我说："你的性子就是太急，我们在宾馆再待上一个小时多好，又不急，多休息会儿不好吗？"我自觉理亏，没敢作声。我们到达候车点时，那辆去上饶的小型巴士已在路边等候。

上了车，我们坐在最后排，我的左边是一对中年夫妇。一路上，我的右手基本上一直紧握着你的左手，当然双手上面盖着你的白色手提包。不久后，我们一边吃着你昨晚在步行街小超市购买的酸奶和饼干，一边说着无厘头的笑话和杂事。印象最深的，就是你第一次要求我以后不能再给别人算命了，并要我诚心发誓。不得已，我只好说："好吧，以后不算了，肯定不算了，答应你啦，我发誓。"我刚说完，你就在我的右脸颊上轻轻地吻了一记。

还未到下午1点，我们的巴士就到了上饶长途客车站。看到这个车站如此破败脏乱，你轻蔑地贬损了几句。我一听，担心你说的话会被旁边的当地人听到，因此招来不必要的麻烦，就叫你说话低声点，小心为上。那时，天气太热，你撑着一把白色轻便花伞，我们各自拖着一只行李箱，漫无目的地走着。走了没多久，你问了一对小恋人后，我们又分别坐上两辆摩托车，不到十分钟，就到达上饶市所谓最繁华的市区某路段。然后坐自动扶梯上了一栋大楼的三楼，我们点了西餐和饮料，权作午餐。

我们边吃边聊到2点一刻左右，然后下楼坐上出租车直奔火车站。在火车站候车室坐下后，表面上我们还是不停地开着玩笑，其实我的心情已越来越沉重。总觉得，我们这次好不容易找到机会在一起了，但没高兴几天又不得不分别，感觉很是不舍。开始检票了，我一直拖到最后一批才走近检票口，我们又瞎聊了几句，你对我也是千叮万嘱，最后我才通过检票关卡，还频频回头寻找着你的身影。如同厦门那次离别一样，其实一进玻璃门，离开你的视线一瞬间，我那有点不大争气的泪水就沿着黑瘦的脸颊潸潸而下，直到走过了跨铁轨的天桥，在楼梯拐角处才站立片刻，好让自己有点烦躁的心稍微平复一下。当然，厦门那次是我送你，这次却是你送我，仅此不同而已。

从站台上等候火车、坐上火车一直到南江火车站，我们都断断续续地在用飞信聊着天，一路倾诉着对彼此无尽的思念，不断传递着我们相爱的信息。

以上这些经历，我将永留心间，直到老去！

祝好！

深深地爱着你，我的小丫头！

小罗头
B年6月9日

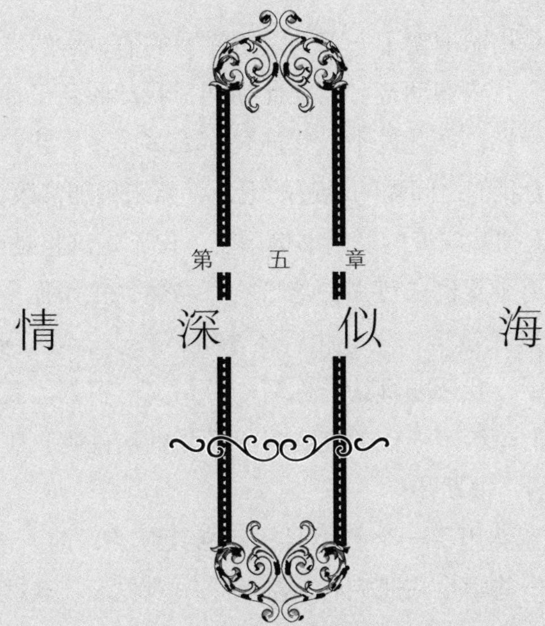

第五章 情深似海

第三十七封信

亲爱的吉尔：

在写此信之前，我粗略地看了一下上次给你写的信，居然是6月9日发出的，就是说我已有整整三个月未曾动笔。而在此期间，我却收到了你写给我的三封长信，每封都饱含深情爱意。如此说来，我已欠你太多太多。我曾说过多次，将给你写一百封信，以作为我们之间爱的轨迹的记录，将来稍加修改，加上你的复信，足足可以出版一部令人拍案叫绝的爱情书信录了，说不定这将是前无古人的创举，或许能迷倒无数的少男少女也未可知，哈哈哈。当然，正如你多次说的，我得先给你写一百封信，而这只是第一步，此后还要有第二步、第三步。我当然应允。就是说，一百封信之后，我还要继续给你写一百封又一百封。我曾开玩笑说，到那时，说不定还有我们写给下一代的充满另一种爱的信件呢！想想，这真是一件极其浪漫又美好的事情，很期待！

写以上这段文字竟然用了一个多小时，断断续续的，前所未有。原因在于，今天是学生注册日，一些学生注册完后，都跑来跟我见面，谈些暑期的杂事，再问些本学期的安排。他们虽是好意，我却感觉不爽，主要是他们老打断我的思绪，不知道我正在给某个宝贝写信呢！此信，于我，才是今天最重要的事，别的都是鸡毛蒜皮的小事，呵呵！

吉尔，有一件令我相当感动的事，我想在这里先说说。那就是，9月2日下午我们刚离开南昌火车站不久，你在其中的一则短信末尾提到“我的爱人”四字。就是说，在你心里，我已经是你的爱人了。记忆中，这应该是第一次吧？这四个字，意义非凡，价值连城。是的，经过九个多月的交往，尤其是经历厦门、三清山和庐山这三次令人终生难忘的旅行，我们的爱已从最初的朦胧、惶恐甚至担惊受怕，发展到今天能够敞开心胸、灵肉交融、无拘无束的挚爱，直至我们的精神和肉体已达到难分难舍的境地。这，不是爱人又是什么呢？你应该是知道的，你的一言一行、一举一动，总能让我心波荡漾、心醉神迷，甚至回味无穷。是的，千真万确，我们已成为知心爱人，你是我的爱人，我也是你的爱人！特别是我，随着对你了解的深入和与你接触的增多，已越来越迷恋于你、着迷于你，也越来越赞赏你的品质，越来越发觉你的优秀，这是真切的体会和认知。天地做证，你已深深地融入我的魂灵、我的血脉甚至我的每一寸肌肤。我已不敢想象，今后的日子，如果没有你的音信，没有你的问候和牵挂，尤其是没有你的真爱，我将会成为一个怎样的人呢？将如何度过余生？生活的意义又将何在呢？要知道，对于我，行尸走肉般的人生根本不值得过，那必是了无情趣、味同嚼蜡或索然乏味的人生苦役！想到这些，我总会不寒而栗。因此，我得百般珍惜和百倍爱护这次难得的真爱，尽全力不让我们的爱受到半点伤害，也不能让这次真爱因自己的疏忽、无知和狭隘而消弭于天地之间。我也希望今后我们能如同以前一样，真心地共同维护这份爱，担负起共同的责任，一起努力实现我们共同的爱的目标。

你在早上给我的信中提到，最近你困扰于手机飞信，时间管理混乱，做事效率低下，内心时常自责。其实，我跟你完全一样，何尝不是如此呢？暑假前，我曾计划看完六本书，完成三份研究报告，可至今只完成一半。为此，我也不时有自责之心。但我不后悔。回想一下，我们的许多时间，都是在极端愉快中度过的。不是吗？我们聊得十分投机、满足而愉悦，我们的感情也在这一个多月时间里不断成长着、深化着，我们对彼此已更加了解，并更加深爱着对方，这就够了。

因而我想，此时此刻，我们不必自责过甚，因为这是假期，本就是学校给我们安排的休假的日子。当然，如果我们能够把学习和休假二者兼顾，那是最好不过的。但当二者不能兼得之时，我宁愿选择快乐的生活，跟我所爱之人的任何交流，都是那么开心充实，这难道不值得吗？好在，前不久我们已认识到这点缺憾，都做了一些检讨和内省。那就是，从今日起，我们不能再如此荒废时日，除了必要的问候、沟通和书信往来外，也除了周末外，我们都要重新把平时大部分的时间和精力转向工作和学习，因为我们已有明确的人生目标和理想，眼下也有一些比较重要的事情要完成。努力，可能才是我们今后获得幸福的手段！你说是不？我同意你的意见，先安排和规划好我们应做的事务，然后互相鼓励和监督，目的无他，就是要使我们自己变得更加优秀、更加完美、更有力量，最终更有可能完成我们的远期目标，实现我们的预期和理想。

天不早了，今天暂写至此，还有许多话来不及说、许多字来不及写。最后要说的是，我十分感激庐山，它使我们的爱得以升华，使我们的灵魂和肉体真正相通相融，也使我感触极深，我将在接下来的信里，慢慢回忆，细细道来。由于被学生和同事打断四五次，此信写得很不好，凌乱、啰唆又琐碎。或许，你看了会不高兴，也会不过瘾，暂且原谅吧！

我深深地爱着你！

小罗头

B年9月6日

第三十八封信

亲爱的吉尔：

庐山之行后的9月6日，我给你写过一封信，算来又是整整两个月未动笔了。如此漫长的间隔，连我自己都感到不可思议，也难怪你觉得可疑，真是太不应该了。前天傍晚，你在电话里以责备的语气问我："是不是因为我们每天的飞信联系频繁以及爱得如此深厚，你就不想动笔了？就觉得不需要给我写信了？就忘记每周至少要给我写一封信的誓言了？或者，是不是我什么都给你了，你就失去写信的动力和冲动啦？"你发出的这一连串疑问，着实具有强大的震撼力，让我在震惊之余，竟然哑口无言，感到不知所措。但是说真的，不是因为这些。我倒经常想着写信的事，我们那个一百封又一百封、留给未来的我们和我们后代的爱的记忆以及将来编改成书的许诺，一直以强大的力量在吸引着我。但我为何迟迟不动笔给你写信呢？细细想想，我却找不出恰当的理由或原因，把它归咎于事多人忙，显然十分牵强，因此唯有自责。更应自责的是，其间，你又给我写了两封长信，都是那么情真意切，也表露了你内心的所思所想、所忧所虑，每每读来，都让我感动与忧伤并存。

前天，你在飞信聊天中强调："小罗头，从今天开始，我们必须恢复写信了，至少每周一封，哪怕是几句话或谈些学习计划什么的也好呀，对不对？"我完全同意。用飞信联络感情是必要的，但它毕竟是即时的情感发挥，或是因景因时而作，有时词不达意，在所难免。更重要的是，它难以深入而系统地表达我们浓烈的情感、无尽的思念和绵绵的爱意！而且，在飞信闲聊中，有时也可能会因过于随意而言不由衷，甚至错发真意。如此，可能造成误解、言语伤害或引发口舌之争。这样的尴尬例子，我们已经历多次，教训颇深。

今天中午，你在飞信中说，对我昨天发的飞信之言很失望。这句话真的把我吓了一大跳。起初，我的脑海中迅速升腾起云山雾海。其实，我昨天写那句话时，并没有多思细想，更没有如你所说涉及自卑或自信问题，真是一点都无此念头。当时就想问你是否过得开心，我也只想得到你开心或不开心的答复。当然，你说得对，如果深究，这句话真不应该讲出来，它的确涉及你所说的自卑或自信问题。我真是忘性大，大前天你已给过我答案。你说："每个人的命运都是不同的，完全没有必要去羡慕他人，我们就走我们自己的路，跟他人何干？"是的，每个人正在走或将要走的路都不可能相同，人人都有各自选择的道路，这些选择来自各自的处境、基础、地位、性格、目标或志趣等，将来的结局如何，皆因这些选择而异。这就是人们常说的人各有命吧？后来我也说过，"大命天定"没错，但也事在人为，如果自己不努力或目光短浅，只看眼前，就可能会遭天所厌，致使把手中原本的好牌打烂。我想，一生庸庸之辈，或许就是遭天所厌的结果，对吧？古人云，人厌犹可为，天厌不可活！这是再明白不过的道理。

当然，今天中午，我在电话中也说过，从这次轻微的口舌之争（我不认为是吵架）中，我看到你有良好的学术素质，就是心有疑问必深究，这是真正学者所具有的基本素质，而不是人云亦云。但在日常生活中，这种素质有时也会给自己和他人惹来不少苦恼和麻烦，那就是疑虑过多过细，从而给他人留下多疑或不自信之感。如果想清楚了这些问题及其原因，以后我们的心，或许就会更加宽容，更能体谅他人，也更能理解他人的真意。不过，这次小事件也提醒我今后说话应多加留意或注意分寸，以免再次造成自伤或他伤，对吧？

我们相识于A年的11月14日，这是值得纪念的日子，至今已差不多一周年了。在这一年中，我们从相识、相知到相爱，一路走来，着实不易！虽不至于用"跌宕起伏"四字来形容，但也与之相差不远。如果能以细腻的笔法，记录这段爱的脚步或情感经历，我完全可以书写一部四五十万字的皇皇巨著。

这段时间，我们既有彷徨不安、忧心忡忡、悲悲戚戚的岁月，也有激情澎湃、热血沸腾、豪情万丈的日子。这一切，至少对于我，都已深入骨髓，也必将陪伴我余生。但无论如何，或不管从什么角度讲，无论在我眼里还是内心深处，我都觉得我们对彼此的了解是逐步深入的，我们的感情和爱也都在逐渐升温之中，甚至有段时间你还担忧这种爱是否热得过快。这些都应归功于我们每日的情感联络，更重要的是，四次的结伴旅行，已让我们真正达到了心身交融的境地。不可否认的是，每次旅行归来，我对你的爱和迷恋程度都会大涨，正如我上次说出的秘密，现在我有种确实离不开你这个丫头的感觉，这种感觉越来越明晰和浓厚，而你也时常对我说"不想离开你"，这让我心安不少。其实，我经常在想，也经常感叹，小罗头何德何能以及是哪世哪代修来的如此福分，能够得到如此漂亮又优秀的丫头的如此厚爱呢？想到这些，我的内心深处只有感激和感动。这样想来，在今后的岁月里，我岂能不好好珍惜你和宽待你呢？我相信，这份感激和感动，也将陪伴我的余生，哪怕我们未来的结局尚不可知。

我觉得，在我们的四次旅行中，每一次都令人无比激动甚至惊心动魄，同时各有精彩。

厦门之行，是真爱的萌芽，花架下的许诺、九曲桥的牵手、斗室里的相拥而眠以及"私奔吧"的卿卿细语，种下了我们硕大的爱的种子并开始发芽。

三清山之行，培植了爱的沃土，爱在风雨后茁壮成长，并首次让我们身心交融。这是我们第一次真正融合在一起，它给我留下了最深的爱的记忆。可以说，三清山、江湾和婺源已成为我的人生圣地。只要将来有机会，我是非常期待我们能够沿着相同的足迹、同样的路线再走一遭的，希望你也愿意如此。

庐山之行，无时无刻不让我体味到你的贵气、宽容、耐心、真诚以及爱，你时时为我着想的情节让我记忆犹新。此次旅行，让我体验到了从未有过的最有力的拥抱和最热烈的亲吻。"最甜蜜的吻，已留在庐山！"后来我曾这样怀念。同时也让我感受到了久违的被人关心、被人宠爱和被人尊重的幸福，尤其是你因来了大姨妈而怕我不能得到满足时表现出来的焦虑，让我感动无比，其情其景，已深铭五内。这样的爱真能撼天动地，我岂能无动于衷？又哪能不倍加珍惜呢？

青岛之行，按你的说法，才是我们真正的蜜月之旅，也是我们首次真正享受某某的无穷快感和愉悦。你的无私付出，你的顺从和配合，都同样让我感动和感激，这可能是我们真正的更高层次的身心融合之旅吧？我想，天下最温馨和谐的爱，莫过于此。崂山索道上的并肩闲聊，崎岖山道上的相帮相扶，海边沙滩上的闲庭信步，以及饭店房间里的卿卿我我，无不让我体验到最真切、最热烈和最实在的爱。每时每刻，我都爱心满满、幸福盈胸、信心十足。而且让我有点意想不到的是，自己的精力还如此旺盛，罗某人还如此厉害，以及某个家伙还如此争气，它似乎随时随地都可以摧城拔寨、高歌猛进、战无不胜，并且能够很好地完成持久和随心所欲的爱的动作，让我深深享受到云梦之事的美妙和如醉如仙之感。最值得一提的是，无论你的身体有多么痛苦难受，每次你都能让我极其舒服而满足地完成爱的全程，这越发让我感动不已。青岛之行，真是让我终生难忘的一次爱的盛宴！

事后想想，青岛之行，我们之所以都能感受到如此非凡的爱的体验，原因有三；一是你极为迷人和时时散发着天然体香的身体；二是我们的心情都极为放松，无所顾忌，无牵无挂；三是你的大姨妈未至，你内心无忧，身无羁绊。当然，那天下午，我们初到宾馆时，我酒后过于激动，让你承受了巨大的苦痛，是唯一的缺憾，也是后来让我时时内疚和担忧的事情。但你从未有过丝毫的责怪之意，相反还经常安慰我、鼓励我、帮助我，甚至更加配合我、包容我、支持我。这些曾让我更加自责，也曾让我更加感动。

今天就暂写到此吧，感觉好饿，我先去吃饭了。事实上，我还有许多话想说，许多事想写，下封信再补吧。如果能静下心来，我真想把庐山之行和青岛之行详细撰写出来。这两次经历和故事，绝对不比厦门之行或三清山之行逊色，或许更加精彩，你有同感吗？

我深深地爱着你！

小罗头

B年11月8日

第三十九封信

亲爱的吉尔：

今天下午，我睡到3点才醒来。回想起来，我已十多天没有梦到你了。上次午睡时梦到你，是在我去珠海的前一天，内容已记得不是很清楚了。而刚才，你再次入我梦来。在一个半山腰上，我远远看到你坐在一块条石上，身后怪石嶙峋、杂草丛生，而左右两边却草木繁茂，并偶有野花点缀其间。

此景似曾相识。你上身穿着橘红色长外套，下身穿着淡蓝色牛仔裤（印象中，你好像从未穿过牛仔裤，或你可能就没有买过牛仔裤，却感觉你这种穿戴异常干练，也有些惊艳，说不定牛仔裤很适合你呢），长发及胸，眼望山中小路，若有所思。等到了你的跟前，我发现你满面愁容，还略有愠色，这让我颇为紧张。一照面，我刚想说些什么，你就有点生气地说："又是你迟到，我都等你半天了！"我连忙道歉。但一看手表，心中却想，自己并没有迟到啊，不知你怎么会这样说。不过，我也未作辩解，心想：你可能把我比你晚到当成迟到了。

等我坐下，就听到你在旁边嘟嘟囔囔，说最近累死了、烦透了，某老师给了好多好多事情让你做，一件接着一件，还把一些应该由别人做的事情也交给你了，真气人，好几个礼拜都没有时间好好看书，也没有学英语了，学位论文也没什么进展，要毕不了业了。你说话速度越来越快，语气也越来越激动，像要哭出来一般。等你说完，我刚要安慰你几句，却被手机的铃声吵醒了。原来又是一场白日梦。电话是我单位的同事C小姐打来的。我还在迷迷糊糊中，但火气很大，就对着手机大喊："是哪位？有什么破事？"我的态度可能让她感到莫名其妙的，只听她急急地问："罗老师，是我，怎么啦？"这时，我才彻底醒转过来，同时感觉很是尴尬，实在不该把梦断的恼火对别人胡乱发泄一通。我急忙找借口说："没事，没事，我正在忙着呢！"然后对她说了一句对不起。

洗过脸之后，我突然想起又有两周没给你写信了。我们多次说过的，每周至少要给对方发一封信，你做到了，而我却又失信了。本来，按照昨天的计划，今天下午还有两件事得做。但，此时想想，没有比写信更重要的了。

从本月10日开始，我每天都是瞎忙乱忙，没有半天空闲，虽有正事，但也多是杂事。这几天我常想，明年要不要找一个能力稍强又有责任心的学生来做研究助理呢？如果有人帮忙，我或许可以做更多更重要的事情吧。譬如，我会有更多时间写论文、写小说、做课题或给你写信等。但仔细想想，还是不要了，现在想要找一个这样的学生也不大容易。现在的学生，心思大多不在学习或研究上，除非强迫性要求，不然他们宁愿用着父母的钱而过着安逸自在的学校生活。每周的读书会，我已深有体会，如果不是我发过几次脾气，硬性地要求每人每两周读一本书、写一篇读书报告，他们肯定会想出各种理由延迟或直接请假。因此，从这学期开始，我提出毕业班的学生，在上学期只需读两本书，下学期可以不读，但必须参加读书会，并参与讨论。

面对这一变更，他们居然均有如释重负的感觉，都有点小开心，这从他们的表情可以看出来。但我有点失望，这可都是我自己带的学生。而来参加读书会的其他导师的几个学生，倒是能很认真地完成读书报告，也能积极地参与发言和讨论。这些学生的导师，其实个个都是放羊式培养学生，他们是那种两三个月都不会见学生一面的人，除非确实有事。听他们反映，导师即便跟学生见面，也是抱怨责备多于说教指导。我对这些外来的学生是一视同仁的，同样让他们参与我的课题研究，给他们的课题报酬跟给自己学生的也没有区别，并在必要时会帮他们修改论文或提出论文修改意见等。

由此，我在脑子里遐想过好多次，如果你在我的身边就好了，或许我们可以一同写东西、一同申报课题和做课题、一同读书评书、一同翻译外文文章甚至译书、一同开会等，还可以互相督促、一同进步、一同承担责任，哈哈。但这只是想象中的美事，现实却很骨感，因为这是完全不可能的事情。最重要的是，这会涉及许多因素，要解决不少问题，更要冲破重重难关，而且还要有运气成分。当然，有些目标是我们早就商定了的。但人们常说，谋事在人，成事在天！不过，我也说过，无论你将来怎样、要走什么路、选择在哪里工作和生活，我都会尽力支持，也依然会在内心默默地爱着你。这，也应该是永恒不变的！

最近的两次失联，可能都让我们有过苦恼或焦虑吧。第一次是你哥打电话之后，十几个小时里，我打过不下十次电话，发过许多短信或飞信，你就是不接不回。那次，我已快到疯狂的地步，心中也生出不少气来。我猜想过五六种可能情况，如你可能生病了、手机忘带了、正在上班或上课、在参加什么考试，甚至去相亲了等。但内心最最害怕的还是，你要跟我分手了！唯独没有猜到是你哥的电话引 发的种种麻烦事情。我们已讲过许多遍，我们之间的争吵或冷淡，原因有多种，其中一种就是我们时常过多地为他人着想，却不顾及是否会伤害自己所爱之人。我想，将来也必定会出现一些令人惶恐和不安之事，其原因我们都心知肚明。这，正如你说的，爱不是感觉，而是决心，以及基于决心之上的意志和行动。这些，我们都讨论过多次，此处就不再多说了。还是那句话，谋事在人，成事在天！

中午12点多，你终于给我回复了信息，但语焉不详，这更加重了我的疑心和焦虑，让我快要崩溃，而且你还是不接电话。那时，说实话，我的心已暂冷，失望之心暂起。并且想到，如果此后失去你，我生活的意义在哪儿？未来该怎么办？如何度过可能相当漫长的痛苦中的思念时光？还好，真的是还好，在1点半过后，你终于愿意接我的电话，并跟我沟通了一番。

我们都知道，许多时候，用短信或飞信是很难甚至无法说清问题的，而通过面对面或电话交流，则更容易在短时间内说清许多繁杂的事情。这件事让我明白，沟通实在太重要了，许多疑虑或纠结或误解，都缘于相互间的沟通不畅。俗话说，疑心生暗鬼！还有，冲动是魔鬼！不是有人说过吗，人在极度冲动或焦虑时，理性或智商会趋于零。就是说，在这种时刻，人的脑筋是不可能清晰的，也不大可能进行全面而细致的分析，更不可能做出正确或理性的判断。如果此时做出什么决策或说出什么话，可能会导致结局无法收拾，或使情势急剧恶化。如果再互不相让，很可能就会把当事双方逼入绝境，覆水难收。

也还好，你那天还算比较理智，一则你上午没接我的电话，如果接了，正如你上封信里说的，你很可能会说出某些偏激的话，而按照我的性格，也可能会冲动地给你答复；二则你在比较冷静之后，才接了我的电话，然后我们进行了认真的情理分析，使许多谜团迎刃而解。现在看来，这个电话的接与不接，意义完全不同。这件事又让我们明白，以后，如果再遇到这种事，坚决不能不理不顾、不问不答，至少应该先回复一些信息，并提醒对方有事发生，正在思考或处理中，等脑子更清晰后再联系。如此，是不是可能更好？！

第二次失联，就在前天早上。其实，也不算失联。的确是因为我的手机电池坏了，一早就出去找维修店，想更换一块新的。这事我们都已说清楚了，不必再计较。但我下面要说的，希望你不要生气，好吗？其实那天晚上，我是想了很多的，心里也有一点不舒服。后来我才想明白，你也没有错，是我自己太多虑，也太敏感了。

情况是这样的：那晚，当那位年轻的教授给你们讲学时，你在飞信中，对着爱你的我，很明显地流露出那种满心喜爱、极为兴奋、相当崇拜和非常羡慕的语气在说他、表扬他、奉承他，或许你完全是无意的，或许你完全没有考虑过我的感受。我当时的想法是，你还是有点不大成熟。世事复杂，不成熟的人可能只看表面就会得出爱与不爱、喜欢或不喜欢的结论，却很少去进行理智分析和判断。当然，对于真正的才子（女），我们或许都会从内心情不自禁地生发出喜欢甚至崇拜的情感，但决不能盲目，而且也只能保留在理智的限度之内。我可以保证，将来你一定会看到什么才是真正的才子（女）或学霸。而且我也相信，你自己完全可以成为这样的才女或学霸，只要你内心充满自信，只要你的方法对头、努力得当，也只要你相信我的话，以你的智商，这并非不可能。

不过，以上这些令人有点烦心的事或杂事，都仅限于那天晚上而已，就事论事。因我在洗澡时，仔细想了想，你也没有什么过错，主要是我自己太过敏感而多思多虑了。真正想明白之后，当时就释然了，也没有太影响到当晚的睡眠。但，这件事让我明白：喜欢或爱上一个人，表面上看，似乎不要理由，但其实是有充分理由的，只是这种理由可能连当事人自己都说不清道不明罢了。

因此，我认为，我们最近经历了以上两件事，并不是完全没有价值的。我想，这可能会让我们以后处事更加冷静，做事更加理智，相互间或许也会更加了解和信任。如果相知更深，相爱或许也会更深吧？谁知道呢！

今天就先写到这吧，还有许多话，下封信再慢慢说。

深深地爱着你！

小罗头

B年11月26日

PS：顺便问一下，今天整个下午都没有收到你的任何信息，不知事情办得顺利吗？我想，应该到T老师表扬你的时候了，对吗？

第四十封信

亲爱的吉尔：

加上刚刚这遍，我今天已看了你的最新来信四遍。每次看的时候，都是一惊一乍的，心情时阴时晴，感觉时冷时热，但到最后，心中还是花草满园，阳光明媚。看你的信，我有这种感觉或这种情绪，已是多次。你内心的委屈、纠结与惶恐之久之深，可想而知。其实，我很不愿意看到你这样，也非常怕你这样，爱不应该成为伤害爱中人的原因或理由，可你确实正在经受这种爱的折磨。想到这里，我非常心疼，内心十分难安，却找不到好的办法来替你分忧。这种心理状态很不好，会损害你的身体，会消磨你的意志，甚至会影响你的生活质量和你对未来的信心，这也是我所不期望的。你内心的苦楚，我何尝没有呢？只是你的苦楚可能比我更大更多而已。其原因，我们都是清楚的。现实的压力、世俗的眼光以及对未来的恐惧，对我可能无足轻重，但对你却大为不同，因为你还那么年轻漂亮，而且还那么优秀出众，要担负如此重压并做出如此牺牲，实属不易。可是，你却已担负和忍受许久了，用感动和佩服都难以形容我的真意。

今天下午我想了很多很久，这是我写此信多花了一个多小时的原因。我想：如果我的爱给你带来的总是伤害、惶恐和折磨，而且只有伤害、惶恐和折磨，或者我的爱让你的生活已无快乐可言，让你的天空总是阴云密布，难见晴日，那么我会完全听从你的任何要求或建议，哪怕如你所说的多么无厘头的要求或建议。所有的这种苦果都应该由我来吞食，所有的重压都应该由我来担负，而不应该让你来承受半分。但是，正如伍迪·艾伦所言：“爱很折磨人，如果不想受折磨，就不要去爱，但又要受到无爱的折磨！”我承认他的见解精辟。就是说，如果我们还在相爱中，你强行扼杀这种爱，或强行拗断我们的爱的链条，你真的就会觉得你可以彻彻底底地消除自己心中的忧虑、惶恐和折磨吗？如果你觉得真有把握做到这一点，我宁愿还你一个无忧无虑、乐观开朗的丫头，哪怕我有多么难舍和天大的苦痛！或者说，如果你有信心，与受到的爱的折磨相比，无爱的折磨会轻得多，我也宁愿你能够过上这种较为轻松或你认为较为阳光的日子，因我以及我的爱完全不应该成为你受苦和受罪的根源。无论何时，只要你觉得我的存在以及我的爱已成为你无法忍受的惶恐与不安，或已成为你追求幸福的绊脚石，你都可以大胆地提出来，并决绝地搬开这块绊脚石，而完全不必顾虑太多。如果你相信我以上的承诺或话语，不知会不会减轻一点你此时内心的重负呢？会不会跟自己的内心和解一些呢？我真的很不希望也很不忍心看到你生活在自我折磨的苦水之中，这不是也不应该是我出现在你生活中的理由，更不应该是上帝把我带到你身边的根本目的！

但是，我说的是“但是”，从你的这封信里，我还没有看出半点你有这个意思或想法。如果我的判断没错，我看到的是你诚实的心，听到的是你依然深爱着我的声音。你的这种诚实和爱，真的还是很让我感动的。在信里，你只是很诚实地说出了你内心的所忧所虑。事实上，我应该感激你的这种诚实，我也需要你的这种诚实，或说我真的非常愿意也非常高兴你能真心地跟我沟通和交流，能真心地说出你的所思所想。这，总比你把所有的苦思闷想或忧伤顾虑藏着掖着要好，对吗？

你在信里提了很多问题，但大多是你自问自答，而且有些你早已知道了答案。我可以肯定地说，你的思想没有生病，而是正在走向成熟。如果遇事都不假思索地去做，特别是遇到大事都不会深思熟虑，那是在幼稚的年龄会犯下的过错。虽然我也知道，凡事过多顾虑或忧伤（我就经常这样，很不好），没有必要，这无形中会给自己增加许多不必要的苦恼，但是多从几个方面想想，尤其能够分析事情的前因后果并做出自己独立的判断，这真的是思想成熟的标志。至于现时及将来我们会是什么样的身份，我同意你的看法：爱是问题的根本，不爱了，一切都会化为乌有，什么身份也就毫无意义了。所以，至少暂时，我们都不必再为这些事情苦恼了。说句实在话，上次当你说先把我们的关系降为一般朋友时，我是很痛苦的，心里突然有种空荡荡但又很无奈的感觉。但我能理解你的决定，也会遵从你的决定，并无二言。

扎克伯格的善举同样也极大地震撼过我。成立“某某自助互助教育基金会”是我们最早确立的目标，对它的讨论，好像每次都能让我们十分振奋和激动，话语都是兴高采烈的，真是我们爱之初时常提及的话题。这是我们当初认定的共同目标，也是我们的共同理想。今后，如果可能，希望我们不要停止朝着这一目标前行的脚步，而且你我今天和日后的努力，都应该至少部分地看成是为了成就这一终极目标而付出的代价或行动，好吗？但这，的确需要我们时时相互激励、相帮相扶，一起克服前行过程中可能遇到的一些障碍和困难，共渡难关，也同享喜乐。这些，我是做得到的，相信你也做得到。正如你在信中所说，我们的爱情应该有一个一致的方向。这应该就是我们一致的方向之一吧！另外，此时我最想说的是，我真的希望我们之间的爱能够走得长久！

你接下来一周的安排很好，我会督促你完成，不怕你会抱怨。古人说得对：不吃苦中苦，难成人上人！虽然我们不必强求做什么人上人，但你有这个资质、基础和条件，你没有理由放纵自己而使自己甘于平庸，不知此话你能接受吗？其实，一直以来，我内心最不想看到的就是我所爱的女人未来过着平庸无为的日子！当然，即便将来真的如此，我也依然会深爱着你，因为我对你的爱，早已是无比深沉而真切的了，而且这种爱，恐怕也是上帝的刻意安排，那余生我就好好地遵从这种安排，好好地爱你，也好好地善待你。

再次说，我爱你！

小罗头

B年12月6日

第四十一封信

亲爱的吉尔：

今早出门时，我就计划着下午4点开始给你写信，不然一周过去，又要失约了。中午睡觉前，我还想着这事。醒来后，我赶紧先把去年研究报告中的一部分整理成一篇文章，看看补充些新数据，能否作为参加某某师大学术研讨会的论文。不过此刻，我还是没有把握，也没有下定决心去或不去，尽管对方已催促我告知行程和题目。因为这次会议的主题是“经济发展与教育投入”，因而内中必有教育投入之类的话题。这件事，已让我纠结了好几天。这两天，我也在收集南江市近几年政府教育投入方面的数据。如果不够切题，去了也是意义不大，还浪费人家的钞票。再说，我最近的确不大想去这座城市，一者咳嗽还没完全好，北方的雾霾，让我有点担忧，加上那边几个同学的玩笑，退意渐浓；二者我去过这座城市的次数已太多，去年5月8—12日还去过那边开会呢。当然，你不去，也是我不大想去的原因之一吧，呵呵。但无论如何，我都应该在明天作出决定。

这一周，南江的天气大多是阴冷，外加小到中雨，出门很是不方便。还好，如此糟糕的天气并没有影响我的心情，或说每天的心情还是舒畅和愉悦的，因为每天都有来自瑜州正面的和温暖的信息，而且还不少。这些信息，虽无大喜之事，但能够知悉自己时时牵挂中的那位远方之人在平安或安稳地生活，这或许比任何事物都更加宝贵。真正是，人无恙，心自舒！从飞信中得知，瑜州的气候也是类似，时常大雨瓢泼、寒风拂脸，不知你近日的心情是否也如我，再无过多的忧愁和焦虑呢？

“时光如梭”，这句话是我今年以来特别的体验，感受至深。蜜月般的青岛之行，其温馨经历与种种美好历历在目、如昨如今，我真是十分留恋那些你在身旁的分分秒秒、时时刻刻！你还记得吗？那天中午，在崂山顶上几块巨大花岗岩下乘凉歇息时，我们无意中谈起后代的基因与智商的关系问题。我说了教育改变基因、基因影响智商的道理。你颇有兴趣，频频发问，最后基本表示赞同。

我说，父母的教育经历，会影响后代基因的信息表达力，而这种信息表达力，则与孩子的智商存在极大关系。我们知道，每个正常人体内都有46条染色体（也叫23对性染色体），每条染色体都有很多个DNA分子，而每个DNA分子都有数千个甚至更多个基因，或说每个基因只是DNA分子中的一个片段信息。基因就像控制细胞分裂或再生或死亡的开关，决定着人体的一切性状和能力（包括潜能）。其实，我们每个人都有各种各样的潜能（如每个人都有艺术潜能、音乐潜能、表达潜能等），所有潜能都是由基因决定或控制的，只不过有的基因是隐性表达（称为隐性基因），而有的基因却是显性表达（称为显性基因）。

我看过一篇英文论文，是由英国和加拿大学者合写的。其大意是，人的经历，尤其是教育，可以使人体内部分基因的表达方式发生改变（我后来曾在另一篇英国学者写的文章里看到：经过大样本研究发现，每个受过四年大学教育的学生，其体内基因平均会有673个点位发生改变），即可以让隐性基因打开，使之变成显性基因。隐性基因不会对个体的某种性状或能力产生显著影响，而显性基因则会。但我们应该知道，即使同样是显性基因，也有表达程度高低或表达力大小的问题。一般来说，隐性基因是指其表达程度或表达力低于50%的基因，而表达程度或表达力高于50%的基因则为显性基因，而且表达程度越高或表达力越大，显性基因对个体性状或能力的影响就越大。譬如，成年人的身高低于一米四时，可以把其身高基因看成是隐性表达，且表达程度或表达力处于50%以下，个子越矮，表明其身高基因的表达程度越低或表达力越小；相反，成年人的身高超过一米四时，他或她的身高基因就是显性基因，其控制身高的基因表达程度或表达力就超过50%。身高基因的表达程度越高，此人的身高就会越高。如果身高基因的表达程度达到90%，则其成人身高可能会超过两米。同样地，艺术基因对人的艺术素养和能力的影响也是如此。就是说，管控艺术能力的基因表达力越强，此人的艺术素养和能力则可能越高。

根据研究，教育，尤其是长时间的专业教育，可以使人的某些隐性基因转变成显性基因，而且教育的专业水平高低和时间长短，都可能影响某些基因的表达程度。这就是为什么运动员的孩子，常常具有运动天赋的道理，因为孩子遗传了其父或母显性表达程度较高的运动基因。同样，艺术家的孩子往往具有较高的艺术天赋。假设你现在开始学习艺术，如绘画，一两年后，你体内管理艺术的基因可能就会从隐性表达变为显性表达，只是程度不高而已。但是，如果你再坚持绘画七八年，你体内管理艺术的基因的表达程度可能就会大大提高。此时，你所生的孩子的艺术基因，有很大可能天生就是显性表达，而且表达程度不低。要知道，无论什么样的基因都会受到环境的影响，甚至其稳定态都可能是适应环境的结果。如果一个人每天愁眉苦脸或生活在十分悲愁的家庭里，久而久之，她或他不仅很可能会变得性格阴郁，而且很可能会变得越来越丑。其他，如口才、交际、写作、写字、逻辑、经商、赌博甚至打架斗殴（暴力倾向）等都有基因的显性表达、隐性表达及其程度高低问题，同时也有遗传问题。例如，父母有人喜欢赌博，那么，其后代可能就会天生具有显性的喜欢赌博基因，他或她长大后，一看到赌博，管理赌博那一块的脑细胞（由赌博基因管控）就会异常兴奋。所以，如果孩子喜爱赌博，其父母可能是“始作俑者”。另外，如果父或母胆小怕事或疑神疑鬼，那么，其后代也是胆小鬼或多疑者就很可能成为大概率事件。所谓“有其父，必有其子”或“龙生龙，凤生凤，老鼠的孩子会打洞”，虽然不能说百分之百正确，但也是有一定道理的。

此外，择优而传是基因最基本的传承原则，也是基因延续的自然法则。就是说，所有基因天生都具有选择最适合环境因素的某种性状基因参与遗传的特性。择优性原则是所有动植物进化的最基本原则。因此，我们常说，天才具有遗传性。（你插话说：“那笨蛋同样也具有遗传性了？哈哈。”）一个普通人必须在受过很多教育或有着丰富经历之后，他或她的某些性状基因的表达程度才会很高。如此，其孩子就可能遗传这种高表达程度的性状基因，也就可能是一个天才——天生的高才！

我认为，一个人在受教育之前与受教育之后，其某些性状基因的表达程度会有所不同，一般是后者超过前者；如果他或她接受的是能够开智的某种专业教育，那么受教育之后，他或她在某些与能力或素质有关的基因上表达程度就会提高，此后他或她所生的后代遗传这种基因，可能就是大概率事件，这样其后代的智商可能就会比较高。如此说来，一个人读大学之前生的孩子的智商，很可能会低于读大学之后生的孩子的智商；一个人较年轻时所生孩子的智商，很有可能会低于较年长时所生孩子的智商（但据说国外有研究表明，在众多的兄弟姐妹中，晚生的孩子的智商，往往高于早生的孩子，但体质则可能相反，即早生的孩子的体质，可能好于晚生的孩子的体质。因此，成年人生育孩子的年龄就有一个最佳时间段的问题，既不能太早，也不能太晚。根据丹麦学者的研究结果，丹麦女人的最佳生育年龄段是28~33岁，但我们中国女人的情况未知，将来希望有社会学家对此进行研究，其功德无量）；同样，博士毕业之后所生的孩子的智商，很有可能就高于读博之前生的孩子的智商。说到这里，我曾开玩笑地说，如果我们俩都是博士毕业后才开始生孩子，孩子就会遗传我们最优良的基因，说不定就是一个天才，呵呵。你说："去去去，谁信呢？！"（待续）

你的小罗头

B年12月8日

第四十二封信

亲爱的吉尔：

看看日历，青岛之行差不多已是两个月前的事了，想来有点心沉甚至悲怆，但眷恋之心依然浓郁。我最近好像有些困厄，是什么原因造成时间的流逝如此之快呢？人们常说，困苦的岁月，度日如年。那么，忙碌的生活、快乐的日子以及有爱的时节，就应该是攫取或揶揄时间的首因了吗？或许是，或许不是！

今天中午，你告诉我有个男同学邀请你同游海南和广州，但被你拒绝了。对于这类消息，如果是从前，我必定会在心里“咯噔”一下，一些醋意或妒忌可能会油然而生。但是，有点奇怪，这次却好像很平静似的，心中竟然未起半点波澜。事后，我问自己，是什么原因导致自己发生这样的蜕变呢？是爱你之心没有以前那样深厚了？显然不是！我对你的爱依然，且已十分浓烈，甚至日益见深。唯一的解释就是，我们双方的信任与坦荡已达到更高层次，不会再无端地相互猜疑、遮掩或隐瞒。你能够很坦然地告诉我这种事，本身就说明你很实诚，实出真心。当然也说明，你已自信地认为，我得知这类消息后，会坦然地接受而不会再产生什么心理纠葛，更不会再无理取闹。而我的内心能够如此平静，醋意未生，也是出于跟你同样的理由，这就是信任。我们要的不就是这种坦然和信任吗？

最近几个礼拜，在感觉无助或产生忧思时，尤其是前几天咳嗽生病时，我就会想起你曾经在飞信中说的两句话：一是“你就让着我，……并且你要绝对信任我，做得到吗？”二是“因为丫头说过，她会永远陪伴小罗头呢！”这些话语，着实已成为我今后生活的信心之源，也是我想努力做好自己、不能让你失望以及要做出好成绩的动力之源。这是真真切切的，也是实实在在的。我已不敢想象，出现相反的情形会是怎样的可怕与致命！

刚写到这里，你发来飞信说：“电脑又坏了，真要崩溃啦！”看后，我也在为你着急。此时此刻，我感觉自己应该帮你做点什么，最好是去到你的身边，帮你消解你现时的苦恼和沮丧，但远如天边的我，真是无能为力，也很惭愧。手机和电脑，已成为现代人生活中必不可少的一部分。可喜，也可悲！是的，在这个时代，高科技产品已融入我们的血液，甚至已深入我们的骨髓。人类发明机器，为的是能够让人更方便地行动、更高质量地生活以及更高效地工作，但有时，也使人成为机器的奴隶，让人从精神到肉体无所不受其制。真正是，人类本欲挣脱缚在自己身上的种种枷锁，最终却发觉，自己身上的枷锁越挣越多，而且心甘情愿！这就是人生和人性的实质吗？

突然想起，你上次到瑜州某医院做检查，尤其是点用药水后，身体好些没？会不会还有疼痛或不舒服的感觉？要不要去复查一次？这几天，你没再提起此事，是不是没事了？其实，我是时常想问你这件事的。可是，每次聊着聊着就忘记了，真是该死。请相信，这也不是什么大病，不必过分担忧。人吃五谷杂粮，免不了其身有恙，只是自己得多注意保养。你也是经常这样告诫我的，要我把身体养好，照顾好自己，快快乐乐地生活。你说过，这已成为你的三大愿望之首（另外两个是出国和赚钱）。

这几天，想起那个举国震惊的“某某事件”，着实让我想明白一件事，就是身体的确是一切之本，若无生命，一切优秀都毫无意义，一切成就也都毫无价值，一切理想和美梦更是尽如乌托邦。以前，我似乎也懂得这一道理，但感悟极浅。应该说，从学习角度讲，他们二人都十分优异，都是学生中出类拔萃者，都曾获得某某大学的高等奖学金，发表过高水平的学术论文，投毒者B甚至已被推荐为当年上海市优秀博士毕业生，前途可谓一片光明。但，所有的崇高预期，未来可能的美好前程，都消亡于B的一念之差。或许她真是出于天真而愚蠢的玩笑，但这种玩笑实在过分，天理难容，其代价何其高昂！双方的命运为之转向，生命也为之毁灭，同时，还把双方家人送入无底的精神地狱，给他们带来永无止境的苦痛和哀思，教训何其深重！

因此，我们今后，也如你多次说过的，无论多么忙碌，事情多么重要，都要尽可能地照顾好自己的身体，在锻炼、饮食、休息和睡眠等方面都要有所改观，尤其要尽可能做到不熬夜、不生气以及好好吃饭等。我有个提议，在飞信聊天上，不管是我们之间，还是我们跟别人之间，再也不要超过深夜12点，上床睡觉时间也尽量在深夜12点之前，万不得已，也不得超过深夜12点半，好吗？（其实，当你今天告诉我，你昨晚跟你师兄聊了两个多小时直到深夜12点半时，我是很心疼的，也有点惊讶，心里还有点不舒服。可以问问自己，我们每天正经读书、学习和写作等，才用了多少时间？这一点我们可能都没有计算过，有些不该。）所以，我也向你保证，我会如你常说的那样，此后会多保重自己，多去锻炼，按时吃饭，早点上床睡觉或多些睡眠。你也这样，做得到吗？

我知道你这一周很努力，一直都在工作，或学习英语、看书和写读书报告，真是好样的！不过，我还是想问一句，你本周自定的任务是否都已完成——一个半单元的外语学习、看材料、写一篇读书报告和一封信等？问这话，你可能会不大高兴吧？我在这个月写给你的第一封信里说了，督促你学习，不再怕你抱怨。因为你上次已郑重其事地授权给我：“我要你多管管我，不能再那么放纵我了！”因此，管你和监督你学习，我有理有节、有根有据，哈哈。

今天暂写到此，下封信再续。

我爱你，深深地！

你的小罗头

B年12月13日

第四十三封信

亲爱的吉尔：

大约一个小时前（下午4点半），我看完高校人文社科评估材料后，就想着给你写信，但电脑黑屏，之后就一直打不开，真急人。这台电脑已用了七八年，可能真该更换了，尤其是键盘上有两个字母（F，J）敲打时常常没有反应。你后来曾在电话里开玩笑说："这两个字母正好代表'福建'，说明你们福建人已经把你忘光了，不想再理你了，哈哈。"

写此信前，我又看了你早上的来信，觉得你现在写信比我还要从容，想说的事，能够行云流水般娓娓道来，笔法很是娴熟，跟半年前相比，真是进步不小。不知再过十年八载，你的文笔能力又会提升到怎样的高度呢？想来，说不定已赶上甚至超过我了，实在为你高兴呢！但，也别自满！

你在信中说，我上周写给你的信，一半是火焰，一半是海洋。因为这封信的前面是批评教育，后面是鼓励安慰。你说得对，看来，我这人还是有些小肚鸡肠。给曾某某写信那天，在专门为你而建的文件夹里，我随便找了个文档打开，把里面的内容删除，再另存为新文件名，然后写上新的内容。这个随便打开的文件，恰恰就是你去年年初发给我的那篇有关你上一次恋爱的年度总结，我也就随意再读了一遍。读的时候，情感是有波动的，但内心很快就平复了下来，实在没有受到太大的影响。因为我昨天提到的那句话，我们曾经在飞信里也谈过或讨论过的，我们之间的信任，早就不是问题了。不过，不知咋的，昨天看到你跟你堂弟的聊天截屏时，也不知哪根神经被触动了，我居然会冲动地说出来，还带了不大不小的醋意，实是不该（不过，恋人之间，如果已没有了一丝醋意，又会怎样呢？或者又能说明什么呢？我脑子里闪过这一疑问）。当时，我也很快意识到这种错误。正如你说的："不该让过去的事情或陈旧的记忆再来扰动我们的现在和未来了，这并无意义。"所以，后来我很快转移了话题，就是怕你生气，更怕你晚上又难以入眠。Sorry（对不起）！！

你提到的后一年的总结，的确比以前的那个“总结”写得好，应该说好了几个档次。你内中的问题，我都明白，而且也在许多场合解释过，包括在后来的书信、电话或飞信里。当然，对有些问题的回答，你至今还是不满意，这我也清楚。因为有些问题，我们现在根本无法预知，但要坚信我对你的爱，也要坚信我们自己选择的道路。我们常说，只要坚持，只要努力，只要自信，没有过不了的坎，除非自己在到达这个坎之前就已倒下，那就无话可说了，对吗？所谓吉人天相，我的理解是，肯努力的人，跟良善之人一样，会得到天的佑助。接下来，我们就只管走好脚下的路，相信上天自有安排，而且结果不会太差！

你曾问我：“世上真有天意吗？”小的事情，我不敢说，但凡大事，我相信是有天意的。这是我多年来学习周易的体会，只要诚心起卦，认真按卦理断卦，人一生中的许多大事都是可以被预测出来的，甚至可能预测得很准。曾经，这的确令我迷惑不解，只好解释为“大事天定”。不过，自从认识你之后，更确切地说，是自从我们相爱以后吧，我就再也没有用周易给别人算过卦了。上周四下午，我的同事W带了一个她的硕士同学来找我时，竟然提起了我曾用周易给她算过三四次卦的事，还以带点夸张的语气说我算得很准、很奇妙等。我当时就说了，那是玩玩的，别当真，而且我已不再算了。她却开玩笑般霸道地说：“那可不行！以后我要你算时，你还得帮我算的，哈哈。”

根据你的要求，我在之前的一封信里，提出了今后两年的计划，即写出一本书，是有关我们的爱的小说（后来，我根本没有动笔）；至少去见你四次或一同出外旅行四次；更好地爱你、帮助你和保护你，当然也希望得到你的爱护；照顾好自己的身体；多申报课题，至少拿到两个大的研究项目；独写或合写三篇到五篇文章；短期出国一次。

你刚才说，我的计划不错，但要说话算数，争取努力实现。你还说，我的这些目标其实不难实现。说实在的，要实现这些目标是有难度的，关键是如何集中精力。因为现在的大学教师常常有许多意想不到的事情会让他们分心，尤其有各种年终考核指标，没人能够轻松和例外。但我一定会尽全力去完成这些事情，不然，计划就毫无意义。这些计划就是我努力的目标。我一直觉得，如果我们不给未来设立一些目标，生活可能将会是无序而混乱的。以前的许多教训和经历告诉我，毫无目标的生活，注定会是忙碌而无为的。就是说，你可能觉得自己每天都很忙，但过了一段时间再回头看时，就会发觉，自己尽做了一些无足轻重的小事，而且许多事也无任何效果可言，既没有进步，也没有收获，甚至到头来，许多事的结果似乎都跟自己毫不相干。一旦觉察到这一点，你又会非常自责，非常沮丧，甚至非常伤心。到春节时，你会觉得自己除了又老一岁之外，别无所得。心实痛哉！

我也仔细看了你的计划或目标，并不是很难，如果用心去做，你可以完成，甚至可以提前完成。但我觉得，你把一些可能也相当重要的事情遗漏了，如你的工作计划、外语学习计划、看书计划和写作计划等。不过，我倒相信，你不是有意遗漏的，你应该是心中有谱吧。说实话，今年应该是你非常关键的一年，但愿你能认真对待。我们未来的一些大目标能否实现，很有可能与今年有关。对于我们追求的大目标，可能也会跟B年一样，而且C年也很可能会有几次起起伏伏，人也可能会时迷时清。我们都要做好迈过一些坎的心理准备。千万不要一遇到事故或情绪低落，首先想到的就是否定自己的所有努力，甚至想放弃自己已决定要走的道路。但愿如你今年的事业签“坚持”所提示的：“**不抛弃，不放弃，坚持你所坚持的，时间会给你最好的答案！**”是的，“坚持”肯定是你今年非常重要的关键词之一，如果你做到了，今后的目标可期、幸福可期。如果你做不到，可能又会走回头路，或者走上另一条完全不同的命运之路。

说心里话，能够时不时地跟你在飞信上斗斗嘴，也是一种小确幸呢，尽管我很少赢过你。或许，这也是一种爱的表达方式吧。如果总是一本正经地谈天说地，尤其老是心情凝重地说起所谓的大事或未来，有时也会自添烦恼，或使生活变得了无情趣，甚至使生活变得沉重无比。

真的很高兴，你准备安排时间专门来给我过生日。更让我感激的是，你的通情达理。为了那件重要的事情，你说出了我还犹豫不决或不敢说出的更改时间的建议，真是让我喜出望外。其实，在你决定更改时间之前的两三天吧，我就想到过这件事，23日左右恰好不是好时段，因你每个月都会向我通报那件大事——你来大姨妈了。不过，我们今天在飞信上说起这事时，你说：“小女子又要吃亏了，吃大亏了。老是让你占到便宜。”这类萌话让我感觉很是有趣，我的心里也即时浮现出你一脸委屈的模样来，煞是可爱！

很快就能再见面了，一想起这件大事我就激动不已，心都要陶醉或融化了。

最重要的是，我再次真切地感受到了你对我深深的爱意。许多话，就留待那几日那几夜去说吧，或许真有那么一天，我能“赏月到天明！”

以上的话语，有些凌乱，真是想到哪儿说到哪儿，不大有逻辑，勿怪为盼！

Love you，my Gill!

小罗头

C年1月3日

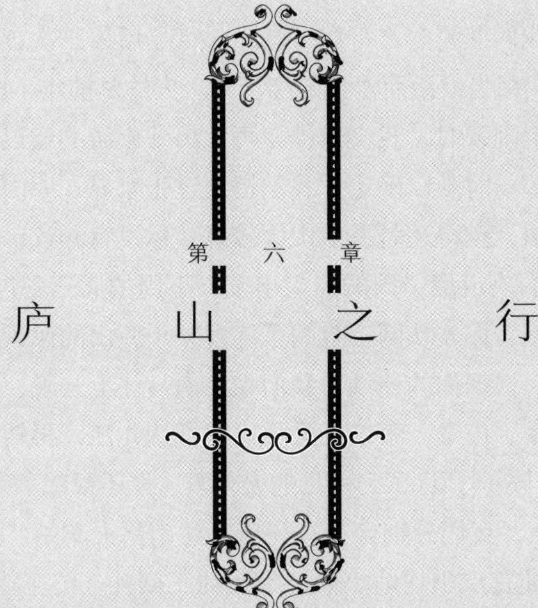

第六章 庐山之行

第四十四封信

亲爱的吉尔：

庐山之行，是我们继厦门之行和三清山之行之后第三次正式的相伴而行。在我看来，这也是一次相当浪漫而愉悦的经历呢。大约是前年（B年）8月底的某个中午，我们在飞信上闲聊时，我突然提出再次出外旅游的建议，你立刻应允。但对于旅游地，我们却一时难以确定。我们提到过张家界、庐山、井冈山等地，最后我提出自己的想法，觉得还是去庐山比较好。你没有异议，并且说要来一趟说走就走的旅游。我们决定那一周的周六出发，下周的周三各自返回。当天下午，你就做起了旅游攻略。你先从网上查阅了许多关于庐山的风景名胜的介绍，大致规划了行程和路线。根据你的计划，我们先在南昌住上一晚，游玩举世闻名的滕王阁，欣赏南昌市景、夜景，第二天乘坐火车抵达九江，再转车赴庐山，在山上住三晚。于是，我们分别预订了到南昌的火车票，你还预订了南昌和庐山的宾馆。

周六下午约2点，我们分别坐火车先后抵达南昌火车站。这次是我先到车站的。我在站内出口处有点焦灼地等候了你大约三刻钟，终于望见一个与众不同、身姿绰约、光彩照人的绝色美女拖着一只橘红色的拉杆行李箱，时隐时现地随人流而来。后来，你在飞信中说，你一眼就认出了人群中的我，说是对我的身影已太过熟悉了，一瞥便知是你日夜思念的小罗头。由于天气还比较炎热，那天你上身只穿着一件薄薄的藏青色低领口无袖休闲衫，下身穿着一件黑色宽松的丝绸薄裙裤，头上戴着一顶洁白的宽边镶花圆帽，一头淡黄色长发像马尾辫一样束在脑后，一身装束显得异常干练，外表矜持，脚步轻盈，飘逸潇洒，满脸粉红，眼睛顾盼自如，流光四溢，手里拖着行李箱，微笑地朝着我站立的方位款款而来。自三清山之行结束并于上饶分别后，除了偶尔的视频聊天，我们已有四个多月未见真人，心中早有颇多思念和渴望。

出了车站，我们叫了出租车直奔你早已预订好的宾馆。一路上，我表面平静，语气平和，其实内心已相当激动，似乎有一股爱恋之气如山涧清泉在胸中回旋轻涌。我不由自主地用左手握着你的左手掌并拉过来放在我的膝盖上，还不时用右手抚摸或轻拍你的手背。你脸色通红，目光柔和清澈，姿态恬静如处子，只是偶尔轻声说些近期发生在你身边的杂闻杂事。

到了宾馆，你拿着我的身份证去柜台办妥了入住手续。进了房间，放下行李，你就直奔洗手间。因我知道你是前天来的大姨妈，按照惯例，估计是肚子还有些疼痛或需清洗什么。我也有点累了，就横卧在白床单上，四肢伸展开来，双眼微闭，耳中却细听着洗手间里传来的簌簌声响。不大一会儿，我感觉到你也趴伏下来，脸朝下侧卧在我的身旁。我伸手轻轻抚摸或轻拍了一会儿你的后背，问你累不累、渴不渴或要不要先睡会儿。你侧过头来轻声对我说："有点累，那就一起休息会吧，等会我们去看滕王阁、逛夜景。"约半小时后，我们出了宾馆大门，叫了一辆出租车直达久负盛名的滕王阁。

根据网上信息，滕王阁居江南三大名楼之首（另外两大名楼是武汉黄鹤楼和湖南岳阳楼），位于南昌，地处赣水东岸，始建于唐朝永徽四年（653年），因唐太宗李世民之弟——滕王李元婴修建而得名。李元婴曾被封为滕王，封地在山东滕州，他在滕州曾建一阁楼，名为"滕王阁"，但早已被毁。后来李元婴调任洪州（今江西南昌）都督，因思念故地滕州，于是命人在此地修筑了同名阁楼。据说，此处滕王阁有镇邪避祸和宴请贵宾之用。它因王勃的《滕王阁序》为后人所熟知，名扬天下。王勃的诗句"落霞与孤鹜齐飞，秋水共长天一色"成为绝代名句，广为世人称颂。

我们大约下午4点到达滕王阁下。你去买了两张门票，我去买了两瓶矿泉水。我们先在阁楼前面的广场四周闲逛了一圈，再以阁楼为背景，拍了几张照片。从外表看，滕王阁下方有两层青灰色底座，每层有数米高，显得厚实而庄重，其侧方各开有几个拱形大门。底座下方，有南北相通的两个瓢形人工湖，北湖之上建有一座九曲风雨桥。砖墙式底座之上建有三大层精美的木结构多角楼，粗大的立柱和横梁都漆着鲜艳的红漆，有些梁和柱有着美轮美奂的雕花或绘画，各层屋顶上都铺满了金黄色琉璃瓦。从楼下看上去，在有些耀眼的夕阳映照下，流光四溢，光彩夺目。整个阁楼显得异常雄浑结实，霸气十足，似乎有股撼人心魄的力量在震慑着八方邪气，这或许就是古人建造此楼的意蕴之一吧？！

我们携手缓步走上两层砖墙式底座，到了实木结构阁楼的第一层，沿着四周回廊先转了半圈，再以金黄色的飞檐翘角和远处雾气迷离的赣江为背景，我给你拍了多张照片。你上身还是穿着那件藏青色无袖圆领短衫，摆着多种姿势，脸色红润，笑语盈盈，热情奔放，气度非凡。在傍晚清凉的江风吹拂下，你淡黄色的长发松散而飘逸，显得十分洒脱轻盈。你的整个人美艳绝伦，直惹来一些游客艳羡的目光。此情此景，我的内心也时时涌起自豪和满足，感觉全身的血液都灼热地激荡起来，幸福感油然而生。

我进了阁楼内才得知，滕王阁木结构楼层并非外面所见只有三层，其实楼内还隐藏着四个楼层。整个阁楼由明三层暗四层共七层构成，工艺精妙，布局神奇，令人赞叹不已。我们循着有些昏暗的回廊和木梯，逐层而上，层层流连。我们在第六层停留了较长时间，这是游客所能到达的最高楼层，因再往上是一个倒锥形假式阁楼，没有铺设楼板或回廊。第六层的楼面内摆置着一些造型稀奇古怪的工艺品，楼内四大圆形立柱上各镶嵌着一副长长的字联，默声读来，感觉都是意蕴深远、辞藻华丽、古风厚重之句，应该都出自古代名家之手。印象中，我们在楼内好像没有拍照，或许是光线太过幽暗，或许是欣赏那些名家字联而无意中疏忽了吧。

之后，我们循着阁楼内的木梯原路缓步下楼。出楼后，我们来到阁楼左侧的园林。这片种植着各种花草、灌木丛生的小园林颇为雅致，空气中也弥漫着清淡的花香。我们并肩走在掩映于花木丛中的蜿蜒曲折的小石子路上，双手相扣，缓缓而行，窃窃私语，心情轻快无比。你有时会捧着一朵路边的蓝色小花，抵近鼻子，嗅一嗅花香，目光清澈而单纯，面带微笑，声音清脆，脸色和蔼，娇柔万端。看到这些，我似乎也正浸染在无限的柔情蜜意之中，心中仿佛流淌着丝丝不绝的暖流。我们观赏了一会儿小池塘里正在悠闲嬉戏或时而蹦出水面的小鱼之后，就走到水池旁一张石桌边的石凳子上面对面而坐，在布满西天的红霞和习习的凉风中，喝着矿泉水，轻声谈论着眼前的杂事和对未来的憧憬，内心平静而安闲。你在此以滕王阁或赣江为背景自拍了好几张照片，也给我们拍了几张合照，每张照片都显露着当时无比温馨而愉悦的气息。（待续）

祝好！

小罗头

D年8月10日

第四十五封信

亲爱的吉尔：

那天，快到傍晚6点时，我们离开滕王阁广场，向右大约横穿了两条马路后就拐进左手边的一条小街道，在一家小超市和一家小礼品店对面的小饭铺里休息了近一个小时，吃了一顿小火锅。你点了几款南昌特色小菜，一瓶啤酒，一杯饮料，我们就坐在小矮桌旁的条椅上边吃边闲聊。你还问了女店主有关南昌的著名景点，得知我们所住的宾馆附近有一座唐代古塔，叫绳金塔。其实，你早已在网上查找过这一景点，只是没想到它就在我们住的宾馆后侧方不远处。

吃了这顿十分简单的晚饭后，我们叫了一辆出租车，直达绳金塔街街口（正好在我们所住宾馆的大门旁），绳金塔就坐落在这条古街的东端。不知不觉间，夜幕已降临。

绳金塔街是一条步行街，街旁的建筑和布局应该都是明清风格，大多为木质结构，大门、窗棂、梁柱、屋檐、台阶等多被涂上红色或黑色油漆，也常见精美的镂刻山水画，整体显得古朴典雅、古色古香。它也是南昌一条著名的特色小吃街，街道两旁开着各色小吃铺或小饭店。街道上的灯光有些暗淡，近处行人稀稀落落，远处人影绰绰，比较引人注目的可能还是各家店门前高挂着的散发着柔和光彩的红色灯笼。在街的尽头，一眼望去就是不断变换彩灯颜色的绳金塔轮廓。它若隐若现、一闪一灭，在变幻莫测的彩色光影中，绳金塔着实给人一种极其强烈的虚幻缥缈的视觉感，震撼人心！

我们在古街上买了一些水果和小吃，边走边吃边聊。我们随着人流，缓缓走到绳金塔下，在它黄墙黑顶的围墙边或塔下小广场上，以它为背景拍了多张照片，每张照片的灯光颜色各不相同。由于到达这座古塔的时间晚了一些，我们已无法买票上塔，只得在它四周和塔下小水塘边坐坐逛逛。

据了解，绳金塔始建于唐天祐年间，至今已历1100余年，为典型的江南特色的砖木结构楼阁式塔。塔高50米左右，塔身为七层八面，内方外八角，设计巧妙，古朴秀丽，端庄大气。网上有人说它：“朱栏青瓦，墨角净墙，鎏金葫芦型顶，金光透亮，古朴无华，有浓重的宗教色彩。飘逸的飞檐，悬挂着铜铃，七层七音。”从近处看才知，整座塔楼的各层边缘，都用一些长条形的软塑料彩灯管环绕着，这些彩灯管可以发出红、绿、蓝、紫、白等轮流变换着的各色光芒。因此，在夜色中，它的塔形和颜色似乎在不断变化着，给人如梦似幻的虚渺感。约晚上9点半，我们在塔下小湖边漫游时，你突然回身轻声对我说：“有点累了，不想玩了，我们回去吧。”我点了点头。由于我们居住的宾馆近在咫尺，出了绳金塔街街口，我们就到了宾馆大门。

你这次订的宾馆房间比较高档。房间内的设施都相当先进和新颖，地毯、墙纸是暖黄色，大床宽大厚实，床单、被罩雪白干净，巨大的长方形浴室，地板和墙壁都由奶黄色高档瓷砖铺贴而成，显得宽敞、明亮、雅致。浴室里，除了漂亮的洗漱台，最里面还埋设着一口纯白色豪华大型深水浴缸。预订有浴缸的宾馆房间，是我的提议，表面上说是我喜欢泡浴，其实内心暗含着一些你尚未察觉的小心思，只是在飞信里对此没有半点表露。我心里的算盘是，经过厦门和三清山之行，尤其是有过江湾“426”灵肉相融的经历之后，如果我再进一步，提出在浴缸里共浴的想法，说不定你真会同意呢！这可是我从未有过的想来就会让人激动不已的好主意。共浴的念头，我在婺源宾馆时脑中就有闪现过，但当时还没有那么大的胆量说出口。但这次，我想试试看，如果能够与你共浴一次，那种经历肯定又是内心难以磨灭的印记了。

因此那天晚上，在你脱去外衣、进入浴室之前，我内心毫无底气、小心翼翼地附在你的耳旁细声说出了我的这个不良想法。没想到，你当即拒绝，态度还有点强硬。可能看到我无可奈何的失望表情吧，你很快就心软了下来，语调变得有些柔和地解释了一番，讲了许多“大道理”。大致的意思是，你现在还不想让我看到你洗澡时的整个体态和模样，因为你现在还有点胖。你要减肥，也必须减肥，要再瘦一些，好让我到时能看到你最最完美的形体。听了你的这些话语，我不悲反喜，甚至还有些感动，因此很快就打消了那个不良的念头。对你，我当然不可强求，也没有任何条件能够强求，只得把那些早已蠢蠢欲动的欲望强行压抑在内心深处。没想到，我的这种小小的有些阴暗的坏念头和欲望，真的在四个月之后的杭州宾馆里得到了彻底的实现与满足。从那以后，共浴成为我们每次相处时的一种常态，变得十分自然而随意。这是后话。

你洗完澡后，就在你洗内衣的当儿，我也脱光了衣服，从你的身后悄悄溜进了浴缸，并且正儿八经地拉上了花色浴布，很认真地洗了一次滚烫的淋水浴，顿觉通体舒坦，疲劳感尽消，精力充沛，似乎浑身充满了用之不尽的无限气力。等我洗完澡，出了浴室的小门，看到你已规规矩矩、安安静静地仰面斜躺在雪白的床单上，眼睛紧闭，脸色轻柔，姿态从容，在屋顶微弱的黄光照射下，脸上和脖颈正散发着淡淡幽幽的乳白色青光。我想你可能是真的累了，便打算让你先眯会儿。我没有惊动你，悄然关上浴室的玻璃门，刷了牙，洗了当晚换下的短袖衬衫、内衣和袜子。我再从浴室出来时，却发现你已坐了起来，背靠床架，拿着手机在翻看着我们今天才拍的照片，面带微笑，神情安静平和。此时，可能已近深夜12点了，因此我们只闲聊了几句就决定睡觉。

我关闭了浴室、屋顶和走廊里的灯光，只让房间里的一只小型床头壁灯开着。一上床，我就搂抱着你的身体开始亲吻起来，感觉你也很快激动了起来，第一次主动翻身趴上我的身体，双手捧着我的左右脸颊，热烈地吻了我的额头、眼部和嘴唇好大一会儿，并把舌头深深地伸入我的嘴里很用力地搅动起我的舌头。在停歇的片刻，你的嘴里还不时咕哝着发出："小罗头，我爱你，真的好爱你！"我也不时含含糊糊地回应着："我也爱你，很爱很爱你。"我也动情地回应你的亲吻，身体早已激动不已，很快就让你平躺在我的左侧，随后鲁莽快速地脱去你的上衣，开始吻起你的脸部、颈部、胸部和腹部。你是知道的，我一直很喜欢吮吸你硕大无比、极为柔软又富有弹性的乳房，这次就如醉梦般吻吸了它很长时间，直到你小声抱怨才停止。

记得有一次，你在飞信里不无得意地对我说，在瑜州的一家女性用品特供店里，有一个售卖胸罩的女售货员曾非常羡慕地称你拥有"羊奶型乳房"。我不大明白什么叫羊奶型乳房，也从没听过这种说法，更不知道女人的乳房共有几种型、都是什么型。不过，对你的乳房形状和特点，我倒是极其熟悉的。你的乳房虽不十分饱满圆润（我早就注意到，当你平躺在床上时，那么巨大的乳房居然完全趴伏于你的胸部，若不细看细瞧，真是分辨不清哪儿是乳房、哪儿是胸肌，难道这就是"羊奶型乳房"的特点？），但用手掌轻轻搂握，却感觉巨大而柔软，洁白如玉，并且绵延不绝地散发出赏心悦目的柔和而冷冽的青白光。如果仔细观赏，在它光洁润滑而细腻别致的表皮之下，隐约可见一些细如发丝的青筋，这些青筋都曲曲折折、弯弯绕绕地相互纠缠成一张大网，那应该是微细静脉吧。

再一次尽情享受了BB之乐后，我才想起该到使用第三者的时候了。完事后，你满脸娇羞地告诉我你第一次有了一种非常奇妙和难以描述的感觉，然后极为深情地吻了一下我的脸颊，还弄出很大的声响。我心里明白，你说的应该是你已有幸达到云梦之巅，而且是迄今为止在我们所有的敦伦之事中你第一次经历这种迷人而销魂的体验。原先是真没有想到的，当晚，我们又经历了好几个“第一次”。

结束这些羞人之事时，已是凌晨1点半。我们先后从洗手间出来后，我关闭了床头小灯，先面对面地搂抱着你眯了一会儿，再分开来各自仰面睡了过去。你均匀而轻微的鼻息声很快传来，我也在心满意足中进入了梦乡。（待续）

祝好！

小罗头

D年8月11日

第四十六封信

亲爱的吉尔：

我们第二天早上是几点醒来的，我已忘记了。我们在宾馆底楼吃了一顿不错的免费早餐，然后收拾行李，退了房，接着叫了一辆出租车直奔长途汽车站，准备坐车上庐山。到了车站，还没进售票处的大门，就有一人走到我们的面前，询问了一些情况后，建议我们租车前往，说这样既快速方便，又舒服安全，而且价格也不是很贵，只要250元。于是我们决定租车。

约上午10点半，我们的小车从长途汽车站出发。几分钟后，我们就到了庐山景区南门的入口售票处，你去购买了两张门票（每张180元）。随后，小车沿着蜿蜒而上的盘山公路奔驰而去。听司机说，我们走的这条公路是战略公路，是新中国成立后才修建的新公路，比较好走；而在山的另一面，还有一条新中国成立前修建的旧公路，比较狭窄难行。但在我的印象中，这条所谓新修的战略公路，其路面也不是很宽阔，一般是单车双向道，在一些路段，如果对方来车，相互避让似乎都有些困难。不过，应该说这条公路修得不错，路面相当平整，许多拐弯处或临溪豁口都构筑了防护围栏或水泥柱。而最美的还是公路两旁的自然景观，整条公路无不掩映在葱翠碧绿的林荫之中。山坡都披着浓密而厚实的绿色植被，各种形态奇特、或高或矮的松树、槐树、楮树、铁杉、斑竹等随处可见，一些不知名的灌木丛东一簇西一堆地与同样不知名的各色野花杂草相互混杂交错在一起，遍布所有山谷、山坡和山巅，直染得漫山遍野色彩缤纷、五颜六色、斑斓璀璨，煞是好看。常言道，有山必有鸟，有水必有鱼。果然，一路上，鸟的鸣啼声不绝，各色各音或清脆或高亢，或低鸣或浅喧，每座山似乎都在演奏着荡气回肠的交响乐，鸣声此起彼伏。人们在此山之中，会自然而然地感觉自己如入音乐殿堂，心中的郁闷怨气也必会随之烟消云散。

一路上，我们手握着手，一边闲聊，一边赏景，心情轻松，精神愉悦。不知不觉间，我们的车已到达山顶古镇——牯岭镇，这是我们此行的目的地。

据网上介绍：牯岭原名牯牛岭，因岭形如一头牯牛而得名。19世纪末，英国传教士李德立入山，租用了牯牛岭的长冲，兴建起了一些住宅别墅，此后逐步开发，并按其气候清凉的特点，根据英文“Cooling（凉爽）”的音译，把牯牛岭简称为牯岭。牯岭位于庐山景区的中心，三面环山，一面临谷，海拔1164米，方圆46.6平方千米。牯岭以牯牛岭为界，分为东西两谷。新中国成立后，东西两谷均被辟为疗养、休养和旅游接待区。牯岭镇是一座美丽、别致、公园式的小山城，最繁华的地方是牯岭街。

我们住的宾馆位于牯岭镇东北侧上方的半山腰上，由一幢T字形五层楼高的现代大楼和一栋正方形的四层楼房组成，外墙均被涂成淡黄色。登记入住后才知道，我们的房间在三楼，窗户面向牯岭古镇。从宾馆到牯岭镇共有三条小路：第一条是黄土公路，可通行大小汽车，从宾馆门前的心形小广场可直达牯岭古街；第二条是宾馆右侧正门口蜿蜒而下的石板台阶小路，路宽约一米半，都是由暗灰色大理石铺设而成的；第三条是宾馆左侧掩映在高大林木丛中的泥土小径。在此后的三天时间里，我们每天都循着第二条石板台阶小路上上下下走两三个来回，而其他两条路均未涉足。

我们到宾馆的时间是中午12点多。你在前台办好了入住手续后，我们跟着一位女服务员，拖着各自的行李箱，刚要走到右边的一楼小厅，倏然看见一个摆放在小厅正中央的时钟式圆形木质转轮，其边上写着几个彩色竖排大字：“你的前世是谁？”你觉得很有趣，嬉笑着说想要试试。当巨大的转轮停止转动，红色指针指着才情与美貌兼具的江淮名妓“柳如是”时，你笑靥如花，一副非常开心的样子。我心想，显然你是欣赏和敬佩柳如是的，当然是针对她的才和貌，而不应该是她的风流。

你在一旁瞎起劲，一直鼓动我也试试。其实，我心里也觉得有趣，就放下行李箱，走到转轮前，再极为用力地顺时针扭动了一下轮盘。当转轮停下来，指针却指向明末大才子“唐伯虎”。一想到唐伯虎是才华横溢、风流倜傥、浪漫非凡的“江南第一风流才子”，我很是惊讶，心中暗想：自己虽不是什么才子，但与风流可能有点沾边吧。此时，你已兴奋异常，显得兴高采烈的样子，哈哈大笑说：“没错，真没错，你就像唐伯虎，真的是一个风流才子，哈哈哈。”我听了，起初还有些许得意，甚至有点心花怒放的感觉，但很快就冷静了下来，心中暗忖：我哪敢与这样的大才子相提并论呢？！人家可是名满天下、琴棋书画样样精绝的俊才郎，一个真正的大才子，而我算得了什么呢？啥都不是，劳碌了半辈子都没有半点拿得出手的成绩，一个微不足道的小人物而已！当然，我也知道你的话本来就是戏谑式的譬喻，且也只是随机耦合而已，完全没有必要当真。不过，如果你是“柳如是”，而我是“唐伯虎”，柳如是与唐伯虎竟然能够跨世相爱，那也算是天下奇闻了。想到这里，我也哈哈大笑起来。看到我笑得有点失态的样子，你皱起眉头、一脸迷茫地问我：“干吗呢？你笑什么？看你笑得眼泪都出来了。”我故作神秘，笑而不答。旁边的女服务员也笑逐颜开，显现出非常开心的神情。

到了三楼中部的宾馆房间，我们看到两个女服务员正在整理床铺。可能是上一批住在此房的客人刚走吧，房间里的卫生间和床被都还有些凌乱。一放下行李，你就低声跟她们说了几句话。只见她们立刻把夹在两床之间的床头柜搬了出来，再用力地把两张单人床推拢在一起，并重新整理铺好床垫和被子，仿佛瞬间就变成一张超大型的我从未见过的有些不大雅观的大床。看着这一举动，我心灵深处顿起微澜，胸中宛如有一股温情的暖气滋滋涌起。其实，我心里明白，你完全是为了我，是为了满足我的私欲。相爱之男女，共卧一床，抵足而眠，相拥入梦，这般柔情与蜜意岂能不让人感怀万分呢？那时，我已深深地感受到你的爱在慢慢地浸透我的血肉。后来你才告诉我，你原先在预订这家宾馆的房间时，已没有了我喜爱的大床房，只能先预订一间双床标准房，并在脑子里早已计划好如何满足我的要求了。爱在不言中。

两个女服务员走后，我们各自打开行李箱，取出毛巾和一些日常用品，先后去洗手间洗漱片刻。你更换了内衣，外面穿上深蓝色运动外套，我们聊了一会儿下午的行程安排，就到一楼餐厅吃了一顿简单的午餐，然后又回到房间相互搂抱着眯了约一个钟头。我们好像都没有睡着，两人的身子一直在动来动去，手脚都不大安分，我的脑子也是迷迷糊糊、恍恍惚惚的，但我的内心却始终是相当踏实安稳的，也没有过于疲倦的感觉。（待续）

祝好！

小罗头

D年8月12日

第四十七封信

亲爱的吉尔：

午睡起床后，我们各背着一个小包，从宾馆大门右侧的那条石板台阶小道牵着手一步一步地向下走到牯岭古镇。在一条不知名的老街上，我们先逛了一家超市，我买了一小瓶庐山白酒和一把指甲钳，你买了一些卫生巾之类的日常用品。出门后，我们朝着牯岭街的方向走去。经过一家画廊时，只见门前墙壁上悬挂着几幅著名景观的彩色油画，旁边一把小型实木圈手椅子上坐着一个中年画家，嘴里斜叼着一支香烟，披头散发，脚边的地板上放着用咖啡瓶装着的橘黄色茶水，画家半眯着双眼，在傍晚软而无力的乳白色阳光下，显得超然而慵懒。你停住脚步，站在画家的旁边，注视着墙上的那几幅油画，好像很认真欣赏的样子。我站在你的身后，也装模作样地认真看起画来。

有一幅画是庐山瀑布图。只见山峰乌黑雄浑，气势磅礴，云雾缭绕，怪石嶙峋，苍松翠柏屹立于危崖险壁之上。而从两座山峰的夹坳处，突然冒出两三道白色水流，奔涌向下，一路击打着石壁，水花四溅，耳边似乎哗哗有声。山峰下的水潭边，建有一座红檐黑瓦的四角凉亭，亭中站立一位穿着长袍古装反背双手的白发老人，正凝视着飞流直下如烟如丝的瀑布。这张画的边上，也悬挂着几幅景观各异的油画。

我想，你可能是懂画之人吧，至少你喜欢这些油画，就凑近你的耳旁轻声问你："看中哪幅画没？我给你买下。"你侧过头来，笑着对我说："画是不错！但不要买了吧，都蛮贵的，看看就好。"这时，我才发现每幅画的白边上都用回形钉嵌着一张小纸片，上面各标着价码。仔细一看，每幅画3000元到5000元不等。我倒吸一口凉气，的确是太贵了，自己并没有带太多的闲钱，都是估算好的，如果买了一幅画，后面几天就要捉襟见肘了。想到这里，我就顺水推舟地说："真是比较贵，那就不买了。"欣赏完门口的这些画作之后，我们走进那家画廊，也欣赏了一些不错的画作，但同样没有买。

出了画廊，我们沿着山边的一条较为宽敞的水泥公路，又逛了几家工艺品店和水果店，买了一种不知名的奇特水果，然后原路折返，再转向一个游客比较多的广场。在这个沿着山缘建造的长条形广场边上，立着一块椭圆形的浅黄色巨石，上面纵向镌刻着两个草体大字“庐山”。你我先后在这块巨大石碑侧方用一只手扶着各自拍了几张全身照。石碑的后方是一个条形水泥广场，广场边缘都建有一尺多高的水泥堤岸，可能是为保护行人安全或供人闲坐之用。堤岸的下方就是一个狭长的深涧峡谷。在峡谷的底部，由近及远是一些梯形农田，远处的农田边还建着一大片黑压压的农庄。对面是林木繁茂、郁郁葱葱的浑圆小山包，山上的密林中点缀着几幢红墙青瓦的小别墅。

我们在此瞎逛了几十分钟，又退回到那家画廊所在的小街，穿过一个门洞式的街廊，沿着向下而行的通往美庐的水泥公路，吃着零食，边走边聊，或走进一些小礼品店闲逛，或在店门前的木椅子上休憩片刻。傍晚时分，太阳尚未下山，金黄色的阳光洒满了古镇的角角落落及其周边的山山水水，宛如一幅幅流光四溢的精美乡村画卷。

大约6点，你说时间不早了，该是吃晚饭的时候了。我们就沿着牯岭街漫步而行，意图寻找一家当地特色饭店。没走多远，果真就找到一家专供庐山特色菜的小饭店。在这家建于二楼的小饭店里，你点了庐山石鸡、蕨菜、红烧排骨等，我拿出刚才在超市里购买的一小瓶庐山白酒，然后给你叫了一瓶果汁饮料。在等菜上桌前，你拍了好几张我们脸靠着脸或你噘起嘴吻我左脸的合照，我也给你拍了一张你穿着我的淡黄色外套的照片，你面带温和宽厚的笑容，柔情脉脉，而背景就是窗口外披着金黄色光晕的有些朦胧的夕阳，以及浸染着同样金黄色光泽的万里青山绿水。这张照片，已成为永远留在我记忆深处的体现你的美的标签。

至今我还记得，四十多岁的老板娘待人热情，体态丰腴，口才颇佳，一颦一笑中，尽显成熟女人迷人的风韵。仔细看，她也的确颇有几分姿色。在吃饭喝酒的当儿，我们偶尔跟老板娘打趣式地开些玩笑，或询问些庐山的风土民情和著名景点等。在后来的一次飞信聊天中，我曾不小心提到这位还算丰满优雅的老板娘，你竟然开玩笑说：“你能用这么赞赏的口吻说她，是不是看中人家啦？再说了，她有我美吗？哈哈哈。”我赶紧回复：“那不能比，你比她漂亮多啦，呵呵。”可能是心情轻松、无拘无束和饭菜可口，我们这顿饭吃得十分舒心畅快，也闲聊了许多我们对世态人情的看法。从这次闲聊中，我感觉你对未来的安排和人生计划都有着更加清晰的表述，这令我极为欣慰，印象相当深刻。

离开饭店后，我们又在几条老街上随意散步了一个多小时。此时，天已完全暗黑了下来。尽管古镇街道上的灯火辉煌，但远处的群山却是黑黝黝的，宛若一头头正在酣睡的巨型野兽，而衬托在深蓝色天空之下的山的边缘，也散发着蓝幽幽的缥缈的光泽。我们毫无目的地并肩漫步在人影绰绰、喧声不绝的几条小街上，任凭清凉的山风吹拂着脸庞，缓缓而行，低声细语，心清气爽，仿佛自己已超脱于世俗之外而融入自然之中，心中无比舒然。

大约晚上9点半，在点点星光下，你轻挽着我的右手臂缓步走上回宾馆的那条有点陡峭的石板台阶小道。大约走到半途，我们都有点疲累的感觉，还有点气喘吁吁，于是就在一块较为宽大平坦的石板台阶上站立歇息了一会儿。这时，你突然侧过身来娇声娇气地对我说："要你抱，你抱抱我。"我感觉有点小意外，但很快就反应过来，进而面对面紧紧搂抱着你的腰肢，并相互热切地亲吻了好大一会儿。在这当儿，与昨晚在南昌的宾馆房间一样，你的嘴里又冒出几声："爱你，我爱你，小罗头，真的好爱你！"由于我们正在亲吻，这些话听来有些含混，但意思清楚，明确无误。说实话，这些话语当时还真让我的身骨瞬间有些酥软的感觉，全身充满爱意的血液也快速地奔腾起来，太阳穴还突突地乱跳不已，犹如幸福之气溢满了全身的血肉似的。我心想：罗某何德何能，竟然能够得到如此佳人如此炽热和真挚的爱，今后该用怎样的真情和责任来回报她的这份爱呢？！

回到房间，洗漱完毕，你洗了当天的内衣，并第一次也顺便帮我洗了。上床后，我们没有再闲聊什么就直入主题，开始做起爱的动作。还是我主动的吧。我再次吻遍了你的全身，还让你趴伏在床上，我虚坐在你的大腿上，按摩了你的整个后背和臀部好大一会儿，也亲吻了个透彻。

或许是出于怜爱，也或许是出于不忍心吧，你突然在我的耳边轻声说，今晚你要用特殊的方式让我得到满足。这是我们第一次，同时也是我们唯一一次极为奇特的云梦行动。那时的我，激动是免不了的，心里却有点惊讶，脑中竟然迅速生出"她怎么会懂得这么独特的动作"的念头。不过后来，你曾小声解释了一番。事后，你迅速推开我，直奔洗手间，出来后我问你："是痛吗？还是不舒服？"你涨红着脸说："不痛，就是蛮恶心的，别的倒是没什么。"尽管我很享受，但我心里暗想：真不该这样让你如此难受，下次不做也罢。这是当晚第一件让我极为感动和印象深刻的事。

随后，我们又开始搂抱着亲吻起来。突然，我的下面部位传来一阵剧烈的疼痛感，似乎是被什么东西猛撞了一下，痛得我全身颤抖。我很快就意识到，是你无意中忽然收拢的膝盖狠狠地撞击了一下。完全是出于应激反应吧，我不自觉地用右手狠狠地拍打了一下你的屁股，嘴里也不自觉地说出："打你屁屁，你撞痛我了。"你很快娇声娇气地说："真的吗？那对不起啦。可我一点都没有感觉到啊，哈哈哈。"接着你用左手轻柔舒缓地抚摸了一小会儿，边抚摸边问："还痛吗？"我特夸张地叫喊出声："痛！痛死人了！哈哈。"后来，你在给我的来信中，曾提到过这件事，你觉得这是我们之间发生的很有趣的事件之一。（待续）

祝好！

小罗头

D年8月13日

第四十八封信

亲爱的吉尔：

第二天（这天应该是前年8月的最后一天），我比较早就醒来了。如同以往的清晨，我又支撑着左手侧俯着脸静静地观看你的睡姿和面容。对这种充满极度踏实感和怜爱的举动，我一直十分喜爱。你一醒来，看到我自上而下用色眯眯的眼神紧盯着你，就醉眼迷离地发出清脆而柔情万端的娇声："干吗老是这样盯着人家看？怎么还看不够啊？"我"呵呵"两声，笑而不答。接着你以撒娇的口吻说："有水吗？某人渴了，要喝水，还要你喂！"我立刻下床倒来一杯昨晚烧好的已冷却多时的水，站在床沿边，左手搂抱着你的头，举杯喂了你小半杯，直到你摇头示意我拿开杯子。你问过时间后，便进了卫生间，我也紧跟而入。等你坐在便缸上时，我站立在你的面前，让你的头部紧靠着我的小腹。我的手轻轻地抚摸梳理着你的一头乱发，这样的时刻，这样的动作，尤其是这样温馨的气氛，我不记得以前是否有过，但在我的印象中，此后我们在一起的每一个清晨，我基本上都会有这样的举动，这也是我比较喜爱做的一件事，感觉自己真实地拥有了你。

洗漱完毕，我们来到一楼用了早餐。又回到房间后，我烧水泡了两杯铁观音茶，放在窗台上。我们就并排坐在窗口边的实木椅子上，面朝窗外绿意盎然、林木葱茏的巍巍群山，心无旁骛，神清气爽，无忧无虑。我们一边品尝着清香淡雅的茶水，一边悠闲惬意地看着宾馆左侧林间小路上缓步上山的行人，瞎扯些笑话，也闲聊些杂事。此情此景，可能让你想起了什么。你的神情中显露出很向往、很期待的样子，轻声细语地似乎在自言自语："（我）真的很喜欢这样悠闲轻松的日子，什么也不做，什么也不想，跟心爱的人，喝着茶，聊着天，那多好啊！"我也附和着说："是的呢，我也很享受这样的美好时光，但愿我们今后能够过上这样轻松惬意、怡然自得的生活。"

按照昨晚的计划，我们今天要游玩庐山东线景点，这些景点都是你随意挑选的。你从网上查阅得知，庐山的著名景点很多，主要的旅游线路可分为东线和西线。约上午9点半，我们从宾馆出发，沿着昨晚走过的石板台阶小路到达牯岭镇盘山公路，坐上观光车，先到达美庐别墅。庐山的别墅众多，风格各异，而且有历史价值和文化风情的不在少数。但美庐别墅无疑是其中最负盛名的，因它曾住过蒋介石夫妇和毛泽东同志，而且历史上的一些著名事件，如蒋介石指挥军队抗日等，就是在这幢别墅里指挥完成的。网上说，这幢别墅，始建于1903年，由英国兰诺兹勋爵建造，1922年转让给巴莉女士。巴莉女士与宋美龄的私人感情颇深。1933年，巴莉女士将此幢别墅让给蒋介石夫妇居住。1934年，巴莉女士又将这幢别墅作为礼物，赠送给宋美龄。这幢别墅，前临长冲河，背依大月山，坐落的位置，形如安乐椅。蒋介石很喜欢这里的环境，视之为风水宝地。

从外表看，这幢巨大的别墅，并没有什么特别优美的造型，反而给人以粗拙的感觉。它呈长方形，好像是分三层，底层为厨房、侍从室或服务生居住的房间，二楼为会客厅和卧室等，三层不向游客开放，不知实情。别墅的外墙被粉刷成淡绿色，正面有回廊形台阶，从山坡直达一楼，各楼层之间也是由弧形的石板台阶楼梯相连。别墅周围多是高大粗壮的乔木，据说多数是庐山金钱松，有的高达30米。整幢别墅似乎掩映在异常茂密的原始森林之中。离别墅正前方约30米的入口处内侧，耸立着一块巨大的浅灰色花岗岩石碑，上面镌刻着蒋介石手书二字“美庐”。

我们从观光车下来，穿过黑乎乎的粗大铁栅栏，走过美庐石碑（我们在此拍了几张单人照），沿着别墅前蜿蜒曲折的林荫小径和石子台阶小道，走进别墅里参观了大约半个小时。匆匆看过底楼几间摆设十分简单的陈旧房间后，我们沿着别墅右边内设的旋转式石板楼梯走上二楼，并在此停留了较长时间。二楼有蒋介石和宋美龄夫妇接见宾客的会客室，里面暗红色的红木桌椅等也是按照当时的格调和样子摆设的，一张黑色旧式实木方桌上还摆放着一台当时的留声机。蒋介石夫妇的卧室，现已被辟为小型历史展览室，里面展示着众多历史名人画像或照片，当然包括蒋介石夫妇及毛泽东、周恩来等党和国家主要领导人的照片，但其中给我印象较为深刻的是两幅画像：一幅是脸型狭长如马首，脸颊瘦削、下巴向右微微弯曲、样貌奇丑无比、眼光凶悍的朱元璋像，另一幅是穿着清朝官服、细目微垂、留着短胡须、皮肤蜡黄、神情慵懒的曾国藩像。其他还有众多的外国人照片。在展览室观看这些照片时，我们还谈了一会儿朱元璋的画像。你认为，这张画像应该是按照史书上故意丑化他的形象描绘出来的，他的真实长相不一定如此丑陋，或者也有可能是艺术化的结果。我表示完全赞同。

从展览室的小门出来后，我们在走廊上停留了几分钟，我给你拍了两三张照片。你那天穿的是休闲服，上身是黑底纵向白条纹的薄衫，下身是宽松的藏青色裤裙，显得相当休闲而飘逸。你侧身斜靠在窗棂边，面带微笑的那张照片，我很是喜爱，已珍藏在手机里两年多时间，现在偶尔还会翻出来看看。

从美庐出来，我们走到庐山人民剧场（庐山会议会址）外的小广场上，观看了一些艺术雕像，也以剧场、雕像等为背景拍了一些照片。之后，我们又坐上过路观光车到达芦林湖。芦林湖是20世纪50年代初在群山环抱的巨大峡谷中造坝蓄水而成的人工湖。该湖外侧的坝与桥两用，上面人车同道。湖的四周，景色优美，到处苍松翠柏，紫竹藤蔓，满眼葱绿。湖水清澈如洗，湖面平静，碧清如镜，山色倒影，相映成趣。右侧湖面上根据原有的小山包形状，人工构筑了一个小圆岛，湖岸与小岛之间有水面桥相连，远处高山下的湖边建有一座红顶六角小凉亭。我们沿着芦林湖右岸走了半圈，然后在湖边石坝上并排坐了许久，边聊天边拍照。我们的双脚均悬垂在湖面之上，悠闲自在地前后左右摇晃。在此，我们拍了许多张照片，有的是我们的四脚或各出一脚的合照，有的是半身合照，但大多是我给你拍的单人照，其中一张是你仰头向后猛甩长发的照片，极为洒脱，清纯可爱，令人印象深刻。

之后，我们又搭上观光车到达花径公园。据说，花径之名来自白居易的一首诗：“人间四月芳菲尽，山寺桃花始盛开。长恨春归无觅处，不知转入此中来。”公园正门悬挂着一副不大贴切规范的对联“花开山寺”“咏留诗人”，门额上书“花径”二字。我们在公园里只闲逛了半个多小时，在水塘边、草堂前、白居易塑像旁拍了几张照片。整个公园里栽种了许多名贵花卉，但只有少数盛开，大多已凋零。因此，这些花看起来零零散散，并无美感，甚至让人感觉有些凄凉荒芜。也可能是行色匆匆之故，这个公园确实没有给我留下什么好的印象。从花径公园出来后，我们又去了不远处的“如琴湖”公园随意闲游了半圈，但印象也不是很深刻。

约傍晚5点半，在清凉的微风中，我们搭上观光车返回牯岭镇，在昨天下午拍照的广场边庐山石碑前下车。此时太阳还未下山。在漫山遍野的红霞中，我们顺着公路走了一会儿，在一家小饭店里吃了简单的晚餐，之后在几条古街道瞎逛了几十分钟，最后带着疲惫的身躯返回宾馆休息。到晚上8点多，我们又再次下山去镇上逛了一会儿夜景，并买了些水果，10点左右再回房间洗漱、睡觉。（待续）

祝好！

小罗头

D年8月14日

第四十九封信

亲爱的吉尔：

当晚我们也做了云梦之事，从热烈的拥抱、亲吻全身开始，但起初没有做实质性的爱的动作。后来，可能是看到我无法真正满足而有些难受的表情，你才勉强允许第三者胡来。由于过度激动吧，我当时的某些动作可能比较粗鲁，让你不时显露出有点害怕和痛苦的神情。不过，我可没有考虑那么多，很快就开始行云布雨起来。

刚开始，你的脸色微红，表情也很平静，并且极力配合着我，双手紧紧地搂抱着我的后背，有时还把手指甲深深地嵌入我的后背肌肤，让我再次体味到刺痛的感觉。你的这些举动更加激起了我的私心和欲望，导致越来越猛烈。再后来，我看到你的脸色大变，从微微泛红逐渐变成深红色或咖啡色，嘴唇和眼睛紧闭，额头上也冒出点点冷汗来，犹如正在忍受着巨大的痛楚似的。可能是由于疼痛或看见我气势汹汹的架势吧，你在我耳边连连发出梦呓般的叫声。听到这些，我才意识到自己可能做得太过分了，觉得很是抱歉，就马上停止片刻或减缓下来，变得缓慢而轻柔，直至你的脸色有些舒缓为止。但由于过度激动或感觉不大带劲吧，只过了一会儿工夫，我又会忘记似的不管不顾地行凶作恶起来。如此这般，反反复复，第三者终于熄火灭焰，并得到巨大的满足。当然在后来的杭州、青岛、乌镇、内蒙古、葫芦岛、盘锦和沈阳等地旅游时，你都无数次给过我如此巨大的满足。所有这些，我都会铭记在心，绝难忘怀。

我记得，当晚完事后不久，你有点不好意思地低声说，在我达到目的之前你也有过一次相当厉害的感觉，这一点，在几天后的飞信聊天中，你跟我又提到过一次。你觉得这是你此生第一次获得如此酣畅淋漓、满足、激烈而深刻的云梦体验。你还在这次飞信中向我提议："我们下次旅行时，只要进了房间，放下行李，不管什么时候，就直接好好享受，好不好？""没问题啊，我当然求之不得啦，哈哈。"我赶紧回复。不过，当晚这次亲热可能对你是一次伤害。这是我有些担心的地方，也是我始料不及的事。因为你从洗手间出来后就说："突然又出了很多血，本来应该是结束了的。看来以后我们不能再这么蛮干了，要等大姨妈彻底走了再说。”尽管你说这些话时语气十分平静，也没有半点埋怨的意思，但我内心一阵心疼，感觉自己又做错事了。我知道，这样蛮干，真的很容易闯祸，很可能会让你今后留下严重的妇科病。“无论如何，下次一定要尽力克制自己，绝不能害了她。”我内心曾多次对自己这样说。

由于我们持续的时间太久，正式睡觉时估计已是凌晨2点多。当晚，我们没有再像往常那样面对面搂抱着睡觉。入睡前，我是从背后搂抱着你的身体，而且还一直用右手抚摸你，不时揉捏，你都极为安静温顺。其中用手掌盖住整个某某部位并加以揉捏抚摸的动作，一直是我非常喜爱的，我们在一起的每一个晚上，我一般都会这样做。

第二天（**前年的9月1日**）早上我们是几点起来的，我已忘记了。只记得你如昨日清晨一样，睁着蒙眬的睡眼，嘴里还是撒娇地说：“我要喝水啦，还要你喂，你得喂我。”我当然赶紧照办了。

按照你先前制订的计划，我们今天要去参观三叠泉、含鄱口、龙首崖和植物园等四大景点。具体的旅游路线都是你设计的。记得我们早上9点左右从牯岭镇先坐旅游观光车到运管所，在此等候了半个多小时，又买票转车到一座秀丽的高山脚下，徒步穿过一个村庄和一座木桥，再沿着小溪旁的曲折小路走了十来分钟，来到一个建在小湖边上的轨道缆车站。在缆车站门口，我买了两支木质拐杖。从三清山的经历得知，攀爬这类陡峭的山路，拐杖极为有用。我们所坐的缆车比较宽敞，像一个长方形的客车车厢，可以同时站立二十几个成年男女。这条轨道缆车线路建在两山之间的溪谷中，缆车就沿着小溪的走向而行，车速缓慢，车厢运行平稳，但耳边会不停地传来有节奏的咣当咣当声。

我们边聊边欣赏两边秀美的山景，精神愉悦，内心充实。不知行驶了多久，我们乘坐的缆车终于在一个悬崖峭壁下的一大片平地上停了下来。出了站台，左右两边都是一些梯形农田，种着各色杂粮，右边的远山脚下建有几处农庄，而正前方是一座高耸入云的大山，隐约可见一长串游客在陡峭的盘山小径上缓缓向上爬行，像是很吃力的样子。穿着各色衣服的行人，在半山腰上若隐若现。

我们也紧跟着同车而来的一帮游客，拄着拐杖，顺着石阶艰难蹒跚而上，很快就累得有些气喘吁吁。越过几个山尖，迈过几道山坳，又上上下下攀爬了几段石板台阶陡坡，然后经过一小段由实木铺就的栈道，我们终于来到一处山梁上的歇脚处。这里建有一个小楼阁，路边有一些山民在售卖矿泉水、玉米棒和其他小食品。我们在此休息了几分钟，买了两瓶水。我站在小楼阁上往前望去，接下来的路好像都是向下的极为陡峭的石头台阶。据说，这些台阶共有一千三百多级，分成好几个段落，有些段落边上建有小凉亭或者悬崖边上的观光平台，内中均设有若干石板条凳，供游客暂时歇脚之用。

离开这个山梁后，我们踏上向下延伸而去的石头台阶，充满期待地朝着远方的三叠泉走去。由于我的腿脚有些酸疼，因而我们走走停停，或者在路边石头上歇坐片刻，或者在小凉亭的石板条凳上坐上几分钟。对面都是高山密林，怪石嵯峨，气势磅礴，处处可见花岗岩构成的悬崖峭壁，异常险峻陡峭。我们知道，这应该就是著名的五老峰景区。在最后一座凉亭内休息了几分钟，再走下一大段极其陡峭的石板台阶后，我们终于来到今天的第一个景点——隐身于庐山九叠谷中闻名遐迩的三叠泉瀑布，其因自上而下被天然分成三段而得名。

庐山瀑布众多，但最为壮观也最值得一看的就是三叠泉瀑布（据说，李白《望庐山瀑布》中称道的瀑布并不是三叠泉瀑布，而是秀峰瀑布，但其景色、气势和瀑高却远不如三叠泉）。这个隐藏在深山之中的瀑布，据网上介绍，在南宋绍熙二年（1191年）才被上山砍柴者偶然发现，故有“一朝何事失扃钥（jiōng yuè），樵者得之人共传”的诗句。

关于三叠泉瀑布，有人在网上发布过如下极美的赞语：“三叠泉又名三级泉、水帘泉，位于江西省著名风景区庐山风景区中，被誉为‘庐山第一奇观’。古人称‘匡庐瀑布，首推三叠’。大月山、五老峰的涧水汇合，从大月山流出，经过五老峰背，由北崖悬口注入大磐石上，又飞泻到二级大磐石，再喷洒至三级磐石，形成三叠，三叠泉瀑布因此得名。立于泉下磐石仰观，但见抛珠溅玉的三叠泉宛如白鹭千只，上下争飞；又如百幅冰绡，抖腾长空；万斛明珠，九天飞洒。经阳光折射，五光十色，瑰丽夺目，恰似银河九天飞来。立于‘观瀑亭’又可俯视三叠泉。听瀑鸣如击鼓，吼若轰雷；见瀑像喷晶抛珠，水洒溅玉，连垂素练，落入深谷。仰看与俯视皆蔚为壮观，自成美趣，故有‘不到三叠泉，不算庐山客’之说。”有了如上这些极尽华丽辞藻的述语，我若在此还不自量力地再遣词造句加以赞美，实属多余。

三叠泉瀑布的底部有一个数十平方米的人造圆形深潭，水质清澈，游鱼历历在目。深潭之上就是陡峭万分的百丈山崖。可能由于此潭太深，从表面看，一池潭水呈现深蓝色。水面上放着两三只皮划艇，供有兴趣的游客玩耍。我们先在水潭边的大石头上坐了好久，边聊天边吃些食品、喝点水，并静静地观看他人在瀑布下游玩拍照。你还一时兴起，攀爬上深潭左边水淋淋的石壁，手脚并用，动作舒缓，姿态优美。但我看得提心吊胆。因石壁湿滑，还有细小的水流漫着石壁汩汩流淌而下，我生怕你一不小心掉进身下的深潭，那会十分狼狈，也相当危险。我就一直在下面喊话，要你小心、再小心，不断提醒你抓牢这抓牢那，但你都笑着大声回应我："没事，没事啊。"

下来后，你站立在潭边，变换着各种姿势，以飞泻而下的瀑布为背景，让半蹲在地上的我拍了多张照片。我们也请了一个中年男人帮忙，以潭水和瀑布为背景，拍了几张合照。之后，我们走到一处古色古香的老宅，在其大门前的小广场上，见有一位老妇人在用长条形青黄色的茅草叶子编织蜻蜓和蚂蚱等小动物，个个栩栩如生，惟妙惟肖，活灵活现。我们站在她的面前观摩欣赏了好大一会儿，但什么都没有买。（待续）

祝好！

小罗头

D 年 8 月 15 日

第五十封信

亲爱的吉尔：

接续上信。在这座老宅的正上方，建有一个近长方形的水泥观瀑台，其边缘立有半人多高的石柱和石栏，在此可以观赏到三叠泉瀑布的全貌。在观瀑台右下方不远处，建有一座小凉亭，梁柱都被漆成鲜红色，屋顶铺着青绿色琉璃瓦。只见凉亭内有两个人影在晃动，但我们没有走进去。在这个观瀑台的石头护栏边上，同样以气势恢宏、飞流直下的瀑布为背景，我给你拍了好几张美照。那天，你上身穿着胸前印有一大块方形图案的薄薄的白色T恤，下身穿着一条黑色弹性尼龙长裤，背着一个灰色格子花包，全身装扮显得异常干练文静，落落大方。在照片里，你始终显露着灿烂的笑容，表情清朗而自信。我知道，这才是你的真正本质，很是可爱。

拍完照，我们没有再停留，而是你前我后沿着来时的石板台阶小道直接往上爬。我抬头望着这条似乎直达山巅的蜿蜒而上、时隐时现的陡峭台阶小道，想着还要攀爬一千三百多级台阶，心里实在是发怵，腿脚也有些酸麻。但一想到你一个小女子都劲头十足，没有半点疲态，我总不能输给你吧，就暗暗给自己打气，脚下也不停地发力，尽量紧跟在你的身后半米之内。

当时大约下午1点，炽热的阳光直射而下，没爬几级台阶，我就大喘粗气，汗流浃背，有些跟不上你的节奏。可能是看到我有些疲惫的样子或是想到别的什么，只爬了十来级台阶，你就向我伸出手来。此后除了到达小道旁的小凉亭或比较平缓的台阶，你一般都是一直牵拉着我的手，一步一步地往上拽。此情此景，在当时，我内心既感慨又激动，其实也有些不忍，因为我知道你背着包自己攀爬已属不易，更何况还要被我拖累。与此同时，脑中还不时冒出你多次对我说过的“以后，无论如何都要陪伴你，小罗头，我们共谋蓝图”的话。从这件事来看，我当时是非常相信你今后一定会实现你的承诺的，心里也觉得认识你可能真是上天的刻意安排，就是上天可能要我改变你的命运和人生轨道，同时也改变自己的命运和人生轨道吧。

那天午后，我们就这样走走停停，手拉着手，一段一段、一级一级地爬着、聊着、看着。到了半山腰，我们曾在一处观景平台上停留了一会儿，又像来时一样，对着绿意葱茏的巍巍群山，对着高邈无垠的宇宙苍穹，对着远处云雾缥缈的悬崖绝壁，同时也对着激情满怀的我们自己，大声呼喊出我们内心的神圣愿望和殷切期待，但愿大山能够保佑我们，让我们前行的道路不会再像当天爬山这样艰难、坎坷和险峻。当然，这段艰难的爬山经历，的确曾让我的心灵震撼无比，感慨良多。以为人生的路，即使有再多艰难险阻，可能也不过如此。或许，人生的目标越是高远，身边的景色越是迷人，前行的道路上可能就会有越多坎坷、艰辛和汗水，然而一旦到达目的地，以前所有的困苦和付出可能都会化为欢乐的泪水、欣慰和满足，内心的充实和灵魂的骄傲可以涤尽先前的一切怨气和不满，人生也会彻彻底底地得到一次前所未有的升华和慰藉，付出的代价也可能得到加倍偿还。这是我当天爬山之后的感悟，虽说有些高调和理想，却深刻、真实。

大约下午2点半，我们又回到轨道缆车站，每人吃了一大块西瓜，稍事休息后，就坐上回程的缆车。到达这次三叠泉旅行的出发点——售票处时，看天色还早，我们决定再坐上观光车前往含鄱口、植物园和龙首崖游玩。

含鄱口位于庐山东谷含鄱峰中段，据说是庐山观日出的最好地方，而建于龙头山巅的含鄱亭则为最佳赏日地点。网上曾有人这样描述在这里观日出的盛景，读来让人艳羡非常：“清晨，只见鄱阳湖上晨光熹微，水天一色，一轮红日喷薄而出，金光万道，霎时湖天尽赤，半壁河山成了一幅灿烂绚丽的画卷。雄伟、瑰丽、莽莽苍苍的含鄱岭，像一座屏障屹立在庐山的东南方。”可惜，因时间关系，我们这次没有机会观赏到这样的美景了。

观光车行驶了大约20分钟，在两座大山之间的不知名山坳停车下客，我们随着其他几个游客走上右边的红土盘山公路。公路两旁的山坡上，林木茂盛，郁郁葱葱，大多是松树、柏树等高大乔木，许多公路下的大树枝丫伸展到公路上方，严严实实地遮挡着来自天空的炙热光线，使整条公路似乎完全躲藏在巨大的阴影之中，凉意袭人，但也给人阴森森的瘆人之感。在路侧的红土山坡表面，偶尔可见如虬龙过江、黝黑黝黑的松树老根，曲曲绕绕，盘根错节，时出时没，近看颇有些艺术气息，让人浮想联翩。密林深处，松涛阵阵，凉风习习，耳边还不时传来啾啾几声悦耳的鸟鸣声，令人精神振奋，疲劳感顿失大半。

不久后，我们来到含鄱口观景广场。这里已聚集了众多游客。我们先在广场边缘的石板条凳上坐下休息了一会儿，然后走下右边的水泥台阶，站在一处条形的小型观景台上，眺望远处青烟缭绕的滚滚群山和群山环抱中的鄱阳湖。但那天的湖面，雾气太浓，整个大湖都被笼罩在白茫茫的浓雾之下，我们只能看到层层叠叠、变幻莫测、滚东滚西、时散时聚的白烟似的厚重雾气，而没能欣赏到可能更为秀美的湛蓝湛蓝的平静湖面。但仔细想来，能够看到这样如梦似幻、缥缈不定的白云般的浓雾景色，也是不虚此行。

随后，我们沿着笔直而上的石子台阶小道，登上山顶处傲视八方的含鄱亭。站在亭边往下观赏时，我们才发现，原来在下方葱葱郁郁的半山腰，在雾气朦胧的山坡密林里，竟然建有一条观光缆车索道，淡红色四方形的缆车车厢在缓缓滑行，摇摇晃晃，若隐若现。可能由于距离太远，车厢显得十分渺小，我甚至都看不到车厢内的半点人影。

我们在含鄱口观景台和含鄱亭游玩了大约一个小时，并对着鄱阳湖和四周群山拍了一些照片。之后，我们又随着人流走进了植物园。据说，这里种植着三千多种植物，有些是国宝级和化石级的珍贵品种。或许是人们偏爱虚幻缥缈的景色甚于真切实在的东西吧，我感觉大家对这些植物并不感兴趣，都是匆匆而来、匆匆而去。我们也是如此，没有在植物园停留片刻，仅仅是穿行而过，然后只在一处园内小山包上早已倒塌的古塔废墟上随意溜达一圈，也没拍照，就沿着一条通往龙首崖的崎岖小路漫步而去。（待续）

祝好！

小罗头

D年8月16日

第五十一封信

亲爱的吉尔：

再接上信。那天，我们拐过几道小山岗，走过几条时窄时宽、遮掩在茂密林间的石子台阶小道，就来到了庐山的另一个著名景点——龙首崖。网上有人说："龙首崖位于庐山大天池西南侧，循石阶下行数百米，便可见一崖拔地千尺，下临绝壑，孤悬空中，宛如苍龙昂首，飞舞天外。游客若从悬崖左边一石亭观看，龙首崖悬壁峭立，一石横亘其上，恰似苍龙昂首。崖下扎根石隙的几棵虬松，宛如龙须，微风吹拂，恰似龙须飘飞。"还有人说："龙首崖是观云雾的好地方。每当大雾袭来，深涧峡谷中，云雾升腾，龙首崖如遨游在茫茫云海之中。游客站在岩上，有如腾云驾雾，云游太空；也似乘龙探海，嬉戏波涛。不多时，浓雾散去，晴空艳阳，满目青翠，远处峡谷、河流、田野、农庄清晰可辨。"

我们到达龙首崖绝壁观云台之前，先在一棵庐山松旁驻足了片刻。这棵庐山松就长在悬崖峭壁之上，枝叶繁茂，树冠浓密，姿态优美，可惜有些矮小。其旁立一石碑，上书"庐山松"三字。我们拍完照后，颤颤颠颠地拽着石子台阶小道旁的树枝或斑竹一步一停地走到悬崖绝壁上用粗壮铁栏杆圈围着的小小观云台。台下是高达数十米笔直而立的峭壁悬崖，前方是深涧峡谷，远处是苍茫混沌的群山。据说，这里是观赏庐山云雾的最佳地点。但当天下午，风和日丽，晴空万里，整个峡谷中，除了远处有些朦胧稀疏的点点薄雾之外，并没有看到人们所说的绝美的缥缈云雾景观，心里似乎也有点遗憾可惜的酸楚感。但是，站在这个观云台上，我内心暗自感叹，天地如此壮观、辽阔、美好而永恒持久，而人生却如此沧桑、渺小、短暂而变幻莫测，如不有所作为，真真是枉度此生了！

就在这处小小的崖顶观景平台，我们要么手挽着手并立观景，要么相互搂抱着亲吻拍照。你在此斜伸出右手自拍了多张我们搂抱着嘴对嘴亲吻或相视而笑的照片。当时，你我都心潮澎湃、激情难抑，胸中似有万丈豪情，如不喷泻而出、一吐为快，就会有压抑烦闷的感觉。因此，你当即提议，我俩同时对着雄伟而又苍茫的远山发出誓言，让天地做证，见证我们的爱和情！于是，你先示范式地大喊一声："小罗头，我——爱——你！"然后，我们再拼尽全力一同高声呼出："小罗头（小丫头），我——爱——你（我——爱——你）！"如此这般，我们连喊了三遍，简直痛快淋漓。事后，我感觉喉咙隐隐作痛，声音也有些沙哑。我们这次对着高山峡谷忘情呼喊的情景，也必定会让我永世难忘。在后来的飞信中，我们也曾两次提起过这次高山誓言。对于我来说，这真是一次令人无法忘怀的激动时刻和幸福时光，我定会倍加小心地珍藏于心，终生不忘。

从龙首崖下来，我们又穿行了几道小山梁，然后走过几条林间小道，来到山脚下的公路旁，并排坐在路边实木长椅上边休息边等候过路观光车。在这张椅子上，你也给我们拍了好几张合照。尽管当天我们踏遍了千山万水，攀越了众多大山小岗，走过了无数林中小路，但是可能由于兴奋和满足，你依然是一副精神抖擞、容光焕发、神采奕奕的样子，说出的话语也极其轻快爽朗，滔滔不绝。我看在眼里，惊叹不已，而自己疲态尽显，腰酸腿疼，说话也是有气无力，真是岁月不饶人。我们大约等候了半个小时，终于坐上一辆过路的直达牯岭镇的观光车。

到了牯岭古镇，我们下车后没有再停留，而是直接顺着那条相当熟悉的石板台阶小道走回了宾馆。此时，天已渐黑，估计有7点来钟。在房间里洗漱休息一会儿后，约8点半，我们决定去镇上吃晚饭。出了宾馆，我们又在昏黄的路灯下走下那条已无比熟悉的石板台阶小道，穿过牯岭古街道，走上"庐山"石碑前一条较为宽阔的水泥公路。顺着这条公路走了三四百米，见到公路下民宅巷口有一长串水果摊，我们就手挽着手走下去购买了一大袋桃子。然后经过一条小巷，跨过一座小型石拱桥，我们来到一家开在公路下方的小饭店。我们先在饭店里点好菜，再走到店门前广场边的露天餐桌上落座。我们在此吃着烧烤，喝着庐山小白干，聊着远近见闻，其情殷殷，其意切切，内心也是轻松、悠闲而自在，感觉人生幸福快乐的时光无非如此，此生何求？！

闲话少说。那天晚上，我们吃了一顿时间很长的饭，近晚上11点钟才离开饭店。在那条石板台阶小道的中途，我们又像庐山第一个夜晚那样，站在一处台阶上拥抱亲吻了好久，才慢慢腾腾地走回宾馆房间。先后洗过澡后，我们略为收拾整理了一下行李，就上床睡觉了。这是我们在庐山的最后一晚。当晚，我们也同样激情地缠绵了一个多小时，但那次并没有给我们带来多大的满足感，原因应该是那个坏家伙有些不争气（你说，可能是过于劳累了），它与往日的雄威有很大差别。事后，你我都觉得意犹未尽，虽然那个第三者已泄了火，却终究没有获得酣畅淋漓的满足感。（待续）

祝好！

小罗头

D年8月17日

第五十二封信

亲爱的吉尔：

在庐山之行的最后一天（前年9月2日），吃过早餐后，在离开宾馆前不久，不知何故，我竟然一时兴起，脑中又生出想要再来一次亲热的念头。我刚以试探性的语气说出这种不良想法，你很快就默默地、顺从地仰面躺在床上，显得异常温顺安静，并没有说出半点反对的话语。

看到这里，感动之余，我也迅速爬上床，与你面对面地相互搂抱着亲吻了一小会儿，就有点粗暴地动手动脚起来。正当两人刚刚有点激动之时，你就问我小雨伞戴上没，由于时间紧迫，我戴好后就片刻不停地直入主题。刚开始，那个坏家伙好像还是相当神气活现的。当我想再亲吻你的某些神秘部位时，没想到，却看到一片红光，而低头一瞧，那个小精灵表面也是血影斑斑。很显然，你的大姨妈还未走得彻底，而刚才的一些粗鲁动作，可能又撕裂了某些伤口，这让我大吃一惊，同时内心也抑制不住地滋生出一股淡淡的失望感。显然，受此影响，第三者的脑袋已耷拉下来，无论你我怎么扶捏，都无济于事。

我当时内心那个悔恨啊，真想打自己一个嘴巴，恨它在关键时刻又如此不争气，并说了一些狠狠的泄气话。你一听，显然是出于心软，就翻身搂抱着我的脖颈轻声说："不急，不要急，慢慢来，我们再试试。"尽管经过多次努力，但它还是很不买账，根本无法恢复最基本的活力，以至于我的信心大受影响，自己也没法得到满足，心里的焦急和难受，无以言表。

后来，我们都未着片缕坐在床沿上又搂抱了一会儿。你一再柔声细气地安慰我说："没关系的，亲爱的，真的一点都没关系，来日方长，我们以后有的是机会，不是吗？"最后，就像在婺源宾馆离别前那样，你再次向我解释说："我上次不是说过嘛，它就像一个人一样，也会有疲劳困顿的时候。你想想啊，我们每晚都这样高强度地折腾它，有时一晚上还折腾好几次，它当然也会累啊，它也需要休息，所以你千万不要把这事放在心上，我也一点都不会计较。两人相爱，最重要的是心灵相融相通和体谅，其他都是次要的，真的。你不要再有顾虑和伤心了，好吗？”这些显然是十分通情达理的安慰话语，在当时却让我更加羞愧难当，也更加难受和自责，但无可奈何，自己也只能默默忍受着。后来，我也仔细想过，这件事，虽是小事，但给我的印象却极为深刻，主要是让我更加证实了你真是一个世间罕有、善解人意、心地柔软和淳厚善良的好女人。

在我们纠结于这些事情时，你昨晚约好的小车司机已多次打来电话，说已在宾馆门前的广场上等候多时。大约上午9点半，我们急急忙忙地提着行李走出了房门。当然，出门前，我们又照例相互搂抱着亲吻了一小会儿，然后下楼去办理退房手续。上了车，沿着我们来时的那条盘山公路返回九江火车站。由于你已在手机上购买好了从九江到南昌的火车票以及我们从南昌各自回程的火车票，看时间比较紧迫，一路上，我们心情焦急，都很少说话，但也不便过度催促司机：一是这种山区公路的路面比较狭窄，弯道又多，如果开车太快，很容易会出事故；二是我们这次不成功的云梦经历着实耽误了一些时间，不能怪罪司机。

到达火车站时，离开车时间只有8分钟。下车后，在我跟司机结账的当儿，你就一手提着行李箱一手拿着花包，朝着候车大厅一路狂奔。随后，我也提着行李箱，在你的身后不远处小跑着。当我看到你有点佝偻着身躯一晃一颠、颤颤悠悠、摇摇晃晃地往前奔跑的背影时，心里真的很是疼痛和震撼，愧疚和怜爱之情曾让我泪水盈眶，胸腔内似乎也激烈地涌动着一股难以自抑的暖流。我一边狂奔，一边暗暗发誓，无论如何，今后都要好好爱你、帮助你、支持你和陪伴你，对你的爱也将终生不渝！朗朗乾坤，日月可鉴！

到了售票大厅，你先去自动柜台机取了车票，我们再急匆匆地赶往候车室，但还是迟到了几分钟，你所预订的那趟火车刚启动出发。不得已，你只得把票改签到下一趟。之后，我们在候车室的椅子上静静地坐着闲聊，脸上已没有了刚才火急火燎的表情，还自嘲自慰了一番：既来之，则安之，一切都是最好的安排。约一个小时后，我们终于坐上了开往南昌的火车。车厢里行人不多，我们坐在车厢最后一排，两人占据三个座位。一路上具体聊了些什么，我已记不大清楚了，只大概记得我们聊了一些有关你未来的工作目标、学习计划、周易之类的话题。

到了南昌火车站，刚取好火车票，你要坐的车就已到了检票时间。我们又急急地朝着检票口快步走去。跟以往离别时一样，你边走边大声要求我一定要保重身体，照顾好自己，好好吃饭，好好睡觉，劳逸结合，而我则是以一连串的“嗯嗯”“好好”“没问题”等胡乱应答着。在你排队的当儿，我一直站在离你不远的地方，目送着你随着队伍缓缓地向前挪动，直到你的身影消失在通往站台的阶梯口。顿时，我觉得心里又是空落落的，淡淡的孤独感油然而生，情绪又逐渐开始低落了下来，对你的思恋之情在内心深处也再次渐渐滋生出来。

我的车晚开了半个小时。你离开后，我就坐在椅子上给你发着飞信，不久就收到你的回复，说你已落座，旁边的一个帅哥还帮你放好了行李。你说，很巧，他也是中南大学毕业的，是我的校友，等等。我也上车后，有一段时间，由于手机信号不好，我们的飞信都无法收发，就改为短信联络。你发来的短信其中有一条是："尽管我们才刚刚分别，可我就很想你了！真的好想你，我的爱人！"这最后一句话，曾让我感动万分。这是你此生第一次也是最后一次用"我的爱人"称呼我。心想：我能得到这份如此炽热真挚的爱，就算今日死去，此生也了无遗憾了。

我永远会记住，这一天是B年9月2日！

祝好！

小罗头

D年8月18日

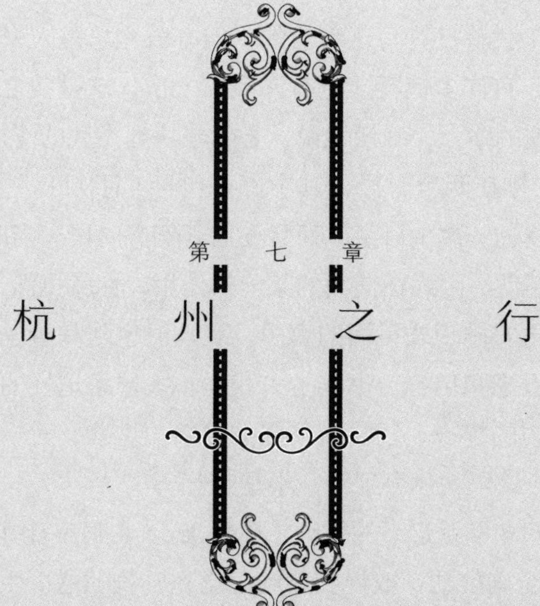

第 七 章

杭 州 之 行

第五十三封信

亲爱的吉尔：

其实，昨天下午我就打算写这封信的，但办公室总是人来人往，让我没法静下心来。杭州之行，有许多惊喜，更有许多第一次，这是我之前完全没有预料到的。记得你在去娄底的路上，确切地说，是你在快到娄底的隧道里，在飞信里说："我们的见面可以安排在两个时段，其中都要包含1月9日。"我当时就已明白其意，就是你真要给我过一次生日了，而且要错开例假时段。当时我是有些惊讶的，但内心更多的却是感动。因为在前面的某一封信里，你就见面一事说得有些含糊，好像是以后尽量不再安排正式见面的意思。我那时也附和着说，我会尊重你的想法，你不必有太多顾虑和担心。事实上，我是不太愿意这样的。而且这些话，我说出来也是有气无力的样子，还略带失望的情绪。这些，对于聪明的你来说，肯定是瞒不住的，你应该早就体会到了，不是吗？

不过，对于我们老早就定下的誓约（你曾说，"我们今后每年都要给对方过生日"），我是不敢完全确信的，或说我隐约感觉到，我的这次生日又会像去年那样是在电话中度过的。甚至在你预订了宾馆和车票后十天左右的时间里，即使在我们出发前一天的那个晚上，这种不确定感也始终存在于我的脑际。我预演过几次这样的情境：某天，突然接到你不再去杭州的电话或飞信，我该如何应对？如何掩饰自己极度的失望感？又应该用什么言语来安抚你可能的歉意？但这一切都没有答案。

C年1月8日那天，我不时给你发飞信，也一直关注你的飞信动态，虽很少提及即将到来的杭州见面一事，但内心还是逐渐安定下来，那些令人恐惧的字眼并没有出现，你还像往常一样回复着我的问讯。应该说，这种担心，虽不强烈，但也不时会扰动我的心波，让我的心中生出一股轻轻的焦躁感。为什么会这样呢？你可能会说，是我对我们的约定和爱不自信吧。事实上，可能有这方面的原因，但我以为，更多的是我太渴望这次见面了，太想你是主因。自从说好这次会面，我每天都很兴奋。一想到又可以见到你、搂抱你和亲吻你，尤其是还能再次体验令人心神荡漾的云梦历程，我总会情不自禁地激动起来，脑子里也是浮想联翩，不禁心潮起伏。对一个人的爱与恋，已达如此程度，如此强烈、渴望和急迫，仔细回忆，此生真是从未有过。怪只怪，南江与瑜州，相隔数千里，似乎遥不可及。或许，我们两个人的心已没有多大距离，但这种地理上的分离，却让我们每次的相见都那么艰难和不易。虽然每次的相会，总是给我留下极其美好的记忆，却苦于时间总是那么短暂，每次分别后，都会给我带来长久的更加深沉的思念。你可知道，这种思念是相当折磨人心的！但处境如此，时机也未成熟，不得已，我只好把那些对你的浓浓思念隐藏于内心深处。

1月9日那天早上，我的心还是比较安稳的。我已知道，你肯定会赴杭州之约的，心爽爽然。到中午上床休息时，我又开始激动起来。这种激动是身心俱来的，心中的爱意滚滚而起，一波接着一波，实难抑制，而体内生理的欲望也被渐渐唤醒，猛烈而持久。很期待，真的是很期待能够再次拥你入怀，紧紧地搂抱你，热烈地亲吻你；很期待，真的是很期待能够再次与心爱的人儿同床共眠，能够再次轻柔地抚摸你，感受你柔软光滑的雪白肌肤以及你无比温情的爱意；更期待，真的是更期待能够再次持久放肆而猛烈地与你琴瑟和鸣，再现青岛时的那般极端浪漫与激情。这些激动的想法，让我无法入眠。下午不到1点半，你发来飞信说，已出发去火车站。我知道，上面的种种期待正在向自己走来。想到这里，我就有血脉偾张和难以自抑的感觉。

不到2点，我索性起床，再次检查一下行李后，就比预期提前半个小时出发。2点40分左右，你在飞信中说已开始检票，这时我刚好出门。在地铁里，我发过几次信息，但都没有收到你的回复。我估计你可能太累了，正在打瞌睡或者列车上无信号，也没太在意。到3点三刻，由于一直没有收到你自上车后的任何信息，我有些不放心，就在火车站入站口给你打了电话。经过两次失败后，终于听到你的声音。你说，车厢里信号不好，一点没事，别瞎担心。过了安检后，我发现自己只知车次，却不知车厢号和座位号。不得已，我又打了两次电话给你，很快就收到你发来的截屏信息。

我的火车是下午4点43分开的。落座后，我也发了飞信给你，但过了很久，还是没有收到你的回复。我觉得有些奇怪，以为你这次真的睡着了。后来，我才发现，是我的信息没能发出，皆因车上的网络信号太差。当时，我还跟旁边的人发牢骚说，中国的火车这么先进，而网络却如此差劲，有点想不明白。当然，这些小事一点都没有影响到自己的心情。因为，与这趟列车相向而来的车上，正坐着一个自己心爱的人儿，她正在向着我们共同的目标疾驶而来，每一分，每一秒，都在不断缩短着我们之间的距离，两颗心似乎也在快速接近之中。想到这里，我忽觉有种隐隐约约的幸福感丝丝而来，内心相当安然。

从断断续续的飞信中，我猜测，自江西萍乡到鹰潭，你应该是睡了一觉的。你当时说，很快就到金华，而金华过后是义乌，义乌之后就是杭州。我的火车是下午5点42分到达杭州的，相当准时。不到6点，我已走到杭州火车站北3出口处。知道你还有一个小时的车程，我就在大厅里随意瞎逛，心却是满满当当的，都是满怀着希望与激情的。第一次从洗手间出来后，收到你的飞信说："next stop：Hangzhou."不知咋的，这时，我的心却莫名其妙地紧张不安起来。很奇怪，这种状况只在厦门机场见面前有过，而其他三次旅游在见面前都没有出现过，原因不明。也很奇怪，这次我突然发现，人一紧张就尿多尿频，而且对自己的外表形象越来越不自信。到与你会面之前，短短的三刻钟时间里，我去了三四趟洗手间，每趟都要仔细照照镜子，整整头发，拉拉衣服。你送给我的淡蓝色围巾，我也是取下又围上，围上又取下，反反复复，不知如何是好，感觉什么都对不上眼，也感觉自己的一切可能都没法让你满意，心中有些忐忑不安。

就这样，我在洗手间外来来回回走了不知多久。这次出现的紧张情绪，似乎比厦门旅行初见前有过之而无不及。其间，还发生了两段小插曲。一是，一个穿戴相当整齐干净的漂亮女人，至多30岁吧，一手拉着一个红色皮箱，一手牵着一个小男孩，悄无声息地出现在我的面前，突然跟我说话，着实把我吓了一跳。起初，我没听懂她说什么，后来才弄明白，她想向我讨几十元钱。我有点惊讶，她没说什么理由，伸手就问能不能给她几十元钱。我看她穿戴得这么整洁干练，不像是缺钱的人，就急急地避开了，也没搭理她。稍后，我站在不远处偷偷地观察了她好大一阵子。心想，如果她确实遇到困难，我给她一些钱也没什么，这是小事一桩。不过，我发现，尽管她不断地伸手向旁边正在看电子信息屏的几个男人讨钱，但从没看见有人理睬她或给她钱，都是迅速转身离去。后来，一想到这件事，我就有点自责和愧悔，当时应该问问她到底遇到什么困难了，如果真有困难，自己应该适当帮助她才对。唉！救人之难，人之常情嘛。

二是，在看火车电子信息屏时，我一直找不到你乘坐的车次BB13××，好多趟比你早到或晚到的火车，上面都可以看到，有的一直在滚动出现，偏偏不见你坐的火车信息，感觉很奇怪。有一段时间，我都怀疑你坐的这趟车失踪了，或这趟车根本就没有经过杭州。直到这趟列车离进站只有8分钟时，大屏幕上才突然跳出BB13××的影子。我竟然有如释重负的感觉。这时，我又急急忙忙地去了一趟洗手间，在里面磨蹭了一会儿，出来刚取下围巾，正想专注于杭州火车站北3出口时，就看到一个穿着灰色长大衣、一手提着一只晃晃悠悠的白色方形纸盒、另一手提着一个沉重的黑色提包的女人向我站的地方款款而来，感觉身影有些熟悉。仔细一看，才认出是你，这让我有点惊讶，仿佛你是突然从天而降似的。因我当时估计，列车到站后，你至少要15分钟才能出站，而那时最多只过了5分钟。对你如此快速出现，我着实未曾料到，难道你也是想急急地跟我相见，因而一刻不停地快步出站？想到这里，我心中似乎升腾起一股淡淡的暖流，但也颇为紧张。不过，当你实实在在地站立在我的跟前时，我的紧张情绪却不知不觉间烟消云散，然后，就大大方方地领着你往出租车停泊处走去。

上了出租车，我们一路紧紧地握着手，轻声地聊着天，但我已忘记聊些什么了，只记得自己跟司机聊了会儿杭州的天气。不到半个小时，我们的车就到了宾馆门口。你去办完入住手续后，我们直接坐电梯到了1212房间。一看到这个房间，你很不满意，我也感觉不大舒服。与前面四次旅行所住的宾馆相比，这个房间显得太过拥挤，尤其是当我们放下所有的行李后，似乎已没有多大的回旋余地。你当即打电话给宾馆总台，答复是每个房间都是这样的大小，而我们这个靠近角落的房间，还算是比较好的，因为朝着街面的玻璃幕墙占了整个房间边墙的一半，视野开阔，光线充足。挂了电话，你带着有点失望的语气对我说："这次就算了，我们将就点吧，但以后订房时，一定要看看房间面积大小的说明，这是一个教训。"我点了点头。不过，透过玻璃幕墙，你猜测，远方那片黑乎乎、无光无彩的地方应该是美丽的西湖。后来发现，果然如此。

因此，既然都已经登记入住了，我们就抱着既来之则安之的心态，摆好行李，脱掉外衣。你先走到窗边，躲在淡黄色的窗帘里，面对着西湖的方向瞭望着。我站在你的身后，看到如此熟悉的背影，我开始有些激动，就快步走近你，从背后轻轻地搂着你的腰腹部。未几，在你向右偏过头来想跟我说些什么时，我已紧紧地抱起你，并亲吻起你的嘴唇和脸颊来。你微闭着的眼睛，红润的脸庞，任由我狂吻的样子，真是迷人极了，这不可能不令人生出浓浓的怜爱之情。我边吻边说："想死你了，亲爱的，真是想死你了。"你轻声说："真的假的？其实，我也想你。"

听到这里，我猛然把你抱到床上，让你仰卧着，再快速地扑在你的身上，又吻又摸。你也紧紧地搂抱着我，久久地抚摸拍打着我的后背。这些都只是序幕。后来几天的种种温馨、浪漫和热烈的爱，完全超出了我原先的想象，怎不令我激动难忘呢？！真正是，每一次爱的旅途，都有每一次的精彩，而这次杭州之行尤胜，尤为铭心刻骨！（待续）

Love you，my Gill!

小罗头

C年1月16日

第五十四封信

亲爱的吉尔：

接续上信。相互拥抱了一阵子后，我们先后起身去卫生间洗漱，再稍事休息，就出门去寻找饭店。此时，已是晚上9点多。出了宾馆大门，经人指点，我们朝左边街道漫步而行。杭州的夜，雾气迷离，喧闹中有些阴冷的感觉，空气中也浸染着淡淡的香辣气味。这种气味，应该是附近的哪家火锅店里无意中飘散而来的。街灯璀璨，五彩缤纷，行人匆匆。过了两个街道口，我们似乎到了杭州最繁华的路段，游人如织，车水马龙，人声鼎沸。刚出宾馆大门时，你问我想吃什么，我说："既然到了杭州，那最好是吃当地的菜吧。"

我们又跨过一个街道口后，你拿出手机，用定位软件找寻杭州菜馆。仅一会儿，你就说，我们走错方向了。于是，我们又折返回那个街道口，朝北走了百余米，进了银泰大楼，然后坐电梯直达三楼，几经周折，终于找到你在网上看中的那家饭店。店内食客众多，声音嘈杂，生意兴隆。我们在最里面的一张餐桌落座后，你点了几样特色菜肴，好像都是我爱吃的。我微笑着说："哎哟，某人现在蛮厉害的嘛，都知道我爱吃什么菜了。"你说："那当然啦，你太小看我了。都认识这么久了，我还不知道你的口味啊？"后来，你还说，其实这里还有好多你想吃爱吃的菜。我就说："那你尽管点啊，想吃什么就点什么，又不差那几个钱。"你说："不了，别太浪费。这些菜足够了，而且你喜欢的菜，我也喜欢。"我只好说："那随你啦。"

上菜后，我们边吃边聊。我聊了一些小时候的事，你也讲了一些近期发生的有关学校和朋友的事。那晚，你穿着一件纯白色长绒毛衣，头上歪戴着一顶橘黄色六瓣型贝雷圆帽，脖颈上松散地围着一条镶有紫色花边的浅灰色围巾。在饭店里柔和的奶白色灯光下，你宁静淡雅的神情和高贵靓丽的身姿得到了真实完美的映照，很是迷人。尤其是看着你满脸红光、兴致盎然、开心愉悦的样子，我感觉很是欣慰，内心非常充实而满足。

约10点半，我们出了饭店大门。在回宾馆的路上，我蓦然想起我们来杭州之前，在飞信里商量过两人要在杭州宾馆房间里好好喝一次酒的事，当时还定下了划拳论输赢的酒令和不醉不许睡的规矩。这是在青岛经历过的事。我们曾在青岛全季酒店房间里喝过一瓶葡萄酒，你有两三次先把一大口酒含在嘴里，然后嘴对着嘴喂给我喝。开始时，你曾幽幽地笑着说："今晚，我要用嘴含酒喂你的法子把你灌醉，看看某人醉后的丑态是什么样子，哈哈。"那次充满十足浪漫气息的夜晚，令人印象深刻。想到这里，我当即提起在杭州喝酒这档事。你说："你怎么还记得这事？这不过是当时开的一个玩笑罢了，你还当真了？"我说："我才不管呢，某人说话就得算数。"不得已，在我的坚持下，我们在附近几条街上到处寻找卖酒的商店。最后，好不容易才在一家简陋的街角小店里，买到一瓶张裕五年葡萄酒，但此时天已太晚，因此没有买到任何下酒菜。

晚上11点左右，我们回到宾馆房间，刚刚面对面相互搂抱了一会儿，我就用幸灾乐祸的语气对你说："今天杭州没下雨哦，哈哈。"你显然明白我的意思，但一直假装没听懂，还用神秘兮兮的眼神盯着我，一声不吭。我只好说："怎么忘记了？前几天，那是谁跟我在飞信中打赌，说如果到杭州后没下雨，那我们就要一起沐浴，一起泡澡，哈哈，你就认输吧。"你眨巴着眼睛，面带微笑，有些蛮横地说："我可不记得了，早就忘了，不算数，不算数。"我刚说出"怎么能耍赖呢"，你就笑着说："当时，我只是想糊弄糊弄你啦，吊吊你的胃口，让你穷开心一下。其实，我可没有真正同意打这个赌，你可别当真！"我连忙说："那可不行！天底下漂亮的女人说话都算数，你也得算数，不然饶不了你，呵呵。"可能是经不住我的软磨硬泡吧，最后，你还是同意了，答应当晚跟我一起沐浴，但提出一个严苛的条件：浴室里不许开灯！我感觉自己终于取得了一次非凡的胜利，心情舒畅，痛快无比，就爽快地说："没问题啦，哈哈。"

我本来想好的坏主意是，我先去把浴缸好好洗一下，然后我们一道泡澡，这样或许可以满足自己的最大私心。但你没同意，只好作罢。想来也是，又不是自己家里，宾馆的浴缸还是难以做到百分之百的干净，除非经过消毒液洗刷。你穿着薄薄的花色内衣快速闪进了洗澡间，不久后，里面就传来哗啦啦的淋浴声。过了一阵子，你叫我把浴室的灯关闭，整个浴室顿时漆黑一片，根本看不见里面的人和物。

我也迅速脱去所有衣服，光着身子钻进了浴室，并轻轻地关上了房门。但里面实在是太暗了，根本看不到你的影子，连眼前的地板是啥样子也不大清楚，迈步都有些困难。我只好说："丫头，这里实在是太黑了，我看不到你，得让浴室的门半开着，OK（**好吗**）？"你没有半句应答。等了片刻之后，我就说："既然没人答话，那就算是某人默认了哈，可别怪我哦！"我就摸索着找到里面的门把手，悄悄地把门拉开一条大约30厘米宽的缝。刹那间，走廊里淡黄色的光线照射进来，已能依稀辨认出浴室里的东西和方位。虽然光线还有些暗淡无力，但我至少能隐隐约约地见到一个发着淡淡白光的人形，正在喷涌而下的水流中轻轻扭动着。我向前伸着手慢慢挪步过去，先拉开湿淋淋的浴帘，接着似乎是无意中触碰到你的手臂，然后小心翼翼地跨进浴缸，再顺势拦腰搂抱起你。你也反身抱住了我，并把极为丰满的嘴唇贴了过来，我们就在急速喷射而下的灼热水流中猛烈地亲吻起来。这时，我才感觉到你还穿着内衣。我就摸索着先帮你脱掉，然后，在雾气朦胧的光影中，我把你的衣物准确地扔进两米开外的洗脸池。我又侧转过身，两个光溜溜的身躯再次激动地"黏合"在一起。

"为什么不能开着灯一起洗呢，嗯？"在你关掉水龙头并给我的身子涂抹沐浴露时，我曾这样问你。起初，你默不作声。在我连问之下，你只好说："也没啥啦，就是不想让你看到我的胖身子啊，有点不自信呗。我跟你说过多次了，我要好好锻炼，要减减肥，要让你看到我最好最美的身材。到那时，才能开灯一起洗澡！"我说："你这算胖吗？你这样的身材还不算好吗？那怎样才算是好身材？我觉得吧，你现在的一切都是非常完美的，不仅脸蛋漂亮，身材也是极为迷人的，为什么这么不自信？根本没必要的啦！不管怎么说，我都很喜欢！"你却用很武断的语气说："不好！就是不够好！这方面不听你的！"我只好不再吭声。

其实，正如我们在杭州的最后一晚搂抱着说的那样，这次的杭州之行，我经历了许多个人生第一次，你我共浴就是其中之一。那晚，我好像谈到了五个第一次。但现在，有两个我怎么也想不起来了。

那晚共浴之前，我其实已相当兴奋。可以说，从进入浴室的大门之前，一想到终于能够跟心爱的人儿一起沐浴，我就有些飘飘然甚至控制不住自己的感觉，或说早已是欲火难抑。因此，在我掀开浴帘进入浴缸之时，我的全身是颤抖着的，第三者也是霸气十足的。特别是，当你用沐浴露轻轻地揉擦我的身体时，那种难以形容的美妙绝伦的占有感、满足感和幸福感，如电流般阵阵袭遍我的全身。那种舒服惬意的感觉，真是无与伦比，世间的一切美好，似乎都不如那时那事那人。我也不时轻柔地揉搓着你，细心体验着你光滑的肌肤和富有弹性的神奇身体。那也是我此生第一次经历的妙不可言的体验，真正让人欲罢不能，陶醉不已。

印象中，我们不时紧紧地拥抱着，亲吻着，或变换着角度让急速而下的热水冲洗着身体的各个部位。

这次共浴，居然持续了差不多一个钟头。之后，你先跨出浴缸，擦干身子后，又拿起另一件大的白浴巾，仔仔细细地帮我擦干全身上下的水渍，极其温柔而体贴。我非常享受你的这种温柔和体贴。你可知道，那时的我，真是幸福之气盈满胸膛，心里实在是美滋滋的。（待续）

Love you，my Gill!

小罗头

C年1月17日

第五十五封信

亲爱的吉尔：

本来，这封信应该在午睡之后就开始写的，但因我们的几段飞信惹出了许多麻烦事，还弄得我们差点都下不来台。最后经过一个多小时的电话沟通，总算一切安好。不然，我今晚就别想睡觉了，又会惆怅到天明。我想，每个人的情绪和感情都会出现波动，起起伏伏也很正常，但最好不要总往坏处想。这一点，首先是我没做好，甚至做得比你差得多，真抱歉。尽管我常常跟你说，凡事应该尽量朝好的方面想，但到我这里，却总是先朝不好的方面想东想西。世间的许多道理就是这样，好像只适合别人，却不适合自己。这次矛盾的起因主要在我，应该都是自卑惹的祸，以后真得改改。当然也有一部分原因在你，这一点，你我都明白。

昨天的信刚写到我们首次共浴这种让我盼望已久、终于如愿以偿的奇妙经历。记得我们擦干身体，从卫生间出来后，都没有再穿上衣服。你先爬上了床，正要用被子盖住身体时，我已扑到你的身上。我把被子挪到一边，抱着你的身子就开始猛烈地亲吻起你的嘴唇、脸颊、额头、耳朵和腹部。亲吻你的嘴唇时，你的舌头再次深深地搅入我的嘴里，和我的舌头绕来绕去、顶来顶去，甚是有趣。亲吻了好大一会儿，我开始下移，从上到下依次亲吻，这个过程中你都很配合并显露出很享受舒适的神情。

以上都只是正式缠绵的前奏，但这些动作早已让我难以自持。我越来越激动，内心也越来越难受，直至有欲火中烧之感，第三者的欲望也极其强烈。此时，我们都明白，真正的时刻到了。我拿出早已准备好的小精灵，你也顺手把它弄好。我双手紧抱着你的臂膀，两人的脸颊紧贴着，还不时摩挲着。在微弱的黄光下，我偷看你的表情，的确是有点难受的样子，只见你脸绷得紧紧的，面色通红，嘴唇紧咬，不吭一声。但我也没有多想，就开始拼命而快速地做起早已熟悉不过的动作。

这是我们分别两个月后的第一次亲热，可能是过于激动，加上共浴及前戏做得比较充分，只几个回合某人就已到达云梦之巅。我也从喉咙里低低地吼出几次怪声，然后就倒趴在你的身上大口喘气。稍事休息后，只听你在我耳边轻声说："你怎么又叫出声来了？上次在庐山也是这样，而这次声音更大，好凶，怪吓人的！"我笑着说："我也不知道啊，好像控制不住。"你埋怨地说："这给人听到多不好啊，真难为情！"听到这话，我感觉颇为难堪，但还是假装故意地说："管他呢！"我忽然觉得谈论这种话题有些尴尬，也比较无趣，就想转移话题。

于是我们躺在床上相互搂抱着聊了一会儿天。你去完卫生间后，先穿好衣服，再叫我起床、洗手并穿上衣服，说是要给我过生日。我这时才想起，你这次来杭州的一大目的，就是要给我过生日。傍晚进入宾馆房间后，我才知道你给我带来了两件礼物：一是生日蛋糕，二是移动硬盘。这两件礼物，都出乎我的意料，真是惊喜。我原本真没有想过要你带什么礼物的，只要你人能过来，就是最好的礼物。买这两件礼物，必定花了你不少钱，又是你从千里之外的瑜州一路提来，真让我有点不好意思。但这也是情义所在，两样东西都带有浓浓的爱的气息，我当然喜欢。

在刚要打开蛋糕纸盒时，你一惊一乍地说，刚才忘记买一样东西了。我问是什么呢，你说是蜡烛。但是，等你拆开纸盒后，我们都看到一个白色塑料袋，里面装着十支细细长长带有螺纹状的彩色小蜡烛。你坐在我的大腿上，我双手搂抱着你的腰肢，眼光紧随着你动来动去的一双小手。你抽出三支小蜡烛插在方形的蛋糕上，说就大致表示一下某人多少岁的生日吧。之后，你起身关掉房间里所有的电灯，我也从提包里找出打火机点燃每支小蜡烛。在有点昏黄的烛光下，你叫我闭上眼睛，许下三个誓愿，但不能说出口。我顺从地闭上双眼，许下了三个大愿，然后我们一起把三支蜡烛吹灭，重新打开了电灯。在你给我轻唱了两遍中文版的生日快乐歌之后，你切了一小块蛋糕，恭敬地端给我，并轻声说着："亲爱的小罗头，生日快乐噢。"我先把这块蛋糕轻轻搁放在桌上，也切了一小块递给你，并轻声说："谢谢你啦！"接着，我们边聊天边给对方喂着蛋糕，气氛轻松愉悦，温情满屋。我感觉生活美好无边。

吃过蛋糕后，可能已是凌晨1点多。你我先后进洗手间洗漱完毕。上床后，我们又开始了风风火火的云梦之旅，几番颠鸾倒凤，尽管都尽心尽力，但一时还是难以达成目标。持续了好久之后，我看到你显露出陶醉、迷离和享受的神情，知道你可能快到达云山之巅了，就更加用力和快速地配合你，直到你自己停下来，然后昏睡似的躺倒在我的身边。之后，我轻声问了你一句："感觉好吗？"你

“嗯”了一声，满脸通红，但疲态尽显，我听了很是高兴和自豪。

我们当晚的第二次云梦历程，尽管持续了近一个小时，但是由于某个家伙没有真正达到目的，我也就没有真正得到满足，只好又折腾了一回，当我心满意足时，已是凌晨快3点钟。

此时，可能都累极了，我们相互搂抱着很快就沉睡过去，一觉睡到第二天早上9点半。我先醒来，侧观你的睡姿十几分钟后，便用亲吻的老法子把你也弄醒了。(待续)

Love you，my Gill!

小罗头

C年1月18日

第五十六封信

亲爱的吉尔：

我刚刚去食堂吃了午饭，回到办公室已是1点一刻，但无半点睡意。我又打开你上次的来信，看了后面的三四段，感到兴奋而亲切。杭州之行的种种经历，徐徐涌现在眼前。我昨天就打算好了，今天接着给你写信。早就想把这次美妙的杭州之行尽可能详细地记录下来，但这几日却被一些杂事耽误了，忙碌又心焦。

申报南江某法治研究中心的课题，可能是我近几年比较上心的一次项目申报，花了一周多时间收集材料和填表，以为到前天就算完满，可以上交了。因为比较上心，一周来常常连午睡或晚睡时间都会想着这件事，尤其是想着怎样出些奇招或新奇的亮点来打动那些多由政府人员和高校教师组成的项目评审小组。填好表格，自我感觉还比较满意。可是，昨天下午却备受打击。出于尊重和礼貌，前天晚上，我把写好的项目书发给单位领导和文科处C处长。C处长倒没说什么，觉得我写得比较详细，但举措部分好像写得不是很到位，而单位领导却首次直接动手裁减或改写我的项目书。在没有跟我讨论的情况下，他凭自己多年的管理经验和体会，直接删除了项目书的三分之二，特别是把我认为最精彩的中心建设目标、建设内涵、建设手段和特色等，改得面目全非，替之以空泛、无聊并带有官腔式的口号，这让我极为震惊，也很心疼。对此，我真生气了，觉得非常不可思议！很多年来，我一直打心眼里瞧不起那帮官僚学者，他们大多不学无术，又自以为是，原因就在于此。他们有不少人讲起话来头头是道，自我感觉很高大上，其实毫无内涵，空洞无物，还时时以学术权威自居，但他们掌握实权，如之奈何？特别是，当这些人的学生更是惨不忍睹，半数以上毕不了业或拿不到学位证书。长久以来，中国高校的种种痼疾难除，多与这帮无知无识而又高傲自满的官僚学者密切相关，可悲又可叹！

这几年，类似的项目，我已中标五个，对于市教委的领导们在思考什么或需要什么成果，我还是比较清楚的。昨天傍晚出门前，我给单位领导写了一封长信。在信中我直接说出了自己的想法，并点出了他修改后的项目书的种种不足，还说明了教委需要的是详细且可操作的东西，而不是空洞乏味的口号。今早，我索性找到他并跟他面谈了许久，因我们之间分歧很大，只好采取折中的办法。

关于这些杂事，我在今天中午的电话里，已大致跟你说明了。刚才吃饭时，我想了想，可能是我没有完全理解他的意思。他第一次如此大动干戈地修改我写的项目申报书，是否说明他对这一项目极为重视或者认为这个项目是一块肥肉呢？他背后的意思到底是什么？是让我给他当项目负责人还是别的？但我早上也跟他说了，项目负责人可以由他来当（他还附和说，C处长也有过这个意思），我来任中心执行主任，这些都是次要的，没关系的，最要紧的是，得先想方设法把项目拿下来。

我为什么想要当这个中心的执行主任，是我昨晚睡觉后想到的。我太清楚了，如果给他当中心负责人，并且完全由着他的心性、思维和能力来做这个项目，必定会出现一些大问题，甚至无法完成研究任务。一是，到时大多数好处都会被他拿走，包括经费使用、出外出境调查、成果署名等。二是，如果他的研究思路和方法不对路，依然那么无知、高调和空泛（很有可能），这个中心就可能难出比较像样的研究成果，并很可能声誉扫地，被人取笑，甚至一两年后就可能被撤销，但其责任却要由我们这些做实事的人来承担。算了，具体怎么操作，我再考虑一下吧。不过，尽管两人对申报内容分歧很大，但目标还是一致的，就是全力拿下这个项目（后来，我们没有中标，申报失败，当然也是意料之中的事）。算了，今天就不说这些了。

上一封信，我只写到周日上午9点多我用亲吻的方式把你弄醒。我记得，如同前几次，你醒来后的第一句话就是，要喝水，并且要我喂。我翻身下床拿来半瓶矿泉水，搂抱着你的头喂你喝了两口。问过我时间后，你就下床去了洗手间，出来后又急急地想钻进被窝里，却早已被我紧紧抱住，按在床上狠狠地亲吻起来。实际上，在你醒来前，我已俯视你许久，看着你脸上红润而细腻的肌肤，我很是怜爱。而我们的第三者也再次被慢慢唤醒，到你完全醒来时，它早已是相当神气活现了。正当我们相互亲吻时，我的右手紧紧搂着你的脖颈，而左手已控制不住地去拉扯你的内衣。我说过，而且你也承认，这次我们在杭州的几天里，一切都配合得很默契，尤其是在床上和洗手间时，均无须什么言语，一些简单的举动就能赢得对方十分默契的回应和配合，彼此都有相当完美的感觉，这是以前少有的吧。

那天早上，在我们做着美妙的云梦之事时，我曾停下来好几次，就是为了让某些家伙休息片刻，再继续辛苦劳作。事后，我累得筋疲力尽，大喘着粗气，一身疲软无力地瘫趴在你的胸口，任由你亲吻我的额头、抚摸我的后背。那时，你还问了我一句："你这次舒服吗？"我轻声说："那当然，很舒服。谢谢啦！"

这时已过上午10点半了。我们起床穿好内衣，先后进洗手间洗漱完毕，接着吃了几块小蛋糕，权作早餐。不到11点半，我们就出门去看西湖了。西湖应该是每个来杭州游玩之人的必去之地。观赏西湖之美，也应该是人们到杭州旅游的最大目的。我们却是例外。我们这次似乎并没有把西湖太放在心上，不然从昨晚到现在，我们怎么会很少提及西湖呢？我想，我们此行的目的，是想再次感受真正的两人世界，再次体验两个相爱的灵魂如何热烈碰撞和燃烧的时刻，也只有在这种时刻，我才能真切地感觉到你的的确确是属于我的，或说才能体会到你是属于我的唯一存在，我也才能轻松自如而且尽情放肆地独享你的爱和柔情似水的美好时光。这种精妙绝伦的体验，不仅在于你我共浴时你对我全身的轻揉和抚摸，还在于你用饱满柔软的乳房轻磨我的前胸和后背，更在于我们早已相当默契的MM配合。现在，这些美妙的体验，已深入我的内心，怎不令我对你越发迷恋呢？

出了宾馆大门，我们沿着左边大道，边聊边朝着西湖走去，内心平静、满足而愉悦。十来分钟后，我们就到了西湖岸边，并沿着右边的环湖公路款款而行。印象中，我已来过杭州五次，每次都在春夏时节，其中四次都有幸遇到晴朗的天气，只有一次偶遇大雨。这个时节的西湖，尽显春意之美，真如薄施粉黛的美少女，清纯天真而无邪，着实让人心意迷离、心神荡漾。岸边，青翠碧绿，柳丝轻摇，游人如织。湖里，荷花烂漫，波光粼粼，游鱼可辨。空气中，香气弥漫，轻歌悠扬，清新雅趣。但这次不同，杭州已是深冬，西湖两岸，游客稀少，树木凋零，落叶遍地，加之细雨绵绵，天气阴冷，多少给人凄凉压抑之感。原以为，烟雨西湖也是一道美景，宛如淡雅纯朴的中国山水画，但那时的我却无一丝体会，似乎没能感悟到这种画作诗意般的空灵静美。当然，有你在身边，可能也是我无心体悟外界自然美的原因吧，因为此时我的一门心思已属于你而不属于景。（待续）

Love you，my Gill!

小罗头

C年1月19日

第五十七封信

亲爱的吉尔：

接着上信写吧。那天，我们边走边聊着一些久远的故事或现时的身边朋友。你主要谈起了你的搭档某先生和S校长的事，往往是你说我附和，或说者有心，听者无意。过了平湖秋月和断桥（这是我第二天看图时才知道的景点），我们沿着白堤向岳王庙方向漫步而去，当时似乎没有明确的目的地，只是有些盲目地随意乱走。后来，你提起雷峰塔。我们去过洗手间后，没走多远，就被一个司机叫住。你跟他说要去雷峰塔，对方说只需10元车费，我们都觉得很是便宜，就坐上了他的车。但后来却被他要去了100元，因为他要一路带我们参观几个景点。上车没两分钟，我们就到了岳王庙。你买好票后，我们进去参观了二十来分钟，看了里面正在举办的书法展，走过几幢古色古香的仿宋楼宇，拜谒了岳飞墓和岳云墓。我们先看了秦桧及其妻子王氏跪了千余年的锈迹斑斑的铁像，心中感叹不已。那时，我还跟你说，秦桧是状元出身，我们现在广泛使用的宋体字，据说就是他发明的。你带着些许狐疑的眼神问："是吗？第一次听说。"我细声说："可能是的。但他也陷害了岳飞，最终成为历史的罪人。"

到了岳飞墓园，我看到你在他高大的花岗岩墓碑前伫立良久，十分专注地观赏墓碑上的几个极其苍劲有力的大字，似乎在思考着什么。我则围绕着这个巨大的圆形墓包走了一圈，心凄凄而戚戚然，有种难以言说的郁闷之气从心中滋滋而生，情绪也随之改变，脑中除了可惜、愤懑、不公的念头外，不知咋的，还始终萦绕着愚忠、太傻等不良想法（有点不该）。其实，我以前来杭州时，从没有进过岳王庙，也根本不想进去，每次路过总是过而不顾。内心一直不知原因何在，直到这次才有所感悟。

出了岳王庙，我们找到司机，上车后不久，就到了闻名已久却从未谋面的704工程，后来也称"林彪行宫"，有人称其为林彪图谋政变的总司令部。"林彪行宫"位于西湖西部，曾经是极为神秘的军事基地。整个行宫掩藏在绿树如茵的山体下，由地面建筑和复杂的地下坑道式建筑构成。地上建有4座古典式建筑和停机坪，地下设有作战指挥部、通讯发报室等，据说其能防地震和原子弹。坑道弯弯曲曲，路面凹凸不平，房间低矮狭窄。坑道内，在昏黄的灯光下，有种冷飕飕阴气逼人之感。我们在坑道里走了约半个钟头，出来后，去参观了林彪住过的塔楼，只见内中设有他的卧室、会议室和接待室。在接待室的木牌上，我们看到了林彪喜欢读的书名、喜欢听的歌曲和戏曲名称。你还说起，其中一本书影响毛泽东军事思想至深，书名是什么呢？我一时竟然忘记了。

我们下楼各自去了洗手间，出来后，就直接回到面包车上，此时约下午1点半。你跟司机说，直接载我们去雷峰塔附近有饭店的地方。很快，我们就到了雷峰塔下的一处停车坪。付给司机100元后，我们进了一家较大的建在湖边的饭店，但此时已过了正常的吃饭时间。听服务员说，饭店的大厨均已下班休息，不提供饭菜了。我们低声抱怨着走出了这家饭店大门。由于有点上当受骗的感觉，我们都有些生气，你就给刚才那个司机打了一通电话，狠狠地说了他几句。听他说，过了桥的马路边上也有饭店。

我们绕过两个喷泉小湖，跨过一座破旧的水泥桥，然后沿着湖边公路向下走了一百来米，才到了路边的一家杭州风味小饭店。落座后，我点了四菜一汤和一大碗米饭，其中著名的杭州醋鱼是我特意想请你吃的菜。但吃过后，我没有觉得特别好吃，你也说其味道只是一般般，还不如你们瑜州有名的武昌鱼。

从饭店出来已是下午3点左右。我们走到雷峰塔售票处，并到塔外大门口朝里瞧了瞧，但都没有心思进塔。我撑着一把黑色大伞，把你严严实实地罩在伞下。在蒙蒙细雨中，我们随意走回刚才吃饭的那家饭店门口，想叫车回宾馆睡觉。正在等车时，你突然发问："我们去看电影好不好？"我说："行，听你的。"于是，你就在手机上买好了电影票。过了不久，我们拦了一辆私车，说好到电影院，车费30元。我拉开车门后才知道这是拼车，车上还另有两个年轻女乘客。约坐了十几分钟，小车就到了电影院门口。你从自动售票机上取出电影院入门凭条后，我一看手表，离电影开映时间还有三刻多钟。实在无聊，我们就到电影院一楼商场里瞎逛了一会儿。让我印象比较深的是，逛到儿童服装店时，我们都相当兴奋，猛然开起了许多玩笑。你还不时地指着一些服装，说着男装帅气、女装漂亮的话，充满了羡慕和向往的神情，巴不得现在就要买回去几件过过瘾似的，表情呆萌可爱。

电影开始前不久，你买了一瓶鲜榨果汁。那天的立体电影名是《星球大战》，场面恢宏，情节火爆，音响效果极佳。这是我们第二次一同看电影了，跟青岛那次一样，你这次也看得非常专注而投入。每到精彩处，你一般都会呼喊出声，那种兴高采烈的样子，时常感染着我，让我也不得不专注其中，甚至有时会同你一道呼叫出声。实际上，可能是太累了，这次跟你看电影我打过好几次瞌睡，但每次都会被爆裂的声响震醒。还好，这种尴尬的丑事没有被你当场发觉。因为电影结束后，在回宾馆的路上，我曾跟你说过这事，你显得很惊讶，还瞪着暴眼说："这么精彩的电影居然还有人打瞌睡？不可思议。真有你的！"我哈哈大笑着说："都是昨晚惹的祸啊，哈哈，人家不是太累了嘛！"你有点难为情地白了我一眼说："去你的！"此后，我们都没有再多说什么。

大约晚上7点，我们出了电影院大门。此时雨还淅淅沥沥地下着，空气潮湿而寒冷。在路边站立没多久，我们就拦到一辆出租车，直接回了宾馆。到房间洗过脸，你坐在我的大腿上聊了一会儿后，我们决定出去吃饭，于是就下楼到宾馆前面不远处的一家火锅店，点了一大盘拼装熟食菜、几样小菜和两杯饮料。那盘拼装菜是大杂烩，里面有虾、蟹、年糕、蔬菜、小鱼等十几种菜料，尽管样子难看，但味道却相当不错，麻香辣脆俱全。

饭后，你说要去街上随便走走帮助消化。我们沿着饭店后面一条比较昏暗狭窄的街道走了没多久，就看到不远处的一条马路上灯火辉煌。走近一看，才知道这是一条专门的休闲养生街，街道两旁开设着林林总总的各种休闲馆、足疗店、养生室之类的店铺。你提议，我们去享受一下足浴足疗。我很赞同。看了三四家后，通过对环境和价格的比较，我们觉得还是第一家足浴店比较好，就返回到这家店。说明来意后，我们就被一个中年女服务员引进一个小房间。然后，我们脱了外衣，静静地躺在各自的小软床上闲聊起来。没过多久，先后进来一男一女两个年轻人，肩上都披着白色大毛巾，手里各提着一大桶热水，水面上漂浮着一袋什么草药。男服务员给你洗脚按摩，女服务员为我服务。那个男服务员的话很多，絮絮叨叨说个不停，还给我介绍了许多炒股票的经验和技巧，女服务员则一声不吭，表情阴郁，仿佛正生着闷气似的，看着就是一个不大讨人喜欢的女人。在足浴店里，我们吃着店里提供的几种水果，偶尔对话几句，或目光对视片刻，或相视而浅笑，"享受"了大约一个小时的酥酸麻痛痒等，之后确有浑身轻松的感觉，算是比较舒服吧。付过款后，我们直接走回宾馆。到了房间，已近晚上11点半。

一进房间，我们就脱了外衣，丢下背包，立刻改变了在室外那种斯斯文文、彬彬有礼的模样，迅速恢复了无拘无束、自由自在的本性，感觉空间虽小，却足够让我们轻松自如甚至肆无忌惮地搂抱、亲吻、抚摸和MM。你猛然扑到我的怀里，嘴里叫着“抱抱，要你抱啦”。我的双手极为用力地搂抱着你的后背，让你的身子紧紧地贴着我的胸口，两人就开始亲吻起来。我们热烈地搂抱亲吻了一会儿后，你就提议早点洗洗睡了。在重复了昨晚的共浴后，我们又上床开始体验疯狂的云梦旅程。大大出乎我的意料，后来，你却有点得意地说：“我们这一晚所行的周公之礼，是我到目前为止最难以忘怀，也最为刻骨铭心的一次。”你甚至还万般柔情地带着娇嗔的语气对我说：“本来以为在庐山的那次亲热，是我感觉最满足的一次呢！没承想，还有更好更妙的，呵呵。”听后，我也很是高兴，就以羡慕的语气对你说：“那恭喜恭喜啦，哈哈。”（待续）

Love you，my dear Gill!

小罗头

C年1月24日

第五十八封信

亲爱的吉尔：

按照计划，我今天应该继续写杭州之行的经历。在写这封信之前，我照例又翻看了你的上一封信。你在深受头痛折磨时，心中升起的那些假设和念头，读来让人很是感动，同时也让人很是心疼。感动，是因为得知你已把我深植心底，已把我看成你生命中第一个值得信赖的人。这样的人，即使在你心里可能还不是最重要的，但至少也是很重要的。心疼，是因为你说的那个可怕的假设。你那末日般的假设，让我当时读来有点喘不过气的感觉，但不是绝望和恐惧，而是一种十分压抑的无助感。但是，正如我前天在飞信中所说的那样，即使这种“假设”真的出现，我也会毫不犹豫地放弃眼前所有的一切，陪着你浪迹天涯，让你在有生之年度过一段真正无忧无虑、舒心惬意和充满爱意的时光，并竭尽全力满足你的所有愿望。谁知道我有多爱你呢？！感谢上帝，幸好，这个假设看来还不会成立，甚至根本不存在，但愿永远也不会存在。

这两天，你时时牵挂的闺密GG从国外回来了。我早已知道，你肯定高兴坏了。你们必定会有许多话要说，许多地方要重游，许多旧友要重访。我心里已做好了准备，就是你会冷落我好多天。可是今天，我在飞信中开玩笑说：“你冷落小罗头啦，切！”很快得到你的回复：“是的呢！”然后就音讯杳然。我还真是有点落寞和伤感，感觉自己已被遗忘和抛弃。正如你前天发给我的一个链接中说的：“异地恋，也许关怀和温暖鞭长莫及，但冷漠和疏离却会翻山越岭而来。”当时，我的脑中甚至快速联想到，将来某一天，无论国内还是国外、瑜州还是南江，如果你又遇到一个你真正喜爱的男人，对我应该也是从冷落开始，然后逐渐升级，直到爱彻底死亡。因此，冷落是爱情开始褪色的可怕信号，最终的结局可能就是爱之塔的分崩离析。从此之后，曾经相互挚爱和缠绕的两颗爱心将逐渐疏离，最后恢复为世上两个陌生的客体，再也难以感知来自对方的温情、冷暖和脉动。正如我常说的：“若爱已离，心必遥远！”虽然这种念头只是一瞬间产生的，但让我不寒而栗。当然，我知道，这几天你并不是真正冷落了我，而是好友在旁，没时间或不便跟我有更多交流罢了。无论如何，我都只能在心里这样宽慰自己。以上这些，只是我心里一闪而过的想法。过后不久，我的心还是踏实的，并未受到太大的影响。

昨天，同事老K的一个学生来找我，说要我帮她指导硕士毕业论文。后来，莫名其妙地，我居然跟她谈了三个多小时。其实，我对这个学生并不熟悉。她是其他专业的学术型硕士生，也未选修过我的课程。前年，我在做一个项目调查时，因人手不够，我的一个学生就把她拉进来帮忙。不久前，我们在校园里偶遇，就随便闲聊了几句。我感觉她的精神十分萎靡，一副无精打采的样子。我想她可能遇到什么不幸的事了，也有些担心她出事，就问她："你是不是遇到什么烦心事了？有没有需要我帮忙解决的？"她说："没有啊，只是身体不大好，毕业论文迟迟写不出来。"当时因有事，我也没有再问她原因。分别前，她问我："老师什么时候有空？帮我指导一下论文吧。"我脱口而出："没问题啊，什么时候都可以来找我，我的办公室在哪里你也知道。"

昨天她来了以后，我才知道，她的主要问题，除了论文，还有恋爱之事。当然，所有事情的导因都是恋爱问题。她已近28岁，两年前，谈了某某学院的一位硕士生。热恋的半年，生活如蜜，倍感幸福。她把这场恋爱当作生活的一切重心，同时也向他奉献出了一切，并以他为中心规划自己的今天和明天。特别是，她自以为他就是此生要跟定的男人，因此对他极好，考虑任何事情都围绕着他。作为过来人，我知道，这些都是典型的热恋中的人的标配。这个男生，能说会道，话语风趣，一时竟然令她万分着迷，神魂颠倒。渐渐地，他的话成为她的圣旨，她言听计从，百依百顺。如他说："只要你活得开心，什么都不重要，学习读书工作都不重要。"这话曾让她信以为真，感天动地。从此之后，她经常缺课，不做作业，不交小论文，也不参加学院里的一切活动。最后，竟然有三门课程只得通过补考后才勉强及格。但有一门是某个女老师上的课，她只去听了三次，也没交过任何作业或小论文，也未交期末论文，老师就不给她通过，她多方请人说情也没用。

至于毕业论文，开题就被所有老师否决，并要求她另外选题和重新开题。偏偏她的导师是老K，他对学生从来都是放羊式培养，二人又谈不拢，常常无话可说，因而形同陌路。她说："主要是K老师口才不好，总是讲不到点上，逻辑不大清晰，意思也不大明白，时常让人难以理解。"她还不能多问，问多了，他就会发急，认为是她太笨。她还说，她已心灰意冷，觉得自己挺倒霉的，怎么就遇到这样的导师了。因此，开题失败后，她就没有再去另选题目，也没有在规定的时间里重新开题。而与她同年级的硕士生男友在一年前就已毕业，并在外面创业，但至今未获成功，还欠下了七十多万元的债务。近一年中，她基本上都是跟他在一起创业，一起跑业务。但其实从一年前开始，他对她的态度就发生了变化，时冷时热，脾气也越来越坏，经常拿她出气，除了骂她，还经常在睡觉时折磨她，让她出血（我估计可能是性方面折磨她吧，但她未明说）。她说："这些事，我从未跟任何同学、朋友和家人说过，只跟您说了。"她还说，后来她对他只有恨，早已没有爱。

四个月前，她有意突然消失，不再理他，也不再跟他见面和联系，冷落了他一个多月。但是，找到她时，他在她面前又是哭泣，又是下跪，发誓以后会对她好，并再次写了保证书。她的心又软了，有点同情他，又跟他恢复了关系，并重新住在一起。但现在，她说，又出现以前那样的情况了，主要是他骂她蠢、笨、无知又没本事，语气中带有明显的鄙视。她已失望至极，也痛苦至极。她问我该怎么办。我就提到了以前多次说过的那句话："若爱已离，心必遥远！"

接着我说，你已了解了他的为人，其实你是幸运的。他的本性早早地暴露出来，让你早早能看清他的本来面目，这实在是好事。如果等到你们结婚甚至孩子出生后，你才发觉他的问题严重，那你怎么办？到时，你岂不连"跳台"（指另找男朋友）的机会都没有了？你的肠子不悔青才怪呢！然后，我从男人的角度以及我现时对爱情的理解，跟她说了许多道理，帮她分析了各种情况，包括前因、后果和进退。

我还说："你的错就在于，从一开始就没有把握好爱的定位，还把他的花言巧语当成金科玉律。什么'只要你开心，别的都不重要，连读书学习工作都不重要'，真是胡扯！你要知道，容貌绝对不是爱能否持续的根本，你的善良、本事、知识和品德才是。你不提升自己，反而日渐沉沦，又没有摆正位置，失去自我，荒废学业，不进反退，导致现在连毕业都成了问题，而他却早已顺利毕业。你获得了什么呢？获得的只有苦痛的教训！你真是欠考虑，实在是太傻了。从你说的种种情况来看，我的结论是：这个男生绝对是人渣，是没有多大本事又不讲信用和没有责任心的人。而且你自己也说过，你现在对他只有恨没有爱，说明你们已不存在爱的成分，至少你们之间爱的基础已分崩离析。到现在，你对他可能还存在某种幻想和同情，而他对你肯定只存在‘性’，绝无‘爱’。因此，我认为，你当前应该毅然决然地斩断你们的关系，这是你自救的唯一出路，别无良法。如果你能做到这一点，只要过了一年半载，你一定会庆幸自己如今做出的离开他的决定，否则，你的后悔应该不是几个月或几年，而是一辈子。”听了我的分析，她都表示认同。另外，我跟她说，如果你决定跳出这个泥淖，就要下定决心，不要再藕断丝连，该狠一定要狠，不然最后受伤的还是你自己。

其实，这个女生还是不差的，入校时的成绩就相当不错，人长得也蛮漂亮，而且有着山东女人的厚道，对人也很有礼貌。后来却变成这样，对自己已全无信心，甚至相信自己就是无能的、没本事的，实在让人唏嘘不已。另外，因她在外面跟男友租房，某年下半年，她就把自己的研究生宿舍铺位出租给校外的人，每月收取1200元租金，租出去四个月后被人告发，最后被学校责令退还所有租费，并被全校通报批评。因为这件事，单位里的所有老师，包括领导，对她都有些看法，也都觉得她不大行，是一个不好的学生。但了解了真实的情况后，我已不再这样认为。她的本质并不坏，甚至还是一个比较善良的女人，应该是那段不良的恋爱经历使她迷失了自我并断送了自己的前程。因此，我觉得应该帮助她，也可以帮助她，对吗？

跟她聊到最后，我送给她费尔巴哈的一句名言：“爱，就是成就一个人。”事实上，这句话应该是：真爱能成就一个人，而错爱却可能毁掉一个人。爱应该是激励对方进步的因素，而不是相反。爱可以是成功的动力源，也可以成为堕落和罪恶的本源。可她说：“谁都想得到真爱，但真爱是可遇不可求的，要有好运气。”我说：“这都没错，但好运气往往偏爱有追求、有信心和有本事的人，而且好运气应该是你自己寻求而来的，并不是别人送给你的。”我还说：“这样吧，你先做好自己，老天自有安排。”

最后，我跟她说：“你现在只能延期毕业了，较好的结果是只延期半年。”如此，第一，再修一门专业选修课，不然学分不够。第二，赶紧更换论文题目，把毕业论文写出来，这方面，如果你的导师老K仍无法帮你，我可以帮你。第三，毕业论文写完后，把精力放在学习上，既然你想出国或考博，那就要好好学外语和读书，争取毕业后直接出国或以后考博（因她的目标一直是去美国。她说，这是她早就有的想法，出不了国，就在国内读博）。

此外，你在上封信中问到我申报的那个项目，现已上报了，而且有四所大学竞争这个名额。项目负责人还是我，但我想，能否中标已不重要了，自己也无法决定成败。重要的是，在机会面前我付出过努力，也花过工夫去争取过，将来即使失败了，也不会后悔。交上这个项目的申报书后，我就开始看有关地方院校转型的研究材料。看了两天，但感觉效率不高，问题还没厘清楚，也没有什么头绪，虽然文章题目和结构已想好。我再思考下，如果顺利，这两天就开始动笔，一旦落笔，我保证两天就可以完稿。

本来，今早的打算是把杭州之行的信写完的。这个学生的事，跟我没有多大关系，原想一带而过，没承想，一写就停不下来，唠叨了许多，竟然变成了整封信都在说她的事。对此，你肯定不感兴趣，对不起。那么，接下来就开始补写杭州的游历，明天应该能全部完成。（待续）

Love you，my dear Gill!

小罗头

C年1月28日

第五十九封信

亲爱的吉尔：

周日晚上11点半回到房间后，我们先搂抱在一起亲昵了一会儿，就先后进入浴室共浴了。这是我们第二次一起沐浴，也是我此生第二次与一个女人共浴。正如周六晚上那样，我们先在热气腾腾、喷洒而下的水流中拥抱了一会，随后暂时关闭了淋浴开关，接着你给自己身上涂抹了沐浴露，然后又用双手轻轻地给我涂抹了一身，由后背到前胸再到全身，非常温柔体贴、无微不至。那个时候，你应该感觉到了，我们的某个家伙早已不怒自威。等你用左手轻轻地揉搓拿捏时，仿佛有一股暖流缓缓地流过我的全身，心里似乎滋生出一种受宠的感觉。那时，与其说是极度舒服，还不如说是幸福之至。

我就这样静静地享受着你近乎奢侈的宠爱和温柔，内心真希望时光能够多停留片刻，让我的贪婪之心能够得到更多的滋养和满足。在你帮我洗澡的间歇，我的双手也几乎没有片刻闲着，而是以同样的柔情对你的身体进行抚爱、轻捏。也有好几次吧，在急速倾泻而下的热水中，当我们面对面紧紧地搂抱着的时候，我曾蹲下身子，企图胡作非为，但一直没能成功。后来，尽管它侥幸成功了一两次，却始终没有舒服的感觉。可能主要是光线太暗，身体站立不稳，摇摇晃晃的，因此，完全没有想象中那么舒适美好。不知什么原因，我们尝试过几次这种奇特的爱的动作，但都没有使我获得太好的感受，估计你的感觉也差不多吧？我们就这样在浴缸里万般温情地互动了十来分钟，最后听到你用轻松的语气对我说：“我们还是上床去吧。”我急不可耐地跨出浴缸，草草地用大毛巾擦干身子，就匆匆忙忙地冲出浴室的门，直奔床而去。你也紧随而至。

那晚，我们有过两次精彩的云梦旅程，且都持续了相当长时间。前一次是我获得巨大的满足，后一次是你获得同样巨大的满足。如此，正如你后来说的，我们算是得到了一次难得的公平，哈哈。

第一次事后，当我仰卧在床上时，你也侧睡在我的左边，有时把头枕在我的胸前，并不时用左手温柔地抚摸或揉搓着我的身体。不知过了多久，那个可恶的家伙居然又逐渐恢复生机，我的身体也不时地微微发起抖来。你轻声对我说："你刚刚消耗了那么大的能量，肯定累了。这样好吧，这次你只管仰面躺着，其他让我来，这样你会轻松些。"我欣然接受。

一如在青岛时那样，我再次体验到极度酥麻而舒服的感受，心中也冉冉升起极致的幸福感和满足感。你也跟我说，你已有过两次奇妙的感觉。后来你还说，你喜欢这种姿势，因为它能让你掌握主动权和节奏，而且感觉比较舒坦。我开玩笑说："那太棒了，快谢谢我啊！哈哈。"你怪声怪气地说："谢谢你啥？哼！"我就假装用比较正式的口吻说："你又一次体味到人间至乐。你真是太幸运了。这也说明你的身体非常健康，太棒了！""你就继续给我吹牛洗脑吧，谁信呢？！"你打着哈欠说。

当时估计已到凌晨2点半了，这让我们都极为疲劳。我们又搂抱着聊了几句并先后去了洗手间后，很快就沉沉地睡过去了。

周一早上，我是9点左右醒来的。在我的热烈亲吻中，你很快也被我弄醒了，但表现出很不情愿的样子，嘴里还说着："没睡够，没睡够，某人还想睡。"那天，直到快下午2点，我们都没有出过门，也没有吃过早饭。不知你还记得吗？后来，我们两人还把那天说成是值得纪念的"某某日"。当天我们经历的所有细节，我基本上都记得，但不想再细说了，就把它们深埋于我们内心吧。

下午2点过后，我们出门去寻找饭店。我们叫了辆出租车，去海底捞吃火锅。我们在一起吃过很多饭，但好像没有一起吃过火锅。我们并排坐在一边，你点了双色锅汤，一白一红，又点了一些蔬菜、豆腐、牛肉、鸡杂之类的。你取来两种蘸料后，我们就在闲聊中涮起了火锅。这顿饭，我们吃了一个多小时，记得花了不少钱，但我觉得吃得蛮舒服开心的，而且全身发热。

下午约4点，我们吃好后下楼来到街上。天乌蒙蒙的，还下着细雨，我们当时也没有再到西湖看看的念头，就叫了一辆出租车直接回到宾馆。似乎已成惯例，每次进了房间，我们都要先拥抱一会儿。你脱了外套和鞋子，就躲到床上去了。我也赶紧跟了过去，搂抱着你亲吻起来。当时，你的意思是我们先休息会儿，晚上起来再去西湖看夜景。但不管你承认与否，我们每次在床上搂抱亲热时，某些家伙都会发生变化。这次也不例外。可能你并没有想要再做什么的冲动或想法，但我很快又激动了起来，你就顺从地再次任由折腾。之后你可能是想起我下午说的腰部发酸的话，就叫我面朝下趴在床上，然后你跨坐在我的后大腿上，再用双手给我按摩了腰和背好大一会儿，一直按摩到我昏昏欲睡为止。

可能真是累极了，我们都很快睡死了过去，醒来已是晚上7点来钟。稍微洗漱后，我们决定去看西湖夜景。外面已完全暗黑了下来，天还下着小雨。我拿着一把黑色大雨伞，同你出了宾馆的大门，就朝着西湖方向走去。到了西湖边，我们朝着与昨天相反的方向款款而行、窃窃私语。由于是晚上，加上下雨，西湖边行人稀少。你的左手一直勾着我的右手臂，我们依偎着，在黑魆魆的湖岸上边走边聊，情浓意蜜。正如你在后来的飞信状态上说的："我们的爱，就像那晚的西湖水，快要满溢而出。"我们相依相伴，一路呢喃细语。四周灯光暗淡，树影婆娑，波光粼粼，阴雨沥沥。我们走过了颇有江南特色的小庭院、圆形拱门和半月形拱桥，来到湖边小凉亭。你拿出手机，以黑沉沉的西湖为背景，给我们拍了几张合照。

我们在西湖边漫步了半个多钟头。在回程中，你买了两种小吃。经过一家饭店门前时，我们决定吃了晚饭再回宾馆。在名为"外婆家"的饭店里，你点了几种特色菜，特别是炖鸡和烤鱼给我留下较深的印象。饭后，我们朝着银泰的方向步行而回。在离宾馆不远处，你从一家特色冰制品小店里买了一杯饮品，我们边走边轮流喝着。回到宾馆房间，已是晚上10点多。在你洗完内衣和袜子之后，约11点半，我们一起走进了浴室，完成了我们此生的第三次共浴，我享受、舒服和愉悦如前。约12点，我们上床休息，在一次不是很激烈和满足的云梦之事后，便沉沉地睡去了。

我们住的这家宾馆提供免费的早餐，而且非常高档的早餐室就设在宾馆顶楼的旋转餐厅里。前两天早上，我们都起得太晚，均错过了用餐时间。因此，在周一下午，你就提出，明天无论如何都要早起，我们去吃一次像样的早餐。晚上睡觉前，我设定了闹钟，好像是定在了早上7点一刻吧。周二早上，我先被闹钟吵醒，然后如同以往，以拥抱和亲吻的方式弄醒了你。大约7点三刻，我们乘坐电梯上到旋转餐厅。你选择了一个可以眺望大半个西湖的餐桌，我们各自挑选了七八种爱吃的小早点。我还以西湖或餐厅为背景给你拍了十来张用餐照片。照片中的你，是那么安静、秀美、端庄、可人，无法不令人生出深深的迷恋和喜爱之情。

用过早餐回到房间是8点20分，我们再次检查整理了一下行李后，你去了卫生间，我也很快跟上，再次把你的头搂抱在我的胸腹前，又一次陪着你上完厕所。

那时，我的心已开始下沉，一种又要长相别离的愁绪在心中慢慢升起，感觉不舍之情开始弥漫整个胸腔。

你预约了9点出发去火车站的出租车。约8点50分，正当你催促着我快点出门时，我对你的那种不舍情感突然爆发，而且很快就转化成想要再一次与你共赴云雨的激情。当我毫无底气地轻声向你提出想法时，你起初说："时间来不及了啊，就剩几分钟了！"但当看到我恋恋不舍又充满欲望的眼神时，你不知是出于同情还是怜悯，便很快就同意了我的这种显然是相当过分无礼的请求，并且自己默默地开始脱衣，然后静静地仰面躺到床上。在急速拉好两边的窗帘后，我用双手拉着你两只脚的脚脖子，有些粗暴地一下子就把你整个人拖到床尾，随即没头没脑地直入主题，可能只用了两三分钟，就心满意足地结束了。

我事后想过，这次是最不应该的，因为整个过程既没有前奏，也没有任何爱语和抚摸。后来，还真怕你会臭骂我一顿呢，可是我至今都没有听你说过怨恨我的只言片语。

由于时间太紧张，一切都来去匆匆。我知道，这次近乎折磨你的鲁莽行为，肯定让你很难受，也非常痛苦，因我瞥见你显现出十分难受和痛苦的模样，而我当时竟然丝毫没有顾及这些，一门心思只想迅速达至目标。仔细想想，这是一次我相当自私的亲热，对你是极其不公平的，真是罪过！但是，话又说回来，这次经历却让我铭记五内，绝对永生难忘！真的要谢谢你的巨大宽宥和包容，你实在是一个特别善良的女人！

9点整，我们下楼退了房，出租车载我们到火车站时约9点半。你乘坐9点50分的火车回瑜州。晚你十分钟后，我也上了回南江的火车。在火车上一就座，我就给你发去飞信说："不知咋的，我心里又感觉空荡荡的了。"你很快回信说："怎么会呢？我们才刚刚分别十来分钟呀。可是，我觉得，我这次的杭州之行，心里却是满满当当的，很满足，很开心，真的噢。"

我们两人的感受怎么会有如此大的差异呢？当时我并未明白，直到两三天后我们在飞信中闲聊时，我才有所感悟。原来，经过杭州这几天的昼夜相处，我们的爱与情又上升了一个层次。因为你在我们后来的飞信聊天中说过，你已经在内心深处真正接受了我，并把自己视为我的女人，同时也把我视为你此生第一个真正的男人。后来，你甚至在飞信里以发誓的口吻说："小罗头，今后，我会始终如一且心甘情愿地为你付出，真心诚意地做好你的女人，并会让你实现你真正想实现的那些愿望并得到满足。相信我哦！”这应该是我们相识以来最让我感动的一段话语了，永世难忘！当时，看到这些文字，我的内心深处油然滋生出一股难以抑制的万般感激和感恩之情。

以上所说，就是我们美妙而难忘的杭州之行，书以纪念。

我深深地爱着你，My Gill（我的Gill）！

小罗头

C年1月31日

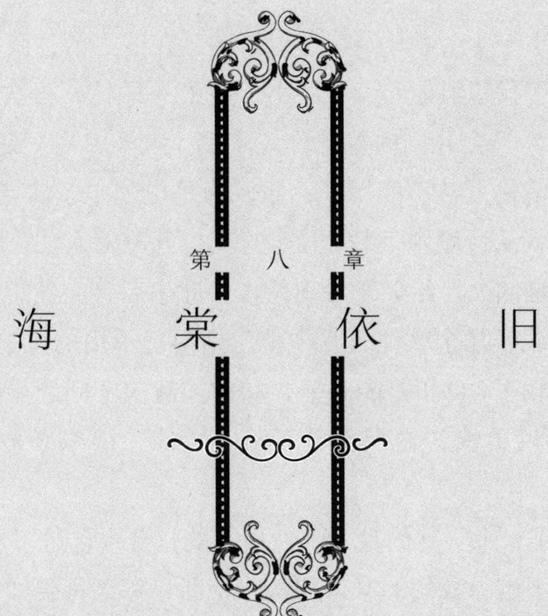

第八章

海棠依旧

第六十封信

亲爱的吉尔：

我原先是准备下午4点半开始写这封信的，在这之前，我按例又读了你最近的两封来信。又读了我写给你的编号“小丫头33”的信，再次激动之余，又把此信大略修改了一下，一会儿同时发给你。不到4点半，当一切就绪准备动笔时，我却发现电脑的五笔输入法不能用了，原以为是电脑中了病毒，把QQ五笔输入法软件给弄坏了，就从百度中下载和安装了QQ五笔输入法，结果弄了几次，还是打不出字来，很是恼火。给你发去飞信告知此事后，突然想起，因电脑运行速度太慢，我昨天卸载了几个软件，其中就包括早已不用的QQ，这才找到了症结所在。于是重新下载了QQ和万能五笔，如此才解决了问题。使用后却发现，这种万能五笔反应速度更快，输入也更舒服。始知，祸未必是祸，也可能是福。一笑！

时间过得太快了，上一封信是1月31日写的，至今已过了20天，你我都未有正式的书信往来。不过，我们的联系却从未中断，每天都告知彼此的行程和当时正在做的事。但显然，这与正式书信是不能等同的。春节转眼就要过去了，我们过几天也要正式上班了。你刚才在飞信中问我，要不要去你老家看YK元宵文化节。我知道你是在开玩笑，便不置可否。其实，我是很想去的，因离上课时间还有一个星期，完全有闲余时间出去走走。但仔细想来，现在还真不是时候。不然，很有可能会被你的家人赶出门，那我岂不威名扫地？哈哈。也许，两年后的元宵节，我可以去你老家亲身体验一下，很向往。

我们这次都过了一个不一般的春节，至少我的心情跟去年完全不同。去年的2月12日，我们首次结伴旅行，厦门相会，在鼓浪屿、云水谣、中山路、大嶝岛等地都留下了美好的印记，尤其是在鼓浪屿的私家小旅馆里、夜色下的海边沙滩上以及那个独特的“私奔吧”，那些卿卿我我、如醉如痴的日子，一切经历和种种行为，已深深地刻入我的骨髓，此生真难以忘怀矣！我们是16日分别的，相处了五天四夜。而今年，我回厦门是2月11日，离开厦门也是16日。这段几乎完全重叠的时日，怎不令人万般感怀呢？但此次，你在何方？当时想起来，实有孤寂和感伤之情，这些你是无法体会的。恰巧在阴历的同一个时段，你再次去了西安，想来令人感慨。

另外，那年春节前后，正是我母亲病重时期，我心中既十分悲苦，又无能为力。还好，每天都有来自你的抚慰，这让我心宽了许多。如今却大为不同。在失去母亲之后，我再见老宅时，已完全没有了回家的感觉，有的只是故地重游、访亲探友的体历。对生我之地和养我15年的故土，我已淡然了许多，乡情也在不断地淡化。

让我十分惊讶的是，到了母亲的坟墓前，发现坟头上野草丛生、杂树密布，一些树木已高过成人，并把整个坟墓都严密地掩藏起来。只隔了一年时间，竟生出如此凄凉之景，怎不让人落泪和感伤呢？！在荒凉的山上，我想起你无数次对我说的："小罗头，你记住，健康地活着永远是最重要的，你要把这个摆在第一位，晓得吗？活着，一切都有可能。"是的，面对阴阳两隔，再深的爱和再浓的情，都会十分无奈，也无实质意义。不过后来，我二姐夫说："看看周围的野草和杂树都没有此地长得快、长得旺，边上还有野猪脚印，说明母亲坟头的野草和杂树长势好必有原因，应该是上天有意来保护她的吧？哈哈。"这些虽是他的玩笑话，但事后想想，或许真的有点道理。因为这真是一块不大平凡的墓地，是我寻找和关注了五六年才确定下来的。

十几年前，我就注意到了这个地方，觉得这里是一个非常不错的风水宝地，并且连续三年来到此地看位置。直到母亲过世后开挖藏穴时，两件事出乎我的意料：一是，当我和朋友阿虎扒开一层厚厚的枯枝杂草后，惊奇地发现了一条粉红色的巨大蚯蚓在蠕动着，粗如我的小手指，长约一尺半。看到这条蚯蚓，我就对着它说："真对不起啦，我母亲今后要睡在这里，请你让个地方吧，谢谢。"然后拿了一根枯树枝小心翼翼地把它挑到左边七八米处的田埂下方一块黑色肥土上，并用一些干枯的杂草把它覆盖了起来。二是，当几个帮忙修建母亲坟墓的亲戚朋友在向下挖开黄土大约一米半后，在穴位点右前方约三米处，出现一块长宽约30厘米近乎正方形的花岗岩，颜色花白，内中颗粒细小，质地坚硬，上面平整，上小下大，有如一块方形石头印章深埋于黄土之中。这也让当时在场的人异常吃惊。因为此地周边数十平方千米之内全部都是很厚的黄土，在数十米之下都不大可能生出石头来，而我母亲的坟墓地附近原先是一大片栽种水稻的农田。"文革"期间，这片农田正好是我家所在的村联二小组的土地，我小时候就曾多次在此种过或收割过水稻，但后来都荒废了，现在漫山遍野种的都是蜜柚。

以上两件事，当时就让我认定这是块宝地。

当然，内中事情，我只是跟自己的几个亲戚说过，也未说详细。只是交代他们，每年都要叫尽可能多的人去祭拜她老人家，而且到墓地时，不可以站在或坐在那块石头上（我称它为石印，有些后辈称它为官印）；祭拜完毕，每人都要用手抚摸一下它，然后才能离开。

7点半了，想跟你说的话还有许多，只好留待下封信再说。

我深深地爱着你——My Gill（我的Gill）！

小罗头

C年2月20日

第六十一封信

亲爱的吉尔：

我查了一下，上封写给你的信是2月20日发出的，恰好过了一个月。其实，上周就想动笔写此信，但当时心里总感觉怪怪的，还没有完全从你那封信的阴影中走出来，一时也不知说什么好。以后，我们都不要再提你那封信了，好吗？我说了，事已过去，而且心已平复，尤其是看了你的第23封信，我的心真已释然。或许从这件事，你已看出你在我心中的地位了吧？你的分量很重呢！

昨天中午，我们用午睡时间，聊了不少话题，谈得很投机。像这样的聊天，我们以前还是蛮多的，特别是在你或我闹情绪时，不是吗？有时用电话，有时用飞信，方式不同而已。我觉得，这种沟通还是很有必要的，也很有用，因为最终我们都能解开一些心结，并让我们的关系基本恢复正常。不过，昨天你在电话中说的一句话，还是让我大吃一惊。你说："在我们见面时，你怎么就没能像（今天）这样好好聊一聊呢？晚上你不是热衷于做那事，就是在呼呼大睡！"我忍不住笑出声来。片刻之后，我只好说："啊？我有这么坏吗？再说喽，有时呼呼大睡，可能也是我们做那事太用功了，累过头了吧？哈哈。"你说："哼！你不坏吗？你就是个大坏蛋，哈哈。"不过，我刚才仔细回忆了一下，我们也不是完全没有好好聊过天吧？在三清山上，在青岛海边和崂山上，在杭州西湖边，在庐山鄱阳湖岸边等，无论白天还是黑夜，我们都有过深入的交流，谈了许多事情、好多细节，至今仍历历在目，而且有不少精彩的经历，令人永难忘怀。我觉得，我们应该算是聊得比较投机的吧？只是在房间里，我们谈的好像多是一般事情或正规话题，可能是场景或环境不同之故，柔情蜜语多些，人生前程之类的话语少些，不是吗？不过，好像也不尽然。回想去年的五次旅行，每次从头到尾的经历，我都基本记得，如果需要，我都可以非常详细地复述出来，淡忘的多是分别时刻的一些细节，不知何故？

我原先以为，你的西安之行，可能会成为你人生选择的一个转折点，就是你会回归一年多前你准备走的道路。这话，我曾在电话里跟你说过吧？不过，现在看来，是我多虑了，这个转折点并没有出现，这让我宽心不少。我当时最为担心的是，春节期间，你身边的亲朋好友会向你施加强大的压力，会以他们的观念或思路让你放弃当前的选择，或劝说你早日就业成家，并多方给你介绍各路男友。如此，你可能多少就会动摇心志，或对远行之路产生疑虑。不过那时，我相信，你还不至于完全放弃我们既定的计划和目标，但你紧接着的西安9天之行，则很可能加剧动摇你的心，甚至让你做出完全在意料之外的决定。

说实在的，当时我真没想到你会再去西安，也没想到你会去那么久。我担心过分放松，或长久而彻底地放松，会让你失去斗志，进而再也难以重拾书本。当然，我并不担心你哥，因为他的眼界和经历，还不至于不支持或反对你向更高目标努力，我担心的倒是Y先生。他与你哥或我们不同，因他所处的学习和生活环境，以及他的层次，使他更注重眼前利益，也更注重玩乐嬉闹，眼光不会那么长远，而且还算不上读书人（你说过，他竭力劝说你去当某武术学校校长。如果是喜欢读书的WP或GG那样的人，我就不会有这种担心了），在你们相处的时段里（尤其是在宾馆里你们居然同住一间房，这大大出乎我的意料。这种事以后应该避免，因为你们已是成年人，即便有亲戚关系，男女同居一室，也是不好的，对吧），如果他经常在你身边絮絮叨叨他的想法，我担心你真会彻底动摇心志并放弃你已拟定的目标。如此，你可能再也无法回头，或者我也不会再给你任何回头的机会了。

以上这些，是你在西安期间，我所忧虑的，但当时我又不敢说出来。显然，事实证明，又是我多思多虑了。不过，你从西安回来后，我当时就估计，你要再进入学习状态或恢复节前的样子，至少需要一周左右的时间。从后来的结果看，我的估计基本没错，你大概用了两周时间才完全恢复如初，这也是很正常的。人都是这样的，在生活或工作中，由紧到松易，由松到紧难，不用说，要从过分的放松再回到原初状态，更难。

这几周，我看到你真的很努力。你每天都在工作、写论文或看书，我着实很高兴。但有时，我又有点担心你会不会太用力或太劳累了，这样会不会把身体搞垮呢？如此看来，真是两难。你跟我一样，一旦专心做某事，往往会把吃饭和锻炼遗忘。这几天，我在修改书稿和准备申报国家社科项目，因此中午就经常想不起吃饭的事，等到肚子饿极了，已是下午三四点。你好像也经常这样，这很不好。至于锻炼，我已很少听你说过去跑步或爬山之类的话了。而我呢，除了每天做一两次俯卧撑，也经常忘记跑步或散步。你昨天说，这两件事，我们以后要经常相互提醒。我赞同。

你本周的来信，我真的看了无数遍。每次看，我心里都有暖乎乎的感觉。我倒不是欣赏你这封信的文笔，而是你表达的情感朴素而真实。跟你一样，我时常也会回想我们在一起时的一些经历。那些看似小小的事件，一想起，自己都会不自觉地从心底泛起微笑。

在婺源篁岭村的吊桥头，你旁若无人地拉起我的手过桥；在庐山崎岖的山路上，你拉着我的手向上攀爬陡峭的石阶；在庐山宾馆的房间里，我们并排坐在窗边喝茶、聊天、观景；在杭州深夜的宾馆里，你坐在我的大腿上喂我吃蛋糕并为我唱生日歌；在西湖边上，你勾着我的手臂小鸟依人般漫步而行；无数次，我们共浴时你那么细心而轻柔地抚摸我的身体；在青岛的海边，你对着我们并列的两只穿鞋的脚和身后一长串四行脚印拍照，尤其是你多次让我拍摄你向上纵跳或飞升的样子；在青岛全季酒店的房间里，你嘴对嘴给我灌酒；在鼓浪屿“私奔吧”，你微笑着把杯子递过来让我品尝玫瑰色鸡尾酒；还有，在厦门海边的夜晚，在九曲石板桥畔，我背着你吃力地行走时，你“咯咯咯”笑着并挣扎着要下来；等等，很多很多。每次回忆起这些，我的心里都会有一股甜蜜的气息滋生出来。当然，那些相处的无数夜晚，我们缠缠绵绵、卿卿我我的所有情节，我更是经常忆起。每次忆及，都暖意满胸、心潮澎湃、激情难抑，所有这些，注定将成为我终生难忘的幸福印记。或许，这些小片段也是你终生难以忘怀的记忆，对吧？

今天就暂写到此吧。我都是想到哪儿写到哪儿，很零散，也无条理，文笔更不行，你将就着看吧。我再次答应你哦，从本周起，我会恢复每周给你写一封信，除非有特别之事发生，呵呵。

Love you very much, always——my Gill!

小罗头

C年3月20日

第六十二封信

亲爱的吉尔：

已经下午4点一刻了，刚准备给你写信，就有一个学生在飞信上问了我好多问题，主要是关于初次考核的事，还有大学去行政化之类的事，回答她的问题花了我三刻钟的时间。

早上起床我已说过，昨晚又梦到你了，而且很精彩、很久长。很奇怪，我梦到我们在南江市龚新路上有一套老房子，三室一厅。最大的房间是我们住的，另外两间较小，一间给你父母，一间给你儿子，哈哈。但那时，孩子只有十几个月大，却占了一间房，在梦里我都没觉任何不妥，似乎感觉很正常。

有一天，我们正准备出国，不知是去开会还是去旅游，而且去的地方好像是南非，也好像不是，反正是某个遥远的国度的海边。你父亲很赞成我们去，你母亲却不同意，说孩子太小，不能让我们两个人都去，至少要留下一个人。而我们都坚决要去，还说了很多冠冕堂皇的理由，主要是如果不去，就会影响到我们未来的前途之类的，而且机票和酒店都已订好。为此，四个人围坐在家里光滑的地板上讨论了很久，最后还是同意我们成行。

奇怪的是，出发时，我的同事H竟然来接我们去机场，还说那个地方她去过多次，非常漂亮好玩。我们一听都很向往，也很激动。但是，在去机场的路上，你后悔了，说不想去了，还说想孩子了，就哭了出来，并要H把车开回去。车没有停下来，我们在车上一直很焦急地跟你说话，不停地安慰你，最后基本把你说服了。到我们上了飞机，你还在座位上流泪，说孩子这么小，真不应该把他留在家里，应该跟我们在一起，还说怎么都没想到要把小孩带在身边。我也说没想到这一点，一直在跟你说对不起。你大声说，对不起没用，似乎是在怪我出发前为什么没想到。后来，可能是哭累了，你斜靠在我的肩膀上睡着了。

不知飞了多久，到了那边，机场上竟然有三个女人来接我们，都是你的朋友，但我一个都不认识。她们开车载我们到酒店。一到海边酒店，你的心情就变得特别好。酒店前面的海水碧蓝碧蓝的，游鱼历历在目，金黄色的海滩连绵不绝，一望无际。岸边游客不多，周围的景色极美。你开心极了，似乎忘记了刚出国时的所有烦恼。走在海边时，你还提议，我们在沙滩上比赛谁爬得快、爬得远。我说没问题。于是，我们就开始在沙滩上爬了起来。你边爬边说我爬的动作不对，爬的样子不好看，要像儿子那样爬。后来，我累得趴在沙滩上，但往后一看，却没有了你的身影。我以为你输了，正高兴时，却发现你爬的方向跟我的正好相反。我们已相距很远了，但可以看到你在不断地向我招手，示意我爬回去。可是我没有一点力气了，你就叫了两个陌生人过来，把我拖回到你的身边，然后数落我说："怎么爬的？动作不对，还爬错了方向！"

到了晚上，你在房间里又开始哭，说想家了，想孩子了，明天就要回去，必须回去。我怎么说、怎么哄都不行，你还想咬我的手臂，我只好躲来躲去，最后你还赌气不理我。我想跟你亲热，你根本不同意，怎么求你都不行，说是对我的惩罚。但到第二天白天，你又是一副很开心的样子。这样反反复复，不知过了几天。有一天中午，你突然接到你母亲的电话，说是孩子会讲话了，在喊你的名字（好像不是叫你妈妈），你很高兴，我看到你的眼泪都流出来了，并对着我叫喊，说明天必须回国。我说，好吧，把机票改签了，我们明天就回去。

那一晚，你倒同意给我了，甚至说我可以随心所欲、恣意妄为。我高兴极了。当你把衣服脱光时，我惊讶地发现，站在我面前的你怎么变成很瘦很瘦的样子，脸色通红，人也变得很高。你说是这几天才变成这样的。不过，你很开心。然后，我们就开始做那云梦之事，哈哈。后来，你搬来一张红木旧椅子，宛如江西婺源熹园里见过的样子，黑乎乎的，有弯曲的扶手，你自己坐在上面，我们又亲热了好久。还没结束呢，司机来了，在拼命敲门，她是来送我们去机场的。你打开门一看，这个司机竟然还是我的同事H，太奇怪了，我们都大大地吓了一跳。而且，我们都还没有穿好衣服，光着身子站在她的面前。但她似乎很自然的样子，像没事似的，进来还帮你穿上衣服。等我回过神来，就往洗手间跑，可是门却关着，里面还有人在说话，好像是女人的声音，我又喊又叫又拍门，最后突然就醒来了，大汗淋漓。

这可能是我做过的最离奇的梦了，里面的内容有些是清楚的、有些是模糊的，而且仿佛有点颠来倒去的感觉，我加工了一下，把它理顺了，但基本内容应该是没错的。醒来后，我回忆了好几次，感觉很有意思，还非常留恋，真希望这个梦没醒才好。

一晃，一周又过去了。这一周，我又感觉啥也没做，至少没做过任何有意义的事情，只是随便看了些文献，读了半本书，评了南江某大学教师的两份职称申报材料，而申报课题的题目还没确定，总是找不到自己感兴趣的论题。这一周，我感觉自己是在浪费时间，所以有点自责。

我知道，你最近很努力，真为你自豪。看到你每天的生活很有规律，按时吃饭、睡觉、锻炼，还每天认真做事或看书，我很欣慰。而且，我们每天都有交流，还不时通个电话，知道彼此在忙些什么，心里安然而舒心！

Love you very much, always——my Gill!

小罗头

C年3月27日

第六十三封信

亲爱的吉尔：

前天晚上，收到文科处领导的短信，要我也申报南江市哲学社会科学一般项目，我当时就答应了。这两天，我跟一位学生讨论了一次，确定了选题，并分别查些资料做填表的准备。但是，刚才我仔细阅读了项目申报要求，觉得自己今年是无条件申报的。因前年我有一项南江市教育科学规划重点项目，一年前就已完成研究报告，但还缺乏一篇正式发表的文章，因此没有提交结题报告。为此，我给那位领导打了电话，告诉了他情况，并确认了我今年没有资格申报这一项目。不过，我也打电话给那个学生了，既然我们都已动手，而且花了一些工夫，就继续填报完成，或许可用于今年其他项目的申请呢。他表示同意。说真的，如果我带的学生中能多几个像他那样的学生，愿意跟我分担一些任务或责任，我就可以多做许多事情，可以空下不少时间去做自己喜欢的事，至少可以不用那么操心了。

真是有些奇怪，得知自己不能申报这个项目时，我心里突然感觉轻松了许多。之后，我觉得还是现在给你写信比较好，原本计划是明天下午写的。

昨晚读书会结束后，收到你的信，实属意外。信的开头，你抄录了贺铸的《青玉案》（凌波不过横塘路，但目送、芳尘去。锦瑟华年谁与度？月桥花院，琐窗朱户，只有春知处。碧云冉冉蘅皋暮，彩笔新题断肠句。试问闲愁都几许？一川烟草，满城风絮，梅子黄时雨），应该是你很喜欢的一首词吧。这首词我以前没有读过。仔细读来，该词有些冷艳凄美，也引发了我对你的挂念。真的很想你。那种驻足目送佳人款款而行、渐行渐远而未见回眸一笑的情景，给人留下了不舍又无情之痛，从此无端多出了深情的牵挂和思念。在这“锦瑟华年”里，这样的挂念和愁绪缕缕而至，而闺房深锁、玉影杳然，心中又不免时时生出无限的惆怅和悲苦。但除了烟花烂漫的春之外，谁能知晓？谁又能解其味？正如我们后来在飞信中说的，“爱而不得”是非常折磨人心的，那是一种深情的思念而又想见不能见的惆怅，其苦自知。

你接下来写的第一段话很有诗意。我能想象，你在樱子湖畔独自漫行时，柳芽初发，满天飞絮，飘然而下，衣裤尽染。如此美景，你说你当时真希望能够有人分享，而这个人最好是我。但那时的你，形单影只，孑然一身，触景生情，心里难免生出些许凄凉和落寞。想到这些，我心中也生出丝丝寒意，还裹挟着对你深深的歉意，甚至有些痛心呢。倒是第二段你引用《叶问2》宫二小姐说的话，再引申出对我说的几句，让我深为感动，还夹杂了一点愧疚感。其实，最该说幸运和有福气的人，不是你而是我！在茫茫人海中，能意外地认识你，真是我的幸运，又恰好被你爱着，更是我的福气！

你在信的第三段提出了许多问题，再次说出了一直以来在你心里挥之不去的焦虑感和对未来的恐惧。不知咋的，我又有无力无助和担惊受怕的感觉，如同阅读你的前信。看完后，我想了很久，是否是我太自私了？是否是我从未考虑过你的感受？或者我是不是一直在情感上用爱绑架着你前行或强力推着你走自己不大愿意走的路？我此后是不是应该放手，并让你遵循内心想法走自己真正喜欢走的路？我这样的想法，似乎对，又似乎不对。

我现在希望你能花些时间，认真考虑一下，尤其是在夜晚独处之时，仔细聆听一会儿自己内心的声音，到底自己喜欢走什么样的路？想过什么样的人生？真心想做什么样的工作？自己是否真正喜欢当中小学教师、公务员、自由职业者或企事业单位职员？是否真的想早点成家立业？目前所选之路是不是自己真正喜爱的？想清楚了这些问题，那就确定下来或做出真正的选择，决定之后，就坚定地走下去，并且要义无反顾，你能做得到吗？如果你以后再像最近这样反反复复、颠来倒去，确实是对自己生命的浪费和精神的折磨！同样也是对那些爱你的所有人的一种精神折磨，对吧？

在此，我必须重申的是，我是真心爱你的，但如果总是让你做自己不喜欢的事、走自己不喜欢的路、说自己不喜欢的话，其实我也会非常心疼，因为这对你不但是一种精神折磨，也很不公平。所以，无论我有多么自私，我都应该让你走自己真正喜爱的路，可能这才是你最好的选择。如此，你将来的生活才会更舒心些，也才不至于懊悔不已或生出对我的怨恨和不满。当然，我说过，我会支持你的决定，并且一直支持下去，我也肯定能做到，甚至可以向你保证，如果你需要，我会一直在你的身边，支持你，帮助你，爱护你。爱你之心，此生不变！！

我记得，你曾在飞信中说，你现在走的是一条不能回头的路。我不同意这种说法。事实上，任何路都可以回头。只不过，所有回头的路，都可能已不再是旧时的路，多少都会有些变化吧。而且我也说过，任何路的尽头可能都还有路！古人说得对，“天无绝人之路”。这话我信，你也应该信。

我说以上这些，并没有其他意思，更没有动摇我爱你之心。我是真的希望自己所爱之人能够坦坦然然、开开心心、稳稳当当地走好今后的路。

不过，我觉得，你在信中说我的那部分是对的。你说，我脑子里的东西很多，应该花些时间都写出来。是的，我内心真正喜欢做的事，并不是一直绕不开的课题、报告和文章，而是写出自己喜爱的东西，包括我们相爱的故事、关于易理阐释的专著、教育小说以及论教育系列丛书等。这些都是我由来已久的打算，也是我此生真正想完成的一些目标。如果上天能够给予我适宜的寿命和健康的身体，我必将给人世间留下一些有价值的精神财富。但学校里年终考核这一关，不得不让我花费大量时间去做自己不大喜欢的事情。

亲爱的吉尔，你能否告诉我，我该如何平衡这一关系，或者该怎样解决这一矛盾呢？这些问题，其实我在去杭州之前就想过多次，也苦恼过许久，真想找个时间跟你好好讨论一次。因为你的办法时常比我多，主意时常比我合理，手法也时常比我高明。已有多次，在我遇到两难的问题时，你的提议和看法，常常有独到之处，有时会让我有种豁然开朗的感觉。想到这里，我真的很能理解你的忧虑和担心，如果一个人不能走自己喜欢的道路，或做自己喜欢的事情，对这个人而言，不但是一种折磨，也可能是其人生的一种悲哀和不幸，是或不是？有无道理？

最后说一句，今后的路，只要我在，你真的不必有如履薄冰之感！好吗？

Love you very much, always——my Gill!

小罗头

C年4月3日

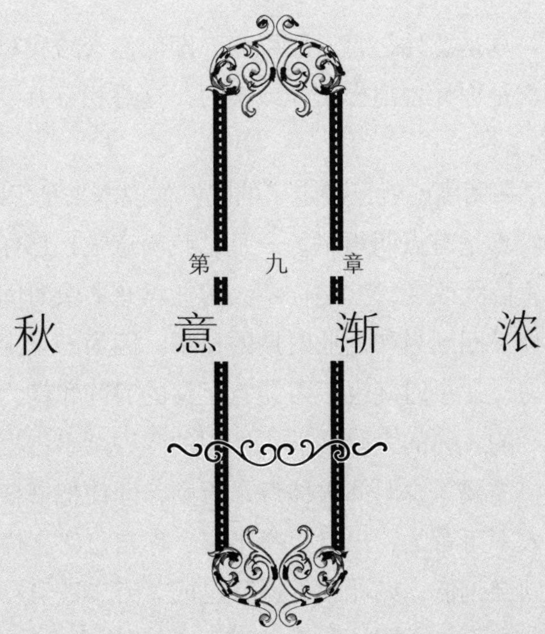

第九章 秋意渐浓

第六十四封信

亲爱的吉尔：

刚才收到你的信，真是意外之喜。原以为，即使你会给我写信，也是今晚才写。还有一个意外，就是你计划出去工作或实习。这是我万万没有想到的事，实属突然，有些震惊。

这件事，你应该是在两周前就已决定了的吧？你说本来是想瞒着我的。现在，叫我怎么发表意见呢？真是有点两难了。一是，我同意吧，那你接下来的一切生活和学习之事都会发生巨大改变，就是你不大可能再有多余时间去做眼下该做的重要之事了，这等于你又回到当初创业时期的日子。因为一旦上班，你不仅工作时间不能专心读书学习，业余时间也不可能有足够的时间和精力去打理学习或论文的事，这是肯定无疑的。你的大脑会被工作中的各种杂事占据不说，你身体的疲惫更是致命的，你将需要不少时间去休息，否则，即使把书摆在面前并强迫自己看或读，也是没有效率可言的，一旦效率不高，你自己必会慌乱而着急，而越是慌乱而着急，效率则会越低，如此恶性循环已成，万事败矣！原来的长远计划也休矣！说白了，就是看了也白看，读了也白读，做了也白做。

二是，如果我不同意，你可能会说我干涉你太多，没有让你有足够的自由和选择空间。如此，你可能又会怪我不近人情或过于霸道了，怎么能这么早就开始干预你的选择呢？也可能会感到不舒服，甚至对我心生怨恨，抱怨连连！

其实，我心里还是明白的，你就是不想给我太大的生活压力，你想自己多辛苦一些，通过工作来维持生活，或者通过自己养活自己而获得更大的独立性，并少受他人干预，对吗？如果是这样，我可以说，你是完全没有必要的。如果我每月根据能力给你支持一些，这些钱多是我的外快，并不会过多地影响我的生活质量，这就好比是把我的零花钱分成两人使用而已，而我只需节省一些、少用一些。再者说，你也讲过，等我将来需要你或年老时，你绝对不会不管我，也一定会帮助或资助我，对吗？此话还算数否？

说到实习，我认识的一个朋友的小孩每周只实习三天，每天300元。他原先计划是要做到出国前，但现在只想做到5月底。他跟我说过，他实习不是为了钱，而是想获得在外企工作的经历，因国外大学很看重这种社会实践经历。最关键的是，他说，他为此失去了很多学习的时间，因为每天要两头跑，晚上会很累，基本没有心情和精力看书。他周一到周三上班，周四有课，只剩下周五和周六可以学外语、看文献和写毕业论文，而每周至少还要休息一天，仔细算来，真是得不偿失。我同意他的分析，提前结束实习说明这个小孩能独立思考了。

还是说说W吧。这个女孩子，有股倔强劲儿，让我很欣赏。她认定的事，就会一往无前，无论处境怎样，不达目的，绝不止息。我只见过她两次，都是她来学校考试结束后到我办公室坐一会儿，第一次约一个小时，第二次只半个小时。她家在农村，虽然不富裕，但其父母非常支持她的决定。她的短期目标就是读博或出国，而且最希望能到加拿大某某大学深造。你是知道的，有一年她考试的总分最高，但因英语差几分而未被录取。为此，她曾在电话中痛哭许久，但这并没有动摇她读博或出国的决心，更没有让她失去信心。硕士毕业后，她没有去寻找任何工作，而是直接返回原来的学校，在大学内租了教师宿舍，每天到学校图书馆僻静处看书。除了主攻英语，她还看了大量的材料和书籍，做了不少笔记，并定期参加其导师组织的学术沙龙。

昨天跟我飞信聊天时，她还说，等复试结束后，要带着我制订的学习计划，再回到原来的学校，继续在学校图书馆看书、准备雅思考试和写几篇文章，四个月后将参加雅思考试，为出国做好准备。我觉得她还是比较聪明的，思路也比较清楚，目标明确，意志坚强。我想：她应该是在权衡各种得失之后，做出了自己的选择吧。今后，我会让她证明，她的决定是绝对正确的，也是十分划算的，她之前所有的努力和付出，必定会得到超额回报，最重要的是，这必然会真正改变她的人生轨迹。所以，她这一年的付出，不敢说是感动了上苍，但至少已感动到了她的父母和我，也让她的硕士导师欣慰不已。是的，如果一个人考虑过多，瞻前顾后，怕这怕那，朝秦暮楚，摇摆不定，或者什么都想照顾到，或样样都想要，或什么都不想失去，那么将来，很可能什么都得不到，或者干什么都是半吊子，不上不下。如此，他或她将来可能很难有出息，也可能很难有一个光明的前程和灿烂的人生。

至于你在信中说的，我这人总是过于多疑、细腻和敏感，并希望我以后对你要有信心和绝对信任等。这种话，你已经跟我说过很多次了。这种坏禀性至今没改，我该检讨。以后我会尽量不把那些不良的情绪传导给你，不能再让这些多少带有负面的情感影响你的生活或你的精神状态。当然，我在此想小心地问一下：我以后一点都不能说出自己的真实感受和想法吗？是不是我告诉你的都必须是正面的和积极的信息呢？我想：你也不会这样要求我的，对吧？事实上，有些想法，并不都是负面的，更不是含有怀疑成分的，我只是想知道你的状况或想法而已。这一点，你会相信吗？说实在的，经过一年多的接触，我心里已不存在对你缺乏信心，或对你有任何不信任，应该说，你的为人、你的品质我已比较清楚了，这也正是我爱你和尊重你的原因和基础之一，也是我经常向你询问建议或对策的原因。我这个人，从小就不善于伪装自己，喜怒哀乐时常一望便知。我早就知道这样不好，也因此时常让自己陷入被动，因此，我有时也痛恨自己的这种德行，真希望自己可以城府深厚一些，可以不至于轻易让人从外表就读懂我的内心。

不过，我在此保证，以后会尽量不说、不问、不提这些可能会让你不高兴或影响你情绪的话。还有，让我再无赖一回吧，我也只能说自己今后尽量做好而已，你得给我一点时间，容许我渐渐改掉此等积弊，对吧？当然，我还是很希望你不要把我往不好的或恶的方向想，好吗？我这样说，你会生气吗？管不了那么多了，既然爱你，总要多说些心里话才好，你也不希望我一直用谎言来哄你开心吧？如果是这样，我可能会憋坏的，久而久之，也会自己瞧不起自己的。所以，今后的可能情况是，我高兴时还是会表达高兴，而生气时也会展示生气，好吗？

今天的信，也是想到哪儿写到哪儿，毫无逻辑可言，或许，还难免有错别字，不嫌弃就好。最后，我还是说出自己内心的想法吧，真不同意你现在就去工作或实习，这很可能会毁掉你的美好前程，或者会得不偿失，真的！如此，你将来可能会让我很伤心和失望。但我早已说过，一定会尊重并支持你的任何选择。

Love you very much, always——my Gill!

小罗头

C年4月10日

第六十五封信

亲爱的吉尔：

现在已是下午6点一刻，刚帮你下载了几十篇文章，因数量太多，无法传送给你，只好分成四个文件夹。其中一类重要文章放在两个文件夹里，这是我从标题看自以为比较重要的，建议你把它们都打印出来阅读，如此效果会比较好些。当然，内中的文章，如果你觉得有些没那么重要，也可以移出去，放在二类参考文章的文件夹中。二类参考文章也放在两个文件夹里，也可以如上述一样操作。我想：有了这些文章，加上你自己的思考，应该可以完成一篇大论文文献综述部分的三分之二，至少完成一半是没问题的。

确定论文题目后，接下来你需要解决的问题是，围绕主题确定几个要研究的主要问题，梳理一下研究思路，再构建好文章构架，然后补充收集一些材料，开展田野调查，收集一些实证数据，将数据分类处理后，就可按章写作了。

要注意的一点是，在做文献综述时，一定要学会在充分理解的基础上用自己的语言去重新表述他人的观点，并且要加上脚注，不然就会有抄袭他人观点的嫌疑。文章架构就是围绕主要问题或主题来构建的，这跟我上一次给你做的几个架构差不多。你不用担心，这方面我会帮你完善。当然，并不是说，这些架构以后就不能更改了，在接下来的写作过程中，如果你觉得有新的想法或内容，完全可以对各章节进行补充、修改甚至删除。就是说，架构可以不断完善，直到全部初稿完成为止。

再提醒一下，在实际做开题汇报时，你应该知道，每个评委为了展示自己有水平、有能力，都会对每个学生的开题报告内容提出这样或那样的意见，甚至有些是责难性或否定性的意见，有些古怪的评委提的意见甚至可能很尖锐、很刁钻、很棘手。此时，你一定要保持绝对的冷静，不要反驳，也不要解释，只需假意表示认同（不必出声，更不要辩驳，只需盯着对方，并不时微微点头即可）。其实，他们并不是有意要否定你的看法，而只是要向别人展示自己有多高明、多厉害或知识有多渊博。事实上，根据我的经验，在你研究某个主题半年之后，真正的专家可能是你自己，而不是那帮所谓的评委，他们有很大可能是这个主题的门外汉，至多是学术研究经验比较丰富的门外汉！如果遇到过于吹毛求疵或者爱高调显摆的评委提出一些刁难问题，你可以假装谦卑地向他们解释或说明一下，但千万不能跟他们吵架或直接顶撞（因为他们有决定开题或答辩是否通过的投票权），也不能故意挑战他们自以为是的权威，更不能有任何怀疑他们能力或水平的语气和眼神，而一定要把鄙视他们的念头（如果有）悄悄地隐藏于内心深处。

我再说一遍，你一定要记住这一点：在社会科学领域，对于学生正在研究的主题，从很大程度上讲，这个学生才是真正比较专业的！就是说，跟一些所谓的评委相比，这个学生往往想得更充分详细，也更深入周到，而有些自命清高或自我陶醉的却未研究过这一主题的评委，其实都是门外汉。他们之所以会提出各种各样刁难性的问题或指出学生的种种不足，一是因为他们要假装自己对这个主题有研究、有思考和高人一筹，从而不会被人看起来不专业；二是他们确实有些研究经验，也可能有自己如何做好研究的独到看法或观点，从这一点来看，他们的意见是可以适当考虑的，不能一概而弃。因此，你可以这样做：对于你感觉有用的意见，你就采纳；而对于明显没有用的意见，你完全可以把它们当作耳边风。但是，无论如何，对他们的主要意见，你都要记录下来，最终采纳或不采纳的决定权完全掌握在你和你自己的导师手里。原因也是我上面说过的，此时真正的行家里手是你本人，导师是其次，明白了吗？

这一周真是活见鬼了，心情总是不好，感觉压力太大，总觉得心里被个东西堵住似的。那天晚上，向你发了那么大的火，真的很抱歉，对不起！我想了想，自从我们认识以来，我好像从来没有向你发过这么大的脾气吧？如果当时你不知道我刚好有恶劣的心情，你很可能从此就不会再理我了，甚至会跟我断绝关系，对吧？事实上，我发出那两条短信之后，立马就后悔了，但火气还是很大，没法完全冷静下来。所以当时，为了怕自己说出可能更加出格的话，我立刻就把手机关了，一直到50分钟后，待自己觉得完全冷静下来了，才开机并给你连续发了好几个信息，但你一直不回复，弄得我相当紧张，心里也真的有点慌了，很有些痛苦的感觉，直到你发来信息“刚刚洗澡回来”，我那紧张的心情才逐渐得到缓解。好险！

本来，今天下午的安排是评审完一篇博士论文，但后来觉得完成你的论文架构更重要，应该先帮你做起来。等我开始认真考虑这个主题时，才发现自己对此不甚了解，其实就是这一主题的门外汉，一时要建构你这篇论文的构架还真有点困难，好像找不到眉目，因此觉得自己有必要先看些相关文章才好。这就是我后来给你下载了不少文章的原因。当然，这些文章我还没来得及看，因而现在，我也没有想出什么好的主意，很抱歉。等我大概了解了这一主题的要点之后，我们再说好吗？你完全不必担心论文的事，我说过，对于一些事，越是担心，其效果可能会越差，效率也会越低，心情也会越来越不好。所以，我觉得你不用着急，还是按部就班去完成计划中的事吧，可以吧？

Love you very much, always——my Gill!

小罗头

C年4月17日

第六十六封信

亲爱的吉尔：

我下午评完一篇博士论文，已经5点钟了，而我7点要回去看足球比赛，因此，这封信可能会比较简短些。

刚才打开你的来信文件夹，居然未找到你上周日写给我的信（编号“小罗头27”）。突然想起，上次看完信后，居然没有把它保存起来，是有意还是无意呢？我也没弄清楚。后来，再打开自己的邮箱，找到并把它存入电脑了。以往，我在给你写信之前，一般都要再看一遍你最近发给我的一封信，看后往往会觉得很激动或很兴奋。但是近几周，我写信前都不大敢再看你的来信了，尤其是“小罗头25”和“小罗头27”。这两封信，已对我造成很大的心理阴影，每读一遍，我都心惊肉跳，有时会感觉心灰意懒，头脑中不停出现再不理你或放弃你的念头，但最终都是这个主意：绝不放弃，或者再等等看。因为在这两封信里，你的绝大多数话语，在我读来，都像匕首，句句可以杀死我的心。说实在的，以前，我都是非常渴望收到你的来信的，甚至天天盼望着。但从三周前开始，我的心里就发生了一些变化，那种渴望已淡化了许多，甚至已不大想要收到你的信了，内心似乎有些害怕看到你的文字。不过，我非常不明白的是，你写完“小罗头25”和“小罗头27”这两封信并发给我之后，似乎感觉很正常，像一点事都没发生一样，跟我的飞信或电话交流，也如同往常，完全没有任何异样，语气中充满了对我深深的爱和牵挂，仿佛你根本没有写过这些信一样，这实在是太奇怪了，难道你有两种人格或两个面貌？但是对于我，它们却是非常可怕的信件，让我不自觉地产生了抗拒的心理。

当然，我们在本周中期已对此有过讨论，得到的初步结论是：我们的关系可能已进入比较现实的阶段，而且这种关系可能已推进到比较稳固和扎实的层次吧，我们已比较敢于真实地表露所思所虑所想。我不得不承认，你说出了自己真实的忧虑、担心和烦恼所在，从正面讲，这有助于你的身心健康或快乐生活，有助于我对你深入了解，也有利于我对你更准确地认知以及对我自己处境更客观地判断；同时，我也提醒自己今后做事应该多从你的角度着想，尤其要多为你的未来考虑，而决不能再过分地或理所当然地把自己的意见和看法强加给你，因为这样做，反而有害于你，也有害于我。这次的讨论对我最大的触动就是，以前真不应该对你干涉过多，你应该有足够的自由和选择的权利，而我过分的要求或过多的说教，显然已引起你的反感甚至反抗，也诱发了你对我的些许怨愤，对吧？其根本原因可能是，你确实太善良了，或许，你对我做出的许多安排，老早就有意见了，只是不想让我伤心而采取顺从的做法，对吗？这一点，我应该向你检讨和道歉，也曾为此向你检讨和道歉过了。

写到这里时，我的两个在南江工作的毕业生敲门来找我，想请我吃饭。他们专程来学校前，给我发过飞信，但我没看到。他们知道，我一般都会在办公室，于是就直接上来找我了。我们聊了半个小时左右，由于我等会儿要回去看申花足球赛，因此，他们只喝了几杯茶就走了。

很有意思甚至有点滑稽的是，前天晚上，我们居然为了几乎跟我们毫不相干的WP的事，在电话中谈崩了。你显然是非常生气了，因为你的最后一句话是："我们对这件事谈不拢！"然后直接挂断了电话。前天，我带学生去公园上课，晚上又开了读书会，确实是太累了，可能虚火太旺，你能稍稍理解吗？当时，听到你的语音留言，一时没有冷静想想，就对你发了一通自以为是的看法，而讲话的语气可能比较刚硬，你听起来可能不大舒服吧，真对不起。其实，正如你后来说的，为那些跟我们关系不大的人而纠结、生气甚至伤害我们自己，是很不值得的。我们已发生过多次这种糗事，为他人的事而让两个相爱的人受伤不浅，实在有点不应该，甚至有点愚蠢。

我仔细想想，你是一个相当正派正气正直的人，也是一个相当理性的人，对社会上的一些不公不正之事，经常是看不惯的。事实上，我们都一样，对一些不走正路而获取利益的人，有些无奈，又有些愤慨，或说，一想到那些并不是通过自身的本事而是通过不择手段去达到目的之人，我们心里既有些不屑，又有些愤愤不平。而现在，这类事情时有发生，我们怎会不动气呢？但，对于这些丑陋现象，我们也只能徒叹奈何，毫无办法。

后来，我也谈起，虾有虾路，蟹有蟹道，胜败得失，自有分晓。为什么这样说呢？如果像WP那样，为了得到心目中的利益而不择手段，这样做，或许对某几件事或在某些时候是有用的，但人在做，天在看。她的这种做派，总有一天会引起其他一些比较正派的人的反感，只要她在一个单位或组织待得久一些，就总会有人说三道四，还可能会给她做局使绊，即使暂时可能得到领导的认可甚至喜爱，也终将支撑不住各种流言蜚语，结果必是可想而知的，你信吗？你可以在多年以后再来看看，是她混得好，还是你或GG活得好。因为，正如你说的，她做什么事，都一直在权衡好坏和利益得失，一旦她眼前的选择在将来被证明是错误的，或者一旦她以前认为是获益最大的事，后来因环境发生变化而并非如此时，她必会为自己以前的决定和选择而后悔不已，做人如此，找工作或做事情如此，找朋友也会如此。因此，我绝对不看好这种人的未来，也不看好她将来的家庭和人生。这是我说的，若不信，你以后留心便知。

以上这些事，我们今后就不必再提了，为别人而恼火，尤其为别人而伤害我们自己的感情，真无多大意义，对不？

这一周，我觉得你做了许多事情，特别是完全依靠自己的力量做好了论文的开题报告。我想：你应该从中获得一些满足感了，如果能因此而获得自信，那就更好了，说明你完全可以完成本来以为很难完成的事情。印象中，你在写开题报告前，心里是比较烦闷的，压力很大，感觉自己无从着手，面对这么多文献资料不知如何加以组织，难寻研究的切入点等。但最终，你还不是做得非常好吗？文献综述做得比较像样，也比较全面，而且有自己的评述语，说明你在进步。这不但令我高兴，你自己也应该自我安慰一下吧，哈哈。是的，看到自己进步了或做完一件本不简单的事情时，我们应该自我赞美一番，也应该给自己一点奖赏。人就是这样的，只要最终取得进步或获得成功，就会觉得自己的付出是值得的，甚至会对自己努力过程中的种种烦恼或巨大困扰忽略不计，最后只剩下成功的喜悦。从此，我们明白了这一道理，努力终有结果，而如果这一结果确实是令人满意的，那么，所有的痛苦或代价都可以被视为对自己的磨炼，也是自己通往成功之路所必需的铺垫。如此，内心就会无比欣然。

已经7点，暂时搁笔，我回去看足球赛了。下封信再细说，好吗？

Love you much, still.

小罗头

C年4月24日

第六十七封信

亲爱的吉尔：

说真的，刚才跟你视频聊天时，我才想起今天是周日，本来以为明天才是呢。所以就不再评什么项目了，还是给你写信更好。我们多久没有视频啦？感觉上次视频已是很久之前的事了。今天你在飞信里突然提出："我想视频啦，想看看那个小罗头了！"我是有点喜出望外的。我觉得，最近我们通电话的次数还是蛮多的，飞信聊天几乎是每日每时不断。但你说，还是不能跟视频相比，至少视频给我们的感觉更为真实和亲切，让我们更有存在感。不过，视频是要受到时空限制的。

你上次在飞信状态上发过两条Special（特别）信息（只有我一人可见），大意是：又想见某人了，我们5月再约个时间碰面吧？我当时看到后立即回复："太棒了，我也想见某人了。很开心。"但我很快发现，没过多久你就把这两条信息都删除了，不知何故？或许你发完之后，很快就后悔了，或者你是一时冲动而发，等冷静下来，又觉得不妥。没关系的，随你安排啦，我都没什么意见，更不会怪你。当然，我也不会把你发的当真，就当你是一时兴起说说而已，我不会放在心里。没事的，我说过多次了，只要你过得舒心就好，不要再像以前那样，遇到事情就纠结啊纠结，苦闷啊苦闷，没必要这样。

其实，经过这几次事件之后，我对许多事情的看法，已淡然了不少，也更会从你的角度去考虑问题了，这可能是我对你越来越了解了吧。不让你或少让你苦恼和纠结，是我今后与你交往的原则，也算是给自己定下的规矩吧。就是说，如果将来有什么事情会让你感觉不舒服或烦恼，我便退一步，哪怕是完全退下，而不会再固执地坚持己见了。不过，这应该已经不是以前的我了。从前，只要是认为有道理的事，我都会据理力争，至少会坚持自己的看法，除非别人能够用更好的理由说服我。当然，我也绝对不会成为一个毫无原则的人。譬如，我不会再像以前那样，时常对你的学习和工作提出我的安排。就是说，我应该不会再过多地干预你在这方面的所作所为，但对于一些我认为是重要的或原则性的事情，当然有时也包括你的学习和工作，我还是会提出自己的想法或建议，至于你是否接受，完全在于你自己，我也只会支持你的决定，而不会再去横加干涉。因为我已发觉，你还是有着比较强的叛逆性格的。从今年开始，我就多次意识到这一点——你对我的一些看法已不再像去年那样无条件地认同，而是会从相反的角度来看待。这说明，你做事也有自己的原则，也有自己的想法，这是你已逐渐成熟的标志。这样也好吧。

昨天出去玩了一天，还是很开心的。几天前，在南江市某区教育局工作的我的学生打来电话说，他这个假期不回安徽了，想叫我去玩玩。当时我没有直接答复，而是含含糊糊地说，如果这个周末没有事情，天也不下雨，我可以考虑过去看看啊。他说："这边空气很好，景色也很美，还可以钓鱼和采草莓。老师不是喜欢钓鱼吗？就算出来散散心吧。"后来，这事早就被我忘记了。昨天一早，我起床前，他发来几条飞信，见我一直没回复，就直接打电话过来，说是天气很好，建议我去他那边农家乐钓鱼，就当玩玩，再吃顿乡下的饭菜。盛情难却，我就这么匆匆前去了。

他就是小T，我曾把他的毕业论文发给你学习参考，还记得吗？他是几年前毕业的学生。他和他的家人总认为我对他有恩，因录取时，某些人对他非常不公，做了一些很不光彩、很不公平和令人不开心的糗事，差点被总分排名第23名的考生替代而落选（*以初试加复试的最后总分排名，小T排在第8名。可想而知，某些人某些事有多不地道，但还是那句话：人在做，天在看*），是我出面再经历了一些波折才让他上来的。为此，我也得罪了学校里的某些领导。在录取学生这方面，真是一言难尽，不说也罢！到选导师时，他自然选了我。他知道自己的基础不大好，选我当导师时生怕我不要他，因而以很不自信的语气希望我不要嫌弃他。我则跟他说："做人的关键是要有志气，人家看不起你是人家的事，你自己不能看不起自己，更要争一口气，一是给那些看不起你的人瞧瞧，二是给自己的未来一个交代。"他说："老师放心，我一定会很努力的，也会证明自己的。"

还好，他后来的确很努力，结果也确实不错，获得两个大奖，毕业论文还获得多个评委的好评。他进来后，我在做课题、做事、做人、读书、写作等方面，对他都严格要求。在读书会上，他从一个不大敢说话和不大会写读书报告的人，变成一个争着发言甚至滔滔不绝，又很会写东西的人，这让我颇感欣慰。同时，也让我觉得，一个教师的作用有时真的可以很大，如果方法得当，完全可以把一个本来不被人看好的学生，培养成一个各方面都相当出色的人才。作为教师，如果你用心去教或用功去指导，哪怕是基础再差的学生，也有可能在不太长的时间里发生巨大变化。例如，只用了两年时间，小T现在的办事能力、说话水平、思维逻辑性和写作能力，毫不夸张地说，在整个学院里都是出类拔萃的。通过这件事，我明白了一个道理，许多学生为什么始终难以取得进步或表现平庸，可能不是因为他们基础差或脑子笨，而是缺乏一个既能让他很服气又能引导他前行的人，这就是教育的作用，也是教师的作用，对吧?

当然，这个例子也说明了一个问题，就是要培养好一个学生，教师必须有一些好的办法来引导这个学生，而学生也必须敬重这个教师，否则，你所安排的事情，哪怕再好或对他再有利，他也可能会当作耳边风，或者产生逆反的行为。如果是这样，只要经历几件事之后，这个教师就会对这个学生失去信心，从此放任自流，甚至让他自生自灭。如此，如果这个学生比较平庸或没有取得多大进步，最后反而可能会怨恨或怪罪教师。其实，教育的成败，其责任从来都不是单方面的，而是双方的，甚至是多种因素叠加在一起的结果。

小T的例子让我觉得，我今后也不能完全让某人“为所欲为”或“放任自流”，或者一点不去管吧？如果我对你在学习、工作或生活上都不敢提出任何要求，将来损害的，可能是你的未来，也可能包括许多与你多少有些关系的人的未来，你信吗？如果你能懂得这一道理，将来对你的要求，我可能就会比别人更严格一些甚至严格得多！对于这一点，你一定要有心理准备，必须的！你可能会因此而对我怨气冲天，但只要有利于你成才，或说有利于你将来的发展，也有利于你未来的生活和前程，我也只会忍气吞声而无半点怨言，当作你的受气包或出气筒，又何妨？不过，话又说回来，在教育这一块，我也根本不怕你，呵呵。

Love you much——Gill.

小罗头

C年5月1日

第六十八封信

亲爱的吉尔：

这封信晚写了好几天，很抱歉。本应在上周日就写的，但因肚子不好，没来办公室，也就没有动笔。每周一封信，是我们的约定，我不能也不想轻易失约。现在已是下午4点三刻，6点半有课，但我心里老想着写信的事，就匆匆备了课。还是写封短信吧。今天是晴天，天气也相当热。因我办公室种的昙花长得高大，窗帘根本无法拉下。因此，火辣的太阳正照着我的后背和电脑屏幕，既暖和又刺眼，感觉舒服又讨厌。

最近几周，一直在忙些杂事，都是额外的工作，主要是评些项目和博士论文。我评的项目有两类：一是国家留学基金给博士生出国的项目；二是教育部人文社科基金项目。博士论文有外校直接寄来叫我评审的，但大部分都是教育部学位中心转来要求网上评审的，基本上每天都会转来一两篇。因近期是毕业季，博士生等着毕业答辩，因此评审的时间都限定得比较短，一般五天到十天就得完成。你应该知道，博士学位论文的文字量都很大，多在20万字以上（我自己的博士学位论文超过36万字，哈哈）。对于自认为比较负责任的我来说，每篇都要从头到尾浏览一遍，因而看完一篇博士论文，至少要用四五个小时，写评语也要半个小时以上。一般来说，评审博士论文，只有教授和博导才有资格，这也算是我一种应尽的责任吧。当然，评完一篇博士论文，也会有税前400元的评审费，虽然不多，但也可以算是赚点外快，哈哈。如果有空闲时间，评审这类项目或论文也是蛮好的，就当自己在学习或了解一些前沿性的研究动态。但在毕业季，大家的正事和杂事都很多，有时想想，赚这些外快也算是一种不小的负担，呵呵。当然了，不想参与评审也可以，但如果你一直拒绝参评，就可能会被拉入黑名单。从此以后，你想评，人家还可能不要你呢，哈哈。

前天收到你的信，看后又有了久违的感动。我的感动，一部分是来自你对我们的爱的肯定，另一部分是来自你的文笔能力。这一点，我已经在飞信中表扬过了。的确，一年多来，你的文笔能力提升很大，我真的很欣慰。你已经能够把一则故事写得很细腻自然，这种笔法已基本可以写游记和小说了。由此，我想到我们今后将有更多可以做的事，那就是合作写书或文章。我们完全可以把对这个世界或社会或教育等的看法，以轻松流畅的笔调书写出来。尤其是在教育方面，如果你能不断地读书，也能时常做些思考和写作，将来你对教育的理解，必定会更上一层楼。如此，你对一些问题的看法就会更加深刻和合理。中国人太多了，教育市场很大，我想：如果走对了路，将来我们完全可以做出相当大的名堂来，这既可以实现我们早在厦门之行就定下的共同目标与理想，也可以尽到我们应尽的社会责任，不是吗？

至于你说重读自己写的那两封信（“小罗头25”和“小罗头27”），觉得有些心痛。这也令我感动。但我上封信已经说过，这些都过去了，我们就不要再去纠结为好，今后我们也不要再提这两封令人不快的信。我今后可能也不会再去读它们。这件事再次说明，你真是太善良了，同时也是一个坦诚之人。你完全没有必要再自责，毕竟那些话都是出自你当时的真心。既然是真心话，包括一些郁闷的甚至杀气重重的话语，如果不说出来，对你自己可能也是一种伤害。如果说出来之后，你自己能够感觉好一些，坏事或许会变成好事，不是吗？

其实这几周，我也一直在思考这些敏感的问题，但还没有完全想清楚，等我哪天想清楚了，再细细向你汇报吧。但有一点是肯定的，我们讨论这些问题，一定要把爱与不爱区分开来。我以前好像也说过多次，我们今后的关系，都由你来决定，你说是什么关系就是什么关系，我没有资格和条件强求，也不会或不应该强求。无论将来我们是什么关系，甚至毫无关系，也不管你对我还爱着或不爱，我都会按照你的愿望或要求，处理好我们之间的这种关系。这一点，你大可完全放心。但是，要说明的一点是，无论如何，我希望你今后要走的路或要实现的目标，以及我对你的爱，都不会改变。也希望我们共同定好的在教育和生活中的理想和目标，都不会改变。就是说，我爱你至深，你相信这一点吗？既然爱你，无论世事如何变化，我都绝对不会做出真正伤害你的事情！我真心地希望你能有一个非常美好的未来，同样也真心地希望你的后代能有一个非常美好的未来。

今天就暂写到此，可能太潦草了，有点词不达意，你将就着看吧。

Love you much and much, forever——Gill.

小罗头

C年5月12日

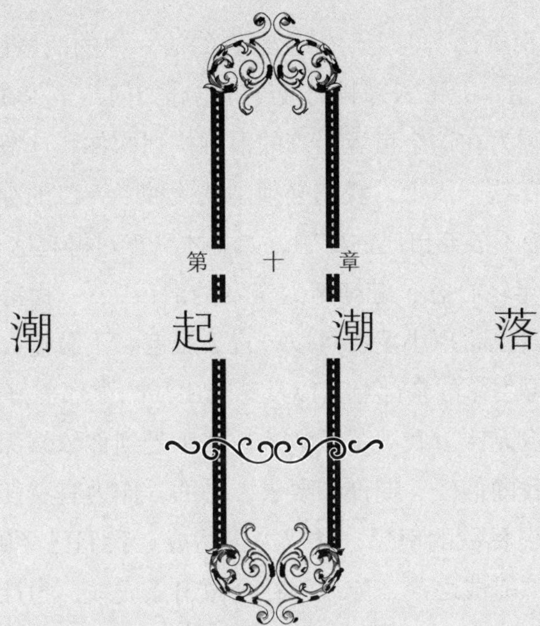

第十章

潮起潮落

第六十九封信

亲爱的吉尔：

在写此信之前，我重读了你上周一发给我的信。你的两段话让我十分感动。一是："小罗头，我希望，无论未来我们最终的结局如何，至少在梦想这条路上我们可以一直是同伴，因为在这个世界上真的很难找到像你我这般灵魂如此深度融合的人。Link，至少在这一点上，我们必须是彼此独一无二的存在，我们至少也应该像不放弃爱一样绝不放弃自己的梦想，如此才真正对得起这一场缘分。"二是你希望我能一直保持年轻心态、继续努力奋发的话："……我希望我的小罗头不要陷入这个困境中。我也希望小罗头可以一直不服老、不服输，一直乐观、充满激情、怀抱梦想去追寻生命的全部意义以及感受生活的全部美好！"你的这封信，对于我而言，真是珍贵无比。我读了无数遍，在感受到你依然深爱着我这一喜讯的同时，更多的是对我的信任、期许和要求。是的，作为有责任心的人，我们的确应有一个不完全出自私欲的理想，并尽力去达成。我们已经确立了这个理想：我们在此生的使命全部完成之前，应该为社会做出点成绩，为社会中的人做点好事，或为建设更加美好的社会贡献一点力量。

其实，这一理想也是值得我们为之努力半生的一系列目标。在我们心里，老早就设立了两个目标：一是成立"某某自助互助教育基金会"；二是面向底层民众撰写一套通俗的教育类丛书或一本教育小说。当然，我也想写一本完全属于我们俩的故事的小说。事实上，多年前我在上一门专业课时，给学生布置期末作业时，就提出了六十几个教育问题，从幼教到高教都有涉及，并分配给十多位学生让其试着回答。我当时的设想是，经过整理、补充和修改，最后大家合作出版一本《教育问题百问百答》的书（我打算补充到100个问题）。学生们都完成了，总字数近17万字，如果加以修改补充，应该可以达到25万字以上。他们写的这些文章，目前都还在我的电脑里。有的学生写得很认真，有的写得不错，有的却写得不够好。后来，因乱七八糟的事情太多，竟然把这件事搁置下来甚至有点忘记了。

为什么我当时没有跟进并一鼓作气修改和补充完成呢？主要是因为我担心出

问题，倒不是因为他们的文笔不好（我可以修改和润色），而是怕存在抄袭的情况。因一些学生的资料来源不明确，我不知道哪些是他们自己写的，而哪些是引用别人的。尽管我在上课期间要求他们写期中小论文和期末论文时，多次强调要引注明确，不能存在引用他人的观点又不注明出处的情况，但看了个别人的文章之后，我觉得有些内容不完全是他们自己写的，因为他们的笔法还没有那么老练，且文字水平好像也还没有那么高。尽管他们都一再说明，除有引注外，其他都是自己写的，但我还是不大放心，因为学术界或学校对抄袭的处罚非常重。

这件事，后来就彻底搁置了。我现在想的是，如果你将来有兴趣，我们倒可以在已有的基础上补充修改并加以完成（写出真正的百问百答之书），然后设法出版。另外，就是以我们自己的方式写教育丛书、教育小说以及基于我们相爱的故事的小说。这些事，我已讲过多次也一直牢记心底，它们是我今后要完成的，也是必须达成的目标。我觉得，以上这些都是我已有能力去做的事情，只欠决心和时间。

不过，在我们相爱之后，你曾提出未来建立教育基金会的设想，这真是一个激动人心也出乎我意料的目标。后来，我曾仔细想过，其实这一目标也不是那么难以达成。对于这一目标，我还是很有兴趣的，如果真能在此生完成，似乎比我上面提到的所有目标都更有意义和价值。但是，我们都很清楚，要实现这一目标，要有一定的基础才行：一是要对教育事业有真正的爱心，并且应该拥有愿意为之奋斗的决心和诚意；二是我们对今日中国之教育问题需要有更深刻的了解和认知，尤其是对底层民众的教育问题或教育症结需要有较为深入的研究，这就要求我们在教育方面下更大的功夫，就是我们都要继续努力成长；三是要学习和掌握一套基金会运作的程序和办法，就是将来要制定出比较好的规划，但我想，这一点是难不住你的，我相信你完全可以胜任，主要是相信你有这方面的杰出才能。另外，就是要有一定的财富作基础。

你在信中提到的萨尔曼·可汗的故事，让我非常震惊，也极为敬佩。他很好地利用了自己的特长和互联网技术，并做出了巨大的成就，让全球数亿人受益。这一事例，也对我有所启发，那就是我们也应该利用自己的特长及某些技术，加上我们的爱心和计划，去完成一些事情。那我们的特长是什么呢？是否需要有渊博的知识（涉及教育、社会、法律甚至文化领域）？是否需要熟练掌握互联网或电脑操作的技术和知识（借助互联网强大的服务能力，是必然的途径）？规划或策划能力是你的一大特长，到时你可以充分发挥。我想，如果能够把教育基金会与教育活动结合起来，并通过网络平台加以运作，其前景是否更为光明或更为可期呢？

这几天，我比较苦恼的是总感觉时间不够用。两个月前，我给自己定下了一个目标，就是无论多忙多累，每天都必须读书20～50页，如同我坚持每天做俯卧撑一样。但白天往往杂事比较多，看书多半要在睡觉前，因此每晚都得到12点后才能洗澡睡觉。由于睡得比较晚，早上就基本无法保证准点醒来，有时到6点醒来时，觉得时间还早就再睡一会儿，但再醒来往往已是9点多。如此，一个上午几乎什么事情也做不了，中午又要午睡片刻（如果不睡，我下午和晚上肯定没有精神，做事效率也会很低），因而感觉自己每天都没有多少时间可用，一天或一周似乎都是匆匆而过。你能告诉我，应该怎样安排时间吗？而且，我们都说好的，无论多忙，都得留出一点时间锻炼身体以及给对方写信。如此说来，时间真成了稀缺的资源，不是吗？

接下来的两周，我的计划是，阅读一些民族教育方面的材料，并写一篇文章出来。内蒙古的会议，我还是想去参加的，因为内蒙古民族大学有老朋友已发来邀请函，并要我做一个主题发言，还给我提供了较为优厚的条件，也是盛情难却吧，我就答应前往了。

最后，我不得不说的是，你最近两三周很辛苦、很努力，生活和学习也相当有规律，令人欣慰。我想，这段时间，是否是你近两年来最安分于学习的时段呢？应该是的吧。我觉得，你每天的行程都安排得很好，多在图书馆里度过，还早晚通告于我，这在以前似乎未曾有过。今后，如果你也能像近期一样把学习、工作和生活安排得当，何愁大事不成？当然，在努力读书的同时，你也应该如同你要求我做的那样，适时安排锻炼和休闲时间，跑步、爬山、逛街、看小说、听音乐，均可，不然生活可能就会失去一些色彩，久而久之，也可能会使自己学习的兴趣或效率降低。所以对于你，我也是感到有些矛盾的，一方面希望你继续努力前行，具有不达目的誓不罢休的勇气和魄力，不要再为不必要的烦恼而纠结；另一方面又不希望你过得太累、太苦、太烦，也要拥有适当的轻松愉悦的闲暇时光。

好了，今晚有课，暂写至此吧。我先去食堂吃饭了，下封信再聊，可好？

Love you much and much, forever——Gill！

小罗头

C年5月18日

第七十封信

亲爱的吉尔：

中午读了你的最新来信，前面的部分内容，读来心情有点阴郁，有点失落的感觉。我们都差不多吧，在心情不大好时，回想过去的某些时段，哪怕那个时段的生活并不算美好，也会十分怀念，并尽可能把它美化。你说，在遇到我之前，你过得相当充实，因而你在内心就怀疑了，如果没有遇到我，现在的你是否会更好些？其实，我估计，你的真实想法是这样的：如果没有我的出现，你必定会按照原先的步骤或轨道行进。因为那条路是你驾轻就熟的，因而可能会让你的生活更加轻松、让你对生活更加满意，也应该不会有你如今的种种烦恼和忧虑。如此，你是否有点后悔的感觉呢？而真实的情况会是如此吗？其实未必。我们须知，不同的路，肯定有不同的风景和坎坷，人生的格局和结局也肯定不同。

当然，世上并没有“如果”二字，也没有后悔药，对吧？人的命运就是如此奇特。“任何一个看似偶然的际遇，都有可能是命运的刻意安排。”你相信这句话吗？我的出现的偶然，说不定正是你命运中的必然呢？就是说，我的出现，或许正是有某种力量要推动你向完全不同的方向转变和前行，并完成你此生注定要完成的某些重大任务呢？如果没有我的出现，你可能就无法完成这些重任呢？正如西方人常说的，任何人都是极其珍贵的，也是独一无二的，每个人的存在，都有其独特的价值，别人无法替代，也不可能替代。如果没有他或她，这个世界肯定就不会有一些大事发生，即使发生了也不可能完成，即使完成了也不可能完美。就是说，他或她注定是要来完成某种重要职责或履行某种义务的，待到这些职责或义务全部圆满完成了，他或她的使命也就终结了，生命也会随之消失。

但是在未来，上天或命运到底要你承担什么样的职责或尽到什么义务呢？你现在还无法知晓，但你要为此做好一些准备，打好一些基础，或者说，你现在的积淀越厚实，你的地基打得越牢固，你将来承担的重量才越大，不是吗？如果我没有上大学，我大致也可以看到自己现在的样子：在某个不大的城市里为生存而奔波劳累，或者早已放弃在城里打工的生活，而在农村养儿育女，碌碌无为。

但上帝知道，这不是我的命运，也不是我应该承担的职责，因而通过努力，又生逢盛世，加上好的运气，我走上了培育社会精英的道路。另外，我也希望自己能够为底层社会民众做些有益的事情，或许还有别的更为重要的事情。这些可能正是我这个本来不应该出生的人应尽的职责吧。因为，以前听我大哥和母亲说过，在怀上我之时，母亲并不想要生下我，还喝过农村的什么土药，目的是想打胎，但没有成功。不要我的主要原因有二：一是怀上我之时，母亲已42岁，属高龄孕妇，生育的风险很大；二是当时父亲刚过世不久，家中还有五个孩子，生活极端困顿，如果再增添一个人，可能就会无法养活，至少我要吃很多很多的苦，因此，还不如在我未出世之时就干脆让我彻底消亡，这对我和家庭而言，或许也算是好事一桩。

真的是，人算不如天算，我还是出生了，有点勉强，又有点顽强。无疑，我的出生，肯定给本来就极端贫困的家庭带来了更重的生活负担。不过后来母亲却说，她没有想到我居然会比较有出息，这完全出乎她的意料。因为她本来以为，我能存活下来就算阿弥陀佛了，没承想，后来我能成为她此生最大的骄傲。因为我是全村第一个大学生和第一个硕士（没想到，若干年后，我又成为全村第一个博士、第一个出国留学者、第一个教授以及第一个博士生导师，哈哈）。她也没想到，我会给她的中晚年带来精神上和物质上的巨大好处。她还说过，我的出生，给这个家庭带来了许多欢乐和自豪，因为我不单单是男孩（福建农村人向来比较重男轻女），而且还比较聪明。至少，她说我自小就比村里同龄人活泼可爱，又比较爱动脑筋。

吉尔，还记得吗？我可能跟你说过这件事：在我五岁左右，从厦门大学来我们JQ大队楮树坪村插队落户并正好住在我家的一位女青年，她在临走前跟我母亲谈了几个晚上。她很想带我回厦门去做她的弟弟，并要给我母亲120元（当时，这算是一笔巨款了）。说实话，母亲是动过心的，因为当时家里实在太穷了。（2020年春节期间，基于我的询问，宗亲天德兄回忆说："她的名字读起来像'艺婷'，姓什么忘记了。祖籍山东，父亲是南下干部，她当时是厦门大学的一位学生，时年不超过20岁。当年，她在厦门的家中还有母亲和一个妹妹，父亲的情况不清楚。"我偶尔在想，将来能不能请厦门的朋友或自己亲自去厦门大学档案馆查找一下：1968年前后的几年，厦门大学是否有一个叫"艺婷"的女生，到我们楮树坪村插队落户？她现在在哪里或是否在世？我想：如果"艺婷"姐还健在，她此时断不会超过75岁，正是儿孙满堂、尽享天伦之乐的年纪——后注。）

我至今都还记得，这位姐姐很好看，个子不高，瘦瘦的脸庞，梳着两根长长的辫子，上身穿着一件草绿色的军装，时常背着我或牵着我的手走来走去，或在小河边散步哼歌，或在村里走家串户，尤其记得她牵着我的小手在内山水稻田埂上踮着脚尖小心翼翼走路的样子（因为田埂上一些刚刚露头的茅草尖很刺脚，如果不穿鞋子，很容易被刺破脚底皮肤，有刺痛感。乡下农民可能都习惯了，或是脚皮较厚，即使不穿鞋子，他们也可以很轻松地在田埂上奔走自如。但城里来的人则不行，如果不穿鞋子，他们只能尽量避开茅草尖或踮着脚尖走路。顺便说一下，当时在农村干活时，一般是没有人穿鞋子的，都是光脚去光脚回）。后来，母亲说，如果不是我的几个姐姐舍不得，我就真的被带去厦门给别人做儿子、做弟弟了。如此，我后来的命运会是怎样的呢？如今，你的Link又会身处何方？不得而知。但可以肯定的一点是，如果被带走，我后来的道路决不会那么艰难，生活也决不会那么困苦。不说这些了，因为世上没有“如果”。

其实，我们都明白，未来并不都是可知的，命运到底将怎样安排我们，实在难以准确预料。我们能做的，就是确定一个大致的方向和目标，并为此而持续努力，要有真正的付出甚至某种牺牲，或实实在在地去做一些准备工作。不过，说实话，别人的情况，我不大清楚，但对于你，我还是大致可以看到你未来的样子的。你应该是一位充满活力、比较自信又真正有抱负的女性，你要么会成为一个相当有成就的大学教授，要么会成为一个事业单位里的领导者，要么会创业成为一个社会活动家。还是如前所说，你有多大的能量，社会就会有多大的平台供你施展。

但是，从你写给我的几十封信中，我经常能读到你的不安和浮躁心态，而且经常能读到你对过去的些许怀念和对未来的巨大恐惧，这才是时常让我无比忧虑的地方，也是非常打击我的信心所在。或许，在内心里，你真正留恋的是你的创业时段及大学时光，那时，你的确生活在一些有点虚幻的光环之中，周围有许多人围绕着你，因而你可能还很享受不少人对你的赞美和恭维，以为这样才能体现出你自身的价值，甚至觉得这才是你的归宿。

过去的美好，我认为，当然可以品味和回忆，但请记住，不必过分沉湎于斯。想想看，我们有多少原先自认为光鲜的生活，其实并不完全是真实和美好的，也并不完全是有价值的或者是真正适合我们的生活方式的。你也可以想想，在那段你可能自认为美好的时光里，你真正学到了什么？提高了自己哪些方面的能力？你把多少时间浪费在了无谓的人事或杂事上？或许，如果那时你就遇到我，并且能够得到你如今一样的信任和爱，那么，我可能在当时就会扭转你的人生走向，甚至早已让你变成另一个更好更完美的你，谁知道呢？或许真有可能，哈哈。不过，还是那句话，世上没有“如果”。

今天，我还是要说，我们一生中会遇到许许多多的人和事，一些人或事注定会成为过眼烟云，一般无须几年就会被我们忘得一干二净，从此与我们的生活毫不相干。但另外一些人或事却可能会给我们带来巨大的影响，甚至会完全改变我们的命运轨迹，这些人，要么是我们的贵人，要么是我们的掘墓者，而经历过的这些事，或许会成为我们的功绩或成功的奠基石，也或许会成为我们的包袱甚至累赘。

另外，你在信中提到的对教育基金会的运作及帮助社会公益组织规范化和有序化发展等的设想，都是非常好的。你能深谋远虑，我很赞赏。你的规划能力、组织能力、表达能力以及对计划的执行和运作能力等都很强，以后必将发挥重要作用，这是我历来深信不疑的。你必须自信，也应该相信我的眼光。

今天就暂写至此吧，周末如有时间再续。

Love you much and much, forever——Gill!

小罗头

C年5月25日

第七十一封信

亲爱的吉尔：

你来信说，这几天瑜州的天气异常闷热，犹如盛夏。瑜州的热与冷，我是经历过的。印象中，瑜州的夏冬都比较极端，夏天热得皮脱骨痛，冬天又冷得手寒脚肿。但，瑜州的夏天也有极美的地方。例如，可以在楚山的绿荫下尽享其清凉惬意，也可以在楚江里尽情戏水畅游。虽说我的游泳技能在很小的时候就已掌握，但不得不说，这种技能却是在楚江里得到极大提升和熟稔的，特别是自由泳、蝶泳和立身泳（不是我吹牛，现如今，这种泳姿几乎没有几个人会了。游泳时，像站立在水中一样，完全靠水下双脚强力摆动，双手可以高举空中并举起重物，可以前行、后退或静止不动。但游起来极为费力）。而我对瑜州冬天的美，印象更是深刻。我尤爱大雪纷飞时节的楚山，孤寒而冷傲，肃穆又庄严。因此，在我的心里，瑜州给我留下的美好印记，应该是超越其苦痛经历的。

近段时间，南江却是阴雨绵绵，昼夜温差也较大。这种天气，最会影响人的心情，也最会让人的情绪或阴或晴，或高亢或消沉。近日，我就多是这样的心境。还好，其并没有带来多大的负面影响。该做的事，该读的书，还是没有落下多少。

不知怎么回事，我今天的心情就不大好。本来，我昨天就已计划好，今天要给我的博导写信，目的是把十几年来单位里发生的种种怪事详细写出来。但一想到这些糗事，我就极为恼火，心情也随之沉重起来。我和单位的命运，在七八年前，或许我是有机会加以改变的，但由于内心的羁绊、软弱和无为，错过了一个较好的时机，现在想来，竟然有几丝后悔的感觉。

早上，本想跟你电话聊会儿或听听你的看法后再动笔，但当时觉得你正忙于学习或工作，电话打扰多有不好。12点过后，在午饭前，我打开邮箱，无意中看到你的来信，知道你要跟WP在一起吃饭，再打电话已属不便。后来去人事处上交了外单位寄来的职称评审材料，又去打印了一些民族教育的文献资料，回到办公室后，不知咋的，突然就没有了动笔的心思。那就暂停两天吧，待我理顺思路后再说。但我的心绪已着实被扰乱，弄得我这几天都有点不大快活。我近日不好的心情，也部分源于此吧。

今天中午，突然收到学生J的飞信，说是拿到了CSC批准的一年期出国项目。看得出来，她相当兴奋。当然，我也为她高兴。我原本以为，她这次得中的可能性不大，因为她去年放弃了学校提供的一次出国机会（半年期），而且她已是博三了。据我了解，学校在上报材料时，也没有把她放在优先推荐的名单里，而只是放在备选名单里，并且说了不予重点推荐。看来这几年，她的运气还是不错的，既拿到了国奖，又得到了这次出国留学的机会。

这几天，我想跟我的国外导师K教授联系，讨论明年联合培养博士生的事。当然，我会先去研究生院找领导谈谈，了解一下国内外联合培养博士生的程序和规定。说真的，来这里读博，只要是统招生，出国的途径还是比较多的。联合培养只是其中一条路，还有院系、学校和国家等其他三条途径。中外联合培养可能是最好的一条路，其含金量更高，国外学习时间也较有保障。但是，我想，如果明年确定是联合培养方式，到时的竞争程度可能会更为激烈吧，找我或想托其他关系的人可能会更多，除非不对外公开信息或做好完全的保密工作，但这可能很难做到。管他呢，只要按照正规程序进行就是了，保证自己做到公正公平就问心无愧了，对吧？

这两天，其实我也在反省自己，竟然发现自己还有许多事情早就应该开始做却没有动手做，感觉自己变懒了，很不应该。例如，有两个课题的报告去年年底前就已写完，早该填写结题报告表了，却一直没填；想写的书，至今还未好好考虑架构；民族教育的文章早该动笔了，却还未看材料；这段时间有好几个课题申报机会，我却提不起兴趣，都放弃了；跑步的事，也如三天打鱼两天晒网，除了脚肚子感觉有点痛外，始终没有体味到跑步的乐趣；将在山东举行的专业学术年会，我已收到了四次邀请函，但还是不想出席，也不愿意动笔写参会文章；某年10月在广西大学的学术会议，已跟M说好了，我们一起参加，但写什么主题还没有确定下来；给自己的博导写信的事也只停留在想法层面；等等。一想到这些，我都觉得很惭愧、很自责，也有点羞耻感，甚至感觉目前的自己是在浪费生命。这，不应该是我固有的个性，也不是我与生俱来的特质。原来那个想干就干、目标明确、冲劲十足、不达目的誓不罢休的我，到底去哪儿了？是什么原因让我又有了错乱迷失或迷茫沉沦的感觉？又是什么原因让我会不时地觉得在生活和事业上还是那么孤独与无助？我想，自己真得好好反思一下了，希望自己能尽快恢复原样，否则，自己都快看不起自己了。

不过，5月已过去，我们再去计较得失多寡已无实质意义，但愿6月是你我新的开始？我也要好好规划一下今后要做的一些较大的事情，并列出计划表，再脚踏实地并且诚心诚意地去一步步实施和完成。我不能再辜负爱我和我所爱的人了，不应该！你相信我吗？

Love you much ——My Gill.

小罗头

C年6月1日

第七十二封信

亲爱的吉尔：

今天下午跑了两次文科图书馆，主要是那边的几个老师要帮我查找一些有关民族教育研究国内顶尖学者及其学术影响力的数据，并要教我和一个学生如何处理这些数据。现在都快6点了，想起过几天就是端午节，也是到了每周该给你写信的时候了。就写封短信吧，权作节日问候。

你上封信的末尾，提出了一个让我十分意外的学习、工作和生活计划。这也是一个详细而有趣的计划，我们都同意立即执行。从这两天的情况来看，我们都没有违背约定，因此谁也没有达到被罚款的严重地步。这个计划，因含有处罚条款，粗看起来有些严厉，实则算是相当温馨的。你的这个计划，把我们读书、学习或工作与身体锻炼、营养调配等都结合了起来，目的就是改变我们的一些不良习惯，尤其是无故拖延的恶习，以便我们能重新步入学习、生活和工作的正轨，实现共同进步和体质提升。这一点，实在是妙不可言。所以，我在飞信中开玩笑说："这种计划，必定是前无古人、后未必有来者的计划，呵呵。而能够设计出这种既严厉又温馨的计划者，必是天才，如果不是才子，就是才女，哈哈。"你立马回复说："你先别给我戴高帽了，还是老老实实执行计划吧，免得受到处罚。记住了哦，我可不会手下留情的，哈哈。"

最近，学生J一直在跟我联系，原因是她目前遇到了留学的困扰，要我帮她想办法、拿主意。因她的预产期在某月中旬，她想赶在8月底或9月初到国外D大学上课。那时，她的肚子已经很大了，孩子也将有七个多月。这种情况下，要乘坐13个小时的飞机和应付接下来的学习与生活，都是不大安全的，至少会是相当困难的。但她觉得无所谓，说可以克服一切困难，必要时还会把她母亲带过去，帮助和照顾她。我认为，这样做真的有点危险，一旦出事，可能麻烦会非常大，而且谁能承担得起这种责任呢？如果出事，国内A大学和国外D大学都会很恼火。因此，我建议她慎重考虑，还建议她把自己目前的境况写信告诉她的国外导师K教授。我认为，这种事是无法隐瞒的，如果她挺着大肚子到了国外，事先又不告诉D大学和K教授，对方肯定会非常生气，而且可能对A大学将来再派学生去D大学以及对我本人都会有很不好的影响，对吗？

为此，她给K教授写了一封信，说明了自己意外怀孕和准备8月底去D大学读书的情况，也说明了自己能够应对任何困难，并且发誓不会影响学习。她的信，也附带发给了我。果不其然，K教授立刻给她和我回了信，说明了可能存在的一些危险，并且明确不同意她在肚子中的孩子这么大的情况下去那边留学和生产，要求她延期到孩子出生几个月后以及自己确实准备好了再出国。而且K教授对她擅自更改留学研究题目的事也很有意见，并且明确指出，自己不是研究少数民族教育领域的，没法指导J。我知道K教授的为人，她非常正直和严谨，行就是行，不行就是不行，能够指导，必定会说可以指导。而且她也十分讨厌那种变来变去的人，大家讲好的事，不能自己想变就变，这可能也是多数老外的共性吧，说过的话就得算数，如果确实需要变更，也应该讲出充足的理由并在商量一致的情况下进行，否则就是诚信问题。这种人，他们是看不起的。

如此一来，J就很苦恼了，她主要是不想延期出国，也可能是特别想把孩子生在外国吧。至于研究选题，她说可以用原先跟教授说好的那个题目，没有任何问题。她把坚持早点出国读书学习的想法，又写成第二封信告诉了K教授，希望她能同意其按期出国，并且说，国家留学基金委规定，那些拿到CSC出国批文的人都必须在当年12月底前赶到留学地。她的这封信也同时发给了我。K教授又很快回了信，还是坚持J要在中国生产。她说，主要是因为9月开学后，J肚子里的孩子已经很大了，真的有风险。而且在这封信中，教授甚至使用了“refuse”这个词，拒绝的态度坚决。她还很严厉地指出，D大学没有义务和责任去承担这种风险，并建议J去跟国家留学基金委协商延期出国的事。

J收到这封“拒绝信”后，就更苦恼了，甚至有点生我的气，说是听了我的建议才给K教授写信的，如果不告诉她自己怀孕的事，也就不会有后来这么多让人烦恼的事了。现在，她的计划全被打乱了。我也在飞信和电话中，一直跟她分析各种情况。我说，如果你现在刚怀孕，到国外后，至少有六七个月的时间可以正常上课和做研究，等到孩子七八个月大的时候，你再叫你的母亲过去帮忙照顾，这应该是说得过去的。那个国家还是比较重视人的生存和发展状况的，到时，他们也不大可能或不好意思把你赶回国，顶多会建议你回国待产，但如果你不同意回国，并能说出一些理由，他们肯定也不会强求。而且，我也觉得K教授的担心是有道理的，如果你不听她的意见，到时肯定会影响到我单位跟D大学教育研究院的关系，甚至可能会影响到她与我的师徒关系。

当然，J也担心国家留学基金委员会不同意她延期出国的申请。按照往年的情况，拿到CSC出国批文的人，可以在次年3月底之前出国，而今年却突然改成必须在当年12月底前出境。看来，这已不单单是她的运气不好的问题了，好像所有的一切都在跟她作对似的，真的很奇怪。不过，我也很同情她，因为学生能获得国家资助的留学机会相当难得，如果错失了，真是非常可惜。但说实话，我也无能为力。好吧，不说这些有点烦心的事了。

知道你这两天生病，我很是担心和不安。那就吃些药和多休息吧，也多吃些果蔬，而一些学习或工作计划可以适当减少或暂停，不必过于强求，等身体康复之后，再继续努力也无妨，也不迟。

7点钟了，暂写至此吧。我觉得你今晚还是回家住比较好，有你母亲照顾，你安心，我也放心，对吧?

端午安康!

Love you much ——My Gill!

小罗头

C年6月8日

第七十三封信

亲爱的吉尔：

在最近的印象中，我以为距离上次写信只有一周多的时间，可刚刚一查，上封信是6月8日发出的，如此算来，已有两周多未写信了。有这么久吗？时间都跑哪儿去了？真的好奇怪。刚才在飞信聊天中，得知你正情绪激动，在奋笔疾书中，我脑子里立马呈现出一个满头大汗、脸色通红、手忙脚乱的姑娘模样，也蛮可亲可爱的呢。

有关你上封信给我带来半天的震动、怨怼和郁闷之事，这里就不再说了，这一页已翻过去了。我已基本可以理解你的真实想法，以后也尽量不要再提它为好。

我昨天已把论文和会议回执发给了内蒙古民族大学的E教授，想请他提些修改意见，待我完善后再发给会议组。刚才打开邮箱，看到两封信，一封是E教授的来信，他说写得不错，不必修改了。他还问我，Y大学的两个朋友是否确定要去，如果要去，到时把论文和回执发给他就行，由他来转交给会议组。我已给他回了信。另一封是我加拿大导师K教授发来的，她谈了J的事，说了她不希望J去加拿大D大学留学的几条理由。另外，K教授还说，也算是J的运气不好吧，因为这次意外怀孕的时机真的不好，到今年9月初D大学开学时，她就会有近八个月身孕，这既会影响她的学习和行动，也会有一定的风险。其实，关于这些事情，K教授在上一封给J的信中已提到（她同时抄送给我了，我还未给她回复，有点不应该），她可能以为我没有注意到，今天又特意写信跟我打了个招呼。我觉得，K教授的说法和分析还是有道理的，做人要有主见，事前应该多加考虑，或者多权衡利弊，免得发生事情后措手不及或后悔不迭，对吧？

对于导师，也是我不好，我应该在上次收到她的信之后，就立刻给她复信的，并表示我理解她的决定。但这两周里，我真是忙昏了头，竟然忘记给她回信了。明天，我得给她回信说明一下我的态度。这件事给我的感觉是，加拿大人做事有松有紧，该松时就很松（如J四次提出更改留学期限，K教授都同意了），该紧时却也很紧（如这次对怀孕的J的留学请求，K教授用到了“refuse”一词，语气相当重，就是绝对不让她去加拿大的意思），对于原则性问题，她好像不会让步似的。但说实话，我非常同情自己的学生J，她也很不容易。我一直希望自己的学生都能到国外看看，不但能开阔一下眼界，还能学到不少新东西。再说，现在出国的机会很难得，尤其是能拿到国家留学基金委的资助通知，真的非常不容易，不仅要有很强的实力，还要有很好的运气。

接下来还是简要谈谈会议论文吧。其实，对于民族高等教育这类论文，我也是赶鸭子上架，以前根本没有涉猎。只是多年前到内蒙古开过一次这种学术会议后，才对此有了一点了解。那年在通辽时，跟E教授只见过两面，一面是我刚到宾馆不久，他带了两个学生来找我，说是带我去市里走走，吃些特色小吃。在路上，他聊起自己曾在厦门大学待过五年，对福建很有好感。中途，他接到电话，有事先离开了，他的两个学生带我参观了通辽博物馆，陪我吃了晚饭。另一面是在第二天的会议间隙，我们喝咖啡时站在一起聊了一会儿，他当时说，第二天晚上要请我吃饭。但到了第二天傍晚，他打来电话表示很抱歉，说他有接待其他客人的任务（好像是接待国家民委和中央民大的领导），就没有时间招待我了。之后，直到我离开通辽，我们都没有机会再见面。

我估计是这件事让他觉得有点不大好，可能他觉得有些怠慢我了。实际上，蒙古人是非常讲义气的，对朋友都极为豪爽和真诚。我后来认识的几个内蒙古的朋友都是这样的，非常友好，非常慷慨，很够意思。因此，在后来的电话里，E教授曾提及此事，可能觉得自己说话不算数，不好意思，因而就说今年一定要请我再去一次内蒙古，并要我在大会上做主题发言，会后还要带我去看看内蒙古最美的草原，住蒙古包以及吃最典型的内蒙古食品等。应该说是盛情难却吧，我才硬着头皮答应参会的。通过这件事，我也体会到什么是真正的男人，或真正的男人就应该是什么样子。男人就应该说到做到，尽量不要失信，除非万不得已。如果确实因为不得已而失约，也要尽可能采取措施加以弥补，并向对方说明原因，对吗？

Love you much ——My Gill！

小罗头

C年6月23日

第七十四封信

亲爱的吉尔：

对于你正在写的文章，我刚才想通过电话跟你聊些粗浅的看法，当然最主要的目的是给你鼓劲。对于民族教育，我也是最近看了些材料后才有所了解，以前真是一点都不懂。而对于K教育，你比我精熟得多，可以说已是这方面的专家了。在你面前，我还只是学生，甚至连学生都不够格呢。你要写的题目很好。我觉得，你先把要研究的主题背景和问题讲清楚，也是必要的。然后，再对K教育进行SWOT分析。最后，就有关各方应该如何配合、如何发挥作用或应该扮演的角色是什么等方面分别提几点建议即可。因为今天下午5点半我们师生聚会，时间比较紧，下面我只谈几点，但可能远远达不到你说的“粘贴即可”的高度，只愿能给你有些启发就好。

1. 对于由多民族组成的民族国家而言，维护国家统一和安全，历来就是国家最重要的政治目标。要实现这一目标，首先要实现政治认同，政治认同的前提是民族认同，而民族认同的基础又是文化认同。

我国有56个民族，除主体民族汉族外，还有其他55个少数民族。各个少数民族都有其自身独特的历史、文化、传统、习俗、信仰甚至宗教，他们的价值观、人生观和世界观都可能差异极大。要将这些具有不同民族性和文化性的民族整合在一个国家里，首先就必须做到民族之间的相互尊重和相互认同。而这种民族间的相互尊重和认同的前提，是要对各民族的历史、社会和文化等有所了解，并在了解的基础上最终达到文化共享、文化认同和文化融合。但是，要实现文化认同和文化融合，最重要的手段是什么呢？是教育，即通过各种教育手段，在实现文化了解甚至理解的基础上，去实现民族间的文化认同和文化融合，进而实现民族认同，乃至政治认同和国家认同。

教育有多种方式，包括学校教育、社会教育和家庭教育。社会教育，鱼龙混杂，也相当凌乱，难以进行有计划和系统的教育。家庭教育，要受到父母等家庭成员的较大影响，但其教育方式、内容和目标都比较盲目，其教育水平也要受到父母等家庭成员的社会资本（包括文化资本、经济资本和政治资本）的很大影响，而且一般都属于师徒式的经验传授及基本行为规范的手把手传习，也难以实现教育的计划性和系统性。学校教育，是现代正规教育的主要形式，它的优点就是目的性明确、计划性和系统性较强。但是，传统的学校教育也有其局限性，即它会受到入学机会、办学条件以及时间和空间等的限制，不可能真正实现大规模、快速而高效的目标。而近年来兴起的K教育，是一种革命性的教育新形式。它具有许多独特的优越性，这些优越性是正规学校教育不可比拟的。它可以给任何人提供十分便利的学习机会，而不受时间、空间、身份及其他各种条件的影响；它可以提供永久的和无限的学习机会，特别有利于大规模传授教育的各种内容；它也可以快速更新和增加各种教育内容等。

2. 我国少数民族多散居于地理条件和生活环境都比较不好的地区，由于经济社会的发展水平较低，学校教育的各种条件也相对较差，因此这些地区的整体教育环境较差，教育质量也较低，从而使少数民族地区的学生较难获得优质教育的机会。开展K教育就可以较好地弥补这些缺陷。

3. 由于少数民族众多，各个民族的历史和文化等又存在很大差异，因此，任何正规的学校教育都不可能做到在有限的时间和空间里向学生传授各个民族的相关知识。而K教育却可以借助强大的技术能力，把各种民族的文化、历史、习俗等知识传授给任何人，且不受时间和空间的约束。就是说，如果建立了民族教育的K教育平台，国内外任何民族的学生或民众都可以通过这个平台学习到本民族和异民族的各种文化知识。

4. 高水平民族大学开展K教育的SWOT分析

S——（1）国家对民族教育的重视，具有政策上的优势。自新中国成立以来，国家对少数民族教育一直都实行倾斜、优待政策。（2）一些高水平民族大学条件优越。如中央民大、中南民大和西南民大等，师资力量雄厚，教学技术先进，教育经费也比较充足，并且都有开展网络教育的经验和技术，这对开发K技术和建立K教育平台相当有利。（3）由于历史积淀，我国一些高水平的民族高校对少数民族地区的各种情况比较了解，尤其是对一些少数民族民众或学生的教育水平、问题和需求等都相当清楚，这对有针对性地开展K教育相当有利。（4）一些高水平民族院校已积累了丰富的有关少数民族历史、文化、社会、经济、宗教等知识，他们完全可以通过现代技术，把这些知识整合到K教育的各种教学活动中。

（5）少数民族地区具有巨大的教育需求。

W——（1）观念问题。（2）经验问题或管理问题。（3）K教育资源开发问题或K技术开发与应用问题。（4）经费问题。（5）制度建设问题。

O——（1）教育现代化和教育国际化。（2）国内外已有相当成熟的K技术或平台可供借鉴和学习。（3）国家重视或政策扶持。（4）？？；（5）？？；等等。

T——？？？？。这一点还没时间写。

以上打问号（？）的地方，就是我还没有认真思考的地方，你也可以先考虑一下，并自己补充。

此刻已快5点了。有关民族地区开展K教育问题，我还没有深入思考，以上仅供参考。记住噢，你自己才是行家，要相信自己。

Love you much ——My Gill!

小罗头

C年6月25日

第七十五封信

亲爱的吉尔：

明天是你的生日，先提前一天祝你生日快乐，要真正快乐！按照我们早有的约定，从去年开始，我们每年都得给对方过生日。今年1月9日的杭州之行，你给我过了一个绝对让我终生难忘的精彩生日，谢谢你。但是刚才，我一直在努力回忆，去年你的生日，我是怎么给你过的？刚开始，我怎么也想不起来了。后来我想起，那天白天，你是在家里跟父母一起过的。早上10点多，我用手机语音给你唱了《祝你生日快乐》，而且是英文的。你当时听了，非常兴奋，话语中那种激扬的声音或尖叫声，给我一种你很激动的感觉。尽管我不会唱歌，也极少唱歌，唱得还难听，但你没有丝毫嫌弃，我也没有觉察出你讨厌的语气。我只能回忆起这些，没错吧？不过，我还是没有想明白，你去年的生日，我们怎么没有安排在一起度过呢？是什么原因没有做出这种安排？你想得起来吗？

为了弄清楚这些问题，我重新看了去年七八月份给你写的一些信件。但一时还是没有找到哪封信有提到你生日的事。之后，我突然很想再回味一下我们去三清山和婺源的种种经历，于是打开了我写给你的信——“丫头9”，然后用了近两个半小时，一封一封地读，直至读到“丫头27”。我才知道，当时我竟然用了19封信才记述完那五天我俩共同经历的精彩故事。我觉得，从瑜州的机场见面到上饶的车站离别，这些记述还是相当详细的。我在读的时候，似乎又身临其境，每天的所有细节都会重新涌现脑际，许多温馨和温情的片段喷涌而来，兴奋、激动、怀念、不舍。

我不知道你后来再读过这些信件没有，你还记得我们的这些充满爱和温馨的经历吗？你曾在飞信中说，去年下半年你有好几次又重读了这些信件，但今年呢，可能未再读它们了吧？如果有空，你也可以再去读一读。我相信，每次读，你的感觉都会有所不同，因为里面的许多情节写得确实比较细腻和精彩。其实，我自己在重读这些信件时，也是很有感触的。尤其是读到我们永远难忘的“426”事件（也就是你说的我把你从一个姑娘变成一个女人的4月26日发生的事），我真是激情难抑，也感动无比。那一晚，我们发生过的一切，你我的一举一动、一言一语，早已深刻于我的内心，真正是永生难忘的大事。也就是从那晚起，我就下了天大的决心，此生决不会也决不能辜负你，更不能做出对不起你的事，哪怕是十分微小的错事。甚至，为了你，我可以做出任何牺牲或做好任何事情。那晚，我暗暗发誓，此生会永远爱你，也会好好待你，直至自己的生命终结。那晚你带着哭腔对我说："小罗头……你以后可不能嫌弃我！以后可不能不爱我！也不能不要我哦！"你担忧的情况，我发誓不会出现。同时，也是从那晚起，我内心深处就把你真正当成了自己的女人。是的，就是从灵魂里认定你是我的女人，是我必须一生好好保护和好好去爱的女人，这是千真万确的。

第二天游玩晓起村时，在我们围绕古老的树龄近千年的大樟树手牵着手走了三圈后，我更是暗下决心，要竭力助你走上一条更加美好、更为高雅而且会让不少人羡慕的人生之路，要让你和你的后代都能生活在更美好、更富有和更自由的地方，在改变你的人生命运的同时，永远改变你的后代的人生命运。当时，我也在心中发过誓，只要你不嫌弃，我都会把你当成此生最为珍贵的小宝贝，爱着你，护着你，疼着你，佑着你，并始终站在你的身前身后，既做你的引路人，也做你能够依靠的大山。但是，如果将来哪一天你不爱我了，或嫌弃我了，我就默默退出，并走得远远的，再也不妨碍你丝毫。从此，我会选择站在某个遥远的地方注视着你，不再打扰你的生活，但会把自己对你的爱深埋心底，并时时祝福你和你的家人。正如前不久我在飞信中所说："哪天，如果我已成为你的累赘或成为你内心纠结和痛苦的根源，只要你略微暗示一下，我就会彻底从你的眼前消失，不会再来惊扰你的人生！"

说句有点自不量力的话，在读这些信时，我再次对自己的表述力和记忆力感到相当满意，哈哈。这样说，可能真有点王婆卖瓜——自卖自夸的味道了，但确实是自己读信时的真实感受。除了相当细致地描述了我们之间的深情爱意及浓烈的爱的故事，我时隔一个多月还能记得那五天所有的游历细节以及所讲过的话语，并能够把它们非常详细地书写出来，而且可读性还很不错，对此我感到有点惊讶（不过，这还不算什么啦。再后来，我所补写的厦门之行，是两年半以后才边回忆边写出来的。不是吹牛哈，我可以回忆起三十多年前发生的一些事件的全部细节，而且不会有什么差错）。记得你当时读了我的关于三清山之行的所有信件之后，写信给了我极高评价，并用了"惊为天人"四字，哈哈。说实话，那样自然的叙事方法、那样细腻的文笔以及那样的表述语气，恰恰是我最喜爱和比较擅长的，而不像学术论文写作那样，总是需要顾着证据、结构、逻辑和专业用词。所以，写学术论文的前、中、后期，我每次都会觉得相当紧张和心累，好像你也是这样的。看来，我们快成为一路人了，哈哈。

当然，我觉得，写游记还不是最轻松的，因为要边写边回忆那些所见所闻所思，而且还必须比较忠实地呈现亲历的各种大小事，不能过于虚构，也不能过于浮夸，如此就不能完全做到随心所欲。但是，写小说和随笔大为不同，只要构思完成，倒可以真正做到轻松自如、天马行空了。另外，我还觉得，我们的这些往来信件，只要稍加修改、补充和润色，并对一些过分露骨的情节进行改动或删除，同时补充厦门、庐山和青岛的三次旅行经历，加上一些虚构的故事、即将出发的北方之行以及今后未知的各种经历，倒真的可以成为一部十分感人的爱的游记小说呢，如果成书出版，说不定还能相当畅销，谁知道噢，哈哈哈！这件非常重要的事情，少则十年，多则二十年，至迟退休后，我一定会完成，我保证！

几周前，我好像说过，放假后，我会专门找出一天，从早到晚，静静地坐在办公室里，把你我一年半以来所有的往来信件都重读一遍，这是非常吸引人或迷人的精神享受。现在算起来，我们来来往往的信件已近80封，很快就会高达百封，是不是相当可观啊？哈哈。

昨天一早起来，我看到你发来了七条飞信，都是发自凌晨1点半左右。看到这些信息，我又惊又痛又怕。惊的是其中的三句话："再也不能因为你而失眠了""必须结束这种煎熬""你能救救我吗"；痛的是你又因为我而失眠而痛苦而纠结；怕的是你的身体会不会出事甚至出大事。看到这些，我当时真是痛极恼极恨极，五味杂陈。有半个小时，我都有喘不过气来的感觉，胸闷心慌，浮想联翩，又心痛不已。我实在不清楚你那晚又想到什么事了，或者遇到什么事了，或者我又给你带来什么伤害和麻烦了，或者你又听了谁的话或结交了什么人了，等等。我脑中非常混乱，东想西猜，不得而知。依稀觉得，你可能是听了那个蔡老板说的什么诱惑的话之后，决定不再要我了？要离我远去了？或者你是不是为了工作和缺钱的事而要走回头路，并要重新跟着蔡某人去创业了？又或者就是我说过的那句"只要你略微暗示一下，我就会彻底从你的眼前消失"中的暗示？我真是胡思乱想了一通，心里既急又痛又无奈，但当时我并没有跟你说出这些。到上午9点多，等你回信后才知，真是自己又想多了，虚惊一场。不过，至今我也不知道你当晚是因为想到什么才会失眠的，但必有缘故。

昨天晚上，你发给了我那张著名照片和一则日记。日记是你去年12月写的。

一看内容，我又吓了一跳。至此，我才知道，你内心一直是那么纠结和痛苦，并且是因我而起，我心里真的出现过我就是罪人的感觉。这应该就是你前晚失眠以及大约一个月就会情绪大为波动或心志摇摆不定一次的主要原因吧？我不大清楚。我当时想，如果我没有出现在你的生命中，你可能就不会经历如今这样的痛苦、纠结和烦闷。如此说来，我真是罪过！后来，我也想过，如果没有我的出现，如今的你，会不会真的更加快活？是哪种层次的快活呢？你会保证过着更舒心、更快乐的日子吗？或者，即使我没有出现在你的人生旅程中，你会不会也有别样的纠结、痛苦和烦恼，只不过你的这些纠结、痛苦和烦恼，我无从知晓而已？其实，我是有些相信这一点的。这就是，如果你生命中真的没有我，如今的你，说不定也会有这样或那样的纠结、痛苦、烦恼和空虚呢？甚至可能还会比如今更加严重呢？这也是未可知的。所有这一切，只有天知道！

当然，我们现在说这些假设，其实毫无意义，再去多想也没有什么价值，因为我已说过多次，世上根本就没有“如果”。这就是命，所谓“命里有时终须有，命里无时莫强求”。古人也说：“大命由天，小命由己。”既然我们能相识、相知、相爱直至达到如今灵肉相融的高度，那应该就是天意啊，既然是天意，那就是大命。都说天命难违，那么此后，我们就都不要过多地再去内心纠结和自寻苦恼了，可以吗？将来该怎么样，走什么路，或以什么关系呈现于世，相信上天自有安排。是好，是坏，是真，是假，那就由上天来决定吧，把自己眼下的时间和精力暂时都花在事业和学习上，好吗？

一看时间，已快晚上8点，你肯定快回家了。你昨天说过，今晚要回家住的，这很好。跟你父母和可爱的小家伙在一起，你应该会很开心。好好吃饭，好好休息，把这几天因失眠而未睡足的觉，都补回来。明天，你先开开心心地过个生日，等我们到了绿色遍野的草原，我再给你补过生日，因为这是我们约定的大事啊，不要随意更变才好。

匆匆而写，词不达意，切莫见怪。

My dear Gill, happy birthday!

Love you.

小罗头

C年7月4日

第七十六封信

亲爱的吉尔：

记得一个月前的7月4日，我给你写过一封信，祝你第二天生日快乐。之后，我再未给你写过信。我想，从今天开始，我得再次恢复给你写信的习惯了。这也是我们由来已久的约定：每周至少一封信。上周末，我去如皋及象山附近的一个小海岛（叫渔山岛）上度过了一个不错的周末，吃了不少海鲜，游了泳，也钓了鱼，算是玩得比较开心吧，尽管不小心把脚摔坏了。但这种小快乐，与我们的内蒙古之行带来的快乐相比，真有天壤之别！

过去的一个月，所经历的种种事情，可说是既惊心动魄又温馨怡人。正如你说的，这次经历已成为我们人生中一段极其美好的记忆，我们应该倍加珍惜。是的，这些经历，已真切地沁入我们的内心，甚至已融入我奔腾的血液，无论未来多么漫长，哪怕地老天荒，都注定无法磨灭。

回到南江之后，我已多次回忆过这次内蒙古经历，虽然偶有苦涩甚至心痛之感，但更多的还是温馨、幸福、激动和美妙。自相识以来，迄今为止，我们已六次一同出游，次次都让我幸福满满、激情满怀，既感动又感激，宛如甘露滋润着自己曾经近于干涸的心田和近于麻木的心灵。在这六次旅游中，我不敢说每次都如蜜月一般，但每次都有不一样的精彩，而且都有着不一样的心灵震撼。在我看来，至少有四次真的是像度蜜月一般，并无二致。白天，我们一起游历，一同嬉闹，相互支持，相互帮扶，并共享美食；晚上，不是共赏五彩缤纷的夜景，就是闲谈轶事，说些无边的笑话，或畅想未来，有过许多不眠之夜，今生已实难忘怀矣！只可惜，由于些许懒惰且精力有限，我未能把每次温情可人、激情似火甚至荡气回肠的种种经历都诉诸笔端，以作永久的珍藏。不过，我以为，虽未能完整地把这些极其美妙的经历，以文字形式详细地记载下来，但至少对于我来说，种种过往的确已铭心刻骨，并充盈着我的每个细胞、每寸肌肤及至每个毛囊，这是断断不会消逝的，也断断不会被任何未来可能遇到的狂风骤雨所洗刷、所淹没、所浸染，更不许任何人以任何方式加以抹杀、侮辱和否决，哪怕将来一切都烟消云散、天崩地裂，甚至佳人已一去不返、销声匿迹。否则，天理难容！

下面，我想把我们这次内蒙古之行，较为简单地回忆一下，可能也需要用几封书信才能完结。由于我们已约定，从8月开始，重新起航，一起努力，相互扶持，共同走出一条不平凡的人生之路，初步实现我们各自的志向。因此，我可能没有那么多时间，把这次旅行的所有细节都如以往几次旅游那般细腻地描绘出来了。只能说，尽力而为。而且，这也是你的意思——“简明扼要”。

其实，内蒙古之行，我早在春节前就有意向，但并未明确。当时，E教授给我来过几次电话，说要邀请我再一次去那边参加这次民族教育会议，并明确说要我做主题发言，而且由他们承担相关费用，另外再给我2000元。后来他甚至还说过，我可以带一两个学生同去，相关费用他们都可以承担。但最后证明，这只不过是一个小小的空话，稍微令人失望。最初，我只是出于客气，虚以应承，表示争取参会。后来，他说会带我参观最美的草原，住蒙古包，吃正宗内蒙古传统美食等，也是好意，盛情难却，这才真正让我下定决心前往。

跟你说这件事，应该已到今年3月了。我也是真心希望你能跟我去参加一次大型学术会议，认识一些学界的新朋友，就算到草原上去散散心也是好的。我心中渴望的是，我们能够在分别半年之后再次相见，再次相互拥有，再次相依相偎。更为重要的是，可以再次近距离地让我好好欣赏你的优雅、你的气质、你的风度以及你的美貌。因为通过一年多如此之多而又频繁的沟通和交往之后，我可以相当自信地认为，在你的一生中，只有我能够真正读懂你的一切纯美，能够最大限度地发掘你的巨大潜能，以及能够真切地识别出你是一块价值连城的宝石（记得吗？我告诉过你，在厦门机场见到你的一刹那，我心中不禁感叹：“真是一块蓝宝石！”），但那时应该只是我一时的直觉，或说只是直观地认为你应该是一块宝石。而后来随着交往的增多和情感的不断深入，这一点才越发明朗起来，我也越来越信服自己的判断力和赏识力。

知道吗？你除了拥有世人中难能可贵的心地善良、忠实和厚道之外，你的悟性、理解力、怀疑力、表达力以及看问题的独特角度（这些都是很重要的做学术必备素质），都是相当高超和明快的。只不过，你拥有的这些优良的素质，有时会过多地因自信心不足而未自觉。我甚至可以自信地说，能够看到你的这一切优点和能力，在这世上，恐怕只有我一人（今后或许也只有我一个而已，呵呵），而当前或以前别人对你的种种恭维和样样赞美，如果不是别有他求，就是言不由衷甚至虚情假意！如果你不相信我的这番断语，你现在就可以细细回味自己过往的一切经历，在你所有的亲朋好友中，有哪一个能够真正看出你的内在价值、你的潜质以及你纯良的善心？有哪一个能够真心地帮你进步、助你更趋完美以及激发你的斗志或发掘你内在蕴藏的能量？有哪一个能够真心地告诉你可以有一个完全不同的、层次更高、视野更宽广且未来前景更美好的命运？又有哪一个能够帮你指出应该如何改变命运和实现更好的人生目标？而且，还有哪一个能够告诉你应该超脱眼前之利、不为一时的实惠和轻松所诱惑，而真切地把目光放在更好的这一代甚至下一代身上？NO. None. Absolutely!

当然，也很重要的一点是，我们能够再次一同观赏各种各样的奇特景观，一同做些激动人心的事情，一同分享美食，并能再次面对面地深入交流，或者不着边际地胡侃闲聊，随心所欲地抒发胸臆，或者把内心一些不时泛起的愁绪梳理一番，把心里不时飘来的乌云奋力拨开并彻底地涤荡浣濯一遍。

怀着这些目的，我才竭力鼓励你参会，成就内蒙古之行。目前，我还不清楚这些目的是否均已达成，但是至少，经过多次艰难的讨论或争论以及相互的妥协，我们有了三点共识、更明确的目标，并下定了走不平凡之路的决心。尤为重要的是，那天深夜，在葫芦岛海边缀满星辰的天空下、在哗哗作响有节奏的海浪声中以及在舒适凉爽的温和海风里，我们背对背相互倚靠着团坐在一块巨大的花岗岩上时，你以十分严肃庄重的语气发出誓言：

小女子在此跟小罗头诚心发誓：以星辰、大海、岩石为证，从今往后，我们二人将不忘初心，齐头并进，相互帮扶，共同进取！唯愿一方回首，另一方还在！此愿，天知地鉴,决不违背！

有了这些，至少可以部分地弥补我自己在草原之夜曾经升起的一股巨大的失意感、自卑感、无奈感，安抚我那萌生些许退却和悲戚苦痛之心。

因时间关系，草原之行，待明后天我做完必做之事后，再开始书写吧（后来不知何故，我居然没有动笔撰写内蒙古之行，现在想来，实在可惜。不然，也应该是一则与庐山之行同样精彩的故事——后注）。

但是，无论怎样，也无论你将来会如何待我，或你会如何气恼，在这里，我还是要说这句话：Love you，not any change and unchangeable！请原谅！

小罗头

C年8月7日

第七十七封信

亲爱的吉尔：

这几天一直在校对两本书稿，费了好大的工夫，但我认为值得。因为做完这件事之后，我才能真正开始做其他更重要的事。不过，校对中遇到的一些事，让我对现在的人有点新的看法。这就是你所说的，现在有些人的功利心太强，尤其当看到曾经最看重的学生也是如此时，内心的失望感油然而生。但这也难怪，现在的风气不是如此吗？许多人都是只从自己利益出发，有利可图时尽心尽力，无利可图时应付了事。利益使然也。但是，有些时候，我想：人的确应该把眼光放远一点。有些事情，眼下看来可能没有多大好处，但如果也稍微用心或真心去完成，别人是会看得见的。久而久之，他或她可能就会被委以重任，至少是值得信任者。因此，不要过于计较当下的得失。从长远看，有些事，或许更能让自己获益，包括日后的晋升、晋级等。当然，发生这件事也好，这会让自己今后在交友或招生时更加慎重，也更加小心，你说呢？

过去的一周，真是发生了好多事，有令人激动的事，也有让人胆战心惊的事，用“跌宕起伏”四个字来形容可能较为贴切。除了上述意料之外的事，就是有关我们俩的。或许由于我上周日的那封信让你有所不满，或是让你深感委屈，所以你在周一一大早就把你久藏心底的闷气和怨气直泄而出，犹如引爆了一枚万吨级的核弹，或惊扰了正在休眠中的万年火山，其威力相当巨大，差点就把一切都摧毁殆尽，化为乌有，万劫不复；同时，也曾一时让我心惊肉跳、痛心不已，甚至心灰意冷。但是，仔细想来，是我说得过分了，讲话过于自负，也过于圆满。是的，你的优秀是显而易见的，你的朋友或同学，只要稍加留意，就能清楚地感知。当然，正如有人说的那样，只有优秀的人，才能发觉别人的优秀！反过来是否也可以这样说，在平庸的人眼里，别人也多是平庸者？如此说来，有可能是你的朋友或同学中还没有真正比你优秀者，或者，也有可能像你所说的，是你没有给别人机会去认识你的优秀。

不过，这次不快事件也有好处，就是你把积虑已久的闷话诉说了出来。正如你后来所说的，你说出这些狠话之后，心里感到轻松了许多。此后，经过长时间的对峙、互动和交流，我们之间的关系还是复归于初，相互之间又开始了如往日般心平气和的交谈和对话，最后把在内蒙古时7月11日深夜我们初步达成的三点共识书写了出来，拍照留存，并一起立誓要共同遵守。其实，这三点共识是一份如何让我们变得更加优秀的协议，虽然其目标并不远大，难度也不是太大，但它的确体现了我们共同的决心、意志和诚意。如果我们都能忠实地履行这一协议，并完成协议中的所有目标，今后的一切，就会证实我们俩都将比现在优秀得多，眼界也会比现在开阔得多，甚至我们的境界也可能提高两三个层次。这一点，我还是深信不疑的。我想：它既是目标，也是动力源，尤其是我，实在需要给自己重新定位，重新施压，以及重新设定方向，并给自己一根重新点燃内在能量的导火线。我也同意你的说法，这一协议，首先是为了自己，然后才是为了我们俩。当然，它的约束力如何，目标能否实现，可能完全有赖于我们自己的努力、坚守、虔诚和忠实。

这一周发生的另一件大事，就是你曾貌似动摇过出国深造或进一步提升自己的决心。这让我惊讶无比，内心非常震撼，也非常痛苦，甚至对你生出了绝望或失望至极的念头！不过，你后来跟我解释过了，说你自己并没有动摇心志，也没有改变初衷，只是把一时的想法跟我说出来而已。还好，昨天中午，我们在电话中沟通了一个半小时，把这些疑虑都说清楚了，在此就没有必要赘述了。这次通话，是有史以来我们用电话直接交流时间最长的一次，而且交流的效果还算比较好。因为之后，我感觉到我们都非常开心，心灵又再次充实了起来，内心又恢复了安宁，至少对于我是这样的。

这次电话交流，我想：除了让你恢复一些自信外，主要是让你和我都明白一些道理或真情。对于你来说，可能已更清楚地了解了自己的情况，包括学习、工作、考试和生活，也更清楚了自己今后要走的人生道路，或说更能判断我们曾经一同设计多时的道路是否正确、是否可行、是否有利以及是否值得。对于我来说，也更加清楚了自己的处境、前程甚至未来的命运。

你知道吗？一直以来，我内心最为害怕的是，如果外界和别人有点风吹草动，有点别的利益诱惑你，或你可能受到别人的一些鼓动，我随时都有可能被你丢弃和遗忘。有时，想到这些，我就夜不能寐。是的，我已觉得自己并不重要。其实，我早就跟你说过自己不重要，或者已经没那么重要了的话。但是，可以肯定的是，我始终认为你是最重要的，重要的是你的未来，这一点是不会改变的，哪怕在久远的未来，也不会改变，这是我真实的想法。因为我最想看到的是你日后能够真正成功，能够真正改变命运，能够把自己的才华发挥到极致，能够让人真正赞叹和刮目相看，能够过上真正高雅和高水准的生活，能够有一个让人艳羡的身份、地位和光环。尤其是如果能够让你和你的后代生活在更为美好的地方或过着国内国外来去自如的人生，那么到那时，我也会从心底感觉自豪和欣慰，也会骄傲地对自己的灵魂说，我当初对你的爱是绝对真实而深沉的，所付出的一切辛劳也都是值得的，我的眼光是相当凌厉和准确的，以及我真正不是一个过于自私之人，尽管那时我可能已行将就木、垂垂老矣！

总之，这件事让我的内心更坚定了你是如此重要，也更坚定了我原先就说过的“扶你上马，送你一程”的决心，同样也更加坚定了原先就有的“你不会让我失望”的信念，而我自己并不重要，真的，甚至微不足道。

Happier and happier! Love yourself and take care, always!

小罗头

C年8月14日

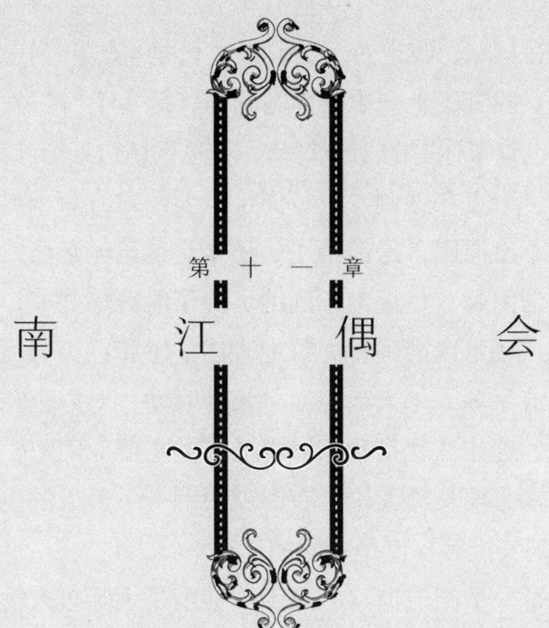

第十一章 南江偶会

第七十八封信

亲爱的吉尔：

听你说，你下午在打球，我也看了会儿书。已是4点半，我想得给你写信了，又是一封久违了的信。我查了上一次给你写的信，是8月14日发出的，已近一个月未给你写信了。我也查了你写的上一封信，你也已超过五个礼拜未给我写信了。原先我们说好的，你也一直在强调，说每周至少要给对方写一封信，为何我们都没能做到呢？我也说不出原因，是懒惰了，还是觉得已无必要？其实，我们都明白，写信跟电话或飞信闲聊，是相当不同的。除了能锻炼文笔，写信也可以更加细致地表达所思所想，还可以准确和完整地表述情感和经历。当然，这几周，可能比较特别，我们交流很多，每天都相当频繁地互动，对方正在做什么或有什么想法，都能及时得知，这或许就是我们懒得动笔的主要原因吧？可能是，也可能不是。我觉得，写信未必要长篇大论，有时就说明一下最近的生活感想或学习工作情况或下一周的计划安排等，也是蛮好的，对不？

不得不说，你真是一个制造惊喜的高手，甚至是大师级人物。你来南江前的一段时间，都没有透露半点风声，甚至到6日下午2点你上火车前，从你的玩笑式的语气（“列车要把小女子送到某人面前啦”）中，我还觉得这是半真半假的事，我那时感觉可能被你糊弄了，以为你要来南江，实际上只是一个天大的玩笑。不过，我真是比较迟钝。记得3日晚上10点多，你和你哥在外面吃饭聊天时，你在飞信里跟我说：“两天后会让某人看到我的诚意！”还有，之前你说过，要给我寄来月饼。这两件事，如果仔细联想，或许可以大概猜出你的计谋吧。但是，我实在没有那么聪明。直到6日下午3点后，你在火车上才发来信息说，这次是陪你哥来南江面试，讲得有板有眼的。这时我才相信，这不是玩笑，而是真的，多少有些意外，却也激动。

应该说，这一周非常特别。你是第二次来南江，却是第一次来某某大学。第一次来时，你也是搞突然袭击，没有给我半点暗示。你真到了南江后，才发来你在艺术馆里靠墙站立的照片。对此，我只觉得似曾相识，但未多加联想。直到你反复说明和展示，尤其是看到你和你表妹在某著名景区游玩的照片后，我才确信无疑，你真的已到了南江。可是，那时的我正好在遥远的内蒙古通辽开会。就这样，我们很遗憾地错过了一次相见的机会。而且据你说，那次来南江，很不巧，你们遇到了滂沱大雨，以致你原本想来参观某某大学校园的计划落了空。

有趣的是，你两次来南江，都恰好遇着超级大雨。显然，你有点气恼。事实上，正如我多次说过那样，做大事或出远门遇到大雨，并不一定是坏事，有时甚至是大好事呢。比如，那一年年底，我出发去加拿大时，也是大雨瓢泼。在去机场的路上，我还一直担心，这么大的雨，这样恶劣的天气，飞机怎么起飞呢？会安全吗？会不会出事？第二天傍晚，飞机在多伦多的机场降落时，更是漫天大雪，纷纷扬扬，遮天蔽日。来给我接机的潘教授在路上还幽默地说："今天的雪特别特别大，路上积雪已有半米多深，加拿大是以超级大雪欢迎你罗丙林，哈哈哈。"我当时还以为天气这么差，可能是老天有意跟我过不去呢。后来却证明，我在加拿大的日日夜夜还算比较顺利。另外，正如我说过的，我考大学、硕士生和博士生时，第一天都遇到大雨。所以，我才这样说，雨大是水旺，而在周易里，水主财主智主运主福，哈哈。这难道不是好兆头吗？我想：这可能表明你接下来的出国深造或职位升级会一路坦途，顺顺利利，心想事成，哈哈！的确，后来的事实证明了这一点。这是后话。

当然，大雨也的确会造成现时的麻烦。7日上午，根据与你的约定，我9点就赶到办公室等候，心怀暖意。我知道你8点左右就出门了，如果正常情况下，从江淮西路到某某大学，出租车大约20分钟便可抵达，因为我对江淮西路实在是太熟悉了。很多年前，我开的一家石材公司就在那条路上。但是那天，你却遇到一个笨司机，不管是有意还是无意，他竟然不识路，不知道在南江久负盛名的某某大学位于什么路上（见面后，经过讨论，我们才觉得司机应该是有意为之，故意绕道，就是欺骗你这个说话带有浓重口音的外地人，目的无非是多得些车钱），导致你比约定时间晚到了差不多一个半小时。你到我的办公室是10点20分左右。你未到时，我一直担心你可能会很生气，以为你会对南江和那个笨司机大发牢骚，大倒苦水。但见面后，我仔细观察你的表情，却没有发现你有半点不高兴的神情，我这才稍微放下心来。

在你进入我的办公室前，我是怀着很激动的心情的。我当时想了很多。从沈阳机场分别后，两个月未见，你是瘦了还是胖了？是瘦了好看还是胖了好看？会穿什么衣服呢？我把你在我面前穿过的所有衣服都想了一遍。我猜想，你最有可能穿那件在葫芦岛附近的觉华岛上旅游时穿的淡黄色碎花紧身连衣裙，或是那件我最喜爱的淡灰色长风衣。结果全都猜错了。

另外，我心里一直很纠结，你进门后，我能先抱你亲你吗？如果紧紧地抱你一下，并亲你一口，你会生气吗？其实，这么久没见面，我是很想再好好抱抱你、亲亲你的。这种抱你和亲你的渴望，这种纠结和顾虑，持续了很久，甚至折腾得自己都心烦意乱起来。但是，见到你真人之后，不知咋的，这种抱一抱和亲一亲你的念头却突然烟消云散了，我的身体似乎已没有了先前的半点冲动和欲望，或许是不敢，或许是已完全忘记了该不该这样做。而且我的身体也不像以前无数次那样，刚见面就会有强烈的化学反应，而是很正常，很自然，很安静。这真是出乎意料，实在不知其故。后来，在送你上地铁后返回办公室的路上，我回忆起这件事，也是百思不得其解。显然，这应该跟你的魅力或吸引力无关，也跟我的欲望无关，因为8日上午再次见面时，情况就大为不同了，我的身体很快就有了强烈的反应，而且持续很久，再次说明这件事跟你的魅力和我的欲望关系不大。那到底是什么原因呢？只有天知道！

你进入办公室后，很自然地，我们按照计划，开始泡茶、吃月饼（你带来的）、聊天。这对于我来说，真是一件挺幸福的事儿。其实，我以前设想过无数次，将来某一天，你来我的办公室，我们分别在不同的办公桌看书，或面对面坐着喝茶闲聊。当遇到什么生活或学术问题时，我们相互交流、沟通甚至争辩，累了、渴了、饿了，旁边有沙发床，有水果，有咖啡，有白芽奇兰，还有点心。总之，我们可以边吃边喝边辩论，这是何等幸福的日子！不承想，这一日子来得这么快，快到连自己都感觉不可思议。只是，相聚的时间太过短暂，只有一天，没有设想中的只要你我有空和有意就可以随时再现的那样美好！

是的，那一个白天，我还是有点幸福满溢的感觉，心里也特别踏实。是的，任何时刻，只要你在我的身边，在我心里，就会是这样的充满阳光，也会是这样的踏实与心安。我们并排坐在红皮沙发上，天南海北，无拘无束，聊了许多东西，谈了许多想法，也回忆了过去一起旅游时的一些美妙时光。我感觉得到，那一天，你也是很开心的，这从你的表情、眼神和话语中完全能感知得到。因为那天，你始终光彩照人，样子一直美丽动人，你始终面带喜悦和微笑，话语也极为悦耳动听，满是温情，语速时而明快多变，时而平缓有节。其间，你给我养的几尾金鱼喂了食，还提出了办公室桌椅的摆放调整方案；同时，也深情地给我喂了几小块月饼。当然，我们做得最多的还是静静地并排坐着闲聊，而聊得最多的还是你今后要走的人生道路。

到下午1点半后，尽管嘴里都说不饿，我们还是决定去吃饭，并联系了我的朋友老K，约好在学校东北大街的某云南饭店碰头。等老K来后，我们仨边吃边聊，聊的主要是有关你出国或晋级或找工作的事。老K跟你谈了一些经验，你也不时做些记录，很认真的样子。约老K见面，主要目的就是让他给你指明一些方向，特别是让他给你鼓劲，增强你的信心。事后，不知是真情还是假意，老K对你赞不绝口。他曾对我说，你给他留下的印象很好，不仅人长得很美，还充满活力和热情，口才也很好，相信你有能力和实力取得成功，实现自己的远大目标。我也跟他说，关键是看你的信心、努力和坚持了。我们也说过，会尽全力帮助你实现人生梦想，而且希望将来大家有机会能共事，并成为志同道合的真心朋友。我们仨在饭店里闲聊了很久，大约4点半，在东北大街路口与老K分别后，你我又再次回到我的办公室。关门落锁后，我们当天才第一次站着紧紧地拥抱了好大一会儿，也相互猛烈地亲吻了多次，然后我重新刷杯泡茶。我们又边喝茶边闲谈了约一个小时，我才送你去坐地铁。不过，当看到你的背影消失在地铁口时，我心里还是一阵难过，心窝似乎有被瞬间掏尽的感觉，真是空空如也。我暗想：此去一别，天苍地茫，不知何时才能再相会。那时，我才深深地体会到李商隐的名句是何等真实：相见时难别亦难，东风无力百花残。后来，你在地铁上发来飞信说："恋人间的送别，真是心难受。要接不要送！"

半小时后，你跟你哥在南江最著名的一处江边景点见了面，看了极其美妙又艳丽多彩的江淮夜景。从你后来的飞信状态中得知，你在江边拍了好几张照片，还看到了竖排的不断滚动的"LJ Loves Me"的字样。你说，这是大吉之兆。当晚约9点半，我意外地收到你的一大喜讯：你哥第二天要陪同领导搞活动，因而你要在三天里三访某某大学，并要在我的办公室里再次跟我一起看书、一起泡茶和一起聊天。这对于我，又是一次意外的惊喜吧，自己原本似乎已空荡无物的心胸，瞬间又充盈起来。

今天就暂写至此吧。只是随便写写，不大讲究文法和逻辑，不见怪就好。

Love yourself and take care, always!

小罗头
C年9月11日

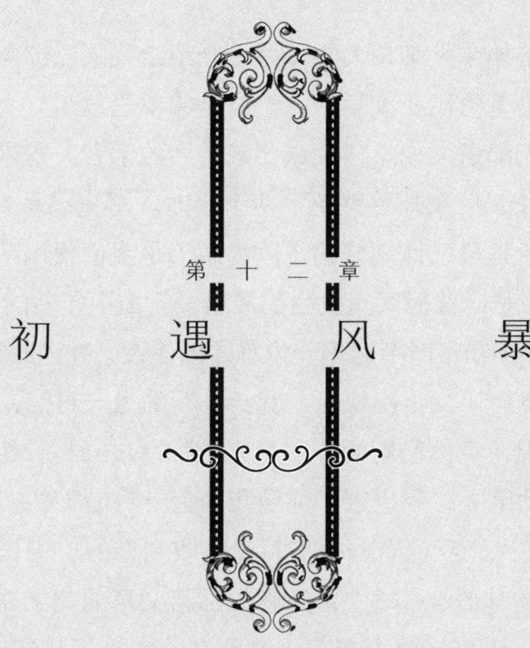

第十二章

初遇风暴

第七十九封信

亲爱的吉尔：

午睡起来后，我给加拿大某某大学Q博士介绍给我的三位美国朋友写了三封信，这三位朋友一位是哥伦比亚大学的，一位是佛罗里达州立大学的，另一位是宾州州立大学的。他们都是某一学科领域比较著名的学者。本来以为，写这些信所占用的时间不会很长，后来却整整花了两个小时。写完已是4点半，得给你写信了。给你写这封信，是早已计划好的，因为明天是我们相识两周年纪念日。这两年中以及今后可能很长一段时间里发生的故事，皆由两年前的11月14日而起！很幸运，上天让我在那个初冬时节遇见一位难得的佳人，并因此相知和相爱！

不查不知道，一查自己又再次惊讶。我给你写的上一封信，是9月11日发出的。想来实在不可思议，竟然已有两个多月未给你写过一封长信了。印象中，我以为只有一个来月未动笔呢。我也查了你给我的上一封信（“小罗头40”），是10月6日写给我的。就是说，我也有一个多月没有收到你的正式长信了。不过，10月份，我却收到过你的其他4封邮件，是有关那篇文章的英文摘要。你希望我能帮你看看句子顺不顺、语言规范不规范，顺便在信中捎了几句比较温情的话语。如果这些也算是你给我的信件，那我算是欠你不少了。怪不得，你上次在飞信中有些抱怨地说：“某人已经欠了本姑娘好多好多信啦，是不是又想赖账啊？哼！”

仔细想想，整个9月份，我到底是怎么过来的，都在忙些什么，现在居然不大能想起来了，只知道自己去旁听两门课和做一些学生开学的杂事。但10月份的事，我还是比较清楚的。今年的国庆节，恐怕是我最难以忘怀的。七天长假，我只是2日到公园里去钓了一天鱼，其他时间都在看你写的论文。由于我对K教育不大熟悉，也没有做过这方面的研究，因此与其说是在修改你的论文，还不如说是在学习你的论文。这是真的。我与你相比，显然你已是这一领域的行家里手，而我还未入门。但看过之后，我对K教育已有了许多了解，包括它的发展演变历程、主要模式、平台类型、存在问题及其未来可能的发展趋势等。如此说来，我反倒得感谢你呢。至少，从那以后，我可以说自己已不是K教育的门外汉了。或许可以这样说，你算是领我进入K教育之门的老师。这件事，真真说明了，凡人皆可为师。

国庆节那几天，虽说我也感觉非常辛苦或劳累，很想出去放松一下，或者去S市住上一晚（我在S市某大学有三个好朋友，其中一个在节前给我打了电话，邀请我节日期间去那边玩玩，说是好久没见了），但最终还是控制住了去旅游的冲动（我以前说过，如果感觉累了或心情不好，就会选择去S或H市玩两天一夜，跟那里的朋友聚聚，喝喝茶、吃吃饭、聊聊天等）。因为我早已打定主意，国庆节期间一定要好好修改你的论文，至少润色一下也好。当时，我以为顶多三天就可以完成。但最后，竟然整整用了六天时间，一来自己对此论题不大熟悉，二来要仔细推敲你的整篇文章，包括结构、组织、文句和逻辑等。毫不夸张地说，我看你的论文，比看任何其他人的论文都更加用功，更加认真，也更加负责。说来你可能不信，这里面其实包含着对你的深情和厚爱。而看别人的论文，我主要是从大的论文结构着手，看看是否切题、拟研究的问题是否明确、章节安排是否符合逻辑、研究内容是否能回答论题主旨、研究方法是否运用得当、说理是否有根有据、主要内容是否有新意、观点是否站得住脚、语意表达是否准确、语言是否通顺、结论是否可信以及建议是否有针对性等。至于每段每句之间是否合乎逻辑、是否存在错别字、标点符号对不对，我一般是不会去细究的。当然，也有一个例外，就是你曾经介绍来的曾先生的博士论文开题报告，我还是比较认真地看完一遍的，只是没有给他修改过一个字，而是把存在的问题和不足尽量给他指出来，并提出了修改建议。因为他是你的好朋友，是你特意请我帮忙的，感觉帮他如同帮你一样，正所谓“爱屋及乌”吧。我当时想过，如果对曾先生的开题报告随便应付了事，也是对你不大负责任的，这样可能会让你在朋友面前很没面子。既然你的朋友的事我都会认真对待，更何况是你的事呢？所以，在看你的文章之前，我就定下主意，要认真看你写的每个字、每个句和每个标点符号，因为这些字或句或标点符号都是经过你的思想和你的手而留存下来的，感觉它们都有你的温度、痕迹和辛劳。

不过，应该说，看完之后，我还是很欣慰的，内心也悄悄涌动过几次自豪感，那就是佩服你的资料收集能力、领会理解能力、观点材料剪裁和组织能力、写作表达能力以及说理分析能力等。我有几次都在心里说，自己当初认可你和看重你真是没有错。原来，我真的以为你没有受过严格的文献研究训练或在研究方法和学术思考方面未得到导师的精心指导，因此，只靠自己摸索，或自己模仿他人的做法，你的论文结构、逻辑和观点应该不会令我满意，我还以为你这篇论文的水平可能跟你先前写的那篇文章差不多呢。直到看过整篇论文后，我才发现事实并非如此。就是说，只半年多时间，你的学术论文的写作能力已提高了一大层次。这，怎么会不令我惊喜呢？我暗暗想过，你应该是可造之才，只是以前没有得到名师指点而已，有些可惜了。不然，你的学术能力应该比现在强得多。当然，我已多次在飞信里跟你说过，你的悟性、学习力和模仿力都很强，这是关键。如此，如果天意给你更好的机会，给你更好的环境，也给你更加负责任的导师，你应当很快就能成长为一名优秀的学者。那么，我和你就在此祈祷吧（此后，我也经常在临睡前这样祈祷）：让上天赋予你更多的智慧和更好的机会，让你实现更美好的梦想！也赋予你战胜未来任何困难和困苦的勇气与力量！上帝保佑你！

让我记住这次国庆节的，除了上述修改论文的事，还有我们在这次节假日期间遇到的感情危机，我权且把它当成“国庆节事件”。印象中，两年来，这是我们遇到的最大的一次感情危机，没有之一。要不是你心肠较软，要不是你心地善良，要不是你最终谅解我，那么，这次事件肯定会断送我们之间的所有关系，至少会大大挫伤我们之间的情感和爱。以前的种种约定、句句誓言、那份按了我们两人手印的诺言式协议以及未来美妙高远的所有计划，都可能化为乌有，灰飞烟灭，不复存在。还好，你的善良、大度和谅解，最终让这次事件得以转危为安，没有造成不可挽回的局面。这件事，让我感触很深，触动很大。我曾感觉到巨大的灾难来临，曾感觉到巨大的失落感、空虚感和无奈感滚滚而来，也曾痛恨自己至极，同时伴随着无边的痛楚。

我早已说过，也早已意识到，这些波折都是我自己造成的，都必须归咎于自己，归咎于自己狭隘的心胸和多疑的性格。在飞信中，你曾狠狠地指出了我的缺点和错识，提出了你希望我是什么样的人，也说出了你原本应该不会对我明说的一些话语。当初，刚读到这些话语时，其实我是很震惊的，心绪如潮。后来，我的心才慢慢平复下来，仔细想想你的每一句尖刻的指责和批评，心虽痛，但也觉得有些道理。因此，待你那天不理我而去午睡后，我更多的是自责和懊悔，并含泪在飞信里给你写了许多我当时的所思所想，这些都绝对是心里真话。

感谢上帝，等你午睡起来，给我回复信息的语气已大大软化，狠气也消去了大半似的，这让我一直悬着的心也放下了大半，再经过一番真诚的沟通，最后总算化解了这次天大的危机，并且让我们的关系基本恢复如初。这件事，真的让我再次意识到你对我有多么重要，而且我对你有多么不舍。同时，这件事也让我意识到你应该拥有充分的自由，我应该给予你充分的信任，这也是你后来屡次对我说的话，就是要我以后真正信任你，彻底相信你，不能再随便怀疑你，并且要让你拥有真正的选择自由和行动空间。

这件事已经过去了，今天之后我们最好不要再去提它，好吗？因为我一想起那三天的事，就心有余悸，既愧悔又痛苦。正如你在5日傍晚的飞信中说的："我们以后再也不要因为无谓的人而伤害我们之间的感情了，好吗？""我们的压力都已经这么大了，不要再给对方增加负担了，好吗？""我们都要信任对方，不怀疑双方对这份感情和爱的忠诚，好吗？"好的，我完全同意你的这些话语，也记住了你的这些话语，我今后一定会尽力达到这些要求。

时间不早了，我先去吃饭。还有许多话来不及说，明天接着写吧。

Love yourself and take care, always!

你的小罗头

C年11月13日

第八十封信

亲爱的吉尔：

昨天因为有点晚了，那封信其实没有写完，下面接着写。

今天，我在此想把国庆节那几天我为什么会如此不合情理、如此狂躁不安的原因说出来。只是说说而已，希望你也是听听而已，不要生气好吗？千万不要再介意，可以吗？下面，我就把我当时的所思所想跟你说说，让你知道一些原因也好，但不要再去多思多想和烦恼纠结，好不？这事已经过去了！

是这样的，那几天，白天和晚上我都在看、都在改你的大论文，本来心里是暖洋洋的，在为你自豪呢，虽然很辛苦，但内心充实无比。3日那天早上，你突然在飞信里说，要陪一位男同学去临港玩。我当时并不知道临港是什么地方，也从来没有听说过，以为是跨省的某个海边城市或很远的什么旅游胜地，那你可能就要陪他去玩好几天了。由于我们有过几次经历，我也是知道你的，要出去旅游，你至少要提前准备好几天，并做好详细的旅游攻略。但是这一次，似乎很突然，你之前完全没有跟我提到过国庆节要出外旅游的事。那天早上，当我得到这一消息时，我真的是这样想的：你不告诉我，应该是有原因的，这事可能对你很重要，但你不便告知我。因此，我当时真有种预感，你要陪玩的这个男同学就是正在追求你的那个哈尔滨人。（四五年后，我才知道是我猜错了，原来他是你的初恋情人。果然，这次旅游之后，你们旧情复燃，又同居了数年，最后你们这段感情又无疾而终，被证实你只不过是他的备胎之一和玩物而已。这是后来你自己跟我说的话。你还跟我说，你很生气，这几年被他耍了，因为你们第二次分手后不到三个月，他就跟别的女人正式结婚了。你再次被伤害至深。——后注）我说："是那个哈尔滨人吗？"你骗我说："是的呢，他这次专程来瑜州了。"听到这里，我心里就有点纠结和不安。那时，我就在想，你们应该在节前就已经计划好这次旅行了，所以你2日早早从老家赶回瑜州，这是不是说明你是专门为了他而提前回瑜州了呢？但这些话，我当时只放在心里，没有说出口。

等你们出发在路上时，我发过好几次飞信，你都没有回复，我就开始东想西想了。我暗想："你可能在他面前不敢看我的飞信吧？或者怕他知道我的存在而影响你们的关系吧？"又胡思乱想："他正在追求你，又专程从遥远的哈尔滨为你而来到瑜州，按理来说，如果你不同意跟他建立关系，你是无论如何都不会答应跟他出去旅游的。既然今天你们特意出去旅游，看来你应该是答应跟他了，所以你在他面前不敢回复我的飞信。"后来，我发现自己想错了。大约中午时分，你回复我说，没有什么不敢回的，并发来你们的一些照片，还介绍了临港的一些街景。我看到你说话的方式跟以前没有什么两样，也就心安了不少。再后来，你又陆续发来一些照片，特别是你俩背对着背坐在拼图式大理石街道中央的那张照片，你的身体明显斜靠着他的后背，你的脸上流光溢彩而且带着灿烂笑容，当时真让我感觉你对他其实非常亲热，甚至让我觉得你的神态有点刻意奉迎他。而你们并排坐在秋千椅上、四脚并排伸向前方、动作优雅地前后摇晃的那张照片，又让我觉得无比熟悉。因为此情此景，我们在鼓浪屿之夜的海边花架下也曾有过。那时，我们也是并排坐在秋千椅上相互搂抱着呢喃细语、卿卿我我、柔情万端。当我看到这张照片时，内心又非常纠结了，居然迸发出汹涌的酸感来，很是难受，但我还是努力把这股涌动的醋意压抑下去，也没有在飞信里直接说出来，只是心里感觉好不舒服。不过，那天直到晚上回家，你都在不断地给我发飞信，告知你们的行程，这又让我感觉你对我还是跟从前一样，并没有什么变化。因此，我也心宽了不少。

4日那天，我不知道你们有没有再见面，好像你也出门了，是吧？5日早上，我心里又莫名其妙地起了波澜，感觉有点烦躁，还强烈预感到将有事发生。因为你平时起床，都是会给我发信息问候的，但那天好像没有动静。快9点时，我给你发信息询问，你说出门了，之后就一直没再理会我。那时，我就预感到可能又是你们约好见面的日子。后来，我把这种怀疑说了出来，你回复说是的，他来NN大学了，你要陪他去坐坐，但你不时给我回复一两句，我心略安。

再后来，我又想了很多，并把那两天发生的事仔细梳理了一番。最后，我断定你们的关系非同一般（不久后，我的这些猜测都被证实了，你们的关系远不止于此，因为你们在一个月后就经常到宾馆开房了，还试图瞒着我。这是后话），只是不便让我知道而已。我当时这样想，既然他也是NN大学毕业的，在瑜州应该有许多同学，怎么这几天都要让你单独陪他呢？但是，5日中午11点15分之后，你就长时间不再理我了，其间除了问过我"吃饭了吗"之外，就再没有回复我的任何飞信和短信消息。我也问过“你们在干啥呢”，你都一字不回。心里一急，我就先后给你打了四次电话。但你一个都没接，这让我更加着急。我猜不出你们在做什么，也想不出你们会出什么事，不知道你们到底去哪里玩了，又为什么不敢接我的电话。那时，我的脑子里就一直盘旋着这些问题。直到失联约五个小时后，在当天傍晚5点半左右，你给我打来电话，说你们中午吃过饭后去玩游戏了，并把那天下午发生的事情大致说了一下。至此，我才真正放下心来。

在你打来的这次电话里，我们其实谈得蛮好。你在电话里还说自己又白白浪费了一天，很痛心什么的。没想到，第二天下午，我们又起了风波。不过，这次完全是我无理取闹，这也是完全不应该发生的事，因为前一天傍晚，我们已经把那些乱七八糟的事情都说清楚了，我们也自认为都谈好了。这次问题主要出在我的身上。应该说，主要是我小心眼或嫉妒吧，我对上面提到的那些照片早有看法，疑心重重，就发了几句酸溜溜的话。没想到，这些话突然引起你的强烈不满，一时火光冲天、雷声阵阵。结果可想而知，我们在飞信和电话里大吵了一架，从而爆发了我们之间前所未有的巨大的感情危机。之后发生的事，我在上面已经说过了。万幸的是，我们再次冰释前嫌，和好如初。总之，多数是我不好，但这件事给了我很大的教训，也让我明白了许多道理，这里就不多说了。

我再说一遍，你看了以上的话语，千万不要再动气，我只是把当时自己惹出来的那件糗事的原因，尽可能详细地给你说清楚而已。正如你后来在飞信里说的，这件事就算过去了，权当饭后谈资。

以上啰啰唆唆一堆，抱歉。再次感谢上帝在两年前的今天，让我遇见你，真的很幸运！

Love yourself and take care, always!

你的小罗头

C年11月14日

第八十一封信

亲爱的吉尔：

又将近一个月没有正式给你写信了。其实，每一个周末或者一些日子的傍晚时分，我都有提笔写信的冲动，但一打开那个专用文件夹，脑中总会出现一些不快的画面或事件，这些画面或事件会影响我写信的心情。现在，我自己也不大清楚你还需不需要我给你写信？你是不是还会像以前那样期待着我们在信中深情交流？别人会不会也经常给你写信或你期待的是别人的信？这些乱七八糟的念头，时常会扼杀我动笔的冲动。我完全知道这些想法都是没有根据的，但到了提笔时，这些细微的心理波动，时常会让我无从下笔。或许正如你上次说的，“国庆节事件”或你们那些照片或后来的一些事实，让我的心戚戚然？我也不是很清楚，或许是，或许不是。但话又说回来，这不完全是你的过错，也不完全是你的问题，也有我的过错和我的问题。在以前的信里，我已说过两次，你完全有选择自己走什么路的自由，而且必要时，你也应该获得这种自由。只要你选定或决定了要走其他的路，我只有祝福，也只能祝福。当然，我也说过，我相信你的眼界和目光已大为不同，现在的你已不是两年前的你。我还说过，你的气质在快速提升，不信你可以问问你的家人和周围的朋友。

最近一段时间，你真的很努力，我看在眼里，心里很高兴，但有时也很心疼。高兴的是，你的目标已相当明确，已不再摇摆不定，如你所说，真的在朝着我们共同的目标努力前行着。心疼的是，你的眼睛和身体。我知道你的眼睛时常流泪，还经常发炎，你的胸部也不时会发痛，尤其是来大姨妈时。我们在一起时，我经常看到你眼睛流泪，并不时用纸巾擦拭。这时，我就想着必须尽快帮你治好眼疾。而且我常自问，如此高强度的工作和学习，你的身体和眼睛怎么办？怎么吃得消？是否每天都做一些按摩和锻炼？是否经常歇息片刻、闭目养神或出外透气？等等。这些真是我每天都在心里自问的问题，担心是免不了的。但是，从我们几乎从不中断的飞信联系中，我却很少听到你喊疼、叫累或抱怨，你传递给我的，多是你自己觉得又有收获、有提升、感觉开心或心里踏实之类的正面信息，或者只向我提出一些需要讨论的专题或问题。

说实话，你在我心中的形象，已悄然发生着变化。我日益感觉，坚强、能忍耐、不畏艰苦和一往直前，可能是你的真实品格，加上我早就说过的，你的悟性、毅力、反思力、理解力和逻辑能力等，使你已真正具备未来获取巨大成功的许多潜质，这就是我上次说的，你或许是我见过的所有女人中最有潜力在未来获得成功者。你大可相信我的眼光和判断力。只不过，你还是缺了一点什么，可能是自信吧。前几天，你在飞信里也提到自己的自信心问题，而且认为是受到早期苦难经历的影响之故。

的确，弗洛伊德说得没错，童年的经历会影响终身。早年的艰辛日子，会给我们后来的生活留下阴影，甚至会打击我们的自信心。但有时，也应该反过来看。可能，正是这些不幸的经历，造就了我们坚韧不拔、锲而不舍、奋勇直前的意志、毅力和性格。一定要坚强、不服输和出人头地的想法会注入我们的骨髓，融入我们的魂灵，这可能又是难能可贵的品质。

事实上，我早年的苦难可能数倍于你。这种苦难，并不全在于长期的忍饥挨饿或物资匮乏，部分还在于邻居或他人长期的藐视、嘲笑和冷眼。我以为，这种精神上的歧视和鄙夷，更折磨人心。但我母亲常说的“做人要有志气”之类的警语，现在想来，真是让我受益终身。就为了“志气”二字，无论做什么事，我从小都要求自己必须做到最好，至少要比别人做得好，包括上山砍柴、编织草袋、耕田种地、读书学习、吵闹斗气甚至打架斗殴等。

记得在读小学四年级的时候，可能是由于学习成绩好，我被邻村的几个同学打过一顿。我刚得到的奖状被撕毁，奖品（三支铅笔）被抢走，还被警告不许告诉老师和我母亲。但是，我小时候学习成绩好，似乎是与生俱来的，不是刻意所为。因为教室内外，我跟别的同学并没有什么区别。课堂内大家都不大认真听讲，老师的话语，仿佛远在天边，或左耳进右耳出；课堂外从不复习，也不大做作业或根本就没有作业。放学后，大家只是疯玩，——捉迷藏，捕鱼捉虾，逮鸟摘果，偷瓜挖笋，调皮捣蛋，到处招惹是非，还时常因有人上门告状而被母亲追着打骂。的确，小时候，我几乎没有认真努力学习过。但一到考试，我总是名列前茅，还长期担任班里的学习委员。这些小插曲，后来还成为我们中小学老同学见面时的饭后笑谈，“年纪小、不懂事”是我们最好的措辞和理由。

Love yourself and take care, always!

你的小罗头

C年12月8日

第八十二封信

亲爱的吉尔：

我在上一封信里讲了一些杂七杂八的往事，目的是要告诉你：有时，生活的艰辛，并不都是坏事，也不一定是我们不自信的主因。如果应用得当，这些艰难岁月中的经历很可能是一笔巨大的财富。这笔财富可能会让我们受用一生，也可能会让我们的内心变得更加强大，意志更加坚强，或者至少让我们懂得“弱者受欺，强者得敬”的道理。其实，好多年之后，我才意识到，在这个世界上，“自强，成功”才是王道。

前几天，在飞信里，你说开学至今已看了8本书和百余篇论文，除此之外，还做了大量的各类试题。这样的学习量，无法不让人惊讶，也无法不让人佩服。这说明你近几个月的学习是下了功夫的，应该也收获不小。

最近，我看过你写的读书报告，感觉写得相当不错，文笔已相当通顺流畅，逻辑条理也已相当清楚，甚至笔法已相当老到了。这样很好，真的。我常说，在看书时，做好笔记是很重要的，这对未来的成功影响深远。不过，每个人的读书习惯都不同，只要能找到比较适合自己的方式和方法，就应坚持下去。但最关键的，还在于学会如何分析、概括和总结。例如，在科目学习方面，我的体会是，做题很重要，但做完题后的分析和总结更重要；下苦功很重要，但学习技巧和析题技能更重要。在读专著或教材方面，我的经验是，每节读完，试着回忆一下，然后在笔记本上用几句简短的话概括出本节的核心内容或主要观点，同样，每章读完，也略加总结和概括，并用五六句话记下整章的要点；在读文章方面，读懂题目和摘要可能是首要的，读完之后，我们就可以大致判断这篇文章是否值得读，需粗读还是精读，并在读文章的过程中，随时对重要观点划线及做好边注（就是把自己脑海中冒出的想法、对观点的理解或领会的要点记在文章旁边的空白处）。读完以上这些章节之后，一定要暂停下来，稍微回忆一下，并自问：本章或本节主要讲了些什么？其要点有哪些？是否有道理？有时，也可以把这些要点或想法，记在章节前面或文章篇首。当然，还是我上面说的，每个真正爱读书和会读书的人，都有自己的读书习惯和方法。记住，最适合自己的方法，就是最好的方法。

在学习方面，我觉得你已做得相当好了，只要坚持就是。有一点真的很好，就是在学习中，你能发现问题，并能试着探讨这些问题。专题讨论，是一种很好的学习方法。在学习中，脑中有疑问或有问题是很重要的。我经常说，所谓差生或没有前途的学生的第一大问题，就是脑中没有问题，包括找不到问题或发现不了问题；这些人的第二大问题，就是抓不住要点，不会概括和总结；而第三大问题，就是不会反思和类推，也就是不会在学习之后，从看到的观点或现象中发现问题，并进行反思，或者不会将学过的知识或已理解掌握的理论观点进行类推和应用，以解释其他相似的问题。如此，无论他们读了多少书，看了多少材料，都比较难以把这些书和材料内化成自己的知识，也比较难以提高自己的学术素质和创新潜能。当然，理解力和记忆力也极为重要。我觉得，与他人相比，你在某些方面已经做得比较出色了，如果在今后的学习中，你能坚持下去，不怕你不成才，也不怕你将来成不了一个好的工作者或学者，这是我最近通过我们的专题讨论得出的结论。

下面也说一点我自己吧。你知道我最近都在忙出国的事。今年年初，不知咋的，我突然觉得自己应该再出国学习一阵子，去看看外面学术界和教育界的真实状况或发展趋势，去结交一些新的学界朋友或老外同行，最好是能更新一下自己的学术观念和思想。以前，我一直鼓励自己的学生寻找机会出国留学，扩大视野，提升能力，至少去体验或感受一下国外大学到底是怎样的，这些大学是如何学习和培养学生的。但十几年来我光考虑别人，却忽略了自己。甚至跟你相识的这两年多时间里，我一直希望你能够把出国深造作为首要选择、最终目标，如果可以，我希望你和你的后代都能够生活在更富有、更自由或更美好的地方，或者，可以在国外立稳脚跟后，必要时再回国发展，为国出力。但是，我却忘记了自己，根本没有考虑过自己还要不要再出国深造。

今年上半年，学校给各单位下发了一个关于教师短期出国访学的通知。这个通知提醒了我。我脑子里闪现过，是时候再出国看看了。但是，我在获取邀请函一事上，却走了许多弯路。在决定申请之后，我有两三周时间并没有任何行动。原以为离明年1月份的截止时间还有两个多月，要选定研究主题和获得一所大学的邀请函，都是再简单不过的事。看到通知三周后，我才给加拿大K教授、J教授和Q博士都写了信，他们共给我推荐了七所大学的七名教授。然后，按不同教授的学术或专业特点，我认真做好了两份主题的中英文研修计划书和中英文简历。没想到，投出去之后，只有两封回信，一封似乎有点希望，那个教授说会加以考虑，但只过了一周，他就说自己刚好在那段时间里轮到学术休假，没办法接受访问学者云云；另一封信的语气倒很客气，他说早就认识我了，某某年我还去过他在美国加州的家里吃饭，问我还记得否，但他已待腻了在乡村的那所大学，最近想去纽约发展，所以很无奈，今年无法接受访问学者。

再后来，我又收到了加利福尼亚大学伯克利分校一名教授的来信。信中说，我提出的申请时间太紧了，要获得伯克利分校的邀请函，一般要提前三个月到四个月提出申请；并且说，他的大学访问学者名额早就报满了，已没有多余。

另外，澳大利亚墨尔本大学教育学院院长的来信，也同样说今年访问学者名额已没有空缺。最后，一位同事给了我两张名片，一张是南加州大学教育学院教授的，另一张是伊利诺伊大学香槟分校（UIUC）教授的。前者至今没有回复消息，后者的事，你已知晓。但是，UIUC却提出了高额的申请费，要3339美元，这是我没有想到的。几位朋友都说，90%的美国大学都不需要交申请费，个别大学只象征性地收取一二百美元。在这种无奈的情况下，为了抓住这次可能是最后的出国机会，我也只好多付出两万三千多元钱（**后来，由于没有得到国家留学基金委的批准，这笔申请费打了水漂，怎么也要不回来，算是完全浪费了**）。这笔钱足够支付我跑几趟美国的机票费了，而且在支付这笔申请费时，也颇费了一番周折，这个就不多说了。

好了，今天就暂且胡乱写这些吧。今晚有事，我要先回家了。其实，在写这封信之前，我的想法是把今年7月份的内蒙古之行写出来，这是早就计划写的极其重要的经历。那些经历和那些故事，对于我，确实是极其珍贵的，许多细节，现在还历历在目，如今如昨，但如果过去的时间太久，恐怕自己也会逐渐遗忘或淡化了，那是十分可惜的。过几天吧，抽空动笔，呵呵。

Love yourself and take care, always!

你的小罗头
C年12月11日

第八十三封信

亲爱的吉尔：

昨晚收到你的圣诞节来信，实属意外。信中，你提到我们相识后的第一个圣诞之夜，你在你姐姐家火炉旁阅读我的来信，以及第二个圣诞之夜你在娄底给我写信的事。这些往事，尤其是这些细节，你竟然还能细数而出，令我惊讶！如此，你还会怀疑自己的记忆力不行吗？不可以！你得完全相信自己的实力，因为我都已不大记得这些事情了。不过，很奇怪，我倒可以记住我们六次旅行中的几乎所有细节，其中的话语、欢乐、爱抚和感动，都已刻入我的骨髓而永存。其实，我一直想着何时能抽出时间，把我们所有这些珍贵的爱的经历详细记述下来，可惜目前还真未得空。

你说上一周是你的学习低潮期，效率不佳。我不以为然。因你这一周已做了许多事情，如你正式做了两套雅思真题，并对它们进行了题后分析和校对；你写了一万两千余字的读书报告，并把四本学术专著的要点都进行了很好的梳理、领会和融合；每天早晨，你都比我起得早，并在楚山下做了晨读和其他阅读。须知，我们都不是超人，一周时间短暂，而能在如此短促的时间里完成这么多的事情，理应自满而不是自责。

你说近期感觉很疲倦，而且头疼这个老毛病时常发作，这倒引起了我的注意，也提醒了我们都要注意考虑饮食和锻炼、休息的协调问题。当然，那个我们经常关注的问题的突然变更，可能对你有较大影响，这可以理解。但我觉得，这种影响不会太大，更无须忧心忡忡。原因是，在如何选才任能方面，那个人每年都会提出一些怪主意，常常变来变去，从近几年的情况来看，大家都无所适从，因而更换一个人去做这件事或不让他参与这件事，结果可能更好。我一直以为，选拔或任用人才，最主要的还是要看他们的品德、知识面、学习能力、分析能力、理解能力、逻辑能力和反思能力等。总之，就是要看他们在工作或学习上包括品质在内的综合能力。

下面再谈谈我对你准备出国学习及未来考试的一点看法吧，未必有用，你不必过于当真。我觉得，在雅思复习方面，你已按计划进行了，并做了不少真题，也知道了做题时应该注意什么，这已经很好了。我觉得你选择的这所国外大学的各门科目考题都难度不小。你既然要报考这所国际知名大学，就要认真研究一下它对学生的选拔标准以及各门科目考试的要求、内容和评分标准。在复习这些科目的考试材料时，一般都需要进行很多模拟练习，特别是要注意做完模拟试题之后的纠错、分析和总结，这非常重要。做题时，建议你不要直接把答案记在题目上或书本里，而应记录在空白的纸张上。如此，你以后还可以再做第二遍、第三遍，其效果可能会更好。而英语词汇一项，很难说，有时并不难，有时却较难，但如果此项能拿到一半以上的分数，即可满意。至于英语写作，通过十来次的认真训练，掌握一些技巧，背诵一些典型句法，应该是难不住你的。而至于阅读理解、口语和听力，应该都是你的强项，只要保持状态，可以无忧。

至于专业科目的复习，我觉得你已做得很好了，因我知道你已做了大量的工作，还打印了不少重要的专题材料，并已基本熟悉了相关领域的研究现状、热点和主要观点，我相信你的知识面已相当广而且在不断扩大；对几门专业科目的理论或知识点，你已进行了很好的梳理，接下来只是如何理解和记住那些要点的问题。你说过，对于这些，你都已经有了计划，可以无忧。关键问题是，考试时的审题、状态和答题方式。做题时，我觉得，审题和破题很重要。无论什么科目的什么题型，仔细看懂题目的含义、分析题中包含的内容以及预判如何答题或分几个方面解答都非常重要。对于每道题，脑中应先想一想，是否需要先回答概念。答题时，要根据英文的文法习惯和用词标准，尽量做到观点明确（每个观点下应略有展开）、说法有理、逻辑清晰、语意准确、语法正确、文笔规范等，并且最好多写几个要点。另外，还要注意各题写作时间的分配。

我们都很清楚，一年多来，你一直非常努力，已做得相当出色，目标也很明确，再也不像以前那样，每过一段时间就会动摇或折腾一番。我们早有共识，出国学习只是你的第一个近期目标，而到更好的地方生活和工作是你的中期目标，最后成立某某某某教育互助基金会，为中国社会弱势群体尽些责任、做些力所能及之事，就是你此生要完成的梦想或长远目标。当然，这一目标，可以在你到境外学习的几个月前就开始策划。我说过，你有很强的规划能力。发挥你在规划方面的超常才华，做些基础性工作，到你真正去了国外大学时，你就可以通过建立教育网站等方式实施具体工作了。好了，不说这些了。我觉得，只要你再多点自信，并按自己的计划学习或工作，结果自然会水到渠成、顺理成章。

下面，我也说说过去一周的一些事情吧。这些都是我的真实感受，只随便说说而已，你也只当随便听听而已，我先声明一下，你看后，千万不要生气，好吗？没事的，我早已说过，自己并不重要或已经不重要了，你完全不必为我担忧或为我下面的话忧虑。真的没事！

这一周，说真的，我内心一直是空荡荡的，郁闷至极，有着很大的受挫感和被遗弃感。无论做什么事，也无论在哪里，我都无法提起精神和兴趣，空虚、无助和无聊之感时时充盈胸中。有时我内心觉得，自己在被渐渐抹去痕迹，甚至在被逐步抛弃在荒野之中。或许，无须再多几个时日，或不远的将来，可能就会被人遗忘殆尽，甚至无人会承认我曾经存在，很是可悲，也很是可叹。这些感觉，在上周四之前，真是相当强烈。

本月19日中午，我在去参加课题答辩会的地铁上，像往常每周都会做的那样，翻看你的飞信朋友状态。我最想看到的是，你曾经给我发的只能由我独享的不少Special（特别）信息以及我们之间的对话，我一直把这些东西当作宝贝。每次看过这些，无论你对我怎样抱怨，甚至怎样苛责，我都会感到满足，精神都会变得愉悦，内心也会很快平静下来。我会觉得，无论如何，此时此刻，你的心中还有我的一点位置，你还没有完全忘记我们曾经的美好经历，也还信守着我们曾经一起发过的誓言和写下的协议或文字，以及还在朝着我们共同的目标努力前行着。但那天在车厢里，每当我翻到一个Special（特别）信息，它就迅速消失，往下急寻，一个又一个Special（特别）信息在我眼前一闪而逝，犹如惊弓之鸟，遇到些许响声，它们就会快速飞翔而去。

我真是错愕不已，震惊至极，更是伤感无比，脸上的肌肉抽搐，手脚痉挛。此时的我，应该是慌乱迷茫吧，心情也郁郁难抒，全身慵懒无力，甚至感觉到自己全身的血液在猛烈地冲撞心肺，似乎随时就要炸开或破壁而出。下了地铁后，我一路觉得胸中极度憋闷，有喘不过气来的感觉。有时，真想对着索然无味而又完全无辜的天地，拼尽全力，大声呐喊几下。但此时，离我的课题答辩开始时间还不到40分钟，加上路上行人众多，我只得把一肚子闷气强行压下去。是的，我当时一直在犹豫，要不要给你发信息？要不要打电话责问你到底怎么啦？你想要我怎么样？我到底哪里做错了？如果要撤销这些被我珍视已久的Special（特别）信息，你至少应该事先跟我打个招呼吧？如果你能说出一点撤销它们的理由，我应该不会加以阻拦。回想一下，我何时未曾答应过你的要求呢？这些都是我当时走在马路上急切想寻求结论的疑问和当时真实的所思所想！

我赶到会议室时，按照计划，大约还有半个小时才轮到我。于是，我就到卫生间用冷水好好冲洗了脸，然后才装出比较冷静的神态给你发了信息。本以为你手机已关机，至少要到傍晚才会回复。因时间还早，我就到外面的广场上溜达，或胡乱踢着墙角的杂草，也曾对着一群在冰冷的水泥地板上叽叽喳喳令人讨厌的麻雀大喊："滚！滚！滚！"这时，我没想到，你看到信息并马上给我回了几句，我只是试探性地聊了一会儿。我虽然神经紧张，心里窝火，但还是尽力压抑自己，并且小心翼翼地择词用句，实不敢过于明显地刺激你或让你的眼中也火花四溅。只过了一会儿时间，一个女人就在门口大叫我的名字，说轮到我答辩了，让我赶紧进去。

那天的课题答辩，结果可想而知，真是语无伦次，我听不大懂那些专家都问了什么问题，也不大明白他们要表达什么意思，只好按照自己的理解，匆匆回答了几句。答完之后，我也全然不知自己是如何应答的，甚至忘记了自己都说了些什么。虽然这次课题答辩的最终结果还未出来，但那天之后，我已完全把它放下了，甚至感觉中标与不中标全无所谓。以后的事情，我们都知道了，在此就不多说了。此刻或以后，我也不想再去回忆那些令人胆战心惊的糗事了。因为每次回忆，似乎都会把我的心脏撕裂，并会让我坠入失眠、苦闷、无助和失落的无底深渊。

后来我想，此事也不能完全怪你。但上周，我心里确实浮现过一些相当郁闷的念头。你可能真不知道，在我一退再退，一路答应你的所有要求之后，你的Special（**特别**）信息对我的精神生活已是何等重要！它们早已成为慰藉我时时不安甚至有时隐隐作痛的灵魂的灵丹妙药之一。我暗想：在我如今连内心时常冒出的"爱你"二字都不敢说也不能说的情况下，让我的心中留下一点点还算甜蜜的念想总可以吧？应该也不会太过分吧？其实，我当时想得比较多，也是相当气愤或不能理解的是，为什么在不通知我的情况下，你会一声不吭地把我一直看得无比珍贵的东西一抹而光呢？你是否已打算部分清除甚至已完全清除我们经历过的所有痕迹呢？我们的大量飞信留言、数千张美妙照片、一百多封来往信件以及我们曾经相亲相爱、相拥相惜的数十个日夜的经历都已被你销毁了吗？这，我是不相信的。再说了，你清除或销毁得了吗？我敢肯定地说，你永远都不可能完全清除或销毁它们！它们将永远留存于我们一起经历过的山山水水里，至少也将留存于我的大脑和文字中。所有这些胡思乱想，在那天及后来几天不时冒出来，像魔鬼一样敲击我的心灵。

但是，我早就说了，这些都过去了，真的没事了。我们后来，其实也做过几次很深入的沟通和交流，你已清楚地说明了原因，尽管我还无法完全理解，也未完全认同你的说法，但我还是如前所说，我会听从你的话，服从你的安排，不管真心还是假意。也如同我前天在飞信中所说的，从今往后的日子或旅程，只要你还需要我陪伴而行，我就会义无反顾地陪你到底。而如果哪天，你已不再需要我的陪伴，那我随时都可以转身离开，而且可能会一声不响或悄无声息地快速远离，不会再给你增添任何麻烦和丝毫苦痛。好吧，我们权当又做了一次无谓的折腾吧，何况与上一次的“国庆节事件”相比，这次折腾的危害性还是很小的，而且到最后，也还算是比较顺利地解除了情感危机，我们的关系也是比较迅速地恢复如常了吧，不是吗？不然，就不会出现后面依然温馨悦人的“南·乌两地行”了。

第三个圣诞节快乐！

Love yourself and take care, anyway！

小罗头

C年12月26日

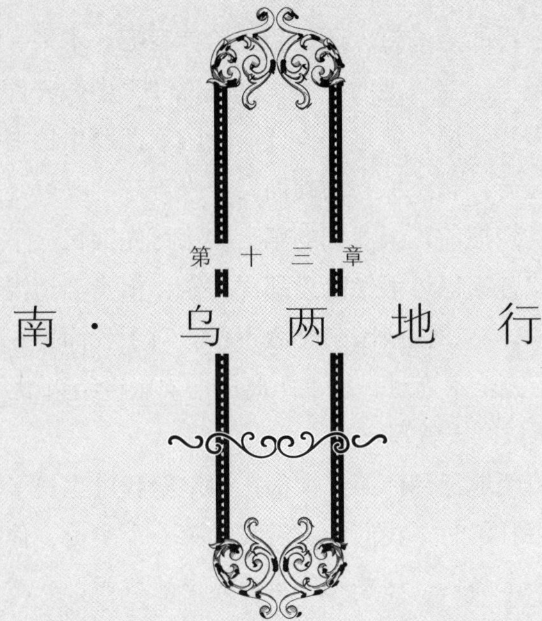

第十三章

南·乌两地行

第八十四封信

亲爱的吉尔：

今天的信，是今年的第一封，还是我先给你写吧。本来，昨天就想动笔，后来有点小事就给耽误了。在早上的飞信里，我说今天要做一件重要的事，其实就是写信。还有一件事我没说，就是想设计一个国家课题申报书。关于我们在内蒙古阿拉贝尔的草原之行，有点惊心动魄而又令人难忘的美好经历，我很想记录下来。但今天，我还是想把前几天我们的第七次旅行先回忆一下，因我对这次旅行的感受很特别，也似曾相识，很像青岛那次旅游，相当温情温馨，你也再次恢复了以往的无比温柔和体贴，让我暗暗感激不已。对于我而言，将其称之为又一次相当奇特的情感经历完全不为过，加上距离第七次旅行结束没几天，记忆更牢靠，也更能详细记述，所以今天就写它了。

这次南江、乌镇两地行是你第二次很正规地给我过生日了，说感动已不足以表达我的谢意。记得B年时，我们认识后我的第一个生日，你寄给我两大包黑茶和一些干花茶（至今未喝完，这些花茶水的味道酸酸的，我不大喜欢，但又舍不得扔掉。就当作纪念品吧，看看也心暖），你还在手机里用中文给我唱了一段生日歌，虽难说动听或标准，却也感人，可惜当时忘记录音了。那天的我，真是相当惊喜，也感动过好大一阵子。能得到一个惦记我生日而且还是来自睡梦中常常萦绕怀中的大美女的祝福，当时，怎能不令人喜出望外呢？甚至从某种意义上说，就是从那天起，你才真正走进我的内心。也是从那时起，我才下定了决心要帮助你走上一条注定完全不同的道路。这是一条或许能让你周围的人感到惊奇又艳羡，却也需要勇气去冒险的道路。

如果说，我们之间爱的火苗是A年年底的飞信热聊中被慢慢点燃的，那么真正让这微弱之火变成后来灼灼发光并能照亮自己生活处境和未来前程的熊熊火焰，应该说还是从B年我生日那天开始的。此后，你就进驻我的心灵深处，并越驻越深。从那时起，我日常考虑最多的，就是如何真正去转变你、提高你、呵护你和关爱你，或说，能否或如何改变你的人生轨道，以及能否或如何给你设计并助你最终走出一条更适合你的品性、素养和才华之路。

后来的事实证明，设计这条道路，并让你由衷信服并心甘情愿地走上这条道路，实在颇费心思，也极富波折。还好，最终我们都认可了这种设计，你也为此改变了你既往的生活方式，辞掉了原来你可能相当喜爱的工作，退出了一些不大必要的朋友圈，甚至大大减少了你原本十分钟情的娱乐活动，而硬是把读书学习、提升自己转变成为你此后两年最大的时间投入点，你也投入极大的热忱、精力和辛苦去追求那个当时还算相当遥远而美好的目标。至今，你已整整坚持和奋斗了两个年头，其间的巨大付出、辛劳和汗水，世上只有你我二人心知肚明。顺便说一句，这种付出、辛劳和汗水，真可以感天动地！

你第一次正式给我过生日，是在杭州。C年1月初的某日傍晚，你千里迢迢从瑜州提着一盒方形蛋糕来到西子湖畔，从火车站有点意外地看见你的优雅身影，到烟雨蒙蒙的西湖边你挽着我的手臂，款款而行、小鸟依人、轻声细语，以及在宾馆里的种种恩爱，至今我都历历在目，此生已然无法忘怀。而那天，在深夜的房间里，你跨坐在我的大腿上第一次面对面地给我唱起那首熟悉的生日歌，一同吹灭几根细小的红色蜡烛，再一道分食甜香浓郁的蛋糕，那种从未有过的幸福感，让我的双眼饱含热泪，也让我的心瞬间融化，似乎灵魂也飘然升华，如仙，如痴，如醉！那时，真感觉自己死而无憾矣！

还是说说最近这次的短暂旅行吧。早在半年前，我们就谋划过这次旅行。我当时的想法是去张家界，因偶然间看到那边新建了一座世界上最长的玻璃栈道。据说，置身其中，如身在半空，似腾云驾雾，而四周的景色如锦如画，可尽收眼底，因而心向往之。但你出于难以言明的忧虑及对天气寒冷的担心，一直觉得有些不妥。我们只好作罢。后来，商量的结果是，我就到瑜州走走，你也过来陪伴我几天。也是由于某种难以言明的原因，我们最后决定把瑜州之行改为你来南江。你原本的想法，是在南江度过两天两夜。而我也出于难以言明的种种考虑，觉得还是分南江、乌镇两地旅行为好。我深知，你虽不大情愿，但最终还是听从了我的安排，正是你的超级善良和无比心软，才促成了这次南·乌两地行。没承想，或相当意外吧，这次旅行再次给我留下了极为美好、独特而十分珍贵的人生经历。

知道吗？从你决定来南江并同意去乌镇的那一天起，我就处于相当愉悦、兴奋的状态，感动是必然的。而一想到你两年来一路苦苦坚持、步步追随和坚决前行，我不但感动不已，更觉得亏欠你许许多多，心中也时常会泛起点点酸楚的歉意。我暗暗发誓，今后几年最应该做的事，就是必须尽自己所能助你成功，让你成就一段真正不凡的人生旅程，并且更加深情而投入地爱护你、疼爱你、保护你，哪怕今后自己头破血流甚至遭人厌弃也在所不惜！如此这般，我前几天常常浮想联翩、思潮起伏，心中的热流汹涌澎湃。其结果是，白天，我干劲十足、精神抖擞，而夜间却难以成寐、夜不成眠，时常在卧榻上辗转反侧、思绪万千、五味杂陈。但说实话，那几天我考虑最多的，不是我们该如何度过几天柔情蜜意的时光，也不是其他什么，而是如何让你有所收获，如何让你取得真实的进步，如何让你增强必胜的信心和勇气，以及如何消除你不时流露出来的巨大焦虑感。

1月8日上午刚起床时，我心里还有点担心，你会不会睡过头、会不会赶不上火车或会不会突然取消这次南·乌两地行呢？但这些都是瞬间之念，只在心间一闪而过。因为你在飞信中说，你已提前到了火车站，不久又传来你正在排队检票的消息。上车后，应我的要求，你拍了六张车窗外的山景照片给我。后来，你也要求我拍些南江某某大学的照片并发送给你。我知道，原因相似。那天上午，我在家中洗衣服、搞卫生和整理东西，但心中从未中断过对你的挂念，不时会发些信息问问你的行程。你也经常回复我“Next station is ……”我中午小憩了片刻，但因内心激动或有别的心思，根本无法入眠。不到下午2点，你说已到了QY站。那时，我刚好在去单位的路上。到了之后，我拍了十几张某某大学的校园照片并及时发送给你。约3点半，你发来已入住某某宾馆的消息。但根据你的提议，我不必马上出门去找你。因而，我就在办公室回复了几封邮件，并包装好了一些准备送给你的礼物。

我是4点10分走出办公室大门的，4点20分左右刚坐上地铁，就收到你发来的某某宾馆位置图。约20分钟后，我就在宾馆大堂见到你，并随你到了房间。进门前，我还暗想：会不会又有什么惊喜等着我呢？因为从这几年的接触中，我早已清楚你是制造惊喜的高手。但这次什么也没有，心中莫名其妙地涌现出一股淡淡的失落感。刚进房门，首先映入眼帘的是双人床，情绪不免有点下沉，然后看到的是你摊在桌子上有些杂乱的东西，还有你平放在地板上习惯打开盖子的白色行李箱。我坐下后，经我提醒，你给我倒了一杯清水。之后，我装着很正经的样子跟你聊了一些最近发生的事和其他有些令人不大愉快的杂事。其间，你接过一个电话，并出去了一会儿，进门时提着一个蛋糕盒子。我才明白，你来南江前已给我订好了这个生日礼物，当时我颇为感佩你的用心。不过，我原先估计，你应该会在我生日当天再给我买这个蛋糕的。因此，见到这个蛋糕盒子，我有点出乎意料。（顺便说一下，我后来常常自责的一件事是，在辽宁葫芦岛的海边宾馆里，我竟然忘记了给你几天前过的生日补购一个蛋糕，当时我是完全可以给你一个小小惊喜的，想来至今都让我后悔不已。）

在房间里，我觉得，前面的一个半小时，我们都有些拘束了，好像有点放不开的样子，两人的谈话聊天都是规规矩矩的，甚至过于严肃。五个月不见，我们好像陌生了许多，我的心绪有些杂乱，气氛有些沉闷，话语也带着些许冷漠。你的椅子斜对着我，两人坐得很近，我能清楚地嗅到发自你身体的淡淡香味，这种香味我早已熟悉无比。还记得吗？这种来自你的天然体香，我曾在好几封信中提及，每次回忆，都会让我陶醉、神迷和向往，并能迅速唤醒我的生理激情。也多亏了这股熟悉的香味，让我当时还有些不安的心渐渐平复了下来，也渐渐恢复了对你的柔情和爱意，脑子也开始慢慢地清晰起来。

傍晚6点40分，根据你的要求，我先出门到宾馆门口等候。之后，我们再一同去寻找饭店吃晚餐。大约出门五分钟后，我站在离宾馆门口20米开外的地方，忽然看到一个穿着一身银白色羽绒服的女人快速闪出宾馆，头上戴着一顶白色长绒毛的瓜皮状帽子，身影亮丽，婀娜多姿，体态优美，款款而行，若不仔细察看，我还真可能惊为仙人。但是，等你走到我的面前，我们并排没走几步，你就接了个电话，说是某个朋友（后来才知道，其实是你的初恋男友）打来的。我并未作声，心里也很平静，只是若有所思、默默无声地走在你的身旁。

附近的饭店不多，我们也没多找，就直接走进了感觉还比较干净的南华饭店。等了片刻，我们走上二楼，只见这里灯火辉煌，人声嘈杂，已没有什么好的座位，我们只得在电梯口旁的一张小型饭桌旁落座并将就着用餐。（待续）

祝好！

小罗头
D年1月15日

第八十五封信

亲爱的吉尔：

继续昨天没写完的信。其实，我几天前就想好了，这次一定要让你过得开心一些，吃得好，玩得好，睡得也好，一切顺从你的心意，你想做什么或不想做什么，我都全部答应。

当晚在南华饭店二楼小餐桌旁的椅子上落座后，你点了四个菜，加上一碗南江特色甜品——南瓜酒酿圆子。后来才发现，除了那碗酒酿圆子，你点的这些菜都不算成功，颜色乌黑，油重酱浓，好像都是口味偏重的菜肴，完全不是我平时比较喜爱的清淡口味，也不是你最喜爱的辛辣味道。看来，这家饭店的饭菜都不大适合我们的偏好，但既来之，则安之，将就着吃两口算了。饭后，结完账，我们出了饭店大门，你提议随便走走，看看南江的夜景。

天下着蒙蒙细雨，寒风习习，游客稀少。街面上的灯光昏黄驳杂，马路也有些湿滑。像这样有些糟糕的天气，我是很想早早回房间的，我以为你也有急着回房的想法。但你提议还是散会儿步，我只好同意。刚开始，你说起了不久前你去赴朋友L先生生日晚会的路上，你也是这身打扮，的士司机说你“像白雪公主”，我也附和着说“真的很像”。我看到你面带微笑，眼睛明亮，光彩照人，一副很高兴的样子。我心里暗想：真的没错，女人就喜欢被人赞美和恭维，这会让她开心一阵子。不久后，你接了个电话，说是你老爸打来的，起初我居然信了。但我很快就明白过来，你应该还是在跟你的初恋男友通电话。不过，你有意隐瞒，可能另有苦衷，我也不便捅破。我走在前面，你拿着手机不紧不慢地跟在后面，你们聊了20来分钟。到了一条街面更加暗黑的不知名小路，我们决定往回走。刚回到宾馆附近的地铁口，你就叫我拿着房门卡先去房间等候，你一会儿就上来。我心想：你可能还要给那个人打电话吧。虽有点不悦，但我也没说什么就顺从地先行而去。进了房间，我无精打采地翻弄着你带来的笔记本和有关材料，感觉无聊至极，又无奈至极，心里空空荡荡的。过了七八分钟，我听到你的敲门声。你进门后，说了我几句，原来是你给我发了飞信，让我下楼去接你，但因我刚才胡思乱想，没看到这些信息。我略做解释，你摆了摆手，似乎没有丝毫责怪我的意思。

此后的一个多小时，我们都在谈论跟你有关的事情。我感觉经过交流，气氛比傍晚时分轻松了许多，你的脸色已变得红润有光，语言也变得柔和轻快，语调平缓，条理清晰。我也是如此。我早就知道，你在心情急躁时，话语既快且急，语音高低起伏不定，说话的语气往往咄咄逼人，还带有慑人的锐气，让人心生怯懦。但你在心情平静之时，语言却是相当甜美清澈的，节奏也快慢适中，既富有吸引力又温情别致（**在乌镇的那段时间以及乌镇之后至今，你对我讲话大多如此，相当亲切而愉悦，让我略感惊讶**）。哈哈，经过两年多的接触和交往，你的好多品性，我已相当熟知。以上情景，我是领教过多次的。我曾想：你的这些特征或性格，是否就是人们常说的领袖气质呢？可柔可刚，可舒可卷，可缓可急，恩威并举。可能是吧，不过，至今我也没有完全弄明白。但从你的这些表现，我却可以感知你的心情好坏或情绪高低。这是我的重大发现。

晚上约11点，我们结束了聊天，你叫我先去洗澡，我坚持让你先洗。这是出于女士优先的习惯，并没有别的企图。说实话，你去卫生间解手时，“砰”的一声重重地关上房门，我的心里“咯噔”了一下，感觉你是在发泄某种怨气。我的情绪也瞬间低落了下来，心里又泛起淡淡的无奈和无助之感，甚至心中还涌现出一股莫名的愁闷和落寞之气。此时此刻，我觉得自己已成局外人。

也许真有点烦闷吧，也不知道自己想要什么或要做些什么，我索性仰面躺在床上，四肢完全伸展开来，重重地闭上眼睛，开始胡思乱想。过了一会儿，在迷迷糊糊、似睡非睡中，我感觉到你从淋浴室走了出来，同时听到窸窸窣窣的微弱声响。我微微张开双眼，蓦然瞥见你背对着我在浴室门前解衣脱袜，身材娇小，姿态优雅，动作舒缓曼妙。当你脱到一丝不挂，我瞪大眼睛正想仔细观赏一番之时，只感觉眼前一道白光迅速闪进浴室，随后传来轻轻的关门声。这是非常熟悉的身影，我曾无数次近距离目睹过。不久后，浴室内就传来窸窣作响的淋水声。这时，我内心开始微微地不安起来，感受到有点灼热的血液正缓慢地通过颈动脉直往大脑奔涌而来。那时，如果你看我一眼，我的脸色应该是鲜红色的吧，而那个有点不大争气的坏家伙也开始火烧火燎地躁动起来。我当时想不动声色地把这股无名的火焰强压下去，而不让你有丝毫发觉。但实在做不到，只觉得心中开始翻腾，有些难受，也有些烦躁不安，仿佛某种欲火已燃烧起来，因而索性起身，悄悄来到浴室门前，侧耳细听室内声响，好几次都想推开房门一睹为快，但不敢，想了想，还是不敢。只好乖乖地又躺回床上，假寐起来。

不知过了多久，正当我的身体开始微微发抖时，却骤然听到你在叫我。我慢慢睁开双眼，非常意外且惊喜地发现，你正全身赤裸裸地站在我的面前，并急促地说着什么。等我明白过来，才知道浴室里的转换开关无法扭动，或是你的手力不足，没办法把它开到沐浴位置。我从床上一跃而起，快速奔进浴室，只稍微用力提了一下开关按钮，沐浴喷头刹那间就喷出无数银丝般的热水，哗哗有声。到此时，我的身体已完全失控，也没有征求你的意见，更不管你是否同意，就自作主张地要同你一道沐浴。你好像轻声细语地说了几句，但我没听清，也根本不想去听清，就快速地跑出浴室，三下五除二地脱掉内外衣物，又急不可耐地冲回浴室，掀开花色浴布，不管不顾地挤进你正在沐浴的热气腾腾的浴缸。你也很大方地接受了我的擅自闯入，没有指责我的只言片语。

这又是我感觉极度幸福的时刻。从杭州之行第一次关灯共浴开始，我们应该已有过不下十次这样的共浴情境，我也渴望这样的情境。你可能不知道吧？我一直很享受你用轻柔的小手帮我涂抹沐浴液的感觉，更享受你充满温情地给我揉搓后背、前胸甚至全身的过程。这种享受，无与伦比，有如喝过醇厚浓郁的佳酿，直醉得我每次都飘然若仙、神魂颠倒，感觉自己就是现世中最幸福的那个人儿，没有之一。在你温柔地帮我洗头搓身时，如同以往，我的手也没有片刻停留，同样以轻柔的手法帮你的身体涂抹沐浴液，抚摸你光洁白润、富有弹性又丰腴细腻的肌肤和肉体，如痴如醉，如梦如幻。那时，我的身体似乎已被爱火团团围住，熊熊燃烧。那时的我，心里真想把你含在嘴里，甚至完全融化在自己的全身血液里。同时，内心也无数次涌动起对你的感激、感恩和感念之情。此时，我感觉世间的一切都那么美妙美好、温情可人，真是难以言表。这是我当时的真情实感。

十几分钟后，你先跨出浴缸，我边洗边看着你站在地板白布上擦拭身上的水渍，满脸通红，胸部肌肤白皙光亮，双乳饱满挺拔，身材匀称，体态丰美，真是浴后绝色美女，秀色可餐，看得我口水直流。等我从浴室出来，你已穿好内衣坐在雪白的床单上，表情轻松怡人，脸上洋溢着无比妩媚娇嗔的神态，眼睛神秘兮兮地盯着我，然后抬起右手，食指轻飘飘地指向另一张床，带着坏笑似的冒出一句："今晚你就睡那边哦。"我看到这么令人心醉的情境，听到这句无比温情的话语，感觉全身早已酥软无力、欲罢不能。我心想：才不呢，自己才不想做傻瓜，也从来不是傻瓜，呵呵。我也没回话，仗着胆大，硬着头皮，微笑着掀开已盖在你身上的白被子，并刻意用力地挤到你的身边。我们并排躺在床上，然后关闭了头顶上的几个亮灯，时隔多月，我再次心满意足地拥你入怀。

我抱着你的身子，只说了一会儿话，我的身体就开始轻轻颤抖起来，右手也变得极不安分，不时隔着你的内衣抚摸着你。就像往常一样，我几乎吻遍了你的全身。此时，我已然控制不住自己的情感，就开始急切地动手动脚。不同于以前，你可能感觉不舒服或有些痒痒吧，你的身体有时会强烈地扭来扭去。不得已，我掉转了方向，然后重新开始，心中极为舒畅。这种舒服无比的感觉，我已从你的身上体验过无数次。只是，这一次似乎没有以前那样激烈和持久。当我看到你的身体也开始激动起来，腹部的肌肉似乎颤动不已，并用手急急忙忙地抓起我的右手滑向下边时，我就知道到了再次品鉴云梦的时候。这时你轻声问我那个小玩意带来了吗？我这才想起还有这等要事，连忙说“带了带了”。

之后，久违的激情如火山爆发般，我也没有什么顾虑，就让“恭候”已久的那个坏家伙率性而行，甚至恣意妄为。可能是由于过分激动和兴奋吧，我竟然忘记了你曾多次说过的话，也忘了观察你的脸部表情，看它是舒缓平静还是紧张痛苦，然后再做出适当的调整和安排，只是一股傻劲地横冲直撞、行凶作恶。

过了十几分钟后，我拿来两只枕头放在床头，头枕在重叠着的枕头上，胸腹部朝上，下肢伸直，意欲以别的花样任性而为，自由发挥。直到你用手指用力抓挠着我胸前的肌肉，并从那里传来阵阵疼痛感。我想，你可能又一次进入梦巅之境了。当我察觉到你的动作逐渐放缓，好像有随时停歇的意思，我就有点着急，再次用力地扭动起你的身体来。你可能也明白我的用意，就再次配合，直到我全身都感觉舒服到极点。（待续）

祝好！

小罗头

D年1月16日

第八十六封信

亲爱的吉尔：

接续上信。

事后，你快速下床，直接奔进浴室。你进去前，匆忙间一瞥，我发现你的表情有些紧张痛苦的样子。我在床上躺了一会儿，看你多时还未出来，就起身跟进卫生间。乍一看，真吓我一跳。我有点吃惊地发现，你正光着身子蹲在地板上，脸色苍白，额头上冷汗点点滴滴，清晰可辨。我连忙问你："怎么啦？是不是生病了？"你轻声说："没事，只是下面有点痛。"后来，你还说我这次太过分了。我在内心说，真是对不起，我只顾着自己的享受和精神愉悦了，而再次犯了同样的错误，就是没有考虑你的真实感受和苦痛，相当自私，实在不该。此时，应该已过了晚上12点半。

过了一会儿，你走出浴室，重新穿上内外衣裤，并简单地梳理了一头乱发。然后，你拿出蛋糕，放在茶几上，伸手关掉所有室灯，叫我点燃几根小蜡烛，并提醒我要许下三个愿望。我虔诚地面对蛋糕，双手合十，闭上双眼，许下了三个大愿。出乎意料，在我许愿时，耳边突然响起轻柔的歌声，这是你第二次面对面地给我唱生日歌。那又是我感觉无比幸福的时刻，天下所有的语言都无法描摹我那时的心情和心境。等我睁开眼睛，自己已是满眼热泪，胸中暖意滚滚，情意绵绵，宛若有无数的感慨想要脱口而出，但很快就意识到，世上任何话语都无力也无法表达此时此刻我心中对你的无边爱意。最后，我只能轻声对你说了一句："谢谢！"千情万意尽在这二字之中。

我拿起塑料刀，先切了一小块蛋糕并递给你。你也轻柔地对我说了声"谢谢"，并亲吻了一下我的脸颊。我也给自己切了一块蛋糕。在吃蛋糕时，我刚说出"许下的三个大愿有两个跟你有关哦"，你反应极快，立刻用拿着塑料小调羹的右手手掌封住我的嘴并大声说："不要说出来！说出来就不灵验了，哈哈。"弄得我满鼻子都是白色奶油，我们哈哈大笑不止。吃过蛋糕，我们坐在皮椅上相互搂抱着又闲聊了一小会儿，才决定上床睡觉。

上床前，我看过床单，只见上面已被弄湿了两片，一大一小，显然是刚才不小心留下的不良印记。你在爬上另一张床之前，也看了一眼，并抬手指着那张床微笑着说："你今晚就睡那张床哦，呵呵。"我知道你又在开玩笑，也没有应答，但赶紧拿来几张卫生纸把床单擦拭了一番。

我再次从卫生间出来后，看你侧躺在床上，后背朝外，身形略有弯曲，身子一动不动。我心生怜爱，也很想再次搂抱着你入睡，同时给你些许慰藉。于是我轻快地掀开被子躺了下去，从后面温柔地抱着你的身体，你的头枕在我的右手臂上，而我的左手又开始不停地抚摸揉搓着你的身体。约一个小时后，我开始意识到，如果我们一直这样搂抱着睡觉，那么今晚我们两人都将无法入眠，因为我从来都不大听话的双手经常会整夜揉摸你的身体，两人就会不时地动来动去，如此，那个可恶的家伙肯定又会发起怒来。我们俩无数次相拥而眠的夜晚早已证明。但一想到你刚才那种痛苦不堪的表情，我又实在不忍心再这么快就来苦你，只得告诫自己一定要忍住、忍住、再忍住。大约凌晨3点，我悄悄地从你的脖子下抽出右手，摸黑爬上另一张床，很快就沉沉地睡着了。

那晚睡觉前，你叫我把闹钟定在早晨7点整。大约6点半，我突然醒来，喝了一杯水，上过卫生间后，又爬到你的床上，只见你双眼蒙眬，似醒非醒，似睡非睡。我再次轻轻地搂抱着你，有时，又支起右臂，脸朝下痴情地看着你睡梦中红润的脸庞，心中无比感慨。我们是7点半正式起床的。梳洗过后，分吃了昨晚剩下的蛋糕，匆匆整理了行李，约8点一刻，我先出门到地铁口等候。

8点半我们乘上地铁，前往火车站。那天的地铁车厢里，还不算太拥挤，但也没有空座。过了两站，你前面的一个女人下车，你示意要把座位让给我坐。我推辞了几句，看你坚持，便只好落座，而你就站在我的面前。不久后，我的左边又空出一个座位，你才坐到我的身旁。行车中，我们轻声细语地聊些无关紧要的事情。

闲聊时，我无意中看到你的双脚以及你脚上穿着的那双我非常熟悉的跑鞋。这双鞋是在青岛的专卖店里我给你买的，你显然很喜欢，旅游时经常穿着它。当时，我也给自己买了一双同款的鞋。你曾开玩笑说："这是我们第一对情侣鞋哦，哈哈。"看到这双鞋，我脑中忽然联想起青岛海边的情景。在海边的岩石和沙滩上，你曾对着我们并在一起的四只脚或各伸出的一脚拍了许多张照片。可以说，在我的脑海里，早已刻下了你在青岛给我留下的最美妙的身影和最温馨的记忆。

那时的我们还相爱得如胶似漆，情浓意蜜，所到之处无不充满万般浪漫和温情的爱的气息。你时时把你最美的一面展现在我的面前，无论是身姿服饰还是言语表达，都极其迷人、令人陶醉，也时常对我温情脉脉、关照有加。不过，至今，我一直都觉得，我们每次外出旅行，都像此生第一次度蜜月似的，多数时光都蕴含着温馨缠绵的美好情愫。这些话语，我曾在你的面前说过多次，你也基本认同。本次的乌镇之行，我也有同样的首次度蜜月的感觉，而且这次的感受似乎更加强烈，也更加成熟深沉，不知你是否也有此感？

我记得那次在青岛的沙滩上嬉戏时，你说过双脚并在一起拍照的含义。你说："这是我们今后要结伴同行的意思，我们要共同应对前面可能遇到的困难，一起去探索未知的世界，最后一起去实现我们早已设立的目标。"我附和着说："是的，但愿我们能一直这样相互扶持、相互陪伴和相互关爱着一同行走今后的未知之路。"你说："就是这个意思。"

想到以上这些，我不由自主地拿出手机，也对着我们车厢中的双脚拍了一张照片，这张照片至今还留存在我的手机里。

大约9点20分，我们到了火车站。离开车时间已不足20分钟，时间相当紧迫。我们开始一路狂奔，从负一楼往上跑到正二楼出发厅。你推着行李箱摇摇晃晃地奔跑在前，我背着电脑包紧追在后。有好多次，我想帮你提行李，都被你拒绝了。由于跑得太急太猛，到出发大厅时，你曾猛烈地撞到一个中年男人身上，但你只稍微停顿了片刻，回头看了一眼，面带微笑，也没说话，就慌里慌张地继续往前直冲。等他回过神来，对着你的背影骂骂咧咧，你才回过头来对着他说了声"对不起"，然后朝检票口狂奔而去。

终于，我们奔到了检票口，离9点40分的开车时间只差六七分钟，而我们乘坐的火车基本已检票结束。如此惊心动魄的乘车经历，我是第二次遇到。第一次是我们在九江火车站时，由于我们在山上宾馆里多缠绵了一会儿，尽管我们后来也一路紧赶紧跑，但还是错过了返回南昌的那趟火车，这令我们万分着急。这次也是如此，我心中早已焦急万端，生怕又错过登车时间，一路都在责怪自己为什么不提前出门。你应该知道的，一般来说，我做事都喜欢提前安排，喜欢保留充裕的回旋余地，对时间也特别苛求，总以为准时是做人的最基本要求，也是做人的最基本准则。为这事，我可能已无数次受到过你的揶揄和奚落了。你多次说过，我做事总是催催催、急急急，并且在一年前就给我起过一个绰号叫"罗催催"，并且不时把这个绰号挂在嘴边。

总算顺利地登上了火车。落座前，我才发现，我们的座位并不是紧挨着的。你在右侧窗口边，而我却在左侧窗口旁。我想坐到你的身边，你说等车开了以后再说。那天的车厢里，乘客稀少，空座极多，我的右边就空着两个座位。于是，在这趟火车开出几分钟后，你就走过来紧挨着我的右边落座。一路上，我们闲聊些什么，我已记不大清楚了，不写也罢。（待续）

祝好！

小罗头

D 年 1 月 17 日

第八十七封信

亲爱的吉尔：

下面，我接着前天的话题写吧。

上午10点38分，我们的车抵达桐乡火车站。下车后，我们慢慢吞吞地边走边闲聊着出了车站。为了找到长途汽车站，你问过两个路人，还遇到了一些小波折。最后，我们终于找到了开往乌镇的公共汽车K282，并在候车室里平心静气地站着等候了约半个钟头才上车。在大巴车上，我坐在车厢右边前部的一个座位上，你说不想坐，就一直站立在我的面前，不时跟我聊上几句无关紧要的话。

一路上，我时常望向窗外，心情极佳，只觉得外面的景色相当优美。我们的眼前不时掠过一些多色多彩的小山包、农舍和梯田。已是隆冬时节，外面的世界本该万物凋零，一片荒凉肃杀景象。但让人惊讶的是，这里依然美不胜收，风光如画、绿草如茵，似乎到处生机盎然，湖光山色，相映成趣。江南水乡之美，令人赞叹。坐在座位上，我内心有些感慨，甚至有些疑惑，在这样寒冷的冬季，这里怎么还随处可见各类生机勃勃而顽强地生长着的作物和草木，而小河边、田埂上和马路旁还不时见有各色野花点缀其间，使整个山野乡村仿佛完全浸透在五彩缤纷的大千世界里。

大约40分钟后，我们乘坐的大巴车抵达乌镇汽车站。下车后，我们随即在车站口又换上另一辆公交车，直达乌镇东栅景区大门口。你给旅馆老板娘打了个电话，确定了旅馆的方位和地址。我们出了乌镇东大门，刚走到广场边一家小超市门前，你就叫我在此等候，说要自己先去办理入住手续。你走后，我站在一棵小树下，朝着你离去的方向，目送你足足有七八分钟。你推着那个银白色行李箱，行色匆匆，头也不回地越走越远。你的身影越变越小，越来越模糊，直到一个晃动着的娇小的白点渐渐消失在路的尽头。当我意识到自己再次孤单单地伫立在冷风之中时，心里又抑制不住地滋生出些许落寞和不舍的伤感，身上还感觉到丝丝的寒意袭来，身体不由自主地轻微颤抖了一会儿。真奇怪，在如此美好的时刻，我内心的孤独感怎么会油然而生，仿佛自己将要被抛弃一般。

当意识到你一时半会儿不会出现时，我转身走进超市，在里面瞎逛了两三圈，买了两瓶矿泉水，再回到那棵不知名的小树下。在小树的圆形矮围墙上，我放下一瓶水，拧开另一瓶慢慢地喝了起来，眼睛却死盯着你可能出现的方向。我刚站立不久，就先后有两三个女人走到我的跟前，都是来哄我去她们饭店吃饭的，但被我一一谢绝。等到没有人再来打扰时，我才关注起眼前的这条街。我至今都不知道它的名字，只觉得马路比较宽敞，两旁大多是古色古香两三层楼高的青砖瓦房，墙面多涂着白色或黄色涂料，也有一些实木结构的古屋，屋顶多铺着琉璃青瓦。有些可能较为古老的房子，都有房脊、飞檐、斗拱、翘角，门面木板和房内立柱上都雕花刻画，颇有古朴大气的韵味。但几乎所有这些可能相当珍贵的古建筑，都被用来开各色各样的饭店，只有一两家是售卖小工艺品的店铺，我心中不免感觉可惜。

我在冷风中等候了你半个多小时，虽不觉得累，但手脚有些酸麻和冰凉的感觉，心中也渐渐焦躁起来，脑中不时出现“怎么还没到，还没出来”的声音。正焦虑间，突然收到你的飞信，说你已办好了入住手续，正在卫生间，很快就来找我。看到这些，我的心情舒缓了许多，情绪也平复了不少，内心还生出点点温情来。

正当我又开始有些心神不宁时，约中午12点，突然发现你一晃一颠地朝着我奔跑而来，面带娇色，气喘吁吁，粉嫩白皙的脸上汗渍点点。你一边呼呼地喘气一边说：“对不起啦，某人来迟了。但手续都办妥了，老板娘帮我提行李到房间时，还说了句‘就你一个人，怎么要住这么大一间房’？我随便敷衍了几句，哈哈。”我轻声说：“没事没事哈，办好就行。”

随后，我们去寻找饭店，穿过广场，往前走过几间店铺，来到一家店门乌黑但店内还算宽敞的饭庄。落座后，你点了三菜一汤，菜名是沸腾鱼、蒜苗肉片和清炒时蔬，还有一碗紫菜蛋汤。席间，我说有点累了，想饭后先回房休息一会儿再出去游玩，而你的意思是先玩会儿再回去，或者我一个人去房间休息，你去购买旅游门票，再随便走走，帮助消化。吃过饭，出了大门，你陪着我朝环河路上的语丝宾馆漫步而去。到了可以看见那家小宾馆的十字路口，你交给我一张房门卡，并叫我自己进去，还教了我一通如何走、如何应对老板娘的话，然后就转身朝着东大门方向走了。

我刚走到宾馆门口，你就打来电话，又叮嘱我一番。在跟你通话中，我走进一楼大堂，真是按照你的吩咐，不看老板娘的脸，手里拿着手机，低着头直直地朝着楼梯口走去。我刚走了一小段木质楼梯，站在前台里的那个中年女人就跑了出来，在我的身后大声问我："你找谁？"我原本就有些紧张，也有点心怀鬼胎，一听到她的叫喊声，顿时有点手足无措，不知如何答复才好。等到朝下看到她的脸，我就轻声说了句"住305"，还把早已握在手心里的房门卡示意给她看。可能是因为宾馆太小，房客又少，她对陌生人相当敏感，或者是你刚登记不久，她对入住305的房客还有印象。见到我，她就说："你还没登记呢，按规定每个人都要登记的。"我也没应答什么，嘴中咕哝了几句，就直接上了三楼。到了房门口，我用门卡刷了好几次，就是打不开门锁。我觉得不可思议，因为你在一个小时前才登记入住，此时不可能打不开门的。我心想，唯一的原因，就是那个女人在跟我对话后，很快就回到前台操纵电脑并把这间房的电子门锁给锁住了。

其实，那时的我，既有些尴尬无奈，又有点恼火心烦，但更多的是怕你责怪。你可能会说："都说得好好的，就这点小事，你怎么就办不好呢？"或者会责问我是不是没有按照你的吩咐去做。不得已，我就在房门口给你拨通了电话。果不其然，你在电话中又急又恼，说话的语速很快，噼噼啪啪的，一连串的话语从手机里喷射而来。我就知道你真的发火了。这么多年来，我对你真有两怕：一是哭泣，二是发脾气。当然，相比于后者，我实在更怕你伤心哭泣，就像两个月前你在瑜州什么咖啡店里对着电话向我哭得很伤心一样，让我好久都处在自责内疚之中。这次，你在电话里急急地说了一大通话，不出我所料，主要是责问我是不是没有按照你说的做。你带点尖声的语气说："你进入宾馆时，我给你打电话的意思，就是要让你不要看向老板娘的脸，直接朝里走，看到右边楼梯就走上去。你啊，唉！"其实，我当时就是这么做的，但我不想辩驳，因我知道，辩驳只会激起你更大的怒气。不过，我听了你的话，首先想到的是自己可能又犯错了，进而觉得自己有歉疚感，也觉得自己真是无能，怎么就把这么简单的事情搞砸了呢？不得已，在电话里，我把事情的经过大致对你说了。"关键是，现在我进不了房间，你还是回来吧。"我有点无奈地说。

不久后，我就在三楼楼梯口见到了你的身影。看你面带愠色，我也不敢多说，有点大气都不敢喘的样子，还有些灰溜溜的感觉。你一到我面前，我就把房门卡交到你的手上。你尝试了几次，也是打不开门。然后转身下楼，等你再上来后，很快就拿着卡打开了房门。进了门，你没再多说什么，我也只是把前面电话里说过的话重复了一遍。看你的脸色已恢复平静，语气也变得比较轻缓柔和，我的心才慢慢放了下来。（待续）

祝好！

你的小罗头

D年1月19日

第八十八封信

亲爱的吉尔：

接续上信。我脱去外衣，烧了一壶水，洗了把脸，在房间里走动了片刻，就想上床眯会儿。此时，你坐在沙发上，手指不停地翻动着屏幕或不时打上几个字，我也不便多问。末了，你催促我上床休息。我也劝过你几次，建议你也睡会儿。你说不睡！我只好脱了衣服，钻进被窝，假寐起来。尽管厚实的红色绒布窗帘严严实实地盖住了整个窗户，遮住了外面的大半光线，但房内还是相当明亮，所有东西都清晰可辨。我也明白，这样的亮度，如果没有眼罩，我一般是难以入睡的。但在单位办公室里早已养成的午睡习惯，让我在午后的某个时刻都要强迫自己仰躺在沙发上闭目休憩片刻，即使清楚自己根本无法睡着，也会在内心告诉自己，闭目养神也是好的。我的经验是，即使闭着眼睛胡思乱想半个钟头也相当值得，至少可以换来下午和晚上五六个钟头清晰的头脑、良好的记忆和敏捷的思维。

其实那时，我躺在床上，心里还在东想西想，或说还有些烦躁不安。不久后，我感觉边上有异动，微微睁开双眼，瞥见你已坐在另一张床沿上手捧着手机在观看视频，偶尔还露出浅浅的微笑，容光焕发。我感觉有点好奇，就坐了起来，问你在看些什么好玩的视频，能让你这么开心。你仍穿着那件银白色羽绒服，敞着怀，挪坐到我这边的床沿上，面对着我，微微侧身，把手机屏幕伸到我的面前笑着说："来看看这视频，好可笑，笑死我了。"看你这么高兴，我也高兴地凑过头去认真看了一会儿。刚开始，可能角度不对，我看不大清楚，就索性抓过你的手机，正面对着屏幕看了起来。我才知道这是一段外国的视频，是一个娱乐性的节目，声音异常嘈杂，表演者的动作快速猛烈，舞台灯光缤纷多彩，闪闪烁烁，变幻莫测，还不时传来几句男人的说话声，视频下方也同步浮出中文字幕。配合字幕，加上你在旁边不时插上几句的解释，我才明白，视频中那个男人说的都是滑稽可笑的事情，或者说些机敏诙谐的语句，令人捧腹。应该说，那时的我们都很开心兴奋吧，说说笑笑的，气氛轻松融洽，神情自然从容。我很欣赏，也很欣慰。

看完视频，我再次躺下，你还坐在原处继续翻动手机屏幕。我又劝了你几次，也拉了你几次，想让你躺到我的被窝里来，但你都挣脱了，嘴里老说着自己不累不困。后来，可能是经不住我的不断拉扯，你终于还是顺从地躺倒在我的被子上面，也未脱去身上穿的那件银白色羽绒服。我顺势用力地抽出压在你身下的白棉被，把你整个身体都拉到我的身旁，再给你盖上被子。这时，我们才算并排躺在被窝里。一时间，我感觉又实实在在地再次拥有了你，内心相当满足愉悦。

起初，我装着规规矩矩的样子，一动不动，虽说心里没有一丝欲望和杂念是不大现实的，但真心想着让你也休息一会儿，最好能小睡片刻，以应付下午和晚上的游玩活动。后来我侧过脸去偷偷看你，见你静静地躺着，双眼紧闭，神态安详，面颊微红，神情也相当舒缓、平静、轻松。我内心又不由自主地生发出对你的万般柔情和无限怜爱。心想，这么漂亮可爱的人儿就在近前，两年多来不离不弃，无怨无悔，付出大量的心血和精力陪伴自己朝着一个似乎可望而不可即的目标，毫不停歇地挣扎着、努力着、坚持着、前行着。我罗某何德何能居然得到如此巨大的福报呢？我何以能得到如此慷慨的恩惠和如此仁慈的爱呢？一切的感激和谢意都显得苍白无力。想到这儿，我心里一阵感动，泪水禁不住地涌出眼眶，任其在我瘦弱的脸颊肆虐。

然后，我又再次暗暗发誓，今后无论你如何待我，我们将走向何方、终点在哪里、能否长久地相互陪伴，或以什么角色陪伴，所有这些都是次要的了。而让你安然地渡过此生的每一个劫难、让你拥有让人艳羡的前程以及让你实现梦寐以求的理想目标（几个月前，当你说去哈佛大学读书是你读初中时的梦想时，我着实感慨了一番。你居然拥有如此宏大的抱负和雄心。我以为，有此雄心壮志之人，无论男女，此生必不甘人后，更不愿过着平庸的人生。努力、才智和机遇，是实现这一目标的三大要素，如今不知你还缺乏哪些要素）等，才是我后半生必须履行的职责和不得违背的誓言，哪怕自己付出天大的代价和十年的折寿，也在所不惜。绝非虚言！！

看你已长久地安静不动，鼻息均匀，胸部也很有节奏而平缓地上下起伏，脸色也越来越泛红，我估计你已睡熟了。我也开始静下心来，侧着头细细地观赏你温润如玉的脸颊，欣然地嗅着你身上发出的淡淡体香，还有些惬意地感受着从你的身体慢慢传递而来的微弱体温。这时，我的激情开始渐渐复苏，很想轻轻地搂抱你、抚摸你、吮吻你，但内心似乎有一个声音在不断地告诫自己，现在不要动她，不要碰她，不要吵醒她！

我悄无声息地挺起前身，撑起右臂，左手轻轻地搂抱着你的右侧腹部，侧着脸斜看你平静的容颜。你还是一动不动。我就时而轻吻你的额头、鼻子和嘴唇，时而轻柔地抚摸你的缕缕乱发，并喃喃细语。但直到你彻底醒来，我都一直很好地控制着自己逐渐膨胀的欲望。现在想来，这真是非常不可思议。

当我意识到你已熟睡，不能感知我的话语，我便大胆地轻声说出许多在你面前绝不敢多说的心里话，犹如酒后吐真言。这些心里话平时都深埋在自己的内心，是在人前不敢轻易表露的一些真心话。我曾回忆起我们从初识以来的种种际遇、经历、恩爱和波折，少有抱怨和叹息，更多的是怀恋、感激、感恩和些许无奈。我还说了一些未来对你的期望、期许和期待，对你未来要走的道路的安排，以及自己未来应该如何给予你帮助、支持和爱护的决心等。这种自说自话似的喃喃细语，大约持续了三刻钟。直到下午近4点钟，在一次轻吻你的嘴唇和轻抚你的脸颊时，你的眼睛才慢慢睁开。你朝上看着我，目光柔和，还有些娇声细气地问我几点了，然后又说："现在该起来了，我们还要去玩呢！"

我们起床后，你先到卫生间，我也跟了进去，搂抱着你的头，用手梳理着你一头凌乱的长发，说了一些无关紧要的话。稍后，我们先后洗漱完毕，就出门看乌镇的街景和夜景去了，那时大约是下午4点一刻。

根据网上介绍，乌镇是江南六大古镇之一，已有一千多年的建镇历史。古分青乌二镇，以河为界，分属两个不同的府县（湖州府乌程县和嘉兴府桐乡县）。新中国成立后，统一划归桐乡管辖，才统称乌镇。乌镇地处江浙沪金三角之地，杭嘉湖平原腹地，京杭大运河依镇而过。

乌镇是极具典型色彩的江南水乡古镇，河流纵横交错，数千年来历代古风古气、风格各异的精美建筑众多，保存都十分完好。这些古建筑多依河而建，庭深宅大，近看，青砖黛瓦，古色古香，远看，影影绰绰，浑然天成。整个镇上，随处可见河埠廊坊，骑楼悬屋，临水楼阁，石栏石柱，拱峰驼桥，颇具小桥流水、古朴典雅的江南风韵。乌镇的古迹与人文景观众多，有白莲塔、文昌阁、昭明书街、修真观、江浙分府、女红街、古戏台、关帝庙、乌将军庙、瘟都元帅庙，以及茅盾故居等古代近代众多名人雅士故居（从2014年开始，乌镇被确定为世界互联网大会的永久会址——后注）。

那天下午，从房间出来后，我先下楼到小宾馆门前左侧十字路口等候。大约过了三分钟，你就出现在我的面前。已近傍晚时分，天空灰暗，气温偏低，凉风习习，时有蒙蒙细雨。我们经过乌镇东大门，穿过停了许多私家小出租车的广场。到售票处，你购买了两张门票。进了景区大门后，我们沿着右边蜿蜒曲折的林荫小路漫步，说说笑笑，轻松自如。

跨过一座小木桥，眼前出现一个葫芦形的湖泊。此湖的北面是一座外表奇特风格张扬的艺术馆。湖面上架着一条由厚木板拼合而成的栈道，宽约两米，把湖分隔成左右两湖，右湖宽阔，左湖狭小。右湖的栈道旁，设有一处亲水观景台，供游客拍照观赏。栈道左边的小湖中，长着宽边长叶芦苇，远看，显得郁郁葱葱，青翠碧绿，近看，却是稀稀落落的，东一簇西一堆。对面的湖边靠岸处，停留着一长排实木结构旅游花船，上有一二艄公在抽烟闲聊。旁边湖面上布置着各式各样的灯笼状花灯，背景恰是漫天的多彩云霞，整个景致犹如一幅十分精美的彩色油画，让人赏心悦目。栈道右边的湖面要开阔得多，水中可见那座奇特艺术馆的倒影。它在微波中摇摇晃晃，曲曲绕绕，似乎在不断变换着形状。成群结队的各色大鱼和小鱼如梭子般游来荡去，远处还有四五只野鸭在湖面上悠闲地游弋嬉戏，别有一番情趣。

我们刚走上这条水上木板栈道没几步，我就提议给你拍几张照片。你倚着木栏杆，我以小船、艄公和湖上花灯为背景，给你从正面和侧面各拍了一张照片。再往前走了约三十米，我们上了一座坡度很大的石拱桥。在桥顶处，以乌镇老街区为背景，我又给你拍了几张照片。过了桥，是一处比较宽阔的半圆形水泥地面，我们在此手挽着手随意转了一圈。再给你拍了几张以大湖和艺术馆为背景的照片后，我们就随着人流朝古街道踱步而去。（待续）

祝好！

你的小罗头
D年1月20日

第八十九封信

亲爱的吉尔：

接续上信。乌镇的古街道大多铺着粗糙而宽厚的花岗岩条石，崎岖不平，游客走在街面上，会发出“咯噔咯噔”的清脆响声，并传得老远。各个条石之间一般都留有细小的缝隙，以作雨水导流之用。街道两旁开着各类小店，售卖工艺品和食品。我们在街道口一个食品摊前停留了一会儿，你买了两个糯米团，一白一青，权作充饥之用。我们轮换着吃那两个青白米团，边走边聊，晃晃悠悠，一副非常清闲自在、优哉游哉的样子。我们不时在一些古屋门前驻足片刻，欣赏一下立柱或门板上的木雕刻品，或对着这些奇特古建筑的造型或屋檐斗拱品赏一番。

乌镇的跨河石拱桥极多，一般每步行三五十米，就可见一座。这些桥大多年代久远，桥上石板，边缘圆润光滑，或乌黑锃亮，或青苔斑驳，随处可见悠悠岁月遗留下来的沧桑痕迹。记得在一座古老的石拱桥桥头，有一处汲水台，埋着一台铁质汲水泵，只要上下用力按压把手几次，在其朝向小河的铁管出口处，就有清凉的泉水断断续续喷涌而出，水量时大时小，汩汩作响。

看到这台铁锈斑斑的汲水泵，你我都很兴奋。你说，小时候在你老家就见过这样的汲水泵，多建在屋内或房前，用于洗衣做饭。我也附和着说，在我老家隔壁邻居的屋内天井里也放有一台这样的汲水泵，但我从来没有碰过。我先走上前，用力上下摇动了几次铁质把手，真的就从竖立的铁管里涌出一股晶莹透亮的清泉，哗哗有声。你欢笑着弯下腰洗了手和手帕，随后，你也尝试着按压了几次，我也洗了手和脸。

之后，我们走进街旁的一家小店，你买了一杯5块钱的温热姜茶，这是乌镇的特色饮料，我们轮流喝着。继续往前没走多远，我们拐进了古街道右侧的昭明书院。刚到书院大门，你就问我：“昭明是不是哪个朝代的皇帝？”我对历史并不熟悉，实在不清楚有哪个皇帝叫昭明。我瞎猜一通后说，那是不是哪个朝代的妃子名或皇后名呢？你不置可否。结果闹了个小小的笑话。等我们到了书院内的小广场，在一个木板布告栏上看到一则简单的介绍，方知昭明是南朝梁武帝长子萧统的谥号。据说，他在幼年跟随老师沈约在此筑馆读书，后来成为著名文学家。现在，昭明书院已成为乌镇的一处名胜古迹而受到重点保护。从这一事件看来，我们对中国古代历史的了解还相当有限，历史知识相当浅薄，今后若有可能，都应该利用闲暇时间读些历史之类的书籍才好。

我们在昭明书院内只停留了十来分钟，随便走走看看。书院有两层楼，楼上是古时书生们的读书房或教学室，但禁止参观；楼下是藏书的地方，现已被辟为乌镇文化馆和乌镇名人展示厅，内中展示了历朝历代出自乌镇的名人生平及其代表作，其中就包括茅盾及其代表作。

从昭明书院出来，你在不远处的街旁一家烤饼店买了两个霉干菜瘦肉脆饼。在我们吃着脆饼往前走的时候，你还说了一大段笑话。具体内容，此处就不赘述了。

在吃饼说笑的当儿，我们来到一处门面相当高大宏伟的宅院，古色古香，院内路面铺着大小不一、光滑有光泽的鹅卵石。大门门板乌黑，部分已炭化，显然被大火焚烧过。本以为这里也是一处名胜古迹，但我们走近一看，却是一家高档宾馆。我把院门推开一条小缝，刚探头想要看个究竟时，里面就有一个男服务生快速地向我们飞奔而来，边跑边问我们是否要来此住宿。等明白过来，我轻轻摇摇头，也不吭声，就急急地退出，没敢过久停留。

再往前走了几分钟，我们来到乌镇著名的文昌阁。文昌阁内塑有高大伟岸的岳武穆像和清灵秀逸的观音像。在这两座塑像前，我们都先后在布面跪垫上恭恭敬敬地跪了下来，双手合十，磕头祭拜，十分虔诚。嘴里还念念有词，或祈祷，或许愿。在岳飞像前，我许下的是保佑我俩今后平安、健康、顺利等愿望。而在观音像前，我只给你许下一个大愿，希望你未来出国或晋级成功。我说，如果将来你能实现目标，我必定会来还愿，说到做到。

从文昌阁出来，我们又走了没多久，似乎就到了这条古街道的尽头，因为前面已是不一样的现代农村民房或有些荒凉的山川田野，而且我们周围也只有三三两两的游客，或驻足闲聊，或坐在石阶上休息。天色已渐渐暗黑了下来，你说往回走吧，但我发现有几个游客的身影在小河的对岸若隐若现。我就说："到桥那边再看看吧，说不定还有什么好玩的地方呢。"你没作声，但默默地紧跟在我的身后。过了石桥，往左边没走多远，我们就看到一个月牙形的小湖。湖的对岸，有一座正方形的由厚木板建造的表演台，台旁笔直耸立着一根高达十几米的圆柱形木桩，而我们的身后是几十级由石板铺成的台阶式座位。你说，这显然是古代的戏台或杂技表演台。我表示赞同。我们在此草草地拍了几张照片，就重走那座石桥，返回对岸，然后沿着来时的街道，往回漫步而行。

走了有百十米，我们拐进左边一条弯弯曲曲的由黑色圆滑鹅卵石铺就的小道。这条小道的右边是一条比较宽阔的河流，水面上停留着十数艘涂着淡黄色油漆的木质游船。而其左边，从门前的各色装饰来看，应该都是一些音乐馆、咖啡馆、艺术馆或小饭馆等。

我们没有停留，信步走到著名的修真观景点。修真观后面不远处就是闻名遐迩的京杭大运河，河上不时可见一二只乌篷船快速掠过。我在观前广场中央的喷水池旁，以白莲塔为背景，给你拍了七八张照片。然后，我们围绕着这一古老的塔闲逛了一圈，边走边聊。此刻，天已完全暗黑了。河的两岸，不知从何时起，已灯火辉煌，景色迷离，色彩斑斓。以河对岸的灯光为背景，我又给你拍了两张夜景照。之后，我们走过一座架在小河上的木板桥，来到游船渡口。我们原本说好的，到乌镇要乘坐一次游船，这也是一项很有趣的游玩活动。从售票处得知，每趟船可坐八个人，费用420元，如果仅两人乘坐就贵了点，而要与他人凑数，一时半会儿也不大可能，再加上天色太晚，估计也看不到什么。因此，我们略为商量后，只好放弃。

离开游船渡口，沿着河岸走了没多远，我们又回到刚刚走过的石板老街，再从另一条岔道走到乌将军庙前的小广场。本来想到另一条小河对岸的火锅店吃火锅，但我们看过广场边上的旅游示意图后，没有过河，而是经过乌将军庙门口，又跨过一座小石桥，来到乌镇有名的女红街。

现在，女红街只是一条由黑色滚圆鹅卵石铺就的小道，大出意外。我想，古时候，这条小道的两旁应该都是一间间各具特色的门店吧。但眼前，小道两边却零零落落地长着一些高大的不知名古树。我们偶尔抬头，看到灰色的天空下，在一棵落光树叶的古树顶上，一个巨大的用树枝堆聚而成的鸟窝在随风摇曳。见此情景，你脱口念出一首古词："枯藤老树昏鸦，小桥流水人家，古道西风瘦马。夕阳西下，断肠人在天涯。"此情此景颇合这首词的意蕴，我好不惊讶，心中油然生出些许敬佩之意。我还微笑着轻声说了一句："你的记忆力很好啊，以后可不能再怀疑自己的记性啦。"你回过头来对着我说："这只是小时候背得很熟的一首古诗词而已，不值一提。"不过，我一时却想不起这首词的作者名姓，竟然胡乱瞎猜了几个古时有名的艳情词人，如温庭筠等，但都被你一一否定。后来我才从手机里查询到，这首词的作者是元代马致远，他还给自己的这首词作起了一个凄美悠远的名字，叫《天净沙·秋思》。

在羊肠般曲曲折折的女红街尽头，我们见有一处如庵似庙的幽静古宅，里面装饰得金碧辉煌，灯火灿烂，人影绰绰。其门前摆放着一个齐腰高的柜台，台后站着一个服务生模样的漂亮女孩，再看大门旁的几个狂草字“枕水芙蓉餐厅”，我们才明白这是一处高档餐馆。你向女服务生询问了一会儿菜谱和价格，得知每人需300元左右。我们觉得太贵了，就没有进门，转身走上另一座石拱桥，再拐入一条河边小街，只见小街两旁多是没有灯光的破旧老屋。我曾往屋内看了几眼，里面黑黝黝的，感觉阴森恐怖，阴气逼人，让人不寒而栗，看来这些老屋久无人住，已没有了半点生气。而街旁有灯光的两三处，不是小餐馆，就是小型食品店。我们都没有停留。（待续）

祝好！

小罗头

D年1月21日

第九十封信

亲爱的吉尔：

接续上信。此时已近晚上7点，正是观看乌镇夜景的最佳时刻。我们站在一座石拱桥上向四周观望，只见每条小河岸边都亮起了各色彩灯，把条条河道都点缀成五彩缤纷的彩带，远远望去，如丝如织，如梦如幻，犹如仙境一般。后来，我们在几座较大的石拱桥上，对着这些彩画般的景色拍了许多照片。以此令人迷醉的夜色为背景，你我也互拍了几张照片。其中一张还是我们的合影，这是我们此次乌镇之行唯一的合影，但因光线太暗，并不十分鲜亮。不过，也算弥足珍贵了。

拍完照，留过影，我们决定继续寻找饭店。从最后一座石拱桥下来，往前没走多远，刚拐进右边一条暗灰色的石板街道，你就认出旁边不远处的小店，就是我们傍晚刚踏入古街道时买糯米团的地方。我一时半会儿并没有反应过来，觉得不大像，只是到了近前，才发觉你说的是对的。

十几分钟后，我们出了景区，来到乌镇东大门外的饭馆一条街，很快就随着一位中年女人走进了一家比较洁净光亮的饭庄。落座后，你点了三菜一汤。等菜上来后，我又点了一小瓶当地产的三白酒。我们边吃边瞎聊一些旧事，乒乒乓乓碰了几次杯子，相互敬了几次酒。在吃饭的当口，我发现自己的手机没有任何信号，打不开飞信，而你的手机却是正常的，当时以为是手机的问题或店内信号太弱，也没多在意。这顿饭，我们吃了约一个小时，还算舒心惬意吧。饭后，我们携手信步回到宾馆门前的那条马路，经过宾馆门口，向东又散了十来分钟步，再折返回宾馆。一路上，我们主要商谈了一些应聘应试方法之类的话题。

刚进宾馆的大门，下午遇到的那个老板娘就对着我说："等会下来登记一下。"我说"行"。回到房间，你也没有再多说什么，我却有点尴尬地拿出证件，到一楼大堂办理了入住登记手续。此时已是晚上9点左右，差不多到了我们约定好看会儿书和学习的时候了。我们先在沙发上坐了一会儿，没聊几句，我就说要让你看一本书和一些英文材料。我拿来一个圆形的黄底碎花蒲团，放在沙发与小茶几之间的地板上，想让你坐得舒服一些，然后拿出一本旧书、一大沓文章材料和几张皱巴巴的白纸，准备按事先约好的看一个小时。你先从旅行箱里取出电脑，再拿来小笔记本和黑水笔，盘腿坐在蒲团上，脸色有些凝重地看起材料来。我看到你的面部表情有点不大高兴的样子，嘴唇紧抿着，仿佛正在生某人的气似的。但不久后，你就认认真真地埋头写字了。

我先烧了一壶开水，泡了两杯茶，拿出四五颗糖果和几个苹果，都摆放在你面前的茶几上，然后也坐在床沿上假装认真地看起书来。有时，我偶尔抬头，看到你认真严肃的表情和不停写字的样子，感到有趣、舒心和满足。我真没想到平时有些孤冷倨傲的你，今天居然能这么听话顺从。一时之间，我感觉自己在你面前终于有点权威了，甚至觉得自己对你好像有些作用了，心中不禁涌现出一股从未有过的成就感。想到这里，我索性站起身来，背着双手在你面前轻轻地来回走动着，犹如严肃的监考官，居高临下地注视着你的一举一动，或者悄然坐在你身后的沙发上，偷偷俯身看着你动来动去的笔头。而有时，我会在你的耳边小声叫你喝点水，或轻柔地梳理抚弄几下你淡黄色的缕缕长发，怜爱之情顿生。

约45分钟后，你抬头娇声娇气地说："有些地方不明白噢，一些英文词汇和句子看不懂，好难啊。"这些英文材料确实有点难，特别是有关某学科的文章，如果没有一定的相关知识积累或熟悉相关理论，可能没法理解或读懂其意。我轻声说："没关系，再多给你20分钟时间吧，你慢慢读，慢慢领会，不着急。"

结束后，我才开始回答你的提问，或帮你解释一些难懂的理论或观点。看得出来，你有点泄气的样子，脸色苍白，神疲力乏。你还抱怨了几句自己的英语水平、悟性和理解力不行，我只得刻意安慰你一番，也鼓励你一番。不久后，你就恢复了青春靓丽、活泼可爱的原样，变得容光焕发，柔情万端，可爱至极。而我早就心猿意马。

约11点一刻，我们停止交谈，决定洗澡上床睡觉。我们先后去了卫生间。漱口后，你先脱掉所有衣服，直接进了沐浴室。此时，看到你光洁的身体和艳丽的身影，我已激情难抑，身体开始微微颤抖，老是不大争气的第三者也快速地激动起来，并且很快就让我有了不大舒服的感觉。我迫不及待地赶紧把内外衣服也脱掉，拿着你刚刚脱下的肉红色内裤（原本想着边沐浴边洗它，如同以前），推开门挤进了浴室。

在垂直倾泻而下的热气腾腾的水流中，看到你洁白丰满的身躯，姿态优雅，胸凸臀翘，肌肤光滑柔嫩，我自是难以把持，就情不自禁地按摩揉搓你的身体，我们还柔声细气地聊些什么，情意绵绵，含情脉脉，温馨怡人。

洗了十来分钟，你我先后走出了浴室。由于卫生间门口的水泥地板湿滑异常，你我各有一次差点摔倒，你就拿来一大块白色浴巾铺在上面。我则开始用肥皂手洗你我二人的内衣，拧干后，拿来几个衣架，吊挂在洗脸盆上方的镜子旁。这是我第N次给你洗内衣了，在内蒙古、葫芦岛、盘锦、沈阳和南江等地旅游时，我都做过此事，每次都十分认真又充满温情地手洗它们，还细致地观看过你每件内衣的精美条纹、花色和文字，令人陶醉。

深夜12点左右，我提议上床睡觉。你"嗯"了一声，试着开灯、关灯几次，然后，你关掉了室内的所有顶灯，只留下卫生间那盏相当明亮刺眼的白炽灯，并拉上卫生间门前的淡青色厚实布帘。其实上床前，我本来是想给你看一样东西的，或者讨论一下你比较关心的事情。但你说今天太晚了，明天早晨再说吧。我只好作罢。

那晚，你穿着薄薄的粉红色内衣先上了床，斜坐在洁白的床单上，面色红润，百般娇柔，神态安详，温情脉脉，还不时跟我说上几句什么。我自从洗完澡后，就一直片缕不着。在我们洗好澡出了浴室门后，我就从书包里取出一些必备用品，放在茶几上的纸盒旁。这时，我拿起昨天下午买的一盒新的小精灵，撕开包装，取出三枚放在床头柜上，就爬上了床。我们先相互拥抱亲吻了一会儿，我很快就动手动脚起来，并忙乱地扯去你的内衣，再把它们扔到另一张床上。

然后，我搂抱着你轻声说："今天我又想重温昨夜之梦了，可以吗？"你没有吭声，就当默许。我自己戴好小家伙后，就开始做起了云梦之事，对此我充满美妙的幻想和深情的期待，很早就想品鉴一番了。

事后，你我又先后去了卫生间，然后才爬上床正式睡觉。这时，至少已是凌晨2点。你躺在我的右边，侧着身体朝外而睡，我又从后面搂抱着你侧睡。有时，我们左右手的手指交叉合捏着，还用拇指轻轻地相互揉搓手背，感觉也相当舒服。不知过了多久，不知不觉中，我们都沉睡了过去。（待续）

祝好！

小罗头

D年1月22日

第九十一封信

亲爱的吉尔：

接续上信。大约睡到凌晨4点半，我莫名其妙地醒来。当我感受到身边温热而柔软的你的身体时，加上又嗅闻到你的淡淡体香，原先毫无生气的第三者又迅速活跃起来，好像连我自己都无力控制似的，全身又开始大幅度地颤抖着。我也没想到，这次这种邪恶的欲望怎么会来得如此快速而强烈，感觉那个坏家伙有明显的不安分情绪，全身也燥热不安起来，这就是人们所谓的欲火焚身吧？我感觉实在难受至极，在完全控制不住自己时，没有考虑过你是睡着还是醒着，也没想过你是否愿意，然后就猛然行凶作恶起来，完全没有考虑过你的感受，只是一味粗暴鲁莽地胡作非为，不雅之声响彻整个房间。

我从卫生间发出的微弱的白光里，看到你的脸部神情。只见你有点发黑的嘴唇紧抿着，双眼紧闭，脸涨得通红，嘴里还不时发出难以名状的哀叫声，头发杂乱不堪，似乎正在被人折腾得死去活来。但你始终没有半声抱怨，更没有任何指责。不过，那时的我，也真没有想过你的感受会是怎样的，没有想过你是不是在忍受苦痛或不舒服。显然，我已完全失去了理智，犹如一头发疯的雄狮正在施展着慑人的淫威，直到我再次达到如仙如梦的境界。

这次的亲热动作，似乎是从未有过的凶猛，可能给你我都留下了极为深刻的印象。因为当天早上，我们相互搂抱着和抚摸着彼此的身体在闲聊时，你说起这次凌晨4点多发生的糗事，竟然面带惧色地说：“你凌晨的这次胡来，我都没睡醒呢，小罗头，你真是太坏了，哼！”说完，你还笑出声来，并在我的左大腿上恶狠狠地拍了一掌。那时，我才意识到凌晨的这次任性妄为，自己真是太过分了，也太鲁莽了，完全没有半点体谅恻隐之心，真是罪过！

过了一会儿，我真真假假地说了几句“对不起啦”“不好意思哦”之类的话。稍后，你又笑着说：“不过，这也说明我的小罗头实在太厉害了，哈哈！某些能力超强，真是服了你了。”沉默了一会儿后，你接着说：“但是，你知道吗？几年前，我们真正在一起之前，我心里想过，像你这样文文弱弱的男人，应该是没有什么欲望的，对女人都可能没什么兴趣，哈哈。没想到某人那么厉害，出乎意料，真的有点惊讶！”我嘿嘿嘿地坏笑了几声，心里不免嘚瑟起来，然后故作不解地问你：“那你是从什么时候开始改变你这个十分错误的想法的？哈哈哈。”你思索片刻后说：“应该是从青岛那次开始的吧。在青岛，有几次我就被你折腾得够呛，有时甚至觉得很惨，唉！特别是第一晚我们喝酒后，那时，我才知道某人真行！哈哈哈。”说完，你还恶狠狠地在我的左脸颊上亲了一记，响声清脆。

听了这些话语，我心里感觉有点不是滋味，脑中也快速闪现出青岛之前我们经历过的种种情景，始终没有发觉青岛之前我们的MM不够完美，我也没有听你说过任何不满的话，那怎么就不行了呢？我满心狐疑地这样暗想着，但没有吭声。不过，几天后，我才觉得你说的或许真有道理。因为在去青岛之前的三次旅行中，有两次刚好遇到你来大姨妈，而另一次却是在江湾古镇我们第一次真正意义上的灵肉结合，那时我们两人都相当紧张，做得不好，也在所难免。

后来我感觉疲惫不堪，不知不觉就沉沉睡去，也不知道你是什么时候睡着的。早上近7点钟，我再次醒来，撑着右手臂又呆呆地看了好大一会儿你的睡姿和面容，左手还轻轻抚摸了一会儿你的胸腹部，直到你也彻底醒来。

刚开始，我们搂抱着闲聊。后来，我们的第三者又莫名其妙地激昂起来，于是又让它肆意妄为了一阵子，直到它心满意足为止。这次好像也持续了蛮长时间，但已远远没有了刚才那次的猛烈和凶狠。

事后，我也问过你痛不痛什么的。你说这次不痛。

那天早上我们心满意足之后，我拿出了自己写的一篇小文。你相当认真地看了一遍，还表扬了我一番，说我某某方面写得很好，文笔不错，还说可以就这一话题写个短篇小说。我也简单地做了些说明和解释，并提出一些想法和打算。为此，我们大约花了半个小时。然后，我们长时间地相拥相抱在一起，聊天说笑。开始时你我身上都未着寸缕，后来你才穿上内衣，我则一直没穿衣服。那天早上，你的一些言语和种种举动，让我再次深深地体验到你对我的百般柔情和万分爱意，也再次感觉到自己很是幸运和幸福。

但是有一次，令我感到十分惊讶而且有些莫名其妙的是，在我们坐在床上相拥相抱着闲聊时，你突然带着些许哀伤凄楚的表情轻声对我说：“万一，我是说万一，嗯，或者说如果我将来遇到什么不幸而早亡，而儿女还小，那你能真心替我照顾他们并且好好培养他们吗？”听了你的话，我如鲠在喉，惊愕不已，甚至不知所措，内心似在滴血，疼痛万分，眼泪也在眼眶里直打转转，不知如何回答才好。看我许久没有吭声，你的声音又起：“假如，或如果这种事真的发生了，你要做到这些，知道吗？你会做到的，是不是？”我猛然把你拥入怀中，极为用力地环抱着你的身体，眼泪也夺眶而出。数秒之后，我带着些许哽咽的声音，无比悲伤地说：“如果真是这样，或假如这是事实，这些事都是小事！毫无疑问，我当然会做到，而且肯定会做到，一定会好好照顾他们，也会好好培养他们，你尽可放心！”接着，我又语气颇为沉重地说：“我，小罗头，今天在你面前发誓，本人决不会让这样悲惨的事情发生，也决不允许！”我们在相当凝重的气氛中沉默了几分钟后，我最后补充了一句：“吉尔，你一定要放心，你会平安度过此生的，我保证，相信我！”

那天清晨，你我之间的这一小段对话、你的神情以及当时的气氛，我永生难忘。这也是我们无数次的聊天谈话中，最为悲情、最为沉重而且最为感伤的一次对话！此时此刻，再次回忆起来，还会让我眼泪直流、悲怆不已。

此外，那天早上让我终生难忘的另一件事是，在以上这段谈话之前，我们闲聊过人的命运问题。我说：“古人云，大命天定，小命由己。但一系列小命，累积起来，也会改变大命！”你不置可否，但突然问了我如下非常严肃的问题：“假如将来我们没能走在一起，而是我嫁给了别人，但后来又离婚了，带着我的小孩来找你，你还会接纳我吗？还会要我吗？还会像现在这样深爱我吗？”我记得，在这之前的一年多时间里，你问过我两次类似的问题。第一次听到这些话语，我曾十分震惊，不知如何作答。这次略有不同。听了你的这些话，我竟然脱口而出，又有点信誓旦旦地说：“傻瓜，那还用说吗？我当然要你，怎么会不要你呢？我发誓会永远要你，永远爱你。无论如何，我对你的爱都是真诚的，是永恒不变的。”说实话，当时，我说的这些话都是出自肺腑、真心实意的，若有违心，愿受上天最严厉的惩罚！

我现在再次声明，你完全可以放心，有我在，你完全无须害怕什么，我决不会让你受到什么大的磨难，也肯定会让你平安地渡过此生的每一个大的劫难，而且一定会想方设法让你圆满地完成自己的使命，当然，这也是我的使命。还是那句多年前我们刚刚相识相爱时我曾对你说过的话：“宁愿我下地狱，也决不让你受煎熬！”

后来，我甚至还夸下海口或以雄心勃勃的语气说：“我甚至知道，我就是上天派来引导你、辅助你、关爱你和守护你的那个使者！我的出现，必是天意。既然如此，我怎么能不尽心竭力地帮助你呢？有我在，你还用担心害怕什么命运和难关吗？完全不必！如果需要，我甚至会以自己的生命，来帮助你完成你的天大的使命，也愿意以此命给你换来长命百岁，我说到做到！这是我对你的承诺，也是我对天的誓言！”说完这些，我才发觉，你已泪流满面，泣不成声。

另外，你还记得吗？那天早上我们搂抱在一起的一个多小时里，我做得最多的动作，就是亲吻你的嘴唇、胸腹等部位，而你做得最多的就是揉捏或轻抚我的胸部和其他某些部位。后来不知咋的，你又再次说起，而且是振振有词地说，真的是从青岛之行开始，你才知道那个坏家伙在某些方面是相当厉害的，还说你记得一点也没错。既然你多次说起这件事，那下面我就随意说说自己的一些想法吧。

——其实，厦门之行是我们第一次近距离接触，也是第一次晚上搂抱着睡觉。因此，很自然的，我们都会有些拘束和紧张感，我也不敢过于大胆，虽说我内心十分渴望，但那时的我们还没有做好某些方面的思想准备，而且更为重要的是，你那几天刚好来了大姨妈，身体不适。为了你的安全和健康，我也不能随便乱来啊，对吧？你后来曾多次说过，如果那时你不是正好来例假，我们第一次搂抱在一起睡觉的鼓浪屿的夜晚，我就会控制不住自己了，这是肯定的！我还含糊其词地说："谁知道呢？有可能吧，哈哈。"但在那几个夜晚，在你温柔的小手的帮助下，我每晚都神魂颠倒、如痴如醉，如入温情之乡。

——我们第二次相处是在三清山和婺源，就是在你常说的永远的"426"那晚。那是我们第一次真正意义上的灵肉结合。你曾说，那晚真把你疼得死去活来。但是，包括后来在婺源县城夜晚的三四次缠绵，我们俩都没有完全放开，当然也就无法说明什么问题了。

——我们第三次近距离相处是在南昌和庐山。很不巧，在那四个晚上，你也正好来大姨妈，这跟厦门那次一样，我们不能有实质性的爱的动作。记得吗？在山上的第一晚，你可能看到我很难受的样子，就自己靠在床头上，示意我要用某种非常奇特的方式让我达至云梦之巅。应该说，这种同样令人神魂颠倒的方式，我真是第一次也是最后一次体验，后来我就再也没有过这样的体验了。因此，这确实算是我们唯一的一次奇特经历。事后，或许是怕我胡思乱想，你还主动向我解释，说你是从国外电影上看到的。

——而到青岛，已是我们第四次出门旅行了。在那几天，你的身体刚好没事，而且那时我们正爱得昏天黑地、情深意浓。因此，那三晚的爱的纠缠，当然可以让某个坏家伙尽情发挥、恣意妄为，完全充分地表现一番，从而心满意足，同时也让你体验到此生第一次美妙无比的云巅之境，因而给你留下了极其深刻的印象，实属自然。所以，后来你才会多次对我说，是从青岛开始才知道某个家伙比较厉害的。这，也就不足为怪了，呵呵。

以上这些，当时只是在我的脑海里一闪而过。（待续）

祝好！

你的小罗头

D年1月23日

第九十二封信

亲爱的吉尔：

接续上信。不知你还记得否？那天早上，当我们闲聊起过去的一些趣事时，或许是由于得到你时断时续的揉捏和抚摸，我们的第三者也曾多次振奋起来，但我不敢再提非分之事。后来想想，真是莫大的遗憾。如果当时我提出来，你应该也会答应我的请求吧，它也应该能再次让你我都得到满意的结果。但不知何故，我始终不敢再对你说出自己的想法。

那天早上，我们没有再做这种诱人的糗事，这让我一上火车就非常懊悔，心里还夹杂着很强烈的失落感。后来，每每想到这件事，我都会感到后悔，觉得那时自己应该大胆地提出来，说不定你也会同意呢！那此生也就不会多出这么一件遗憾事来。

此外，你还记得吗？我看到你的下腹部皮肤表层有着不少纵向排列的弯弯曲曲的白丝线，很像一条条正在向前蠕动的白蚯蚓，长短不一，长的有三四厘米，短的也就一二厘米。其实从第一次见到你的身体，我就注意到了。我不知道这是什么，也不知道为什么会这样。不过，那天听你说，这些白丝线是你体内的脂肪堆集而成的，还说这是你妈妈的看法。我说应该是的。

约上午9点，我们一同下床洗漱。在你上卫生间时，像往常一样，我再次站在你的面前，左手搂抱着你的头，右手五指轻轻梳理着你的一头乱发。但那时，我们似乎又打了一次嘴仗。在这之前，对于某件相当急迫而且重要的事情，我生怕你还不大明白其深意，或还搞不清楚一些利害关系。以前，我一直觉得你的悟性很高，绝非常人所能比拟。因此刚开始，我对那件事都是点到为止或只略加提醒，因为我以为你会一点就通、一点就懂，也肯定会明白我担心的原因，而不必反反复复地给你明说。但是后来，我发现你还是没法理解，也不大明白我的意思，甚至你好像一直不知道这事的重要性似的。由于这件事关涉你未来的幸福、命运甚至生命，我就真的急了，才有了那次我们在出门前原本不必要的吵嘴。现在或以后，我都不想再提此事了。在我心里，你是明白人、聪明人，想必你已不必让人再提醒或担心什么了。

约上午9点半，临出门前，我们还站立着紧紧搂抱了好大一会儿。我嗅闻着从你嘴里呼出的如兰气息，又有点迷醉的感觉。我们还相当激烈地相互亲吻着，彼此的舌头都在对方的嘴里搅动了好长一阵子，显然我们都有点难分难舍的感觉。事后，我们才依依不舍地开门下楼到大堂吃早饭。

吃过早饭，退了房，我们在门口雇了一辆出租车，直达桐乡市。在车上，你帮我的手机号充值了100元（昨晚手机没信号，原来是欠费了）。充完后，你撒娇似的说：“帮你是有代价的，你得赔我300元。”我笑着说：“你愣黑心的嘛，敲诈啊这是，哼！”你凝视着我，撒着娇说：“就是要你赔300元嘛！”我说：“好，好，300元就300元，下次看我怎么收拾你，呵呵。”我们的对话惹得司机都笑出声来。

到了桐乡市长途汽车站，付过车费，一出小车，你就提议我们去看一场电影，我表示赞同。但你查看了电影播放的时间后，觉得时间太紧张了，只得作罢。这时，你说：“那就找个地方喝杯咖啡吧。”于是我们就走进车站对面的一家设在底楼的星巴克咖啡店，我买了两杯咖啡和一小块糕点，我们就在一张木制小圆桌旁面对面坐着闲聊了约三刻钟。然后，我们走到二楼去寻找饭店。但是，你却在二楼的卫生间里莫名其妙地待了足足半个多小时。这着实让我万分焦急，心中又猜不透你到底出了什么事，也曾胡思乱想了好大一阵子。我在女厕所门口不停地来回踱步，既不敢进去，也不敢叫你，心里烦躁不安。等你出来后，我问：“你怎么回事？怎么在厕所里待这么久？到底发生什么事了？”你只是轻描淡写地说了一句：“没事啦，就是肚子不舒服。”又急急地补充说，“我们吃饭去吧，肚子饿了。”我只好一声不吭地跟在你的身后走上三楼，内心有些凄然，也有点忐忑不安。

我们在三楼的一家宁波饭店里吃过午饭后，叫车直达火车站。为了打印你的车票，我们在售票口与出发大厅之间来回奔跑了多次。等你取到车票后，我们站在检票口胡聊了二十来分钟。在谈到我们将来要合写的小说名称时，我提到了几个以前讨论过的名字，如《散客第一·常客十八》《楚南山上的紫雁》《无箭头的爱》等。但你这次都觉得不大好。后来，联想到我们多次精彩的旅行经历，我灵机一动，脱口而出：“那书名就叫《爱在旅途》吧，怎么样？”你马上应口说：“嗯！好像不错，那就暂定这个书名吧，以后再好好想想。”另外，我也谈到了自己最喜爱的几位小说家名字，如茨威格、屠格涅夫、卢梭等。我轻声说：“我真的很喜欢他们极其精彩而细腻的文笔，用词精到，文字优美，而且笔下的情感非常丰富。将来，我要模仿他们的写作风格来撰写我们这部伟大的爱情小说，哈哈。”你鼓励我说：“很好啊，你应该做得到的，这对你来说不难。”

下午2点30分左右，我们先后上了各自的火车。在站台上时，我曾隔着两条巨大鸿沟似的车道向你挥手，同时大声呼喊着你的名字。你也向我挥挥手，并打了一会儿电话，嘱咐我一定要照顾好自己，要按时吃饭，多喝水，不能熬夜。我也郑重其事地说：“你也要多保重，别让人担心。”

另外，我还远远地给你拍了三张照片，并及时发送给你。很巧，我们这次各自乘坐的火车，差不多同时抵达车站。我们相互挥动着双手，再缓缓地走向各自的车厢。当我最后看到你的身影消失在视野里的那一刻，心中百感交集，好大的悲怆感和失落感再次滚滚而来。而且，莫名其妙地，脑海中似乎又升腾起这样的疑云：这会不会是我们的爱的终点？这是我们最后一次相伴而行吗？我以后的人生旅途中是不是再也不会出现你的身影？很不幸，后来证实，的确如此，这次预感相当准确。可悲又可叹！

在疾驶的背向而行的火车上，你我不时通过飞信或电话闲聊一会儿。当我看到你发来两句你写的有关未来志向的诗句时，好像来了灵感，我的脑中也迅速浮现出四句诗来：“**胸间浩瀚似无边，枕戈待旦盼极年。若得紫水三千尺，敢图江山万里长。**”当时，我在飞信里说，这首小诗就取名《抱负》吧。这是专门送给你的第一首诗，是我对你未来的期望、期盼和期许。然后，我问你喜欢不。你回复说，“Yes, I love it very much, dear! ”当时我还开玩笑说，将来请一个书法家把这首诗写好裱好，再送给你留念，让它陪伴着你去闯荡世界，去完成使命，去实现你华丽的人生！你回复说：“嗯嗯！”

以上九封信，是我们第七次旅行的完整经历，真实、真切、真心。

Miss you and love you very much, anyway!

你的小罗头

D年1月24日

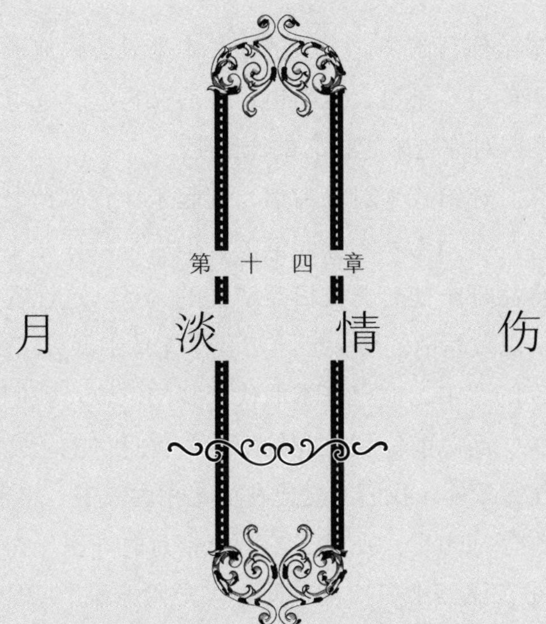

第 十 四 章

月 淡 情 伤

第九十三封信

亲爱的吉尔：

又是一个多月未给你写信了。今天的信，本来只想跟你谈谈如何准备那件对你的前程有很大影响的事。不过，这事也可以后文再说，或电话再讲。先说说最近几个月我怎么会变得对你越来越担心的原因吧。

这次春节后不久，你给我来过一封信，读起来让我感觉很亲切，同时也莫名其妙地感动。原打算那个周末就给你回信的，但后来跟你在飞信中聊过几次，你断断续续地透露出你跟那个初恋男友日益增强的关系。这让我越来越忧虑，甚至越来越恐惧和不安，以致写信的念头一再被我于无意中泯灭了。那时，我已知道，心里也已明白，在你的心中，他已基本取代了我的位置。我们从前的那种亲密关系已基本走到了尽头，而以前你我之间的那些信誓旦旦的诺言和签字画押的协议已基本被你抛到了九霄云外。我们的爱已在淡化和远去中。想来伤心，不说也罢。

不过，在此请你仔细想想，在过去的两三个月时间里，为了你的生命无忧和未来平安，我是不是在飞信中多次向你暗示"危险来临"？但你不大在意，或者你总是把它当作耳边风。后来我不得不祭出重语提示，但你还是表露出不相信的样子。直到两三周前，我的心真的开始逐渐冷却，甚至疼痛，基本已心灰意冷。还好，这样的心境只持续了两天时间。因那天中午，我没想到你会提出跟我视频聊天，实属意外。这次聊天，对你对我都极为重要，其影响可能会持续此后一生，在此不说也罢。

其实，有一件事，我一直没敢跟你直说。就是我看过你现时男朋友的生辰八字和照片之后（就是你们俩去临港游玩当天发给我的几张照片，看过不止十次。当时你还误导我，让我错以为是你的哈尔滨同学），曾很虔诚地就你们俩的事算过一卦。我知道，由于某些顾虑，你曾一度强烈反对我再给别人用周易算卦。这一点，我心里是清楚的，曾经也很感激你。说真的，近两年来，我已基本不再算卦了，就是对某些较重要的人和事，我才会自己算着玩。

你是知道的，对于你和他的关系，我在去年10月中下旬就很认真地算过一卦。得到主卦“山泽损”，即上卦为“艮”，下卦为“兑”，四爻动；变卦为“火泽睽”，即上卦为“离”，下卦为“兑”。

算完此卦的那天傍晚近6点钟，我在电话里就反反复复极度紧张急切地问你一句话，甚至语带哭腔：你们确定关系没有？当然，你也知道，古人算卦的目的是要帮助他人趋吉避凶，使人知道“不可为而不为”，而不是“不可为而故意为之”（很多年之后，你告诉我，你当时知道不可为却为之，自己好像身不由己，但后悔已来不及）。但我也认真想过，如果你们真的已确定了男女关系，我应该怎么帮你，我能想到的办法是，先提示你或暗示你，让你主动退出你们这种关系；如果不行，我就下重语加以暗示或警告（如我在飞信中曾两次对你说过：“只要你们确定了关系，就一定会毁了你，百分之百毁了你，也会毁了我们多年的心血”“让时间来证明”之类的，你记得吗），并把这些利害说出来，你若能相信而行动，也可以；如果再不行，我也不知道怎么办了。

以上就是我三周之前的几个月里，经常考虑的事情，也是我时常忧心忡忡的原因所在。这种“先伤心、再伤眼又伤身”的悲催事情，如果还不能让你警醒，可能谁也无能为力，天也无可奈何。而我也说过，或许我扮演的就是使者角色，就是在关键时刻做你的护航使者，或许上天要我认识你，就是为了让我护你平安或者帮你渡过一些大劫或者帮你实现什么使命。对于你，我觉得这应该是我的主要作用之一。上述这些，我原本不想对你明说，但由于后果真的十分严重，我现在不得已都据实说了出来，你信与不信、行动与否，完全在你而不在别人。

前天晚上和昨晚，我的心又莫名其妙地有些烦躁不安，但持续时间不长。我不明其因。我想：可能是你们的关系还是如前一样，甚至还在发展吧？或者你们基本上还是每天都在打很久的电话吧？如果是这样，我又会害怕起来。

这两年多来，你付出了许多努力和辛劳，这谁都看得出来。我也一直为你感到欣慰和自豪。应该说，你下了很大的苦功，可能做得比任何人都充分和扎实。以前，我比较担心的是你的英语和写作水平，因你说过你在读硕时放弃了英语这一科目的学习，而且从来没有写过文章。但你在确定目标后，通过自学和大量的练习，英语和写作方面已得到了很大的提高。因此，你只要发挥出正常水平，就完全有可能考出较好的成绩。今后，你只要按照原先的计划认真复习和练习即可。

我知道，你已看过许多书和文章。对于这些看过的东西，你可能自认为记住的不多，但不要紧，只要你看懂了这些材料，它们的许多内容和观点就会深入你的内心。因而，在具体答题或分析问题时，这些内容和观点就可能会自然而然地从你的内心不断地涌现出来，因为它们早已扩大了你的知识面、眼界和视野。这是我的经验。而有关答题方法，境内外大学的考试都差不多。对此，我们已讨论过多次，只是你可能还比较缺乏实际操练而已。我觉得，在考试前，你认真地操练一两次还是有必要的。剩下的，就是自信心，你要从内心相信自己可以成功，就是相信自己最终能够被报考的这所著名的海外大学录取。我也相信你一定会成功！

别的，包括未讨论过的所有问题，如果需要，你随时可以提出来。今天暂写这些，肚子饿了，我现在出去买点吃的。

加油！祝成功！

Miss you and love you very much, anyway!

小罗头

D年2月27日

后注：

我当时完全没有预料到，这封信会成为我和吉尔恋爱关系存续期间我给她写的最后一封。此后，她好像也没有再给我写过正式的信件了，除了八个多月之后她通过电子邮箱发来那封两页半的绝交信。当时，由于怨恨或气愤，我没有看完这封信就立刻将它删除了，后来想起此事，竟然有些后悔。

好吧，一切都结束了。我还是我，依然在原地，只是岁月催人老；她已不是原先的她，而且她的心与身均已飞往国外，已实现了她当年设立的第一个重要目标。但，无论如何，我衷心地祝福她——曾经的爱人！

赏月到天明，天明则月淡，月淡则情伤。呜呼哀哉！

——N年5月1日于南江家中书房

再注：

大约在N年的冬季，加拿大某大学的一位华人朋友来访，我请她吃了晚餐。席间，出于我的问询，她说了吉尔在国外的一些情况。她说：“吉尔是我的好朋友，虽然我们住在不同的城市，但因参加会议等，每年都会见面两三次。她现在是加拿大某大学的副教授，已开始带博士生了。”我感到相当欣慰，但也有些意外。我说：“我知道她比较出色，但进步这么快，我还真没想到。”她接着说：“吉尔很优秀，也很努力。她从美国某名牌大学博士毕业后，到加拿大某大学做了一年半的博士后研究，出站时就被这所大学直接聘请为副教授。她前年还中过一个很大的科研项目，很了不起。”我说：“嗯，是的，真不错。不知她成家没有，您知道吗？”这位朋友说：“还没有。她好像是不婚主义者，跟我说过她不想结婚。”我说：“唉！怎么能不结婚呢？不应该这样的。”她说：“是的，我也这样说，但每个人都有自己的打算和想法，这不奇怪。不过，前年吉尔把她妈妈和她哥哥的女儿接到加拿大生活，现在她侄女在那边读初中。”我说：“这倒不意外，她原本就是一个非常善良和有孝心的女人。”

事实上，听了以上这些信息，我心里五味杂陈，一时之间，自豪、酸楚和憋屈等情感翻江倒海般滚滚而来、难以抑制。但冷静下来想想，自己还是应该高兴才对，因为我实现了当初给她的诺言：扶上马，送一程！

——R 年 3 月 15 日于南江家中书房

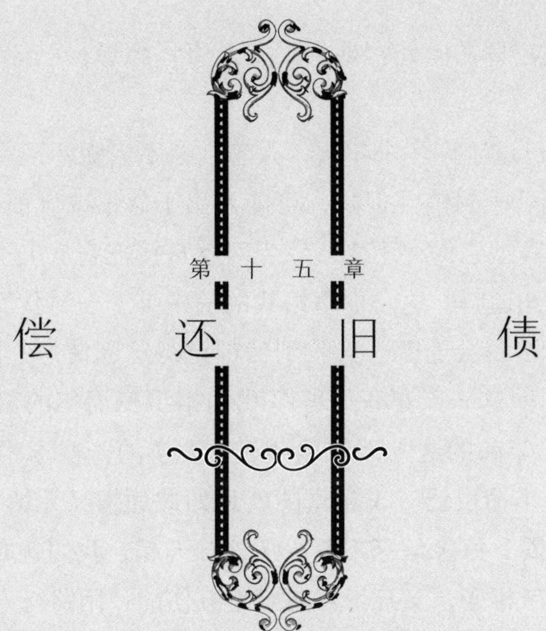

第十五章 偿还旧债

第九十四封信

吉尔：

你还好吗？你现在身在何处？是否平安无事？想想，已经很久没有你的音信了。

时光匆匆，转眼已过了许多个年头，人怎么会不老呢？记得D年的11月14日，我收到了你的最后一封信。但是，可能是出于怨恨或气愤，我既没有把你的这封信看完，也没有把它保存下来。我当时就直接把它从电子邮箱里删除了，尽管后来有些后悔。知道吗？这是你写给我的信中唯一一封我没有下载保存的。或许，你会问，为什么我会连哪一天收到信都记得这么清楚？因为，这是你写给我的一封绝交信，而这一天正正好好是我们相识三周年的日子，一日不差。记得吗？我们就是三年前的这一天在瑜州NN大学的一次学术会议上认识的。我常说，大命天定，小命由己。天意真的就是如此通情又无情，一切似乎都按照它特有的轨道运行着，好像丝毫不差。从这一天起，我们就成了真正的路人，一对曾经相识相知相敬相爱，又互恨互怼互怨互伤的“陌路行人”。

当然，今天这封信也是我差不多九年来给你写的第一封，同时也可能是我们曾经一来一往互通过的一百多封信中最特别的一封。我知道，这是一封永远也到不了你手上的信。就是说，你这辈子可能永远也读不到我这封信的真实内容。因为我不知道你目前身在何处，在国内还是国外？从事着什么工作？是否已成家？可以说，你现在所有的一切，我几乎都一无所知。尽管在我心里，你的形象依然十分美好而清晰，但说实话，即使在我的睡梦里，也很少再出现你的身影。所以，在我的生命里，你已成为一个越来越遥远的存在。这，应该也是命中注定的吧？

但是，在此要说的是，我写这封信的目的，不是要诉什么衷肠，也不是要追求什么，或要抱怨什么，更不是要憎恨什么。确切地说，是还你一些旧债，回答你一些疑问。这些疑问，我早就想跟你说明了，但当时以为我们还有大把大把的相处时间，早说晚说一个样。但，事实并非如此。后来，经过这件事之后，我才明白，有些事，有些人，一旦错过，就是永远错过，没有任何回旋余地。

记得你曾经多次问我，是什么时候开始学周易的？自学的，还是有人教？为什么要学算卦？当时，针对这些问题，我要么故弄玄虚，要么托词连连，或者说以后有时间再慢慢告诉你、不急不急再等等。我很早就知道，你一直都不喜欢我给人算卦，特别是给无关的人算卦。我明白你是为了我好，就口不应心地胡乱答应了你的要求。

其实，自从学了一点周易的皮毛，出于无知和好奇，最初的十几年，我总是控制不住地东算西算，也时常乱算一通，全然忘记了师父胡先生的屡次警告。尤其最不能原谅自己的是，我竟然误解了当年跟师父离别时他送给我的“八字真言”达十二年之久。

闲话少说。我们厦门之行后的第三天，我住在乡下老家。记得那一天是2月18日。早晨6点多，我醒得比较早，更确切地说，是我又一夜没怎么睡好觉。那时，我们相识才三个月零四天，不知咋的，到了晚上，我竟然会因思念而失眠。常常一躺在床上，我就会想东想西，心里好像既热盼又担忧，但热盼什么、担忧什么，内心却是模糊不清的，也是稀里糊涂的。有时，你的身影，仿佛会在我的身前身后时隐时现，而有时又异常清晰，如在眼前。我心里明白，那应该是对你已有所牵挂和思念，或说，你已深植于我的内心，并且已生根发芽。就是说，在我的心田里，已经有了你的一点位置。

因此，既然睡不着，而且有些焦虑，我索性坐了起来，背靠着床框，拿起手机，向你的飞信发出“玩六点”，就是我们前一晚临睡前玩了十来分钟的“掷骰子”，两人各有输赢。我连着掷出五次骰子，你都没有回音，我以为你还在睡梦中呢。我刚要第六次点击并发送那个骰子时，突然收到你的信息：“怎么五次都是三点？”我一看，真是一长串整齐划一的“红三点”，三个点都呈右上角向左下角斜排着。看到这里，我没有任何犹豫，干脆又随手点了一次那个“奶白色的骰子”。它快速地旋转了起来，我用眼睛死盯着它，心脏也“怦怦”直跳。待它完全停止下来一看，又是正方体白色骰子中的“红三点”朝上。这次，可能真正惊到了两个老大的活人。我张着大嘴惊讶不已，正想跟你说“怎么这样不可思议”时，就收到你发来的“惊奇、惊奇”四字。过了片刻，你又在飞信里问了一句：“这是不是有什么名堂？或者预示着什么？”

这时，我才慢慢地冷静下来，脑海中也快速闪过“这可能真是天意的某种暗示”的念头。我心想：玩这骰子，只是我们两人之间的互动游戏，因此如果上天有什么暗示，那也应该跟我们两人有关。想到这里，我立马闭上眼睛，嘴里喃喃着求卦。卦成后，我略为一惊，身体微微一颤，后背似乎有一股清凉的微风掠过。所得之卦为“上艮下坤”的“剥”卦，即山在上、地在下的“山地剥”卦。此卦为“五阴逼一阳”，只有上九一个阳爻，其下五个都是阴爻，看起来，就有山川摇摇欲坠（剥落）之象。

这时，电话铃声猛然响起。一看，是你打过来的。由于你在差不多半个小时里通过飞信接连发出一系列问句，但不知道我怎么会突然就没有了声息，连半句回话都没有，因而就有点心急如焚，迫不及待地打电话过来。接到你的电话后我才渐渐缓过神来。当你问起怎么回事时，我想不能跟你说得太多，就轻描淡写地说了几句无关痛痒的话。“刚才我粗粗算了一卦，但卦象有点复杂，一时也没想清楚。”这时，我突然加重语气对你说，“不过，我可以肯定，我们俩的关系最终怎样，要三年后才能见分晓。现在，我们只能顺其自然，不必顾虑过多。”你好像沉默不语多时，或者说过什么，我都已记不得了。

大约一个小时后，我独自在村口的小溪边散步时，拍了几张还相当不错的山川河野之类的照片给你。其中有一张拍的是一朵有些娇嫩的红色小花，由一根又长又细的花茎支撑着，在微寒的河风里，轻轻摇曳着，显得有些婀娜多姿。仔细一看，这朵小花是从一块怪异的巨大花岗岩的小缝里硬长出来的，而且只有孤零零的一朵，但确实有些娇艳可人。看到这些照片，你发来飞信说：“小罗头，苍天在上，就让山川大地、野花野草见证我们的爱情吧！”这句话，当时着实让我很是感动，至今难忘。这里的“小罗头”，是你几天前的一个夜晚在一次撒娇时给我起的绰号，起初我很不习惯，总觉得这称号有些丑陋、老气和贬义。但看到你嗔念着它时，脸上流光溢彩，面色明润有光，我也不由自主地喜爱起来。

好像，也正是在这一天的深夜闲聊时，你第一次问起我有关周易算卦的事。你说：“小罗头真有点神奇，你怎么会什么都懂呢？”我假意地谦虚了一番后说：“周易算卦这事，只能偶尔玩玩，不能算太多。其实，如果能精通周易，用它来研究事物的发展趋势，是有道理的，我是相信的。不然，数千年来，为什么会有那么多有才之人终生都在研究周易？而且每朝每代都有很多人对周易十分着迷？这说明它的确有道理。”停了一会儿，我在飞信上接着写道，“不过，周易真的有点深奥，可以说晦涩难懂，不是每个人都适合学的。如果没有人指点，没有人教，自己是很难明白每个卦的真实含义的。另外，最难的是如何分析卦理，就是如何断卦。因为同样一个卦，对于不同的事物，卦理分析可以是完全不同的。所以说，断卦是算卦的核心。”你连着发来“不懂，不懂，不懂”几个字。

接着，我迷迷糊糊中看到你发来的一连串问题：“那你是向谁学的？真的有人教你？怎么学的？什么时候学的？……”这时，天已很晚了，可能是凌晨2点多吧，我实在困得不行，眼睛都有些睁不开了。我就有些推诿地说：“某人今天累趴了，要累死个人了，不说了，以后有空再告诉你哈。”你说：“好吧，哼！”此后我们的飞信都没了声息，估计两人很快都入睡了。

今天暂写到此，下封信再告诉你有关我学习周易的经历。（待续）

祝好！

罗丙林

M年2月11日

第九十五封信

吉尔：

说起我学易的故事，那可真是一段相当精彩难忘的经历呢。但是，到底是何时开始学习周易的，我已经没有了准确的记忆。模糊的印象中，似乎是在自己读大三上学期的9月或10月吧。那时，长沙的天气已由夏日酷热潮湿逐渐转为温润凉爽。校园里繁盛茂密的梧桐树叶已开始由绿转黄，还不时能看见金黄色的掌形叶片翩然而下，无数高大的香樟树上叽叽喳喳的鸟鸣声不绝于耳，清晨的空气清新宜人，还时常弥漫着淡淡的秋桂之香。我认为，这是肃杀的严冬到来之前，长沙最适合赏景游玩的季节，同时也是最适宜晨练的时节。

你知道吗？那时的大学生，生活单调，课业轻松，思想单纯，行为规矩。当然，这可能也与年龄比较小有关，因为那时的一年级大学生，多数在14～16岁。我就是15岁上大学的，毕业那年是19岁，同年考上本校的硕士研究生（前不久，母校中南大学一位老同学的博士生帮我查档案时才得知，原来，我考硕士时的各科成绩分别是：政治理论课74分，英语62分，普通化学60分，构造地质学72分，中国地质及大地构造89分）。当时的校园里还未出现什么电脑、手机之类的电子产品，而微信、QQ、支付宝、抖音之类的更是闻所未闻。学生们的课外活动都比较枯燥单一，远远没有现在这样丰富多彩。在此，还必须特别说明的一点是，那个年代的大学校园里，是绝对不允许或完全禁止大学生谈情说爱的，如有违反：轻者，有可能会受到公开通报批评的处分（如在食堂门口或学系的布告栏里，公开点名批评）；重者，可能会被直接除名，比如，被举报如今已稀松平常的大学生到宾馆开房事件，或被发现存在有违伦理道德的行为或发生两性关系等，当事人完全有可能会被学校直接开除学籍，这些都是有先例的。因此，大学生们的业余生活，一般都规规矩矩、安安分分、按部就班。记得我身边的多数同学，最喜爱的业余活动就是爬山、跑步、打牌、下棋、吹牛或瞎聊等，此外，就是夏天到学校后山的水库或学校前面的湘江游泳嬉水等。

不过，与他人相比，我的业余生活可能略有不同，或说更加枯燥。由于性格比较内向，稍感自卑，又不善言谈，因此在日常生活中，我一般都比较喜欢独处，尤其是喜欢一个人静静地待在一个空无一人的教室或寂静空阔的水塘边上，看小说、做作业或想心事。周末或课后，除了跟大家一样喜爱爬岳麓山或清晨跑步，我主要喜欢独自拉提琴、拉二胡、吹口琴或到荒山野岭东闯西逛。当时，还有一些同学特别喜欢到我们居住的学生第七宿舍后山坳里或女生大楼旁的小团山上的一些高大松柏树或槐杨树下练气功。这些人往往对气功达到了忘我的入迷程度。只要有空闲时间，他们就会往山坳或山上跑。他们会早早晚晚、日日夜夜、勤勤恳恳甚至风雨无阻地站立在大树下达数个小时之久。远远望去，他们似乎双手环抱着一只硕大的圆球，双膝微屈，身躯略有佝偻，安然不动地站立着，仿佛一根死死钉在一小片红色土壤上的粗大木桩。这些在令人敬佩之余，又让人觉得有些不可思议。

虽然我好静不好动，但我就是不大喜欢这项运动。主要是因为我根本没有那样强大的耐力、韧劲、决心和毅力。其实，我曾跟着班上的一位同学练过四五次，但很快就放弃了。其主要原因是，我根本就做不到每天早晚都孤独地、一动不动地而且犹如苦行僧般呆立数个小时，全部的心思也只能固守着肚脐眼下方两厘米处的一小块所谓的“丹田”。而且更重要的是，练气功时还要不惧刮风下雨、蚊虫叮咬、酷暑寒冬等对肌肤血肉的折磨和考验。

后来有点残酷的一个事实，恰恰证明了我当初毅然决然地放弃练习气功，是何等的英明和正确。在以后悠悠漫长的岁月中，每当我回想起读大二时有些盲目地跟着他人瞎练气功的情景，就会倒吸一口凉气，想来令我后怕不已。因为我们班上的一位男同学，在大三下学期时，就由于练了一年多的气功而成为精神病患者，被强制送到长沙一家精神病医院作长期的治疗。等到我们一帮同班同学本科和硕士都毕业了，他竟然还未出院。我在彻底离开长沙前几天的一个下午，和博益、谷昌等几位同学去医院看望过他。在病房里，当看到他那神情痴呆和游离不定的眼神、对我们不理不睬或冷漠无视而百无聊赖似的独自反复玩弄着一支破旧的扫把时，我们都心如刀割，心情异常沉重，悲伤怜悯之情油然而生。真是前程尽毁！

当然，我说这些，并不是要完全否定气功的真实存在；同时，也不是不相信气功的作用以及气功是可以通过练习而学会的。只是，气功实在是一项极为复杂的精细功夫，涉及高强度的精神活动和体力活动，练习时需要在一定的时间内完全排除杂念，并尽力把身心完美地统一到一个非凡的精神境界，再通过强大的内制力，用意念徐徐地把人体内的所谓“真气”按一定经络方向，运送到身体的每一个部位，尤其是一些中医学中认为极其重要的人体穴位，最后达到疏通经脉、强身健体的作用。显然，要真正学会气功，一般人是根本做不到的，若想无师自通地练好气功，也几乎是不可能的。它必须有精通此术或方法的行家里手加以精心指导才行，而且光会方法和步骤远远不够，还需要有很强的意志、耐心和毅力，既需要循序渐进，又需要忍受身心痛楚。

在我看来，世界上最简单、相当有效而且真正可以无师自通的运动，可能非跑步和散步莫属。其中，散步是一项令人身心轻松愉悦、完全没有痛苦、不会令人感到疲倦的休闲运动，因此广受人们喜爱，尤其是在高层次族群中备受欢迎。但跑步则不同。跑步这项运动，虽然不需要什么复杂的技巧或方法，但需要付出一定的辛劳和汗水，有时也要忍受一定的身体苦痛，同时更需要有决心和持之以恒的耐心。

记得我们那个时代的大学生，几乎人人都爱跑步，尤其是晨跑。有些比较痴迷此运动的人，几乎每天都会跑一两次，但多数人是每周跑若干次。我也不例外，但属于后者。若非大风、大雨或大雪，我几乎每个礼拜，都会到学校图书馆前、电影院旁的一个标准运动场晨跑三四次，每次跑四五圈，总长约两千米。跑完步后，我一般都会走到运动场前端的一块长方形草坪上调整气息或拉伸筋骨，或者走到更前端的正方形水塘边的大石头或木制条凳上呆坐一会儿，既让全身的肌肉放松，也可以东想西想。

大约在那一年的10月中旬，有一次，当我跑完步朝着那块草坪走去时，有些意外地见到草坪上有一大群穿着各色休闲衣裤的人，正跟着一位满头银发、身体壮实、全身白衣白裤的老头，在练习太极拳。他们动作舒缓，举止优雅，有点蛇形鹤步的样子，很快就吸引了我和其他一些晨练刚结束的人的注目和观望。我们三三两两地站立在草坪边上，低声细语，品头论足，均以略为赞赏的口吻评说着这套举止相当优雅柔美的太极拳，尤其是对那位站在最前方起示范作用、白发苍苍、精神矍铄的老人，更是赞佩有加。后来，在这群练习者中，我无意中看到一个有点熟悉的身影，仔细辨认，才发现是与我同系不同专业的贾世泉同学。他正在倒数第二排的差不多中间位置，跟着那位老人的动作缓慢地模仿着，比比画画，神情怡然。十几分钟后，他们做完了整套动作，原本还比较整齐的队列，一下子就散乱了起来，大家很快就向着四面八方而去。

我一路小跑着追上正在沿着电影院右侧门旁的石子台阶往上走的贾世泉，在他背后轻拍了一掌。他侧过身来，看到是我，就伸出右手勾抱着我的脖子。然后，我们一道朝着宿舍走去。一路上，我问了他一系列问题：是什么时候开始学太极拳的？难不难学？我可不可以跟着学？太极拳有什么作用？以及那个老头是谁？等等。他都一一简要地作了回答。

原来，他们练的是杨式太极拳。一个多月前，他就开始跟着老头练习了，现在早已学会了这套太极拳的各种招式，也基本掌握了它的一些要领，包括完成各式动作时的呼吸、运气、神形配合、眼睛关注点和身体重心把控等。我问他："那以前在草坪上怎么没有看到你们？你们都在哪里练习？"他说："以前我们都是在材料楼前的空地上练的。但从前几天开始，一大帮学生在那里踢足球，还大喊大叫，真是很讨厌。有时还会把球踢到我们的队列里，甚至会狠狠地砸到我们身上。"我说："你们不会去跟他们交涉吗？请他们另外找个地方踢球。""没用。"他说，"跟他们交涉过两三次了，老头也出过面，他们都不给面子。""为什么？"我问道。"也不能全怪他们。"贾世泉说，"你可能不知道吧？下月初，材料系与冶金系的学生要举办足球比赛。材料系的学生说，这块场地是他们系的，他们有权使用。"我说："这我还真不知道，我又不会踢球。不过，这样说来，他们不让你们占用场地也情有可原呢。"他说："是的。"

当我们快走到学生第七宿舍楼时，贾世泉才简要地说了一些有关老头的事。他说，只知道老头姓胡，不清楚真名叫什么，大家都叫他胡师傅，他的家就在我们学校门前不远的左家垅。至于我想跟着老头练习太极拳的事，他说一点都没有问题，到时，只要排在后面跟着老头依样画葫芦地一式一比画来练习就可以了。练过一段时间之后，他会跟我讲解一些要领。"记住，每天早上6点三刻开始，下雨除外。"贾世泉最后说。（待续）

祝好！

罗丙林

M年2月12日

第九十六封信

吉尔：

从第二天开始，我就和贾世泉一道，基本上每天早上都跟着胡师傅学习太极拳，后来还向他学习了太极剑。有时，练习完太极拳之后，如果看到胡师傅身边没人，我会走过去跟他闲聊几句，除了嘘寒问暖，主要是向他讨教如何把握太极拳的要点。随着接触次数的增多，我越来越欣赏胡师傅。他走路沉稳，嗓门洪亮，声音浑厚，中气十足。他讲话时，语气中充满自信，往往让人觉得，他的话就是至理名言，别人无可辩驳。从样貌上来看，他可能有七十来岁，中等身材，面方嘴阔，眉毛花白，下巴光滑无须，脸色红润，慈眉善目。尤其引人注目的是，他的下排左侧两三颗牙齿镶着硕大的金牙，在跟我讲话时，随着他嘴唇的一张一翕，我常感觉有一道耀眼的金光一闪一闪地从他的嘴里迸发出来，相当惊艳。

两个多礼拜之后，我才无意中从他人的聊天中得知，胡师傅的姓名叫胡锦标（化名），当年77周岁，祖籍河北石家庄某地，退休前是长沙某大学附属中学的一名体育教师，擅长多种拳术，尤为精通长拳和太极拳，腿上功夫十分了得。特别值得一提的是，胡师傅竟然还是周易研究的行家里手，精于卜卦，在当时的楚南一带久负盛名。

当我了解到胡师傅的这些情况后，对他更是敬佩不已，可以说，达到五体投地、极为崇拜的地步。从此之后，为了引起胡师傅的注意，每次练习太极拳，我一般都会比其他人更早到达场地，并早早地在草坪边上，一边真真假假地做些准备，一边等候胡师傅。有时甚至会跑到学校大门口去迎接胡师傅，然后恭敬地陪着他走向草坪。而且，一旦开始打太极拳，我肯定都是站在胡师傅身后的第一排，如此，除了可以更清楚地看到他的每一个细微的动作，还比较容易得到他的及时指导和更正。在打完几遍太极拳后的休息期间，我基本上每次都会待在胡师傅近旁，或与他交谈几句，或侧耳聆听他与别人的闲聊。另外，如果早上没课或第三四节才有课，练完太极拳或太极剑后，我也时常找借口陪伴他走到学校大门口甚至更远处，然后才心情愉悦地小跑着回到寝室，洗漱后再到食堂吃早点。

这样的日子，又过了一两个礼拜。有一天早上，我决定向胡师傅说出自己的真实意图，那就是拜他为师，希望他能教我周易卜卦。记得那天是周六，当我们打完一遍太极拳后，天下起雨来，起初是毛毛细雨，后来有越下越大的趋势，大家只好提前散场。与我们不同，那天早上要出门时，胡师傅看到天阴沉沉的，要下雨的样子，他就多了一个心眼，带上了一把黑布大伞。待大家都纷纷跑开躲雨之后，草坪上只留下我和胡师傅两人。他一手撑着雨伞，一手握着一把带有黑色皮质剑鞘的白铁宝剑。正要回家时，我走到他的身旁说："时间还早，今天也没事，我陪您走两步好不好？"他说："要得。"我本想帮胡师傅撑雨伞的，但他比我高了十多厘米，如果我举伞，就可能要把手笔直地抬得老高，如此坚持不了多久，自己可能就会腰酸臂疼。想到这里，我走到他的右边，快速拿过他的宝剑，提在右手，然后跟着他朝着他的家宅走去。我们边走边瞎聊着，不知不觉间，大概走了15分钟吧，我竟然第一次走到了他在湘江边上的家。这是一幢两门两户的两层旧式楼房，白墙墨瓦，式样奇特，我不知道是什么类型的建筑。他家大门正对着左家垅小集市，门口小路只有两米来宽，路面坑坑洼洼的，凹凸不平。房屋背后是一大片被一条条田埂隔成各种形状的水稻田，前后宽一百来米，左右两边通向远方，无边无际。绿油油、尺把高的片片水稻，看来长势喜人。再远些，就是悠悠北去的湘江之水。我暗想：若从他家二楼的后窗往东北部观望，著名的长沙古城应可大半尽收眼底，而江中小岛"橘子洲"更是一览无余，视角独特，风景奇佳。

胡师傅家底楼的会客厅（也是餐厅），有二十来平方米。其右边开着一扇一人多高的长方形边门，通向里屋，木质房门虚掩着；左边有一个木板楼梯通往二楼。差不多在会客厅正中央，放着一张黑色厚重的四方形实木八仙桌，是什么材质做的，当时我没有留意，但感觉这张桌子至少也应该有四五十年的样子。八仙桌的一面靠墙，另外三面各放着一张可坐两三个人的条凳。八仙桌正上方墙壁上，张贴着一张很大的毛泽东同志半身彩色油印像，其下是一台老旧的钟摆左右摇摆的黑色座钟，正发出节奏感十足的嘀嗒声。会客厅两边的白墙上，一边悬挂着四个略微向下倾斜的玻璃镜框，里面贴放着各式各样的黑白照片，有一张较大的照片是胡师傅居中的全家福，其他都是大小不一的单人或多人照片；另一边则贴满了一些风俗类普通印刷画和学校发给小学生的学习奖状，大多数是一等奖。显然，胡师傅的重孙辈在学校里的学习成绩还不错，不然不会得到那么多的高等级奖励。

我正抬着头有点专注地欣赏这些照片和奖状时，胡师傅先端给我一杯白开水，又递给我两个装在碗里的白馒头，外加一个橘子。他说："别老站着，坐一会儿，吃点东西，等雨停了再走。"我谢过之后，有些紧张和拘束地坐在一张条凳上，手里摆弄着那个橘子，还不时欲言又止地瞄上胡师傅几眼。看到我有些局促不安的样子，他可能意识到了什么，或看出了我可能有什么话要说。他隔着八仙桌在我对面的条凳上慢慢地坐下来，然后用长沙话问我："侬有莫子事体咯？"（意思是：你有什么事情吗？）我犹豫了一下，然后才下定决心大胆说出了我想拜他为师学习周易卜卦的话。他一出口就说："不成！"语气很坚决。沉默片刻后，他才说，那是别人起哄乱传的，要我别相信。过了一会儿，看我一直没吭声，估计脸色也不佳，他嘴里又蹦出几句："其实，我也只会一点点皮毛，根本就不精通。"我一听，心中就有数了。显然，胡师傅谦虚了。此后，我细声细气地说了好多话，几乎是乞求似的请他答应收我为徒，但他就是不肯答应。我求了他五六分钟，说了很多好话，看他语气不改，一直不松口的样子，自己也觉得很是无趣，只好以"雨小了"为托词，有些怏怏不快地离开了他的家。他的馒头和橘子，我都没吃，只喝了一小口开水。

第一次拜师失败，并没有让我失落多久。之后的十几天，我每天照样跟着他练习太极拳和太极剑，休息时间也照样站在他旁边静静地听他讲话，有时也有点拘束地陪着他走到学校大门口。

有一天早上，天气异常晴朗，水塘四周枝繁叶茂的丈把高桂树上还开着点点淡黄色花朵，空气中正弥漫着淡淡的清香。或许是他心情比较好吧，当我陪着他走到离学校大门还有百米左右的地方时，他停下了脚步，侧过身来对我说："侬把四柱给我。"我一时没明白他的意思，就说："啊？您说什么？我没听懂。"他说："四柱，就是你的生辰，就是农历的出生年月日时，一柱两字，四柱共八字。"我说："哦，明白了，师父。但我只知道自己的出生年月日，不知道时辰。我得写信回去问母亲。"后来，他又补充了一句："有了四柱，我才可以试着帮你推算推算。"说完，他"呵呵"地轻笑了两声。随后，我们分别离去。

我当天晚上就给母亲写了一封信，问了我的出生时辰。两个多礼拜之后，我收到了乡下老邻居田水哥代母亲写的家信，里面给出了我的四柱。收到信的第二天早上，打完太极拳后，我当面把写有我的四柱的小纸条递给了胡师傅。我以为，他当天回去就会帮我算了。那天早上，我很早就赶到校门口去迎接他。一见面，我就问胡师傅："帮我算了吗，师父？"他说："莫得！"我顿感些许失望。后来，他解释说，这事不能急，要等他有空而且心情比较好的时候再算不迟。我只好说："好，师父慢慢算，不急。"此后几天，我都不敢再问这事。

到那一周的周末，好像是周日吧，打完两遍太极拳后，正当大家在休息放松之时，胡师傅走过来对我说，等会儿跟他一起去他家一下。我说："好。"我心里明白，他肯定已经帮我算好了。

运动结束后，我又提着他的宝剑，我们一边闲聊，一边走到他的老屋。进了客厅，过了一会儿，他坐到八仙桌正面的凳子上，脸色凝重，双手交叉着抱在胸前，一声不吭。我站立在他右边的桌旁，颇为紧张地盯着他的右侧脸庞，心里慌乱不堪，感觉要大难临头似的。

不知过了多久，胡师傅突然开口，告诉了我结果，声音浑厚低沉。尽管他的声音不大，但在我听来，犹如晴天霹雳，五雷轰顶。真是大吃一惊！震惊了一会儿，我轻声细语地说："我是遗腹子，一出生就没有了父亲。"他伸出了右手，捏了捏我的左手臂，然后，缓慢地站立起来，又拍了拍我的左肩膀，低声说了一句："不用说，我晓得。"然后，他走进内屋，不一会儿，手里拿着两本不知道写的是什么的书出来了。当我正惊魂未定和心情复杂地站立在原地不知所措时，他语气坚定地开口说了一句话，让我回忆起15岁左右得过的一场大病。（待续）

祝好！

罗丙林

M年2月13日

第九十七封信

吉尔：

下面接着昨天的话题写吧。

16岁那年（周岁15岁），在参加高考前两个半月左右，有一天中午，我差点昏倒。几天来，我一直小便困难，全身慢慢变得浮肿，皮肤瘙痒。有一位同学赶紧用三轮车载我到县医院去看病，做了各种化验和检测，最后确诊为急性肾炎，必须住院治疗。但当时，我家里实在是太贫穷了。我每个月在学校里的吃穿用全部费用，只有三姐给的5元钱，家里根本不可能有余钱让我住院治病。我不顾医生的警告，当即离开医院。回到平和一中，我通过关系给三姐打了电话，告诉她有关我的病情。当时高考临近，我却在这关键时刻得此重病，真是心急如焚，焦虑沮丧，可想而知。后来，三姐不知从哪儿得知消息：我原先读高一时的语文老师黄际民先生有专门治疗肾病的中药偏方，据说效果奇特，两三贴即可痊愈。他的儿子也得过此病，后来竟然被他治好了。俗话说，久病成医，一点没错。

第二天上午，我向班主任曾卢湘老师请好假后，就急急地坐长途客车回到了平和LX公社。傍晚时分，三姐带着我去芦丰小学找到黄老师（师母是这所小学的老师，他们全家就住在这所小学校园里）。我把病历本递给他，并把县医院医生的诊断情况告诉了他。很快，他就用闽南话安慰我说："没事，没事，我有办法，吃了我的草药，一两个礼拜就会好。我都治好不知道多少人了，放心，放心，而且不会耽误你去参加高考。"我们千恩万谢。

然后，黄老师说："治这种病，只要两种草药，外加一个药引。"他说的两种草药，我不知道中医的学名是什么，用闽南话说，一种叫"小叶土豆草"，另一种叫"狗睾丸草的根"（这种草的叶子分五爪和七爪两种，都可以入药，但后者的效果更好，只是更难得），而其药引就是"乌骨鸡"，如果找不到这种鸡，用"青壳的鸭蛋"代替也可以，但效果稍差。把这两种草药（各占比多少，我忘记了，黄老师好像也没有说过这一点），洗净煮沸五分钟左右后，加入药引，再煮半个钟头即可。然后，每天喝汤两三次，并把乌骨鸡或鸭蛋吃掉，保证两周内能痊愈。但是后来，黄老师曾郑重其事地对我们说："吃了这种药，病好之后，还要吃一些补药，最好是鹿茸，这样就不会有后遗症。如果三年内，这病没有复发，那就说明彻底治好了，将来还可以结婚。"不过，当时好像黄老师并没有说要吃多少补药，也没有说要吃多久。当然，主要是我们忘记问他了。至于未来是否可以结婚这事，至少当时的我，压根儿就没有考虑过，甚至那时也不明白黄老师讲这话的真实意思是什么。另外，我和三姐也没有追问过他，如果这病三年内复发了，结果又会怎样？

我记得，当时黄老师还说，这种药是利尿的，也可以消炎，他在整个福建治好了少说也有两三百人了。这些话，给了我很大的鼓舞，我变得非常心安，觉得很快就会没事了，不久就可以返回平和一中复习，并准备参加7月初的高考了。

第二天，我回到了老家JQ大队CSP村。原本以为这两种草药难找，我心里还有些担心。但母亲说，小叶土豆草到处都是，外面田埂上不知有多少；狗睾丸草的根也不难找，村民们在山上看到后一般都会挖出来备用，这是常用药，她会挨家挨户去问，也没问题。倒是乌骨鸡太稀罕，她这辈子还从来没有见过，只听说过广东有人养，但远水解不了近渴，只能用"青壳的鸭蛋"替代。第二天中午前，我就第一次喝上了这种药，不到两个钟头，小便就顺畅了起来。两三天后，全身的浮肿就完全消失了，走路也恢复了正常。这时，我才承认这种药的神奇。

在家待了两个礼拜后，我又回到了学校，很快投入紧张的高考复习。不久后的一天中午，三姐到了小溪县城，托人交代我去一下平和县建筑社（与小溪旧电影院隔街相望），她在幺叔的大女婿联益兄的家里等我。我到了之后，才知道她花了5元钱（她当时每月的工资是12元，给我在中学开支每月5元。算下来，她每月只能剩下7元），从药店帮我买了五钱鹿茸。只见这些鹿茸都已被切成淡黄色半透明的薄片，每片都有些卷曲，摸起来柔韧而光滑。这是我第一次看到鹿茸的样子。三姐把这一小包鹿茸放进一只小铁锅里，用小火逼烤它并研磨成红褐色粉末，然后叫我用一块块煮熟的瘦肉蘸着吃干净。我很高兴，来之前完全没有预料到还能吃到几块猪肉，真是意外之喜。吃完后，我就急急忙忙地赶回学校继续复习功课了。我顺利地参加了高考，拿到338分（当年福建高考本科录取分数线好像是276分），总分排在全县第六位，最后被录取到湖南长沙中南矿冶学院（现为中南大学）地质系地质勘探专业，成为全村第一名大学生。这是后话。

回到之前的话题。那天上午，胡师傅跟我说的话，让我对他极为钦佩，也坚定了学习周易的决心，一定要想办法让胡师傅收下我这个徒弟，教会我周易卜卦。想到这里，我刚刚准备斗胆再次说出心里话时，只见他把刚才从内屋取出、还一直拿在手里的两本旧书递给了我。一看到这两本书，我一下子就明白了。虽然他嘴上不说，但他其实已同意收我为徒，并愿意教我周易卜卦了。我内心一阵狂喜，但很快就压抑了下去，没有过多地表露出来。

这两本书已经很旧了。一本书的封面包着淡黄色牛皮纸，另一本书缺乏封面，直接用一张白纸替代，上面写着书名。两本书分别是《文王八卦易理疏解》和《易经释微》。我忘记了这两本书是什么时候印刷的，作者是谁。只记得两本书的纸张均已发黄，繁体字，印刷体。其页边空白处，不时有黑色钢笔字写的注解，笔力遒劲，言简意赅，或三四字，或一二句，就把意思表达得清楚易懂。想必这是胡师傅以前读书时的体会或感悟了，我内心说。

我简单地翻过了这两本书之后，胡师傅说了一大通话。大意是：这两本书可以借给我，有空时取出来看看，如果有看不懂的地方，可以提出来。但要记住，只许我看，不能给别人看。就是说，不得让别人知道我在读这种书，因为在当时，算卦之类的事情属于封建迷信，会受到严厉批判。我连忙应允，并发誓自己保证做到。此后的差不多五个月，特别是那年的寒假期间，只要有空，我就会找个偏僻人少的地方或到后山的松树下，把两本书取出来，一页一页地读，一卦一卦地理解。

刚开始读得很是艰难，速度很慢，有时一个下午只能看半卦。一是繁体字，有好些字我根本不认识，只好一字一字地查字典；二是许多词语或卦辞，晦涩难懂，对其含义云里雾里。我只得把这些不懂的词语或卦辞抄录下来，有机会时，就跑到胡师傅家讨教，而他都会相当细心地给我讲解释疑。尽管如此，直到现在，我对一些卦辞的深义还是没法参透，只是一知半解而已。到了大四的下学期，开学后不久，胡师傅说，把这两本书还给他，有人向他借了，他已答应了人家。这两本书，我前后读了一年多，可惜当时没有复印机，也没想到要把它们抄写下来，至今想起都有点后悔。

这里还要说的一点是，拿到这两本书一个多月后，胡师傅开始教我起卦方法。他教了三种方法：时间起卦法、写字起卦法、掷铜钱起卦法，并告诉我起卦的注意事项。我学会起卦法之后，他开始告诉我如何断卦及其注意事项。这些才是精髓所在，也是最为难学难懂的地方。胡师傅说，先掌握每一卦的基本易理，再学习他人的断卦方法和经验，然后通过大量实践慢慢摸索，不断总结经验，如此才能逐步提高断卦的准确性。最后，胡师傅还说，断卦的水平和准确度，是因人而异的，这与每个人的理解力、悟性和经验密切相关。（待续）

祝好！

罗丙林

M年2月14日

第九十八封信

吉尔：

我在1988年以前，一直处于学易阶段，只有偶尔小试，并没有真正断过卦。可能是在次年的春节期间，我才开始在老家给一些高中同学、朋友、亲人和村民试着测算。那时真不知轻重，也没有理解胡师傅给我的八字真言。无论大小事，到处胡算，来者不拒。这种状况持续了大约十年，虽然有些自不量力，但也积累了大量的宝贵经验。下面略举几例。

例子一：天有不测风云，人有旦夕祸福。

2009年9月25日，晚上7点来钟，我正在家里吃晚饭时，突然接到三姐打来的电话，她语气很急的样子，告诉我说，叶某某在13日那天出大事了，出了很严重的车祸，头都破了，一直昏迷不醒。还听说，他老婆也伤得很严重，大腿骨折了。他们现在都在漳州医院里。没等我反应过来，她又补充道："我也是刚刚听人说的，具体情况怎么样，我也不是很清楚。已经出事十多天了。"我听到这些，犹如晴天霹雳，非常意外，脑袋嗡嗡直响，真是不知所措！

叶某某是我的结拜兄弟，也是我高一时的同桌。他比我小一岁，所以见面时，他有时叫我阿哥，有时叫我名字，我则直呼其名。基本可以说，我们的关系一直很好。我的高一是在老家LX中学（平和五中）读的，因成绩好，在升入高二前，被抽选到教学水平较高的县城中学——平和一中读书。他则没动。

记得在那个年代，学校里都设置有劳动课，要求所有学生都要参加一些体力劳动，一般都是每周用两三个下午去附近山上或田里挖红薯或砍柴除草。我是寄宿生，一般都是周六下午回家，周日傍晚返校。而他的家就在镇上，离学校不远。因此，每次去劳动前，我都要去他家借锄头、镰刀之类的工具；而且干活时，我们两人总是在一起，经常说说笑笑。有一次，我们到离学校一两千米远的当地著名的牛头山劳动时（这次是去平整土地），我提议，我们俩结拜成兄弟，以后有福同享，有难同当。他当即应允。从此之后，我们对各自家人的称呼都略有变化，如称呼对方的母亲从"阿婶"变成"阿母"，关系也日益亲密。当时，他父亲是县里的一名正科级干部，好像是武装部部长，显然他家的条件要比我家的好很多。因此，他有时会从家里拿些日常用品给我，如肥皂、毛巾之类的，有时也会给我带来一些吃的东西，如糖果、饼干之类的，而我家太穷，什么都没能给他，我只能偶尔指导他学习，或帮他做作业，或考试时偶尔给他偷看试卷。

高二时，我们不在同一所学校读书，只是在放假时才有机会见面，或我去他家住几天，或他到我乡下老家探望我母亲。1979年，我去长沙上大学后（次年，他也考上了中专），我们的书信往来还算比较频繁，每学期都会收发三四封信。如果我在假期回福建乡下探亲，途经县城时，必定会在他家住上两三天，白天一道走访老师或同学，晚上则天南海北地瞎聊到凌晨一两点，惹得他母亲有一次在早饭桌上说："你们俩的精神头怎么那样好？整晚在讲话，觉也不睡！"

我读硕士生时，他已中专毕业，并被安排在当时全县效益最好的糖厂做技术员，收入不菲。有一年寒假，我回家经过县城时，又在他家住了两天。有一天上午，他硬拉着我去见了裁缝，花钱帮我订做了一套淡褐色条纹状呢料西装，这是我这辈子拥有的第一套西服。后来，当我穿着这套西装回到农村老家时，人人都说，我更秀气了，也精神多了（当时，在闽南一带，描述男人好看不好看，不是用帅或不帅，而是说精神或不精神）。每次听到这些恭维话，我都会暗暗高兴一番，精神似乎也会饱满一阵子。从此以后，我就喜欢上了西装，尤其是在硕士毕业参加工作之后，橱柜里时常备有两三套（除西装外，我也比较喜欢皮衣，现在家中的皮衣至少有四五件吧）。

总之，我跟叶某某的兄弟之情，还是比较深厚的。

闲话少说。当晚，我放下三姐的电话后，立马给我兄弟打去电话，但他的手机一直关机。打他家的电话，又没人接，而我既没有他爱人的手机号，也没有他哥、姐（他有一哥一姐）的电话，真是急煞人。后来，好不容易，我才从中学同学盛强兄（其爱人恰巧是我结拜兄弟的姐夫的妹妹）那里，大致了解了一些情况。

原来，9月13日那天，他们夫妻俩去自己家的蜜柚园干活。过了午后，他用摩托车载着老婆急急地往县城的家里驶去。在一个十字路口，可能是聊天之故，他竟然忘记拐弯了，把车骑过了头。骑出百来米后，他发觉骑过头了，就停车再掉转车头往回骑（其实，他完全可以不必返回，因为到下一个路口再拐弯也完全可以。可能真是命中注定此劫难逃）。古人云，一念之差千古恨！结果，恰恰就因为这一掉头往回骑，惹下了天大的麻烦，真是大祸临头！当他的摩托车刚刚返回到那个十字路口时，就被一辆从另一个方向疾驶而来、像发了疯一样的摩托车撞个正着，两车都人仰车翻，现场血洒遍地。后来才知道，另一辆摩托车手是一位来自贵州的小偷。那天，他偷了所骑的这辆车疯狂逃走时，由于车速过快，刹车不及，恰好重重地撞上我兄弟骑的摩托车。真是飞来横祸！

据说，这个小偷是来自贵州一个穷乡僻壤的年轻农民，家中十分贫困，后来竟然赔偿不出一分钱。当天，他也严重受伤。但更严重的是我兄弟叶某某，他当场失去知觉，浑身是血。到漳州医院检查后才得知，情况比大家原先想象的还要严重十倍。他的头顶右侧脑壳（头盖骨），被击穿成一个长宽三四厘米的大洞，一大块骨片直接凹下去不见了踪影。左侧肩胛骨中央部位断成两截，左手臂和左脚多处骨折，肋骨也被撞断多根，还有其他众多伤疤，实在惨不忍睹。不过，他妻子的情况要好许多，还算不幸中之万幸。她除了左大腿骨折外，其他伤势不重。车祸发生后，她没有昏迷，脑子还比较清楚，因而第一时间用手机拨打了求救电话，这为后来的抢救赢得了宝贵的时间。

得知如此惨祸，我心如刀绞。当晚8点多，我慢慢冷静下来后，决定为他的伤情及其未来命运算上一卦，同时也决定后天上午亲自回漳州看望他们。我在辉河路房子的沙发前面朝正南方向跪了下来，诚心祈祷后，很正规、很虔诚地用掷铜钱法求得一卦，认认真真地分析了两遍卦理后，内心稍安。然后，我预订了第三天上午8点多飞往厦门的机票，再给我的结拜大哥陈某某打了电话，告诉他结拜小弟叶某某出车祸的事以及我的航班信息。我大哥说，他后天会开车来厦门高崎机场接我，再直接载我到漳州医院。第二天，我去买了一些礼物，包括一支三千多元的野山人参和其他一些补品，也准备了一个3000元的红包。另外，我也预先向单位领导请好了假。

27日上午10点多，我到达厦门机场后，上了大哥的车，直奔漳州而去。由于他们夫妻俩正分别在两家不同的医院治疗，考虑到他目前还处于昏迷状态，而他爱人是清醒的，因此为了更好地了解事情的原委及现状，到达漳州市后，我要求大哥先开车把我送到他爱人所在的医院。见到她后，我详细询问了所有情况，包括车祸过程和二人的实际病情。整个谈话过程，实在是凄凄惨惨戚戚。我把从南江带来的礼物和红包等都交给她后，叫陈大哥又载我到漳州市第一人民医院住院部，即我兄弟正在治疗的地方。下午2点多，我们到达他的病房。房间里有三张病床，每张病床上各躺着一个病人。看得出来，其他两个病人的病情都比较轻，因为他们正在跟其家人聊天。

我兄弟在靠窗的那张病床上仰面躺着，头上、左手和左脚都包着一层层厚厚的白纱布，脖子喉结下方约两厘米的凹陷处，被开了一个小指头大小的洞，一支塑料管子从洞口插入不知多深，用于辅助呼吸和清理痰液。他的脸异常苍白，毫无血色。露在外面打吊针的手臂，满是针眼。我仔细一看，他除了胸部位置在微微起伏外，全身纹丝不动。他的亲哥哥和一位远房男亲戚站立在他的床边，我的结拜大哥坐在床尾对面的一张小凳子上。他亲哥比较详细地回答了我提出的几个问题，并告诉我们最近的一些治疗情况。总之，事态极其严重，不容乐观。我一直坐在他的病床左侧的塑料方凳子上，有时用手轻轻地抚摸着他红肿的左手背或手指，脑子里满是愁思。进入病房以后，我曾两次难以抑制地带着哭腔大声喊叫他的名字，他都丝毫不动，根本没有任何反应。在我边喊边叫的时候，有七八个人围着他的病床观看，包括一个护士长、其他病人的陪护者以及我们这边的人等。

大约下午3点半，当我打算离开病房回平和LX老家时，我郑重其事地跟他的亲哥说了根据自己先前的卦理分析做出的判断，我刚讲到这儿，隔着病床、站在我斜对面，正在边检查我兄弟的病情边听我说话的那个护士长（她刚才可能听到别人说我是南江某某大学的教授，所以好像一直对我很关注的样子），就突然大声地嚷嚷起来："这不可能，不可能。他脑子伤得实在太重了，头都破了那么大。哪有那么快醒来？这不可能，不成……"我一听就知道她可能会接着说"不成植物人就算很不错了"之类的话。当时，我对她如此无礼地打断我的话很生气，我也没有什么好气地打断她说："你激动什么？我说过这只是预测，不可以啊？"只听她还在喃喃着"不可能，不可能"。我不再理她。我兄弟的亲哥没有任何表态，一声不吭，但看他平淡的表情，似乎对此不以为然。我和陈大哥离开医院后，在回平和县城的路上，出于他的询问，我才把刚才在医院里没有说完的话讲完，并做了一番解释和说明。

我在乡下老家待了几天，如同以前，再次受到了母亲给我的百般爱护和精心照料。由于我当时的手机是联通的号码，在大山沟里没有任何信号，因此那几天，我根本无法对外联络。10月3日上午，陈大哥派车把我从乡下老家载到小溪县城的阳光酒店。入住后，我马上给我结拜兄弟的亲哥打去了电话，询问他的病情和近况。他亲哥说："情况在好转。他昨天下午醒过来一次，持续有20来分钟吧，眼睛睁开了，头也会左右转一点，但后来又昏迷过去了。今天早上，他也醒过来一次，差不多有三刻钟吧，后来又昏过去了。但他醒来时，都认不了人，也不会说话，只能用眼睛看来看去。”我激动地对着手机说：“谢天谢地，实在是太好了！但他认不了人，这还不算真正醒过来。再等等看吧，应该快了。”

当天傍晚，我和大哥及其他十几个朋友正在饭店喝酒吃饭时，他亲哥给我打来电话，说是“刚才又醒过来一次，持续时间差不多一个多钟头，但还是不会说话”。听了这些消息，我很是高兴，感觉胜利在望。我心想：看来他真的可以渡过这一大劫了。但我也知道，虽然他这次算是保住了性命，可是其身体根本无法康复，必将留下终身残疾，而且由于大脑受伤如此严重，他的智力也必会大受影响，这是无法避免的惨事。算了，我劝慰自己说，保命要紧，别的以后再说，今后怎么样，就看他的造化了。

我回南江的飞机是10月4日晚上7点多。那天上午10点半左右，大哥的司机阿勇开车送我到漳州市第一人民医院住院部。到了他的病房，他亲哥不在，旁边站着他的那位远房亲戚及其妻子。我惊喜地看到我的兄弟确确实实是醒了。因为，当我在他左手边的方凳子上坐下来时，他转过头来对着我用闽南话轻轻地叫了几声“阿哥，阿哥，痛！痛！”然后眼泪直流，身体微微发颤。我轻轻地握着他的左手，失声痛哭。过了好大一阵子，在离开他的病房前往厦门之前，我曾哽咽着不停地安慰他说：“这是你的一个大劫难，可能是你此生注定会遇到的一个大坎，真是不幸，但过了就好了，过了就好了。”他没有吭声，但脸上露出无尽的悲伤之情。

此后，靠着坚强的意志和有计划的锻炼，他的身体状况在慢慢好转。但是，由于右脑受伤，加上左肩胛骨折断，他整个左半身都不大健康，左手和左脚都不大灵活，走路缓慢，有些跛脚。另外，语言表达更是大受影响。刚开始时，他连一句简单的句子都无法表述完整，前面的每个词总要重复三四遍后才能接着讲出后面的几个词，然后又不断地重复，每句话都结结巴巴、断断续续，旁人很难理解。所以，他要表达一个完整的句子，往往需要花费很大的力气。听他讲话，给人的感觉是，讲的人很吃力，听的人也非常辛苦。但十多年来，通过他自己的不懈努力，他现在的状况已大为改观，包括讲话和走路，真是令人欣慰。感谢上帝！（待续）

祝好！

罗丙林

M年2月17日

第九十九封信

吉尔：

接续上信。

例子二：一则让人后怕的故事。

20世纪90年代中期的某年7月上旬，南江某某大学组织了一些同事去黄山休养一周。我也报了名，并上交了120元钱。按照计划，所有（三十多位）本校同事都要在周六上午6点整在学校正门外集合上车。黄山素有“天下第一奇山”之称。徐霞客曾赞“五岳归来不看山，黄山归来不看岳”。我不知多少年前就已心向往之，因此，一想到很快就能见识黄山的雄奇隽秀之美，几天前就兴奋难耐、激动异常了。出发前两天，我就已做好了各项准备工作，购买了一双登山运动鞋、一些防身用品和零食，还专门添置了墨镜、手套和帽子。但是，正当万事俱备、只等出发之时，我却因遇到一件怪事而不得不取消行程。

原来，在出发前一天（周五）的傍晚大约5点半，我在工会礼堂旁边的一家教工食堂吃过晚饭后，拿着一个长方形的铝制空饭盒正无所事事地沿着学校正门前的一条马路往寝室的方向行走时，无意中看到我前方一两米远的路面上，有一股直立的、一人多高、像黑蛇一样在空中扭动着身躯的小龙卷风，正在以与我的前进步速差不多的速度朝前旋转而去。出于好奇，我一直紧跟在它的后面缓缓而行，眼睛也一刻不停地紧盯着它。事实上，在前进过程中，这股小龙卷风的高度和形态都有较大变化，旋转的速度也时慢时疾，但其颜色始终都是乌黑的，看起来真像一缕正在扭动着的黑烟。前进了五六米，我突然看到它自上而下像散架一般溃散，空中很快就不见一丝踪影。我迅速走到它刚刚消失的地方，低头一看，只见许多树叶、纸片和其他一些杂物散落一地，方圆有七八十厘米。但一直让我百思不得其解的是，眼前没有见到任何黑色的东西，它们全部都是淡黄色的树叶、白色纸片及其他浅色杂物。不过对这件事，我当时也没有多想，只是觉得有一点点奇怪而已。

回到单身宿舍后，我先去隔壁房间跟老朋友徐老师和夏先生下了几盘围棋。

晚上8点多钟，我回到自己的房间准备收拾行李时，脑子里忽然闪现出傍晚出现的黑色龙卷风的情景来，一时难以释怀。不久后，不知什么原因，我的情绪逐渐低落下来，内心也变得有点焦躁不安，心中总觉得有什么事要发生似的。

差不多9点，看到眼前已收拾完毕的行李包，我一下子联想到这件怪事是否与黄山之行有关呢？想到这里，我心里"咯噔"了一下。待自己稍微平静下来后，我相当严肃地起了一卦。并认真分析了一番，最终决定取消这次黄山之行。

但名已报，钱也已上交，不去实在可惜。再说了，如果不去，也应该先通知领队或其他成员。想到这里，我感觉自己进退两难。为此，我内心纠结了好几个小时，一直到凌晨2点多都下不了决心。一方面，我确实早就期盼着这次黄山之行，也做好了一切准备工作。另一方面，我确实内心不安。最后，经过反复权衡，我还是决定放弃此次黄山之行，以后再找机会。后来，可能因为自己折腾了大半夜，实在太困了，就不知不觉地睡着了，醒来已是早上10点多钟，连早饭也没吃。

一个多礼拜后，我在学校大门前的一条小马路上偶遇原本一同前往黄山休养的图书馆黄洁（化名）老师，才知道这次黄山之行果真出了大事。她对我说，出发那天（周六）早上，旅行大客车在学校正门口等待了我差不多半个小时，所有人都对我非常恼火，抱怨连连。有人说，我都这么大了还没有一点时间观念。他们均以为我肯定是睡过头了，怪我晚上睡觉时怎么不调好闹钟。由于当时大家都没有手机，也没有寝室电话，更关键的是，没有人知道我住在哪里。最后，实在不得已，他们决定不管我了，叫司机发车，就当我是自己放弃这次旅行机会。而且按照规定，因自身原因耽误行程的，所交费用不能退还。

当天下午约5点，大客车到达学校在黄山建立的一家休养所。据黄老师说，这家休养所建在一个美丽幽静的山坳里，中间流淌着一条清澈见底的小溪，溪中有许多小鱼，游来游去，悠闲而自在。两边山坡上，林木葱茏，苍松翠柏，青翠欲滴，野花野草，清香怡人，再加上不知名的众多野鸡野鸟，鸣声不绝，仿佛一处风景如画、环境优美的人间瑶池圣地。的确，听起来，这里真是一个可以让人修身养性的好地方。

当晚7点多，大家吃过晚餐后，自由活动。有三个青年教师决定沿着小溪两岸而下，意在捕捉甲鱼。因为他们在来黄山之前就听人说过，这条小溪里有不少绿头大鳖，因此他们准备了手电、网兜、绳子等东西。他们打着手电，拄着木棍，蹑手蹑脚地在野草边、乱石下翻找着甲鱼，可是一时没有任何收获。但是，晚上不到9点，悲剧发生了。其中一个青年教师一脚打滑，身体失控，伴随着一声惊呼，一头栽进了一个深不见底的水潭之中。蓦然见此情景，其他两个年轻人都吓坏了，不知所措，方寸大乱。他们在水潭边上举着手电，大呼小叫，慌乱无比。他们在水面上照来照去，搜寻了好长一段时间，也没有见到那位掉落水中的同伴的身影。此情此景，真让他们悲痛欲绝，伤心不已，也害怕至极。

迫不得已，他们小跑着返回驻地，向领队和其他同事说明了这次悲惨的意外事故。所有人无不大惊失色，惊诧不已。随后，一群胆大的人，拿着火把或手电筒，跟着那两个年轻人，又回到那个出事的水潭，用各种手段搜索了无数遍后，依然毫无所获。实在没有办法，他们只好暂时撤退并返回休养所。第二天一大早，他们请来了几个当地山民，说明了情况后，一个山民潜入水中。第一次出水，他就说见到尸体了，头被卡在一个石头缝里，动弹不得。第二次出水，他才把尸体托出水面。当天，尸体就被客车运回南江。“这是谁也没有预料到的悲剧！”黄老师最后说。我点了点头，脑子一片空白。

在倾听的过程中，我的全身肌肤都起了一层密密麻麻的鸡皮疙瘩，后背冷汗直流，后怕不已。当时感觉自己的身体在慢慢发虚发飘，眼前冒出无数旋转着的火花，仿若马上就要晕倒似的。黄老师在旁边还连问了几次：“你那天怎么没赶上？是睡过头了，还是生病了？我们都等了你差不多半个钟头呢！”我答非所问地说：“唉！还好没去！还好没去！”从她的眼神可知，她听了我的这些话，一头雾水。其实，我心里明白，怎么能告诉她我那天决定不去的真实原因呢？而且，这也不是一两句话就可以说得清楚的。不说也罢。

可能是由于惊吓过度或思虑太多，此后两个多月，我几乎每晚都睡不好觉，即使睡着了，也时常会被乱七八糟的噩梦惊醒。或许，可能是休息不足而导致体质下降吧，后来我感冒低烧咳嗽了一个来月。但无论如何，事后想想，我当时做出了不去黄山的决定，应该是正确的。因为像我这样爱凑热闹而且对花鸟鱼虫一直有着浓厚兴趣的人，如果当时在场而且得知有人要去捕捉甲鱼，我肯定会欣然前往。其结果会怎样呢？只有天知道！这真是一件想来就会让我十分后怕的事。

吉尔，看来还是你说得对：生死之外，实无大事！

好吧，今天啰里啰唆的，就谈这些吧。

亲爱的吉尔，以上就是我学习周易的故事，也顺带讲了一些经历，算是偿还旧债，也是给你一个事后交代吧。

祝好！

罗丙林

M年2月22日午夜

PS：夜已深了，我打开手机，点进音乐软件，想再听一听我们俩都非常喜爱的那首车继铃演唱的老歌《最远的你是我最近的爱》。很快，耳边就传来一缕清雅又忧伤的歌声。不知不觉间，我已泪流满面，失声痛哭！

夜已沉默，心事向谁说？
不肯回头，所有的爱都错过。
别笑我懦弱，
我始终不能猜透，
为何人生淡薄。

风雨之后，无所谓拥有。
萍水相逢，你却给我那么多。
你挡住寒冬，
温暖只保留给我。
风霜寂寞，
凋落在你的怀中。

人生风景在游走，
每当孤独我回首，
你的爱总在不远地方等着我。
岁月如流在穿梭，
喜怒哀乐我深锁，
只因有你在天涯尽头等着我。

其他若干重要事件简记

一、D年4月26日，吉尔有事突然来南江出差，住某宾馆。下午，我跟她先闲聊了约一个小时，然后双方激动拥抱，并有过一次极其短暂的云雨之事。因为持续时间太短，二人都不可能获得满足，但也都不便说出口。当时竟然不知，这是我们此生的最后一次，也是我们无数次结合中时间最短、最无感也最无聊的一次，我自己似乎没有任何感觉就结束了，估计她也是如此。我在以前的一封信中说过，我们第一次真正的灵肉结合发生在B年4月26日（吉尔常说的我们永远的"426"），而最后一次就是这次，即D年4月26日。正好两周年，不多一天也不少一日，真是一大奇迹。难道这不是天意吗？！

二、D年11月14日，我在去参加某次课题答辩会的路上，突然从手机邮箱里收到吉尔发来的一封绝交信，是用Word文档写的，约有两页半，估计有两千余字，我仅看了前面七八句就明白其意，但根本看不下去。由于内心极端痛苦，外加气恼不已，我立刻将它删除了，没有半点存留。然后，在意气用事地删除她的所有联系方式之前，我最后给她发出了一句非常决绝的气话："我尊重你的选择！你好自为之！我们从此是路人！不再相见！"

在以前的一封信中，我说过，我和吉尔相识于A年11月14日，到我们彻底断绝关系的D年11月14日，算起来恰好三年整，也是不多一天不少一日。这正好与我在B年1月18日早晨算的那个卦完全吻合。我们真是命中注定只有三年的情爱关系，千真万确，如果不是天意，那又是什么？此后，我们各奔东西，不再有交集：她远赴他国，我留守南江。难道这不是命吗？！

三、除了写过游记的五次旅行之外，我和吉尔还曾到过青岛、内蒙古、葫芦岛、盘锦和沈阳等地旅游，看过草原，观过大海，爬过野山，蹚过冰河，经历极为丰富多彩，既充满无穷无尽、永志难忘的欢爱与快乐，也有过莫名其妙、令人痛心的争吵和斗气。本来，跟以前的几次旅行一样，我也很想写出"青岛之行”“内蒙古之行”等游记，它们也是这部游记小说的几个重要组成部分，如果认真撰写，每篇游记的字数均可超过两三万字，不过，由于种种原因，至今迟迟未能动笔，实在可惜。但同样地，对于我，这些经历也早已铭刻五内，永难忘怀。今后，若有心情和精力，我再花些时间将它们补写出来！

罗丙林

N 年 9 月 8 日于南江某某大学办公室